中文社会科学引文索引（CSSCI）来源集刊

中国现代文学论丛

Modern Chinese Literature Research

第十四卷·1

教育部人文社会科学重点研究基地
南京大学中国新文学研究中心　主办

南京大学出版社

《中国现代文学论丛》编辑部

通讯地址：南京市栖霞区仙林大道 163 号（邮编 210023）

南京大学仙林校区文学院 638 信箱

南京大学中国新文学研究中心

电　　话：(025)89686720　　89684444

传　　真：(025)89686720

E-mail：wxluncong@126.com

百年中国社会与文学的互动学术研讨会暨《中国现代文学论丛》出版十三周年座谈会合影

百年中国社会与文学的互动学术研讨会分组讨论

百年中国社会与文学的互动学术研讨会分组讨论

王彬彬

郜元宝

刘勇

张光芒

何锡章

王尧

李遇春

李永东

杨联芬

张全之

叶祝弟

毕光明

黄健

贺仲明

杨剑龙

王达敏

贾振勇

高玉

周海波

蒋登科

沈卫威

杨洪承

傅元峰

王洪岳

《中国现代文学论丛》出版十三周年座谈会全景

《中国现代文学论丛》出版十三周年座谈会会场

刘俊

丁帆

胡星亮

韩春燕

李静

金鑫荣

施敏

童剑

李良

员淑红

《纪念册》封面

《纪念册》卷首语

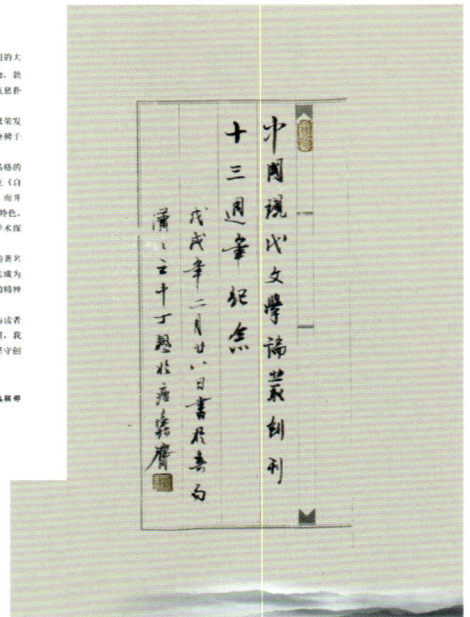

丁帆先生书法

目　录

【乡土文学研究】

民国时期乡村建设思潮与乡土文学书写范型 …………………… 黄　健/ 1

灵魂之殇

　　——刘庆萨满文化长篇小说《唇典》论 ………………… 王达敏/ 11

《缅边日记》:西南边疆的发现与民族认同 ………………… 马俊山/ 22

论莫言小说叙述话语的游牧性

　　——以《四十一炮》为例 ………………………………… 王洪岳/ 29

劳动观念主导下的爱情伦理

　　——农业合作化小说爱情话语分析 ……………………… 王鹏程/ 36

柳青及其《创业史》散论 ………………………………………… 陈咏芹/ 48

【左翼文学研究】

文学的"左翼"与左翼的"文学" ……………………… 刘　勇　张　悦/ 64

如何打破左联文学的"两极阅读"魔咒?

　　——摭论左联小说的症结、成就与启示 ………………… 李　钧/ 70

论王实味事件对《在延安文艺座谈会上的讲话》批评话语的实践 ……… 康　馨/ 91

【当代文学史透视】

1979:当代新诗多元化时代的肇始 ……………………………… 蒋登科/ 100

论 20 世纪 80 年代以来的中国小说"审丑"演变 ……………… 陈进武/ 111

女性乌托邦的建构与坍圮

　　——论 20 世纪末女性书写的神秘化 ·· 杨有楠/ 121

论 1964—1978 年主流文学话语的现代性症结 ······················· 武善增/ 129

论何建明纪实文学的叙事特征及其缺陷 ··········· 王成军　刘　畅/ 139

【现代文学史透视】

"劳动问题"与"劳工文学"在《新青年》上的隐显 ·············· 张全之/ 146

前期《新青年》的传播与接受 ····························· 施　军　王晓青/ 154

论新文学的两种传播模式(1917—1937)

　　——以新文学读者群为中心 ······································· 施　龙/ 160

论中国现代文学场域形成期的占位斗争 ······························· 徐仲佳/ 169

新与旧、文与学:大学文学教育中的新文学运动与旧学术结构 ··········· 王晴飞/ 183

好莱坞电影影响下海派文学中的拷贝世界 ····························· 刘永丽/ 198

论周作人美文中的风景描绘 ··· 王振滔/ 210

【现代论坛】

20 世纪中国启蒙话语的空间意识及国民性诉求 ····················· 陈力君/ 220

"人性"作为批评话语的可能与限度

　　——以晚清至"五四"文学批评为例的考察 ····················· 邓　瑗/ 229

学术经典是怎样炼成的?

　　——以樊骏《认识老舍》为例 ······················· 李宗刚　刘武洋/ 246

【会议纪实】

百年中国社会与文学的互动学术研讨会发言摘要 ············· 张　宇　王桃桃/ 257

《中国现代文学论丛》出版十三周年座谈会发言摘要 ········· 张　宇　王　振/ 271

Symposium on the Interaction Between Chinese Society and Literature in the Past Century and Symposium on the 13th Anniversary of *Modern Chinese Literature Research*

Contents

The Ideological Trend of Rural Construction and the Paradigm of Rural Literature Writing in the Republic of China
··· Huang Jian / 1

The Loss of Soul: on Liu Qing's Shaman Culture Novel *The Lips Ceremony*
··· Wang Damin / 11

Burmese Diary: The Discovery of the Southwest Frontier and the National Identity
··· Ma Junshan / 22

On the Nomadic Nature of Mo Yan's Narrative Discourse—Take *Fourty-one Cannons* as an Example
··· Wang Hongyue / 29

Love Ethics in the Dominance of Labor Concept—Analysis of Love Discourse in Agricultural Cooperation Novels
··· Wang Pengcheng / 36

On Liu Qing and His *History of Entrepreneurship*
··· Chen Yongqin / 48

Leftwing in the Literature and Leftwing Literature
··· Liu Yong Zhang Yue / 64

How to Break the "Bipolar Reading" Spell of Leftist Writers' League Literature: On the Crux, Achievement and Revelation of Leftist Writers' League Novels
·············· Li Jun / 70

The Practice of Criticism Discourse of the "Speech at the Yan'an Literary and Art Symposium": A Case Study of "Wang Shiwei Incident"
·············· Kang Xin / 91

1979: The Beginning of the Diversification Era in Contemporary New Poetry
·············· Jiang Dengke / 100

On the Evolution of "Aesthetics of Ugliness" in Chinese Novels Since 1980s
·············· Chen Jinwu / 111

The Construction and Decay of Female Utopia—On the Mystification of Female Writing in the Late 20th Century
·············· Yang Younan / 121

On the Modern Crux of Mainstream Literary Discourse From 1964 to 1978
·············· Wu Shanzeng / 129

On the Narrative Feature and its Defects of He Jianming's Documentary Writing
·············· Wang Chengjun   Liu Chang / 139

Hiddenness and Visibility: On the "Labor Problem" and the "Labor Literature" in *La Jeunesse*
·············· Zhang Quanzhi / 146

The Dissemination and Acceptance of *La Jeunesse* in its Early Stage
·············· Shi Jun   Wang Xiaoqing / 154

On the Two Modes of Communication of the New Literature (1917—1937)—Centered on the New Literature Readership
·············· Shi Long / 160

On the Site Competition of Modern Chinese Literature Field in its Formative Period
·············· Xu Zhongjia / 169

New and Old, Literature and Study: The New Literature Movement and the Old Academic Structure of University Literary Education
·············· Wang Qingfei / 183

The Copy World of Shanghai School Literature under the Influence of Hollywood Movies

·· Liu Yongli / 198

On the Landscape Portraying in Zhou Zuoren's Fine Prose

·· Wang Zhentao / 210

The Spatial Consciousness of Chinese Enlightenment Discourse and its Nationality

Appeal in the 20th Century

·· Chen Lijun / 220

The Possibility and Limit of "Human Nature" as a Critical Discourse—A Case Study

of Literary Criticism From Late Qing Dynasty to May 4th Movement

·· Deng Yuan / 229

How the Academic Classics Was Tempered—Take Fan Jun's *Understanding Lao

She* for Example

·· Li Zonggang   Liu Wuyang / 246

Meeting Minutes of Symposium on the Interaction Between Chinese Society and

Literature in the Past Century

·· Zhang Yu   Wang Taotao / 257

Meeting Minutes of Symposium on the 13th Anniversary of *Modern Chinese

Literature Research*

·· Zhang Yu   Wang Zhen / 271

（特约编辑：任一江；英文翻译：张宇）

5 **///**

民国时期乡村建设思潮与乡土文学书写范型

黄　健*

（浙江大学 中文系，杭州 310028）

内容摘要：民国时期对于乡村建设的重视和实践，反映了一批具有现代文明价值理念的知识分子，关于改造、复兴与重建以乡村为代表的并具有现代文明价值特征的民族国家的社会文化理想。作为一种社会文化思潮，反映在民国时期的乡土文学创作上，就是多维度地开展对传统乡村社会及其现代变革、转型和发展的审视与考量，具体地反映在文学创作实践上，也即形成了民国乡土文学的三种基本范型，表现出民国作家对乡土中国如何从传统走向现代的一种整体观感和心理与审美的认知。

关键词：民国时期；乡土文学；书写范型

- -

民国建立后，如何认识传统的乡村？建设与民国共和制相匹配的现代乡村社会，成为民国时期一批具有现代文明价值理念的知识分子，关于改造、复兴与重建以乡村为代表的并具有现代文明价值特征的民族国家的社会文化理想，也由此形成了民国时期乡村建设的社会文化新思潮。从社会实践维度上看，民国时期的知识分子曾发起了一场轰轰烈烈的现代乡村建设运动。这是现代中国在现代化进程中较早出现的再造和重建乡村的社会实践运动，其目的和内容都是一场力图从文化复兴的维度，对旧的乡村社会生活业态——其中包括乡村政治、经济、社会、文化，尤其是农民素质等——进行现代化改造的实践运动，或者说，也是带有较为鲜明的以乡村自治化制度改革和文化生态修复为目的的实践运动，旨在对传统的农民素质进行改造和提升，由此实施现代乡村所需要的知识化

---

　*　作者简介：黄健，文学博士，浙江大学中文系教授、博士生导师。

　基金项目：本文为2018"中央高校基本科研业务费专项资金资助"项目成果。

和文明化的教育普及,展现出现代知识分子致力于对旧的乡村改造的现代性价值理想。①
民国时期这种对传统乡村进行现代化改造的社会文化思潮,也影响到了民国时期乡土文
学的创作。尽管在实证的层面上,还难以用数据证实民国乡土文学的兴起与这场乡村建
设运动有着必然联系,然而,从社会文化思潮演化和影响上来看,也可以说,民国乡土文
学的兴起,与民国时期这种乡村建设社会文化思潮有着内在和必然的逻辑关联。之所以
这样认定,其理据主要来自三个方面:一是民国知识分子基于对现代文明冲击之下的乡
村社会所出现的种种不适应症及其遭遇、后果的审视与批判,发现要推动乡土中国向现
代中国转型,就必须从中国文化的农耕文明属性着手,改造乡土中国的基本结构,这样才
能推动整个中国的现代化进程,进而通过对落后文明的批判来展现重建现代乡村的理
想;二是基于现代人对逝去的农耕文明的一种深刻的记忆和留恋的心理情感,并以乡村
文明的自然本性来反观传统,并审视乡村与现代社会间存在的复杂关系,特别是现代文
明本身所出现的异化问题,从而描绘一种理想化的现代文明蓝图;三是基于对社会革命
的价值认同与情感执着,着力展现乡村的革命意识及其乡村变革的态势,探索用乡村改
造的方式建设新中国的途径。与此相关联,民国乡土文学在创作上,也就形成了三种不同
的书写范型。

一

中华民国作为亚洲地区第一个共和制的国家,它的建立具有划时代的意义,对整个中国
社会和文化由传统向现代转型产生了很大的促进作用。民国时期,一批具有现代文明价值
理念的知识分子发现,晚清以来中国社会的落后,与乡村的闭塞、保守、迟钝、愚昧、麻木和无
知等有着密切的关联,改造乡村社会,使之跟上现代文明发展的时代节奏,也就成了他们的
一种社会改造和文化实践方式,如晏阳初所指出的那样:"所谓根本的解决法,在将欲从各种

---

① 依据虞和平教授的研究,以开展乡村自治、合作社和平民教育活动为主要内容的民国乡村建设运动,最
初萌芽于 1904 年河北省定县翟城村米氏父子的"村治"活动。此后,美国人斐义理(Joseph Baillie)创立的金陵大
学农学院及其所进行的农村活动,开始了真正意义上的乡村建设活动,尔后中国学者与美国康奈尔大学等团体和
个人合作,开始从事中国农村建设活动。到 1923 年,又有"华洋义赈救灾会"在河北省组建农村信用合作社。特
别是 1920 年代初晏阳初先生从美国普林斯顿大学获得硕士学位回国后,即正式提出"乡村建设"这一概念,他亲
自创办了"中华平民教育促进会",并选择河北定县进行以识字教育为中心的乡村建设试验。到 1930 年代,又相
继出现了以梁漱溟先生为首的山东邹平乡村建设实验区、中华职业教育社所进行的江苏徐公桥等实验区、江苏省
立教育学院所从事的各实验区、金陵大学农学院举办的安徽乌江农业推广实验区,等等,总计千余处。其中,尤以
梁漱溟先生的乡村建设实验区最为典型,其主要内容包括政治、经济、文化、社会四大部分,主旨是力图从文化的
维度为现代中国寻找一条全面改造农村的实践道路。从相关史料来看,其具体内容包括改善农村政权,组织乡村
自卫;组建各种合作社,推广先进的农业生产技术;设立各种教育机构,推进基础教育;改善卫生和医疗状况,整治
村容和道路;禁绝鸦片和赌博,破除迷信,移风易俗;等等。从目标和内容上来看,民国的乡村建设运动,为中国现
代化进程中的乡村建设,提供了一种可借鉴的样本,也给民国文学的乡土书写提供了一种现实的依据。参见虞和
平:《民国时期乡村建设运动的农村改造模式》,《近代史研究》2006 年第 4 期。

问题的事上去求的时节,先从发生问题的'人'上去求。"①

对落后的乡村文明,特别是有关它对于现代文明严重不适应症的审视与批判,成为民国初期乡土文学书写的一种意识聚焦。这种书写主要以鲁迅为代表,以及追随他的创作风格而出现的1920年代的乡土文学创作热潮,代表性人物有:王鲁彦、许杰、许钦文、巴人、蹇先艾、徐玉诺、台静农等人。这种书写及其所形成的范型特点是:执着于展示现代文明冲击下乡村的破败现实、社会黑暗、人性扭曲和国民劣根性的种种表现,其中蕴含着十分鲜明的批判意识,力图通过文学的方式提出如何进行乡村改造或重建乡村文明的思想命题,带有鲜明的"五四"时期思想启蒙的意识特征和文化理想。

鲁迅是民国乡土文学创作的开启者。基于现代文明的价值理念,鲁迅对乡土中国的审视,从中发现的是建立在农耕文明时代的中国乡村社会对于现代文明的严重不适应症,进而写出了乡土中国向现代中国转变的艰巨性和艰难性。在他的笔下,中国乡村社会显示出了"老中国"的窘态,广泛存在于乡村社会的是落后、愚昧、无知、麻木的国民精神状态。小说《故乡》对久别故乡的描绘,似乎并没有那种"近乡情更怯"的心情,更多则是描绘故乡的"深冬","严寒"中的"阴晦","冷风吹进"和"苍黄的天底下,远近横着几个萧索的荒村,没有一些活气"的衰败景象,与此相对应的不再是那"深蓝的天空中挂着一轮金黄的圆月,下面是海边的沙地,都种着一望无际的碧绿的西瓜,其间有一个十一二岁的少年,项带银圈,手捏一柄钢叉,向一匹猹尽力地刺去"的闰土形象,而是在那喊着"老爷!……"的声中所呈现出来的陌生、迟钝、木讷的闰土形象及其严重的隔膜的精神状态,以及那种"法国人不知道拿破仑,美国人不知道华盛顿似的"对于现代世界认知的巨大差距。《孔乙己》《药》《祝福》对孔乙己、华老栓、祥林嫂等的描写,也基本上沿着这种理路而来,尤其是小说中的"未庄""鲁镇""S城",这种极其闭塞的乡村空间所呈现出来的更是"老中国"在现代文明冲击下的窘境,如同马尔克斯在《百年孤独》中运用魔幻现实主义写出整个拉美大陆遭遇现代文明冲击时所呈现出来的孤独与惶惑一样,鲁迅对于传统乡村社会的描绘,写出的也是以此为代表的整个传统中国对于现代文明世界的陌生、隔膜和严重不适应的心理与精神状态,并由此展开对于改变这种状况之艰巨、艰难的认识与思考②,寓意其中的则是他鲜明的启蒙思想与现代文明的价值理想。

鲁迅对于乡村社会的描绘,在民国初期深深地影响了一批追随他创作风格的作家,使之对乡村社会的描写也多是侧重将书写的重点放在对农民的精神生活困境和苦难的揭示上。他们笔下,有对中原地带农村在战乱中日趋破产的现实描绘(徐玉诺《一只破鞋》),有农民到城市后生活艰难的困境(潘训《乡心》),有现代资本主义的金钱关系深入农村后人际关系的

---

① 《晏阳初全集》(第1卷),湖南教育出版社1992年版,第114页。
② 在《范爱农》中,鲁迅表达了他对"S城"的失望,说"貌虽如此,内骨子是依旧的",而在《娜拉走后怎样》中则发出"中国太难改变"的感叹,在《灯下漫笔》中指出,这使得国民"不能动弹",也"不想动弹"了。

变异（王鲁彦《黄金》），还有边远农村的原始蛮性和落后的精神麻木、愚昧的生活状态（蹇先艾《水葬》），有通过"名誉"与"金钱"之争，透露出半封建半殖民地化社会对农民道德观念和性格心理产生深刻的影响（许杰《赌徒吉顺》），等等。像被茅盾称之为"成绩最多的描写农民生活的作家"许杰，就通过对浙东乡村原始习俗的描写，写出了"一个原始性的宗法的农村"和"一个经济势力超于封建思想以上的变形期的乡镇"之状况（如《惨雾》中的原始械斗之风，《赌徒吉顺》中的典妻之恶俗），写出了由吉顺、大白纸（小说《大白纸》中人物）为代表的农民精神上的贫困和苦难。沿着这种创作思路，此时民国作家还注重将认识聚焦在对传统乡村社会的农民精神异化层面上，像王鲁彦、巴人（王任叔）对浙东滨海乡村社会的描述，就典型地反映出了在外来工业文明的侵蚀下，乡村社会的世态炎凉和人心隔膜，以及由此所造成的农民心理苦痛和精神伤害。王鲁彦《黄金》揭示了陈四桥的人与人之间的冷漠和势利。史伯伯的前后遭遇，不是泛泛地反映乡村社会农民的性格心理，而是折射出整个中国乡村社会在现代文明境遇中人的心理深层次的变异。他的《一个危险的人物》《岔路》《阿卓呆子》《自立》《屋顶下》《鼠牙》《惠泽公公》等小说，对乡村社会生活，特别是对农民精神生活的描述，可以说就是一部中国乡村社会现实生活史和农民精神苦难史。巴人的乡村书写也十分注重剖析农民麻木的灵魂，勾勒出乡村社会的颓败与骚动。他自觉地以鲁迅为榜样，展开对国民性的批判，揭示农民的精神苦痛。在小说集《破屋·序言》中，他说他要描绘出"在乡间的破屋里、凉亭下"的人们"永远的黑暗"，描绘"破屋下的梦又惊醒"了的"受伤的灵魂"。所以，茅盾在谈论此时的乡村书写特点时指出："这些都是畸形的人物，他们在转型期的社会中是一些被生活的飞轮抛出来的渣滓。"①无疑，对于长期居住在传统乡村的农民来说，他们视野的狭窄、思想的禁锢、生活的封闭，对外面世界和新知识的无知，除了地缘因素之外，最主要的就是他们精神上的隔膜所致，就像许杰在《漂浮·自序》中所说的那样："实在说一句，因为现在的大多数的'两脚动物'，还没有觉悟到是沉浮在灰色的人生中，听大力的命运的支配而受苦呢！这便是无灵魂的人生。"也如费孝通在分析中国乡村生活境况时所指出的那样，"极端的乡土社会是老子所理想的社会，'鸡犬相闻，老死不相往来'"，就是这种"极端的乡土社会"造成了"中国乡下最大的毛病是'私'"，而"私的毛病在中国实在比愚和病更普遍得多，从上到下似乎没有不害这毛病的"②。

揭示传统乡村社会的弊端，批判国民劣根性的丑陋，使鲁迅所开启的民国初期乡土文学在书写上呈现出了一种鲜明的新人文主义的价值理想和理性精神，从中也构筑了一个完整的、具有思想启蒙意义的象征世界，把对国民性的分析，对民族生存状况的揭示，以及通过乡村对中国历史、社会和民族命运的透视和阐释，都烙上了鲜明的思想启蒙印记，使之凝聚着

---

① 茅盾：《中国新文学大系·小说一集导言》，《茅盾论中国现代作家作品》，北京大学出版社1980年版，第40—41页。

② 费孝通：《乡土中国》，生活·读书·新知三联书店1985年版，第18、21页。

民国作家对整个民族心理、性格结构、历史沿革、文化风范的深切体察和内心感悟;使之在叙事层面上一开始就超出了一般性的有限表层叙事的意义范畴,兼具叙事与象喻的双重艺术功效,通过乡村社会的描绘及其人物性格心理的揭示,从中传导出了整个民族在转型时期的心灵律动及内在苦痛,包蕴着对千百年来形成的"集体无意识"在民族心理中积淀及后果的细腻分析和深刻反省;也使之成为探寻和展示整个民族精神意识和心理性格与命运的一种独特的审美方式,并且也同时将整个民族的生存境况、国民的愚昧精神状态、国民的奴性心理性格,乃至人的解放、个性解放、民族独立和社会解放等宏大主题,都深深地蕴含在这种书写范型之中。

二

乡村建设作为民国知识分子的一种社会实践,其中寄寓了他们对逝去的乡村文明进行复兴、转化和改造的社会理想。梁漱溟就曾认为,近代中国所遭遇的问题,关键还是文化的失调,他指出:"近百年来世界交通使中国与西洋对面,只见他们引起我们的变化,诱发我们的崩溃,而不见我们影响到他们有何等的变化发生。这无疑是中国文化的失败。"①他主张立足于中国文化,吸收西洋文化长处,从乡村建设着手,完成文化的现代转型。这种对逝去的乡村文明的态度,在民国知识分子群体中有较大的共鸣。从文化心理上来说,尽管传统乡村文明在许多方面不能适应现代文明发展,但作为一种逝去的文明形态,又往往会勾起人们在心理上对产生追忆、留恋和缅怀的情感。18世纪德国著名浪漫诗人诺瓦利斯曾说:"哲学原就是怀着乡愁的冲动到处寻找家园。"②哲学如此,文学更是如此。在文化意义的审美层面上,乡愁已是寻找家园的一种内生动力和情感源泉,荷尔德林也曾强调:"诗人的天职是还乡,还乡,使故土成为亲近本源之处。"③

在民国乡土文学书写中,也出现了一种对逝去的以乡村文明为代表的农耕文明的追忆、留恋和反省的书写范型。其中,最主要的是以京派作家为代表,如沈从文、废名、师陀、李健吾等,都是这一书写的经典作家。可以说,他们的这种乡村书写总是带有一种对逝去的乡村文明的留恋情感与反省态度,也试图由此反观现代文明的某些缺陷,进而在总体超越的位置上,对包括现代文明在内的整个人类文明发展进程进行反思和反省。如同卢梭在极力倡导以"自由"为内核的现代文明的同时,也深刻地发现了现代文明的限度及其可能带来的危害,进而提出"回归自然"的主张一样,京派作家的乡村书写虽对逝去的乡村文明多有赞美之情,但所基于的价值立场依然是现代文明的。因为在他们的反思和反省中,可以看出有对如何创建现代乡村文明的严肃思考,对如何确定乡村文明与现代文明关系的探讨,对现代乡村文

---

① 汪东林:《梁漱溟问答录》,湖北人民出版社 2004 年版,第 15—16 页。

② 转引自赵鑫珊《科学·艺术·哲学断想》,生活·读书·新知三联书店 1985 年版,第 4 页。

③ 转引自海德格尔《人,诗意地安居》,郜元宝译,上海远东出版社 1995 年版,第 87 页。

明的可能与限度以及将其作为都市文明的一种参照系的思考,同时,在艺术审美理念上,京派作家的乡土书写创造出一种极具文化哲学内涵的审美风格,为用现代艺术审美理念来观照乡村、乡土和处在转型之中的现代社会,寻找现代人的精神家园,提供了一种诗意人生的维度。如杨义所言,京派作家"发现了在自然怀抱和宗法制维系中人的心境的和谐,'一念之本初'的童心未泯,原始人性在与神性的交融中洋溢着顺乎自然的恒定感",故而更加注重"以质朴而雅致、绵密而潇洒的笔触,点画出古老的中国城乡儿女,尤其是带原始静穆感的乡村灵魂的神采,神与物游,物我无间,创造出具有东方情调的和谐浑融的抒情境界"①。

沈从文在对乡村文明的认识中,展现出了一种对"自然"(自然而然)的生命意境的书写。他以"自然"(大自然的自然和人的本性自然)为题,探索乡村文明所赋予的健康、质朴和充满原始蛮力的自然生命之本质内涵。他强调要"用矜慎的笔,做深入的解剖,具强烈的爱憎,有悲悯的情感。表现出农村及其他去我们都市生活较远的人物姿态与言语,粗糙的灵魂,单纯的情欲,以及在一切由生产关系下形成的苦乐"②。他的书写,既为湘西自然质朴的生命而讴歌,也为都市扭曲异化的生命而感叹。乡村文明所绽开的自然生命之花,在他的笔下成为追忆具有优美特质的逝去的乡村文明的一种能指对象,也成为探寻生命意义和表现深处灵魂的一种形式。他以"虚空明静"为自然生命的最高境界,由衷发出"有什么人能用绿竹做弓矢,射入云空,永不落下?我之想象,犹如长箭,向云空射去,去即不返。长箭所注,在碧空而明静之广大虚空"的追问,力图在这种自然而然的生命境界中,认识并体悟到"……内容极柔美。虚空静寂,读者灵魂中如有音乐。虚空明蓝,读者灵魂上却光明净洁"③的心灵韵律。正是在这个意义的层面上,他所构筑的"湘西世界",实际上也就成了优美人生意境和优美人性的象征或代名词,展示出他对乡村文明的一种理想的期盼,即"虚空"是自然生命的高远意境,而"澄明"则是自然生命的理想境界,也是他致力追求的"优美、健康而又不悖乎人性的生命形式"。因此,在他的书写中,乡村文明所特有的自然生命,同时也被赋予了极具人文意味的价值特征,与他所提出的"爱与美"和"神在生命"的哲学理念形成高度的吻合。废名的乡村书写,也同样展现出生命的自然之道,也即他所致力追求的"渐近自然"之境界,他认为这才是乡村文明的精髓所在。像他的小说《竹林的故事》开篇,就是以大自然的自然之道来对应,或者反观人的心灵世界,展现出一种自然生命之道和人生之道相对应的景观,其中的人物像小林、细竹、琴子等,也都是遵循自然生命之道,是自然生命的成长与变化的结果,在他们身上难以找到诸如社会、历史等外在的人为痕迹,一切都是顺从自然,在如花如梦的大自然山水中,纯任天真而悠游卒岁,在闲散、悠游和毫无羁绊之中自娱自乐。像《凌荡》中的陶

---

① 杨义:《杨义文存·中国现代文学流派》(第4卷),人民出版社1998年版,第364—365页。
② 沈从文:《论冯文炳》,《沈从文全集》(第16卷),北岳文艺出版社2002年版,第152页。
③ 沈从文:《烛虚·生命》,《沈从文全集》(第12卷),北岳文艺出版社2002年版,第43页。

家村、《桥》中的史家村,都一无不是远离尘嚣的自然山水胜地,呈现出来的是祥和、风韵、宁静、致远的神态,人与大自然永远都是合二为一,融为一体的。如果说传统的乡村文明传达出的是"乐天知命"的自然生命之道、人生之道,那么,废名的乡村书写则是顺应了这种"道"的秩序。所谓"乐天",就是强调要顺应自然,而所谓"知命",就是承认并顺应规律。在他看来,这样才能让生命真正进入"无忧"状态,获得自由超越的生命意义的超验证明和强力支持。师陀的《果园城记》,书写的也是一个美丽、诗意、充满生机的乡村、乡镇,用他的话来说,这里的一切都是"中国小城的代表",是"有生命、有性格、有思想、有见解、有情感、有寿命,像一个活的人"①。尽管其中也有些"单调、沉闷、绝望",但依然是传统的乡村文明的静穆写照,所要展示的依然是日久蛰伏后的人心的逐渐觉醒和开化,那种对往事一去不复返的留恋、伤感与反思,也从中揭示出历经的恒常与变化的颟顸。书写这种由外而内的渐变,也是师陀认识逝去的乡村文明的一种维度、态度和方式。李健吾的《终条山的传说》,则以绚烂的笔致向人们娓娓叙述了终条山的神奇传说,从中传达出他对逝去的乡村文明的一种想象,如同鲁迅的评论所言:"《终条山的传说》是绚烂了,虽在十年以后的今天,还可以看见那藏在用口碑织就的华服里面的身体和灵魂。"②显然,作者要书写的并非是终条山那充满传奇色彩的故事,而是要透过对这种带有传奇、神秘的故事叙述,发掘出蛰伏在"身体"之中的那亘古不变的"灵魂"。在李健吾看来,这才是乡村文明必然逝去的根源,如同他在作品中感叹的一般:"平安和幸福从先祖就充满群中。至于那些伟大的山河常常在他们安眠后,随风呼号,哀自身不为俗民赏识——命运是如此呵。"

在京派作家的乡村书写中,追逐陶渊明"采菊东篱下"般的心境,成为他们对逝去的乡村文明追忆、缅怀和反思的精神源泉和审美皈依,尤其是所呈现出来的那温情脉脉的田园牧歌式的生活情调和人生理想,也都成为他们的艺术底色和美学追求,正如许道明所指出的:"从审美情趣看,'京派'小说家几乎没有一个人不膜拜陶渊明,他们的小说往往也表现出对田园牧歌情调的倾心向往。他们熟悉西方浪漫派的'返回自然',但他们的某些田园风格小说比西方的自然派作品更讲求自我逃遁,更讲求情感的客观投射,因而有某种类似非个人的气质,'万物与我为一'的理想正是它的注脚。"③无论这种乡村书写究竟是不是有意美化逝去的乡村文明与否,或在思想观念上呈现出一种文化守成主义倾向,但从处于转型之中的民国乡村建设以及如何从现代文明维度来审视乡村文明、乡土文化的层面上来说,其中都展现出了一种鲜明的探寻现代人的生命意义、构筑现代人终极关怀的价值指向。

三

从狭义的角度,或从严格的意义上来说,受"五四"以来激进主义文化(主要是革命意识

---

① 师陀:《果园城记·序》,《果园城记》,上海出版公司1946年版,第3页。
② 鲁迅:《中国新文学大系·小说二集导言》,《鲁迅全集》(第6卷),人民文学出版社1981年版,第251页。
③ 许道明:《中国新文学史》,上海古籍出版社2005年版,第341—342页。

形态)的影响而形成的乡村革命书写范型,并不属于上述民国时期乡村建设社会思潮的影响范畴,但是,从文学的发展进程,或从广义的角度上来看,它却又是整个民国乡土文学书写范型的一种主要类别和表现形态,同时,从现代化发展的广义维度来审视,主张通过乡村革命来推动现代化转型,依然可以看作民国乡村建设的一个有机构成部分,只是其所持有的现代文明理念和所选择的道路与方式,与前两种范型存在着本质差异。如早在"五四"运动中,邓中夏、恽代英等就曾号召到乡村去,通过乡村工作来推动社会革命,进行乡村的改造和建设①,这对基于革命意识形态而形成的乡土文学及其乡村书写范型产生了重要的影响。

沈雁冰(茅盾)曾指出,"无产阶级艺术"至少要做到"没有农民所有的家族主义与宗教思想"②。在他看来,无产阶级艺术对于乡村的书写,也应该基于对乡村的现代文明改造,这样才能完成乡村的革命,搞好乡村的社会建设。在1930年代,左翼作家的乡土书写,延续了这种乡村革命意识形态的书写传统,到了1940年代的"解放区文学"中,这种乡村书写开始占据主流位置,并一直影响到中华人民共和国诞生以后的乡土文学创作。从书写特点上来看,这种乡村书写范型,主要是强化了意识形态化的艺术与审美功能,突出了革命意识形态的主导性,即便是写农民落后的意识观念,也必定要将其作为塑造农村"新人"的一种参照,目的是为诠释革命的合法性和合理性,提供强大的艺术和审美意识形态功能的支持,如赵树理的小说创作,即便是为中国农民"写生""写心",也依然承担着"严重的问题是教育农民"的意识形态任务。

1931年,左联执委会通过了《中国无产阶级革命文学的新任务》的决议,其中就明确要求左翼作家必须"描写农村经济的动摇和变化,描写地主对农民的剥削及地主阶级的崩溃"。反映在左翼作家的乡村书写中,不难发现,其中不仅突出了阶级压迫和阶级斗争的残酷性,而且也突出了这种苦难和残酷所获得的革命斗争的合法性,以坚定革命信念和乐观的革命精神,由此获得对乡村社会的革命改造,使乡村社会总是充满革命和战斗的激情,呈现出一种以壮美为特征的审美特质。像叶紫的乡村书写,就再现了阶级压迫的血腥事实,歌颂了农民不屈不挠的革命斗争,并展现出由此带来的乡村变革和乡村社会的变化,凸显出"战斗性"的乡村革命态势,鲁迅对此也评论道:"作者已经进了当前的任务,也是对于压迫者的答复,文学是战斗的!"③将乡村看作推动中国现代化转型的重要途径,是左翼作家对乡村的一种

---

① 针对陶行知等人提倡开展乡村教育的主张,恽代英就曾写信给毛泽东说:"我们也可以学习陶行知到乡村里去搞一搞。"1938年3月21日毛泽东在延安"抗大"三大队临别演讲中,在谈到他对农民问题的认识过程时也说:"十五年前,恽代英主张去做平民教育工作。"1923年7月,陈独秀在《前锋》第1期发表《中国农民问题》一文,论及开展乡村革命建设问题。1924年1月5日,邓中夏在《中国青年》上发表《中国农民状况及我们运动的方针》,介绍了广东海丰和湖南衡山白果两处农民运动情况,指出:"由上述的两桩事实看来,我们可以征测中国农民的觉悟是到了要农会的程度,能力是到了敢于反抗压迫阶级的时候,这种壮烈的举动,比较香港海员和京汉路工的罢工,并无逊色,真是中国革命前途可乐观的现象呵。"
② 沈雁冰:《论无产阶级艺术》,《文学周报》1925年5月第175期。
③ 鲁迅:《叶紫作〈丰收〉序》,《鲁迅全集》(第6卷),人民文学出版社1981年版,第225页。

基本认识,在这当中,"革命""阶级""斗争""战斗""觉醒""反抗""压迫"等,成为他们乡村书写的意识聚焦和关键词,并对此投入了全部的创作热情。如叶紫所说的那样:"我经历了不知多少斗争的场面,我愤怒的火焰已经要把我的整个灵魂燃烧殆毙,所以在我的作品里,只有火一样的热情,血和泪的堆砌使我简直像欲跳进作品里去和别人打架似的!"又说:"我毕竟是忍不住的了!因为我的对于客观现实的愤怒的火焰,已经快要把我的整个的灵魂燃烧殆毙了!"[①]萧军的《八月的乡村》则是以一种特殊的方式展示出乡村革命的另一种形态,由于日本侵占东三省,整个乡村的生态发生了根本性质的变化。在这种境况中,展示乡村的革命斗争形势,也就具有了天然的合法性和合理性。小说中对日寇暴行的揭露和鞭挞,对东北人民苦难的描写和反映,对抗日军民形象的塑造和刻画,都在展现特殊形态的乡村社会境况当中,强化了乡村革命斗争的必然性,并蕴含着民族独立和解放的宏大主题,从中也展示了未来中国乡村建设和发展的另一种前景,正如鲁迅所指出的那样,它"显示着中国的一份和全部,现在和未来,死路与活路"[②]。到了1940年代,特别是在由共产党实际领导的解放区文学中,这种对乡村的认识在实践中得以更进一步强化和演化,其特点是把由"五四"时期萌生的乡村革命意识,并经1930年代得以实践和强化的对乡村革命斗争的书写,具体地落实到对乡村正面人物形象——新一代农民形象的塑造与刻画上,以展示由共产党领导的乡村革命改造与建设的实际成果,并直接与建设新中国相对应与对接,由此提出"严重的问题是教育农民"的命题,从而把另一种有别于其他民国知识分子的乡村建设的理想蓝图展现在人们的面前。

在这方面,最为突出的是赵树理的乡村小说创作。从创作上来看,赵树理以最贴近延安文学倡导的"为工农兵服务"的创作理念和倡导"中国作风和中国气派"的艺术方式,尽可能地从农民最能接受的小说叙述和审美传达,诠释以革命为主导意识的乡村建设理路。他的小说类型,大致可以归为这样两类:一是以新旧农民形象的对比,突出在乡村变革和建设中,农民由旧到新转变的必然性和艰难性,如《小二黑结婚》等;二是重点展示乡村变革和建设中所出现的新问题,突出"严重的问题是教育农民"的主题,如《李有才板话》等。基于这种对乡村的认识和把握,赵树理择取了最能代表中国的北方乡村这一典型的人文地理与区域文化的"点"来进行乡村书写,其用意非常明显,也就是要以这种经典中国的乡村,强化对农民进行改造为叙述导向,来说明乡村变革及其必将带来深刻变化的不可逆转性。在他看来,这既是乡村变革的一种理想的指归,也是一种必然的进程。《小二黑结婚》通过叙述解放区一对青年男女追求婚姻自由的故事,不仅描绘出乡村变革将对强大的传统守旧势力带来巨大的冲击,而且也通过新旧农民形象的塑造和性格心理的刻画,把新旧斗争的曲折、艰辛和最终走向胜利的不可抗拒的特点,展现在广大的农民面前,既满足了革命斗争的意识形态诉求,

①　叶紫:《我怎样与文学发生关系》,《叶紫文集》(下卷),湖南人民出版社1983年版,第507页。
②　鲁迅:《田军作〈八月的乡村〉序》,《鲁迅全集》(第6卷),人民文学出版社1981年版,第293页。

也突出了对于广泛存在于乡村中的那种家庭、家族的血缘伦理和乡村社会的民俗传统对于乡村变革的阻碍与纠缠,实际上也是告诫人们应对中国乡村建设的这种艰巨性、艰难性,保持高度的警惕和足够的耐心。《李有才板话》则通过李有才带领小字辈以"快板诗"为武器,对处在乡村变革之中的村干部贪污盗窃,营私舞弊,欺压群众,居然骗取了"模范村"荣誉的种种行为进行智斗,并取得胜利的故事叙述,揭示出"严重的问题是教育农民"这一乡村改造和建设的主题。如果说农民占据了中国人口的绝大多数,那么,通过乡村变革和建设来推动中国现代化进程,也就必然会遭遇包括乡村传统势力及农民性格心理劣根性的阻碍;不认识到这一点,也就无法真正地认识中国乡村及其整个中国。《李家庄的变迁》基本上延续了赵树理的这种对乡村的认识和思考。通过主人公张铁锁一家在农村遭受欺压,田产被霸占,有理无处申,只能背井离乡,漂落他地,后来在共产党领导下,推翻了地主阶级的统治,最终获得翻身解放的故事叙述,也同样是把乡村改造的艰巨性和艰难性放在人们的面前,提示人们必须对此有足够的思想认识与心理准备。赵树理的这种乡村认识观,曾引起日本学者的高度关注,如竹内好就认为,《李家庄的变迁》所反映的问题,是带有"本质性的问题",在"个人"与"整体"的关系上,赵树理提供了一种新的认识范本。[1] 尽管竹内好是借此来分析论述战后日本的问题,但在这其中也说明了赵树理的乡村书写,的确反映出了处于转型、变革之中的中国乡村社会所遭遇的一些普遍性的问题。

以革命意识观照乡村,探索另一方式的乡村改造和建设的途径,使民国时期这种范型的乡村书写,较好地诠释了通过以革命和阶级斗争方式实现现代化的可能性和必然性,同时更是以直面乡村现实,正视乡村改造和建设中所遭遇的实际问题的方式,描绘了改造乡村、建设乡村,并通过乡村推动整个中国进入现代化进程的另一种蓝图。如果说传统乡村是整个中国进入现代化的最大阻碍和绕不过去的"门槛",那么,这种乡村书写范型也给人们这样一种理念认识和审美感知,即单纯地借用、照搬西方启蒙主义所提出的现代化解决方案,可能并不能真正解决中国的乡村问题,而只有懂得中国乡村的习俗、民情、民性和民风,特别是懂得生活在广袤乡村的农民性格、心理,了解他们的兴趣、爱好和诉求,才能真正地摸索出一条解决乡村改造和建设之道,以推动整个中国的现代化进程与发展。

---

① 竹内好:《新颖的赵树理文学》,《文学》(日本)1953 年第 21 卷第 9 期。

灵魂之殇

——刘庆萨满文化长篇小说《唇典》论

王达敏*

（安徽大学 文学院，合肥 230039）

内容摘要：《唇典》是一部内容厚重、思想现代的萨满文化小说。萨满教源自巫术，信奉万物有灵，是原始巫术和原始宗教一体化的产物，是具有民俗特色的民间宗教。萨满人神两性，是沟通人与神灵的中介者、代言人。小说呈现了一个人神共生共存的萨满世界，描写东北一个名叫白瓦镇的小镇始于1910年、终于世纪末的近百年的历史，既表现了人在失灵年代灵魂缺失和萨满及萨满教衰亡的命运，又以返身回顾的姿态，从萨满文化的通道踏上寻找灵魂、构建灵魂之途。

关键词：萨满；萨满教；灵魂；命运

- -

可尊可敬的科学啊，当我秉承您的治学精神，带着由现实、客观、理性、唯物等知识训练出来的坚硬头脑走进萨满文化长篇小说《唇典》时，我所有的知识顷刻间稀里哗啦成了一堆破铜烂铁。这是一个全然陌生的世界，我拥有的知识敲不开它的门，更不用说走进它了。

这是一个怎样的世界啊！在我们熟知的人类世界之外，居然还有一个比人类世界更远古、更神秘、更难以把握的神灵世界。这个与人类比邻而凡眼不能达及的世界，巫风神气弥漫，神灵鬼魂穿梭，数不清的神灵生于其中，不死不灭，世代共存；这个世界没有年代的标识，没有时间的磨损；神灵鬼魂们各有自己的爱好和习性，他们像人一样有喜怒哀乐，有情欲，有善恶，有各自的独门绝技——幻术和奇能。

萨满说：这是我们满人及所信奉的萨满教引以为豪的地方。基于"万物有灵"和"灵魂不灭"的思想观念，我们拥有一个庞大的神灵谱系，从大千世界自然神到氏族部落的祖先神，都是我们崇拜的对象。

萨满又说：萨满世界是生成的，不是虚构的。最古最古的年代，世上只是一个小水泡，天

---

* 作者简介：王达敏，文学博士，安徽大学文学院教授、博士生导师。

像水,水像天,后来,水泡里生出一个女神,族人叫她天神——万物之主阿布卡赫赫。天神小的时候像水珠,长大后变成天穹。她的上身裂出星神卧勒多赫赫,下身裂出地神巴那姆赫赫。三个女神同身同根,同生同孕,合力造化万物。万物有灵,庞大的神灵谱系由此生成。仅星神就有包括北斗七星神在内的 52 位之多,还有雾神、霜神、山神、树神和动物神,动物神里又细分为老虎神、熊神、鹰神,等等,多得数不清。除了这些自然的神祇,神灵谱系还有祖先神。

若追问:萨满世界是真实存在的吗?我想,科学肯定断然否定,会说这是反科学的迷信;常识自然也不甘落后,会说这不符合常识,分明是虚构的世界;一向聪明的作家会说,这是幻想的神话。但满人特别是他们的精神领袖萨满则会肯定地说,这些都是真的。

我该相信谁呢?《唇典》的叙事者——满人的最后一个萨满满斗说,你们先别急着信谁不信谁,且听听我说的故事吧。我说的故事,我们满人叫"唇典",就是嘴唇上传承的故事,即世世代代、口口相传的故事。

一、神奇的萨满世界

人神二界,泾渭分明。但在萨满眼里,人神共存一界——萨满世界。既然"万物有灵",那么,作为万物之首的人类,亦归于灵界。只不过,人活着时,灵肉一体,灵魂栖居于肉身之中;偶有逸出,那多半是在睡梦中或迷幻中,而其他魂灵多半也于此时趁机附入人体。人死则灵肉分离,肉身归入泥土,灵魂飞向灵界。人处于万物之中,亦可以说人处于万灵之中。万灵共存,人与神灵相互越界,侵害的事就会频频发生,人的吉凶祸福、生老病死均源于此。这时候,就需要一位既通晓人神意愿又能与人神二界说上话的中介者来沟通彼此,历史在急切地呼唤一位能够改变人类命运的人物出现。巫师应运而生,他成为历史上第一位人与神灵的代言人,而萨满则是紧随原始巫术演进到原始宗教萨满教阶段,并且是巫教一体阶段出现的新神职人物——既脱胎于巫师又超越巫师,同时又保留了很多巫师法术的兼具人神两性的人物。据萨满教研究者的田野调查资料及相关的历史记录,可以确认,"萨满在民族生活中地位崇高,因为其不但会击鼓甩铃,焚香祈祷,吟唱神歌,和诸多的神灵交往,转达人的愿望,传达神的意志,有的还会模拟各种神兽灵禽翩翩起舞,甚至会钻冰眼、跑火地子、喷火、跳树等各种神技。萨满能够讲解'乌车姑乌勒本',即萨满教神话。这种神话充满了英雄主义,凝聚着族人的理想、愿望和憧憬,规范着人们的道德、行为,实际上它是原始时期氏族或部落的宪章。萨满不但在祭祀中扮演主角,而且往昔氏族、部落生活中的大事,如出征、打围、婚嫁、育子、送葬都要请萨满祈祷或举行一定仪式来求得神灵的庇佑。平时,萨满是氏族中普通的劳动成员,不享受特殊礼遇,然而氏族或其他成员罹难时,他是首当其冲的化导者,同时也是氏族的药师和女人育婴的保姆。恰如米·埃利亚德所言:'萨满不只是神秘主义者,萨满确实可以称得上是部族传统经验知识的创造者和保护者。他是原始社会的圣人,甚至可以说是诗人'"①。

如果此处的论说不错的话,萨满和萨满教正是巫教一体的产物。说萨满脱胎于巫师,萨满教源自巫术,并非贬低萨满和萨满教,而是更准确地还原萨满和萨满教的本相。

巫术是人类文明的源头。弗雷泽说,"在人类历史上巫术的出现要早于宗教"这是第一句话。第二句话,"古代巫术正是宗教的基础"②。弗雷泽根据事实做出的判断是正确的,人类文明的演变,其宗教发展史,是由原始巫术到原始宗教(自然宗教),再由原始宗教到天启宗教(历史宗教)。巫早于教,由巫入教才合乎历史逻辑。但在原始先民那里,原始巫术与原始宗教混存一体,或者说巫教同体,共生互为。二者之区别,在原始巫术时期巫术独自称大,巫师主要通过各种法术对特定目标施加影响。此时的原始先民萌发的"万物有灵观"和"惧神(魂灵)观"还未以超自然观念为前提,也非将施术目标视作礼拜求告的对象,而是为了对其施加影响,甚至将其制服。而原始宗教,据考古发掘和对原始社会的考察表明,其中已经出现对自然体的信仰和崇拜的观念。除此之外,原始宗教在由"巫教同体"到巫教逐渐分离的过程中,大量保留了目的良善的"白巫术",而抛弃了充满仇恨并以施害为目的的"黑巫术"。近存的萨满教最能体现这种"巫教同体"的特征。

萨满教大致的演变路径,王宏刚等学者给出了描述:"萨满教萌生于人猿揖别后人类漫长的蒙昧时代,兴起并繁荣于母系氏族社会,绵延于父系氏族社会及相继的文明社会,其影响一直持续到今天。"③萨满教曾广泛流传于中国东北到西北的阿尔泰语系地区,包括蒙古语族的蒙古族和达斡尔族,通古斯语族的满族、鄂温克族、鄂伦春族、朝鲜族、赫哲族、裕固族、锡伯族,突厥语族的维吾尔族、哈萨克族、柯尔克孜族,等等。因为通古斯语称巫师为萨满,故得此称谓。

萨满教信仰"万物有灵"和"灵魂不灭"观念,认为自然界的变化和人的吉凶祸福、生死病老,均是各种精灵、鬼魂和神灵作用的结果。当许多宗教在漫长的历史演变中纷纷由原始宗教向天启宗教生成时,如琐罗亚斯德教、犹太教、基督教、佛教、伊斯兰教等宗教,萨满教还在尽心尽责地与各种各样的神灵鬼魂打交道,执意信奉众神,实际上是多神崇拜。这一点,无疑是它始终止步于原始宗教水平而未能向天启宗教发展的一个主要原因。当犹太教、基督教、佛教、伊斯兰教逐渐成为民族宗教甚至是人类性宗教,向着"高大上"目标建设"彼岸世界"时,萨满教还滞留于"此岸世界",孜孜不倦地为民间百姓做俗事。俗事烦琐沉重,加之萨满需要与数不清的神灵鬼魂打交道,萨满教再也无力无心关注超拔的"彼岸世界"的建设了。

---

① 王宏刚、王海冬、张安巡:《追太阳——萨满教与中国北方民族文化精神起源论》,民族出版社2011年版,第21—22页。

② J.G.弗雷泽:《金枝——巫术与宗教之研究》上卷,汪培基、徐育新、张泽石译,商务印书馆2013年版,第97、95页。

③ 王宏刚、王海冬、张安巡:《自序》,《追太阳——萨满教与中国北方民族文化精神起源论》,民族出版社2011年版。

萨满教属于原始氏族部落，属于游牧渔猎农耕乡土，属于雷电雨雾、山川湖泊、草原荒漠、村庄野寨，从这个意义上来说，萨满教是一个具有民俗特色的民间宗教。它有着漫长的历史传统，也有过辉煌鼎盛，当它于20世纪初开始快速衰败，到1950年代后几乎湮灭。作为一种宗教形式，它已经不存在了，但它创造的萨满文化早已融入曾被它泽被的民族的血液中，凝定为中国北方民族尤其是通古斯语族人的文化传统。

做这些功课，全是为了获取进入《唇典》的资格。由此悟及，《唇典》是神性的满斗萨满讲述的故事，那么，你就必须取萨满的视角来领悟萨满文本。

萨满是人神两性之身，在世超世，"萨满是世上第一个通晓神界、兽界、灵界、魂界的智者。天神阿布卡赫赫让神鸟衔来太阳河中生命和智慧的神羹喂育萨满，星神卧勒多赫赫的神光启迪萨满晓星卜时；地神巴那姆赫赫的肤肉丰润萨满，让萨满运筹神技；恶神耶鲁里自生自育的奇功诱导萨满，萨满传播男女媾育之术。萨满是世间百聪百伶、百慧百巧的万能神者，抚安世界，传替百代"①。满斗萨满是一个"天生的神选萨满"，天赋神性，他一出生，接生的韩萨满就发现这婴儿生就一双透着蓝绿色光芒的"猫眼睛"，能看见别人看不见的东西，"别人的白天是他的白天，别人的黑夜对于他还是白天"。说白了，他的猫眼具有夜视功能。少小时，他脑门上的一个小伤口愈合后变成手指甲大小的红色疤痕，这小小的疤痕竟然成了他的第三只眼睛，能够透视一切的"天眼""神眼"。三只眼的满斗透视事物的功夫无人可比，不仅能看见别人看不见的东西，还能看见别人的梦，看得见未来。他在自己的梦和别人的梦中看见的幻象，几年后都变成了现实。

萨满世界的主角是萨满，《唇典》里，真正伟大的萨满不是满斗，而是满斗的师父李良大萨满。李良萨满是"萨满中的萨满"，通晓许多连萨满们都不知道的法术。十年前，东宁县衙门不断地丢失重要档案，无计可施的官员请来了李良萨满破案。他告诉十三个手拿刀枪的兵士，我在作法时，护背的大铜镜会自动脱落滚走，你们跟着追上去。说完他开始跳神，跳着跳着，他身上的大铜镜果然落下，滚出衙门，一直滚到关帝庙后的一片乱坟岗子。铜镜在一个有新鲜土的坟堆边倒下不动，李良萨满让兵士挖开坟墓，棺材上面放着一堆档案，打开棺材盖，里面的死人戴着一副墨镜，死人的胸口上还放着三本档案。诸如此术，数不胜数。李良大萨满"德艺双馨"，法术高超，道德高尚，代表着慈善、悲悯、救赎、和谐、和平，是库雅拉满族人的"精神之父"。

他的出场，隆重庄严、神圣威武，裹挟千年萨满雄风："大萨满走进了洗马村，神帽铜铃十九个，狼皮裙腰哗哗响，他身穿熟得极其柔软的獭皮对襟长袍，长袍领口到下摆均匀地钉着八个大铜纽，那是另一个世界的八道城门。长袍前面左右襟上各钉小铜镜三十个，六十个铜镜反射着阳光，就像周遭的城墙。他的背部钉着五个大铜镜，一大四小，大的是护背镜。他的左右袖筒绣着云彩，还有黑色的大绒，这些象征着羽毛，可以让他和他的神、助理神一起飞

① 刘庆：《唇典》，作家出版社2017年版，第39页。以下引本书的文字，直接在文后标页码。

翔。李良萨满的披肩上面有一棵神树。树上悬挂三百六十个一万年前的贝壳,三百六十个贝壳里藏着三百六十天的月光。"(第39页)洗马村棺材铺赵家闺女柳枝中邪,一只灵性的公鸡爱上美貌的柳枝,变成梦魇钻进姑娘的睡房。在姑娘的梦里,公鸡是一个俊朗的库雅拉小伙子,他利用他的催眠术玷污了姑娘的清白。赵家请萨满驱邪,李良萨满是在三个萨满施法术降鸡精失败后登场的。第一个萨满是来自首善乡的何萨满,他动用了全部的功力,终未制服,自叹法力不够,治不了这东西。第二个萨满是来自崇礼乡的马萨满,他带着一把大铁刀走进洗马村,一个回合就败下阵来,脸色如灰,声音颤抖着说:"这东西太厉害了,我的法破了。"第三个萨满是春化的女萨满韩桂香,自己找上门来的,施法术,也降不住鸡精。她无可奈何地说:"我没办法了,这东西八成在庙里受了香火,是一个淫物,他看上你们女儿了,要长住下去。"怎么办呢?她想来想去,只有请李良大萨满。

李良萨满施法术,终于使公鸡精现原形,刀劈了淫鸡。一只公鸡无论多么狡猾,即便道行深到能够奸淫一个可怜的处女的水平,但它终究逃不出大萨满李良的法网。李良大萨满法力无比,但仍然有术所不及之处。当他遇到凭一己之力制服不了恶神时,他能请到创世大神前来为其助力。库雅拉江开江,江水翻腾,冰块撞击,冰排如脱缰野马,瞬间吞噬一切。在江上捕鱼的郎乌春和他的伙伴陷入死亡的绝境。李良萨满在江边主祭,这位来自铁匠家族的萨满是火神的后裔,他请来火神托亚拉哈制服了水中的恶神傲克珠,这位盗火之神从恶神那里抢回了遇险的后生。

读《唇典》,猛然发现以《百年孤独》为代表的拉美魔幻现实主义小说的许多经典的神秘魔幻形象在此汇集,看到现实与非现实的荒诞、神秘现实和魔幻在此浑然一体,能够感觉到马尔克斯等拉美作家小说和中国古代的志怪小说、神魔小说、奇幻小说,以及当代西藏作家扎西达娃小说对其的沾溉。信手拈来:公鸡精梦中奸淫柳枝,竟然使柳枝怀孕生下孽种满斗。一个姓关的萨满被害后,他的夫人,一个22岁的美貌妇人,拒绝显贵们的求婚,发誓为丈夫守节,然后上吊自尽。她死的那天,成群的飞鸟云集她家院落,哀鸣徘徊,十日不去。日本兵追杀受伤的姚玉堂,李高丽的鬼魂打死日本兵。库雅拉江水泛滥,恶浪滚滚,无数的蟾蜍从天而降,洗马村正在下的竟然是一场蛙雨,传说中的巨龙陷入河边的泥坑里。郎乌春去世前,家里的木匠板凳连响三天,妻子柳枝知道,这是郎乌春的死讯,他用这种方式将信息提前告诉她。李良萨满为未来的满洲国皇帝溥仪做家祭,为了隐瞒皇家的保护神不是龙而是一只比猫大的老鼠的事实,皇家杀死主祭李良萨满,以封锁真相外泄。李良萨满遇害身亡,消失后又现原形走到柳枝家门口,柳枝将他扶进屋,躺在尸床上的死者李良突然坐起来,走出房门,在郎乌春身后站着,郎乌春吓得狂奔,他以相同的速度追上去,郎乌春跑到哪里,他追到哪里,直到郎乌春骑上战马,马的嘶叫声惊吓了他,他才站住,然后,死人李良唱着神歌离开,消失在河谷旷野冰冷的雨水中。洗马村批斗牛鬼蛇神地富反坏右,白瓦镇凡是从事过萨满活动的人都被押到批斗现场,白瓦镇最大的牛鬼蛇神是从坟墓里拉出来的死人李良,被捆绑的李良忽隐忽现,最后变成彩云悠悠地飘向库雅拉山的方向。

二、失灵年代人的命运

当代小说创作和评论有个现象值得关注,即写史的观念领先于其他观念,写史的目标高于其他目标。这种观念有意或无意地支配着许多作家的写作追求,也成为许多评论家评判作品的一杆标尺,于是,对凡是写了一段较长历史的作品,如《红旗谱》《红日》《创业史》《钟鼓楼》《古船》《白鹿原》《丰乳肥臀》等小说的评论,总是首先将它们的文学价值与革命史、战争史、创业史、家族史、民族史、文化史乃至民族心理演变史联系在一起,而不论它们是否确实以此为主旨。恰恰是这种观念本末倒置,把文学变成史学,岂不知,文学的首要任务不是书写历史、表现历史,那是历史学家的任务。文学写史,无非是把人放置于一种特殊的历史环境中,写人的情感、思想、性格、精神、命运。套用钱谷融先生的话,写好了人,也就写好了人所处的时代和社会。1980 年代初,以《百年孤独》为代表的拉美文学对中国作家和评论家的影响极大,我们对《百年孤独》等拉美文学的热烈接受,是因为它们给我们提供了新的文学观念和新的文学表现形式。拉丁美洲有着深厚的现实主义传统,20 世纪初搞现代派,基本上是模仿,搞了四五十年,发现这条路走不通,后来他们将西方现代派的文学观念和艺术形式与拉丁美洲的文化相结合,才开始文学的振兴。1950 年代出现了好作品,1960 年代出现了马尔克斯的《百年孤独》,震惊了全世界。这部魔幻现实主义的代表作,被称为"本世纪下半叶给人印象最深的一部小说,而且是任何一个世纪这类杰出作品中的杰作"的小说,很大程度上成为我们认识拉美文学的一个经典文本,我们对拉美文学的理解,集中体现在两个方面:一是拉美文学把大量神秘现实和魔幻形象纳入现实的叙写之中,使作品呈现出魔幻的特色;二是拉美小说善于通过家族的演变表现民族的兴衰史。《百年孤独》内蕴丰厚,任何解读都难揭开它蕴含的全部意义和思想,于是便有了各种各样的评论,其中,认为"《百年孤独》通过布恩迪亚一家七代人的经历和马孔多小镇的变化,表现了拉丁美洲百年的兴衰史、文明的演变史"的看法最多。马尔克斯恰恰不满意这种看法,他认为,如果同意《百年孤独》是拉丁美洲历史的缩影的话,"那它就是一部不完全的历史"。他对批评家们很失望,他说关于《百年孤独》,人们已经写了成吨成吨的纸张,说的话有的愚蠢,有的重要,有的神乎其神,但谁也没说出这部小说的本质。《百年孤独》不是描写马孔多的书,而是表现孤独的书,"书中表现了孤独的主题"。孤独是团结的反面,"布恩迪亚家庭成员的失败是由于他们的孤独,或者说,是由于他们缺乏团结一致的精神。马孔多的毁灭,一切的一切,原因都在于此"①。哪种看法更切合《百年孤独》的要义呢?窃以为,马尔克斯的看法离小说的要义更近,也更符合文学的特性。

与《百年孤独》有着过多相似之处的《唇典》亦有着大致相同的命运。因为它描写了东北

---

① 加西亚·马尔克斯:《两百年的孤独——加西亚·马尔克斯谈创作》,朱景冬等译,云南人民出版社 1997 年版,第 51 页。

一个名叫白瓦镇的小镇始于1910年、终于世纪末的近百年的历史,所以大家几乎不约而同地直扑它的历史价值:《唇典》再现了东北近百年的民族变迁史、兴衰史、文化史和心灵史。是的,《唇典》几乎涉及了20世纪发生在东北大地上的所有大事件,如反对日本侵略、抵制日货、"九·一八事变"、军阀混战、东北易帜、伪满洲国成立、国共合作与内战、苏联红军出兵东北、日本战败投降、土改运动、大跃进、"文革"、联产承包至改革开放的新时代。我之所以用"涉及"而不用"描写",原因在于:这些历史只是作为事件出现,作为背景存在,所写历史既不系统也不连贯,作为历史描述,它们肯定是不合格的。在所有的描写之上,《唇典》腾升起来的是什么呢?我看到的是命运。具体地说,《唇典》主要表现了人在失灵年代灵魂缺失和萨满及萨满教衰亡的命运。

从有灵的年代到失灵的年代,其转折点发生在20世纪初。在有灵的年代,神灵的本领大过人的本领,所以萨满神圣、萨满教兴盛。在失灵的年代,人的本领大过神灵的本领,人不再需要萨满,因而萨满消失、萨满教湮灭。小说叙事者悲叹:在先前的有灵年代,人世间的一切举动都对应着神,旷野里,风神吹动你的头发,爱神感知你坠入了爱河,雾神沾湿你的双鬓,欢乐之神和喜鹊一起歌唱。每有不幸发生,周围就刮起怜悯和忧伤的凉风。"那时候,生活的困难是神界引起的,只有借助善灵的帮忙才能得以消除。而这个灵媒正是有着无限信仰的萨满。萨满的最高目标是以死者的名义说话,被某个祖先灵魂和舍文附身,为深切的信任和希望提出善良的回答。"(第434页)有灵的年代,人神共存,充满着人性和人道主义的情怀。

在那以后,即失灵的年代,后代人只沉迷于自己的现实感受,皮肤和心膜变得像橡胶皮一样,看上去有光泽、有弹性,因为自身的贪婪,所受的欺骗,金钱的压力,还有强迫的威权,"心灵早已麻木,心神迟钝,逆来顺受,生如蝼蚁"。继而又沉迷于虚拟的网络世界,信息纠缠如茧,密得让人窒息,漫天的霾中,"灵魂彻底迷失,再也找不到回家的路"。从那以后,就没有萨满,灵魂关闭了与人交流的通道,"神灵世界拒绝再和人类沟通,心灵的驿路长满荒草,使者无从到达。铃鼓之路暗哑闭合,再也无法指破迷津,无助的灵魂流离失所"(第434页)。

人与自然、人与神灵的关系彻底断裂了。失灵年代,人类失去的不仅是萨满的神灵,更是精神的故乡。而失去精神家园的人们,注定要漂泊流浪,无所定居。还记得小说开端的1919年李良大萨满施术降公鸡精的一幕吗?虽然失灵年代从那时候已经悄然降临,但整个白瓦镇还处于萨满神灵的庇护中,李良大萨满仍然如往常一样神圣,拥有通神又附神的崇高地位。但到世纪末人与神彻底割裂后,曾经如同神灵一样神圣的李良大萨满,即便生命已经归入泥土,可怜的他还要惨遭被掘墓鞭尸批斗的厄运。曾经高高在上的萨满,即便死了,其魂灵被打入了十八层地狱,其肉身还要被狠狠地鞭挞。失灵年代不再需要萨满和神灵,这一幕就连满斗萨满的鬼孩朋友(鬼魂)铁脑袋都看清楚了,他劝满斗:"满斗,你为什么一定要做一个萨满呢?做萨满有什么好?""满斗,萨满这个古老的职业二百年前就没落了。这个世界只有鬼魂,没有神灵。"(第435—436页)历经命运捉弄的满斗终于想好了,他要在师父李良大萨满的坟前举办一个仪式，恳求师父帮忙，彻底地送走他身上的神灵。原来，当萨满并非他所愿，是李良看好他，要收他为徒。他是一个命定的萨满，"不管我怎样拒绝，他认定我是他的传人。他想把他一生的本领传给我"（第250页）。但满斗要用一生来逃离这种命运——拒绝成为一个萨满的命运。

信仰缺失、灵魂漂泊的年代，时代变化莫测，社会动荡不安，土匪四起，军阀混战，外敌入侵，内战频发，革命运动此起彼伏，生于其中的人行动清晰有力，可是命运多舛模糊，不知不觉地顺从命运的摆布。而吊诡神秘施恶的命运制造的厄运仿佛宿命，暗中操纵着人的命运。他们如同鲁迅的孔乙己（《孔乙己》）和博尔赫斯的胡安·达尔曼（《南方》），"只会在自己的厄运里越走越远，最后他们殊途同归，消失成了他们共同的命运"①。

——郎乌春：1919年灯官节，白瓦镇遭土匪洗劫，年轻的灯官郎乌春大难不死，由农民变成一个军人。他的军旅生涯，很多时候是身不由己，左右摇摆，他被各种组织和队伍拉拢，今天是这支队伍，明天可能又到了敌方。从1919年离开洗马村到1930年，他参加过几十次战斗，历经遇险、负伤、逃亡，终于由连长晋升为东北陆军第13旅第29团团长。1931年"九·一八事变"，日本关东军攻占北大营，占领了沈阳、长春，白瓦镇也进驻了日军，郎团长奉上峰不抵抗命令，撤出白瓦镇。1932年他摇身一变而成为满洲国第二军管区白瓦分区的团长，奉命攻打抗日救国军，可在清剿救国军时，他又故意开口子，放走陷入绝境的抗日军三连一百多人。过几天，他又带着队伍攻打抗日军，还在日军的铁甲军的保护下，向守在火车站的抗日军发起进攻。抗日组织计划谋杀他，幸运的是，在计划实施前，他阵前倒戈，郎团改名为白瓦救国军，从此，他坚定了抗日意志，成为抗联中一位英勇的师长。1940年他遭到日满讨伐队的包围，恶战五天，当身边只剩下几个负伤的战士时，他接受日军的劝降，放下枪，但拒绝在归顺书上签字，从那一刻起，作为战士的郎乌春死了，名誉扫地，"历史将他钉上了耻辱柱，写进了史书，他再做不回一个英雄"（第357页）。在后来的日子里，他无数次痛悔自己的懦弱，后悔没有战死。他活着，屈辱地活着，成了一个受难者，"命运在人们的身上心上划出了多少道伤口啊？多得数也数不清"（第419页）。

——柳枝：这是一个被伤害被侮辱的不幸女子，一只公鸡梦中奸淫了她，致使她未婚先孕；她从心里感激郎乌春娶了她，但她又怨恨这个男人是个"势利之徒"，他要的是她家的土地，而不是她这个人；婚后不久丈夫弃家而走，一走十几年，她恨他娶了她，又抛弃了她，更恨他给她送来一个野种——他和韩淑英的女儿蛾子要她抚养；神秘的抗日组织不断地给她下达指令，一会叫她拉拢郎团长，一会又叫她除掉郎团长；郎乌春受降被囚在洗马村，她用她的温情复活着他，彼此的怨恨不知不觉地消失，命运直到这时才将他们真正连在了一起；可由她养大的蛾子竟然在"土改"中抄了她的家，让她伤透了心；她接受命运的安排，接受来自郎乌春发来的死亡的信息，怀着思念丈夫和儿子的情感，泪流满面地离开了这个总是与她过不

---

① 余华：《内心之死·温暖和百感交集的旅程》，华艺出版社2000年版，第12页。

去的世界。

——花瓶姑娘：杂耍马戏团艺人，艺名腻儿，真名苏念。这又是一个被命运捉弄的善良的女人，父母穷苦而死，为还欠债，她把自己卖给了马戏团；被土匪绑票，却出于同情土匪和生存的需要，心甘情愿地嫁给匪首王良做压寨夫人；1947年王良战败被俘，她纠集先遣军残部搭救丈夫失败，从此隐姓埋名人间蒸发，二十多年后她被造反派挖出，被当作女土匪和历史反革命分子给枪决了。

——韩玉阶：白瓦镇首善乡大财主韩大定的儿子，一个满腔热血的爱国青年学生，1919年灯官节后，为反抗日本侵略，他成立保乡队，又率领保乡队远征；1945年国共合作时，他由伪满县长变成国民党党联负责人，随即又成为八路军的阶下囚；按照国共两党达成的协议，他从临时监狱里被放出来准备接管白瓦镇，可在走出监狱大门口时他又被国民党的另一支队伍拦下；1949年被镇压。

——王良：被贪财又贪色的弟弟出卖，商人王良成了土匪的绑票，关在木笼里囚了八年，获释后他拉起队伍当了土匪，很快成为关外最有名的悍匪。这样的恶匪竟然在山寨信奉"理想教"，建立"理想村"，颁布一整套教规教义，到1930年，理想教蔓延到整个库雅拉山区。他信奉的理想教是一个"人乃天主义"的乌托邦，坚持人本主义，倡导人人平等。但到山下山外，他们仍然抢劫肆掠、残杀无辜。郎乌春的军队攻克土匪山寨，王良带着夫人侥幸逃脱，随即拉起队伍，自任抗日救国军司令。如同郎乌春，当年的山上大爷战败而向日军投降时，拒绝了日本人要他当森林警察大队长的邀请，继续做他的粮食生意。抗战胜利后，当年的抗日救国军司令一变而成为国民党先遣军旅长，制造了许多血案，残杀土改工作队，策反民主联军白瓦支队副司令陶玉成叛变，杀害土改积极分子蛾子。1947年王良的先遣军被郎乌春率领的剿匪小分队击溃，生俘后被枪决。

——满斗：就连神性的满斗萨满，也难逃命运对他的捉弄。他是一个孽种，父亲是一只公鸡；他被土匪绑票上了山，逃出魔窟的途中加入了抗日队伍；受命炸毁日军飞机场，负伤后被苏军解救；奉命回国，为掩护身份特地穿日本军服，衣服上的名字是浩二，跳伞时失误摔失了记忆，成了一个傻子；弄巧成拙，没有人能证明浩二的身份。之后的几十年，他背负着叛徒、特务、历史反革命分子、强奸犯等罪名屈辱地活着。

这无疑是命运对命运的劫持，即无影无形的"元命运"对它播撒制造的属人的命运的操控劫持。元命运神秘莫测无常，它高高在上又遁迹无形、无处不在，掌控着人世的一切，决定着人的生死祸福，当它专意与人为敌时，人的苦难和厄运就降临了。劫持的过程是在现象层面借助现实事件实施，而被劫持者却看不到劫持者。问题到此并未结束，谁是元命运的制造者？或者说，元命运由谁掌控？这才是小说的至深要义。但小说没有呈示，作者刘庆显然也未至此获义。对这个要义的提取，不应该搁置。循着命运的来路探寻，发现命运的播撒与灵魂的丢失，源自人性幽暗深处被唤醒的各种欲望与暴力肆虐的结果。在这一点上，《唇典》与20世纪现代主义文学在思想观念和精神气质上有着一致性。

三、"灵魂树"及其隐喻

《唇典》共44章,读到第43章,劈面惊艳,老年满斗于无路可走的绝望之际,冥冥之中接受神灵的启示而种植"灵魂树",为死去的亲人安顿灵魂、复活灵魂。

师父李良大萨满死了,额娘赵柳枝和阿玛郎乌春死了,心爱的花瓶姑娘苏念死了,妹妹蛾子死了,还有韩淑英、子善、素珍也死了,满斗的亲人及知道他过去的人,差不多都死了。尽管萨满教已经不存在了,尽管他不再是萨满了,但作为曾经的萨满,满斗仍然采取萨满教的方式为死去的人安顿灵魂。他在给被师父灵魂附体的"走树"取名为"李良树"之后,陆续种植了额娘树、阿玛树、苏念树、蛾子树、素珍树、子善树、云清树,还有狼树、狐狸树……每棵树都有灵魂附体,虽然它们不会说话,不会走,不会飞,但它们棵棵有灵魂。满斗要用萨满的方式救赎死者,让他们的灵魂复活,并在此过程中达到自我救赎;他要用这种方式守护亲人故友,与死去的他们相聚,既重现当年人神共舞的萨满世界,又在这种重建中摆脱自己的孤独。他知道每一棵树都有灵魂,他想象每一棵灵魂树还原成它的本尊,每一棵树,每一个人,就像童话故事里说的那样,从此以后过上了幸福生活:

> 天空比一年当中的任何时候都蓝,天高气爽,白云朵朵。阳光洒下来,河里的莲叶隐隐发光,一片一片,水晶似的,泛出各种光芒。艳丽的花朵清香扑鼻,白的像水晶,红的像玛瑙,紫的像琉璃,鸟叫声汇在一起,蝉鸣风声合奏,像一支从未听过的曲子,一首从未听过的歌,柔美,如丝絮,如云朵,如潺潺的清亮的流水,欢乐无比。景色难以形容的清新美好,天空飞满黄色的蒲公英,还有其他的叫不出名字的红色花朵,有的三角形,有的球状,美到你不忍心让那些鲜花落地,用衣服接住,用心接住,接住满天飘飞的心酸和迷醉。那么多的翠鸟像绿色的衣袖翩翩的仙子,随风起舞。白鹭飞向漠漠的田野,毫无心机的野鸡成群结队地飞往库雅拉山,山岚是蓝色的,蓝得天一样、海一样。
>
> 他们每一个人都找到了自己最想过的生活。郎乌春和柳枝走在阳光里,他们刚刚吃过午饭,村道像一条发光的河,路两边晾晒的蒿草散发着好闻的气味。蝴蝶在纷飞,母鸡在歌唱。清晨的露水医好了蛾子的长脚症,她长成一个美丽的少女,妖媚多姿,顾盼生情。街上跑过一只好看的黑狐,毛亮亮的,闪烁着金色的阳光,它一点不怕人,像看家狗一样温顺。我的师父李良萨满长成一个慈眉善目的老头,脑门红红的,他端坐在葡萄架下面看着棋盘,等待着村子里的晚辈向他挑战。该说到我的花瓶姑娘了,她的脸上绽放着开心的笑容,穿着一件大红的衣服,静静地等待着她的爱人,等待着她的满斗。而满斗这会儿走在洗马村河边一座公园的石子路上,他看着一只只老虎、野猪,还有别的灵兽一起嬉戏。洗马河的天空飞过江鸥,大河阔阔荡荡,仪态万方——(第481页)

这是和谐自由、幸福快乐、人神共舞的世界,如同伊甸园一样美好的世界,诗意的乌托邦。乌托邦是象征隐喻,它是被想象、被认识的抽象存在,不是现实的再现,不是现实世界本身。满斗种植的"灵魂树"离萨满世界更近,但它构建的乌托邦分明是"人世的乌托邦"而非"神灵的乌托邦",说明人世的精神性的"灵魂"在更深刻、更超越的思想层面对他发挥着深刻的影响。这样的世界美则美矣,可短时间内根本不可能实现。明知在现实世界难以建立这种超拔孤独的乌托邦世界,却还要以萨满的方式去构设它,只能理解为这是作者创构意义即获义活动的一种叙事策略:通过对彼岸美好世界的描绘,达到对道德沦丧、伦理颠倒、物欲横流、信仰坍塌的当下社会的批判与否定,为失魂的年代失魂的人类寻找灵魂、复活灵魂。

这个"获义活动"是逐渐展开、依次实现的演进过程:首先是对现实的绝望与否定,继而是对现实的超越——在对现实失望而又看不到希望的精神困境中做出的想象性的超越,运用虚拟的方式建构象征性的隐喻形象,其乌托邦想象还原了人类早期的朴素理想,代表着人类认识到目前为止已经抵达的最高的存在境界。人类几千年来朝着这个目标奋进,其间,有进步,也有后退;有光明,也有黑暗;有文明的创建,也有野蛮的毁灭,但总的趋势是文明朝着越来越有利于人类的方向发展,怎么到了全球现代化的 20 世纪,人类反而距离这个目标越来越远呢? 是隐喻,又是反讽;是否定,又是肯定;是解构,又是建构。

令人激动不已的《尾歌》再现高潮:利欲熏心的不法之徒盗走灵魂树,年迈的满斗踏上寻找灵魂树的不归路。"我决心上路,我要到那座陌生的城市里去,去找我的灵魂树,去看望我流离失所的亲人,去和每一棵灵魂树说话,祭奠它们,做最后的告别。"(第 484 页)这将是一个漫长的抵抗死亡,寻找生命之岸和灵魂救赎的故事。

为亲人故友寻找丢失的灵魂,实际上是为一个世纪人类寻找丢失的灵魂的隐喻,一个时代的命题。刘庆的《唇典》在 21 世纪的第二个十年,从 20 世纪文学特别是现代主义文学对人类跌入人性黑暗深渊而缺失信仰、缺失灵魂的悲叹中,以返身回顾的姿态,从萨满文化的通道踏上了人类在两千多年前就已经出发,到 19 世纪文学终于登上高扬灵魂的建构之途,这是他为中国当代文学做出的一个了不起的贡献。

《缅边日记》：西南边疆的发现与民族认同

马俊山[*]

（南京大学 中国新文学研究中心，南京 210023）

内容摘要：曾昭抡的《缅边日记》，不仅真实地展现了西南边疆的乡风民俗和绝美风光，而且形象地揭示了它跟内地政治、经济、历史、人文的一致性，突显了交通建设在国家统一和民族认同中的重要作用，具有独特的文学价值和思想意义。

关键词：滇缅公路；西南边疆；国家统一

- -

  1941 年 3 月，西南联大化学系教授曾昭抡先生，寒假期间搭乘一辆美制"道奇"车，走滇缅公路，从昆明到畹町进行了一次实地考察，并对沿途的山川风物、人文地理做了详细记录。1941 年文化生活出版社出版的《缅边日记》，就是这次西南边疆之行的成果。①

  滇缅公路起自云南昆明，终于缅甸腊戌，全长近 1150 公里。中国境内从昆明到畹町段，全长 959 公里，亦称昆畹公路，走向跟现在从上海到云南畹町的 320 国道西段基本相同。滇缅公路 1937 年 12 月开建，1938 年 11 月全线贯通，12 月起由国民政府下设机构垄断经营。1940 年日本占领越南后，滇越铁路运输中断，滇缅公路遂成中国与外部世界联系的唯一通道，具有极其重要的战略地位。中国抗战所需武器装备和保障经济运转的各种物资，以及一些重要的生活用品等，都需通过滇缅公路运进中国。但是，英国迫于日本的压力，于 1940 年 7 月 17 日起擅自关闭滇缅公路三个月，给中国抗战物资运输造成严重困难。后来国际形势发生重大变化，在中国的强烈要求和美国的干涉下，英国于 10 月 18 日重新开放滇缅公路。

---

  * 作者简介：马俊山，文学博士，南京大学文学院教授。

  ① 曾昭抡（1899—1967），著名化学家、教育家和社会活动家，中国科学院院士，曾任中华人民共和教育部副部长、高教部副部长。作为一位成就卓著的化学家，曾昭抡特别强调实验和观察的重要性。1938 年，他参加长沙临时大学"湘黔滇旅行团"，跟 200 多学生一起徒步走到昆明，顺便对沿途的地理人文做了调查；1939 年，参加中华自然科学社考察团赴西康考察，回校后将此行的收获以《西康日记》为名，在香港《大公报》上连载；1941 年暑期，带领西南联大化学系十几个学生组织的"川康科学考察团"，赴大凉山地区考察，1945 年出版 20 万字的《大凉山彝区考察记》。此书对民族学研究有重要参考价值，后被日本学者译成日文出版。像曾昭抡这种情况，在中国科学家队伍里是比较少见的。

几个月后,曾昭抡便有了这次旅行。他以游记的形式展现出滇缅公路对于中国抗战,乃至中国统一的重要意义。

交通在人民日常生活和生产中的重要作用是看得见,摸得着,显而易见的。但在文化交流、民族(国家)认同和社会开化上的作用,则像空气与阳光,无所不在,却又不露声色。它需要借助某种言说方式来呈现其独特风貌,展示其社会影响,彰显其文化功能。这就是游记,形形色色的游记。

近代以来,交通日渐发达,在海内外游历的人也愈益多了起来。一个重要结果,就是游记数量的激增和旅行文学的发达。国人对异邦的了解和对自己的认识,在很大程度上得益于这些游记。游记对于现代中华民族的自我认同(身份确认)具有其他文学样式不可替代的作用。一个极端的例证是梁启超的《新大陆游记》,对国民劣根性的揭露和批判,深深地影响着现代中国的思想与文学,逾百年而未绝。

西南边疆,由于交通阻隔,历来行人稀少,消息闭塞,久而久之便被蒙上了一层神秘的面纱。关于瘴气、野人、蛮风的各种传说,湮没和代替了真实,使得内地跟边疆在心理上更加疏远,边疆对内地则更加敌视。长此以往,无疑会影响到中国的统一。最好的办法,也许就是发展交通,加强交流,使边疆和内地互相认同,在地理、政治、经济、文化上逐渐融为一体。国家统一,不仅需要共同的疆界和共同的政治、经济基础,而且需要共同的文化和价值观念。文化认同,在抗日战争时期国土分裂、市场秩序崩溃、几个政权并立的特殊历史条件下,对于维护中国的统一,有着非同寻常的意义。

由于这次考察来去匆匆(15天来回),作者又是自然科学家,所以《缅边日记》呈现出与一般游记不同的文体特点。给人的第一印象是,它的篇幅只有六七万字,行文极其俭省,将近一半的文字是对沿途自然地理,如海拔、气候、植被、物产的观察记录,另一半则是对边疆少数民族生活及其社会关系的粗线条勾勒,人文意识浓厚。没有虚构,很少议论,不事渲染,据实而录,为人们认识滇缅公路对边疆地区的影响,以及抗战时期中国科学家的思想状态,留下了一份忠实的记录。

首先让我感兴趣的是,曾昭抡这次旅行的目的是什么?作家没有直接说,只是在开头的小序里写道:"滇缅边境,向来被认为一种神秘区域。在这边区里,人口异常稀少;汉人的足迹,尤其很少踏进。我们平常听见关于那地方的,不过是些瘴气、放蛊,和其他有趣的,但是不忠实的故事。至于可靠的报告,实在是太缺少。"所以他才要亲自跑一趟,实地考察一下那里的情况,以"亲身的经历"破除世人的误解。为此,作者尽可能用客观、中性的笔调,记录下他的所见所闻,如山之高矮,地之广狭,路之难易,城之大小,人有多少,物产几何等。特别是对滇缅公路沿线城乡生活的变迁,以及文化混杂现象的描述,让人深刻地感受到西南边陲既是一个神奇的地方,也是一个正常的地方。那里的山川景物、市态民情也许跟内地有所不同,但那里正在经历着跟内地一样的变化,正在从封闭走向开放,从野蛮走向现代。独特性的发现和一致性的揭示,是《缅边日记》最为成功也最为深刻的地方。

边疆地区的独特性，是相对于内地而言的，既表现在自然地理上，也表现在人文历史上。当然，最直观，也最吸引人的是自然景致。这里山高水深，苍山、怒山、高黎贡山横亘南北，中间夹着澜沧江、怒江两条大江，还有数不清的小河。从昆明到楚雄一段地势稍平，而后渐行渐高，到大理、下关一带达到第一个高潮，接着是高山和峡谷的交响，一会儿松桧密布，云雾缭绕，一会儿艳阳高照，满眼都是盛开的红山茶和粉杜鹃，"风景时常变换，彼此对照，令人感觉得美不胜收"。作者对沿路著名的"风花雪月"（下关风、上关花、苍山雪、洱海月），或者点到为止，或是一笔带过，并未刻意渲染，而将笔墨更多地倾注到独特性的发现和体验上。如《从禄丰到楚雄》一节，写路边的景致：

> 这段路的特点，是两旁夹着山，一边沿着江，走起来伴着江流蜿转盘旋，依着山势时上时下。山上长满了树，江中露出许多大小不等的石块，夹着泥的黄色浑水，以相当的坡度，从上游奔流下来。许多地段，是把山凿开，展成较宽的路，所以到处看见露出石崖的断层。山是由残灰色和淡黄色的石灰石和泥页岩构成的，露出的土，都大半作暗红色。车在这段路上走，因为转弯和上下坡的地方很多，弯来得急，坡度也常常很大，所以实在是相当地危险。
>
> "险"和"美"是这段路恰当的形容词。

又如《从漾濞到永平》一节，写杨梅岭的风光：

> 一共盘了 14 公里的山，方才到了杨梅岭的顶上（距昆明 464 公里）。此处的海拔是 2401 米，比漾濞县城高出 752 米之多。这些大山，似乎大部分是暗紫色的泥页岩所构成。山上满长着树，树中最多的是马尾松，其中有的相当地高大，此外也有杉树和别种的树。一路盘上这山，四望到处是树林；远处望见苍山顶，近顶一段山沟中，布着有积雪，成为白色的脉状条纹，风景真是十分的美丽。杨梅岭近顶一段，上下山途中，路旁都常见有野生的茶花树，正在盛开着大朵的红花，绿树中杂着大红色的花，相衬起来，尤其令人发生美感。顶上 4 公里，树是特别地密而且高；路虽说是一旁临着小沟，走起来却仿佛是在树林中穿过。
>
> 一路下山，路的左边，大部分临着一条小溪下溯。到后来那溪慢慢地展宽，成为一条水色碧绿的小河，就是胜备河。
>
> 碧绿的小河，夹在两座满长着绿树的大山间往下流，又是一幅极美的风景。

如此雄奇绚烂的自然美，其他地方确实难得一见，其价值正在于它的独特性上。

比山水风光更加吸引人的是西南边疆的人文特性，一如作者所说，"边疆民族的服装和风俗，当然对我们最有兴趣"。在作者笔下，这里是多民族聚居区，也是东西文化的交汇处：

汉族、土著、缅甸商人、印度司机、西装少年、摩登少女五方杂处，还有教堂和喇嘛庙共存，小洋楼与茅草屋掺杂，中国的制钱、国币、滇币跟印度卢比通用，各民族的生活习性和文化情态大不相同，却又奇妙地混杂在一起，形成一道独特的风景。作者让人们看到的是一个在中原文化、印缅文化和西方文化交相作用下，由古代向近代缓慢转型的独特社会形态。随着旅途的延伸，越是接近滇缅边境，这种印象越是强烈，最后在芒市、遮边、畹町达到了高潮。

从昆明经保山到龙陵，仍然是汉族和中原文化的天下。保山"城内的建筑，完全像中国北方城市的样子"。"满街看见包小脚的妇女；夷装的人，在街上几乎看不见。""每逢街子，年轻妇女，许多故意地穿着绣花鞋，在街上走；并且还拿红色、黄色，或者紫色的布，将踝部包缠一段，引走人们对他们小脚的注意。我们在街上碰着一顶新轿，前面并没有上轿帘，新娘故意将她那'三寸金莲'，向前伸出，让人参观。""人民的风俗习惯，和北方相像。说话的口音，很带有江西和南京的风味。""过龙陵再向西南去，经芒市、遮放等处，直到缅边，便完全是夷人的世界。风俗习惯，很有些和我们有重大的不同点。"越是靠近边境，生活水准越高，文化混杂现象越严重，也越具近代意义。作者用了整整 10 节，详细记叙了这一带少数民族的衣食住行、婚恋家庭及社会生活特点，这是全书最具特色、人文意识最浓厚的部分。

这里有头扎包头，身背刀枪，把嘴唇染得血红的"高山"男人和文身的"花彝"，还有天足大眼，身材不高，但健壮活泼，能歌善舞的"摆夷"姑娘。小姑娘上着短褂，下穿长裤，将发辫盘在头上，"相当地好看"。成年少女，上身为白色或淡青色对襟短褂，内衬 V 型领汗衫，下身罩一条黑布裙子，贴身是白布衬裙。赶街时，头上插一朵鲜花，腰间系一条五色织锦，赤足而行，真让人赏心悦目。"摆夷女子，自从将裤子换作裙子的时候起，一直到出嫁的时候，渡着她一生黄金的生活。"社交公开，自由恋爱，情歌和合，还有丢包泼水、露天同浴等风俗习惯，演绎着边疆少男少女们的青春生活。"摆夷女郎的行动，与其说是淫荡，不如说是恋爱自由。与其说是原始式的，不如说是近代化的西洋式。"结婚以后，则将头发挽成一个髻，用黑布一层层地缠起来，像一个筒形的帽子。

据说这条缠在髻外的黑布，是出嫁时母亲赠给女儿的。它的象征，叫她从此以后要守贞。的确的，结婚对于摆夷女郎的生活，是一个极大的转变。婚前和婚后的她，可以说是完全不同。没有出嫁以前的摆夷女郎，充分地享受社交自由，恋爱自由的幸福。要是她自己愿意的话，她的生活，也可以很浪漫。但是一经结婚以后，她就得绝对地守贞；"礼教"的压迫，使没有其他选择的可能。就是一位最不留心的观察者，也会立刻觉得，未嫁的摆夷少女，是活泼可爱，已嫁的妇人，却无论从装饰上或者表情上，都不能令人发生兴趣。结婚后的妇女，她的责任，是一天到晚，挑水煮饭，做牛做马一般地，侍候丈夫，她已经不再有交际的自由了。

从这些描述中，可以明显地感觉到作者在阐发和张扬着一种强健、自然、自由、人道的价值观。这种观念在中原文化中也许已经湮没了上千年,而在边疆少数民族生活中仍然保存着。"你说这是原始,是野蛮。对了,如今我们需要的正是它。我们文明得太久了,如今人家逼得我们没有路走,我们该拿出人性中最后最神圣的一张牌来,让我们那在人性的幽暗角落里蛰伏了数千年的兽性跳出来反噬他一口。"[①]边鄙乡野价值的发现,赋予《缅边日记》以不寻常的文化认同意味。

当然,文化认同是相互的。一方面是对边疆文化独特价值的阐发与接纳,另一方面是对近代文明和先进文化的宣传与推广。对于国家统一和民族团结,后者的作用也许更大。所以,对边疆跟内地一致性的探寻是《缅边日记》的又一重要内容。作者发现,滇西虽然遥远,但在政治上、文化上仍然跟内地保持着各种联系。特别是滇缅公路修通后,这种联系更加紧密了。中国邮政可以通达龙陵,海关设在畹町,中国政府任命的地方官员,在按上级要求有效行使管理职能,如组织修路,坐衙断案,等等。即使是带有浓厚封建色彩的土司们,也不得不适应社会变革的需要而努力向现代转型。《滇边土司制度》《裕丰园》《遮放土司衙门》诸节,就是写这种政治一体化过程的。"我们在滇缅边区所看见的土司,不但不'土';而且穿西装、住洋房、坐汽车、打网球,比我们一般的大学生还要摩登些。"芒市的土司代办姓方,有轿车,有别墅,去过上海、南京等处,云南话、摆夷话都说得很好,办事也很得体。方代办的别墅"裕丰园",是一座中西合璧式的洋楼,砖墙而草顶,门前停着自用的小轿车,园内有草坪,有喷泉,有球场,有修剪整齐的花草树木。楼内,客厅、餐厅、卧室、书房一样不少。客厅里满墙挂着中国字画,大菜桌上堆放着零碎的东西,还有一张铺着起花毛毡的大炕。

> 他见我们的时候,是穿着一套浅灰色香港布的西服;可是上面没有打领带,下面穿一双中国布鞋。有一次在街上遇见他,看他身上仍然穿着西装,头上却戴着一顶俄罗斯形状的蓝绣花帽子;帽子的两旁,一边有一条缎子的飘带,垂下到肩上,很是好看。据久在缅边的人说,土司们的打扮,虽然是已经变成很摩登;他们家里的妇女,却仍旧作纯粹老式的摆夷装束。

而遮放的土司衙门,建筑已经破败不堪,完全没有了往日的威严。大堂里,"屏风旁边,堆着许多袋米,还挂着几块腊肉。我们到的那几天,多土司正在路上督工,大堂上居然摆着一张方桌,有些工役在那儿吃饭"。晚间则完全被修路的工人所占据。凡此种种混杂不协调的现象,都说明了由于交通的发达,特别是受滇缅公路的影响,这些曾经是化外的土皇帝们,其生活方式、统治方法、审美情趣和价值观念,都在迅速地向现代转型。这种政治、文化转型首先发生在沿海沿江的通都大邑,而后逐渐向内地城乡扩展,最后波及偏远的边鄙之地。《缅边日记》给我们展示的就是这样一幅现代中国地理、政治、经济、文化一体化的真实图景:

---

① 闻一多:《〈西南采风录〉序》,刘兆吉编《西南采风录》,商务印书馆1946年版,闻序第3页。

滇缅公路没有开通以前,滇边的土司,从当地老百姓的眼光来看,确是有不可侵犯的尊严。芒市的城里,以前根本就没有店铺,因为这样是亵渎土司的尊严。赶街子的地方,是设在西门外。现在城里三数家仅有的店铺,还是路通以后,新近开的。以前土司出来的时候,路过的地方,"夷民"全都成排地跪在路旁迎接。公路初通的时候,还是如此。路通以后,由中央来这区的人太多,如此不胜其烦,芒市、遮放两处土司,乃下令废去这种礼节,并且不准"夷民"再事跪接。于是时轮的旋转,终于把统治阶级和平民间的鸿沟,渐渐地填起来。

　　除了这些正面的、进步的东西之外,作者还记下了滇缅公路沿线人民生活穷困、知识贫乏、思想蒙昧、民族歧视、卫生条件恶劣以及对自然环境的破坏等落后现象。"保山附近的多荒山,完全是因为当地百姓,不知保护森林,只知任意砍柴的结果。"还有云南到处可见的烧山,"在烧的时候,虽说好看,过后却大煞风景。我们这次走遍许多地方,在白天看见山坡上烧山的遗迹,是一块一块被烧焦,仿佛癞子一样"。"烧完以后的田,大半辟成斜坡田,种着粮食。慢慢地再在可能的范围内,改成梯田。保山以西,这样辟成的田,似乎最后的目的,是种鸦片。"环境恶化的结果是毒品泛滥成灾。书中屡次提到种罂粟和抽大烟,在滇西仍然是一种普遍的社会现象。于是作者强烈呼吁:"烧山毁坏森林,实在是一件应当取缔的事。"

　　对于这些问题,作者的态度是建设性的。如对民族歧视问题,作者建议政府,首先要"把'夷'、苗等含有鄙视性的民族名称,一律废除,改用他们自己所定的名称的译音。培养国内各少数民族的自尊心,同时提高他们的教育程度,似乎是唯一彻底的办法,可以化除过去各民族间或有的猜疑和摩擦"。现在,这已经成为事实。另一个重要问题是"贫穷——极端的贫穷——这是我们对摆夷人的生活所得到的印象。我们来时充满了好奇心,去时换了一腔的同情和怜悯。这些赤贫的同胞们,我们究竟能够使用什么方法,有效地改进他们的生活,这问题至今还在我的脑筋里旋转"。作者认为:"改进卫生,提倡教育,这样看来,似乎是整理边务的一件刻不容缓的事了。"这是最浅近,也是最有效的办法,直到今天还是我们不断提起的话题。

　　由于历史的原因,边疆和边界问题,一直严重影响着现代中国的完整与统一。特别是在抗战时期,半壁江山沦于敌手,国府西迁重庆,西南地区的战略意义陡然上升。滇缅边疆之行,使曾昭抡发现了自然与人文、过去和现在、地方特点跟民族共同性之间的联系,最后以一部小小的《缅边日记》让我们真切地感受到了交通建设在国家统一和文化认同中的重要作用。另外,我们还应该看到,此书的出版,正当新成立的泰国政府鼓吹"大泰族主义",并对中国提出领土要求,迫使国民政府加强西南地区开发和边疆民族研究的时候,其现实意义是不言而喻的。① 如果我们把它跟作者同时期的其他几种西南游记,如《西康日记》《大凉山彝区考察记》等放在一起看,就会发现它们有一个共同主题,就是在学理上构建一个统一而多样的多民族国家,其思想边界已经大大超出了一般的游记作品。

曾昭抡并非第一个写边疆游记的科学家,《缅边日记》也不是唯一的西南边疆游记。从晚清到新中国成立之前的半个世纪里,不断有文人学者到西南旅行考察,写下了诸多游记作品和考察报告,如丁文江《漫游散记》、刘兆吉《西南采风录》等。这些作品不仅真实地记录了西南地区的乡风民俗和绝美风光,而且承载着作者对国家统一、社会进步、文化革新的殷切期望。这一份浓浓的家国之思,人文之意,也许是它们最具特色,最打动人,也最值得我们珍视的地方。

---

① 参见王连浩、陈勇《抗战时期国民政府及知识界对大泰族主义之回应》,《南京大学学报》(哲社版)2012年第3期。

论莫言小说叙述话语的游牧性
——以《四十一炮》为例

王洪岳[*]

（浙江师范大学 人文学院，金华 321004）

内容摘要：莫言小说在作家丰沛的感觉支配下，形成了一种汪洋恣肆、泥沙俱下、人鬼神同体的叙述风格。这种风格也就是一种叙述话语的游牧性，即一种反思本质主义的诉求所带来的小说审美的生成性和开放性。这并非彻底的反主体创作，而是一种带有建构性的游牧性叙述话语，其目的和效果指向了文学的定居和根据地的营构；与此同时，莫言小说的叙述话语又不断地溢出这一根据地和定居点的边界，走向新的游牧和自由。最终，其游牧和定居、出走和返回就构成了"高密东北乡"文学世界的话语生成机制。

关键词：莫言小说；叙述话语；游牧；思维方式

- -

一

对于莫言的小说文本所具有的叙述话语特质来说，除了互文性（包括他涉互文性和自涉互文性）[①]还有与之相关的"游牧性"。"游牧"（nomadic，nomadism）是德勒兹用以表达他的阅读及新思想产生过程的一个术语，意味着"用纯粹'生成'的理论颠覆同一性的压制，用差异代替存在，用生成差异的重复取缔线性的时间序列"[②]。概而言之，"游牧"理论指的是与本质性哲学思想比如柏拉图和黑格尔哲学相对的一种哲学思维及其方式，是一种与存在主义密切相关的反本质主义哲学。"游牧"就意味着事物的真实（真相、真理）在流动（时间、生命、过程等）当中，去生成（becoming），而非已经客观地、既成地、本质地存在着。因此，差异与重复便是"游牧"的两极对应的两个特征，它既具有无政府主义分配的自在状态，也具有在

---

* 作者简介：王洪岳，文学博士，浙江师范大学人文学院教授、江南文化研究中心研究员。

基金项目：本文系国家社科基金项目"莫言与现代主义文学的中国化研究"（13BZW038）的项目成果。

① 王洪岳、杨伟：《论莫言小说的自涉互文性》，《天津社会科学》2016年第5期。

② 陈永国：《代前言：德勒兹思想要略》，陈永国编译《游牧思想：吉尔·德勒兹 费利克斯·瓜塔里读本》，吉林人民出版社2003年版。

其范围内生成生存机制的反复性。而关乎游牧的"生成学说"有一个重要概念"块茎"（rhizome），它和树的根状形态不同，块茎在地表蔓延，它多产、无序，具有异质性，一个一个的块茎即一个一个点，关节的连接也就是生成。具有异质性的块茎的蔓延就是不断地寻找和逃亡，其逃亡路线就是从等级制的、封闭的思想和艺术独裁中逃离。

除了反本质主义的思想观点，在德勒兹以及瓜塔里关于游牧的思想中，事件不是由主体发动，而是主体的分解力量。它对我们的启发意义在于主体与事件（行动）之间并非一一对应的关系，而可能存在着多重的复杂关系，这就突出了话语本身的力量。按照赵毅衡的观点，就是（叙述）"主体分化"，"主体分化是任何虚构叙述行为都有的普遍现象，不同叙述作品主体分化只有程度上的不同"。只有像卢梭《忏悔录》是叙述者、主人公和隐含作者的三位一体，此种情况下主体基本上没有分化，除了这种自传性很强的叙述作品，其他任何种类的叙述作品都存在着主体分化现象。① 在叙述文学中，我称这种现象为"主体分层"，即一个背后起主导或决定作用的叙述主体——他可能是作者主体或叙述者主体——在叙述行为和叙述过程中分解为多重多层。文学叙述主体分层不是主体瓦解，而是重新考虑现实中的作者的显在或潜在作用。在笔者看来，叙述者在文本中固然重要，但是作者主体身份和思想对作品的最终形成也是非常重要的，不能因为强调叙述者主体的重要性，而忽略了作者主体的重要性。所以，我称这种情况为主体分层，意在表示现实的作者主体和文学文本的叙述者主体具有相同的地位和重要性，作者主体并没有因为游牧和块茎式蔓延生长而分解消失掉，而是和叙述者主体以分层的形式通过文本而存在着。

主体分层涉及小说叙述话语的产生机制问题。主体分层之后的叙述不同于作者主体作为唯一主体的独断论，也不同于后现代游戏小说的叙述者主体独断论。就莫言小说叙述话语来说，其呈现方式除了上述内爆、外爆和互文之外，还有一种笔者借鉴德勒兹的术语而称之为"游牧"的方式。在德勒兹的意义上，"'游牧思想'拒绝一种普遍思维的主体……它并不置身于一个包容一切的总体，相反，置身于一个没有地平线的环境之中，如平滑空间，草原，荒漠，或大海"②。但这并不意味着德勒兹和瓜塔里就是彻底的后现代主义者或者解构主义者，他们"体现出了一种兼容解构和重构主体、文本和历史的努力"③。"重构主体"不仅仅是德勒兹和瓜塔里所追求的，更是当代中国小说家莫言所孜孜以求的。而分层的叙述主体成为生成叙述话语的新的动力源，正如德勒兹所说的生成而非静止的同一性，才是事物存在和延续的前提条件（这有点像中国先秦《国语·郑语》所言"和实生物，同则不继"的思想），强调了异质性对于存在的重要性。对于我们研究现代小说尤其是现代主义小说叙述话语来讲，这种叙述主体的分层与话语生成，才是真正切入小说叙述文本的核心问题之一。简而言之，

① 赵毅衡：《当说者被说的时候——比较叙述学导论》，四川文艺出版社2013年版，第32页。
② 陈永国编译：《游牧思想：吉尔·德勒兹 费利克斯·瓜塔里读本》，吉林人民出版社2003年版，第312页。
③ 麦永雄：《文学领域的思想游牧：文学理论与批评实践》，中国社会科学出版社2002年版，第7页。

这种主体分层与话语的生成机制息息相关，其特征就是小说叙述语言或话语的"游牧性"。这种小说叙述话语的"游牧"是在一定的范围（这个范围可以是一个作家的文本内部）的概念创设，作为哲学来说是"一个自我指涉（self-referential）的过程"，其"主要任务是创造、梳理、重新安排视角"①。而作为文学的莫言小说话语的自我指涉的游牧性（自涉游牧性），与自涉互文性方法类似。话语的自涉游牧性能够把游离出主体及其文本限制的冲动，再度拉回到叙述的边界内。它在尝试着对外在世界攻城拔寨的过程中又不断遭遇双重的桎梏，一是某些隐隐约约的叶公好龙的势力和意识形态在阻碍作家毫无顾忌地大胆闯入这个日益变得荒唐的世界；二是那种对外部世界精雕细刻的描写手法在这个时代有些过时老旧了，人们生存的世界已然变得不能用原先的逻辑和方法去理解和解释了。由此，小说创作就产生了基于自身的多重视角和多重话语的小说叙述形式。

自涉互文性和自涉游牧性，像孪生兄弟，构成了莫言小说文本生成的两个重要方式。此前我们曾经探讨过莫言小说的自涉互文性，那是从文本与文本的关系来看的；而从其"创作、梳理、重新安排视角"来看，则体现为一种叙述话语的游牧性。从文学游牧到文学王国的建立，再到文学王国边界的开放进入新的游牧之地，莫言的小说创作走了一条近似于黑格尔否定之否定的螺旋式上升的演变发展之路。就其文学王国的建立来说，他在其中体验痛苦、感受乐趣的同时，更重视游牧的思维方式和话语表达方式。莫言小说有很强烈的动物叙述甚至植物叙述的倾向，当然这仅仅是就其采用的叙述视角有时候是动物或植物的而言，但从有的动物的觅食方式和人类的游牧方式来讲，莫言的某些作品带有这种散漫但又不无自由的洒脱。这一点犹如我们曾经探究过的莫言小说语言表达方式的膨胀与内爆。② 同时，莫言小说的叙述话语表达还有着类似植物如马铃薯、红薯等块茎状种类的繁殖方式。莫言小说叙述语言给读者一种呼啸而过、大水漫灌、汪洋恣肆、泥沙俱下的风格或气势，细究之，就是这种语言的游牧性或块茎繁殖性，它否弃了树状那种逻辑的话语构筑方式，在丰富感觉和丰满想象力的催动下，使话语以违背常规常理的方式加以呈现，从而体现出似德勒兹和瓜塔里所说的蔓延中的游牧或块茎中的点位（point），其不确定性的语词选择和不确定的意指体现了莫言小说的话语特点。且看《四十一炮》：

> 他们亲着对方油汪汪的嘴巴，还不停地打着饱嗝，让肉的气味，在蒙古包里洋溢，在森林中的小木屋里洋溢，在朝鲜式小餐馆里洋溢……他的手，一直在野骡子姑姑身上摸着，摸了屁股摸奶子。父亲的手是黑的，野骡子姑姑的屁股和奶子是白的，所以我感到父亲的手很野蛮，很强盗，它们仿佛要把野骡子姑姑的屁股和奶子的水分挤出来似的。

---

① 陈永国：《代前言：德勒兹思想要略》，陈永国编译《游牧思想：吉尔·德勒兹 费利克斯·瓜塔里读本》。
② 王洪岳：《视角的新颖多变与话语的膨胀和内爆——以〈十三步〉等为例论莫言小说的叙述和语言艺术》，《东岳论丛》2016 年第 6 期。

野骡子姑姑呻吟着，她的眼睛和嘴巴在放光，父亲的眼睛和嘴巴也在放光。他们两个搂抱在一起，在熊皮褥子上打滚，在热炕头上翻跟头，在木头地板上"烙大饼"。他们的手互相抚摸着，他们的嘴巴相互啃咬着，他们的腿脚互相攀爬着，他们身上的每一寸皮肤都在互相磨蹭……①

　　这是《四十一炮》第一炮的一个片段描述，这里几近色情的叙述视角是"我"——一个被父亲抛弃、和母亲相依为命的苦命孩子——的飞扬的幻想中父亲和私奔的野骡子姑姑性爱的场景。"我"为何如此想象和描述自己的父亲呢？小说叙述者兼人物有一句解释："我想我应该适可而止，尽管我已经看破红尘，讲述父亲的故事就像讲述遥远的古人的故事。"②"大和尚，我对您什么都不隐瞒，我无话不可对您说。那时候我是个没心没肺、特别想吃肉的少年。无论是谁，只要给我一条烤得香喷喷的肥羊腿或是一碗油汪汪的肥猪肉，我就会毫不犹豫地叫他一声爹或是跪下给他磕一个头或是一边叫爹一边磕头。"③比莫言稍年轻一些的作家毕飞宇的小说《叙事》也写了类似的情节，一群饿得奄奄一息的孩子们，首先是"我"——一个五六岁的小孩子——看着一个肩挎"为人民服务"黄包的成年男子正在阳光灿烂的正午时分，炫耀地吃烧饼，为了吃上哪怕只有一个蚕豆大小的烧饼渣，而心甘情愿地大声冲成年男子喊叫着"爹"！男人捏下蚕豆大小的烧饼放到"我"的手里，"我"还没有体味到烧饼的滋味就下咽了。其他懒洋洋晒太阳的孩子们见状齐声冲着这个陌生男人叫起"爹"来！这样的画面或情节与传统现实主义或浪漫主义小说对于饥饿的描写已经大相径庭。这种叙述姿态或视角不但不是俯视芸芸众生的人类灵魂工程师的角色，也不是和普通人平起平坐的平视视角，而是远远低于普通人的仰视视角的叙述者兼人物角色。但是其背后的作者依然是拥有强烈的人道主义情怀的主体，否则他就不会有对这个"为人民服务"的男子的不露声色的嘲讽。莫言较之毕飞宇更加强烈地看透了人的生存世界的生物链功能。莫言和毕飞宇的儿童化叙述的仰视视角放弃了乌托邦的理想化企图，而以人性中的物质占有、肉体快乐或肉体生存、能够活着为最低目标，也是作家此类叙述所追求的文本表达的叙述学目的。块茎化的游牧生活不祈求高尚和伟大的理想，而是根植于大地和土壤而活着。活下来，才可能拥有人本应拥有的一切。

　　《四十一炮》的叙述者兼人物罗小通是一个年仅十岁的孩子，其馋师出有名，其父亲罗通便是懒馋与逐色的化身。作为肉食者，罗通还副产了强烈的性欲，最后甚至为了肉体的快乐和食欲的满足，和情人野骡子跑到了内蒙古草原这个盛产牛羊肉的美丽、自在、富足的地方，其食与色都得到了最大限度的、尽情的满足（至少在其儿子、叙述者罗小通的想象和叙述中

　　①　莫言：《四十一炮》，上海文艺出版社2012年版，第4—5页。
　　②　莫言：《四十一炮》，上海文艺出版社2012年版，第5页。
　　③　莫言：《四十一炮》，上海文艺出版社2012年版，第7页。

是如此）。这种故事及其叙述手法扫荡了既有的伦理道德规范,留下一种对于自在生活的本能追求,而游牧民族的生活方式和性爱方式恰恰在现代表征了这么一种"自在"状态。讲述罗通和野骡子故事的是一个善于幻想且已经有些冷眼旁观的叙述者,他之所以能够这样讲述,大致有几个方面的原因。一是讲述者"我"(罗小通)是个爱说话的"炮孩子",擅长把子虚乌有或实有其事的故事洋洋洒洒地敷衍成篇。二是讲述者也即小说人物之一的罗小通在2000年二十岁时讲述自己十岁左右时所遭遇和发生的事情,其中最为核心和关键的是其父亲跟一个叫野骡子的女人私奔的事件,这个事件颠覆了既有的父子关系、夫妻关系,是一个极具弑父性的事件;此时此刻,讲述者罗小通已经成人,十年的时间早已经使他心地变得异常冷静甚至残酷。三是千禧之年(2000年)社会已然变得堕落不堪,欲望和色情成为小说中人物最为热衷的领域。四是讲述的接受者为"大和尚",一个阅女无数的曾经的强人,一个与罗家有着千丝万缕联系的故事接受者,同时他又是小说中故事的参与者之一。这个故事叙述者喜欢用颇有气势的排比句,三句、四句甚至更多的句子排比在一起,造成了叙述话语从一个点出发而不停息地往前推进、延展。这种一泻千里般的叙述语言在《四十一炮》中比比皆是,构成了小说文本的游牧性和块茎式蔓延的话语表达方式。

但《四十一炮》并非一种纯粹无政府主义的试验,而是真正体现了"游牧性"的叙述话语试验。它是莫言小说中饥饿叙述(如《粮食》《牛》等)、无欲叙述(如《透明的红萝卜》中黑孩的叙述几乎就是把生存的欲望压到最低的故事)的悖反叙述形式,即另外一极——纵欲和饕餮叙述。食与色是这个游牧叙述的两个不变的领域。叙述话语的变异与重复(反复),是构成这部洋洋洒洒33万言长篇小说的表达机制。小说的文本以宋体字标示出叙述者、屠宰专业村里的"我"(罗小通)对父母故事的讲述,叙述口吻或视角是"我",兼及"(我)父亲""(我)母亲""野骡子姑姑"等,讲述的对象是大和尚老兰,一个和罗家有仇怨的首富老财主;以仿宋体字标示罗小通("我")所讲述故事的接受者、五通神庙的主持老和尚及其周围所发生的事情。五通神指的是五个美男子扮成的妖鬼,专门挟持美丽的民女来奸淫。宋人话本、明人小说里多有这五通神的形象,原本为仙通,属于多神信仰系统中的神仙类,但是后来转化为"妖通",即专门为害良家美女的"淫神"。民间就以这"妖通"为神,而且为其建了庙宇,为善男信女供奉朝拜,这实乃传统迷信之怪异体现。五通神似乎从来没有得到历代官方认可,属于"淫祀",屡受官府打击和禁止。五通神庙反映了中国民间信仰、民间文化的混沌性、暧昧性、怪异性和无原则性,带有某些淫邪的民间恶趣,当然是属于极度边缘性的文化遗存。人性中的低劣成分在五通神崇拜祭祀中得到了印证,实际上凸显了人群的淫欲旺盛之徒或人性之性欲存在。这类似于古希腊神话谱系中的种种邪恶之神所代表的人性中的淫邪性,也类似于印度爱神(性欲之神)及其神庙上各种各样男女交媾的塑像,恶趣至极,便会物极必反,谐趣复生,如此循环往复。正如叔本华的人生论所揭示的,人之欲望得不到满足便心生痛苦,得到了满足便又生厌、无聊,于是人生又陷入再一轮的钟摆般的无聊与烦恼之中。蒲松龄《聊斋志异》有关于五通神的两篇小说《五通》和《五通》补篇《又》。《五通》篇曰:"南有五通,犹北之有狐也。然北方狐祟，尚可驱遣；而江浙五通，则民家美妇辄被淫占，父母兄弟皆莫敢息，为害尤烈。"这便是蒲公小说形式所记载的五通淫神，短短数语，然饶有意趣也。

　　莫言作为描写人性恶和人之丑的高手，似乎不想放过对于人性之根深蒂固的丑与恶的挖掘与解剖。他少年时代的学医经历，成年之后与同窗同室好友作家余华的密切交往，都磨砺了莫言这把解剖刀的锋利性和冷酷性。这种冷酷叙述和零度写作，在《红高粱》中牛刀初试，到《欢乐》《十三步》左冲右突，一任叙述语言把人性的恶和丑来一个集大成，到《檀香刑》则写人性之恶、人的肉身所遭受的磨难之无以复加，小说借助于这种叙述格调而几近游刃有余；然而人们没有料到的是，在要告别这种冷酷叙述或锋利解剖的语言表达方式之前的《四十一炮》中，作家干脆来了个更为彻底、更为决绝的叙述话语的再试验，他通过叙述者的叙述进一步发挥了小说叙述语言的无限膨胀力，把人性最基本的食与色两个方面给予了浓墨重彩的渲染和刻画。

　　　　（五通神庙的）小屋里跳蚤很多，如果你光着身体进去，会听到兴奋的跳蚤撞击你的皮肤的啪啪作响。你还能听到墙壁上的臭虫发出兴奋的尖叫。它们在喊叫：肉来了啊，肉来了。人吃猪狗牛羊的肉，跳蚤臭虫就吃人的肉，这就叫一物降一物，或者叫作冤冤相报。[①]

　　这里有奇特的夸张和想象，但万变不离其宗，其意旨在对人性的基本属性"食"的观照和描写。物质的、肉体的、肉类的世界是构成整个人类的基础和前提条件。在莫言的小说中，读者常常会有一种突然发现的惊讶之感，《四十一炮》中的这种驻足与精雕细刻，就是在其游牧之路上的"块茎"与"节点"的盘桓、回旋、流连，它的目的在于强化这种物质基础对人性的深刻影响。然而悖反的是，这种对于物质环境的描写恰恰借助于极具心理性、精神性的虚幻想象来实现。这涉及莫言小说审美表达的独特性，以及和尼采美学的潜在联系，我们将另文予以专门的研究。

　　借用学者于奇志对德勒兹的评价用语"哲学高原高明的思绪游民"[②]，我们可以称莫言为"文学高原上高明的艺术游民"，称其《四十一炮》等为游牧性作品，是其文学高原上艺术话语的"那达慕"。作为"文学高原上高明的艺术游民"，莫言三十余年来一直像自由洒脱的牧民般游牧于小说的广袤高原上，也像鲸鱼般潜身游弋于文学的深邃海洋里。游牧的特征在于"游"，游动、游走、游弋，甚至游荡，不停地迁移、流动。作为"艺术游民"的莫言虽然自称在"高密东北乡"建立了文学根据地和共和国，但是他飘逸不定的艺术雄心使他不满足于固守根据地之中，他要不断地打破和冲出国界，从地理到历史，从社会到人性，从题材到技巧，从

---

　　① 莫言：《四十一炮》，上海文艺出版社 2012 年版，第 29 页。
　　② 麦永雄：《文学领域的思想游牧：文学理论与批评实践》，第 6 页。

叙述到意象……莫言不断地突破自己和自己文学共和国的边界。高密东北乡原本没有大河大江,没有山脉,更没有雪山,他可以让大水泛滥于东北乡的大河两岸,让雪山兀然矗立于东北乡的平原之上,如《红高粱家族》《秋水》。齐鲁文化传统似乎也不允许出现性乱的妻子,堂而皇之地同十来个各色男人发生关系而一连生下九个女儿和儿子的高密或胶东女人,但小说家/叙述者可以在小说《丰乳肥臀》中让鲁璇儿(上官鲁氏)跟不同的男人甚至外国传教士结合生下八女一男。历史上也没有什么檀香刑罚施加于胶东高密的茂腔戏班主身上,但是在小说《檀香刑》中,叙述者史无前例、淋漓尽致地描写了这种惨烈刑罚。然而,这些虚幻的故事无不是建立在历史和人性的真实性之基础上的。莫言并不是彻底抛弃了语言/话语的意指性和及物性,也不是一个抛弃了主体意识而仅仅依靠语言能指的自主性便能获得读者和批评家的青睐的作家。在其小说中,我们可以发现其与现实或人性藕断丝连的关系,或者说其叙述语言及方式并不决然斩断和现实或人性的关联,而是尽量去发现语言与现实、人性之间可能存在关联的新维度、新方式。

虽然莫言号称建立起自己的文学根据地——“高密东北乡”文学共和国,但是从他三十年的小说艺术探索来看,他一直处于一种寻找和骚动当中,从早期较为幼稚的摹仿孙犁型人情美、人性美的抒情小说,到《红高粱》时期感觉化的审丑小说;从《红蝗》《欢乐》《十三步》时期的叙述话语和视角的试验性和叙述主题、风格的亵渎性,到《酒国》《丰乳肥臀》时期的实验性、亵渎性与建设性、丰厚性的结合,再到《檀香刑》《生死疲劳》《蛙》时期“走出影响的焦虑”,“向传统致敬”并实现了“大踏步撤退”,从而在一次次完成了自己创作的华丽转型过程中,也一步一步走向了自己文学事业的一个又一个高峰。这一艰难曲折的不断探索和寻找的过程,就是其小说叙述艺术不断由简单、幼稚走向繁复、雄厚,由感觉化走向感觉与理性有机结合,由摹仿欧美现代派走向借鉴中国古典小说和民间文学,从而创造出自己的小说艺术家族,莫言一直“游牧”于叙述语言的试验和反叛的高原大地上。

截至目前,作为莫言最后一部最具实验性的小说,《四十一炮》并非仅仅有话语的自发性流动和毫无节制的能指操练。除了小说所选取的那种儿童叙述,除了食与色这两大人性领域由“炮孩子”带来的那种没有进行“文明”修饰的袒露、洋洋自得的炫耀之外,还有一种隐秘的叙述意图,就是在“炮孩子”的语言之流中加进了戏谑的、反讽的、亵渎的、喜剧的成分,它有些泥沙俱下,不但夹带着泥土的气息,而且还含有某些基层民间的怪异的邪恶。它把最真实的存在艺术地呈现出来,虽然令人尴尬、难堪、恐惧、恶心,但是这种反讽喜剧式的叙述显得不同凡响,甚至有点超然物外的道骨仙风。

劳动观念主导下的爱情伦理

——农业合作化小说爱情话语分析

王鹏程 *

（西北大学 文学院，西安 710127）

内容摘要：延安文艺之后，爱情在革命文学中退居到了附属地位，成为革命要实现的目标之一。只有在革命的前提下，爱情才能有所保证并得以实现。农业合作化叙事续接了这种爱情表达的伦理，但在情爱主体的话语空间上，渗透着社会主义爱情伦理的重塑。其中以劳动为主导的爱情伦理成为爱情叙事的中心主题，隐含着鲜明的道德评判，以及政治和阶级路线的选择。不过，在《三里湾》《创业史》《山乡巨变》等小说中我们可以看到：在农村青年的实际选择中，文化水平是优先考虑的因素，体现出夏志清所谓的"文化自卑"与文化势利，并因此引发了批评界关于爱情话语书写的论争。本文在作品细读的基础上，透过农业合作化爱情话语的矛盾和裂缝，试图呈现出农业合作化小说爱情话语意识形态表达与个人选择之间的冲突和背反，从而观照农业合作化小说爱情话语书写的问题和弊病。

关键词：劳动观念；主导；爱情伦理；农业合作化小说

- -

别林斯基曾夸张地说，爱情是"生活中的诗歌和太阳"。爱情之所以被捧到如此高的地位，不仅因为它是一个人的自我价值在另一个人身上的反映，同时也是人类感情中最炽热、最丰富的一面。正因为如此，爱情成为文学中历久弥新的永恒主题，也成为对读者最有吸引力的部分。不过，即使最纯粹的爱情也不可能祛除时代风气的浸染和社会环境的约束。因此，文学作品中的爱情，对于"了解人们对爱情的看法及表现方式，对理解一个时代的精神是个重要因素"。进一步说，"从一个时代对爱情的观念中我们可以得出一把尺子，可以用它来极其精确地量出该时代整个感情生活的强度、性质和温度"[1]。

---

* 作者简介：王鹏程，文学博士，西北大学文学院教授。

基金项目：本文为 2016 年教育部人文社科重点研究基地项目"左翼文学与红色中国"（16JJD750017）与 2015 年教育部社科基金一般项目"二十世纪中国'史诗性'长篇小说叙事嬗变研究"（15YJA751027）的阶段性成果。

① 勃兰兑斯：《十九世纪文学主流·法国的反动》，人民文学出版社 1986 年版，第 221 页。

在延安文艺座谈会之后，革命成为爱情实现的前提、基础和保障。在李季的长诗《王贵与李香香》中，王贵正是参加了革命，才得以和心爱的李香香结合。革命的成功，促成了爱情的实现。在"十七年"时期，积极劳动成为革命进步的新内涵，是爱情萌生、实现的前提和基础，同时也是择偶的决定性标准。闻捷在1956年出版的《天山牧歌》里，用优美的诗行展现了这一转变：

追求

你不擦胭脂的脸，比成熟的苹果鲜艳；一双动人的眼睛，像沙漠当中的清泉。你赶羊群去吃草，我骑马追到山前；你吆羊群去饮水，我骑马跟到河边。我是一个勇敢的猎人，保护你的羊群平安，你问我另有什么愿望？请看看我的两只眼。你要我别在人前缠你，除非当初未曾相见，去年的劳动模范会上，你就把我的心搅乱；你要我别在人前夸你，除非舌头不能动弹，你光荣的劳动事迹，为什么不该传遍草原？你纵然把羊群吆到天边，我也要抓住云彩去赶；你纵然把羊群赶到海角，我也会踩着波浪去撵。你脸上装出对我冷淡，心里却盼我留在你身边；我固执地追求着你呵，直到你答应我的那一天。

在农业合作化叙事中，集体劳动是爱情诞生的河床，也只有在追求共同理想的劳动中诞生的爱情才是坚固和迷人的。《在田野上，前进！》中的吴小正高小毕业，觉得待在农村没有前途，一直为寻找出路而苦闷。在集体劳动中他和贞妮子走到了一起。贞妮子读书到小学五年级，哥哥离开农村参加了工作，弟弟在上中学，家里没有劳力，她就辍学参加劳动了。在共同的劳动中，他们产生了爱情，也"清清楚楚地看见了光明的前途"，两个人的命运从此缔结在一起。他们一起学习，一起按照杂志上讲的办法为农业社的种子拌种，一起改造沙滩地，对社员们讲深耕密植和使用优良品种的科学道理。充满诗意的劳动是他们爱情萌生的基础，也是他们爱情加速的媒介。两人感情上产生的细小芥蒂，也在恬淡美好的劳动中很快冰释。他们唱着"我们往前走哟，把生活来改变啦；我们手拉手哟，把生活来改变啦"，无限憧憬地走向新生活。刘绍棠将这种诗意的劳动推向了极致。在《山楂村的歌声》中："青纱帐里，飘出合作社排水队欢唱的歌声，年轻小伙子们的心胸，就像这晴朗的天空，这边歌声刚落，那边又升起更高的姑娘们的声音，她们那嘹亮的嗓子，穿过一望无际的绿色的庄稼地，震动着整个运河平原。银杏听得呆了，后来歌声被南风吹断，她看看她爹，说：'瞧瞧人家合作社，一边排水，一边还人工授粉。再瞧瞧咱们，哼！'她白瞪着眼，撇撇嘴。"[①]农业合作化使得女青年们走出家庭的小圈子，融入更为广阔的天地中去，同时，也可以和男青年广泛接触，物选自己的意中人。一旦她们获得了爱情，又将快速地分化、瓦解不进步的家庭，迫使家中的反对力量参加农业合作事业。劳动不仅是新爱情诞生的基础和标准，同时表现出强大的改

---

① 刘绍棠：《山楂村的歌声》，新文艺出版社1955年版，第52页。

造功能。新的爱情观念"削弱了家庭对个人的控制,从而促使公民形成一种以改造传统社会为宗旨的新型社会组织形式"①。在农业合作化叙事中,代表进步的"入社"成为青年人筛选对象的唯一标准。如《前进曲》中二梅就向大宝提出,只有他动员父亲朱克勤参加了合作社,她才等他。她不肯关在大宝家里做媳妇,大宝的妹妹喜子几乎从不参加劳动,"平时连菜园都走不到"。她刚从家里斗争出来,不想又陷进去。二梅觉得"跟男人同样参加生产,同样学习,我就感觉到根根站得稳,腰板挺得直"。刘澍德《归家》中的朱、李两家是四十年的患难之交,因为他们在农业合作化道路上的分歧,老一辈绝交,年轻一辈朱彦和菊英的婚约解除。五年之后,这对恋人在对合作化共同的积极参与中,爱情之火又被点燃了。合作社里有集体活动,可以唱歌跳舞,上识字班学习,可以读报了解外面的世界。对于年轻人来说,参加农业合作化可以和异性交往,显然比待在家里有趣得多。比如师陀《写信》中的国香,去副社长石小柱家里可以唱歌、读报、说笑话。同时,"入社"在政治上又意味着"进步",自然使被新生活涌动、对未来充满憧憬的青年不甘落后。大宝因为家里没有入社,"感到比人家低一等",就不肯到年轻人聚集、有说有笑的场上去,以至于最后离家出走,杳无音讯。我们可以看到,是否参加农业合作化,不仅是婚姻爱情的选择的尺度,同时也成为对个体生命意义进行评判的重要标准。

《三里湾》中的范灵芝和王玉梅在选择对象上,起初都倾向于有文化的初中生马有翼。但马有翼的父母思想落后,不但不想入社,还阻止儿子参加农业社的集体活动。马有翼性格懦弱,不爱劳动,也没有勇气冲出家庭的束缚,只能窝在家里受气,村里的年轻人也看不起他。范灵芝起初觉得马有翼是方圆数里最有文化的人,人也不差,是自己最为理想的人选。可一想到他落后的家庭、懦弱的性格和劳动差,就不由得动摇了,而将目光投向了热心发明、一心扑在集体事业上的王玉生。她虽然也考虑到了王玉生的没有文化,但这并没有带来多大影响。在她看来,玉生真诚踏实、聪明能干、积极进步,是个绝好的人选。于是便向玉生直露地进行了表白,并赢得了玉生的心。②《春种秋收》中的刘玉翠,也是在劳动中彻底改变了自己的爱情观和价值观。她"没有考上中学,却带了一个一心向往城市的思想"。她觉得一辈子待在老山沟里是没有出息的,她向往城市,找对象的条件是要"'两高两相当'——地位高,文化高;年岁、长相也得相当"③。对于后来的恋人周昌林,她起初不屑一顾:

> 周昌林……一辈子待在老山沟里,初小怕还都没有毕业,只会个笨劳动!这样的人有什么出息!有什么稀罕!我在外面碰见的那些,哪一个不比他强……④

① 斯图尔特·施拉姆:《毛泽东》,红旗出版社1986年版,第227页。
② 范灵芝考虑到了王玉生的没有文化,却丝毫没有考虑他曾经离过婚,不能不说这是一个疏漏。也许笔者过于多虑,但在当时的农村中,青年们在选择对象上,很难说一点也不考虑这一方面。
③ 康濯:《春种秋收》,人民文学出版社1980年版,第309页。
④ 康濯:《春种秋收》,人民文学出版社1980年版,第313页。

在周昌林的眼里，刘玉翠"她那脑瓜子里装满了资产阶级享乐思想的……说得好，是我没那福分！说得不好呀，我起根儿就瞧不起她"①！刘玉翠窝在家里没意思，托人在城里找对象没音讯，就去田里劳动。在地头三次遇到周昌林，周昌林帮她收拾农具，给她讲国家建设的消息，谈第一个五年计划。玉翠没想到周昌林文化程度虽然没有自己高，政治觉悟却比自己强百倍，又那么热爱集体，劳动那么出色，于是改变了自己的看法。周昌林也慢慢地了解到"玉翠不仅劳动上努力，便在其他方面也并不是很轻浮的姑娘"。他们"谈开了化学肥料和新技术的事"，在劳动中恋爱，在恋爱中劳动，"不光是恋爱成功"，"还闹了个'公私兼顾'——他们那两块地都给侍弄成了丰产地"，赢得了人们的赞誉。

这种以劳动为中心话语的恋爱观在当时就受到了质疑。批评者说："作家们写工人一回到家里就跟妻子谈技术革新，写农民在新婚的晚上通宵达旦地跟爱人谈改良土壤，写党委书记听到爱人病重的消息却处之泰然，无动于衷。我们可不知道，当作家和爱人在一起的时候，是不是言必称鲁迅或高尔基？当作家在工作的时候，是不是连爱人和孩子生病都不去看看？假如不是这样的话，作家有什么理由一定要强迫他笔下的人物那样做呢？有什么理由把人物处理得那么不近人情呢？如果在我们的生活中，爱情与工作基本上并不矛盾的话，那么，我们有什么理由常常在作品里把爱情和工作处理成为矛盾状态并以此来刻画人物所谓的高贵品质呢？反之，如果生活里爱情问题的确曾经引起过社会关系的错综复杂的冲突，并因此而深深激动着人们的心灵，影响着人们的生活，表现了人们的性格，那么，我们有什么理由在文学作品里回避这些描写呢？"②细察这些作品，我们发现劳动和爱情呈现出这样的话语关系：政治话语在强力地控制和改造爱情话语，"政治话语似乎彻底征服了爱情话语，但就在爱情话语面临着被政治话语全面代替的'危机'之时，爱情话语与政治话语的关系却表现出非常微妙的复杂性：爱情话语开始改头换面，以政治话语为掩护展开隐蔽的爱情对话"③。在《三里湾》爱情处理的争议上，我们可以清楚地看到这一点。争论的焦点是《三里湾》中有没有爱情描写，但实质上是在质疑小说中改头换面的爱情话语。在批评者看来，赵树理并没有真实地反映农村青年的恋爱——"不！姑娘们不是这样的！姑娘们挑小伙子决不是跟挑花布一样：'这块料子结实、便宜、不掉色，就是花样不够雅致，可是在这小地方也再难找到比这更好的料子了！'"作者在处理爱情时，"一个政治上要求进步的人总是喜欢一个有着同样品质的人，但是这决不能描写成为他们是从抽象的恋爱条件出发，或是用像处理行政事务的方法那样去恋爱的"。因而，尽管《三里湾》写了三对青年的恋爱，"在感情上却是冷淡的，就像在一件精致的淡蓝色衬衫上缝上一块土黄色糙布的口袋似的，使人看着不舒服"。作者"把年轻人恋爱时的感情描写得过于粗糙生硬，不满意作者在处理人物的爱情命运时过于匆

① 康濯：《春种秋收》，人民文学出版社1980年版，第310页。
② 黄秋耘：《谈"爱情"》，《黄秋耘自选集》，花城出版社1986年版，第447页。
③ 余岱宗：《被规训的激情——论1950、1960年代的红色小说》，三联书店2000年版，第200页。

忙的态度"。在作品里，"是三角恋爱的架势突然变成了三对未婚夫妇：玉生得了个不请自来的中学生灵芝；玉梅接受了一个还需要好好改造的有翼；满喜捡了一个表示忏悔的小俊。看了这些意外的、快速的婚姻，使我感到这些当代的新青年在对待婚姻问题上，那态度未免过于草率了"①。傅雷著文反驳了《三里湾》中没有"爱情"的说法，他从作者的艺术艺术手法和农村青年的恋爱方式来分析《三里湾》中的爱情。他说，之所以有人这样认为，"多半由于人物缺乏外形描写；同时或许是作者故意不从一般的角度来描写爱情，也多少犯了些矫枉过正的毛病。但基本上还是写得很成功。情节的安排不落俗套，又有曲折，又很自然。真正关心恋爱的只有灵芝、有翼与玉梅；玉生、小俊、满喜三人的结局都不是主动争取的，甚至是出乎他们意料的。前半段写灵芝、玉梅与有翼之间的三角关系非常微妙。中国人谈恋爱本来比较含蓄，温婉；新时代的农村对爱情更有一种朴素与健全的看法。康濯同志写的那篇《春种秋收》也表现了这种蕴藉的诗意。灵芝选择对象偏重文化水平，反映出目前农村青年中普遍存在的一个现象；灵芝的觉悟对他们是个很好的教训"②。傅雷所说的"人物缺乏外形描写"确是事实，不过赵树理并没有"故意不从一般的角度来描写爱情"的想法。赵树理并不擅长描写爱情，这点从他早期的作品可以看出来。即使写爱情较多的《小二黑结婚》，也不过是淡淡的传统小说的线条勾勒。此外，《三里湾》作为一部命题小说，农村的实际同意识形态的要求恰恰相反，因而，他只能用这种仓促的方式来给小说结局。农村青年的爱情之所以难以捕捉描绘，傅雷所说的"中国人谈恋爱比较含蓄、温婉"固然是重要的一面，但灵芝大刀直入地问玉生——"你要我吗？"这显然不是含蓄，而是过于直白。傅雷认为，灵芝的觉悟对农村那些选择对象偏重文化水平的青年"是个很好的教训"，这句话实际上道出了赵树理在爱情处理上捉襟见肘的原因。针对"没有爱情的爱情描写"的批评，赵树理说那种"有爱情的爱情描写"，他在当时还写不了，因为"咱们农村，尽管解放多年了，青年们都自由了，但在恋爱、婚姻上还不能像城市那么开放。如果我把他们的恋爱写成就像你们所说的那样有声有色，花前月下呀，舞厅公园呀，目前在农村还办不到。农村的青年人很忙，即便是自由恋爱，也没有时间去花前月下谈情说爱的。他们没有星期天，也没有周末"③。赵树理说的固然是实情，更重要的是劳动虽然已成为爱情的中心话语，但在农村青年的实际选择中，文化水平仍是优先考虑的因素，赵树理对此是熟悉的。如何来表现劳动中萌生发展的爱情，他显然无能为力，因为只能生硬地按照时代话语去做别扭的处理。因而，与其说批评者质疑赵树理的艺术处理，不如说在质疑以劳动为中心的爱情观念。

在夏志清看来，"灵芝选择对象偏重文化水平"是一种"文化势利"。他认为《三里湾》中插入三对青年人的爱情描写是"失败"的，赵树理"极力想把这些浪漫插曲描写得生动有趣，

①　鲁达：《缺乏爱情的爱情描写——谈〈三里湾〉中三对青年的婚姻问题》，《文艺报》1956年第2号。
②　傅雷：《评〈三里湾〉》，《文艺月报》1956年7月号。
③　赵树理：《关于〈三里湾〉的爱情描写》，《赵树理文集》（第4卷），人民文学出版社2005年版，第186页。

可是他失败了，这也是意料中的事。在共产党的统治下，一个人对自己爱人的评价，完全是以政治意识及工作能力为标准，主观的浪漫感情是绝对不许可的"。范灵芝放弃念过初中的、懦弱的马有翼，"开始倾心于村中的爱迪生王玉生"时，犹豫起来："这小伙子：真诚、踏实、不自私、聪明、能干、漂亮！只可惜没有文化！"最后还是抛弃了这个顾虑，跟玉生走到了一起。夏志清认为："这种中国青年的'文化势利'眼，应该是个很有趣的题目，可惜赵树理并没有好好地处理。"①这种"文化势利"，几乎是所有农业合作化叙事作者所面临的生活与艺术难题。"文化势利"主要表现在女青年的文化水平比男青年高，且不安心待在农村，向往城市；男青年文化水平不高，有着明显的"文化自卑"，但思想好，热爱劳动。《春种秋收》中的刘玉翠和周昌林、《三里湾》中的范灵芝和王玉生、《创业史》中的徐改霞和梁生宝等都是这样。但在时代话语的强烈辐射下，农业合作化叙事中的"文化势利"被劳动完全抹平了。在当时，爱情有了全新的价值内涵——"爱情，只有建筑在对共同事业的关心、对祖国的无限忠诚、对劳动的热爱的基础上，才是有价值的、美丽的、值得歌颂的。"②如在《创业史》中，郭世富的儿子——中学生永茂在给改霞的情书中劝改霞"在家中自修，把小学六年的功课五年赶完"，然后考中学，言辞高傲。改霞觉得永茂"侮辱了她"，"脸上出现了厌恶的表情"。作者通过秀兰之口道出了时代的要求："他学习不是为咱国家，光是为他自己将来寻职业，挣得钱多"③，因而遭到了唾弃。农业合作化就是要完成对这种自私自利的"文化势利"倾向的改造和转变，使基于共同理想的劳动成为他们择偶的唯一标准。《三里湾》中的范灵芝放弃了中学生冯有翼，选择了文化不高的"发明家"王玉生；《春种秋收》中的刘玉翠选择了大字不识几个的周昌林……都是顺从时代话语，完成了这种改造和转变。

与此同时，"文化势利"使得男青年在选择对象上处于弱势地位，显示出明显的"文化自卑"。也正由于这种"文化自卑"，使得男青年不能主动地追求喜欢的人（当然，这其中也有忙于合作化事业无暇考虑个人问题者），而女青年却处于主动地位。如在《三里湾》中，灵芝直接问玉生："你觉着我这个人怎么样？""你爱我不？""现在请你考虑一下好不好！"《蓝帕记》中的杨月娥，搭便车的时候遇到赶车的苗青山"使坏"，被颠来颠去，掉了蓝手帕。苗青山喜欢上了她，藏起手帕不肯归还。但当他知道杨月娥高小毕业，就打消了追求的念头——"人家是个高小毕业生，咱算什么？——连初级小学也没毕过业啊！有些上过高小的女学生，都不想嫁庄稼汉了，说什么'一工二干三军官，死也不嫁受苦汉'，有些姑娘嫁了种地的，三天两头闹离婚，咱一个庄稼汉，怎么马马虎虎地找起高小毕业生的对象来了？他还没有见过高小毕业的女学生嫁庄稼汉的事，他自己更没有过找女学生的想法。"在苗青山的头脑里，杨月娥是

　　① 夏志清：《中国现代小说史》，香港中文大学出版社 2005 年版 第 421 页。按：男女青年在择偶上将文化水平作为考虑的一个重要方面，无可厚非。值得注意的是，这种倾向在当时被视为"轻浮""不安心扎根农村"，甚至被视为"小资产阶级思想"受到打压或者批判。

　　② 了之：《爱情有没有条件？》，《文艺月报》1957 年 3 月号。

　　③ 柳青：《创业史》（第一部），人民文学出版社 2005 年版，第 201—202 页。

高小毕业生成为他恋爱追求中最大的阻力。当杨月娥主动到他家里"相家"的时候,他依然说:"你是高小毕业生,我可是个连初级小学也没毕过业的老粗啊!"杨月娥则说:"怎么,高小毕业生没有资格跟农民结婚——我是什么?我在家里当副会计不是农民?婚姻法上又没有这样的规定——禁止学生跟农民结婚!"①在时代话语看来,杨月娥表现了新妇女的性格思想,"确信农村社会主义建设有美好的前途,认定农村社会主义建设中的先进人物,是共同建设农村的最理想的爱人",这样的人,"不但在爱情上会开放出幸福的花朵,在农村社会主义建设的烘炉中,也必然会熔炼成为值得仿效的人物"②。《创业史》中,梁生宝喜欢改霞,并希望她和他一条心。改霞上了两年学,就带给他很大的压力。在郭县买稻种躺在车站票房的那个春雨之夜,梁生宝回忆起了主动和他接触的改霞:

现在,已经二十一岁的改霞,终于解除婚约了,他可怜的童养媳妇也死去了。他是不是可以和她……不!不!那么简单?也许人家上了二年学,眼界高了,看不上他这个泥腿庄稼人了哩!……③

在他与改霞的交往中,这种"文化自卑"一直压迫着他,并成为他们之间一道看不见的隐形鸿沟。他为此不断地给自己舒缓压力:

不管有多少人提亲,关口在改霞本人的思想儿哩。要是她的心变了,爱上知识分子了,咱不同人家争!她的思想儿变了,那就说:不是咱的人啦。你说对吗?咱打定主意走这互助合作的道路,她和咱不合心,她是天仙女,请她上她的天!④

梁生宝的"文化自卑"导致了他在和改霞的爱情中始终处于被动地位(他忙于互助组的事务似乎成了一个重要理由)。在小说中,我们可以看到,每次总是改霞主动和他靠近。他一直忧虑:改霞会喜欢上文化人。他这样的泥腿子,安心待在农村,热心互助组的事业,在爱情竞争中是处于劣势的。因而,最终还是和改霞分手。从某种程度上,正是由于梁生宝的缺乏信心和底气不足,才使得改霞彻底绝望而离开蛤蟆滩的。改霞毕竟是喜欢生宝的,她在下定决心之前,看重的还是生宝的态度。"文化自卑"加上听说改霞不安分的传闻,使得梁生宝在处理两人的关系时莽撞而武断,与其说两人的性格不合,更不如说是"文化势利"而导致的必然结局。梁生宝后来选择大手大脚、劳动好的刘淑良,则祛除了心中的"文化自卑",同时也契合了当时的爱情观念。

---

① 韩文洲:《蓝帕记》,《火花》1958年第3期。
② 宋爽:《两个农村姑娘——读〈火花〉3月号上的〈蓝帕记〉和〈变〉》,《文艺报》1958年第11期。
③ 柳青:《创业史》(第一部),人民文学出版社2005年版,第88页。
④ 柳青:《创业史》(第一部),人民文学出版社2005年版,第123页。

在农业合作化叙事中,劳动不仅主导了青年的爱情观念,同时荡涤了传统的婚礼风俗,代之以全新的"劳动型"的革命婚礼。这种革命婚礼首先体现在婚礼的简单上。范灵芝和玉生结婚,玉生说:"有什么要准备的? 依我说什么也不用准备,还跟平常过日子一样好了!""就连收拾房子的工夫也没有!"一说到收拾房子,灵芝便又想起他南窑里那长板凳、小锯和别的东西,便说:"不要收拾了! 那些东西安排得都很有意思!""连件衣服也没有做!""有什么穿什么吧! 一对老熟人,谁还没有见过谁?"说到这里两个人一齐笑了。① 梁生宝决定和刘淑良结合的时候,他很腼腆地问:"我看咱这事情,你要是没意见了,咱就简简单单……"刘淑良站起来,不好意思地笑一笑,说:"那么还敲锣、打鼓、坐轿呀?"② 婚礼虽也表现出喜庆的气氛和热闹的场面,但最后几乎都千篇一律地转移到新人热爱劳动的美好品质上。刘绍棠《婚礼》中的春梅子是社里的好劳力,同时兼任农业社的副队长。她的未婚夫在城里当工人,公公婆婆思想落后,不肯入社。她担心这时候结婚,社员们以为她要去工厂当家属。坚持等到公公答应入社,并要她当家,她才和未婚夫完婚。婚礼的当天,她的嫁妆格外引人注目。她披红戴花,带着社里的分红,一辆四轮大车,满载着粮食,来到了新家。这不是她个人的嫁妆,而是要卖给国家的统购粮。《山乡巨变》中刘雨生和盛佳秀的婚礼是农业合作化叙事中最具代表性的:

> "亲嘴。"谢庆元高声倡导。爆发一阵大鼓掌,锣鼓也响了。青年们一拥上前,包围新郎和新娘,推的推,操的操,把他们拉起拢来。……新人们抵抗不住,彼此身子挨近了,盛佳秀满脸绯红,红绒花落了,头发也稍现零乱,模样却显得更为俏丽和动人。大家扠着他们的颈根,推着他们的脑壳,把两人傍在一起,挨了一挨。③

接下来的情景却发生了突转,新人们在大喜之日不是享受新婚的快乐,而是热切地关注着农业社里的事情。刘雨生说:"我要到社里看看,社里社外,到处堆起谷子和稻草,今天演了戏,人多手杂,怕火烛不慎。"在《山那面人家中》中,周立波重复了同样的写法。农业社的保管员邹麦秋和卜翠莲结婚,"床是旧床,帐子也不新;一个绣花的红缎子帐荫子也半新不旧。全部铺盖,只有两只枕头是新的"。在举行仪式的堂屋里,"靠里边墙上挂一面五星红旗,贴一张毛主席像"。仪式开始,"主婚人就位,带领大家,向国旗和毛主席像行了一个礼,又念了县长的证书",退到一边。新娘则说:"'今天我结婚了,我高兴极了。'她从新蓝制服口袋里掏出一本红封面的小册子,摊给大家一看,'我把劳动手册带来了。今年我有两千工分了'。""'我不是来吃闲饭,依靠人的。我是过来劳动的。我在社里一定要好好生产,和他比

① 《赵树理文集》(第1卷),人民文学出版社2005年版,第296页。
② 《柳青文集》(第2卷),人民文学出版社2002年版,第244页。
③ 周立波:《山乡巨变》,人民文学出版社2005年版,第537页。

赛'。"新娘在展示完自己的"真正嫁妆"之后,却找不见新郎了。几十个人打着火把,往"山里、墩里、小溪边、水塘边"去寻找,结果在农业社储藏红薯的地窖里发现了新郎。在《八十亩胶泥地》里,赵茂森和田秀云新婚之夜讨论如何治理村里那八十亩胶泥地,"小两口越谈越高兴,到睡着的时候,头鸡已经叫了"。听房的人见小两口说胶泥地的事情,止不住插言献计。新郎的母亲嘲笑他们说:"你们是听房来了,还是开小组会来了!"在《春大姐》中,玉春与明华的新婚之夜,"明华紧紧和她拥抱着,看着她被幸福染红的脸",这时候,明华"忽然想起七岁的那一年,社长赵金山是如何紧紧地抱住他,温暖地安慰他的",笔锋突然转向对体现政治话语的村长的赞颂上,"有这样的村长,社会主义的幸福日子一定会早日到来"。新婚之夜这样一个非常个人化的空间,在农业合作化叙事中几乎看不到私人话语,劳动、农业社、集体财务、社会主义觉悟、美好未来的展望等这样的政治话语、公共话语成了填塞替代的内容,爱情和婚姻被极端政治化和"纯洁化"了。

在农业合作化叙事中,恋人之间的亲昵和新婚之夜的描写一样,呈现出"纯洁化"的叙述倾向。不可否认,"爱情里确实有一种高尚的品质,因为它不只停留在性欲上,而是显出一种本身丰富的高尚优美的心灵,要求以生动活泼、勇敢和牺牲的精神和另一个人达到统一"①。但同时,"不应该把精神和肉体分开。这会导致人的本质的变态,导致扼杀生命"②,因为"即使在最崇高的爱情中也有肉体的基础"。正常的爱情描写,不但会体现出丰富美好的人性,同时会产生迷人的艺术魅力。如果否定摈弃了爱情中正常的肉欲基础,倡导清教徒式的纯洁、崇高,必然会导致"人的本质的变态"③。那么,农业合作化叙事中的爱情为什么呈现出"纯洁化"的倾向呢?"革命的成功使人们'翻了身',也许翻过来了的身体应是'无性的身体'? 革命的成功也许极大地扩展了人们的视野,在新的社会全景中'性'所占的比例缩小到近乎无有? 革命的成功也许强制人们集中注意力到更迫切的目标,使'性'悄然没入文学创作的盲区? 也许革命的成功要求重写一个更适宜青少年阅读的历史教材,担负起革命先辈圣贤化的使命?"④是这些原因吗?

洪子诚认为:"从晚清到现代,'革命'与'恋爱'已经是小说的基本模式之一。50年代以后,由于'革命'的崇高地位的强化,也由于现代'言情小说'受到'压抑',作家对这一问题的处理,更加谨慎、节制。"⑤实际上,早在延安时期,爱情在革命文学中就退居到了边缘。周扬在1944年指出:"在新的农村条件下,封建的基础已被摧毁,人民的生活充满了斗争的内容。恋爱退到了生活中最不重要的地位,新的秧歌有比恋爱千万倍重要,千万倍有意义的主

---

① 黑格尔:《美学》(第二卷),商务印书馆1979年版,第332页。
② 基·瓦西列夫:《情爱论》,赵永穆等译,三联书店1984年版,第19页。
③ 基·瓦西列夫:《情爱论》,赵永穆等译,三联书店1984年版,第9页。
④ 黄子平:《灰阑中的叙述》,上海文艺出版社2001年版,第63—64页。
⑤ 洪子诚:《中国当代文学史》,北京大学出版社1999年版,第134页。

题。"①延安文艺也写到了爱情,但爱情显然不是中心的主题,而是为了突出革命在爱情实现中的决定性作用。在革命文学中,基于共同革命理想的爱情固然会促进革命的热情,但同时爱情也会削弱瓦解革命者激情与意志。在经典的革命文学中,几乎都在张扬祛除肉欲的崇高爱情。对于革命者而言,必须全身心地投入革命事业,自愿吃苦而不言苦,放弃包括爱情在内的一切人生美好享受。牛虻、奥斯特洛夫斯基这样的革命英雄,典型地体现了革命爱情的禁欲主义特征。在1949年以后,文学作品中的爱情叙事遵袭了这一纯洁化和无欲化的规范。丁玲在1954年谈到了这一倾向:"在我们的一些文学作品里面没有讲恋爱的场面,但是在苏联小说、电影里好像差不多都有;而读者、观众心理也喜欢这一点。"②在农业合作化叙事中,《运河的桨声》《山乡巨变》《创业史》等极少几部作品虽在一定层面上突破了禁欲主义的桎梏,写到一些爱情场面之外,但总体上呈现出纯洁化和无欲化的趋向。在《运河的桨声》中,区委书记俞山松和农业社副社长春枝相恋,在诗意化的运河畔,"俞山松贴近她身边,抚摸着她……俞山松激情地捧起她的脸,那美丽的面孔混合着痛苦和期待,她闭上眼,俞山松低下头,吻着她,他感到,春枝的身体在剧烈地颤慄"③。《山乡巨变》中陈大春和盛淑君幽会的情景在当时也是惊世骇俗的:"一种销魂夺魄的、浓浓密密的、狂情泛滥的接触开始了,这种人类传统的接触,我们的天才的古典小说家英明地、冷静地、正确地描写成为:'做一个吕字。'"爱情是极为强烈和炽热的感情,青年男女一旦涉入爱河,"就会像一个罗盘的指针不能指向正确的方向"④、拥抱和接吻是最自然不过的情感表达,但这在当时还是受到了严厉的批评,批评者认为盛淑君与陈大春的情感表达过于直白,"不足以表现农村新的一代爱情"。同时期《林海雪原》中少剑波和白茹的爱情,则被批评为"笔调轻浮又缺乏美感"⑤。在农业合作化叙事中,性爱是和"地富反坏右"的道德败坏紧密相连的政治道德修辞,如《创业史》中素芳和姚士杰的奸情,《在田野上,前进!》中郑洪兴和坏娘儿魏月英的私通,《山乡巨变》中反动分子龚子元诬蔑互助组副组长谢庆元与和张桂贞有"私情"……同时,这也是革命者道德完美的反衬,如梁生宝对"坏女人"素芳的呵斥、高增福对三妹子的厌恶、萧长春对孙桂英的拒绝,都突出了这些社会主义新人的完美道德。

对于革命者而言,情爱不能撼动革命者的伟大理想和坚强意志,这是不能怀疑和亵渎的革命纪律。文学作品中如果突出爱情的魅力,则无疑会腐蚀软化革命者的精神世界,体现出"小资产阶级的情调"。对于革命者而言,当彻底摒绝肉体诱惑追求真理的时候,才会保证革命精神的纯正,并爆发出巨大的能量来。因而,在农业合作化叙事中,我们可以看到革命事

① 周扬:《表现新的群众的时代》,《解放日报》1944年3月21日。
② 丁玲:《怎样阅读和怎样写作》(1954年2月16日在北京师范大学中文系所做的报告),《丁玲全集》(第七卷),河北人民出版社2002年版,第382页。
③ 刘绍棠:《运河的桨声》,新文艺出版社1955年版,第169—170页。
④ 艾克曼:《歌德谈话录》,朱光潜译,人民文学出版社2003年版,第70页。
⑤ 牛运清:《中国当代文学研究资料:长篇小说研究专集》(中册),山东大学出版社1990年版,第79页。

业对于爱情与欲望的巨大规约作用，以及作家在遇到爱情描写时的审慎处理。徐改霞和梁生宝的爱情场面典型地体现出这一时代规范：

> 她的两只长睫毛的大眼睛一闭，做出一种公然挑逗的样子。然后，她把身子靠得离生宝更贴近些，……
>
> 生宝的心，这时已经被爱情的热火融化成水了。生宝浑身上下热烘烘的，好像改霞身体里有一种什么东西，通过她的热情的言词、聪明的表情和那只秀气的手，传到了生宝身体里去了。他感觉到陶醉、浑身舒坦和有生气，在黄堡桥头上曾经讨厌过改霞暖天擦雪花膏，那时他以为改霞变浮华了；现在他才明白，这是为他喜欢才擦的。
>
> 女人呀！女人呀！即使不识字的闺女，在爱情生活上都是非常细心的；而男人们，一般都比较粗心。
>
> 生宝在这一霎时，心动了几动。他真想伸开强有力的臂膀，把这个对自己倾心相爱的闺女搂在怀中，亲她的嘴。但他没有这样做。第一次亲吻一个女人，这对任何正直的人，都是一件人生重大的事情啊！
>
> 共产党员的理智，在生宝身上克制了人类每每容易放纵感情的弱点。他一想：一搂抱、一亲吻，定使两人的关系急趋直转，搞得火热。今生还没有真正过过两性生活的生宝，准定有一个空子，就渴望着和改霞在一块。要是在冬闲天，夜又很长，甜蜜的两性生活有什么关系？共产党员也是人嘛！但现在眨眼就是夏收和插秧的忙季，他必须拿崇高的精神来控制人类的初级本能和初级感情。……考虑到对事业的责任心和党在群众中的威信，他不能使私人生活影响事业。
>
> ……
>
> 生宝轻轻地推开紧靠着他、等待他搂抱的改霞，他恢复了严肃的平静，说：
>
> "我开会去呀！人家等组长哩……"①

作者对这对恋人的心理分析毫不吝惜笔墨，这在农业合作化叙事中是极为少见的。当梁生宝要爆发出正常的情欲冲动的时候，作者用"共产党员的理智"，克制住了梁生宝身上"人类每每容易放纵感情的弱点"，革命纪律表现出强大的约束力。这场相遇应该说是徐改霞和梁生宝爱情成功与否的决定性"交锋"，如果梁生宝表现出自然正常的感情来，徐改霞极可能会选择留在农村。但梁生宝是共产党员，身上肩负的是崇高伟大的事业，他必须摒弃世俗的情欲冲动。梁生宝是这样做的，但在徐改霞去北京长辛店当工人之后，他又表现出惊讶和些微的伤感。可见革命苦行主义的爱情伦理，并未彻底祛除爱情中世俗人性的内容。勃兰兑斯指出："在表现爱情时，和在别的事情上一样，人们的目的是想超越自然，结果要么损

---

① 柳青：《创业史》（第一部），人民文学出版社 2005 年版，第 487—488 页。

害了自然或是虚伪地忽视了自然。"①革命的理性自然也不能压抑这种正常的感情,但在农业合作化叙事中,革命的理性却经常压制自然的人性人情。在革命者看来,爱情和革命事业是冲突的,"共产党员的理智"是能够克制"人类每每容易放纵感情的弱点",不能因为个人的感情而影响革命事业。这样的爱情叙事导向使得爱情呈现出理念化、空泛化的特征,销蚀了其本身所蕴含的魅力。如果恋爱双方能够拥护农业合作化并对美好未来取得一致性的认同,那么他们的爱情便以喜剧结局,如果产生分歧,便会以悲剧告终。这样的爱情突破了两人感情的世界,表现出更大的社会关怀,无疑是值得肯定和尊敬的爱情观念。然而,强调爱情的社会关怀,并不能以挤压爱情的私人空间为代价,使爱情成为某种观念的演绎。农业合作化叙事中的爱情明显存在着这一弊病。比如陈大春,作者虽然饱蘸了感情,想尽力表现出他性格的复杂性,他追求进步、听党的话,性格鲁莽、脾气暴躁,一着急就想用绳子捆人。在和盛淑君的交往中,他反应迟钝,如同木头一般,沉浸在农业合作化实现之后的美好想象之中,连盛淑君也责备他"一心一意,只想拖拉机"②。在和盛淑君激情拥吻之后,他甚至觉得自己的行为"邪恶",埋怨盛淑君打破了他原来的崇高计划,即他要等到满二十八岁,第二个五年计划实现了,村里来了拖拉机才恋爱结婚的理想。柳青也是从革命爱情伦理的角度去表现梁生宝处理爱情问题上的崇高的。在小说中,梁生宝这样的表现有着充分的叙述动力和性格基础,一个人为了崇高的事业,"觉得人类其他生活简直没有趣味。为了理想,他们忘记吃饭,没有瞌睡,对女性的温存淡漠,失掉吃苦的感觉,和娘老子闹翻,甚至生命本身,也不是那么值得吝惜的了"③。那么,"共产党员的理智"克制住"人类每每容易放纵感情的弱点",也就不足为奇了。

在 20 世纪二三十年代的"革命加恋爱"小说中,性爱"是对权力关系的清晰表达",革命和爱情的关系是"互惠的、互相可以交换和补充的",并不存在矛盾的关系,这些左翼作品"所表达的浪漫精神和主体性",在一定程度上"暗示了他们与'五四'精神的密切联系"④。在延安文艺之后,爱情在革命文学中退到了附属地位,爱情成为革命要实现的目标,只有在革命中才能保证并得以实现爱情。与此同时,爱情描写被最大限度地纯洁化和精神化。农业合作化叙事续接了这种爱情表达的伦理,在情爱主体的话语空间上,渗透着社会主义爱情伦理的重塑。其中以劳动为主导的爱情伦理成为爱情叙事的中心主题,隐含着鲜明的道德评判,以及政治和阶级路线的选择。农业合作化叙事愈到后来,这种倾向愈加明显,而到了"文革"前夕,结果便成了"一切男女关系也只是阶级关系"⑤。

① 勃兰兑斯:《十九世纪文学主流·法国的反动》,人民文学出版社 1986 年版,第 238 页。
② 周立波:《山乡巨变》,人民文学出版社 2005 年版,第 183 页。
③ 柳青:《创业史》(第一部),人民文学出版社 2005 年版,第 90—91 页。
④ 刘剑梅:《爱情与革命——二十世纪中国小说史中的女性身体与主题重述》,三联书店 2009 年版,第 263 页。
⑤ 姚文元:《文艺思想论争集》,人民文学出版社 1966 年版,第 338 页。

柳青及其《创业史》散论

陈咏芹[*]

（广东外语外贸大学 中国语言文化学院，广州 510420）

内容摘要：柳青为了创作《创业史》，主动离京赴陕，在皇甫村建立生活基地，在农村实际工作中观察、体验和认识生活，在生活中磨砺思想与艺术。他的《创业史》注意从中国农村封建宗法制社会的政治、经济和文化传统的历史规定性中，去认识并表现农业合作化运动的历史艰巨性；同时注意从人民创造历史的唯物史观出发，从整个人类社会未来理想的宏观视野，去认识并表现农业合作化运动的历史变革意义，去塑造在这个运动中诞生出来的理想人物。柳青重视理论思维训练，养成了运用马克思主义剖析社会现象与人物心理的习惯。他的《创业史》，将社会剖析与人物心理剖析融为一体，赓续并拓展了由茅盾所开创的社会剖析小说流派的艺术传统。

关键词：柳青；《创业史》；农业合作化；社会剖析小说

一

　　柳青具有非凡的文学抱负，当他发表长篇小说《种谷记》和《铜墙铁壁》之后，已经成为从解放区进入新中国的作家群体中引人注目的新秀。柳青并不满足于此。作为一个视文学为终身的神圣事业，并且对雨果、司汤达、巴尔扎克、狄更斯、托尔斯泰心仪已久，对当代苏联作家肖洛霍夫极为钦佩的作家，柳青当然渴望自己也能够像这些文学大师那样，创造出堪称一个时代文学标志的纪念碑式的鸿篇巨制。柳青坚信，只有在生活中，才能认识生活；只有长期在生活中，才能认识足以撑起鸿篇巨制的丰富生活。他说："生活是作家的大学校。生活培养作家，锻炼作家和改变作家。在生活里，学徒可能变成大师，离开了生活，大师也可能变

---

　　* 作者简介：陈咏芹，文学博士，广东外语外贸大学教授。

成匠人。"①他还说过:"作家是生活里成长的。""艺术技巧主要的也是从生活里钻研出来的。"②柳青对文学与生活关系重要性的认识,是他研究欧洲近代文学大师成功的创作经验之后得出来的,也跟他1951年参观托尔斯泰位于雅斯纳雅·波良纳庄园的所见所闻有关。据柳青长女刘可风《柳青传》的记载,在托翁幽静的庄园里,柳青思绪万千:"作家的写作环境和他的作品有着怎样的关系?他的思想感情和他丰富的生活经历又有怎样的关系?作家生活中的酸甜苦辣就发生在这里,这间书房,这间客厅,这间卧室。"③托尔斯泰的生活方式对柳青的启悟是:"生活在自己要表现的人物环境中,对从事文学事业的人是最佳选择。"④柳青开始明确地意识到,要想实现自己的文学宏愿,必须首先建立自己的生活基地。就在结束这次中国青年作家代表团访苏之行不久,他于1952年5月底,离开首都北京,离开他参与创办并担任编委兼副刊部主编的《中国青年报》,回到陕西,开始了他生活与创作的新历程。

中共中央西北局在征求柳青的意见后,由中共陕西省委安排他到西安南郊长安县,担任县委副书记,分管农村互助合作工作。次年4月,为了深入农村生活与集中精力写作,柳青辞去副书记职务,只保留县委委员职务。他先是住在韦曲镇的县委大院,后借住王曲区皇甫村往西四里多的常宁宫,最后于1955年春,定居皇甫村的中宫寺。中宫寺依塬傍水,坐北朝南,视野开阔,对面是郁郁葱葱的终南山,左右两侧的塬根上密密匝匝地散布着农家小院,对柳青的生活与写作而言,是相当理想的。他要在这里经营自己的创作基地。大约在1953年居住常宁宫期间,柳青被皇甫乡第四行政村农会主任、共产党员王家斌组建互助组的事迹所吸引,他的创作思绪"被一个具有社会主义觉悟的新人的性格抓住了"⑤。柳青意识到,王家斌带领乡亲走互助合作道路,是当时农业社会主义改造运动的一个缩影。对农业进行社会主义改造,不仅会造成农业生产方式的转折性变化,而且必然会造成农民思想、情感、思维方式与心理状态的艰难而深刻的变化。柳青为自己能够亲身参与并记录这宏大的历史性巨变而激动不已。他怀着创造历史的自豪感写道:"我们是我国第一批建设社会主义的人",这是"历史赐予我们这样大的幸福"。"就在我们眼前,成百万成千万的农户带着各种复杂的感情,和几千年的生活方式永远告了别,谨小慎微地投入新的历史巨流,探索着新生活的奥秘!"⑥就是在这种思想与情感状态的驱使下,柳青于1954年春,开始构思表现当时正在蓬勃开展着的农业社会主义改造运动的多卷本长篇小说。正是为了写好这部小说,他才移居中宫寺,他要在自己的生活基地里,切切实实地观察、体验和分析关中地区农村社会,农民的思想、情感和心理,他要在这里不断地磨砺自己的思想与艺术,从而实现自己的文学抱负。

① 柳青:《二十年的信仰和体会》,《柳青文集》(第4卷),人民文学出版社2005年版,第276页。
② 刘可风整理:《柳青随笔录》(1858—1964年),《现代中文学刊》2018年第2期。
③ 刘可风:《柳青传》,人民文学出版社2016年版,第109页。
④ 刘可风:《柳青传》,人民文学出版社2016年版,第110页。
⑤ 柳青:《灯塔,照耀着我们吧!》,《柳青文集》(第4卷),人民文学出版社2005年版,第118页。
⑥ 柳青:《王家斌》,《柳青文集》(第4卷),人民文学出版社2005年版,第139页。

在皇甫村，柳青以党的农村基层工作者的身份，领导农业合作化运动；同时牢记自己作家的身份，在工作中观察生活现象，积累生活细节，还以固定时间研究欧洲近代以来的浪漫主义、自然主义、批判现实主义和苏联社会主义现实主义的代表性作品。每天清晨，他到田间散步；上午闭门读书和写作；下午看报章杂志、读者来信，听区、乡干部汇报情况，商量工作，偶尔也有乡亲来跟他聊生产，请他帮助解决家庭矛盾、邻里纠纷。他还常常到稻地中间的茅棚里去和人们闲谈。每逢集日，他都会到镇上的供销社排队，用心听人的谈话。他还到粮食市场、牲口市场观察买卖双方的交易情况。农闲时节，他会到十字路口观察走亲戚的男女过客，甚至会到镇上与消闲的男人下棋。柳青对生活方方面面的观察，显然是为了熟悉农民生活习惯、思维方式与心理活动，是为他的小说创作积累生活方面的经验。

柳青在1960—1970年代多次说过，作家要进"生活的学校""政治的学校"和"艺术的学校"深造，而且这"三个学校"学无止境，没有毕业期限。他认为有了生活经验还不够，必须要全面地深刻地认识生活。为此，柳青有重点地阅读了若干马克思主义经典著作，同时"动用自己的全部活生生的社会经验和书本知识，努力理解导师们的思考，指导自己的文学活动"①。柳青反对把马克思主义教条化，他是把马克思主义作为世界观和方法论来看待的。他认为只有"依靠自己的全部直觉，包括眼睛、耳朵和声音，深入统计学和逻辑学难以深入的群众生活里头"②，才能准确理解并运用马克思主义基本原理去分析生活，去艺术地表现生活。

为了全面地深刻地认识生活，为了写好《创业史》，柳青还尽可能地扩大他的知识视野。"有关国内和国外的政治、经济、民族、历史、文化、地理，几乎世界上的一切方面都在这个貌似农民的作家的视野之内；而且他不仅通晓这些方面的问题，也往往对这些问题有一种叫你感到新奇而独到的见解。在他晚年换过几处的寓所的墙壁上，没有什么其他装饰，往往只挂一张中国地图和一张世界地图。他会不时走到地图前，用枯瘦的手指头一下子指住他正在谈论的中国或外国的一个地方。他有时会指着地图，给你讲述半天有关英国或法国农业的历史和现状、有关加拿大小麦种植方面的情况等等。这时你会觉得他不是一个作家，而是联合国粮农组织的一位专家。他在写作《创业史》的时候，还写了关于改变陕北山区农业经营方式的论文。他在论文中引用了大量有关国外农业方面的资料，使一些著名的农业专家感到吃惊。"③

为了全面深刻地认识生活，精准地表现作为生活主体的人的心理状态，柳青特别注重研究心理学。据柳青友人记述，柳青"很喜欢心理学"，"竟像科学研究生一样阅读心理学的课本和学术论著"。"每当谈起这个题目时，他热衷地发表自己对心理学争论中的看法。他说

① 柳青：《三愿》，《陕西日报》1961年7月3日。
② 柳青：《二十年的信仰和体会》，《柳青文集》（第4卷），人民文学出版社2005年版，第275页。
③ 路遥：《柳青的遗产》，《路遥全集·早晨从中午开始》，北京十月文艺出版社2013年版，第138页。

心理学帮助他理解人的思维活动和环境对人的影响。"①当他运用心理学的知识去观察、体验和分析农民心理的时候,他不禁从心底里发出深沉的感慨:"劳动人民真正过着最深刻、最丰富的内心生活。"②

值得注意的是,柳青在"文革"中、后期,对包括国际共产主义运动史在内的现代世界历史进行了深入的反思,对苏联与南斯拉夫等社会主义国家在农村和农业问题上的教训与经验进行了比较分析,从而具备了从更为广阔的视野认识中国农业合作化运动的历史洞察力。

作为一个极具艺术自觉意识的作家,柳青为了写好四部《创业史》,还特别注意研究中国古典和欧洲近代长篇小说的结构模式。他指出"篇幅浩繁,人物众多的社会历史小说,不但要求广度,而且最根本的要求是深度。这样,小说才能经过充分的情节酝酿、周密的艺术布局,把读者逐步引进惊心动魄的冲突中去"③。长篇小说应该写得"越来越吸引人",而"吸引读者的终究是主人公的命运,即主人公的性格发展和他与对立面性格冲突的趋向",因此应该"以主人公为纲,纲张目明地来结构长篇小说"④。就是从这种以人物为中心的长篇小说结构美学观出发,柳青明确地提出要依据马克思主义矛盾对立统一学说,着力创造典型环境中的典型冲突,进而从这种冲突中创造典型环境中的典型人物。至于具体的艺术方法,柳青在研究了曹雪芹、托尔斯泰等中外名家的代表作之后,发现"小说技巧的处理主要有三点:情节发展、人物心理和周围环境,必须做到三者自然融合。要写出这个效果,作者就要站在人物的地位来观察周围世界,而不能站在第三者的地位叙述故事,只有这样出来的场面才能使读者看不见作者。读者、人物、作者也就自然地融合在一起了"⑤。"每个章节用一个特定人物的眼光完成。"⑥他还以马克思在《一八四四年经济学—哲学手稿》中论述人类艺术感觉历史生成时所说的"人不仅通过思维,而且也用一切感觉在对象世界中肯定自己",作为自己这种艺术方法的哲学基础,并且引申说,这就是作家在生活实践与艺术创造过程中的"对象化"⑦。

综上所述,非凡的文学抱负,书写自己亲身参与的农业合作化历史进程,是柳青小说创作的内驱力;将皇甫村作为创作的生活基地,则说明他对生活是创作唯一源泉,有着比同时代其他作家更为深刻、更为具体、更为独特的认识;运用马克思主义基本原理去认识生活,运用心理学去分析农民心理,熟悉中国乃至世界农业作物的习性与种植,以及后来对国际共产主义运动和中国农业合作化运动的反思,则赋予他相当深刻的思想能力与相当宽广的知识视野;而对长篇小说结构美学及其具体艺术方法的独到见解,则使他形成了比较系统的具有

---

① 杨友:《回忆在皇甫村的日子》,《新港》1964 年 5 月号。
② 杨友:《回忆在皇甫村的日子》,《新港》1964 年 5 月号。
③ 柳青:《美学笔记》,《柳青文集》(第 4 卷),人民文学出版社 2005 年版,第 287 页。
④ 柳青:《美学笔记》,《柳青文集》(第 4 卷),人民文学出版社 2005 年版,第 289 页。
⑤ 刘可风:《柳青传》,人民文学出版社 2016 年版,第 446 页。
⑥ 刘可风:《柳青传》,人民文学出版社 2016 年版,第 179—180 页。
⑦ 蒙万夫等编:《柳青写作生涯》,百花文艺出版社 1985 年版,第 84—85 页。

实践效用的创作理论。上述诸方面的充分准备,都在向我们预示,柳青已经具备了能够成功创作出作为一个时代文学标志的多卷本长篇小说的各种条件,人们有理由期待当代文学大家的诞生。

二

柳青创作《创业史》,不只是紧盯着现实,也不只是展望未来,而是把现实当作过去与未来的中间环节去观察、认识并加以表现的。他非常注意历史的连续性,注意从中国北方农村长期的封建宗法制社会的政治、经济和文化传统的历史规定性中,去认识并表现农业合作化运动的历史艰巨性;注意从人民创造历史,历史造就英雄的唯物史观出发,从整个人类社会未来理想的宏观视野,去认识并表现农业合作化运动的历史变革意义,去塑造在这个运动中诞生出来的理想人物。

《创业史》以丰富而鲜活的细节和极具文化内涵的艺术典型,表现了农业合作化运动的历史艰巨性。柳青围绕渭原县下堡乡第五村(蛤蟆滩)走不走农业合作化道路,如何走这条道路的问题,以梁生宝为中心,精心设计了三条主要矛盾线索:一是以梁生宝为代表的期望通过互助合作、共同富裕的"贫困的庄稼人",与以村里唯一的富农姚士杰和富裕中农郭世富为代表的反对农业合作化势力之间的矛盾;二是在"贫困的庄稼人"内部,以梁生宝为代表的合作化道路的拥护者、实践者与怀疑、抵触互助合作的对立面之间的矛盾;三是在党内,预备党员梁生宝与党小组长、村里的代表主任、事实上是富裕中农代言人的郭振山之间的矛盾。值得注意的是柳青并没有把上述三种矛盾写得剑拔弩张。柳青生怕读者不理解他的用意,他除了在《创业史》第一部《题叙》的最后明确告诉读者他写的是"生活故事"之外,还在《延河》杂志 1961 年 10 月号刊发《创业史》第二部第六、七两章初稿的同时,特别刊发《作者附记》,提醒准备将《创业史》第一部改编为其他艺术体裁的同志,"不要展开梁生宝与对立面的面对面的斗争",因为这"不符合整个《创业史》的总意图"。到了 1963 年,柳青还专门发表文章解释说:"第二部和第三部也都没有'面对面搏斗'。这部小说矛盾冲突的顶点安排在第四部里。有些矛盾在前三部里逐渐解决,但是梁生宝与郭振山、与姚士杰中间的两个矛盾,还要逐渐加深,并且把作者的意图暂时隐蔽起来,而不能只图一时痛快,使全书的结构支离破碎!"[①]我们看到《创业史》的创作是严格遵循 1950 年代北方农村生活真实的,上述三条矛盾冲突线索,是透过架梁请客、买稻种、活跃借贷、粮食集市、进山割竹、成立合作社、牲口合槽等农村生活形态和农业生产与经营形态的具体叙述与描写表现出来的;是从揭示农业合作化运动对农民身上普遍存在着的在漫长的封建宗法制社会中生成的农民意识及其思维定式的冲击的角度表现出来的。《创业史》也因此蕴涵着丰富的历史内容,至今读起来,还能让人

[①]　柳青:《提出几个问题来讨论》,《延河》1963 年 8 月号。

产生恍如亲临历史现场的感觉。如果说姚士杰、郭世富反对合作化，是出自他们的经济地位，很容易理解；那么，对郭振山形象的塑造，则凸显出柳青对改造农民问题的清醒认识。郭振山是"土改"时期的风云人物，曾被人称作"轰炸机"，刚解放时就入了党，是全乡最强硬的村干部，在村里享有最高威望，可是他却利用权力在"土改"中分到优质土地，热衷于个人发家致富。后来，他也成立了自己领头的互助组，但那是以响应党的号召的名义，去拆梁生宝灯塔社的台，重新树立自己的威望，谋自己的私利。他深知只有以党的名义，他才能捞到好处。这是一个入党动机不纯，满脑子小农意识，没有在党内得到任何改造，也不愿意接受改造的基层农民干部。就"革命"动机而言，郭振山与鲁迅笔下的阿 Q 大部分是重合的，本质是相同的。他不是蜕化变质，而是从来就没有在思想上真正入党。第二条矛盾线索主要是围绕梁生宝与其继父梁三老汉的矛盾展开的。解放前，梁三老汉两次创家立业的梦想均以破灭告终。解放后，他分到了土地和牲口，继子梁生宝那么能干，那么受人信任和信赖，他发家致富的欲望被重新激活了。可是，他又一次失望了：梁生宝忙于乡政府的工作，没时间顾家，还入了党，到了 1953 年的春天，更是完全投入互助组的事务中了。梁三老汉与儿子产生了新的矛盾。他觉得儿子做的是荒唐的、可笑的、几乎是傻瓜做的事情。他反对儿子走互助合作之路，嘲讽儿子是不自量力的"梁伟人"。他开始是被动地、不情愿地留在互助组内的，直到互助组买稻种、割竹子的事实，灯塔社生产的丰收，才让这个心地善良、老实本分、狭隘自私的老辈庄稼人对儿子服气了。在第一部的结局里，梁三老汉穿着儿子给他缝制的全套新棉衣，感到了从未有过的"人的尊严"。这个"一辈子生活的奴隶"，"在庄稼人们谈论灯塔农业社和社主任梁生宝的时候"，"终于带着生活主人的神气了"。不过，这只是他迈向新生活的第一步，按照柳青的构思，梁三老汉农民意识的改造，将是十分漫长的历史过程。柳青说："要从私有制到公有制，这是马克思发现的客观规律，是共产党根据马克思主义的科学加以引导的。《创业史》就是要写全体农民由不接受到接受，由不正确理解到正确理解的过程。梁三老汉在第一部里就是不愿意的，第二部里就写他愿意了，但还不能正确理解。"[1]即使到第四部结束，"他的农民意识也还在改变中，也不可能彻底消除"[2]。正是对农村生活的深刻认识，正是对农村生活形态与农民心理的真实表现，《创业史》才经得起现实主义真实性美学原则的检验。

柳青创作《创业史》时，特别注意从宏观的历史发展趋势中去发现生活的新气象，去着力表现在农业合作化运动中诞生的新时代的理想人物。梁生宝的形象就灌注着柳青的社会理想与道德理想。梁生宝有生活中的原型，他就是我们上文提及的王家斌。但是王家斌的精神特质，尚不能满足柳青创造理想人物的艺术要求。因为"典型就是理想的，它高于真实，只是表现出来令人感到是真实而已。因此，典型是真实和理想的结合，它既不仅仅是真实，也

---

① 徐民和：《一生心血即此书》，《延河》1978 年 10 月号。
② 刘可风：《柳青传》，人民文学出版社 2016 年版，第 408 页。

不仅仅是理想"①。为了塑造出理想人物,柳青必须赋予梁生宝以不同于凡人的品质。小说写梁生宝幼时因生活艰辛而心智早熟。十三岁时,他就开始熬半拉子长工,有一次被财东娃欺负,母亲教育他说:"咱穷人家……要得不受人家气,就得创家立业,自家喂牛,种自家地。"这是他人生哲学的第一课。他开始懂得为创立家业要不惜体力,要能吃苦耐劳,要成为做庄稼活的行家里手。"到十八岁的时候,他已经对庄稼活样样精通了。在下堡村,他的工资达到成年人的最高数目。他暗自把长工头当作老师傅,向他学会了所有的农活,包括最讲技术的撒种……"穷则思变,他在十六岁那年,就用自己的工钱换回了财东家那条因母牛死去而很难喂养的小牛犊,后来这种小牛犊果然长成引起许多人羡慕和嫉妒的大黄牛。柳青在《题叙》中用这个细节表现少年梁生宝就拥有了超乎常人的判断力和预见力。柳青还在第二十九章回叙梁生宝十一岁那年替下堡村富农看管桃园时,因不忍过路病人的口渴难受和苦求苦告,按当时的行情卖给他八个桃,等主家来到桃园时将所得的铜板悉数交回。此事竟让那位富农惊讶得脸色发黄:"啊呀! 这小子,你长大做啥呀?"这个细节意在表现少年梁生宝的诚实守信的端正品质。此外,第二十章柳青回叙解放前任老三临死前不愿咽气,直到躲壮丁的梁生宝从终南山回来,把儿子欢喜托付给他,让欢喜学他的为人。柳青用长者向后生临终托孤的细节,意在彰显梁生宝在乡亲中所受到的信任与信赖,而这种信任与信赖正是源于梁生宝端正的品质、高远的见识、吃苦耐劳的毅力和可能成就大事的能力。但是在解放前,梁生宝没能够创家立业:虽然租住财东的稻地丰收,但是除去交地租、还肥料欠债之外,剩下的全被村里的保公所强行征走;那条大黄牛,也因梁生宝被拉壮丁交赎身钱而变卖。1949年后,共产党引导他改变了人生观。他由"学过做旧式的好人"转变为"开始学做新式的好人"了。1952年,"入党以后,生宝隐隐觉得,生命似乎获得了新的意义。简直变了性质——即从直接为自己间接为社会的人,变成直接为社会间接为自己的人了"。1953年春,梁生宝又开始组织互助组。柳青在写梁生宝思想境界质变的同时,也写了他在处理与阻挠农业合作化进程的各种势力及其代表人物的矛盾冲突中所表现出来的幼稚。比如,他不敢同郭振山做正面的交锋,他怕郭振山瞪眼睛。此外,他在爱情与婚姻问题上也犹豫不决。柳青在已完成的《创业史》的一、二两卷中,并没有把他写成英雄人物,但这仍不能避免批评家和文学史家们产生梁生宝思想境界提升显得过快、看不到其成长经历的感觉。这也许是个误会。因为,第一,上述《题叙》、第二十章、第二十九章的回叙中对梁生宝正直、坚毅、思变、具有判断力和预见力、深受乡亲信任信赖等非凡品质的铺垫,就已经让我们看到其成为农村共产党人之后思想境界提升的"性格前史"。其二,柳青是有意不去正面表现梁生宝的成长经历。这种写法源自柳青对典型创造的独特看法。他认为长篇小说不一定非得要求写出人物成长的历史。他曾在写于1965年的一个手稿中指出:"因为小说如果逼真到读者好像是自身投入

---

① 柳青:《美学笔记》,《柳青文集》(第4卷),人民文学出版社2005年版,第281页。

了所描写的生活,那么他们就不要过程的描写也相信。艺术的魅力就在这里。真正的艺术品是使读者享受生活,而不是享受技巧。"他还以《红楼梦》对理想人物贾宝玉形象的塑造来具体阐明这个道理。他说,"曹雪芹在前十六回里根本没有描写他的主人公如何勤学苦练,博览诗书","写宝玉长了多少知识"。但是他在第十七回里还是"把那样好的智慧品质赋予了他那反封建的人物,倾心歌颂未成年的主人公比贾政和众清客都高明"。"小说流传至今已二百来年了","却很少有人指责曹雪芹没有写贾宝玉的'成长过程','脱离现实,拔出来离开了泥土','现实主义基础不够'"①。柳青的这番话大约是他针对严家炎等批评家的间接回应。

严家炎在 1963 年《文学评论》双月刊第 3 期发表《关于梁生宝形象》的评论,认为作家"把人物写得高大","在土改后互助合作事业的初期,实际生活中梁生宝式的新人还只是萌芽,而像他那样成熟的尤其少"。"作家在塑造梁生宝形象方面似乎并不是时刻都紧紧抓住人物的性格和气质特点的。为了显示人物的高大、成熟、有理想,作品中大量写了他这样的理念活动:从原则出发,由理念指导一切。但如果仔细推敲,这些理念活动又很难说都是当时条件下人物性格的必然表现。""哪怕是生活中一件极为平凡的事,梁生宝也能一眼就发现它的深刻意义,而且非常明快地把它总结提高到哲学的、理论的高度,抓得那么敏锐,总结得那么准确。""梁生宝某些思想活动……终究在气质上不完全是属于农民的东西。"严家炎的批评涉及柳青对塑造理想人物即社会主义新人问题的看法,他迅速地做出了明确的回应。同年 8 月,他在《延河》月刊发表《提出几个问题来讨论》,为自己辩护。关于梁生宝在政治上是否"成熟"的问题,柳青指出:《创业史》第一卷只是表现了像梁生宝这种"农村中先进的共产党员经过经常的学习,特别是刚刚经过整党的社会主义教育以后,社会主义觉悟高",而非"政治上'成熟'了"。他说,严家炎从小说中找到六处表现梁生宝所谓"政治上'成熟'了"的文字,而事实上只有"关于互助合作道路和改造农民两处,是描写梁生宝自己在思索以外,其余都是作者描写他回忆整党学习会上的话,描写他回忆县、区领导同志的话"。至于"说到'性格、身份、思想、文化等条件',那么许多农村青年干部把会议上学来的政治名词和政治术语带到日常生活中去,使人听起来感到和农民口语不相协调,这个现象难道不是普遍的吗? 梁生宝考虑的都是与他当时的活动直接有关系的政策、思想,他甚至没有考虑哈蟆滩全村范围内的形势和任务,怎么能够硬说他政治上已经'成熟'了呢"? "梁生宝只不过是一个由于新旧社会不同的切身感受而感到党的无比伟大,服服帖帖想听党的话,努力捉摸党的教导,处处想按党的指示办事的朴实农民出身的年轻党员。在这方面,他有时候不是达到天真的程度吗?""是梁生宝在社会主义革命中受教育和成长着。"柳青还特别强调"农村党员和农民积极分子的社会主义革命思想都是党教育的结果,而不是

---

① 蒙万夫等编:《柳青写作生涯》,百花文艺出版社 1985 年版,第 100 页。

自发的由批评者所谓的'萌芽'生长起来的"。关于所谓梁生宝气质中的非农民因素,柳青反驳说:"难道不应该有些是属于无产阶级先锋队战士的东西吗?我的描写是有些气质不属于农民的东西,而属于无产阶级先锋队战士的东西。这是因为在我看来,梁生宝这类人物在农民生活中长大并继续生活在他们中间,但思想意识却有别于一般农民群众了。任何社会人身上除了个性心理特征以外,还有两种特征——社会生活(如职业、民族或地域)的特征和社会意识(如阶级、宗教或信仰)的特征。"实事求是地说,柳青的回应是符合历史真实的,因而是很有说服力的。

近年来,学术界对如何看待严家炎的批评和柳青的回应,出现了一种颇值得注意的新论。西北大学文学院陈然兴先生从言语修辞的视角指出:"严家炎对柳青的批评,就在于梁生宝的言语,尤其是他的内心言语与他的形象并不匹配。而从柳青的角度来讲,梁生宝作为一个'天真'的农民党员,他是一个尚在成长的人物,他不可能一下子便拥有一种与他的身份完全和谐统一的语言和说话方式。柳青的这个意思值得我们深思。'社会主义新人'之所以是'新人',就是因为,他们是'天真'的人,他们还不成熟。这种'天真'会特别地表现在,他们缺乏属于自己的、与他们的身份严丝合缝的'话语着装',这就造成了人物形象内部的不协调。""因此,对梁生宝形象的认识最终归结于一个问题:一个年轻的农民党员应该有怎样的言语才算真实?严家炎强调'农民气质',强调言语与人物的协调统一,讲的是一般意义上的'艺术真实',那么,与其他人物比如梁三老汉相比,梁生宝的确让人感觉'不真实';而柳青则认为,正是言语上的这种'不谐调'才恰恰是'真实'的,这是反映论意义上的'真实',这种'不谐调'正是形成中的'社会主义新人'的言语的典型特征。"陈然兴进一步解释说:"在社会主义改造中,农民党员肩负着学习领会党的政策,用党的精神教育和改造群众的任务。学习领会党的精神,首先是学习领会党的语言。这个语言学习的过程首先是发生在农民党员身上的。因此,在他们身上表现出来的政治言语与农民口语的交织、杂糅的状态应该是具有历史真实性的。"柳青"正是从现实主义出发,将时代生活中的语言状况与人物形象结合起来,从而塑造了梁生宝这个典型的'社会主义新人'的形象,而与它伴随着的是一种正在形成中的、不统一、不谐调的言语形象。如果不能承认这种言语形象的客观存在,就不能完整地把握梁生宝形象的整体,也就是无法客观公正地评价《创业史》"①。这种解释的确从修辞学理论上道出了柳青在梁生宝形象塑造问题上的良苦用心。

<h2 style="text-align:center">三</h2>

柳青的《创业史》赓续并拓展了由茅盾所开创的社会剖析小说流派的艺术传统。

严家炎先生 1980 年代中期将茅盾 1930 年代之后的小说创作命名为社会剖析小说,将

---

① 陈然兴:《论〈创业史〉的修辞结构和言语形象》,段建军主编《柳青研究论集》,西北大学出版社 2016 年版,第 3—4 页。

受其影响的吴组缃、沙汀和稍后的艾芜等人的创作一并纳入这种小说类型,并将他们的小说命名为社会剖析小说。这个命名曾经得到吴组缃的认同,也得到 1980 年代中后期以来中国现代文学研究家的认同,社会剖析小说遂成为阐释中国现代小说艺术思维与艺术流派的颇具有效性的概念。依据严家炎的研究,"社会剖析派在中国产生,是有其历史必然性的。只要以托尔斯泰、巴尔扎克为代表的重视社会剖析的欧洲现实主义能够传入中国并在这块土地上生根,只要马克思主义唯物史观的社会科学能够传入中国并在这块土地上生根,只要这两种思潮能够在文学实践过程中相互结合并且确实造就一批社会科学家气质的作家,那么,社会剖析派的形成就是不可避免的"①。严家炎认为:"社会剖析派作家,可以说都是些具有社会科学家气质的小说家,他们对于用科学态度去分析、解剖社会,对于借鉴法国、俄国十九世纪现实主义作家作品,都显示出浓厚的兴趣。"②他还认为 1950 年代之后的一些作家,"像创作了《上海的早晨》的周而复,创作了《李自成》的姚雪垠,50 年代重写了《大波》的李劼人,实际上都程度不同地受到了这个流派的滋润,有的作家在自己的实践中还有重要的新发展"③。也许是柳青的《创业史》不完全符合"客观化的描述""复杂化的性格"和"悲剧性的命运"这些流派的要素,严家炎先生并没有将他熟悉的柳青归入社会剖析派小说家之中。其实,在柳青的身上,我们同样能够看到他那社会科学家的气质;同样能够看到他那善于从生活中提炼问题,从剖析包容着诸种问题的社会现象中所施展出来的巨大的艺术创造力;同样能够看到他如同吴组缃、沙汀那种"更多地强调从生活出发,直接从生活中获取主题"④的新的艺术追求。如果我们将社会剖析小说流派视为一个不断革故鼎新、不断生发拓展的创作流派的话,那么,柳青的《创业史》同样可以归入茅盾所开创的这一小说流派,同样可以视为这一小说流派在艺术上的拓展与深化。

以茅盾为代表的社会剖析派小说家具有相当深厚的社会科学修养,具有从广阔的时代背景中迅速地反映当代社会现实的能力,其创作也具有一种能够透过生活现象表现时代本质的恢弘气势。柳青平时注重理论学习和理论思维训练,他养成了用马克思主义的科学理论去分析生活现象、分析人物心理的习惯。七次通读《创业史》,毕生奉柳青为师的路遥曾经这样描述柳青的眼睛:"这双眼睛对任何出现在它面前的人物和事物,一边观察、分析、归纳,一边又同时在判断、抽象、结论——而所有这一切好像在一瞬间都完成了。"⑤柳青对小说的社会剖析功能非常重视。他曾经以《创业史》的写作为例,明确地"把剖析社会和剖析生活的小说创作与编故事的工作分别开来看待"⑥。《创业史》就是典型的社会剖析小说。虽然作

① 严家炎:《中国现代小说流派史》(增订本),长江文艺出版社 2009 年版,第 174 页。
② 严家炎:《中国现代小说流派史》(增订本),长江文艺出版社 2009 年版,第 177—178 页。
③ 严家炎:《中国现代小说流派史》(增订本),长江文艺出版社 2009 年版,第 199 页。
④ 严家炎:《中国现代小说流派史》(增订本),长江文艺出版社 2009 年版,第 186 页。
⑤ 路遥:《病危中的柳青》,《路遥全集·早晨从中午开始》,北京十月文艺出版社 2013 年版,第 378—379 页。
⑥ 柳青:《美学笔记》,《柳青文集》(第 4 卷),人民文学出版社 2005 年版,第 292—293 页。

品的艺术聚焦点是关中农村蛤蟆滩,柳青的艺术思维却将蛤蟆滩的变化与同时期中国新型的政治、经济和文化的创建密切联系起来。稍具历史感的读者都可以看出,小说从侧面透露了中共中央高层对工业化和农业合作化问题的看法,从县域层面表现这种看法在干部思想与具体工作中的反映;也从粮食市场供求关系与价格的变动,折射当时的农业经济形势;还从梁三老汉女儿秀兰同未婚夫、志愿军战士杨明山的书信往来,将艺术思维的触角伸向朝鲜战场;甚至从徐改霞在报考工人问题上的思想与情感的波动,将农村知识青年的现实选择与国家工业化战略之间的联系做了艺术上的呼应。路遥说柳青"一只手拿着显微镜在观察皇甫村及其周围的生活,另一只手拿着望远镜在瞭望终南山以外的地方。因此,他的作品不仅显示了生活细部的逼真精细,同时在总体上又体现出了史诗式的宏大雄伟"。"作为一个深刻的思想家和不同凡响的小说家",柳青"用他的全部创作活动说明,他并不仅仅满足于对周围生活的稔熟而透彻的了解;他同时还把自己的眼光投向更广阔的世界和整个人类的发展历史中去,以便将自己所获得的那些生活的细碎的切片,投放到一个广阔的社会和深远的历史的大幕上去检查其真正的价值和意义"[1]。

以茅盾为代表的社会剖析派小说家常常以社会科学命题作为创作的出发点,表现出鲜明的理论自觉性。茅盾创作《子夜》是为了参与当时社会科学界关于中国社会性质问题的论战。茅盾说他要用小说回答托派:"中国并没有走向资本主义发展的道路,中国在帝国主义的压迫下,是更加殖民地化了。"中国民族资产阶级的"前途是非常暗淡的"[2]。他要用形象的艺术画面驳斥那种"认为中国的民族资产阶级可以在既反对共产党所领导的民族、民主革命运动,也反对官僚买办资产阶级的夹缝中取得生存与发展,从而建立欧美式的资产阶级政权"的谬论。[3]《子夜》在某种意义上来说,就是论战型小说。与此相仿,柳青在解释《创业史》的创作动机时说:"《创业史》这部小说要向读者回答的是:中国农村为什么会发生社会主义革命和这次革命是怎样进行的。回答要通过一个村庄的各阶级人物在合作化运动中的行动、思想和心理的变化过程表现出来。这个主题思想和这个题材范围的统一,构成了这部小说的具体内容。"[4]柳青的这种表述与茅盾谈《子夜》的表述在立意与语气方面均如出一辙,或许是柳青熟悉茅盾的那篇文章,觉得与茅盾有同感;或许是英雄所见略同。

茅盾所开创的社会剖析小说流派的艺术模式,在1950年代之后由柳青、周而复和姚雪垠等作家赓续并生发拓展。姚雪垠是运用辩证唯物主义与历史唯物主义的哲学观透视历史,开拓了社会剖析小说的题材疆域。柳青与周而复处理的是当代题材,而且是当代农村与

---

① 路遥:《柳青的遗产》,《路遥全集·早晨从中午开始》,北京十月文艺出版社2013年版,第137页。
② 孙中田、查国华编:《茅盾研究资料》中册,中国社会科学出版社1983年版,第28页。
③ 孙中田、查国华编:《茅盾研究资料》中册,中国社会科学出版社1983年版,第87页。
④ 柳青:《提出几个问题来讨论》,《延河》1963年8月号。

城市社会主义革命的重大现实题材。周而复从资本主义工商业的社会主义改造运动入手，着重剖析了这个运动对上海工商社会和工商资本家心理的影响。柳青从关中地区一个村庄合作化运动的发生与发展中，表现这个运动对农村社会与各类农民心理的巨大冲击。从这个视界出发，我们或许能够历史地认识到茅盾所开创的社会剖析小说流派的艺术传统在1950年代之后的延续性，同时也或许能够更加准确地认识柳青在20世纪中国文学史上的意义。

柳青的《创业史》作为社会剖析派小说在中国当代文学中的重镇，其社会剖析是同心理剖析有机地融为一体的。柳青在皇甫村用心地观察、体验、认识农村社会、农民生活，他还运用心理学原理解释他所观察到的农村社会与农民心理，因此他的《创业史》在剖析社会的同时，也自觉地把心理剖析纳入其中，并且注意从广阔的社会环境和时代风貌中去多角度、多层次地表现社会主义新制度的建立所产生的新的社会关系、新的伦理关系和新的生活冲突对于人物性格、人物心理的影响。柳青还注意将生动的生活画面与人物微妙的心理活动相交融，注意把人物与人物之间外在的矛盾冲突、行为神态的描写，同其内在精神世界的揭示有机地统一起来。柳青曾经总结说："近代描写重大社会变革的多卷体长篇小说要求：社会生活的广阔性和心理描写的深刻性。"[1]柳青自己也非常自觉并且非常好地做到了这一点。在《创业史》中，客观社会环境的变化往往影响着相关人物的心理波动，而人物的主观心理活动又反映着某种社会关系的矛盾运动。在柳青那里，心理剖析与社会剖析已浑然一体，生活矛盾的发展与人物的心理活动分别成为情节发展的外部推动力和内部驱动力。

四

在1949年之后，柳青和赵树理是最有影响的两位农村题材小说家。赵树理长柳青十岁，1940年代中期成名，自创作《小二黑结婚》，就开始明确表示要为缺乏阅读能力的农民写作，要把小说当作"听"的艺术，要取法中国古代民间说书艺术和在此基础上生成的文人话本艺术传统，以中国北方农民喜闻乐见的艺术形式表现他们在解放区政治文化环境下的思想、精神与心理状态的变化。由于赵树理衷心希望老一辈农民能够跟上时代发展的步伐，与时代一同前进，所以他的小说塑造得最成功的就是那些因袭着封建宗法专制主义文化传统的老一辈农民。他未能在塑造社会主义新人形象方面做出令批评家和文艺领导人所期待的历史贡献。再加上赵树理擅长写中短篇小说，缺乏创作标志一个时代文学思想与艺术高峰的长篇小说的能力。因此，虽然1946年解放区文艺界领导人周扬充分肯定了赵树理的创作"是毛泽东文艺思想在创作实践上的一个胜利"[2]，虽然1947年晋冀鲁豫边区文联负责人陈

---

① 刘可凤整理：《柳青随笔录》（1858—1964年），《现代中文学刊》2018年第2期。
② 周扬：《论赵树理的创作》，《解放日报》1946年8月26日。

荒煤就提出"边区文艺界开展创作运动"的"赵树理方向"①,但是值得玩味的是,到了1950年代之后,赵树理的创作并没有成为"方向",甚至还遭到描写"新人"不力的批评,赵树理本人也"陷入了没完没了的检讨之中"②。根据赵树理的回忆:"胡乔木同志批评我,写的东西不大(没有接触重大题材),不深,写不出振奋人心的作品来。"③赵树理"方向"的被"搁置",赵树理的被批评,说明赵树理无法满足现代社会主义民族国家建构过程中对社会主义新人形象的历史需求。明乎此背景,我们就能够理解写过《种谷记》《铜墙铁壁》等长篇小说的柳青为什么受到有关权威人士和文艺界的重视了。据刘可风《柳青传》的记载,江青看到胡乔木推荐的《铜墙铁壁》的清样后,曾写信做了"热情肯定",后来还关心过他的创作与生活。④巴金在读《种谷记》之后,对叶圣陶说:"这个作家最有希望。"⑤《创业史》出版不久,周扬就在第三次全国文代会上表彰这部作品"深刻地描写了农村合作化过程中激烈的阶级斗争和农村各个阶层人物的不同面貌,塑造了一个坚决走社会主义道路的青年革命农民梁生宝的真实形象"⑥。茅盾也在同时召开的中国作协理事扩大会议上称赞《创业史》"人物塑造的方法是体现了革命现实主义和革命浪漫主义相结合的精神的"⑦。柳青之所以得到如此重视,一是由于他擅长创作深刻地反映时代风貌的能够成为一个时代文学纪念碑的长篇小说;二是由于他的创作适合用毛泽东在1958年中共八届二中全会上正式提出的"革命现实主义与革命浪漫主义相结合的创作方法"的美学原则进行阐释;三是由于他塑造出了梁生宝这个能够体现社会主义时代新精神风貌和时代本质的社会主义新人的典型形象;四是他取法近代以来欧洲批判现实主义、浪漫主义、20世纪苏联社会主义现实主义文学和"五四"之后中国新文学的现代化传统,其作品具有深刻地反映广阔时代风貌的史诗性,充满人民创造历史的充沛的激情和大气磅礴的艺术气势,在中国当代文学中,堪称鸿篇巨制。而这正是赵树理所缺乏的。

在《创业史》第一卷出版并获得权威人士与文艺界领导人肯定之后,柳青对自己的创作更有信心了。他甚至为了专心创作,有意躲避当时的各种论争。可是,他最终仍未能完成四部大书的宏伟计划。

《创业史》第一部1960年5月出版之后,其续作即第二部从当年10月份开始在《延河》杂志刊载,但到1965年10月才完成上卷的初稿。1966年5月,写到第二十五章,离第二部

① 陈荒煤:《向赵树理方向迈进》,《人民日报》1947年8月10日。
② 刘艳对此问题做出了颇具说服力的批评。参见施旭升、陈咏芹、刘艳、张鹰、彭耀春《中国现代戏剧重大现象研究》,北京广播学院出版社2003年版,第258—259页。
③ 赵树理:《回忆历史,认识自己》,《赵树理文集》(第4卷),工人出版社1980年版,第1830页。
④ 刘可风:《柳青传》,人民文学出版社2016年版,第110—111页。
⑤ 刘可风:《柳青传》,人民文学出版社2016年版,第106页。
⑥ 周扬:《我国社会主义文学艺术的道路》,《文艺报》1960年13—14期合刊。
⑦ 茅盾:《反映社会主义跃进的时代,推进社会主义时代的跃进》,《人民文学》1960年第8期。

完工还差三章。"文革"初期至中期,柳青创作活动基本中止。1973年春,第二次"解放"后,柳青着手修改《创业史》第一部并计划修改和续写第二部。1977年6月,第二部上卷出版。1978年2月,第二部下卷开始在《延河》杂志刊载。至当年6月,柳青已经修改完下卷的第十七章,留下第十八章至二十八章的未定稿,怀着遗恨离世。《创业史》第二部的写作与修改,经历了一个比较漫长的时期,即使除去"文革"十年,柳青也断断续续耗费了九年的时光,还未能最终完成。其主要原因,与柳青本人对《创业史》的核心内容——农业合作化运动的认识不合时宜有关,也与他后来创作环境及其创作心境的突然变化有关。

据柳青为1960年5月中国青年出版社出版的《创业史》第一部所亲自改定的"出版说明":"全书共分四部。第一部写互助组阶段;第二部写农业生产合作社的巩固和发展;第三部写合作化运动高潮;第四部写全民整风和大跃进,至农村人民公社建立。"但到同年7—8月,柳青在京参加第三次全国文代会期间,曾对中国青年出版社的编辑说:"第四部大跃进、人民公社不写了。"①1973年2月,柳青在一次讲话中说:《创业史》"第二部试办初级社,基本上也写完了";"第三部准备写两个初级社,梁生宝一个,郭振山一个;第四部写两个初级社合并变成一个社,成了一个大社,而且是一个高级社。"②那么,究竟是什么原因使得柳青决定不写最初计划中的大跃进和人民公社的建立了呢?

传记资料表明,柳青对农业合作化运动是从内心赞同的。不然,他就不会离京赴陕,定居皇甫村,也不会有《创业史》那么庞大的创作计划。即使是在1970年之后,柳青仍然坚持认为农业合作化虽然"没有提供出成功的经验",但"不是这条路不对,是我们没有把路走对"。"只要从实际出发,不断努力,成功的路完全可以找到,历史是漫长的。"③考虑到中国有着两千年小农经济的传统,他希望农业合作化运动能够平稳发展,扎扎实实地向前推进。可是,在运动后期,由初级社向高级社的过渡却出现了要求过急、进展过快的"冒进"情况。1957年后,中央急于求成的做法在农村工作中的负面影响日益明显。在这种情况下,柳青中断了《创业史》第一部的修改,开始写作中篇小说《狠透铁》,表达了他对合作化运动后期进展过快、民主制度尚未建立、农村基层干部未能得到应有的锻炼、农村基层政权容易被坏人把持的忧思。对后来的大跃进和农村人民公社化运动,柳青更是"以谨慎的态度观望着",虽然"从不在公开场合发表意见",但"也在背地里"和"一些知心干部议论,支持他们不赶潮流,不放卫星,不搞浮夸风"④。应该说,1960年的早些时候,柳青在为《创业史》第一卷改写"出版说明"时,就已经对农业合作化运动后期违反自愿互利和典型示范的原则、脱离农村经济条件和农民心理现状的做法持不理解的态度,对随后的大跃进和农村人民公社化运动更不

①　江晓天:《也谈柳青和〈创业史〉》,《文艺理论与批评》1990年第1期。
②　柳青:《在陕西省出版局召开的业余作者创作座谈会上的讲话》,《延河》1979年6月号。
③　刘可风:《柳青传》,人民文学出版社2016年版,第429—430页。
④　蒙万夫等编:《柳青写作生涯》,百花文艺出版社1985年版,第172页。

会认同。也许是他还没有考虑成熟,拿不准自己的思路是否符合农业发展的经济规律和生产力与生产关系矛盾运动规律,因而暂时保留了第四部"写全民整风和大跃进,至人民公社建立"的设想。但不久,到了7至8月间,他就明确表示,不写原来预告的第四部的内容了。这大约是他的思考已趋于成熟的结果。据《柳青传》记载,早在1960年代初,柳青就认为南斯拉夫改革"是真正采取经济手段,而不是行政命令的办法"①。有了这样对农业合作化运动的认识,柳青《创业史》第二部的写作和修改过程中的延宕,尤其是第四部拟写内容的变化,就可以很容易理解了。

《创业史》第二部的写作和修改之所以进展缓慢,还与他在"文革"期间身心备受摧残,写作环境与写作心境出现转折性的变化有关。

"文革"开始以后,柳青受到"造反派"的批斗、抄家、游街示众、住"牛棚"。1967年,被宣布"解放"不久,又在1968年"清理阶级队伍"运动中被打成"特务"和"现行反革命",直至1972年9月才由专案组得出历史清白的结论,获得第二次"解放"。这期间,柳青妻子自杀,柳青情绪低落,自杀未遂。他患上了哮喘病,后来又发展到肺心病,还无法得到必需的治疗。仅1970年4—9月之间,医院就向其子女下过十一次病危通知。他虽然坚强地活过来了,但要经常使用哮喘喷雾器,有时还要到医院输氧。如此身体,怎么能经得起创作长篇小说所需要的那种繁重的体力和脑力呢?

1972年秋,柳青开始考虑续写《创业史》第二部未完的部分,可是皇甫村的中宫寺那绿树掩映的庭院已经片瓦不存。对柳青而言,那个环境对他续写《创业史》极为重要。由于住在市区,他"曾多次表示现在的环境和他的心境很难进入写作状态,他因此有时焦躁不安"②。1974年秋,柳青搬到离皇甫村仅十五里路的长安县韦曲镇市委干休所,这里毕竟离他的生活基地近了一些。搬家后第二天一大早,他就迫不及待地赶到塬上,与农民拉话,"问生产,问家庭,看饲养室,看牲口,看猪圈"。柳青感慨地说,能重新和农民在一起,他就"又活过来了"。"我要开始写了,能在我要写的对象中生活,随时被他们的生活气氛包围,多么难得!这比在城里强得多,写作中遇到的问题,可以随时问周围的农民。马上要写的一章,就想了解农村怎么样杀猪,不管进哪个院子,问题都可迎刃而解。他们还会给我新的启发。"柳青女儿回忆说:"这一天早晨,父亲就像喘息在沙滩上的鱼儿刚回到大海。"③但是天不佑人,这个曾以"晚秋精耕创业田"的诗句明志的人民艺术家,最终还是过早地被病魔夺去了生命。六十二岁,对柳青这个经历过"文革"磨难的长篇小说家来说,思想和艺术都已经成熟,正值创作的盛年,却只能怀着遗恨不甘心地离开了这个世界。

千古文章未尽才。《创业史》最终未能完工,不是如近年来有些论者所说的柳青内心世

---

① 刘可风:《柳青传》,人民文学出版社2016年版,第430页。
② 刘可风:《柳青传》,人民文学出版社2016年版,第347页。
③ 刘可风:《柳青传》,人民文学出版社2016年版,第348页。

界里文艺与政治的冲突,不是由这种冲突所造成的心理焦虑。柳青说过《创业史》第四部情节结束的时间是 1955 年①,对于这之前的农业合作化运动所走过的道路,柳青自始至终是赞美的。柳青对 1952 年至 1955 年下半年中国农村的社会主义改造运动,在"文革"中期之后就已经形成了系统的看法,他已经具备了自己所言的"使作品经得起历史的检验"②的思想条件。迁居韦曲镇之后,他也能够有条件开始在与农民的近距离接触中补充来自生活实践的"真实的"细节,补充能够感动读者从而能够造就"艺术的永恒"的"永恒的""细节"③。在这种情况下,如果柳青能够有比较健全的身体,他一定会完成四部《创业史》巨著,把他对农业合作化运动完整的看法艺术地呈现给读者。然而,这个宏伟的计划尚未能完成到一半,柳青就耗尽了生命。就研究文学家的社会命运而言,柳青的悲剧非常值得关注。

① 蒙万夫等编:《柳青写作生涯》,百花文艺出版社 1985 年版,第 187 页。
② 蒙万夫等编:《柳青写作生涯》,百花文艺出版社 1985 年版,第 177 页。
③ 刘可风:《柳青传》,人民文学出版社 2016 年版,第 341 页。

文学的"左翼"与左翼的"文学"

刘 勇 张 悦 *

(北京师范大学 文学院,北京 100875)

内容摘要:20 世纪左翼文学是一个极其复杂而丰富的存在。左翼文学的"左翼"特性决定了它对文学强烈的政治诉求,左翼文学从诞生的那一天起,就与无产阶级政治革命建立起了使命同构的关系;但同时左翼文学的"文学"又要求它必须具有文学上的价值和审美上的体验。左翼文学的政治性和文学性两个面向,不仅深刻地影响了 20 世纪中国文学的发展和走向,同时也推动着 20 世纪中国社会变革的浪潮。

关键词:左翼;文学性;政治性

- -

我们认为这次会议提出有关左翼问题的话题有两个重要意义:一是对进一步厘清和认识左和右及其两者复杂关系很有促进;二是对考察和梳理上述关系在整个 20 世纪中国社会发展中的作用具有积极意义。

首先我们想说这样一个意思,左与右的复杂性在于,其既是相对的概念,也是相融的概念。当年鲁迅在左联成立大会上也讲过,"左翼"作家是很容易成为"右翼"作家的。"左"是很容易办到的,然而一碰到实际,便即刻要撞碎了。这种忽左忽右,亦左亦右,半左半右,左中有右,右中有左,就是我们在 20 世纪中国社会发展中经常看到而见怪不怪的现象,甚至就是我们的一个写照。文学作为社会生活的一部分,当然也和这种现象相伴随。

20 世纪左翼文学是一个极其复杂而丰富的存在。左翼文学的"左翼"特性决定了它对文学强烈的政治诉求,左翼文学从诞生的那一天起,就与无产阶级政治革命建立起了使命同构的关系;但同时左翼文学的"文学"又要求它必须具有文学上的价值和审美上的体验。左翼文学的政治性和文学性两个面向,不仅深刻地影响了 20 世纪中国文学的发展和走向,同时也推动着 20 世纪中国社会变革的浪潮。

---

 * 作者简介:刘勇,文学博士,北京师范大学文学院教授、博士生导师,教育部"长江学者"特聘教授。张悦,北京师范大学文学院博士,助教。

一、"左"的多义与复杂

在 20 世纪的中国社会发展中,"左"和"右"是两个频频出现的关键词。但是,什么是"左",什么是"右",还有很多扑朔迷离、值得推敲的地方。更重要的是,这两个概念自产生之日起,它们的含义并不是一成不变的,而是随着时间的推移、地点的不同,指代的含义也发生着变化。

中国自进入现代以来,"左"与"右"就被附上了强烈的政治意识内涵。作为两种倾向的战略观点,"左"与"右"在不同的政治环境下有着不同的具体指代:第一次国内革命战争期间,"右倾"指的是共产党放弃自身对革命的领导权,例如将军队领导等权力转移给国民党,表现出一种退让的合作态度;"左倾"则表现为对北伐战争盲目乐观,在领导作战过程中较为急躁而冒险。在反围剿斗争中,"右倾"代表非正面斗争的游击战策略或流寇战略,"左倾"则代表博古、王明等人推行的正面突围的冒险进攻。在长征中,"右倾"表现为行进过程中的懈怠、逃跑,更甚有分裂党的行径。第二次国共合作(抗日战争)期间,"右倾"表现为在国共两党合作抗日谈判中放弃共产党统一战线领导权、取消共产党独立性的倾向。然而随着十一届三中全会的召开,改革开放成为社会主潮的时候,"左"和"右"的概念在意义上发生根本性的变化,邓小平强调我们要两手抓,一手要反"左",一手要反"右",要警惕"右",但主要是反对"左"。这里的"左"意味着政治斗争,"右"意味着经济建设。

20 世纪关于"左"与"右"的讨论不可避免地渗透到文学的发展中,然而就如同政治上"左"与"右"的难以界定,文学上"左"与"右"的界限更是模糊,常常出现作家抱着"左"的观念来写作,最后却写出一部"右"的小说。柔石以明确的革命意识所创作的《为奴隶的母亲》,想要批判"典妻"这个封建恶习对人的迫害,但在这个故事中,柔石没有把租用春宝娘的地主塑造成穷凶极恶的人,而是甚至比春宝娘曾经的丈夫还要好,春宝娘与租用她作为生儿育女工具的地主之间竟然产生了相当的温情。这样的书写或许是柔石自己都没有意识到的。为什么会出现这样的效果?文学是描写人性的,而人性,往往并不会像阶级立场那样黑白分明。作为劳动者的春宝娘和作为地主的秀才,代表的不仅是两个阶级立场,而首先是两个人。地主对春宝娘的温情和春宝娘对地主秀才的不舍,都是人性最真实的展示。

在这里还想特别提一下,在王富仁先生的左翼作家研究中,有一个非常特殊的现象,就是他对端木蕻良极其重视。客观地看,端木蕻良的文学成就并不十分突出,他的文学史地位和分量也远远赶不上同属东北作家群的萧红和萧军,今天研究者对他的关注也大多都是集中于他与萧红、萧军的关系上,甚至由于他和萧红的关系引发了诸多的非议,对于他的作品、他的思想并不十分关注。但就是这样一个作家,王富仁不仅在《三十年代左翼文学·东北作家群·端木蕻良》四篇系列长文中对端木蕻良进行了重点分析,随后又在上下两篇《文事沧桑话端木·端木蕻良小说论》中对端木蕻良各个阶段的创作进行了详细的解读,并且给予了端木蕻良极高的评价:"假若有人问我,在中国现代作家中,谁在精神实质上更加接近列夫·

托尔斯泰,我可以毫不犹豫地回答:端木蕻良。"①为何如此？一个重要原因就是因为王富仁认为端木蕻良"像俄国的列夫·托尔斯泰一样,探索着一条在精神上通往人民、通往被侮辱与被损害的人们的道路,探索着一条在情感上与底层人民融合的道路"②。虽然端木蕻良之于中国文学没有列夫·托尔斯泰之于俄国文学那么伟大的贡献,但是他对中国现代化过程中如何实现贵族阶层与平民阶层之间现代性沟通与融合的思考,是极其重要的。这说明,即便是左翼文学阵营里,也并非铁板一块,作家在进行文学书写的时候也并非决然树立起阶级差别,像端木蕻良这样对两个阶级之间的沟通和链接的探索,是文学超越了阶级本身最动人的书写。

二、"左翼"与"文学"的相抵和相融

今天我们不难发现,左翼文学的发生发展始终伴随着此起彼伏的论争,这些论争既来自左翼文学与其他文学阵营,也来自左翼内部成员之间,其实际上显示的是一代知识分子在面对社会剧烈变动的困惑和探讨。而这中间,最根本、最核心的问题是左翼文学的政治性与文学性的关系问题。今天看来关于这个问题的争论是一个伪命题,因为没有哪一部文学作品能够脱离政治,只谈审美、只谈艺术,而对政治的规避事实上也是一种特殊的政治态度。我们说"文艺不能服从政治",这里的"政治"指的是一时一地的政治策略,而"政治性"则是指任何作品应该具有的品质。丁玲曾以长篇小说《太阳照在桑干河上》获得过斯大林文艺奖的二等奖,周立波则以长篇小说《暴风骤雨》获得过三等奖。两部作品,写的都是土改斗争,凭什么丁玲拿二等奖,周立波只拿三等奖？就是因为《暴风骤雨》是依照一种政治理念去写的,给我们呈现的是一个英雄农民斗恶霸地主的故事。而《太阳照在桑干河上》写的是更高境界的一种"政治",是在一种特定政治情况下,人最真实和最复杂的一种状态,地主并非都是穷凶极恶,暖水屯的农民对待非恶霸的地主侯殿魁、李子俊并没有暴力行为,倒是有一些人对之表示出同情和不忍,甚至有人私下退还分给自己的土地。

历史告诉我们,"政治性"本来就是文学的根本属性之一,可能比"审美性"产生得还要早。作为中国古典文学源头之一的《诗经》,从成型之日起,就与当时政治和外交紧密相扣;英国作家奥威尔也说过:"回顾我的作品,我发现在我缺乏政治目的的时候,我写的书毫无例外地总是没有生命力的,结果写出来的是华而不实的空洞文章,尽是没有意义的句子、辞藻的堆砌和通篇的假话。"③左翼文学明显的政治倾向使得不少研究者都将左翼文学看作"五四"文学强调个性解放、抒发个人性灵传统的"转向"和"反叛"。但实际上,这二者之间并非是简单的"转向"和"反叛"的关系,相反存在着内在脉络的相通性。在"五四"开创的话语生

---

① 《三十年代左翼文学·东北作家群·端木蕻良(之四)》,《文艺争鸣》2003年第4期。
② 《三十年代左翼文学·东北作家群·端木蕻良(之四)》,《文艺争鸣》2003年第4期。
③ 奥威尔:《奥威尔文集》,中国广播电视出版社1997年版,第97页。

态中,新文学的诞生本来就是为启蒙所用。茅盾、叶圣陶、许地山、郑振铎、冰心等人创作的问题小说、1920年代乡土文学作家们对农村野蛮、愚昧的陈规陋习的批判,这些与中国传统文人"济世""救民"的精神和民族忧患意识有着深刻的血肉联系。即便是崇尚个性解放,对个人的关注的"人的文学",纵然作为提出者的周作人有提倡性灵的意味,但落实到创作实践上,也都是作为反抗封建伦理的对立面在创作的。也就是说,"五四"传统虽然强调个性解放,强调"立人",但是这"立人"的最终目的还是为了"立国",这种政治对文学的钳制,不是左翼文学独有的,只是在内忧外患的政治环境下,这种政治与文学的冲突爆发得更为集中了而已。由于政治时局的不断变化,文学不再只是宽泛意义上社会生活的反映,而被集中到阶级斗争、民族斗争的实践上来,再加上参与文学的人越来越多,来自社会的各个阶层,文学也与更为广阔的社会生活密切结合起来,"要到兵间去、民间去、工厂间去、革命的漩涡中去"①,文学此时也被赋予更多的政治内涵和阶级意义,"个人"的叙述话语逐渐也逐渐被集体宏大叙事所遮蔽。

文学的政治性书写实际上是戴着镣铐起舞的审美维度,以早期左翼作家创作的"革命加恋爱"模式为例,即便是在爱情这种最为私人化的情感体验中,左翼作家都能找寻到革命性、政治性的本质。可见,文艺与革命的联结点存在于艺术本身和现实的方方面面。这是中国最独特的一个现象,生活中一切私人化的东西都应该在革命书写中实现升华。然而我们可以发现,革命文学表达政治的欲望越强烈,它的变革性和超越性往往会越弱。革命文学的革命性和政治性,不在于它写的是工人阶级和农民阶级,而在于它关心的是阶级的解放和人性的健康,这也正是为什么鲁迅的杂文和茅盾的小说较之某些左翼作家说教式的诗歌和小说更具有颠覆价值和革命意义。

三、"左翼文学"的传统与新变

近几年来,"底层写作"这一文学名词越来越多地出现在国人眼前,小说如刘庆邦的《神木》、曹征路的《那儿》、阎连科的《丁庄梦》,报告文学如陈桂棣、春桃的《中国农民调查》以及"打工诗歌"等,都引起了国内文坛的瞩目,甚至引发了较为剧烈的论争。前几年爆发了自由主义与"新左派"的论争以及"纯文学"的论争,使思想界、文艺界重新关注文学与现实、文学与政治的关系。这一思潮转变对中国文学产生的两个具体影响,就是"底层写作"的兴起及对左翼文学传统的重新审视。

值得注意的是,无论是"底层写作"本身,还是对"底层写作"的评论,都大量引用了现代文学特别是左翼文学的话语资源,可以见出"底层写作"与左翼文学传统有着千丝万缕的联系。在我们看来,当年左翼文学在三个方面上是可供"底层写作"借鉴的:

第一,继续发扬左翼文学的"政治性"写作传统。近二十年来,文坛流行着一种试图把

---

① 郭沫若:《革命与文学》,《创造月刊》1926年5月17日第1卷第3期。

"审美性"和"政治性"分离开来的倾向。这种倾向是对以往极"左"文学思潮的反拨,是可以理解的,但它并不正确,也不符合新文学的发展实际。"服从政治"的"政治"与我们所说的文学的"政治性"是不一样的:"服从政治"的"政治"指的是一时一地的政治策略,是具体的"政治";而我们强调的"政治性"则是指任何作品应该具有的品质。根据马克思主义的观点,任何一部作品都必然具有政治性(不管作者"服从政治"还是不"服从政治"),但不是所有的作品都"服从政治",这个区别很重要。不少论者在要求文学要脱离政治时,往往把两者搞混了。因此,"底层写作"的出现,是中国文学发生转变的一个重要征兆,标志着文学"政治性"的重新复苏。作家阎连科在 3 年时间里,先后七次走进"艾滋病村"搜集材料,写成了反映"艾滋病村"生活的长篇小说《丁庄梦》。他明确道出了他与左翼文学的精神联系:"文学当然不应该承担过分的责任,这是几十年文学发展的教训,但如果文学到了什么也不再承担时,文学也就不再是文学,而是流行文化。如今劳苦人已经从文学中退了出去。我们从文学中很少看到对底层人真正、真切的尊重、理解、爱和同情。这个问题在近年的长篇创作中尤为突出,像萧红那样的写作已经几乎绝迹。"①

第二,继承及发扬左翼文学在文艺形式探索上的多样性。近二十年来,国内文坛对左翼文学的评价并不高,认为它们艺术水准偏低,审美意味不强。这些批评的一个弱点是忽视了左翼文学在形式上的多样性及其文学探索的文学价值,把左翼文学传统狭隘化了。钱理群就对此提出过批评:"在我看来,左翼作家(左翼知识分子)的一个最本质的特征就是鲁迅所说的永远'不满足于现状',由此而形成了其永远的批判性(反叛性,异质性,非主流性)。而这样的批判、反叛必然是全面而彻底的:不仅表现为一种激进的思想倾向,政治立场,而且也反映在对既成的艺术秩序的反叛与不循常规的创造。因此,前述'左翼文学不注重艺术形式'的说法完全是一种成见与误解:左翼文学的一个本质特征即它的艺术上的'实验性'。"(《端木蕻良小说评论集》)的确,为弱者呼吁,关注社会公平,是左翼文学的核心理念以及总体倾向,但这并不等于形式,实际上左翼文学具有多种多样的形式,钱理群还强调过"左翼文学的一个本质特征即它的艺术上的'实验性'"。国外的左翼文学,有雪莱的浪漫主义诗歌《西风颂》,马雅可夫斯基的未来主义诗歌,奥登的现代主义诗歌《在战时》《西班牙》,布莱希特的实验话剧《四川好人》《阿波罗魏的发迹》,海明威的小说《丧钟为谁而鸣》,马尔克斯的"魔幻现实主义"小说《百年孤独》,略萨的"结构现实主义"小说《绿房子》等,其形式之多样,成就之高,都是世界文坛所公认的。同样,中国的左翼文学也并不像许多人理解的那样,是铁板一块,而是多种文学类型的组合体。比如,上海的左翼文学与解放区文学就存在着比较大的差异。上海左翼文学,大量借鉴了意识流小说、现代主义等西方文学形式的营养,解放区文学则注重汲取民族传统的营养,两者形成了不同的文学形式。把茅盾的《子夜》、萧红的《生死场》、叶紫的《丰收》与赵树理的《小二黑结婚》等左翼小说放在一起,我们就能看出那种

---

① 阎连科:《活着不仅仅是一种本能》,《南方周末》2006 年 3 月 23 日。

对左翼文学的单一化理解是多么错误的！比较起来，当前的"底层写作"，在内容上比较雷同，在形式上也比较单一，缺乏探索文学形式的激情。文学的内容和形式是统一的：没有了内容的形式，就没有了灵魂；脱离了形式的内容，则丧失了承载人心的躯壳。如何在发扬"政治性"写作的同时，继续推进左翼文学对文学形式的探索，无疑是"底层写作"需要注意的地方。

第三，在文艺大众化方面，左翼文学运动可以为"底层写作"提供经验教训。文艺大众化是贯穿左翼文学运动始终的重大问题。20世纪30年代，中国左翼文学团体先后进行过三次大规模的关于文艺大众化的讨论，就中国文学是否应该大众化、中国文学能否大众化、文艺大众化是否伤害文学本身的艺术、文艺大众化应该怎样才能够实现等问题进行讨论。左翼作家们意识到，只有实现文学的"大众化"才能启迪大众、发动民众。因此，如何让大众从感情上真正亲近文学，让文学实现大众化，成为左翼文学关注的问题。尽管文艺大众化运动并未完成预期的任务，但它影响了众多作家及其创作，在促进文学和大众互动的关系上做出了独特的贡献。

"底层写作"乃是顺应时代召唤而生的，"底层写作"良莠不齐，总体水平有待提高，但这不能成为我们否定它的理由。试想一下：我们能因为"五四"时期新文学的幼稚，而断定它日后不能成长吗？"底层写作"的不成熟，只能说明我们整个社会更需要关注它，为它的茁壮成长尽量提供充足条件。这是我们应该做到的，也是能够做到的。

如何打破左联文学的"两极阅读"魔咒？

——摭论左联小说的症结、成就与启示

李 钧[*]

（曲阜师范大学 文学院，曲阜 273165）

内容摘要：海内外学者对左联文学的"两极阅读"，显示出左联文学研究的困境。打破这种困境需要从外部与内部研究两方面入手。外部研究是"必也正名"的前提研究，关乎左联文学的合理性与合法性：大陆主流意识形态的强制阐释，世界革命、民族国家和阶级翻身等话语的龃龉纠缠，1930 年代出版市场对"红色流行题材"的追捧等因素，制造了一个"无边"的左联，众声喧哗，歧义丛生。破除外部困扰，有待档案史料的进一步解密与再解读。内部研究是"言顺事成"的艺术研究，关乎左联文学的审美性与经典性：以左联小说为例，它虽然存在作品匮乏经典、队伍青黄不接、读者定位失准、宣扬暴力美学等问题，但至少在农工人物的形象塑造、关注农村的"寻根"导向以及大众语的再探索方面，在"写什么""为谁写"和"如何写"方面，它为后世留下了宝贵经验。左联文学的优秀传统至今仍具有启示意义，值得我们赓续发扬。

关键词：左联小说；两极阅读；外部研究；内部研究

- -

　　左联文学传统，是中国现代文学史上的重要遗产；左联文学研究，也是中国现代文学史研究的重大命题。但研究者必须面对的是：海内外学者的左联文学研究存在"两极阅读现象"[①]，这种现象显示出左联文学研究的困境。

　　在大陆编写的中国现代文学史中，"30 年代（1928—1937）"一度被简化为"左翼十年""左联十年"[②]，被描述为"我们伟大的奠基者和导师——鲁迅在党的领导之下号召和领导全

---

　　* 作者简介：李钧，文学博士，曲阜师范大学文学院教授。

　　基金项目：本文系山东省研究生导师指导能力提升项目（SDYY17140）的阶段成果。

　　① 参考温儒敏《浅议有关郭沫若的两极阅读现象》，《温儒敏文学史论集》，吉林人民出版社 2002 年版，第 202 页。不过，对左联文学的"两极阅读"并非源于"文学史的读法"与"非专业的读法"造成的区别，而是由于意识形态差异和"经典性"标准而造成的悖反论断。

　　② 参看王瑶《中国新文学史稿》，上海新文艺出版社 1953 年版。

国革命的文艺工作者,向反动统治者及其帮凶、帮闲的走狗进行坚韧不屈的战斗的年代"①。即使在"重写文学史"背景下的新编中国现代文学史中,左联文学仍占有举足轻重的位置②。迄于今日,左联文学研究不仅相关资料汗牛充栋③,而且成为国家社科基金课题立项的热点④。凡此表明,大陆学界高度重视左联文学研究,将左联传统视为中国现代文学的重要精神遗产。

与之相反,海外学者夏志清、李欧梵、司马长风、周锦、孙康宜等人的著述,对左联文学多有贬抑。夏志清说:"左派文学史家对这一时期的研究,给人造成一个错觉,以为这个革命阵营代表了大部分作家。实际上,它的人数并没有多得惊人,阵营也不团结。他们各派之间,不仅为了权力和声誉相互竞争,更重要的是因为政见上的冲突,弄得支离破碎。"⑤李欧梵认为,"在左联屡遭查禁的为数众多的出版物中,出现了教条主义的批评有余,而有新意的好作品不足的现象","一系列思想上的争论使30年代早期的文坛风波迭起,但这些争论未能激发出大量的文学创造力。似乎在思想领域里叫得最响的作家往往最缺乏创造力"⑥。司马长风把1930年代文学"大丰收竟成歉收"的原因归诸左联骂战:"左派作家及鲁迅竟格于门户之见,对一切异己作家大张挞伐,且不许中立者存在,非友即敌。……以鲁迅和'左联'为基轴,天昏地暗,纠缠不休的骂战,三十年代前半期,几乎吸干了先驱作家的心血,差不多没有人专心致力于文学创作了。它不但为害三十年代的创作,且造成了狡黠好斗、党同伐异、荒弃文学、盲从政治等恶劣习性,流风余韵,至今不泯。"⑦周锦认为左联"对当时中国文坛的

①　刘绶松:《中国新文学史初稿》上册,作家出版社1956年版,第199页。

②　比如张大明140万言的《中国左翼文学编年史》(社会科学文献出版社2013年),以编年史形式讲述左翼文学1920年到1932年的发生发展史,认为中国现代文学史上的左翼文学指的是共产党领导的革命文学。《中国现代文学三十年》在"第二个十年"中重点突出"革命文学论争与以'左联'为核心的无产阶级文学思潮""'左联'与左翼小说""左翼作家的'鲁迅风'杂文"地位(钱理群、温儒敏、吴福辉:《中国现代文学三十年》,第166—173、253—268、342—345页,北京大学出版社1998年版)。严家炎主编《二十世纪中国文学史》第九章《"普罗文学"运动和三十年代文学思潮》以左联为中心并断言:"三十年代文学则中心突出,现实主义主流分明,左翼、京派、海派文学三分文坛,共同建构起本时期文学的基本格局。"(严家炎主编:《二十世纪中国文学史》上册,高等教育出版社2010年版,第315页)其他版本文学史给予左联文学的观照也大体如此。

③　左联研究现状可参看王锡荣《"左联"与左翼文学运动》,上海人民出版社2016年版,引言部分。

④　2014—2017年有关左翼文学的国家社科基金项目立项数分别为2、2、2、5项:张剑"中国左翼文学范式形成研究(1923—1932)"(14CZW046),刘东玲"民粹主义与现代左翼文学研究"(14BZW114);唐小兵"左翼文化在上海的兴盛、传播及其影响研究"(15BDJ038);唐东堰"异域红色体验与现代中国左翼文学研究"(15CZW049);刘中望"新社会科学语境中的现代中国左翼文论研究"(16BZW009),张广海"中国左翼文学思潮与日本思想场域之关联研究"(16CZW059);熊文泉"从中国左翼电影到当代红色影视剧的叙事传统研究"(17BZW048);朱献贞"左翼文学的政治理想与道德建构关系研究"(17BZW138),高兴"'左联'社团记忆研究"(17BZW154),张宝林"20世纪30年代中美左翼文学交流文献整理与研究"(17BZW155),龚敏律"20世纪30年代中国作家与欧美左翼文学的关系研究及其资料整理"(17BZW156)。

⑤　夏志清:《中国现代小说史》,刘绍铭等译,复旦大学出版社2005年版,第84页。

⑥　李欧梵:《文学趋势:通向革命之路:1927—1949》,费正清、费维恺编《剑桥中华民国史1912—1949》下卷,刘敬坤等译,中国社会科学出版社1993年版,第488、505—506页。

⑦　司马长风:《中国新文学史》中卷,昭明出版社有限公司1976年版,第3页。

影响,并不如一般所认为的广泛,也不似共产党所宣传的那么了不起,更不是后来共产党清算三十年代文艺时所渲染的那么神化,只是文艺被政治所利用和玩弄,作家们做了政客的旗手而已"①。《剑桥中国文学史》说:"在活动期间,左联是一个地下组织,它的大多数出版物因为草率的编辑、廉价的印刷和有限的传播而只能短暂存在。"②以上观点认为左联文学贡献有限,与大陆文学史对左联文学的评价正相悖反。

那么,造成左联文学诠释困难的主要原因是什么?如何破除"两极阅读"魔咒?从"经典性"③角度来看,左联文学存在哪些症结,留下了怎样的成绩?左联传统对今天的文学创作有何启示意义?本文尝试以左联小说为中心做出回答,为左联文学的深入研究抛砖引玉。

一、众声喧哗:歧义丛生的左联文学研究

学术研究的正途是"小题大做"④,文学研究应当注重"内部研究"。但欲对左联进行拓深研究,则必须先从社会史、中共党史、国际共运史以及现代经济史等方面进行外部清理,因为外部研究是"必也正名"的前提研究,关乎左联文学的合理性与合法性。如果没有格局和境界,就无法出乎其外又入乎其中,就无法发现左联文学的症结与成绩,也难以阐明左联文学的当代启示意义,更无法破除对左联文学的"两极阅读"。

大陆主流意识形态的强制阐释,世界革命、民族国家和阶级翻身等话语的龃龉纠缠,1930年代出版市场对红色流行题材的追捧,制造了一个歧义丛生的左联。这是造成左联文学诠释困难的主要原因。

大陆主流意识形态对左联文学进行强制阐释,使之变成了"无边"的概念。宋剑华指出:左翼文学运动的指导理论与创作实践在整个左联时期明显呈现出一种游离状态,并没有产生真正意义上的无产阶级文学;左翼文学的主力阵容几乎都是革命文学理论家运用全新的价值观念,经过对文坛名家及其作品的诠释与提升之后,主观加以认定的,无论是张天翼、沙汀的讽刺小说,还是欧阳予倩、洪深的戏剧,或者艾青、臧克家的诗歌,这些原本属于"五四"人道主义文学遗风的现实主义创作,因为客观表现了现实生活的苦难与压迫,描写了贫富两极分化现象,完全符合阶级斗争学说的认识论范畴,所以都被左翼理论家悉数纳入自己的思想体系,并在对其作品现实政治意义的充分肯定基础上,形成了左翼阵营形式松散却数量庞

① 周锦:《中国"新文学"史》,逸群图书公司1983年版,第329页。
② 孙康宜、宇文所安主编:《剑桥中国文学史·下卷,1375—1949》,刘倩等译,生活·读书·新知三联书店2013年版,第553页。
③ 关于"经典性"(canonicity)的阐释,参看刘象愚《西方现代批评经典译丛总序》:"首先,经典应该具有内涵的丰富性。……其次,经典应该具有实质的创造性。……再次,经典应该具有时空的跨越性。……最后,经典应该具有可读的无限性。……不过不同的领域各自对自己的经典又可能有一些特殊的要求,譬如对于文学艺术来说,除上述原则外,审美性或者说艺术性的强弱,必然是一部作品能否成为经典的一个重要原则。"韦勒克、沃伦:《文学理论》,刘象愚等译,江苏教育出版社2005年版,第6页。
④ 胡适:《胡适全集》(第30卷),安徽教育出版社2003年版,第9页。

大的作家群体；甚至老舍、曹禺等信奉基督教人文精神的现代文学大师，也被解释成中国无产阶级革命文学的重要成员，把《骆驼祥子》的思想主题阐释为"否定了个人主义"并以祥子的悲剧向世人展示了"个人主义者所以走上堕落之路的决定因素"，而《雷雨》和《日出》则被阐释为不仅真实地"描写社会中的黑暗的消极现象"，同时反映了被压迫者奋起反抗的实际行动，是无产阶级意识的胜利和"现实主义的成功"。这些作品在这种革命理论的诠释中得到了政治意义的升华，并最终被纳入了无产阶级革命文学的统一阵线。① 另一个强制阐释的典型案例是左联评论家一度将穆时英《南北极》视为左翼文学代表作。由以上案例不难发现：左联文学研究的确存在"事后之明"的强制阐释，以"左翼"置换了"左联"，从而泛化了左联文学。而常识判断应是：如果文坛分为左中右派，那么中间力量应是主体，左右两翼均应为少数；若将"同路人"划入左联阵营，固然扩大了声势，却也使左联文学的外延与内涵边界不清，导致了研究视野的混乱。

左联文学诠释之难，还源于世界革命、民族国家和阶级翻身等话语的龃龉纠缠。研究者站在不同立场上研判左联文学，言人人殊，均能自证其合理性与合法性。

首先，左联是国际革命作家联盟的一部分，深受苏联文坛影响，存在极"左"错误。国际共运史显示，不仅"中共实际上是共产国际在中国的支部"，而且中国革命是列宁"世界战争"战略的组成部分②，不仅中国的普罗文学源于苏联，而且左联的成立与解散直接接受了国际革命作家联盟的指示③。吊诡的是，苏联世界革命战略的首要目的是保障其国家利益并以民族主义为动力，因而当苏联执行国家本位政策并在中东路事件后表现出明显的分裂中国意图时，李立三和王明仍提出"武装保卫苏联"等口号，就严重脱离中国实际，不仅犯了"左"倾幼稚病，也为蒋介石"攘外必先安内"提供了口实。而当时领导苏联文坛的"无产阶级文化派"和"俄罗斯无产阶级作家联合会"（"拉普"）的共同特点是极"左"：全面否定传统，拒绝文化遗产，大搞宗派主义和关门主义，只承认同盟者而否定同路人，动辄给人扣上政治帽子，即使高尔基和马雅可夫斯基也受到无情打击；他们推崇艺术粗糙却极具宣传鼓动性的作家杰

---

① 宋剑华：《阶级性与人性：百年中国文学一对奇妙的矛盾组合》，《天津社会科学》2002 年第 2 期。

② 苏联在十月革命后受到西方封锁与压制，列宁遂制定"世界战争"战略：此战略分东西两线，西线是通过波兰战争引发德国、法国革命；东线是促动中国反抗美、英、日等殖民统治，掀起亚洲革命。"1920 年 5 月，列宁希望把布尔什维克主义传到波兰，引发那里的工农起来暴动，最终导致德国的工人革命，乃至世界革命的高潮。这是对马克思主义的一次实践。也就在此年 4 月，俄共远东局的谍报人员，犹太人维京斯基来到北京，见到李大钊，然后南下上海见到陈独秀，向他们传达了世界革命和共产主义的思想。陈独秀随即在上海成立了相关的共产主义小组。次年，中国共产党一大召开。中共实际上是共产国际在中国的支部。由此可见中国革命和苏波战争的直接关系。"王天兵编著：《和巴别尔发生爱情》，凤凰出版社 2008 年版，第 51—52 页。

③ "在共产国际的领导下，1927 年在莫斯科召开了第一次世界革命作家代表大会，成立了革命文学国际局。1930 年第二次国际革命作家代表会议召开，将革命文学国际局改名为国际革命作家联盟，而各国的革命文学组织是它的一个支部，接受它的领导。""左联的理论纲领，参照了苏联'拉普'和日本'纳普'的纲领和宣言。"1935 年底"左联驻国际革命作家联盟代表萧三奉命给国内写信，提出解散左联"。参见严家炎主编《二十世纪中国文学史》上册，高等教育出版社 2010 年版，第 297、302、306 页。

米扬,要求"无产阶级诗歌杰米扬化"以达到政治宣教目的。正当"拉普"统领世界无产阶级文学潮流之际,蒋光慈和瞿秋白等人先后旅居苏联,"拉普"给他们以积极的正面影响,也给他们和左联以负面的极"左"影响。总起来看,中国左联实为国际革命作家联盟的一枚棋子,正如梁实秋举证:"Max Eastman 有一本书,名《穿制服的艺术家》(*Artists in Uniform*),记述苏俄共党中央如何发号施令,如何策动操纵各地的这一普罗文学运动,甚为详尽。"① 不仅如此,苏联文坛对中国左联的影响还表现在理论方面,比如瞿秋白重译《列夫·托尔斯泰是俄国革命的一面镜子》时,注释中引用列宁《党的组织和党的出版物》,将"出版物"译为"文学",并将原文中的不确定语气转译为斩钉截铁的论断,于是中国版《党的组织和党的文学》的关键部分就成了如下论述:"文学应当成为党的文学。……打倒无党性的文学家!打倒超人的文学家!文学事业应当成为无产阶级总的事业的一部分,成为一部统一的、伟大的、由整个工人阶级的整个觉悟的先锋队所开动的社会民主主义机器的'齿轮和螺丝钉'……"② 瞿秋白1932年在《文艺的自由和文学家的不自由》③中再次引述《党的组织和党的文学》,而毛泽东《在延安文艺座谈会上的讲话》重申了这一论断,从而决定了解放区文学的路线和大陆当代文学的面貌。——鉴于苏联对中国革命的深远影响,左联的深度研究有赖苏共档案的进一步解密。

其次,左联与日本左翼文坛保持友好关系,这种关系在中日民族矛盾激化的形势下变得暧昧而尴尬,也成为日后被人诟病的原因。我们固然不必轻信周锦所说:鲁迅不仅被内山丸造利用,其身边还被安插了两个"军方的文化特务"鹿地亘和胡风④,但我们应重视创造社、太阳社诸君的留日背景以及左联纲领对日本"纳普"宣言的参照。大革命失败后,中苏外交关系断绝,日本成为中国左翼文坛获取苏联信息的重要渠道,比如1928年太阳社成员林伯修译介了藏原惟人的"无产阶级写实主义"(普罗列塔利亚写实主义)主张⑤;从1928年12月起,鲁迅与陈望道主编的"文艺理论小丛书"陆续出版,大部分是日本左翼作家的论著;1929年10月蒋光慈与太阳社同人两次拜会藏原惟人,并将其文艺理论系统介绍到了中国;藏原惟人1930年的《再论新写实主义》提出作家应当站在唯物辩证法的立场观察现实,此文也立即被译介到中国……更值得注意的是,左联成立与活动区域不在上海法租界或公共租界,而是在闸北和虹口一带,这里名为国统区,实为日侨区:"左翼作家大部分在此(闸北、虹

① 梁实秋:《忆"新月"》,《梁实秋散文集》第5卷,时代文艺出版社2015年版,第250页。
② 列宁:《党的组织和党的文学》,《列宁选集》第1卷,人民出版社1960年版,第647页。列宁此文1905年11月发表于《新生活报》,中译文原题为《党的组织和党的文学》。因其中"литература"兼有"文学"和"出版物"两义,而"出版物"可包括"文学",故中共中央编译局予以改译,译文载《红旗》杂志1982年第22期。中外美学界、文艺界对此文有不同的见解,有的认为此文的基本观点揭示了无产阶级文学艺术的性质、特征、任务和功能;有的认为文中提出的"党性原则"只是在特定时代针对"超政治""无党性"文艺观而言的。
③ 易嘉:《文艺的自由和文学家的不自由》,《现代》1932年10月第1卷第6期。
④ 周锦:《中国"新文学"史》,逸群图书公司1983年版,第315页。
⑤ 林伯修:《到新写实主义之路》,《太阳月刊》1928年7月"停刊号"。

口)居住,左联在这里成立,左联的活动,尤其是内部活动,最经常的活动地点是在这一带。……这里居住着好几万日本侨民,华洋杂处,国民党政府虽然掌握着行政管辖权,但是由于有日本军队驻扎,……日本侨民形成了极其完整的日侨区,几乎包括日本社会所有的一切机构和设施,俨然一个日本城区。虽然上海从来没有设立日本租界,即使在太平洋战争以后,日军全面占领上海,也没有称为日租界,但是在20世纪20年代末到30年代中期这种外来族群反客为主的状况使国民政府当局的主权形同虚设。"①——这个较少被关注的场域问题,值得深入研究。

再次,左联是中国共产党开展"文化武装"的需要,具有合理性,但其合法性受到了质疑。在大革命时期,中国工人、农民和革命军人的革命性被调动起来,上海三次工人起义、南昌起义、湖南农民秋收起义都是标志性事件。毛泽东《湖南农民运动考察报告》概述了农民在农会领导下所做的"十四件事"并断言:"贫农大众……乃是农民协会的中坚,打倒封建势力的先锋,成就那多年未曾成就的革命大业的元勋。……没有贫农,便没有革命。若否认他们,便是否认革命。若打击他们,便是打击革命。他们的革命大方向始终没有错。"而井冈山红军的发展壮大和江西苏维埃的建立,都需要开辟文化战场,需要文学"笔部队"的鼓呼。因此,左联文学的诞生有着阶级革命的合理性。但是,左联执行共产国际和李立三、王明的错误路线,将"拉普"的二元思维带入文学运动中,犯了极"左"错误;而在民族危亡之际,在民族国家话语面前,阶级革命的"合法性"便受到了巨大挑战。——在"前提错误"的情形下,"逻辑正确"无法保证"结论正确",更不可能"事实正确"。

左联文学研究之难,还因为左联史料的破坏以及当事人回忆中互相矛盾的言说。左联外部迷雾重重,内部关系错综复杂。如果说鲁迅是左联研究的基轴,那么鲁迅与郭沫若、创造社、太阳社的关系,鲁迅与李立三、瞿秋白、冯雪峰、胡风的关系,鲁迅与"四条汉子"以及徐懋庸等人的关系,每一例都是重要公案。而当鲁迅被毛泽东《鲁迅论》谥为"中国的第一等圣人",当鲁迅精神被《新民主主义论》概括为"三家一主将,七最一方向"②时,那些曾与鲁迅发生冲突者,都感受到了巨大的政治压力,他们的事后回忆不可避免地要进行自我澄清,甚至《鲁迅全集》关于"四条汉子"的注释都能惊动中央高层,这不能不说遮蔽了有些真相。左联的原始档案资料本来就不多,再加上"文化大革命"期间江青等人对1930年代文艺运动参与者的清洗,很多当事人已经去世,大量第一手史料被湮没,这就造成了左联文学研究的又一重困难。因而,虽然当前左联资料较为丰富,但多为第二三手资料,史料收集既未做到"全真

①　王锡荣:《"左联"与左翼文学运动》,上海人民出版社2016年版,第22页。
②　"鲁迅是中国文化革命的主将,他不但是伟大的文学家,而且是伟大的思想家和伟大的革命家。鲁迅的骨头是最硬的,他没有丝毫的奴颜和媚骨,这是殖民地半殖民地人民最可宝贵的性格。鲁迅是在文化战线上,代表全民族的大多数,向着敌人冲锋陷阵的最正确、最勇敢、最坚决、最忠实、最热忱的空前的民族英雄。鲁迅的方向,就是中华民族新文化的方向。"毛泽东:《新民主主义论》,《毛泽东选集》(第2卷),人民出版社1991年版,第698页。

透精",其考辨和利用也难免歧见丛生。

另一个值得注意的场域问题是:红色文学是 1930 年代出版商追逐的流行题材,而诠释者对此存在误读。1929 年至 1933 年世界经济危机催生了"红色三十年代",红色文学遂成为彼时现实主义文学的主流。在集体左转的氛围中,"金钱理性"制导下的出版界从中看到了码洋和商机,一些小说家也转向了这一流行题材的创作。比如穆时英以自然主义手法状写无产者的际遇与反抗,在《生活在海上的人们》凌迟渔霸的场景描写中达到了极致:"有一个小媳妇子跑上来,一口咬了大脑袋的半只耳朵,一嘴的血。……我挤上前去,一伸手,两只手指儿插在大脑袋的眼眶子里边,指儿一弯,往外一拉,血淋淋的钩出鸽蛋那么的两颗眼珠子来。真痛快哪!……'瞧我的!'陈海蜇背着枪,左手拿着把刀子,血还在往下掉……他一扬右手,拿出一颗心来,还在那儿碰碰的跳,满手是血,'他妈的,那家伙的心也是红的!怎么说他心黑呀!'他把那颗心往地上一扔,四五条狗子蹿上来就抢……柏树上那五个狗入的,肉早就给咬完了,鸡巴全根儿割去啦,别提脑袋咧。……咱们又抓了许多人……四面堆着干劈柴,烧。咱们在四面跳,他们在里边挣扎,叫。那火势好凶,逼得人不能跑近去,只一回儿就把那伙狗子们烧焦了。"[①]正因如此,左联评论家一度认为"《南北极》作者颇能很巧妙的用他的艺术的手腕,把富穷两层的绝对悬殊的南北极般的生活写出来,给我们一个深刻的感印",因而穆时英被看作"很有希望的"[②];左联评论家还认为《南北极》的"新"是"新在大众化的形式的探求"[③],"穆君的文字是简洁,明快而有力,确是适合于描写工人农民的慷爽的气概,和他们有了意识的觉悟后的敢作敢为的精神……前途是不可限量"[④]。然而,这只是错觉。穆时英的"普罗小说"绝非为了宣传阶级革命,而只不过因为红色文学是当时在日本乃至全世界流行的时尚写作。时代正在流行红色,他就制造红色,以创作畅销作品来赚钱。正如施蛰存所说:"他(穆时英)连倾向马克思主义的思想基础也没有,更不用说无产阶级生活体验。他之所以能写出那几篇较好的描写上海工人的小说,只是依靠他一点灵敏的摹仿能力。他的小说从内容到创作方法都是摹仿,不过他能做到摹仿得没有痕迹。"[⑤]穆时英根本没有无产阶级革命意识,否则怎会很快走向新感觉,又怎会在 1940 年"附逆"并被暗杀?!因此,研究左联文学必须注意"Journalism"[⑥]与文学生产机制之间的关系,甚至扩而大之关注 1930年代欧美流行文学与中国文坛的影响互动。

总之,诸多外部因素是造成左联文学"两极阅读现象"的根本原因,这使得左联文学成为一个歧义丛生、迄无定论的难题。如果不能从宏观研究、外部研究入手考察左联文学,那么

---

① 穆时英:《生活在海上的人们》,《南北极》,现代书局 1933 年版,第 119—180 页。
② 寒生(阳翰笙):《南北极》,《北斗》1931 年 1 月 20 日创刊号。
③ 钱杏邨:《一九三一年中国文坛的回顾》,《北斗》1932 年 1 月 20 日第 2 卷第 1 期。
④ 巴尔:《一条生路与一条死路——评穆时英君的小说》,《文艺新闻》1932 年 1 月 3 日。
⑤ 施蛰存:《我们经营过三个书店》,《新文学史料》1985 年第 1 期。
⑥ 谢六逸:《谢六逸文集》,商务印书馆 1995 年版,第 310 页。

所谓内部研究和文本细读就很容易变成盲人摸象,研究者之间也很难形成平等对话。

二、"左而不作"①:左联小说的症结

左联文学研究的重心终究要落实到"文学"层面。以左联小说为取样,更容易发现左联文学的症结所在。今天看来,左联小说为人诟病的症结主要有四点:作品匮乏经典,队伍青黄不接,读者定位失准,宣扬暴力美学。

(一)"拿货色来":作品匮乏经典

"拿货色来",是梁实秋批评普罗文学时提出的。他多年之后仍然认为:"普罗文学运动,像其他的许多运动一样,只是空嚷嚷一阵,既未开花,亦未结果,因为根本没有生根。所以我提出'拿货色来!'的要求之后,连鲁迅也无可奈何地承认这是无法抵拒的要求。没有货色,嚷嚷什么运动? 而货色又绝不是嚷嚷就出得来的。"②正因为梁实秋攥住了左联文学的命门,故而成为左联评论家最重要的论敌。当我们综览大陆的左联文学研究成果时,不得不承认:这些论著虽然罗列了众多作品,真正具有"经典性"的普罗小说却寥若晨星。即使夏志清认为蒋光慈、丁玲和萧军真正代表着"共产主义小说的趋势:无产阶级化,革命的浪漫主义,新写实主义及反日本帝国主义"③,但他们的作品并不尽如人意。

蒋光慈是小说创作最丰富的左联作家。但其小说因为浪漫的情调和空想的色彩以及粗糙的宣传而形成了"光赤式的陷阱";《野祭》《菊芬》等"偏于口号,充分表现其革命者的英雄主义"④,以至于"我们看了蒋光慈的作品,总觉得其来源不是'革命生活实感',而是想象"⑤。李欧梵则认为:"蒋光慈靠一本畅销的小说《冲出云围的月亮》赢得了读者的欢迎,这本小说在艺术上堪称是当时最糟糕的作品之一。"⑥令人难堪的是,蒋光慈被左联开除了。

丁玲的《水》⑦以 1931 年十六省水灾为题材,表现了灾民同洪水和饥饿搏斗、与官绅斗争而觉悟的过程。但由于作者并不熟悉现实,致使《水》中的人物面目模糊不清,毫无个性,整个作品给人材料堆积、主观臆想和平面化写作的印象。季羡林曾点评说:"很奇怪的,我想到扑火的蛾子。……她所描写的第四阶级只是她自己幻想的结果,……你可以用一个印度人去想象北冰洋来比拟,这个印度人会把棕榈栽在冰山上(当然是在想象中),他会骑着象赤

---

① 苏汶:《"第三种人"的出路》,《现代》1932 年 10 月第 1 卷第 6 期。

② 梁实秋:《忆"新月"》,《梁实秋散文集》(第 5 卷),时代文艺出版社 2015 年版,第 251 页。

③ 夏志清:《中国现代小说史》,刘绍铭等译,复旦大学出版社 2005 年版,第 183 页。

④ 郑振铎:《新文坛的昨日今日与明日》,《佝偻集》,生活书店 1934 年 12 月初版本;《郑振铎选集》(第 2 卷),四川文艺出版社 1990 年版,第 427 页。

⑤ 朱璟(茅盾):《关于"创作"》,《北斗》1931 年 9 月 20 日创刊号;《茅盾全集》(第 19 卷),人民文学出版社1991 年版,第 278 页。

⑥ 李欧梵:《文学趋势:通向革命之路:1927—1949》,费正清、费维恺编《剑桥中华民国史 1912—1949 年》下卷,刘敬坤等译,中国社会科学出版社 1993 年版,第 506 页。

⑦ 丁玲:《水》,《北斗》1931 年 9—10 月第 1—3 期。

着身子过雪的山。"①尴尬的是,丁玲1933年被国民党软禁并与"叛徒"冯达生了个女儿。

萧军《八月的乡村》描写"九·一八"事变后东北游击队的抗战,刻画了陈柱、萧明、铁鹰队长、唐老疙瘩、李七嫂等人物形象,揭示了中华民族同仇敌忾反抗侵略的英雄气概,可谓抗日文学的先锋,正如《萧三来信(1935年8月11日)》肯定左联"创作方面"的成绩时所说:"它部分地描写了""反帝,反战争,各地反帝运动及东北义勇军的斗争"②。但我们应当注意到,一是鲁迅阻止了萧军和萧红加入左联,二是萧军的艺术功力稍逊于同为东北作家的萧红和端木蕻良。

中国现代小说史上常被提起的左联小说的另一代表作是"地泉三部曲"。它之所以成为名作,完全因为受到的批评最多,可以说是负面的典型。1932年华汉(阳翰笙)借《地泉》重版之机,请瞿秋白、茅盾、郑伯奇、钱杏邨为小说作序。瞿秋白的序言批评华汉不了解现实,因而《地泉》只有"最肤浅的最浮面的描写","连庸俗的现实主义都没有做到",是新兴文学"不应当这样写的标本"③;茅盾序中考察了1928—1930年从蒋光慈到华汉等革命小说家的创作倾向,指出了《地泉》人物描写的"脸谱主义"和谋篇布局中的"方程式"④。

左联小说的代表作者还有茅盾、吴组缃、张天翼、艾芜、叶紫、柔石、胡也频、彭家煌等,但总体看来,左联的小说成绩不能匹配那个伟大的时代,所产出的经典作品实在太少;"社会剖析派大师"茅盾还被王一川重排座次的"二十世纪中国文学大师文库"挤出了"小说九大家"行列。这些尴尬与难堪,正揭示出左联小说匮乏经典的状况。

(二)"水管论":队伍青黄不接

左联小说之所以匮乏经典,自然与"无法安放一张平静的书桌"的时代环境有关,但从根本上说则是因为创作队伍的青黄不接。

左联盟员虽然多达499人⑤,但除去革命家、评论家、左倾学生以及重复登记者(笔名),实际约为440人⑥,其中有文学作品者不过150人,小说作者则更少。即便如此,统计名单中还包含了"转向者"如穆时英、穆木天、姚蓬子等,被杀者如左联五烈士和应修人等,被捕者如丁玲、彭家煌等,被开除者如周全平、蒋光慈、叶灵凤、周毓英等,自动退出者如郁达夫、杨邨人等。实际上,左联小说作者队伍一直非常零落,正如茅盾所说:"在一九三一年春,左联

---

① 季羡林:《夜会》,《文学季刊》1934年1月1日创刊号。

② 《萧三来信(1935年8月11日)》,陈瘦竹主编《左翼文学运动史料》,南京大学学报编辑部1982年印,第231页。

③ 易嘉:《革命的浪漫蒂克——〈地泉〉序》,《地泉》,湖风书局1932年7月;《瞿秋白文集》(第1卷),人民文学出版社1985年版,第457页。

④ 茅盾:《〈地泉〉读后感》,《茅盾全集》(第19卷),人民文学出版社1991年版,第331—335页。

⑤ 卢正言:《中国左翼作家联盟盟员续录》,左联成立会址恢复办公室编《中国三十年代文学研究》,上海社会科学院出版社1989年版,第90页。

⑥ 姚辛:《左联史》,光明日报出版社2006年版,第11—12页。

的阵容已经非常零落。人数从九十多降到十二。公开的刊物完全没有了。"①丁玲回忆道："柔石、胡也频等牺牲后，左联的人已经不多了。记得的人有冯雪峰、阳翰笙、沈起予、郑伯奇、楼适夷、杨骚、张天翼、韩起、关露、董曼妮、白薇、顾凤城。"②加之1935—1936年间左联成员被捕被杀者30余人③，因而可以说，左联小说创作队伍一直处于青黄不接的状态，左联创办的杂志不得不以评论和翻译作品来补足，有些杂志则因稿荒而难以为继，被迫停刊。

为什么普罗小说家数量如此之少呢？一是与国民政府的政治压迫和出版审查有关。二是与知识分子的自由天性有关——作家既反对国民政府的监管，也不习惯左联的纪律性，更不喜欢那种飞行集会。三是左联中不乏机会主义者的混入与退出，正如鲁迅所说："凡有智识分子，性质不好的多，尤其是所谓'文学家'，左翼兴盛的时候，以为这是时髦，立刻左倾，待到压迫来了，他受不住，又即刻变化，甚而至于卖朋友，作为回过去的见面礼。"④但最重要的，恐怕还是出身问题。从水管里流出来的是水，从血管里流出来的是血。没有工农血统，难成工农作家；不是革命人，难有革命文学。鲁迅《上海文艺之一瞥》指出："现存的左翼作家，能写出好的无产阶级文学来么？我想，也很难。这是因为现在的左翼作家还都是读书人……对于和他向来没有关系的无产阶级的情形和人物，他就会无能，或者弄成错误的描写了。"⑤《黑暗中国的文艺界的现状》写道："所可惜的，是左翼作家之中，还没有农工出身的作家。一者，因为农工历来只被迫压，榨取，没有略受教育的机会；二者，因为中国的象形……的方块字，使农工虽是读书十年，也还不能任意写出自己的意见。"⑥茅盾的回忆也印证了鲁迅的观点："实际上'左联'的十年并未培养出一个'工农作家'。"⑦

在此情形下，那些真心想为"第四阶级"写作的作家，也多因脱离实际而只能"为百姓代言"而非"作为老百姓的写作"。朱光潜曾指出当时文学创作中存在两个平行的病症，即"说教文学"和"脱离生活"⑧。这与1932年《北斗》杂志对"创作不振之原因"的分析结果异曲同工。郑伯奇指出普罗文学存在说教的"观念论的倾向"，文体上多是"概念诗、抽象的小说，架空的戏曲，革命的冒险故事"，形式上是"直译体的语脉，舶来品的辞藻，新六朝风的美文，没落期的病态心理描写，这一切都表示现在的普罗作品还没有脱离沙龙和咖啡座的气息，这样的普罗作品，不能为大众接受，是当然的"。戴望舒则认为："他们的作品往往成为一种不真切的，好像用纸糊出来的东西。他们不知道无产阶级者的生活，同样也不知道资产阶级的生

① 茅盾：《关于"左联"》，《左联回忆录》，中国社会科学出版社1982年版，第151页。
② 丁玲：《关于左联的片断回忆》，《左联回忆录》，中国社会科学出版社1982年版，第162页。
③ 斯诺：《鲁迅同斯诺谈话整理稿》，《新文学史料》1987年第3期。
④ 鲁迅：《致萧军萧红（341117）》，《鲁迅全集》（第13卷），人民文学出版社2005年版，第160页。
⑤ 鲁迅：《上海文艺之一瞥》，《鲁迅全集》（第4卷），人民文学出版社2005年版，第306、307页。
⑥ 鲁迅：《黑暗中国的文艺界的现状——为美国〈新群众〉作》，《鲁迅全集》（第4卷），人民文学出版社2005年版，第306、307页。
⑦ 茅盾：《"左联"前期》，《茅盾全集》（第34卷），人民文学出版社1997年版，第443页。
⑧ 朱光潜：《我对于本刊的希望》，《文学杂志》1937年创刊号。

活,然而他们偏要写着这两方面的东西,使人起一种反感。"①也就是说,左联作家身处上海十里洋场,多数并非工农出身,不了解工农生活,所以其作品多是观念先行、向壁虚构。但是,还有更严重的"脱离生活",即完全不理解中国革命的性质:"中国革命和俄国革命并不完全相同。俄国是工人和士兵从城市起义开始。中国是以农民为主体经过长期的战争,最后夺取政权。"②即使有作家能认清中国革命的形势,也不得不放弃那些没有实际经验的重大题材,比如鲁迅1932年5月结识了因腿伤来上海治疗的陈赓将军,听他讲述了红军反"围剿"的故事,遂向陈赓索取相关材料,计划创作一部像苏联小说《铁流》似的《飘落的红云》,但最终没有动笔。——更有意味的是,冯雪峰作为参加过长征的作家,也没有创作出一部红军史诗,这应是值得研究的另一桩公案。

左联内部的宗派主义倾轧,更是削弱了创作力量。"左联五烈士"的被捕和被杀缘于王明集团的出卖③;左联执行极"左"路线而开除了周全平、叶灵凤、周毓英④、蒋光慈⑤等,原因是不遵守纪律;鲁迅本人也受到"长于内战""以鸣鞭为业""借革命以营私"的"元帅""工头""奴隶总管"的批评排挤,他最终在《答徐懋庸并关于抗日统一战线问题》中批评左联:"在左联结成的前后,有些所谓革命作家,其实是破落户的漂零子弟。他也有不平,有反抗,有战斗,而往往不过是将败落家族的妇姑勃谿,叔嫂斗法的手段,移到文坛上。喊喊嚓嚓,招是生非,搬弄口舌,决不在大处着眼。这衣钵流传不绝。……这其实正是恶劣的倾向,用谣言来分散文艺界的力量,近于'内奸'的行为的。然而也正是破落文学家最末的道路。"⑥人们由这字里行间,颇能发现左联创作队伍青黄不接的原因。

左联领袖当然清楚作者出身的重要性,一度成立"工农通信运动委员会"以促进作者队伍的"无产阶级化"。该委员会由胡也频任主席,贯彻苏共十三大提出的"工农通信员是新的工农作家之预备队"之主张。但胡也频牺牲了,此事遂难以为继;何况"工农通信员"只是打开了一个自下而上、反映底层民众情况的通道,至于左联文学能否回到民间并真正到达农工手中,能否让读者看到并读懂? 则是一系列令人担心的问题。

(三)"并未派遣":读者定位失准

夏志清说:"两个社(太阳社和创造社)的分子和另外一些外围分子,都住在上海外国租

① 郑伯奇、戴望舒的征文笔谈均见《创作不振之原因及其出路》,《北斗》1932年1月20日第2卷第1期。

② 王天兵:《世界革命与民族主义——与李泽厚谈〈骑兵军〉和〈巴别尔马背日记〉》,王天兵编著《和巴别尔发生爱情》,凤凰出版社2008年版,第56页。

③ 盛岳:《莫斯科中山大学和中国革命》,奚博铨等译,东方出版社2004年版,第247页。

④ 《开除周全平、叶灵凤、周毓英的通告》,《文学导报》1931年第1卷第2期。理由是他们追随或参加"民族主义文学运动"等行为。《萧三来信(1935年8月11日)》批评左联"策略"失误时指出:"我们对敌人应用以毒攻毒及利用其招牌的办法,比方他们提倡'民族主义文学',我们不必空口反对他们这一招牌,而应把它夺过来占为己有,……使成为革命民族战争时代的革命民族文学。"

⑤ 《蒋光慈被共产党开除党籍》,《红旗日报》1930年10月20日。

⑥ 鲁迅:《答徐懋庸并关于抗日统一战线问题》,《鲁迅全集》(第6卷),人民文学出版社2005年版,第558页。

界,比较安全,于是大胆宣布开创革命文学的新世纪。"①此话虽有讽刺意味,却也道出了左联文学脱离实际、脱离读者和读者定位失准等问题。

鲁迅1928年就指出当时没有真正的无产阶级作家,也不存在无产阶级读者:"上海的文界今年是恭迎无产阶级文学使者,沸沸扬扬,说是要来了。问问黄包车夫,车夫说并未派遣。这车夫的本阶级意识形态不行,早被别阶级弄歪曲了罢。另外有人把握着,但不一定是工人。于是只好在大屋子里寻,在客店里寻,在洋人家里寻,在书铺子里寻,在咖啡馆里寻……"②应当说鲁迅对中国现实、中国读者的状况是非常清楚的。如果说高尔基《不合时宜的思想》揭出俄国民众文盲状况十分普遍,那么民国时期中国平民的受教育程度也不容乐观,以"认识几百个中国汉字"为识字标准,1940年代"全国范围内的妇女识字率估计为2%—10%。男性的识字率估计为占男性总数的30%—40%",而妇女识字率"最低数字是1939年共产党主要根据地陕甘宁边区闭塞地带的比率,即1%";卜凯对22个省308个县87 000人进行的抽样调查数据显示:"7岁以上的人口中,只有30%的男性和1%的女性具有能够读懂一封简单信件的文化水平。"③在这样的情形下,作家若想为农工阶级创作,那要做到怎样的通俗化?左联宣言鼓励作家为工农创作,又做过怎样的调查研究?左联似乎没有明确的读者定位。

茅盾对潜在读者或目标读者做过认真分析,认为当时的读者主体是小资产阶级读者。他在《从牯岭到东京》中说,在"几乎全国十分之六,是属于小资产阶级的中国",一个革命作家应该写给小资产阶级读者看,因为这是他目前唯一的读者;至于无产阶级,目不识丁,无法接受文学;"我很愿意我很希望,被压迫的劳苦群众'能够'做革命文艺的读者对象。但是事实上怎样?请恕我又要说不中听的话了。事实上是你对劳苦群众呼吁说'这是为你们而作'的作品,劳苦群众并不能读,不但不能读,即使你朗诵给他们听,他们还是不了解。"④即使《萧三来信(1935年8月11日)》称赞茅盾《春蚕》和吴组缃《一千八百担》,以为此类"'农民文学'的确是新的发展",也依然面临着农民能否读到和读懂的问题。

左联文学的脱离实际,与李立三和王明路线的脱离实际是一脉相承的。毛泽东从实际出发,在调查研究的基础上找到了中国革命的道路,并由此反对李立三和王明路线,颇值得人们反思。毛泽东通过1925年《中国社会各阶级的分析》、1926年《中国佃农生活举例》和1927年《湖南农民运动考察报告》,发现了中国的根本问题,也发现了中国知识分子脱离实际的要害,因此他在1930年5月的《调查工作》(现名《反对本本主义》)和1931年4月2日

① 夏志清:《中国现代小说史》,刘绍铭等译,复旦大学出版社2005年版,第84页。
② 鲁迅:《路》,《鲁迅全集》(第4卷),人民文学出版社2005年版,第90页。
③ 麦克法夸尔、费正清编:《剑桥中华人民共和国史(上卷)·革命的中国的兴起1949—1965》,谢亮生等译,中国社会科学出版社1990年版,第194页。另一组数字显示,1949年时,文盲占全国54000万人口的80%,达43200万人。同上书,第195页。
④ 茅盾:《从牯岭到东京》,《茅盾全集》(第19卷),人民文学出版社1991年版,第179页。

起草的《总政治部关于调查人口和土地状况的通知》中提出了"没有调查,没有发言权","不做正确的调查同样没有发言权"的著名论断,进而指出:不论对马列主义、国际指示和苏联经验,还是对上级领导机关的命令,不能只是"拿本本来",更不能"一味盲目执行",而必须从实际出发。现在我们可以断言:毛泽东的《反对本本主义》,要害在于指出李立三、王明路线的错误在于脱离实际;毛泽东的《鲁迅论》,要害在于批评李立三、王明指导的左联文学也存在脱离实际的错误。——左联遗留下的"脱离群众"问题,直到毛泽东在延安文艺座谈会上的讲话之后,直到确立了"赵树理方向"之后,才部分地得到了解决。

(四)暴力美学:"胜利不然就死"①

左联小说倡导唯物辩证法写作手法,"用小说体演绎政治纲领",以阶级理论进行社会剖析,反映血淋淋的现实,创造了一种以粗俗为美的红色暴力美学,令人望而生畏。

朱自清较早发现了无产阶级文学的革命美学特质。他 1932 年前后为清华大学中文系学生讲授"中国新文学研究",专列"革命文学与无产阶级文学时期"一节,清晰而简约地介绍后期创造社、太阳社和初期左联的文学主张。他认为革命文学最本质的元素是"阶级意识""集团主义""唯物的辩证法""新写实主义"及"解放斗争的武器",等等;"普罗文学第一期的倾向"是"(一)革命遗事的平面描写;(二)革命理论的拟人描写;(三)题材的剪取,人物的活动,完全是概念在支配着",并认为华汉《地泉》是"用小说体演绎政治纲领";此外还点评了蒋光慈与茅盾的长篇小说。②

茅盾也曾阐释过无产阶级小说学:它从"工厂中赤色工会的斗争""农村的血淋淋的斗争""苏维埃区域"和"统治阶级崩溃的拆裂声中"汲取题材;它要求作者有无产阶级的世界观,"必须以辩证法为武器,走到群众中去,从血淋淋的斗争中充实我们的生活,燃旺我们的情感,从活的动的实生活中抽出我们创作的新技术"!"我们的作品一定不能仅仅是一枝吗啡针,给工农大众以一时的兴奋刺戟;我们的作品一定要成为工农大众的教科书!"③它必须是批判敌人、创造生活、记录历史、为大众代言的,这样的无产阶级文学才是"真正壮健美丽的文艺"④。实际看来,左联小说美学特点明显:语体上呈现出语言直白、句式短促、语调高亢、说教煽动等特点,思维上呈现出二元对立、"胜利不然就死"和鼓吹流血牺牲等革命思维,人物塑造上呈现出观念大于形象、"宣传大纲加脸谱"、歌颂工农大众无往不胜的集体力量的"新偶像主义"等特点,风格上呈现出英雄传奇、革命罗曼司和流浪汉小说的特点,并由于过分渲染暴力而营造出浓重的红色恐怖主义氛围。

---

① 《文艺界消息·左翼作家联盟底成立》,《萌芽月刊》1930 年 4 月第 1 卷第 4 期。
② 朱自清:《中国新文学研究纲要》,《朱自清全集》(第 8 卷),江苏教育出版社 1993 年版,第 81、110、112 页。
③ 施华洛(茅盾):《中国苏维埃革命与普罗文学之建设》,《文学导报》1931 年 11 月第 1 卷第 8 期;《茅盾全集》(第 19 卷),人民文学出版社 1991 年版,第 306、307、308 页。
④ 茅盾:《我们这文坛》,《东方杂志》1933 年 1 月第 30 卷第 1 号;《茅盾全集》(第 19 卷),人民文学出版社 1991 年版,第 353 页。

革命小说的暴力美学所来有自,导源于早些时候的"破坏主义"或"新流氓主义"。中期创造社诸君由"创造"走向了"破坏",认为"破坏是比创造更为紧要。不先破坏,创造的工程是无效的。彻底的破坏,一切丑恶的创造的破坏,恰是善美的创造的第一步工程"①,甚至不惜得着"一条恶狗"的称号②。叶灵凤公开声称:"假如要反抗一切,非信仰流氓 ism 不行。""骂是争斗的开始,人类生存最后的意识,也不过是争斗,所以我们并不认为争斗的开始——骂,是有伤道德的。"③这种新流氓主义导致了文学创作的粗鄙化,也遭到评论家的激烈批评,指责创造社的作品内容不外乎"一,革命的:'罢工,手枪,秘密会议,炸弹……'二,手淫的:'性交,野鸡,女工,女招待……'三,颓废的:'自杀,失恋,痛饮,花,树……'"④左联成立后,《文艺月刊》在批评左联刊物时说:"在这《新地》里面,除了以'拉屎'为题材,以'触屎去'为新颖普罗的辞句之外,就是被他们自家捧过的《奶妈》与《为奴隶的母亲》的作品也不再见了!"⑤这些言论看似对左联的恶意攻击,但不可否认早期无产阶级文学中的确存在暴力化、泼皮化和以粗俗为美等弊病。

暴力美学背后是革命思维或战争思维。这种思维不仅表现在小说创作中,而且落实到了现实工作中,不仅导致关门主义、宗派主义和党同伐异,而且不允许有质疑与中间道路。比如蒋光慈反对"立三路线"和飞行集会,被开除并通报,作品又被国民政府禁售,导致贫病而死,年仅 31 岁。郁达夫在悼文中写道:"光慈虽不是一个真正的普罗作家,但以他的热情,以他的技巧,以他的那一种抱负来写作东西,则将来一定是可以大成的无疑。无论如何,他的早死,终究是中国文坛的一个损失。"⑥夏志清称蒋光慈"的确是最早一个卖文为生的共产党作家,同时也是那时期的一个最多产的作家",并认为《少年漂泊者》"不但是第一部较长的无产阶级小说,而且包含了大部分在以后共产主义小说所有的地道的主题"⑦。但蒋光慈不能见容于左联。由此可以反思,左联文学之所以雷声大而雨点小,固然由于匮乏经典作品、队伍青黄不接、读者定位失准,其"内部的解构"才是致命原因。面对这种情势,不仅左联成员知难而退,"同路人"对意识形态化的文学创作也要敬而远之了。

三、超越"五四"的努力:左联小说的成就

破除"两极阅读现象",重在破除二元思维。这一方面需要仰赖"批判穿越阐释"⑧,从而将左联文学置于中国现代文学的进化链条中加以考量,既看到其局限性和过渡性,也能看到

---

① 《〈洪水〉复活宣言》,《洪水》半月刊 1925 年 9 月第 1 卷第 1 期。
② 行健、袁子和:《一条恶狗及其他——通信二则》,《洪水》半月刊 1927 年 1 月第 1 卷第 7 期。
③ 亚灵:《新流氓主义·骂人篇》,《幻洲》半月刊 1926 年 11 月第 1 卷第 3 期。
④ 绵炳:《从"创造"说到"新月"》,上海《民国日报》1929 年 2 月 17、24 日。
⑤ 烽柱:《我所见一九三〇年·几种刊物》,《文艺月刊》1930 年 11 月 15 日第 1 卷第 4 号。
⑥ 郁达夫:《光慈的晚年》,《现代》1933 年 5 月第 3 卷第 1 期。
⑦ 夏志清:《中国现代小说史》,刘绍铭等译,复旦大学出版社 2005 年版,第 185、186 页。
⑧ 吴炫:《穿越阐释:西方现代美学研究之进路》,《河北学刊》2005 年第 3 期。

其开拓性与创造性;另一方面还需要从经典性和审美性标准入手,发现左联文学的实质创造性。今天看来,虽然左联在组织、创作和策略方面存在诸多问题,从成立到解散也仅有 6 年时间,但毕竟做出了筚路蓝缕的探索,也留下了以启山林的业绩。仅就小说创作而言,至少在农工人物的形象塑造、关注农村的"寻根"导向以及大众语的再探索方面,在"写什么""为谁写"和"如何写"方面,为后世留下了可资汲取的经验。

(一)新人塑造:以农工人物为主角

"写什么"是小说创作的一个元问题。左联作家眼睛向下看,小说题材重心转向了底层社会。农工人物遂成为左联小说主角,堂而皇之地进入了文学圣殿,成为中国现代文学人物画廊中最有力量的"新人"形象。

只要把左联小说与"五四"启蒙小说进行对比,就不难发现左联小说在人物塑造方面的重大突破:"五四"先驱提出了"人的文学"和"平民文学"主张,并从平等博爱角度出发,关注"第四阶级";但由于知识分子与农工阶级的隔膜,启蒙作家要么把农民当作国民劣根性的代表符号,如鲁迅《阿 Q 正传》;要么所描写的"工人"局限于人力车夫或烟草女工,如郁达夫《春风沉醉的晚上》;至于"被侮辱与被损害者"则是女佣乃至妓女,比如废名描写"实生活"的《浪子的笔记》,叙写妓女老三的一生,而她收养的新鲜肥白的小莺仿佛老三的下一个轮回①……这类作品在启蒙时代有着积极的社会意义,也有着较高的艺术价值。而随着"红色 30 年代"农工革命运动的发展壮大,反映农工运动、描写底层社会、塑造平民形象、展现工农阶级群体力量的现实主义作品也涌现出来。在塑造革命工农形象方面,蒋光慈是一个开山者:《田野的风》《咆哮了的土地》是蒋光慈趋于成熟的一部长篇小说,比较完整地反映了大革命前后中国农村的阶级矛盾和早期农民武装运动,"作者是直接地写了斗争的生活。这便是一个在题材上的极大的进步",小说"很有点像绥拉菲摩维支的《铁流》,而张进德便隐然是一个中国的郭甫久鹤"②。文学史家则认为:"到一九三○年终于产生了蒋光慈的《咆哮了的土地》这样明显表现农民'阶级意识的觉醒'的作品,……是表现新民主主义革命时期农民觉醒的开山之作。"③而蒋光慈 1927 年创作的《短裤党》,是现代中国文学史上第一部描写工人阶级大规模革命斗争的小说,塑造了共产党员杨直夫、工人领袖李金贵和邢翠英等一系列新人形象,留下了"中国革命史上的证据",欢呼人民专政理想的初步实现,也是开创性的探索尝试,是超越"五四"的努力。丁玲的《水》甫一发表就被看作"新的写实主义"创作的重要收获:"《水》所以引起读者的赞成,无疑义的是在:第一,作者取用了重要的巨大的现实的题材。……最主要的还在:第二,在现象的分析上,显示作者对于阶级斗争的正确的坚定的理解。第三,作者有了新的描写方法;在《水》里,不是一个或二个的主人公,而是一大群的大众,不是个人的

① 废名:《浪子的笔记》,《语丝》1927 年 4 月 30 日第 129 期。
② 《田野的风》(同题书评),《现代》1932 年 8 月第 1 卷第 4 期。
③ 许志英、邹恬主编:《中国现代文学主潮》(上),福建教育出版社 2001 年版,第 139 页。

心理的分析,而是集体的行动的开展(这二点,当然和题材有关系的),它的人物不是孤立的,固定的,而是全体中相互影响的,发展的。"①茅盾后来也说:"这篇小说的意义是很重大的。不论在丁玲个人,或文坛全体,这都表示了过去的'革命与恋爱'的公式已经被清算。"②《水》为代表的左联小说中,贯彻了"主人翁当是群众,而不是个人"③的主张,农工大众也不再是国民劣根性的代表者,相反,成为中国革命的主力军,成为推动社会进步的有生力量。初露锋芒的丘东平在《通讯员》《沉郁的梅冷城》④中曲笔反映广东海陆丰农民运动和大革命失败后的形势,在心理描写方面、在群雕般的人物塑造方面表现出天赋,形成了悲壮沉郁的风格,为他此后创作《第七连》《一个连长的遭遇》等奠定了基础。另外,鲁迅、茅盾帮助第三国际驻华工作者、美国人罗伊生编选的《草鞋脚》⑤,收录 16 位作家的 25 篇作品,反映了中国现代文学从启蒙文学到革命文学的题旨变化趋势,是左联文学"走向世界"的努力。

总之,农工群众作为 1930 年代"铁血革命"的英雄(Hero),成为左联小说的主角;左联小说描写被压迫者惊世骇俗的"呐喊"与行动力量,这在中国文学史上是前所未有的创造与贡献。

(二)"四农"问题:"寻根"的指向

中国革命的根本问题是什么?毛泽东认定"没有贫农,便没有革命"。中国现代化的关键是什么?梁漱溟认为是"乡村建设"和农民教育问题。他们的方略和路径不同,但毫无疑问都发现了中国革命和现代化的要害,因而他们都是伟大的思想家和行动者。有了这个前提判断,我们就可以说:左联小说开始抓取农村、农民、农业和农民进城这"四农"问题,开始为农民写作,在"为谁写"问题上具有了开创意义。

左联小说家刻写典型环境,着意描写民俗,写出了地域文化,揭示了深刻的社会矛盾。比如茅盾的"《春蚕》(与另两部短篇《秋收》《残冬》一起称为'农村三部曲')、《林家铺子》等,正面反映农村经济破产和社会大变动,创造了与'五四'时期鲁迅为代表的乡土小说完全不同的另一种农村文学"⑥。读者通过茅盾的小说看到了浙东农村风俗。彭家煌 1931 年加入左联,由于被捕受刑而疾病缠身,1933 年去世时年仅 35 岁,但他的《活鬼》《怂恿》《美的戏剧》《陈四爹的牛》都是优秀作品,其中《怂恿》具有湖南特有的"浓厚的'地方色彩',活泼的带着土音的'对话',紧张的'动作',多样的'人物',错综的故事的发展,——都使得这一篇小说

① 冯雪峰:《关于新的小说的诞生——评丁玲的〈水〉》,《北斗》1932 年 1 月 20 日第 2 卷第 1 期。

② 茅盾:《女作家丁玲》,《文艺月报》1933 年 7 月 15 日第 1 卷第 2 期;《茅盾全集》(第 19 卷),人民文学出版社 1991 年版,第 437 页。

③ 蒋光慈:《关于革命文学》,《太阳月刊》1928 年 2 月号。

④ 丘东平:《通讯员》,《文学月报》1932 年 11 月第 1 卷第 4 期;《沉郁的梅冷城》,上海天马书店 1935 年版。

⑤ 《草鞋脚》当时并未出版,直到尼克松访华后,美国掀起了"中国热",才于 1974 年由麻省理工学院出版社出版。大陆版《草鞋脚》由蔡清富辑录,湖南人民出版社 1982 年出版。

⑥ 钱理群、温儒敏、吴福辉:《中国现代文学三十年(修订本)》,北京大学出版社 1998 年版,第 194—195 页。

成为那时期最好的农民小说之一"①。吴组缃虽然出身地主家庭,但其《樊家铺》《一千八百担》描写安徽农村风俗,鲜活生动;《一千八百担》的副标题"七月十五日宋氏大宗祠速写",显示出作者具有跨文体写作的意图,如戏剧般将人性展览给人们看,因而夏志清说:"吴组缃被誉为左翼作家中最优秀的农村小说家。……他风格上的优点,在状似乡绅农民的口语上,最见功力。"②艾芜的《南行记》《山峡中》书写川黔边地的马帮、盗贼生活,开拓了现代文学反映现实的新领域,"发展起一种充满明丽清新的浪漫主义感情、主观抒情因素很强的小说"③。沙汀笔下的川西北风俗图卷,令人回味无穷;端木蕻良的东北乡情民俗描写,引起人们的乡愁;叶紫的《丰收》写"丰收成灾",揭示中国农村经济已濒临崩溃的边缘……

左联小说为农民写作,写出地域特色,写出各地的民俗风情,不仅完成了典型的社会环境描写,更完成了典型的文化环境描写。他们不仅找到了文学的根,也抓住了中国现代化的根本问题。这些方面,最能代表左联小说"实质的创造性"。

(三)大众语运动:通俗化与祛"新文言"

左联关注文学大众化,要求"通俗!通俗!通俗!我向你说五百四十二万遍通俗",甚至"通俗到不成文艺都可以"④。这种表述固然存在偏颇之处,但左联小说在关注"写什么""为谁写"这两个重要问题后,也努力解决"如何写"的问题。

首先,左联小说努力摆脱西化的手法,转而从中国古典小说、民间故事中汲取营养,以创造出更符合中国读者尤其平民阶层阅读习惯的作品。其次,作家们开始自觉探索"雅俗共赏"的小说美学。老舍曾在创作谈中说:"最使我得意的地方是文字的浅明简确。……我没有算过,《小坡的生日》中一共到底用了多少字;可是它给我一点信心,就是用平民千字课的一千个字也能写出很好的文章。"⑤这并非老舍一个人的自觉,左联小说家们也在做着通俗化的努力,渐渐呈现出"刚健,清新"⑥的风格。第三,瞿秋白提倡"文腔革命"和"大众语运动",号召作家们在语言上摆脱繁难的翻译语体或"新文言"。

"文腔革命"最早由刘大白于1926年提出,主要针对章士钊提倡古文复兴运动而反对"欧化"运动和白话文学。刘大白在1926年冬至1927年初创作了一系列针对《甲寅》周刊的文章,将文言称为古话或鬼话,是"时间上的准外国话",而白话取代文言首先是一种"文腔革命";他称那些坚持"偷旧材料造新房子的鬼话文"作者是"第一等笨伯,超等笨伯,超超等笨伯";认为在国民革命时期"更需要人话文和注音字母来做推行的利器。这样,训政训练民众

---

① 茅盾:《〈中国新文学大系〉小说一集导言》,《茅盾全集》(第20卷),人民文学出版社1990年版,第488页。
② 夏志清:《中国现代小说史》,刘绍铭等译,复旦大学出版社2005年版,第203、204页。
③ 钱理群、温儒敏、吴福辉:《中国现代文学三十年(修订本)》,北京大学出版社1998年版,第265页。
④ 郭沫若:《新兴大众文艺的认识》,《大众文艺》1930年3月第2卷第3期。
⑤ 老舍:《我怎样写〈小坡的生日〉》,《老舍全集》(第16卷),人民文学出版社2008年版,第178页。
⑥ 鲁迅:《门外文谈》,《鲁迅全集》(第6卷),人民文学出版社2005年,第97页。

的工作,才可以实施,才有可以完成国民革命的希望"①。这基本上是在巩固"五四"白话文的成绩。而瞿秋白则是在大众语层面提倡文腔革命的,他要否弃的是"五四"洋八股式的白话文腔。左联执行委员会通过的《中国无产阶级革命文学的新任务》强调:"文艺大众化"问题应成为无产阶级文学运动的中心。此后瞿秋白发表《学阀万岁》《鬼门关以外的战争》《普洛大众文艺的现实问题》《我们是谁?》等文章,从"普洛大众文艺"与"民众革命"的关系角度,对"五四""白话文学"的洋八股腔调进行了批评。这不仅标志着中国现代文学主题由"化大众"向"大众化"的过渡,也标志着知识分子从启蒙领袖到"向群众去学习"②"到群众中间去"甚至不惜做"工农豢养的文丐"③的转型;更重要的是,瞿秋白在《普洛大众文艺的现实问题》中提出了普洛大众文艺的五项重要任务:"第一,用什么话写。第二,写什么东西。第三,为着什么而写。第四,怎么样去写。第五,要干些什么。"④因而此文与《我们是谁?》一起成为毛泽东《在延安文艺座谈会上的讲话》的"前传"。

瞿秋白认为"五四"新文学在语言革新和文体变革方面都存在弊病,远远不能满足大众的审美需求,无法达到教育大众的效果。他说:"五四运动的时候,胡适之有两个口号,叫作'国语的文学,文学的国语'。……(但)现在没有国语的文学!而只有种种式式半人话半鬼话的文学,——既不是人话又不是鬼话的文学。亦没有文学的国语!而只有种种式式文言白话混合的不成话的文腔。"⑤"五四"式的新式白话由文言、白话和洋泾浜语言杂凑而成,由于"欧西文思"、文白夹杂、脱离中国实际、精英色彩过于浓厚等原因,还仅仅是少数智识阶级的工具,是"不人不鬼的言语","仍旧是只能够用眼睛看,而不能够用耳朵听的。它怎么能够成为'文学的国语'呢,恐怕还是叫做新式文言妥当些罢"⑥!正是由于"五四"时期语言变革的失败,"五四"文化革命也和一九二七年的革命一样,是失败了,是没有完成它的任务,是产生了一种"'不战不和,不人不鬼,不今不古——非驴非马'的骡子文学"⑦。这不仅给古文复活以可乘之机,而且差不多断送了整个新文学运动,"古文大家林琴南没有返老还童,古文却返老还童了。古代中国文,现在脱胎换骨,改头换面,用了一条金蝉脱壳的妙计,重新复活了起来。总之,这次文学革命,和国民革命'大不相同',差不多等于白革"⑧。因此当20世纪30年代"无产大众"崛起之时,"五四"式白话和新文学已不合时宜,需要进行真正的大众化

① 刘大白:《白屋文话》,岳麓书社2013年版。此书附二为《文腔革命和国民革命的关系》,第2、10、13、72页。
② 瞿秋白:《瞿秋白文集》(第3卷),人民文学出版社1953年版,第855页。
③ 瞿秋白:《瞿秋白文集》(第3卷),人民文学出版社1953年版,第872页。
④ 瞿秋白:《瞿秋白文集》(第3卷),人民文学出版社1953年版,第856页。
⑤ 瞿秋白:《瞿秋白文集》(第3卷),人民文学出版社1953年版,第620页。
⑥ 瞿秋白:《瞿秋白文集》(第3卷),人民文学出版社1953年版,第643页。
⑦ 瞿秋白:《瞿秋白文集》(第3卷),人民文学出版社1953年版,第596页。
⑧ 瞿秋白:《瞿秋白文集》(第3卷),人民文学出版社1953年版,第599页。

变革,"中国还是需要再来一次文学革命"①。

如果说梁启超等维新派的"文界革命"是现代中国史上的第一次文学革命,"五四""白话文学革命"是现代中国文学史上的第二次革命,那么瞿秋白1932年前后发动的"文腔革命""俗话文学革命"或"普洛大众文艺运动",则可以称为现代中国文学史上的第三次文学革命。"俗话文学革命"从"如何写"方面展现了无产阶级小说学的现代性:大众化、通俗化和革命化,有力地推动了中国作风、中国气派的文学创作。

总之,眼睛向下,重视弱势群体,塑造农工新人形象、关注"四农"问题以及进行"文腔革命",等等,是左联文学在"写什么""为谁写"和"如何写"方面为后世留下的优秀文学传统,值得后世者继承弘扬。

四、赓续与发展:左联文学传统的当下启示

"传统是人类行为、思想和想象的产物,并且被代代相传。"传统具有稳定持久性,一种范型至少要被延传和继承三代人,才能被称为传统。② 如果一种传统难以为继,只能说它不具有经典性。左联文学传统在延安文学和十七年文学中绵延赓续,实现了当代转化,至今仍对当下的文学创作具有启示意义。

(一)"新时代"呼唤"大写的"农工

"文革"时代,农工曾被捧为"高大全"的英雄;"新启蒙"时代,农工又成为被启蒙对象。——无论是圣化还是丑化,都是异化。1990年代以来,描写农工真实生活的小说逐渐增多,但还不足以与"大时代"相匹配:首先,作家的文学观念多元化,但直面现实、批判现实的锋芒日益削弱。有的作家响应新写实主义口号,鼓吹"冷也好热也好活着就好"的人生哲学;有的农村题材小说则"二人转"化,扮丑要宝,沦为"文丐";有的规劝老百姓多理解上级领导的难处,与他们"分享艰难";还有《天下荒年》之类的作品倡导"饿死事小,失节事大",完全违背"一要生存,二要温饱,三要发展"的社会学常识……凡此说明,作家离民间底层的真实状况还有一段距离。其次,体制化的文学生产与评奖机制促生了一批"订制"的量产作品。比如作协为"签约作家"设立创作专项基金,让他们写"三史"(村史、厂史和家史),再由一批"签约评论家"跟踪写评论,召开作品研讨会,再推为各种文学奖候选作品。这种流程下产生的所谓"史诗巨著",多是史料失实、人物失真、语言口水、令人无法卒读的劣质产品,它们粉饰太平,制造着"瞒与骗"的大泽。这也就难怪阎连科怒斥其为伪现实主义:

> 从今天的情况说来,现实主义,是谋杀文学最大的罪魁祸首。
>
> 至少说,我们几十年所倡导的那种现实主义,是谋杀文学的最大元凶。

---

① 瞿秋白:《瞿秋白文集》(第3卷),人民文学出版社1953年版,第857页。
② 爱德华·希尔斯:《论传统》,傅铿、吕乐译,上海人民出版社2014年版,第12、14页。

自鲁迅以后，自"五四"以后，现实主义已经在小说中被改变了它原有的方向与性质，就像我们把贞节烈女改造成了娴熟雅静的妓女一样，使她总向我们奉献着贞烈之女所没有的艳丽而甜美的微笑。仔细去想，我们不能不感到一种内心的深疼，不能不体察到，那些在现实主义大旗下蜂拥而至的作品，都是什么样的一些纸张：虚伪、张狂、浅浮、庸俗、概念而且教条。时至今日，文学已经被庸俗的现实主义所窒息，被现实主义掐住了成长的喉咙。①

不仅如此，思想界也对中国当代文学表达了不满："我国近年大量文学作品，已堕入了用尽心机出风头的陷阱。""中国作家已经日益丧失思考的能力和表达的勇气，丧失了对现实生活的敏感和对人性的关怀，文学已经逐渐沦落为与大多数人生存状态无关的'小圈子游戏'。""文学失去了现实生活的源泉，也失去了直面生活的勇气，变成装饰精致的客厅、书房里个别文人自我欣赏和部分休闲族消遣的东西，简单地说，就是自我阉割，自行切断了与活的当下社会的联系，把文学从这块土地上拔了出来，飘在空中。""在这块土地上，吃五谷杂粮长大的小说家中，还有没有人愿意与这块土地共命运，还有没有人愿意关注当下，并承担一个作家应该承担的那一部分。"②虽然思想界并不完全了解当代文学的状况，但其观点值得认真思考：当中国流动着4亿农民工，当数千万农村人口还挣扎在贫困线上，当大量村庄成为空巢村，当城乡差距越来越大，当传统工业转型破产，当大批中年工人"从头再来"时，我们的小说却少有反映，失去了"以诗证史"的基本功能。——"大时代"不应是"文学的贫困时代"！"新时代"呼唤大写的农业文学、工业文学！在这种情况下，左联文学传统就愈发值得我们赓续发扬！

（二）向大地民间要题材

那么如何才能写好农村，写好民间呢？首先，作家应具有民俗研究和田野调查的能力。高尔基说："不懂民间文学的作家是坏的作家。"③大地民间埋藏着刚健清新的素材，有着"诞生于人民，扎根于民俗、节日和边缘的形式，人民通过它来表达自己狂欢的笑声和为学院所摒弃的人群的多元音体系"④。在田野调查方面，大陆作家应当向台湾作家施叔青学习。施叔青《台上台下》收入了13篇有关京剧、昆曲、粤剧、七子戏、歌仔戏、傀儡戏、布袋戏等的调研文章，但她没有止步于此，而是以民间戏曲为主线，创作了"台湾三部曲"那样的经典作品。⑤ 其次，作家应当向"乡村振兴运动""产业结构转型"要题材，这里有"新人新事"，有无

---

① 阎连科：《代后记·寻求超越主义的现实》，《阎连科文集·受活》，人民日报出版社2007年版，第364页。

② 黄兆晖、陈坚盈：《思想界炮轰文学界：当代中国文学脱离现实》，《南都周刊》2006年5月15日。

③ 高尔基：《苏联民间文艺学四十年》，科学出版社1959年版，第40页。

④ 贝尔纳·瓦莱特：《小说——文学分析的现代方法与技巧》，陈艳译，天津人民出版社2003年版，第3页。

⑤ 施叔青：《台上台下》，时报文化出版事业有限公司1985年版。施叔青"台湾三部曲"包括《行过洛津》《风前尘埃》和《三世人》，时报文化出版企业股份有限公司2003、2008、2010年版。

数个"第一个"。再次,应当向"非遗"要题材,向民俗要题材,向边地要题材,向真正的大地民间要题材,这里有无数的"最后一个",有着现代人的乡愁,甚至可以"重述神话"。

我们很高兴地看到,莫言《天堂蒜薹之歌》《四十一炮》《蛙》,阎连科《受活》《炸裂志》《四书》,余华《活着》《许三观卖血记》,乃至迟子建《世界上所有的夜晚》,毕飞宇《哺乳期的女人》等作品,已做出了很好的引领示范;我们还看到陈应松"神农架系列"对民间苦难的极端书写,看到了葛水平《喊山》《甩鞭》等对边缘化的太行山"贱民"的立体描画,看到了曹征路《那儿》《问苍茫》等对转型期工人生活的深沉关照;我们也很高兴地看到了 2013 年由重庆出版社推出的"大地之魂"书系①,看到一批新时代的"地之子",书写"乡间的死生,泥土的气息"②,描写家园生态,反映时运流变,揭开隐秘历史,重塑民族性格……虽然这样反映民间社会和底层生活的优秀作品还不多,却可以看作左联小说传统的当代转化。

当然,当代小说家还应注意以大众化的形式创作中国气派的作品。左联的"文腔革命"旨在使文学放下架子,走向民间,以便在"如何写"方面做出大众化的探索。中国走进了互联网时代、读屏时代,文学大众化的形式也要与时俱进,至少当下的"业余写作"宜在传播方式上应时而化:除了通过报刊、文学网站发表作品,还可以通过博客和微博发声,可以通过微信"说"小说、"录播"小说,还可以通过自媒体"演"小说;语言也应更加具有时代性和地域性……

"唯有明白旧的,看到新的,了解过去,推断将来,我们的文学的发展才有希望。"③我们今天谈论左联传统,当然不是鼓励作家们到农村和工厂"发动斗争领导斗争援助斗争"④,只是希望作家们勿忘左联小说的优秀传统:在新时代的风潮中勿忘中国的"根",要抓住中国现代化建设的根本问题即"四农"问题,要以"作为老百姓的写作"姿态创作出无愧于伟大时代的经典作品。

———————————

① "大地之魂"书系包括李锐《万里无云》、陈忠实《霞光灿烂的早晨》、刘醒龙《燕子红》、赵德发《嫁给鬼子》、艾伟《爱人同志》等。
② 鲁迅:《〈中国新文学大系〉小说二集序》,《鲁迅全集》(第 6 卷),人民文学出版社 2005 年版,第 263 页。
③ 鲁迅:《上海文艺之一瞥》,《鲁迅全集》(第 4 卷),人民文学出版社 2005 年版,第 308 页。
④ 冯乃超:《左联成立的意义和它的任务》,《世界文化》1930 年 9 月 10 日创刊号。

论王实味事件对《在延安文艺座谈会上的讲话》批评话语的实践

康　馨[*]

（中国人民大学 文学院，北京 100872）

内容摘要：王实味已于 20 世纪 90 年代初平反，但该事件反映出的文学与政治的关系问题以及批判文章在现当代文学史中的节点意义仍有待研究。细读《解放日报》上批判王实味的 17 篇文章[①]，结合温济泽在《斗争日记》[②]中关于延安文艺座谈会"结论"出现次数与时机的记录，可知批判文章已经呈现出以《在延安文艺座谈会上的讲话》为参照的话语模式，故认为王实味事件是中国当代文学批评中的"政治思维"介入文学批评的契机，也是以批评话语实践《讲话》精神的最早试炼。

关键词：王实味事件；批评话语；《讲话》

- -

1940 年代以来，中国共产党逐渐"成熟"的知识分子政策和渐成体系的思想斗争方法不仅推动了政党组织之高度统一，而且为 1949 年以后的文艺运动模式奠定了基本雏形。然而，在"延安文艺座谈会"这个节点上，历史的后见之明为其加注了或多或少的必然性。座谈

---

　　* 作者简介：康馨，中国人民大学文学院中国现当代文学专业博士研究生。

　　① 由于前辈研究者们列出的批判文章范围不尽相同，且为了后文叙述方便，这里将本文研究视野中的 17 篇文章列出如下：齐肃《读野百合花有感》、杨维哲《从政治家艺术家说到文艺——与王实味同志商榷》、金灿然《读实味同志的〈政治家·艺术家〉后》、罗迈《动机与立场》、范文澜《论王实味同志的思想意识》、李伯钊《继〈读野百合花有感〉之后》、陈道《"艺术家"的〈野百合花〉》、蔡天心《政治家与艺术家——对于实味同志〈政治家·艺术家〉一文之意见》、陈伯达《关于王实味——在中央研究院座谈会上的发言》、丁玲《文艺界对王实味应有的态度及反省——六月十一日在中央研究院与王实味思想作斗争的座谈会上的发言》、周文《从鲁迅的杂文谈到实味》、张如心《彻底粉碎王实味的托派理论及其反党活动——在中央研究院斗争会上的发言》、艾青《现实不容许歪曲》、罗迈《论中央研究院的思想论战——从动员大会到座谈会》、范文澜《在中央研究院六月十一日座谈会上的发言》、陈伯达《写在实味同志〈文艺的民族形式短评〉之后》、周扬《王实味的文艺观与我们的文艺观》。

　　② 《斗争日记》是温济泽写于延安中央研究院斗争王实味大会期间（1942 年 5 月 27 日到 6 月 11 日）的日记，于是年 6 月 28、29 日在《解放日报》上连载。

会和《讲话》产生的权威效力毋庸置疑,但其经典化地位是在实践的过程中与文学批评话语相互形塑的。自1942年5月23日"结论"产生之后,延安文人就开始以"结论"作为文学批评的立论基础,先于公开发表版《讲话》在客观上已经宣传了其精神。而批判文章集中产生的第一个试炼场,就是王实味事件。

一、王实味事件:并非因文获罪的政治事件

被视为历史性转折的延安文艺座谈会在其进行现场其实并无"权威"色彩[①],参与者的"历史意识"也多为后设的追认。温济泽说"当时会场上的民主空气是后来很难想象的"[②],作家们畅所欲言,不乏交锋。相比萧军的率直,毛泽东发表的虽然是并非"总结"的"结论",但他态度谦和,体现了延安当时自由开放的风气[③]。观察1939年末到1942年整风之前的一系列有关知识分子政策的文件,党对文化人的宽容态度几乎到了最为理想的程度[④],文艺界也延续着较为浓厚的精英意识。

座谈会之前的民主氛围可以通过《轻骑队》墙报略窥一二。《轻骑队》是由中共中央青年工作委员会机关的几个同志利用业余时间编辑的墙报,早在1941年4月创刊伊始,《轻骑队》就因大胆暴露革命队伍中的问题在延安引起轰动[⑤]。这一代表文化沟民主自由风气的"暴露墙报",还曾因为"采取生动活泼新鲜有力的马克思列宁主义的文风"得到了毛泽东的肯定[⑥]。而王实味《野百合花》最常为人引用的"衣分三色,食分五等",在《轻骑队》上也早已出现,并非首创[⑦]。此时经济上"养尊处优"、文化上"脱离群众"的知识分子仍然沉浸在革命乌托邦的美好情境中,革命队伍内部出现的问题很容易在高期待心理的反衬下被放大,本能的责任意识与精英意识促使他们不得不对根据地出现的官僚化、等级制等问题发出批判。

然而,"左翼"批判意识在延安的延续具备地利人和,却缺少"天时"。思想上仍然隔膜于工农群众的文人作家若想真正承担起革命同盟者的重任,还需要具备与革命队伍相"统一"的意识形态。于是1942年3月发表于《解放日报》上的一系列带有启蒙色彩的杂文便因暴露延安的"阴暗面"引起了毛泽东的警觉[⑧]。从这个角度来看,延安文艺座谈会的召开又可谓历史必然。但那些杂文的"极端民主化倾向"还谈不上"触犯"了某种权威话语,因为后者

① 参见李洁非、杨劼《解读延安》,当代中国出版社2010年版,第83—85页。
② 中央文献研究室毛泽东研究组冯蕙、刘益涛1988年8月25日访问温济泽记录(经本人审改),转引自陈晋《文人毛泽东》,上海人民出版社2005年版,第231页。
③ 参见何其芳《毛泽东之歌》,《何其芳文集》(第3卷),人民文学出版社1983年版,第77页。
④ 参见李洁非、杨劼《解读延安》,当代中国出版社2010年版,第40—42页。
⑤ 参见宋金寿《延安整风前后的〈轻骑队〉墙报》,《新文学史料》2000年第3期。
⑥ 参见宋金寿《延安整风前后的〈轻骑队〉墙报》,《新文学史料》2000年第3期。
⑦ 参见李锐《直言:李锐六十年的忧与思》,今日中国出版社1998年版,第38页。
⑧ "仅4月间,他(毛泽东,笔者注)找文艺家们谈话或给他们写信,有文字记载的,就有一二十起",见陈晋:《文人毛泽东》,上海人民出版社2005年版,第226页。

正是整风的目的所在且正在形成过程中。

延安文艺座谈会之前,除了丁玲和王实味的文章受到了批评①,其他几位的杂文并未引起纸面上的争鸣。在4月初的延安高级干部会议上,丁玲虽然受到了批评②,但只限于对其写作立场的质疑③,气氛尚属和缓。如果说王实味的悲剧是因文获罪,便不能解释为何丁玲、艾青得以在6月初的"党的民主与纪律"座谈会上摇身一变成为批判者。

王实味的悲剧固然有整风运动"走偏"等外部因素,但导致其作为转折时期"牺牲品"的更大原因,则在于他个人的思想与言行。《解放日报》改版之前,丁玲时任副刊版主编,"暴露黑暗"的言行仅限于其编辑与写作活动。而王实味时任延安中央研究院中国文艺研究室特别研究员④,扎实的外语和翻译功底在帮助其实现革命抱负的同时,或许也暗含了在翻译工作中领会"原著精神"进而产生与整风思想龃龉的潜在可能。加之他个性猖狂,在公开与私下场合频发"民主"议论,代表了当时延安所警惕的一种思想倾向。

1942年3月17日,王实味所在的延安中央研究院作为整风试点单位召开了动员大会。王在会上提出了与代管中央研究院事务的中宣部副部长罗迈针锋相对的观念,并且经过投票得到了多数人的支持,促成了一场"民主风波"⑤。3月23日,中央研究院为配合整风运动出版墙报《矢与的》,王实味在前3期接连发表了3篇署名文章⑥,直接批评罗迈在前述会议中的"家长制作风",呼吁人们"睁大眼睛来辨正邪"⑦。这份《矢与的》引起了时任延安地委书记等职务的干部王震的不满,王随即报告了毛泽东,毛泽东看后表示"思想斗争有了目标了"⑧。虽然此时尚未指明王实味的错误倾向,但作为"思想斗争"的目标,包括王实味在内的墙报所宣传的"骂党"⑨内容,想必与宣传"绝对民主"有关。而在当时的氛围中,王实味对民主的呼唤很容易被视为对整风政策的不满。

---

① 4月6日,《解放日报》刊登"克勉"来信,批评轻骑队、丁玲和王实味;4月7日《解放日报》发表齐肃的《读〈野百合花〉有感》。

② 参见胡乔木《胡乔木回忆毛泽东》,人民出版社1994年版,第55—56页。

③ 参见丁玲《延安文艺座谈会的前前后后》,"第一次对我提出批评是在四月初的一次高级干部学习会上……她(曹轶欧)很有条理地批评了《三八节有感》和《野百合花》。我还是没有感觉……"贺龙提出批评后,"我还望着他笑,满心想他误会到哪里去了","我自己也在中央研究院批判王实味的座谈会上,根据自己的认识,做了一次检查,并且发表在六月十六日的《解放日报》上。组织上也没有给我任何处分"。

④ 研究人员由高到低分为特别研究员、研究员和研究三级。

⑤ 罗迈建议直接任命院领导和各研究室主任为整风监察工作委员会委员,而王实味认为应由选举产生;罗迈提出为了避免无政府状态,整风墙报应该在党的组织下有序进行,而王实味认为可以匿名发表墙报文章。大会以投票方式(84:28)决定采纳王实味的提议,有知识分子高呼这是"民主的胜利"。

⑥ 《我对罗迈同志在整风检工动员大会上的发言的批评》《灵感两则》和《答李宇超、梅洛两同志》

⑦ 在《答李宇超、梅洛两同志》中,王实味写道:"宇超、梅洛两同志对我批评的要点是:罗迈同志的意见是正确的,我'歪曲'了他的话……我也觉得你俩都'歪曲'了我的话。"

⑧ 李维汉:《回忆与研究(下册)》,中共党史资料出版社1986年版,第483页。

⑨ 王震说"前方的同志在为党为全国人民流血牺牲,你们在后方吃饱饭骂党",参见李维汉《回忆与研究(下册)》,中共党史资料出版社1986年版,第483页。

王实味之所以成为"典型",还与当时弥漫延安的"特务"恐怖气氛有关①。王实味被开除党籍,正是因为他在"党的民主与纪律"座谈会上被某种推波助澜的气氛草率定性成了"托派"。之所以说"推波助澜",是因为曾与王实味有过交谈的李又常、潘芳和雪苇将王实味私下的只言片语揭发为"反党言论",为他的戴帽添了"铁证"②。之所以说定性"托派"十分草率,是因为能够证实王实味"托派"身份的只有发表在《解放日报》上的批判文章和温济泽的《斗争日记》,证据显然不足③。虽然不少当事人认为时任中央社会部部长、中央总学委副主任(主任是毛泽东)的康生的直接干预对王实味定罪"托派"起到了决定性作用④,但此说法似乎流于表面。根据黎辛的回忆,"党的民主与纪律座谈会"虽然是为了纠正极端民主化倾向,但在座谈会的前一天,黎辛就被要求发言说明王实味的错误与其他同志的思想偏向。"我清楚地记得,这次会前在毛泽东处研究过:'王实味出席会议坚持错误和发表长篇大论怎么办。'"⑤毛泽东亲自指示"可以插言",成为这次会议"成功"的重要经验⑥。同日,曾与王实味发生过争论的李宇超也提出了王实味的思想问题。细读温济泽《斗争日记》上王实味被插言批判的记录,批判者之所以蛮横粗暴,或许是因为早已得到高层默许。

王实味杂文表达的民主思想虽然大胆,但并未直接对整风事务和人事活动造成实质性影响。其自以为顺应了整风号召的论争行为,是1942年初"杂文风"其他作家们所没有的,也是他在文艺座谈会之后被较早批判的主要原因。当然,对王实味的批判不仅发生了"左"倾偏向,而且形成了此后文学批评话语越来越成熟的"当代"模式。

二、文人对政治话语的习得与运用

政治思维对文学批评的介入,与文人对政治话语的运用直接相关。但《讲话》对于知识分子的阶级身份和大众化文艺观念的阐释,不是通过作家们的领会与接受立刻进入文学批评的,而是由政治运动中的知识分子通过压力下的政治话语"习得"渗透到文学批评中的。

根据温济泽《斗争日记》的记述,在座谈会初期,关于王实味思想问题的讨论充满争议,

---

① 黎辛在《〈野百合花〉·延安整风·〈再批判〉——捎带说点〈王实味冤案平反纪实〉读后感》中写到《王实味冤案平反纪实》117页所载宋金寿同志的文章说:"……王实味的在历史上的'尾巴',即同托派的关系被提出来了。揪住了这条'尾巴',既打了王实味,又刹住了'歪风'。"宋金寿说的切合实际,是经过调查研究后说的。

② 参见温济泽等《王实味冤案平反纪实》,群众出版社1993年版,第42页。

③ 参见宋金寿《毛泽东与王实味的定案 续二》,《北京科技大学学报(社会科学版)》1999年第1期。

④ 参见温济泽等《再谈王实味冤案》"王实味冤案主要是他(康生——笔者注)一手制造的";宋金寿《毛泽东与王实味的定案(续二)》"王实味遭劫难,关键是康生的一席话";黎辛《〈野百合花〉·延安整风·〈再批判〉——捎带说点〈王实味冤案平反纪实〉读后感》一文。

⑤ 黎辛:《〈野百合花〉·延安整风·〈再批判〉——捎带说点〈王实味冤案平反纪实〉读后感》,《新文学史料》1995年第4期。

⑥ 黎辛:《〈野百合花〉·延安整风·〈再批判〉——捎带说点〈王实味冤案平反纪实〉读后感》:"会后总结经验,也强调'准许插言'是会议成功的重要经验。"范文澜《在中央研究院六月十一日座谈会上的发言》:"在四号那天的座谈会上,王实味发言,和我们打攻势防御战,很多同志激于义愤,插话追问,粉碎了他的攻势防御的企图,这是党性很好的表现。"

表明有人尚不倾向于判定王实味的思想与政治错误,但之后《解放日报》对批判文章的集中刊发则呈现出了某种话语暗示。李维汉在《回忆与研究》中按照发言次序列举了座谈会的主要发言人①,除了揭发王实味的李又常、潘芳和雪苇,其余几位都是在《解放日报》上发表过批判文章的。是否称呼"同志",当然与王实味批判过程的紧张程度相关,但细读17篇批判文章,可以发现除了周扬在论述方面显得相对"有理有据"以外,其他文章或为妖魔化的道德指责,或为曲解原意的立场讨伐,批判逻辑也经不起推敲。最早的三篇批评文章②均围绕王实味的杂文内容与立场进行"商榷",主要讨论王实味所写情况是否属实以及对小资产阶级意识表示警惕。范文澜、罗迈、蔡天心、陈伯达等人则从鲜明的政治立场出发抨击王实味的小资产阶级意识与托派思想。周扬的文章虽然将托洛茨基《文学与革命》中的一些观点和王实味的文章进行了对照,但"存在着明显的曲解、误读"③。根据批判文章的内容,大致可见出作家意识更浓的艾青、丁玲与周文的文章与其他批判文章存在一定差异。

艾青在1942年6月9日的座谈会上进行了"精彩的"(《斗争日记》语)发言,又有《现实不容歪曲》发表在《解放日报》6月24日第4版。艾青在发言中评价其文章"充满着阴森气",在《现实不容歪曲》中,艾青以文学化的修辞将王实味描述为虚伪阴险的挑拨者。与其他批判文章相比,该文最大的特点在于批评格式。文章的前半部分多次引用王实味的杂文作为文本材料,但艾青的批评所指是文本之外的作家言行和道德立场,而与文本内容有关的延安"真实状况",只是较早批判文章的重复表述。文章的后半部分首先列举了延安革命根据地的建设成就,赞美边区文化的迅猛发展,接着强调批评立场问题,警惕小资产阶级意识,最后将王实味作为丑恶代表剥夺了其为"人"的权利。整篇文章中的"王实味"只是一个符号,从艾青对王实味的"文学家意识"的批判中④,不难看出其自保心理。

丁玲在座谈会最后一天的发言以《文艺界对王实味应有的态度及反省——六月十一日在中央研究院与王实味思想作斗争的座谈会上的发言》为题发表在《解放日报》6月16日第4版。如题所述,该文分为王实味批判和丁玲的自我反省两部分。通过"托派""小资产阶级""破坏革命的流氓"等词语的堆砌,丁玲只用很小的篇幅批判了王实味,而对自己签发杂文的编辑行为和《三八节有感》的写作行为的检讨则占据了主要篇幅。最后丁玲的叙述落脚在"大有回头是岸的感觉……向着做一个名副其实的共产党员的目标走去",再无杂文中的精英意识与昔日锋芒了。

在17篇批判文章中,周文的《从鲁迅的杂文谈到实味》常为研究者忽略,但此文具有十

---

① 参见李维汉《回忆与研究(下册)》,中共党史资料出版社1986年版,第492页。

② 参见齐肃、杨维哲、金灿然的文章。

③ 参见吴敏《试论周扬等延安文人的思想突变》,《中国现代文学研究丛刊》2002年第4期。

④ 在1942年3月11日发表于《解放日报》的《了解作家,尊重作家》中,艾青认为"作家并不是百灵鸟……他只知道根据自己的世界观去看事物",而在1942年6月24日发表于《解放日报》的《现实不容歪曲》中,艾青强调"批评延安,必须站在中国人民大众的立场上"。

分重要的意义——它不仅否定了王实味杂文观对鲁迅的继承，而且曲解、简化了鲁迅的思想，为毛泽东阐释的鲁迅形象添上了脚注。在该文中，周文批评王实味"假借鲁迅先生的旗号"号召艺术家们揭露内部黑暗，是与鲁迅不同的错误立场，并且"替鲁迅先生辩护"，认为鲁迅在左联成立之后一直与战侣们在一起，不曾感到寂寞，故王实味是在给革命战士抹黑。1930年代的周文曾是左联成员，也是深得鲁迅信任的青年之一。1940年进入延安后，周文积极开展了创办大众读物、推广大众文艺等一系列活动——来自"大众"的周文走上的是"融入"式的大众化道路。周文对"鲁迅精神"的阐释经历了"精英化"到"三家五最"的变化①，从中可见毛泽东之鲁迅论的痕迹。

在这场将王实味定罪为"托派"的批判会中，以上三篇文章在阐述王实味"托派"思想方面几乎毫无"建树"，只是围绕其小资产阶级思想与杂文写作立场进行抨击与谩骂。艺术家从属于政治的观念被反复强调，凸显了延安文人复杂的文化性格。在政治家与艺术家的关系问题上，丁玲与艾青的表述在王实味事件中明显发生了翻转。然而在紧张的政治运动中，出于自保心理发声"站队"只能解释心理层面的原因，落实到纸面上的表述还需要话语构词的支撑，此时文人们的参考资料，正是延安文艺座谈会上的"结论"。

1942年5月27日开始的"党的民主与纪律"座谈会的中心议题是整风学习与极端民主化倾向问题，但在5月30日，艾思奇却传达了一场文艺座谈会上的"结论"②。6月2日，党委会决定休会一天，个人阅读学习材料，其中之一是"毛泽东同志在文艺座谈会上的结论（笔记）"，温济泽称"这些（学习材料——笔者注）是我们与王实味托派思想进行斗争的武器"③。《讲话》的结论部分当时只是一份会议笔记，但它很快成了整风工作会议的学习材料。在批判王实味的过程中，作家们经过艾思奇的传达重新学习"结论"，对它的领会和批评实践也更加耐人寻味。

与"结论"的出现同样值得注意的是艾思奇。艾思奇时任中央研究院中国文化思想研究室主任，致力于马克思主义哲学大众化通俗化的研究，不仅积极配合整风运动，而且组织编写了作为整风学习材料的《马克思、恩格斯、列宁、斯大林思想方法论》。"结论"的传达人并非完全的文艺界人士，或许也可作为参照。此外，艾思奇在《斗争日记》中出现了三次，几乎每次都伴随着斗争形势的推进。第一次即于5月30日传达文艺座谈会"结论"，次日"党委会印发王实味在壁报上曾经发表过的文章，作为研究王实味的思想的参考材料"④。艾思奇的第二次出现是在6月1日，他宣读了王实味的一篇反批评文章《关于〈野百合花〉》，温济泽记述王实味在这篇文章里"不仅继续污蔑党，而且以青年领导者自居，以现代的鲁迅自

---

① 参见王锡荣《周文的鲁迅论》，《上海鲁迅研究》2008年第1期。
② 即《在延安文艺座谈会上的讲话》中"结论"部分在座谈会结束之后的整理稿。
③ 温济泽等：《王实味冤案平反纪实》，《斗争日记》，群众出版社1993年版，第189页。
④ 温济泽等：《王实味冤案平反纪实》，《斗争日记》，群众出版社1993年版，第187页。

居"①,嘲讽其杂文立场与针砭言论。关于王实味立场正确但动机是否纯洁的争论,"今天解决了,今天已经没有一个人再说他的动机是纯洁的了"②。之后李言的发言从王实味的杂文过渡到其思想,还有其他人"向大会提供出许多材料,使大家知道王实味过去曾与托派有过关系,思想上中毒很深"③。这是《斗争日记》中首次出现"托派"一词,且座谈会的中心问题"已经从对于极端民主化偏向的一般的清算,转移到王实味的思想"④。艾思奇的第三次出现是在 6 月 3 日,他在发言中将王实味的立场定性为"反动的小资产阶级",并且列举其"巧妙的伪装手段",号召大家增强政治上的敏感性。次日,"中央政治研究室和文抗来旁听的人很多,大礼堂的窗台上也坐满了人……王实味第一次出席我们的座谈会"⑤。但根据《斗争日记》的描述,他的发言不仅毫无辩解力度,而且几次因为他人的打断与反问被迫说出一些可能为人曲解的话来。面对"托派"罪名,王实味的愤怒与本能反驳表明他显然没有意识到自己几乎被政治定性的身份危机。

将艾思奇个人的引导与座谈会的紧张程度画上等号未免失之简单,但观察文艺座谈会的"结论"被传达与学习的时机,以及"托派"话语由会议发言渗透进批判文章的迅猛程度,"艾思奇"所代表的思想趋势和背后的话语走向不容忽视。某种程度来说,"结论"的出现为作家们进行批判文章的写作提供了思想与话语参考,在承认"结论"之正确的前提下,文学批评在政治运动中开始了充当组织化批判工具的第一步。

三、批判文章与《讲话》批评话语的实践

由于批判对象的作家身份和批判者在文学与政治之间的思想跨界,整风大环境里的批判文章呈现出了政治思维与文学批评相结合的特殊形态。斗争文字一方面受制于政治话语的形塑作用,另一方面仍以文学批评为基本模式——以"立场""思想倾向"为出发点和评价标准,援引作品为论据得出结论。观察 17 篇批判文章,主旨大概有以下两方面。

第一,立场问题。在《政治家·艺术家》中,王实味写道,"政治家底工作与艺术家底工作是相辅相依的",但艺术家对人类心灵的影响关系到革命事业的成败。《解放日报》上针对此文的批判⑥几乎每篇都明确指出了作者的立场错误,认为政治家理应领导艺术家,而非各有分工的平等地位。针对《野百合花》的批判是更多的,从否定其"枪口向内"的立场错误出发,暴露黑暗的王实味进一步受到了阶级面目的质疑,从"情况不属实"(齐肃)到是否是"唯物主义"(蔡天心),从"尖刻的小资产阶级观点"(金灿然)到"两面派的托派活动"(陈伯达),"暴露

---

① 温济泽等:《王实味冤案平反纪实》,《斗争日记》,群众出版社 1993 年版,第 189 页。
② 温济泽等:《王实味冤案平反纪实》,《斗争日记》,群众出版社 1993 年版,第 189 页。
③ 温济泽等:《王实味冤案平反纪实》,《斗争日记》,群众出版社 1993 年版,第 188 页。
④ 温济泽等:《王实味冤案平反纪实》,《斗争日记》,群众出版社 1993 年版,第 187 页。
⑤ 温济泽等:《王实味冤案平反纪实》,《斗争日记》,群众出版社 1993 年版,第 191 页。
⑥ 杨维哲、金灿然、陈道、蔡天心、张如心、艾青、周扬的文章。

与歌颂"的争论终于得出了权威结论。

第二，"小资产阶级意识"的问题。在17篇批判文章中，写于文艺座谈会结束之前的6篇①里有3篇中②已经出现了批评小资产阶级知识分子倾向的言辞。座谈会之后，批判文章多以"小资倾向"与"王实味思想"挂钩，措辞更加严厉，直到将其认定为"托派"。

若进一步提炼上述文章的主旨，可知文艺"为谁"（小资产阶级的原罪）和"如何为"（不得枪口向内）的精神已经贯穿其中。早在1942年2月，毛泽东在《整顿党的作风》中就已经对知识分子的优越感提出批评③。但缺乏政治敏感度的后者仍然不甚自知，直到《解放日报》上出现对王实味《野百合花》、丁玲《三八节有感》和《轻骑队》的批评之后才开始对"小资产阶级的世界观来改造党"的说法后知后觉。"从这个提法的内容来讲，我感觉到是针对我们这样的人的，这个提法完全出乎我们的意料之外。自己参加了党，完全拥护党的路线……怎么会去想'小资产阶级世界观来改造党'呢？"④被攻击为托派的王实味对温济泽痛哭流涕地说："我有错，但是，我的确出于爱党的好心啊。"⑤将知识分子颇具革命情怀的针砭精神解释为立场危机，是知识分子原罪意识得以形成的基础。当文人们的发言资格需要借由阶级身份来判定时，小资产阶级的出身就从根本上限制了其合理性，于是只要知识分子提出意见或建议，便可能产生"小资产阶级世界观来改造党"的嫌疑。

针对王实味的批判于1942年6月11日结束，但延安文艺座谈会和《讲话》精神的传达仍在继续。6月15日，《谷雨》刊登了三篇关于文艺立场的文章⑥，叙述均以"文艺服从政治"开始，强调立场与"写光明"的重要性，检讨作家们的小资产阶级意识，最后表明知识分子投身无产阶级的决心，从写作思路来看，几乎可谓《讲话》精神的注解。这些文章的出现为尚未成文发表的《讲话》进行了预先的传播，在"表明立场"的同时客观上为《讲话》的权威化增添了助力。陈晋认为即使在《讲话》发表之后，毛泽东也并未视之为权威⑦。这个判断也许值得推敲，因为《讲话》虽然几经修改才公开发表，但其基本内容的传播自王实味事件就已借助政治力量开始了——不仅有文人们著文表态，而且毛泽东自己也在其他场合对《讲话》精神进行了完善性阐述。⑧故《讲话》是在公开发表之前就以"精神性"的形态存在于延安文艺界

---

① 齐肃、杨维哲、金灿然、李伯钊、陈道、罗迈的文章。

② 金灿然、陈道、罗迈的文章。

③ "有许多知识分子，他们自以为很有知识，大摆其知识架子，而不知道这种架子是不好的，是有害的，是阻碍他们前进的。他们应该知道一个真理，就是许多所谓知识分子，其实是比较地最无知识的，工农分子的知识有时倒比他们多一点。"

④ 于光远：《我的编年故事·1939—1945（抗战胜利前在延安）》，大象出版社2005年版，第145页。

⑤ 温济泽等：《王实味冤案平反纪》，群众出版社1993年版，第42页。

⑥ 刘白羽：《对当前文艺上诸问题的意见》；艾思奇：《谈延安文艺工作的立场、态度和任务》；丁玲：《关于立场问题我见》

⑦ 参见陈晋：《文人毛泽东》，上海人民出版社2005年版，第241页。

⑧ 座谈会后一周，毛泽东在5月28日的中央高级学习组上补充他在文艺座谈会上的观点，在5月30日去"鲁艺"做报告时候继续阐发相关观点，详细参见陈晋《文人毛泽东》，上海人民出版社2005年版，第235—236页。

的一份纲领。

与其笼统地说《讲话》在延安文艺座谈会之后成了延安文艺的基本方向，不如说在王实味事件中，座谈会的"结论"经过小范围的传达与学习为批判文章提供了话语来源，通过质疑王实味的阶级面目与思想倾向第一次展现了其批判的有效性。致使文人观念"突变"的外力不是文艺座谈会和《讲话》，而是王实味事件在整风背景中的政治化恐怖氛围，前者只是提供了观念与话语蓝本。故从某种意义上讲，王实味事件由于批判文章在"话语"层面的呈现，客观上成了《讲话》权威塑造过程中的最早试炼。

1979:当代新诗多元化时代的肇始

蒋登科[*]

(西南大学 中国新诗研究所,重庆 400715)

内容摘要:由于思维惯性的影响,在"文革"结束后的较长时间内,报刊上公开发表的诗歌作品在思想、艺术上依然显得非常单一,口号化、概念化、公式化情形比较严重。一些具有探索性、创新性的作品,尤其是以"白洋淀诗群"为代表的青年诗人的艺术探索,只能以"地下"的方式悄悄流传,受众范围有限,影响不大。1979年,《诗刊》先后选发了北岛、舒婷、顾城等诗人的作品,有些作品虽然是夹杂在大量其他作品之中,但很多诗人和读者还是由此发现,在流行的写作方式之外,新诗完全可以拥有另一幅更具有魅力的面孔。其后又发表了大量青年诗人的作品,新诗的多样化实验逐渐浮出水面,当代新诗的多元化发展由此起航,关于新诗发展的讨论和争鸣此起彼伏,引发了中国当代新诗发展的一个多元化时代。因此,在中国当代新诗发展历程中,1979年这个年份在一定程度上具有里程碑式的意义。

关键词:1979;白洋淀诗群;《诗刊》;诗学论争;新诗多元化

- -

无论在任何时候,具有艺术良知的诗人都是存在的,只是数量不同,存在方式也有差别。即使在"文革"这样的浩劫期间,真正的文学、诗歌也并没有消亡。除了少数具有一定艺术特色的诗人以其独特的艺术智慧活跃在公开出版的报纸、期刊之外,很多诗人都以特殊的方式在"地下""民间"生存、聚集,悄悄凝聚着力量。这就是所谓的"地下文学"或者"潜在写作"。在诗歌领域,"文革"期间,一些诗人悄悄创作着关注社会现实、表达自己心灵的作品,艾青、曾卓、牛汉、流沙河、食指,等等,都有这样的作品,只是到了改革开放的新时期,这些作品才能够有机会和读者见面。

这股潜流的第一次爆发是在1976年4月5日前后的天安门事件中。1976年1月8日,深受人民爱戴的周恩来总理逝世。人们以各种方式进行悼念,却遭到了"四人帮"的阻挠和

---

* 蒋登科,文学博士,西南大学中国新诗研究所教授,博士研究生导师。

基金项目:本文为国家社科基金项目"百年新诗中的国家形象建构研究"(15BZW147)的成果。

压制。这激起了人民更大的怒火，悼念活动非但没有停止，而且在全国各地更加如火如荼地开展起来。4月5日前后，在天安门广场形成了悼念的高潮。人们云集这里，将诗词贴在纪念碑上，挂在松柏枝叶间，并在人群中朗诵。还有人当场谱曲，带领群众歌唱。

　　天安门诗歌的作者绝大多数是不知名的普通群众。从内容看，天安门诗歌一是表达对周恩来总理的怀念和热爱，诗句发自内心、感人肺腑、催人泪下："丙辰清明，/泪雨悲风。/英雄碑前，/万众云涌。/百花滴血，/祭文高诵。/怀念总理，/天地情恸。"还有歌颂周总理一生高风亮节的："总理一生为国酬，两袖清风无所有"，"马列才略屈指数，治国安邦第一臣"等。有表达周总理和人民之间的深情的："人民的总理人民爱，人民的总理爱人民。总理和人民同甘苦，人民和总理心连心。"二是表达对"四人帮"的愤怒，如："欲悲闻鬼叫，我哭豺狼笑。洒泪祭雄杰，扬眉剑出鞘。"悲愤之情溢于笔端。三是表达对马列主义的坚定信仰，如："为了真正的马列主义，/我们不怕抛头洒血，/我们不怕重上井冈举义旗。/总理遗志我们继承，/'四个现代化'实现日，/我们一定要设酒重祭。"这些诗歌大都言简意赅、短小精悍，而且众体兼备，手法多样，或比兴，或夸张，或象征，或铺陈，语言朴实，感情真挚，极富感染力，充分显示了广大人民群众的艺术创造力。①

　　天安门诗歌对周恩来总理的怀念，对当时的社会问题的关注，对那些颠倒黑白、是非不分的人、事的批判，对美好未来的期待，等等，在"文革"时期公开发表的作品中几乎是无法见到的。这是诗歌干预社会、关注社会的优良传统的一次集中展现，也是人民心中聚集的愤怒和渴望的集中展现，是思想解放运动的肇始，是中国诗歌重新获得发展的前奏。但是，由于当时还处于"文革"期间，人们的思想还被禁锢着，所以天安门诗歌运动并没有在很广泛的范围内流传开去，而且被定性为"反革命事件"。

　　如果说天安门诗歌存在诸多政治方面的因素，在体式上主要是以民歌和旧体诗为主，群体意识远远超越了个人创造的话，那么，另外一股更加具有艺术性、探索性、创造性的诗歌潮流，实际上也在"文革"期间逐渐形成了。一些远离政治、身处荒野的年轻诗人悄悄创作着他们认为具有价值、追求真实性的诗篇，这些诗人包括后来人们认定的"北大荒诗群""白洋淀诗群"，等等，而这些诗人是新时期诗歌变革的预备队伍，以"暗流""地下"的方式影响着中国当代诗歌的进程。

　　"白洋淀诗群"是"文革"中后期"地下诗歌"写作的最主要力量之一，也成为后来新时期诗歌艺术探索的最主要力量之一。就"白洋淀诗群"本身而言，"它开始于1969年，形成于'文革'中后期，1972—1974年达到高潮，随着'文革'结束与知青返城而在1976年而终止"②。但是，它的影响远远超过了这个时限和范围。白洋淀是"文革"期间全国无数的知青下放点之一，地处离北京较近的河北。因此，在白洋淀知青点中，知青的人员构成比较特殊，

---

① 参照百度百科"天安门诗歌运动"：http://baike.baidu.com/view/939299.htm。
② 李润霞：《"白洋淀诗群"的文化特征》，《南开学报（哲社版）》2005年第4期。

其中有相当数量的人是家庭背景优越、能够接触西方文学作品的高干子弟。他们在下放地自发地组织民间诗歌、文学活动,逐渐形成了在后来的诗歌史、文学史上具有不小影响的"白洋淀诗群"。"白洋淀诗群"的代表诗人主要有芒克(姜世伟)、多多(栗士征)、根子(岳重)、林莽(张建中)、方含、白青等。在当时,全国的许多地方如北京、河北、福建、贵州等地,都有类似的民间诗歌写作活动,有的还形成某种"群落"的性质。这些诗人在 1960 年代末 1970 年代初开始写诗,当时正是"红卫兵运动"的落潮期,这使他们对"革命"感到了失望,精神上经历了深刻震荡①,于是试图以个体方式对真实感情世界和精神价值进行探求。毫无疑问,这些诗人的作品和当时的主流诗歌(在公开出版的报刊、诗集中发表的"文革"诗歌)相比,具有更多的个人元素、自由思考、探索意识和独立的艺术品性,是另一个层次的、具有诗学价值的探索,但也是在当时的时代语境之下不允许出现和存在的探索。这种艰难的生长环境和过程使这些诗人及其作品在诗歌史、文学史、文化史上的价值和地位具有了先天的难以超越的特征。

有学者对这个群落在新诗现代主义思潮发展中的地位和影响做了如下评价:

> 如果说中国当代新诗潮在"文革"初期经过先行者食指、黄翔的逃逸和突围,为新诗潮摆脱"政治专制"的诗歌包围奠定了最初的状态和流向,那么,到了"白洋淀诗群"实际上推进、扩展了新诗潮的河道,一路融纳着不断汇入的诗歌溪流,正向成熟迈进。如果说食指、黄翔是以浪漫主义为主导,融合了现代主义的某些特色,只是初步开始了现代主义诗歌的长旅;那么,"白洋淀诗群"已经使兼容浪漫主义的现代主义诗风成为主导倾向,从而为现代主义诗歌在中国当代的复归和重现做了重要的铺垫。如果说同时期的贵州诗人、上海诗人的群体性还不够显著,诗人的分布也较为零散,规模还较小的话,那么,无论在诗人的数量、诗歌的成就和对"新诗潮"形成的直接、显性影响上,还是在群体性特征与规模上,"白洋淀诗群"都堪称新诗潮潜流期最具代表性的诗歌群体,是中国当代新诗潮发展过程中的重要阶段。②

当然,由于艺术风格、思想观念等方面存在差异性和多样性,不少学者也认为,"白洋淀诗群"只是一个诗人群体,而不是典型意义上的诗歌流派。李润霞对整个诗人群落进行了认真调研和考察,指出:

> "白洋淀诗群"具有群落的性质,但它是一个诗人群,而不是一个诗歌流派。尽管由

----

① 这使我们想到了 20 世纪 20 年代一些作家的创作。随着"五四"运动的落潮,很多作家感到了苦闷、彷徨,于是他们开始创作关注个人内心的作品,出现了小诗热潮,出现了鲁迅创作的《野草》等,成为中国现代文学发展的特殊时期,也是成果比较多元、丰富的时期。

② 李润霞:《"白洋淀诗群"的文化特征》,《南开学报(哲社版)》2005 年第 4 期。

于"上山下乡"的被放逐命运使他们有了共同的人生经历,从而使他们的诗歌主题也具有了某种相似性,但他们的诗风却并非完全一致的,他们也并不属于严格意义上的诗歌流派。在当时,他们并非一个自觉的诗学意义上的诗歌流派,也不具有诗歌组织的性质,也没有像后来的《今天》诗人群一样,既有自己的阵地,又有固定的文学活动,而且有一个核心人物(北岛),基本上是自觉的"同人"性质的创作集合;"白洋淀诗群"是一个"诗人"的集合,是一个"诗人"的群落,而不是诗歌流派的形成,但是他们在创作上却是一群"不自觉的现代主义者",也就是说,他们是不自觉地、不约而同地走上了现代主义诗歌的创作路径。①

这种看法是有道理的,也是符合当时的实际情况的。他们在当时只是以自己的方式写出自己的真实的体验,也许对当时的艺术自觉可能产生的影响也许没有多少预测,但正是他们的这种艺术自觉引发了人们对于艺术、人生等多方面的思考,只要时代的土壤合适,这种自觉将会快速地延续、衍生开去,开启中国当代诗歌、文学、文化发展的新的方向和道路。

从历史的表层看,"白洋淀诗群"的创作、探索活动好像在 1976 年就戛然而止了。但是,思想、观念的流动和影响往往不会因为某个时段、事件的结束而终止,而且在遇到新的、合适的氛围之后,还会快速地繁衍开来。这一批具有探索意识、独立思考精神的诗人在回到城市之后,仍然坚持了他们对于历史、现实和人生的关注与思考,而且不断将这种影响扩大开去。在下乡期间,诗人们的探索主要是个体的思考,影响是小范围的,因为他们的作品无法公开发表,他们也没有自己的阵地。不过,这批知青主要来自北京,而且大多数都是主动要求去白洋淀的,在管理上也不像其他地方那样严格(比如有些地方实行的是半军事化管理),而是显得相对比较松散,他们可以有时间和机会回到北京,和其他一些身处城市的同学、朋友交流,或者找到更多适合自己阅读的书籍(有些甚至是"禁书")。因此,有专家从更加开阔的视野分析了"白洋淀诗群"的构成:

> "白洋淀诗群"又分为广义与狭义之分。狭义的仅仅包括在白洋淀插队落户的知青诗人;广义的"白洋淀诗群"还包括白洋淀的外围成员,他们是"准白洋淀成员",包括同时期在其他地区(如山西的食指、黑龙江的马佳、内蒙古的史铁生等)插队的北京青年(如北岛),留在城里的北京青年,后来聚集在民刊《今天》周围的成员,如北岛、江河、杨炼、顾城、严力、田晓青、阿城、齐简(史宝嘉)等。另外,新时期后的一部分诗人、作家、画家、电影导演等艺术工作者在"文革"时期都曾与"白洋淀诗群"有着或深或浅的交流,如画家彭刚、书法家卢中南、作家史铁生、马佳、甘铁生、郑义,电影导演陈凯歌、田壮壮等。许多人虽然不写诗,但通过其他形式的艺术精神和艺术探索不同程度地参与、启迪了

---

① 李润霞:《"白洋淀诗群"的文化特征》,《南开学报(哲社版)》2005 年第 4 期。

"白洋淀诗群"。在一个艺术贫乏的年代,白洋淀养育了一代"离家出走"的艺术浪子。①

从后来产生的影响看,广义的"白洋淀诗群"更符合历史发展的事实,这种松散的组合使他们的思想、观念、艺术追求等更容易传播开去。这种独特的构成也为后来新诗潮的公开出现奠定了良好的基础。具体讲,就是催生了民间刊物《今天》的出现及其巨大的影响。

《今天》的主要人物如北岛、芒克、多多等,其实早就认识。下面的几段文字可以让我们了解《今天》和"白洋淀诗群"之间的特殊关系:

> 1972年,他(指北岛——引者)和多多第一次见面,却不是以诗人的身份,因为当时他们都还没有开始写诗。《今天》中的北岛、多多和根子(岳重)都很有音乐天赋。北岛记得,第一次与多多见面时,他们以歌手的身份互相介绍。多多是男高音,有点小名气,北岛那时刚学了几个月,不怎么着调,因此不得不接受多多的傲慢。他说,那天,"多多从他家的楼梯上走下来,戴一个口罩,根本就不摘口罩下来"。直到十年之后,他们再次见面,才对彼此乃至彼此的诗艺有了深入的认识——《今天》复刊之后的第一届《今天》文学奖颁给了多多。②

> 第二年(指1973年——引者),他认识了芒克,他的一个名叫刘禹的同学说给他引见一下北京的先锋派一个团体。这个先锋派团体其实只有两个人,一个是芒克,一个是彭刚。1973年年初,芒克和彭刚花一毛钱分享了个冻柿子后,宣布成立"先锋派"……北岛对于这个年轻的现代派画家难以忘怀。事实上,他早在1975年就不再创作,在恢复高考后考上北京大学的化学系,走上了一条与艺术完全无关的道路,最后在美国硅谷的一家大公司里当上了总工程师。③

> "文革"结束之后,北岛和芒克开始筹备《今天》创刊。那是1978年一个秋天的晚上,北岛、芒克和画家黄锐(也就是星星画会的发起人)在黄锐家喝完酒之后,北岛提出是不是可以办一份文学刊物,芒克第一个拍手赞成,黄锐也很兴奋,这事就这样定下来了。说干就干,北岛的弟弟赵振先记得,有一天他回家的时候,被眼前的一切弄得目瞪口呆。他看到他哥哥和几个人正在忙着将一册册的书装订,北岛告诉振先,他们正在办一本文学杂志,叫《今天》,这是第一期。振先看到,封面让一些粗黑的道道竖着分隔开来,一看就是铁窗,里面就刊登了北岛那首著名的《回答》。④

> 伴随着第一期的面世,各种矛盾也出现了,主要原因是观点不同,会议经常不欢而散,除了北岛和芒克,其他编委集体退出《今天》,直到赵一凡、徐晓、周郿英、鄂复明等人

---

① 李润霞:《"白洋淀诗群"的文化特征》,《南开学报(哲社版)》2005年第4期。
② 河西:《北岛与〈今天〉30年》,《南方日报》2009年4月12日。
③ 河西:《北岛与〈今天〉30年》,《南方日报》2009年4月12日。
④ 河西:《北岛与〈今天〉30年》,《南方日报》2009年4月12日。

的加入,才使《今天》没有草草完结。

他们成了《今天》的中坚力量,他们更多的时候在幕后工作,用默默的耕耘来换取《今天》的荣誉。北岛说:"第一个阶段的《今天》一共出版了 9 期,从 1978 年 12 月到 1980 年的 12 月,实际上整整两年。以后我们就成立了'今天文学研究会'。又出了 3 期的文学资料,我们组织了两次比较大型的朗诵会,在 1979 年的 4 月 8 日和 1979 年 10 月 21 日,这两次朗诵会,我想也可以说是自 1949 年以后唯一的。"

《今天》以诗歌最为著名。在并不多的几期刊物上,北岛、芒克、多多、江河、顾城、舒婷、严力等一大批后来被称之为"朦胧诗"的诗人从《今天》走了出来,并且因为《诗刊》等主流刊物的转载,而被大众所熟知。①

从大量的回忆和访谈文字之中,我们可以看到,《今天》和当时的一些民间的诗歌、文学、艺术爱好者,尤其是"白洋淀诗群"中的很多诗人,是有直接联系的,其中的一些人还参与了《今天》的策划、编辑,一直是《今天》的主要成员。而且,通过北岛的联系,舒婷等人也成为《今天》的成员。可以说,《今天》集中了当时具有才气、敢于在艺术上创新、突破的年轻诗人和作家,是中国当代文学意识觉醒和复苏的重要阵地。而且,这些诗人、作家大多有长达 10 年的创作经历,积累了很多作品,《今天》的创刊正好为这些作品找到了出路,有人认为:"《今天》创办后,十年潜伏期默默积存的大量诗歌终于得以走出地下,北岛、芒克、舒婷、严力、顾城、江河、杨炼等,都在《今天》上发表诗歌,这些压抑已久的声音,一经释放,产生了巨大的能量,感染并激励了无数年轻人。"②这一评价应该说是客观的、符合当时的历史事实。

《今天》是 1949 年以来第一个民间的文学刊物,是"地下文学"(或者叫"潜在写作")浮出地表的具体体现。该刊第一期出版于 1978 年 12 月,经过两年多的坚持之后,1980 年 12 月被关闭。在这段时间,《今天》共出版 9 期刊物和 4 种丛书。"每一期篇幅从六十页到八十页不等,内容有诗歌、小说以及评论。每一期的印量为 1000 本左右。"③北岛回忆创刊的原因时说:"1978 年秋,上层的权力斗争造成政治松动。以《今天》为代表的地下文学终于浮出地表,和美术,摄影等民间团体,形成冲击官方话语的巨大浪潮。《今天》是以诗歌为主的刊物,其重要诗人有芒克,顾城,多多,舒婷,严力,杨炼,江河等。由于印刷设备差,编辑部成了手工作坊,不少年轻人来帮忙。到 1980 年底被查封时,《今天》共出版了九期刊物和四种丛书,还举办了各种文学活动。每月一次的作品讨论会吸引着众多大学生。1979 年的春天和秋天,《今天》在北京玉渊潭公园举办了两次露天朗诵会④。导演陈凯歌那时还是电影学院学生,也来帮我们朗诵。在警察严密的监视下,近千名听众兴致盎然地欣赏那些费解的诗作。

① 河西:《北岛与〈今天〉30 年》,《南方日报》2009 年 4 月 12 日。
② 刘溜:《北岛与〈今天〉的三十年》,http://www.eeo.com.cn/2009/0120/127756.shtml。
③ 刘溜:《北岛与〈今天〉的三十年》,http://www.eeo.com.cn/2009/0120/127756.shtml。
④ 应该是指北岛在上文中提到的 1979 年的 4 月 8 日和 1979 年 10 月 21 日举行的两次朗诵会,影响很大。

自 1949 年以来,举办这样的朗诵会还是头一次。"①可以看出,《今天》的诗人和作家对于诗歌、文学是发自内心地投入的,他们除了自己创作作品外,还亲自编辑、印刷刊物,同时,他们对于政治变化有着非同一般的敏锐性,对于上层人物在观念上的冲突和变化揣测得很准确,当然,这也使他们的作品在先天就打上了明显的时代、政治的印记。

当时,北岛他们对于文学、诗歌是非常虔诚的,刊物都是他们自己编辑,自己设计封面,自己印刷,自己到处张贴,甚至自己拿到街头去销售。"1978 年 12 月 20 日,在北京亮马河畔的一间农民房——这儿是陆焕兴家——北岛、芒克、黄锐等七个年轻人都到齐了,拉上窗帘,围着一台又旧又破的油印机,共谋'秘密行动'的激情振奋着每一个人。在昏暗的灯光下,七个人动手干活,从早到晚连轴转,干了三天两夜。陆焕兴为大家做饭,每天三顿炸酱面。""12 月 22 日——这一天十一届三中全会闭幕,晚上十点半,终于完工,屋子里堆满了散发着油墨味的纸页。七人骑车到东四十条的饭馆,要了瓶二锅头,为《今天》的秘密诞生干杯。接着众人商量把《今天》宣传单贴到哪些地方,又由谁去张贴。北岛和陆焕兴、芒克三人自告奋勇,此去'凶多吉多'。"

> 第二天,北岛和陆焕兴、芒克三个人骑着车四处张贴《今天》,"三个工人两个单身,无牵无挂的,从我们家出发,我拿一个桶打好糨糊——这是在'文革'的时候学会的。一人拿着扫帚涂糨糊,然后另一个人贴,因为冬天很冷,必须贴得快,要不然糨糊就会冻住,还得放盐防冻"。

> 他们把《今天》贴到北京当时重要的场所,西单、中南海、文化部,还有《诗刊》杂志社、《人民文学》杂志社、社科院、人民文学出版社。"当时胆挺大的。"北岛说,"我在人民文学出版社的门口碰到了徐晓,以前就认识她。我们正黑乎乎地往墙上贴的时候,她忽然间冲过来。徐晓就这样接上了,她也很吃惊。第二天贴到大学区,包括北大、清华、北师大、人大。"②

这种虔诚是冒着很大风险的,当时的很多人肯定是不愿意去做的,也可以说是这些诗人、作家、艺术家在一种特殊的氛围下对真实、崇高的寻思与发现。《今天》和"朦胧诗"后来得到了读者、文学史的重视和肯定,不是偶然的,而是这些诗人冒着巨大的风险坚持寻觅艺术真谛、探索人生价值的必然回报——在人们还沉睡的时候,他们已经觉醒,地位和荣誉自然应该属于这些较早醒来的人们。

1990 年 8 月,北岛在奥斯陆复刊了《今天》。对于《今天》的艺术追求,北岛是这样概括

---

① 北岛:《〈今天〉二十年》,http://book.ifeng.com/special/30reading/list/200810/1022_4831_840751.shtml。

② 刘溜:《北岛与〈今天〉的三十年》,http://www.eeo.com.cn/2009/0120/127756.shtml。

的："从办刊的方针来看,新老《今天》还是有其一贯的延续性的。坚持先锋,拒绝成为主流话语的工具。"①经历过"文革"的诗人、作家对于"工具论"的危害是深有感触的。最初出版的《今天》,也正是因为摆脱了"工具论"的影响,而成为具有独特个性的民间刊物,并由此引发了中国当代诗歌的重要群落"朦胧诗"。

我们讨论那么多,主要是想说明《诗刊》在新诗艺术转型中所扮演的重要角色。在《今天》出现的时候,中国新诗的总体艺术观念并没有发生变化,官方的文艺政策也没有发生根本的变化,作为官方刊物的《诗刊》自然也必须遵循官方的文艺主张,对于民间的、独特的艺术探索,要么不能关注,要么加以批判,要么以特殊的方式加以关注,使其逐渐走向官方刊物,进而影响几近死亡的诗歌艺术。就历史事实来看,《诗刊》采用了第三种策略,就是以自己特殊的方式关注民间诗歌和刊物,从1979年开始选载《今天》上的一些作品,发表一些具有探索意识的年轻诗人的作品,使年轻诗人的具有独特新意的作品通过官方的刊物得到更多人的关注,或者说暗暗地将诗歌变革的种子播种于《诗刊》的缝隙之中,进而影响广大读者、诗人对诗歌的重新认识。这是《诗刊》在编辑方针上发生的重大转折,也是中国诗歌发展的重大转折。对于这种影响,北岛本人是认同的:"《今天》虽被查封,但其诗作开始出现在官方刊物上,被统称为'朦胧诗',引发了一场持续好几年的全国性论战。在官方评论家眼里,它无异洪水猛兽。适得其反,批评引来更多的读者。被官方话语窒息的年轻人,终于找到呼吸的可能。有一阵在大学几乎人人写诗,办诗社,出诗集。直到商业化浪潮卷来,诗歌重新退到边缘。"②

《今天》第一期发表了诗歌、小说、寓言、随笔、评论和翻译作品等,因为是油印,所以作品的量并不是很大,就诗歌篇目来说,主要由乔加的《风景画(外二首)》、舒婷的《致橡树(外一首)》、芒克的《天空(外二首)》、北岛的《回答(外二首)》。因为刊物散发比较广泛,甚至送到了《诗刊》的一些编辑的手中,因此,这期刊物影响比较大。对照《今天》创刊号上的作品,查阅1979年的《诗刊》,我们可以发现,《诗刊》转载的作品主要包括北岛的《回答》和舒婷的《致橡树》,前者刊发于当年第三期,后者刊发于当年第四期。而这两首诗都成为诗人的代表作。

这两首诗都是通过邵燕祥的编辑而发表的。在版面安排上,两首诗都没有安排在最显眼的位置,北岛的《回答》安排在1979年第3期的第46页,而且在该页的下方,其前面刊发的是关于"四五运动"的《清明,献上我的祭诗》和《方砖赋》。《回答》的诗末标记的时间仍然和《今天》上标记的一样:"1976.4",这就很容易使人将其和1976年的"天安门事件"联系起来,并且把作品针对的对象限定在"四人帮"身上,从而避免一些别样的猜测。事实上,这首诗写于1973年,修改定稿于1978年,其思想和现实根源是很广泛的,在《今天》发表时加上"1976.4",主要是为了安全,而《诗刊》的转载恰好进一步强化了这种"安全"。1979年4月

---

① 河西:《北岛与〈今天〉30年》,《南方日报》2009年4月12日。
② 北岛:《〈今天〉二十年》,http://book.ifeng.com/special/30reading/list/200810/1022_4831_840751.shtml

号发表舒婷的《致橡树》时,同样没有出现在显眼的位置,甚至没有在目录上出现诗的标题,而代之以《爱情诗九首》,《致橡树》发表在56页的下半部和57页的上半部。邵燕祥回忆说:"这两首诗并没有排在杂志的显著位置,在每一小辑中也没有让它们打头,毋宁说是故意的安排,以减少可能遇到的阻力。然而我们的读者很敏感,他们还是在不起眼的第几十几页上发现了这两首诗,发现了陌生的诗人的名字。编辑部听到很多赞许的声音。"①可以看出,《诗刊》和一些有良知的编辑为推动诗歌观念的新变,付出了大量心血。当然,效果也是很明显的。

当时,《诗刊》的主编是严辰,副主编是邹荻帆和柯岩,面对当时不断出现新变的诗歌艺术探索,《诗刊》并没有畏首畏尾,而是予以热情关注,邵燕祥以诗人和编辑的良知极力推荐新人新作,他说,当时极力推荐这些诗人和作品,除了三位主编的信任之外,"更重要的是我认为尽量多发好诗是一个诗刊的职责,发现有才情的诗人特别是年轻诗人,可以说是诗刊编辑的'天职'。因此我在决定转载北岛、舒婷二诗时,没有什么顾虑"②。这虽然只是两首普通的诗,但就诗歌发展来说,却是一件大事。

第一,承认了地下写作在艺术上具有特色和价值。作为中国当代最权威的诗歌刊物,《诗刊》所关注的诗人、作品,往往可以产生很广泛的社会影响,《诗刊》发表的作品也可以暗示或者引导一种新的诗歌艺术观念。换句话说,在中国当代诗歌发展中,受到《诗刊》的关注可以成为诗歌作品、诗人得到读者和诗歌界承认的重要标志之一。有学者认为:"《今天》作为民间刊物的影响力到底有多大,很难估量,它艺术上散发的新鲜气息是否深入到当时文学界也是一个未知数,唯一可以验证的是转载在《诗刊》上的作品其影响力是空前的。这一切得益于从'文革'结束开始一系列的重要刊物陆续复刊,出现了文艺上的'回暖'。"③1949年以来的第一个民间文学刊物所刊发的作品,受到《诗刊》的关注,一方面说明《诗刊》对于过去的主流诗歌观念有了新的思考,另一方面说明《诗刊》对于来自民间的诗歌艺术探索存在一定的认同,或者可以说,《诗刊》试图通过一定的方式使过去比较单一的刊物变得越来越丰富,这样做的结果是,既追随了当时的创新思潮,又对一些年轻的诗人进行了扶持,可谓一举多得。

第二,虽然开初只是在某些栏目之中夹入了少量来自民间刊物和青年诗人的作品,但它们为诗歌带来的新气象,使诗歌的多元发展态势逐渐形成,为新诗的繁荣发展奠定了基础;随着对《今天》的关注,《诗刊》逐渐开始发表一些和过去的观念很不一样,甚至可以说大相径庭的作品,这些作品除了来自"归来者"诗人,还包括"朦胧诗"诗人和其他年轻诗人。有人对

---

① 邵燕祥:《答〈南方都市报〉记者田志凌问》,见邵燕祥散文随笔集《南磨房行走》,北方文艺出版社2011年版,第216页。

② 邵燕祥:《答〈南方都市报〉记者田志凌问》,见邵燕祥散文随笔集《南磨房行走》,北方文艺出版社2011年版,第216页。

③ 梁艳:《〈今天〉(1978—1980)研究》,华东师范大学2010年博士学位论文。

此进行过简单描述:"《诗刊》从 1979 年开始就陆续发表了几类风格迥异的诗歌,最引人瞩目的一类就是所谓'归来者'的诗歌,另一类则是一些新人的诗歌。所谓'归来者'诗歌是指一批复出的老诗人纷纷发表作品,比如 1979 年 1 月号《人民文学》刊出艾青的长诗《光的赞歌》,新人的作品则是指《诗刊》3 月发表了北岛的诗《回答》等,4 月发表了舒婷的《致橡树》,8 月刊登了叶文福的《将军,你不能这样做》。通过《诗刊》对新人新作的推介,《今天》开始由地下状态进入公开状态,1980 年 1 月食指早期具有极强影响力的诗作《这是四点零八分的北京》,在《诗刊》上正式发表;1980 年的 4 月,《诗刊》就推出了'新人新作小辑',集中刊登了 15 位新人的作品,八月号的'春笋集'又有 15 位新诗人登台亮相。"①通过这些措施,以《诗刊》为中心阵地、《诗刊》作者为主要队伍的诗歌观念逐渐出现了多元化格局,中国诗歌呈现出和"文革"诗歌完全不同的面貌。当然,也正是这些新的观念和艺术手段,使一些习惯了过去观念的人们出现了危机感,对青年诗人的探索提出了质疑甚至批评,于是出现了长时间的诗学论争。

第三,这些来自民间刊物的少量作品被《诗刊》转载之后,引起了一些诗歌人士的关注,对此给予了很高的评价。除了《今天》上北岛、舒婷的作品之外,《诗刊》1979 年 7 月号刊登了舒婷的《祖国呵,我亲爱的祖国》《这也是一切》,11 月号刊登顾城的《歌乐山诗组》。这些都是后来"朦胧诗"的代表性诗人和作品。其他一些青年诗人②的名字也大量出现在当年的《诗刊》上,如雷抒雁、曲有源、叶文福、孙友田、张学梦、向求纬、徐晓鹤、傅天琳,等等。这说明"朦胧诗"诗人和其他青年诗人及其作品逐渐开始得到正统群体或者说主流诗坛的承认。这种做法也引起了诗歌界很多人(尤其是观念比较开放的老一辈诗人)的认同,郑敏、袁可嘉等著名诗人、学者都撰文予以肯定。但是,对于这些新的诗歌试验,并不是所有人都认同。对于批评、反对的声音,《诗刊》也没有打击压制,而是以一定的篇幅予以刊载,这样,《诗刊》就成了新时期诗歌论争的重要阵地,不同的声音都在这里汇聚。许多观念在辩论之中得到了强化,也有一些不符合诗歌艺术特征和规律的观念被人们反思和批判。这些讨论使人们对于诗的特征、诗的艺术规律、诗的艺术发展、中国诗与外国诗的关系等问题有了越来越明确的认识,消除了过去对于诗歌的狭隘甚至偏颇的认识,这对于诗歌观念的更新、诗歌艺术的发展是具有重要的历史意义的。新时期诗学界的"三个崛起"以及争鸣而形成的"传统派""崛起派""上园派"等诗学群落,都和《诗刊》提供的阵地、组织的活动有着密切的关系。

可以说,因为思想解放运动和改革开放的实施,因为"朦胧诗"艺术探索的出现,其他青

---

① 梁艳:《〈今天〉(1978—1980)研究》,华东师范大学 2010 年博士学位论文。

② 这些青年诗人被吕进称为"新来者"。他在《新时期诗歌的"新来者"》(《文艺研究》2010 年第 3 期)一文中,将新时期诗歌的诗人队伍分为"归来者"、"朦胧诗"诗人、"新来者"。"这里所谓的新来者,是指两类诗人。一类是新时期不属于朦胧诗群的年轻诗人,他们走的诗歌之路和朦胧诗人显然有别。另一类是起步也许较早,但是在新时期成名的诗人,有如新来者杨牧的《我是青年》所揭示,他们是'迟到'的新来者。新来者诗群留下了为数不少的优秀篇章。""他们的不同歌唱构成了新时期诗歌的繁荣。"

年诗人的加入,再加上以艾青为代表的诗人的"归来",从 1979 年开始,中国新诗发展开始了一个新的历史纪元,创刊 20 多年的《诗刊》也再一次开始了具有个性、艺术性的探索阶段。

有学者对 1979 年的《诗刊》在中国当代诗歌发展中的特殊地位进行过研究,指出:

> 1979 年的《诗刊》正处在承上启下的中间物的位置上,既可看出与传统的断裂,也能发现朝着现代变革的新质。对于十年历史是平反和控诉,对于"现代化"是急迫和期盼,正是这种社会情感和文学情感的统一性,使《诗刊》建构起一个"想象的共同体",借助于此个体找到了群体的认同和情感的暗合。

> 由于时代的剧烈变动,1979 年的《诗刊》类似于地质的断裂带,与历史有丝丝入扣的关联,但一条裂痕却明显地出现。洋流产生剧烈变动的地方往往是冷暖流交汇之处,能为鱼儿带来大量的饵料。而时代剧烈变化产生断裂的同时,也孕育着新生,一些原本在旧时体制下不可能出现的新人有了出现的机会。①

这样的评价基本上是符合当代历史和诗歌发展的事实的。亲身经历过 1979 年诗歌风潮的《诗刊》编辑王燕生也这样回顾:

> 1979 年,诗歌在中国就像迎来了自己的节日。它就像那个时代的舒筋活血丹,人们压抑在心里几十年的话一下子像潮水一样涌出来,而诗歌是最好的表达方式。当时,除了《今天》等民间刊物,几乎每所大学都有自己的诗社。高校、首体经常举办大型诗歌朗诵会,而且每次都座无虚席。②

从 1980 年开始,随着袁可嘉、郑敏等具有现代主义观念的诗人、评论家对青年诗人探索的肯定,和年轻的谢冕、孙绍振等对于诗歌艺术"崛起"的思考,以及另外一些坚持传统主义观念的诗人、评论家对这些具有新意的探索的批判和否定,诗歌界、诗学界开始了长达数年的论争。这些论争使人们对于诗歌的理解越来越全面、完善,诗歌艺术探索的路向越来越广阔,外国诗歌艺术经验逐渐被借鉴和转换为中国新诗的营养。虽然经历过一些波折,但中国诗歌最终朝着多元、丰富的格局发展着,民间诗歌报刊出现了泉涌的局面。这些在新诗历史上都是少有的。因此,作为对诗歌历史的关注,我们应该记住《诗刊》的敏锐和大度,记住1979 年开始的诗歌艺术转型和 1980 年开始的学术争鸣。

---

① 庄莹:《1979 年的〈诗刊〉——社会转型的裂变与重构》,山东大学 2009 年硕士学位论文。
② 王燕生:《一段不该淡忘的诗歌史》,《新京报》2004 年 11 月 18 日。

论 20 世纪 80 年代以来的中国小说"审丑"演变

陈进武*

（江苏第二师范学院 文学院,南京 210013）

内容摘要:20 世纪 80 年代,随着西方"丑学"理论的引入,中国作家们掀起了审丑文学创作的热潮。90 年代以来,作家们则把目光投向了历史、社会、现实、文化、人性等更为深广的空间,小说创作呈现出繁芜、庞杂的局面。从演进轨迹来说,当代小说中的审丑出现了从 90 年代的"窄化"到新世纪的"泛化"的转变。从表现形态来看,90 年代以来小说审丑溢出了传统意义上的审丑范畴,而是出现了"泛审美""审恶",乃至走向极端的"嗜丑"形态。考察 80 年代以来的小说审丑新变,不仅能够为感性学的现代发展拓宽研究路径,而且还能够更好地把握中国当代文学的发展动向。

关键词:1980 年代至今;当代小说;"审丑";演进轨迹;表现形态

- -

　　审丑是西方现代主义的核心观念之一,也是现代主义文学思潮的重要特征。作为一种文学观念,审丑历来被视为人类审美活动的重要方面。20 世纪 80 年代,随着西方"丑学"理论的引入,中国作家们对"丑"表现出了极大的兴趣与热忱,一些文学作品开始大量描写丑,并由此掀起了审丑文学创作的高潮。90 年代以来,进入价值取向多样的多元时代,令人眼花缭乱的文学现象同时或相继登台亮相。作家们把目光投向了历史、社会、现实、文化、人性等更为深广的空间,而此期的小说也出现了从审丑逐步转为向审丑纵深处探寻的写作趋势。然而,学者们对丑的认识仍然限定于与传统审美标准相悖的美学形式,并未及时对 80 年代以来的小说"审丑"新变做出有效的判断。鉴于此,从社会与文学互动的角度,考察 80 年代以来的小说中"审丑"的演进轨迹及其表现形态,不仅能够充分揭示此期文学呈现出的阶段性、流动性与渐变性,而且还能为感性学的现代发展拓宽研究路径,从

---

　　* 作者简介:陈进武,文学博士,江苏第二师范学院文学院副教授。

　　基金项目:本文系 2018 年江苏省高校"青蓝工程"优秀青年骨干教师资助成果;教育部人文社会科学重点研究基地重大项目"社会启蒙与文学思潮的双向互动"(16JJD750019)中期成果。

而更好地把握当代文学的发展动向。

一

70年代末以来，文艺界逐步摆脱了既有的理论束缚与羁绊，并以前所未有的果敢姿态踏上了新征程，开创了一个所谓"繁荣"的新时代。然而，文学家起步并未想到自己能够创造一个"面朝大海，春暖花开"的季节。在开始"放声歌唱"前，他们更多人是在等待时机的到来，而这种"等待"行为本身就是文艺从属于政治的一种标志。可以说，政治层面的"行为"带动了文学的同步"反思"与"行动"。从文学创作看，"春江水暖鸭先知"的还是表现"伤痕"与"反思"性的作品。刘心武《班主任》（1977年11月）和卢新华《伤痕》（1978年8月）等先于"解放"浪潮，一定程度上揭露了"文革"文化专制对青少年的精神戕害。到1979年，随政治气候逐渐解冻，《枫》（郑义）、《公开的情书》（靳凡）、《剪辑错了的故事》（茹志鹃）、《许茂和他的女儿们》（周克芹）、《内奸》（方之）、《记忆》（张弦）、《大墙下的红玉兰》（从维熙）、《李顺大造屋》（高晓声）、《夜的眼》（王蒙）、《我是谁?》（宗璞）等喷涌而出。但是这些作品大多带有"文革"文学的审美病症，受制于时代认知的局限，它们揭示的"伤痕"程度不同，却都未超出政治领域"拨乱反正"的"反思"模式。在某种意义上来说，这些具有鲜明代言特征的文学写作，以"登高一呼振奋群伦的姿态，试图照亮'文革'时期弥漫着的愚昧与专制的迷雾"，更如同一场"被裹挟的合唱"①。此后，"改革文学""寻根文学""知青文学""先锋文学""新写实文学"等先后递嬗，从思想到艺术，呈现出交错叠加的发展态势，似乎又是"合唱"中的共鸣"变奏曲。"

很显然，80年代文学的文化状况可以1985年为界划分为两个阶段。1985年之前是以高度政治化的"思想解放"为主，而1985年之后逐渐走向泛文化的文学热。② 这两个阶段也是通常意义所说的"渐变期"和"突变期"。1985年前后，当代文学的"转型"在走过"回收"阶段后，主动表现出与"十七年"文学的历史相剥离的倾向。告别"渐变期"，当代文学跨入高速行进轨道，进入前所未有的"突变期"。这种爆炸式"突变"如同张辛欣读张洁《方舟》后所评论的"撕碎，撕碎，撕碎了是拼接"③。其实，变得"尖刻"的并非仅张洁一人。正如王蒙说的，张洁"到《方舟》开始发生一种'恶声'，更多是一种激愤，甚至是粗野，表现出来的是对丑恶的一种愤怒"④。而张辛欣也"开始用恶声吐露对生活、人生的艰难的怨恨，这以《同一地平线上》为代表"⑤。根据王蒙观察，一方面，80年代中期，作家们似乎一瞬间变得"尖刻"起来了；但另一方面，这种充满暴力色彩的"撕碎"之后，"拼接"的是混乱与狂躁的80年代。然而，不论是"尖刻"，抑或是"撕碎"，更引人感兴趣的是如何"拼接"的问题。从本质来说，80年代文

---

① 黄发有:《文学季风——中国当代文学观察》,山东大学出版社2006年版,第101页。
② 董健、丁帆、王彬彬主编:《中国当代文学史新稿》,人民文学出版社2007年版,第361页。
③ 张辛欣:《撕碎,撕碎,撕碎了是拼接》,《中国作家》1986年第2期。
④ 王蒙、王干:《王蒙王干对话录》,漓江出版社1992年版,第151—152页。
⑤ 王蒙、王干:《王蒙王干对话录》,漓江出版社1992年版,第173页。

学的"惊雷"是在 1985 年后响起来的。一系列与文学发展密切相关的文化现象及论争①,刺激了 80 年代文艺领域的实验行为。随着文化格局激烈变动,各种文艺理论及作品的译介加入了这场大调整。"突变期"的文学作品明显带有西方现代主义影响的痕迹,这也是 80 年代文学凸显的"拼接"现象。

在理论界,尼采、叔本华、克尔凯郭尔、萨特、卡夫卡、伍尔夫、乔伊斯、福克纳、马尔克斯等作家的理论著述和代表作品得到广泛译介。在创作界,许多作家也争相开具书单,余华为"现代派"同行列出了"卡夫卡、乔伊斯、普鲁斯特、萨特、加缪、艾略特、尤奈斯库、罗伯-格里耶、西蒙、福克纳,等等"②。苏童也谈到,"以我个人的兴趣,我认为当今世界最好的文学是在美国"等。③ 其实,学术界对这一问题早有过考察。如"美国'垮掉派文学'对于'第三代诗歌'诗人的行为方式、生存状态与写作启迪,法国新小说观念与结构方式对于先锋小说的影响",寻根作家以拉美魔幻现实主义作品(《百年孤独》等)作为创作摹本等,这些都证实了"现代派"视野的 80 年代文学正在兴起的迹象。④ 尽管学界认为这种借鉴多是"形式模仿",但毕竟已经开始了艺术实验。从王蒙、宗璞、林斤澜、刘心武等中年作家的小说实验开始,到马原、残雪、洪峰、苏童、余华、格非等的先锋探索,刘索拉们的现实主义写作等,都显现了当时艺术实验表现出的自觉与成熟。尤其是 1987 年以后,作家们的探索向文化领域深化,在思想场域中以群体的力量,借用地域文化的掩体,显现出独立的文化觉醒。经历穷形尽相的形式演练后,文学焕发出对于物欲和世俗的亲和力。

80 年代是一个小说"行动"的年代,小说承担着"人的觉醒"的历史使命。它们既要努力摆脱当代史的巨大压力,又要积极汲取西方文学的营养,还要从"传统"和"五四"找寻思想资源。由此,文学的思维方式与叙述方式都发生了巨大变化。从文学审美层面看,西方现代文学与理论的译介促进了当代文学的叙事革新,沉重的现实主义主题,历史主义的求真冲动,以及新颖的叙事形式,逐渐形成了文学审美新变。由于缺乏更为稳固的文化根基,80 年代小说中人性焦虑、历史无常与生存困境等都未形成相对应的文学镜像。西方现代主义文学和存在主义哲学的本土感悟,共同结出了这样的果实,即被政治宣教束缚的叙事逐步获得了反思政治的能力,并在历史反思中附着了人性与生存等诸多内容,呈现出异彩纷呈的美学图景。无疑,这是作家实现了现实主义与历史主义文学的胜利。

在上述美学图景中,我们能见到作家们在暴力的激情与玄想中的一次次"撕碎",他们把这个时代内部的焦虑、怨恨和激愤等推向了某种极致。这也预示着作家们的小说创作在审美追求上自觉不自觉走向了"审丑"。80 年代初期,《鲁班的子孙》(王滋润)、《焦大轮子》(于

① 比如,"85 美术新潮""小剧场运动"、关于"人道主义"和"异化"问题的讨论、"方法论"热、"文学主体性"讨论、"重写文学史"的讨论等。
② 余华:《两个问题》,《我能否相信自己——余华随笔选》,人民日报出版社 1998 年版,第 178 页。
③ 苏童:《答自己问》,《寻找灯绳》,江苏文艺出版社 1995 年版,第 119 页。
④ 孟繁华、程光炜:《中国当代文学发展史》,中国人民大学出版社 2009 年版,第 163 页。

德才）、《人生》（路遥）等着重写商品经济发展导致贪欲和占有欲。此后，《爸爸爸》（韩少功）、《在屋顶上飞翔》（王彪）、《风景》（方方）、《一地鸡毛》（刘震云）、《狗日的粮食》（刘恒）、《烦恼人生》（池莉）、《目光越拉越长》（东西）等，都不约而同地从生物学视角观察人，试图在人的层面去还原人，尤其是人的原始生命情欲与动物性本能。而《挣不断的红丝线》（张弦）、《远村》（郑义）、《午餐半小时》（史铁生）、《娥眉》（刘绍棠）、《北京人》（张辛欣等）、《飞天》（刘克）、《古船》（张炜）、《隐形伴侣》（张抗抗）、《玫瑰门》（铁凝）、《临窗的街》（张洁）、《三生石》（宗璞）、《浮躁》（贾平凹）等，或批判严峻复杂的社会问题，或直面"弱势者"的精神与人格缺陷，或描绘震撼人心的社会现实和人之丑恶。特别是残雪所营构的"黄泥街"（包括《黄泥街》《山上的小屋》等），不仅呈现了隐藏在生机勃勃的自然中那来势汹涌的丑恶势力，而且还揭示了黄泥街居民正在无可救药的溃烂与恶变。所有这一切都显示了80年代的小说出现了引人注目的"审丑"现象。可以说，作家的集体倾诉与"撕碎"是一次总体而又集中的宣泄。在这种宣泄之中，"一个时代'自我毁灭'了，而它的残骸和余烬则留给了有些安静和保守的90年代了"①。

二

如果说80年代文学的整体特征是有着许多阶段性的中心话题，那么走向多元化则是90年代文学的总体态势。陈思和曾这样描绘："90年代文学是'无名'状态下的文学，它表现为各种文学思潮和另类写作现象多元共生，逐鹿文坛，谁也占据不了主导性的地位。"②也就是说，"无主潮、无定向、无共名"是90年代文学的主要表现。正是在这种多元价值取向的时代，文坛出现了众多令人眼花缭乱的现象，我们将这些现象的集体呈现看作世纪末的"狂欢"。如今，对于90年代文学状况有相当多的说法。比如，市场经济时代的文学、后新时期文学、全球经济一体化语境的文学、后现代语境下的文学写作、边缘化的文学、告别启蒙与告别革命的文学、文化消费主义的文学、个人化写作的文学，等等。其实，这些命名都未曾脱离这样一个基本事实，即90年代是一个众语喧哗的年代。

早在1998年，张志忠就对这种"喧哗"做过精辟又形象的概述：

> 人们的眼光开阔了，审美的视野也宽阔多了。以推动社会前进、动员民众觉悟为己任的文学宗旨，被多元化的时代要求所替代，人们仍然需要从文学中得到鼓舞和教化，但这种需要，不是唯一和排他的，人们需要娱乐，需要消闲，需要雅俗共赏也需要雅俗分流，需要满足也需要宣泄，需要歌颂也需要调侃，需要崇高也需要凡俗，需要榜样也需要好奇乃至窥视。于是，90年代文学，就形成众语喧哗的局面，玩世不恭、既嘲世也自嘲

---

①　尹昌龙：《1985：延伸与转折》，山东教育出版社1998年版，第218页。

②　陈思和：《试论90年代文学的无名特征及其当代性》，《复旦学报（社会科学版）》2001年第1期。

的《顽主》和严峻揭示当下的社会矛盾、政治弊病的《天网》，在暴露多妻制和同情妇女的不幸命运的同时满足人们窥视欲的《大红灯笼高高挂》和展现历史风云、领袖风采和亿万人民群众的浴血奋战的《大决战》，深厚凝重、文化气息极浓的余秋雨散文和机巧玲珑、撒娇发嗲的黄爱东西的"小女人散文"，带有浓烈的大西北黄土地特色和历史文化积淀的"陕军东征"和东南方吹来的、商业社会产物的"港台风"的电视连续剧、流行歌曲，以及以《北京人在纽约》和《曼哈顿的中国女人》为代表的旅外文学，都在当今的文化市场上争得一席之地。①

以上描述启发我们去探讨和发掘"喧哗"的90年代小说及其"审丑"的新变。从现象来看，市场经济的浪潮把文学裹挟其中，曾为改革开放而摇旗呐喊、甚至是冲锋陷阵的作家，面对市场经济的现实推进，却产生了惶惑与迷乱，出现了新的调整、选择与分化。活跃在90年代文坛的作家呈现出"四世同堂"的景观。30年代和40年代出生的王蒙、张洁、尤凤伟、陈忠实等逐渐走出充满磨难的岁月，有的开始关注与反思当下社会生活，有的坚守贯穿终生的哲学与信仰；50年代出生的贾平凹、张炜、莫言、阎连科、张抗抗、王安忆、铁凝、残雪、方方等在80年代重新找回自我后，尝试把青年人的激越与过来人的安静巧妙统融入创作；60年代出生的毕飞宇、苏童、格非、余华等既继承夹杂80年代迷惘与混乱的知识，又传承了理想主义的火种；70年代出生的邵丽、卫慧、棉棉、魏微等成长在激动、迷惘与选择的大环境，他们普遍都有一种沉郁思想，烙上了显著的时代与现实生活的印记。可以说，这些作家彼此相异的生活背景与价值选择，共同丰富了90年代文坛的种种冲突的文化内涵。

最具意味的要数王朔及其代表的青年市民文化。他以"痞子作家"形象驰骋于90年代文坛。《过把瘾就死》《看上去很美》等更是毫不留情撕下了崇高的面纱。然而，市民文化一方面饱受争议与批判，另一方面却在争议声中日益壮大。之所以会对王朔的离奇文化观与文学产生"过激反应"，主要是因为90年代文学并未从心理与思想上做好适应新文化复杂状况的准备。同时，王朔对知识界的大胆"冒犯"，也可看出当代激进文化所培育的"憎恨哲学"并非没有民间的土壤。不难发现，王朔对"传统价值体系"的"捣乱"，以及他在创作中对于诸多丑恶现象的表现，让更多人真切感受到了90年代"审丑"的芜杂、凶猛和多面性面孔。

在这样的境遇之下，90年代小说的"审丑"出现了聚焦人性丑恶甚至是将人性简化为性的走向。《北京人在纽约》《曾在天涯》《上海人在东京》《我们的留学生活》等"洋漂"故事，既满足了人们的猎奇心理，又真切描述了留学生的海外生活与人性景观；"陕军东征"在严肃文学与市场经济的接轨上做出有利有弊的尝试，尤其是陈忠实《白鹿原》与贾平凹《废都》挖掘的深层的文化传统与社会现实之丑恶，无不给人以震撼感；顾城杀妻和自杀，则昭示着文学与人生理想破灭后的绝望与残忍，进而引起人们重新审视理想。这又让人想到韩东、朱文等

---

① 张志忠：《1993：世纪末的喧哗》，山东教育出版社1998年版，第15页。

发起题为"断裂"的文学行为，以及开启"民间"与社会现实后所揭示了世间繁杂、丑恶的一面。进入视野的有莫言的《丰乳肥臀》《酒国》《红树林》，余华的《活着》《在细雨中呼喊》，韩少功的《马桥词典》等。女性文学的兴起，表明社会进步带来女性意识自觉的同时，又对时代新变中人们情感荒芜、心灵异化、美与爱的匮乏做出强烈抗争与深切呼唤。但也需要看到，私人化写作无疑是"世纪末的文学徽章与陷阱"①，《私人生活》《一个人的战争》《糖》等过于私密的女性经验、同性恋、身体自恋等，达到对于共同人性以及人类文化拒绝的极致；而先锋小说深入幽暗的无意识领域，调动可能的叙事挖掘人性残酷本质；新写实小说则彻底解构大写的"人"，在烦琐世俗生活中表现了人性的平庸面；晚生代作家把目光聚焦人性欲望本能，集中关注"性"，但又抽空了"性"的意义提升，多只被还原到本能层面，等等。这些创作倾向的交织状况或许可以这样描述，即90年代文学的文学旗帜由为人生而生存转写普通人生存状态、审美精神由追求崇高哗变为躲避或亵渎崇高、回视历史由写本质变焦为写本色、文学关注点由写人际关系和社会冲突转变为写人与自然关系、文学扫描由人与社会外部冲突转向探究人性弱点与心理、文学价值由神圣殿堂跌落到市场的尘埃等。②

从根本上来说，90年代的文学呈现出无边界、无序化、大众化与众生喧哗的状态。这其中又充满了崇高与世俗、精英与大众、主流与边缘、创作与"写作"等矛盾冲突。进言之，一是文学的生存语境变化了，大众文化权力形成了强劲的规约力，在一定程度上改变了文学观念与文学价值取向。二是文学意识形态继续弱化，而创作主体政治理性与工具理性消解的同时，经济理性却强势上升，商品化更加强化。三是文学为历史与社会代言的启蒙姿态开始向审美现代性转向，而文学个人化、个性化、私人化成为后现代性的重要表征，如今谈论后现代主义，在某种程度上成为精神优越感的表现，甚至"形成'争后恐先'的局面，以'后'为荣，或者唯'后'独尊"③。正是这些互相补充又互相冲突的新景观，以及建立文学价值观的新努力，构成了90年代文学的整体状况。

从不同角度呈现的现象，都在不断加深这种认知：90年代的小说"审丑"在走向多元中不断蜕变，但在不断蜕变中更加集中化，亦即在高举"人性"的大旗中出现窄化趋向。这种"窄化"的又一重要表现是涌现了具有谴责或揭露倾向写社会或人性之"恶"的小说续写潮流。如所谓的"官场小说"，作家群体包括王跃文、柳建伟、张平、陆天明、蒋子龙、莫言、李佩甫等，这些小说与19世纪末的晚晴谴责小说形成奇妙的照应，并形成了一种谴责与揭露官场内幕的景象。毕淑敏、关仁山、邓一光、刘醒龙、陈源斌、谈歌、何申等作家的创作形成了一股"现实主义冲击波"，他们无情鞭挞与审视社会生活中的假丑恶，并且"突破了个人日常生活的琐碎、得失、悲欢，而表现出对我们共同承担的社会现实的真切忧思"④。事实上，这种

① 王绯：《画在沙滩上的面孔——九十年代—世纪末文学的报告》，山西教育出版社1999年版，第179页。
② 张韧：《文学的潮汐——九十年代文学的六大模式》，中国文联出版社1994年版，第1—14页。
③ 张志忠：《九十年代的文学地图》，山西教育出版社1999年版，第69页。
④ 张新颖：《文坛涌动现实主义冲击波》，《文汇报》1996年8月2日。

官场或社会现实丑恶的书写并非孤军作战，上述的诸种创作倾向背后无不都隐含了各种丑恶现象交融的状态，不同形态的丑恶现象都以不同形式得到了某种程度的表现。这些恰是90年代小说的"审丑"的新变。

可以说，复杂多变的文化生态环境决定了90年代小说呈现出斑斓多姿的内容。在不断的自我颠覆中，文学仿佛获得了空前的自由，达到了前所未有的"自治"时代。然而，在未曾停歇的"狂欢"中，作家逐渐被"喧哗"吵得疲惫不堪，心态急速老化。甚至可以说，作家在反抗旷野的废墟之中却成了旷野的游魂，与他们创作中逐渐增多的丑恶描写，一起迎来了如期而至的新世纪。

三

在中国式的"后现代化的社会"，种种光怪陆离的社会现象以及人性的变异、人性的复杂，都是从未有过的。在持续不断的经济合法性面前，所有个性言说、欲望表达、文化想象等，都被整合到了"泛一体化"的文化逻辑中。这一系统可以容许偷情的风流韵事、语言迷宫式的玄想、小人物的恩怨情仇与悲欢离合、精致的乡土抒情、历史的另类消费、异域的传奇，等等。但是新世纪文学所呈现的是"故事化"，甚至是"段子化"的①。有学者对新世纪文学有这样的描述："我国近年大量文学作品，已堕入了用尽心机出风头的陷阱。有的虚构'痞子雷锋'，胁肩谄笑；有的大摆地摊，向洋人兜售假国粹；有的为'我大汉''我大唐''我大清'涂脂抹粉，与太监比奴性；有的故作'先锋''前卫'状，似艰深文浅陋；有的用'下半身'写作，贩卖无耻，所有下三滥的伎俩都使出来了。"②从特定意义来说，这种评价也道出部分作家丧失了思考能力与表达勇气，丧失了对现实生活敏感和对人性关怀，陷入与大多数人生存状态无关的"小圈子游戏"。我们并不对新世纪文学做整体的判断，而是着重观察小说"审丑"出现的新质。

2002年，莫言宣称他的写作从"为老百姓的写作"转向了"作为老百姓的写作"。他认为，"所谓的'民间写作'，就要求你丢掉你的知识分子立场，你要用老百姓的思维来思维"③。事实上，莫言早就在2001年出版的《檀香刑》"后记"中明确宣布，这部小说是他向民间的"一次有意识地大踏步撤退"。同样是2002年，苏童的《蛇为什么会飞》问世，他自称"这篇小说与以前的小说保持了一种隔断"，这种"隔断"，一是"对现实生活的打包集装箱式的处理"，二是"摆好直面现实的态度，并和现实平等对话"④。李锐也对知识分子加以批判与反省："他们常常无视卑微的生命。他们不能体会到所谓人道主义……这样一种认识不仅改变了我对'人'的立场，也改变了我的语言方式。……我使用口语叙述的方式，是对等级化了的书面语

---

① 房伟：《中国新世纪文学的反思与建构》，中国社会科学出版社2012年版，第25—26页。
② 黄兆晖、陈坚盈：《思想界炮轰文学界：当代中国文学脱离现实》，《南都周刊》2006年5月12日。
③ 莫言：《文学创作的民间资源：在苏州大学"小说家讲坛"上的讲演》，《当代作家评论》2002年第1期。
④ 周新民、苏童：《打开人性的皱折》，於可训主编《小说家档案》，郑州大学出版社2005年版，第198页。

的反抗。"①可以说,伴随这些宣言而来的,是作家们开始名正言顺地臣服于民间的旗帜之下,以低调贴近民间的姿态,将民间生活不加批判貌似客观地呈现在文本中。这显然是"审丑"膨胀与泛化的主要表现。

可以见到,这种"民间"资源已然成了一种新的话语霸权,撕裂"民间"之后,开启了"民间"的大门,释放出了各种民间积垢,各种丑恶现象喷涌而出。如林白从《万物花开》到《妇女闲聊录》的写作转型,莫言《四十一炮》所展示的原生态的民间世界观。这类小说还包括贾平凹《秦腔》、韩少功《日夜书》、余华《兄弟》、格非"江南三部曲"、毕飞宇"三玉"、莫言《蛙》、张炜《你在高原》、曹乃谦《想你到黑夜没办法》、红柯《生命树》等。有意思的是,这些小说以底层人物为叙事者展开文本中的民间生活世界,并且呈现出某种类似的混乱、琐碎的文本形态。通过叙事者身份转换,民间写作成功把叙事权力从知识者手中交付到无法对自我进行反思的民众之手。这一转变的意义在于,它代表了作家精英意识退场和民间话语霸权确立。但这种立场与主义的标签掩饰不了一个事实,即对民间语言资源肆无忌惮的开掘采用,对知识分子叙事立场的主动放弃,对精英批判意识与理想坚守的放弃,从而导致"民间审美"精神的变形与失落。叙事立场的退化,作家精英立场的退场,本身就是知识者对待"民间"的态度之一,但也恰是这种貌似客观的民间文本叙事,丧失了朝向民间的批判立场与理想构建。

除了已确立霸权的"民间"对于丑恶的挖掘,新世纪小说"审丑"泛化的又一表现是写底层的小说乐此不疲地裸裎社会与生活的灰色与丑恶。新世纪小说偏爱写底层人物及其生活状态,力求呈现原汁原味的真切生活与残酷现实。检视新世纪小说可以发现,王安忆《发廊情话》、贾平凹《高兴》、巴桥《阿瑶》、吴君《菊花香》、陈蔚文《葵花开》、邵丽《明惠的圣诞》、映川《不能掉头》、陈应松《无鼠之家》、罗伟章《我们的路》、林那北《唇红齿白》、葛水平《喊山》、王祥夫《颤栗》、杨少衡《林老板的枪》、阎连科《柳乡长》,等等,这些小说或挖掘与再现底层人物及其苦难生活,或揭露某种意识形态残留在当代人思想意识中的残渣,或表现都市的疲惫、凶狠、压抑,以及对人的异化,或原生态地展现人的金钱欲、控制欲等。② 而写实小说尤其是描绘官场和商场的小说,将"审丑"引向了写揭露官场和职场的"厚黑"。如张平《抉择》、阎真《沧浪之水》、王跃文《国画》《苍黄》、周梅森《天下财富》、柳建伟《突出重围》、肖仁福《仕途》、浮石《青瓷》等,反映当下知识分子对金钱与权力的强烈欲望,其中最核心的诉求是批判与忧思当下官员的人格分裂,善恶清浊交织的复杂情态。

描述"大学场"及其高校知识分子的小说却又乐于写知识分子的异化。像金岱《精神隧道》、葛红兵《沙床》、史生荣《所谓教授》、傅瑛《角力》、汤吉夫《大学纪事》、老悟《教授变形记》、裴文《高等学府》、朱志荣《大学教授》、路文彬《你好,教授》、黄书泉《大学囚徒》等,既描

---

① 李锐、谭嘉:《李锐访谈》,《今天》2002 年春季号。
② 陈进武、张光芒:《贞节观的泛化与畸变——新世纪小说的一种考察》,《湘潭大学学报(哲学社会科学版)》2014 年第 3 期。

写了大学这方舞台的明争暗斗与人情冷暖，又着重探寻了教授们的人性污点与心底晦暗。值得注意的是，作为新兴形态的网络文学在"审丑"路上向着形而下狂奔。1999年，安妮宝贝凭借《告别薇安》，制造了一场世纪末的颓靡绚丽。此后，网络文学强势发展，其样式不断丰富，囊括了奇幻、仙侠、恐怖、言情、历史、军事、都市等诸多种类。这批网络写手中，轻舞飞扬、安妮宝贝、莫容雪村、当年明月、月黑砖飞高等，已经形成了一股足以给传统文学新的可能的力量。在这种"'全民写作'逐渐变成现实"的情况下①，文学的门槛降低了，文学道路变得异常宽阔与多样，而文学也呈现出五花八门、光怪陆离、炫丑溢恶等各种现象。

从不同代际的作家来看，新生代作家与"80后"作家无疑格外引人注目。世纪之交，新生代作家制造了一次文坛的"断裂"事件。② 作家要寻求所谓的"自我保护"，必然需要以文学作品来作为最有力的武器。1999年3月，韩东主编了"断裂丛书"第一辑，收入了楚尘、吴晨骏、顾前、贺奕、海力洪、金海曙等人的作品；2000年10月，楚尘主编了第二辑，收入韩东《我的柏拉图》、鲁羊《在北京奔跑》、张旻《爱情与堕落》、朱文《人民到底需不需要桑拿》等。尽管这种"断裂"未能继续延续下去，但作为个性化代表，韩东、朱文等的创作，是新生代文学主张的有力实践，充分显现了这一群体独特的文学理念和精神。韩东的《扎根》等多以个人体验和想象取代集体意识形态，并以个人的自我倾诉与精神表现，表达了个人性的精神行为。但这种过度介入与表现个人生存状况，又陷入了"小世界"的泥淖，《我和你》《障碍》《交叉跑动》等撕裂了爱情的温情面纱，性开始无所顾忌地登场了。1995年，朱文以《我爱美元》颠覆传统伦理道德，呈现了两个欲望平等的男性。此后，《达马的语气》等中短篇小说把性作为日常生活的主要内容，把性作为人的本能赤裸裸地展示在光天化日之下。这种对身体、欲望的泛滥描写从某种程度上说是面对现实、呈现生活的一种方式，给我们打开了观察新世纪文学的另一扇门。"80后"作家的出场与新概念作文大赛的紧密关联，这一大赛为相当一部分"80后"作家提供了崭露头角的契机，并成为他们被迅速推向市场的跳台。2000年，韩寒的《三重门》树起了青春叛逆的旗帜。春树、郭敬明、李傻傻、蒋方舟、张悦然、胡坚、蒋峰、小饭、孙睿等一大批"80后"作家迅速崛起于新世纪文坛。他们的文学呈现出"明星化""高产化""时尚化"的特征，更重要的是，他们的文学创作观念繁芜庞杂，几乎完全颠覆了既有的文学价值。更有以郭敬明的《小时代》代表的，走进欲望化、平面化的媚俗写作，引爆了精神衰退、金钱崇拜的所谓现实本相。这些无不是在宣告，文学与"美"和"价值"无关，只为金钱负责的时代已经到来。

总的来说，相较于80年代小说的单纯审丑，90年代以来小说审丑已不仅仅只是审丑，而是出现了"泛审美""审恶"，甚至走向极端的"嗜丑"形态。正如杨早概括90年代以来的中国文学格局："'缩'指的是传统意义上的文学在整个社会生活中的位置日益边缘化，文学已

---

① 莫言：《莫言认为网络文学是好现象》，《文学教育》2009年第1期。

② 吴秀明主编：《当前文化现象与文学热点》，北京大学出版社2011年版，第14—41页。

经很难借助自身的力量或业内人士的运作引发社会的关注,创造合理的收益;'胀'则指的是文学因素借由大众传媒、出版、影视、广告等主流媒体的运作,外扩至社会生活的各个领域。"①这种"一'胀'一'缩'"的认知形象契合了90年代以来的小说"审丑"嬗变的表现形态。也就是说,所谓的"胀"是指在文化层面上(膨胀与泛化)从"审丑"转变为"泛审美",而"缩"则是指在人性层面上(集中与聚焦)从"审丑"集中转向"审恶",介于"胀""缩"之间的是在价值层面上(颠覆与解构)是从"审丑"走向了"嗜丑"。应该说,以上三个层面的新变化为更深入探寻80年代以来的小说"审丑"研究提供了参照视角,同时也能在一定程度上打开当代小说的研究视域。

---

① 杨早:《新世纪文学:困境与生机》,《学术研究》2007年第11期。

女性乌托邦的建构与坍圮

——论 20 世纪末女性书写的神秘化

杨有楠[*]

（聊城大学 文学院，聊城 252000）

内容摘要：披露女人于菲勒斯中心主义控制的世界里的宿命式悲剧，是徐小斌、林白、陈染、虹影、孟晖等 20 世纪末女性作家念兹在兹的书写主题。她们大都采用了相似的神秘化书写策略：先借其凸显女性从现实困境中突围的艰难，接着便试图为受难女性建构一个无有男性的迷幻乌托邦。然而，女性仍未因此获得抱慰，最终只能无望地流浪或自欺地"苟活"。其所折射出的，不只是女作家们探寻救赎之路而不得的无奈，对极端性别对抗本身的质疑，还有对女性群体内部情状的深刻省思。

关键词：女性书写；神秘化；乌托邦；宿命

如果说在 1950—1970 年代的文学书写中，人的个体生命感受基本消泯于人民伦理的大叙事，那么女人的生活经验、历史传统与精神感受等则更是不可见的、被淹没的，因为除了受国家话语、政治理性的规约和整肃外，女人往往还额外承受着男性话语的想象性改写，她们不但是"非人的"，更是"非女人的"。尽管自"五四"以来，妇女解放问题一直备受关注，但是就实质而言，它更多的是作为民族革命、民族解放的附属品或组成部分存在的。更重要的是，作为需要获得解放的主体，多数女性几乎没有自觉参与关乎个人生存命运之革命的意识，也没有言说自我诉求的话语权，而基本只是被动地接受着他者的建构与形塑。

及至 1980 年代，西方女权主义/女性主义理论登陆中国，受此影响，一些女性作家开始投入对女性自身命运、生存困境、内心诉求的观照之中，力图颠覆男性话语系统对于女人的单方面想象，通过再现女性的生存经验，尤其是内心体验，恢复女性被遮蔽的历史传统与真

* 作者简介：文学博士，聊城大学讲师。

基金项目：本文系教育部人文社会科学重点研究基地重大项目"社会启蒙与文学思潮的双向互动"（16JJD750019）中期成果。

相,进而重新确认女性自我。其中,徐小斌、虹影、孟晖、陈染、林白等都是如此,与此同时,她们还不约而同地采取了相似的神秘化的书写策略。西蒙·波伏娃曾指出,对女人而言,世界"充满了神秘和无常",她们往往对逻辑原理不予承认,她们的心理状态"因袭了过去土地崇拜的农业社会心理:她是相信魔术的……相信心电感应,相信星相术、催眠术、占卜……相信'信则灵';她的宗教信仰充满了原始的迷信",而女人本身也如麦克林特所说"像整个世界一样神秘"①。就是说,以神秘主义的思维方式感知、体悟世界和生命在某种程度上可谓是女人的性别本能之一。查阅相关的访谈、创作谈可以看到,上述女作家大都热衷于强调自己与神秘主义的天然亲近感,突出神秘主义与个人创作的关联②,而且其中几位还被冠以相近的"巫女"名号。然而,仅把神秘化书写策略的生成解释为一种女性作家的集体无意识显然是不够的。将神秘主义视为一种书写的唐·库比特认为,之所以"神秘主义作家中女性比例与其他文学作品的女性作家比例相比普遍较高",是因女性神秘主义者意在借此将男性话语建造的"衡量标准搁置一边并且推翻"③。如果说在女性主义者看来,现实世界已然是男性基于自身利益建造的坚固堡垒,它排斥女人,从内部对其进行解构已基本无望,那么更为有效的对抗性策略或许是以全然不同的秩序规则另造一个阵地,它建基于女性自身的历史传统与现实经验,因而可能与前者抗衡,甚或具有倾覆前者的力量。

一

披露女人于菲勒斯中心主义控制的世界里的宿命式悲剧是上述女作家念兹在兹的书写主题,这是她们发现的女性的普遍生存境况,也是她们试图颠覆男权世界,为女性另造他境的缘由。《带鞍的鹿——献给陈染》(虹影)中的"我"是一个险些被婚姻断送了的寡妇,返回故乡后,"我"被一个突兀的梦、一条带着金环的项链以及一封旧信引诱着踏上重访旧友羊穗的路。待"我"好不容易找到羊穗的家,却被告知距羊穗溺死在江里已半年有余,之前见到的不过是她的鬼魂罢了。为了查明羊穗的死因,"我"试着抽丝剥茧,最后却发现早在羊穗要走那幅"带鞍的鹿"的画时,她的命运就已经注定了。那一幅看似未完成实际上在几百年上千年前就被人完成的图谶预言了从杨玉环到羊穗,甚至包括"我"在内的女人的恒定命运——不管世界如何千变万化,女人都是被男人的鞍驯服的鹿,更逃脱不了像金环、玉环般破碎的最终结局。"我"猛然惊觉,是不是羊穗的丈夫杀死了她,她究竟为何而死或将成为永远厘不清的谜语,但是羊穗信里提及的"他"意味着每一个男人都充满嫌疑。那个披着警察身份的

① 西蒙·波伏娃:《第二性——女人》,南珊译,湖南文艺出版社 1986 年版,第 385、405 页。
② 例如,徐小斌说:"打我很小的时候,神秘和魔幻便浸透了我想象的空间……支撑我创作的正是我对于缪斯的迷恋和这种神秘的智性的晕眩。"(《遇难航程的缮宴》,《文学自由谈》1997 年第 1 期)陈染坦陈,"实际上我对神秘主义一直有一种兴趣",并指出神秘主义的心理倾向造就了自己的故事氛围(林舟、齐红:《女性个体经验的书写与超越——陈染访谈录》,《花城》1996 年第 2 期)。海男认为自己"是完全生活在神秘氛围中的人","是个宿命论者"(张钧、海男:《穿越死亡,把握生命——海男访谈录》,《花城》1998 年第 2 期)。
③ 唐·库比特:《后现代神秘主义》,王志成、郑斌译,中国人民大学出版社 2005 年版,第 56—57 页。

"他"何尝不是为了将另一个"她"推下江去而来到江边的？明乎此，"我"不禁无奈地怨念起羊穗："你是个魂儿，你为什么就不可以安心地做个魂儿？有魂不是很好么，为什么一定要弄清你怎么变成魂的呢？"①作者有意将故事营构得破碎、非连续，"我"的讲述时而发生在梦里，时而在回忆里，时而又在现实中，却都一样恍兮惚兮，暧昧而朦胧，其所要凸显的正是女人重复千次、万次、亿万次的神秘宿命。

在《双鱼星座》（徐小斌）中，卜零身边的男人，如丈夫韦、司机石以及老板，甚至前男友"一米八二"等，无一不亲身向她示范着男权世界的刚性秩序与生存法则。老板被卜零"异邦异族"的气质吸引，但又被她的乖张惹怒，遂而不但在工作上处处为难卜零，还将其作为挡箭牌牺牲掉。被排挤出社会体制的卜零企图以向家庭的回归确认自我，尽管她努力扮演一个好妻子，但是仍被已然物化的丈夫挑剔、嫌弃。继而，卜零想要逃离滞重沉闷的家庭，并试图在年轻的石那里释放一直被压抑着的爱欲与性欲，最终看到的却只有石的怯懦和背叛。可以看到，男性之间其实构成了一种合谋关系：如果不是石的要求，卜零不会再次落入老板的陷阱，而正是在男权话语的联合绞杀下，卜零只能被动地一路退守，不断龟缩，并最终滑入终极绝望。在故事开篇，作者就有意以神秘化的书写策略强调卜零的悲剧是注定的、无解的，因为按照星座学的说法，双鱼座的女人异常渴望爱情，她的一生只幻想着爱与被爱，甚至甘愿为虚无缥缈的爱去死，然而男权话语织成的巨网却轻而易举地过滤掉了所有关于爱欲的可能。与此同时，异域巫师的谶语、心灵感应、梦魇等神秘事象都不断预言着卜零，甚至女性群体的悲剧结局。

而在《迷幻花园》（徐小斌）中，女性于男性世界里的悲剧宿命得到了更为赤裸而酷烈的呈现。男人金的出现不但快速地切断了芬和怡之间的神秘默契和情谊，也近乎彻底地改变了两个女人的生命轨迹。多年以后，得到了金的芬在枯燥乏味的婚姻里磨掉了艺术的灵性，更迅速地衰老了，而失去了金的怡在消失多年后归来时变得更加青春貌美了，但藏于抽屉的手枪和模拟生殖器表明她仍受着男性话语的隐性支配与折磨。与虹影故事里的女人相比，怡和芬似乎拥有了主动选择的权力：她们先后踏入了不知是墓地还是花园的神秘之境，并获得了一次改写命运的机会。但吊诡的是，不管是温婉的芬，还是冷酷的怡，都死不悔改地选择了男人金喜欢的青春和美丽，即便是以生命为代价，她们还是坚定地将自我浸没于那一汪神奇的泉水里。尽管这样的选择与其说是为了争取爱情，不如说是为了方便报复，但是较之于两人悲剧的制造者金，芬和怡的报复显然更指向女性自身——最终，芬命不久矣，怡则沦为没有灵魂、身体可以随意拆开重装的机器人。由此，徐小斌的"慷慨"中暗含着的其实是更深度的冷冽与绝望，生命、灵魂与青春看似是可供自由选择的三个选项，但是每一个选项背后都是万劫不复的渊薮：想要爱情就要永葆青春，选择青春就要失去生命，想要留住生命就要牺牲掉灵魂。无论是哪一种的选择都会将女人导向同一个永恒悲剧，其原因在于男性话语所建立起来的标准与规则已积垢为女性的集体无意识，而女性的有意识"不仅被无意识以

---

① 虹影:《带鞍的鹿——献给陈染》,《人民文学》1993 年第 9 期。

各种各样的方式所影响着,而且实际上也被无意识以各种各样的方式所引导"①。就是说,搁浅于男权世界太久的女性已被异化,即便面对改写命运的机会,深层的被动性也决定了她们主动选择的必然失效。

二

女性的悲剧宿命根植于男权话语缔结的现实世界,这几乎可以说是徐小斌们所达成的普遍共识。这一现实世界不断地压制着女性的欲望,消耗着女性之所以为女性的性别经验,甚至蚕食着女性的生命。而更深层的悲剧在于,即便女性完全放弃自我,严格遵循男性世界的游戏规则,甚至根据男性想象重塑自身,也同样在劫难逃。在《双鱼星座》中,不同于卜零,石的情人莲子一直甘愿接受男性的把控与支配,她几乎就是卜零所说的那种可以轻易获得男人同情与理解的女人,然而她的痛苦、焦虑,甚至最终的结局同样显而易见。因此,如何将女性从永劫轮回的宿命中解救出来成为上述女作家们普遍关切的问题。然而她们又意识到,除非有一天,"女性之神真正降临,创世纪的神话被彻底推翻,女性或许会完成父权制选择的某种颠覆"②。由此,她们给出的路径也极为相似,即以神秘主义的书写策略筑造一个女性主宰男性,甚至完全"拒绝男性"的乌托邦。在《破开》(陈染)中,尽管"我"和朋友殒楠一再强调自己所追求的并非性别对抗,而是一种超越性别意识的真正平等,但时时流泻出来的对男权话语的控诉(比如男性所建构的现实准则对女性的挤压,男性文学对女性形象的简单化雕刻等),以及对女性重要性、独特性,甚至威胁性的有意强调,都显露出女性对男性及其所主导着的现实世界的敌意。由此,她们所要建立的"破开"协会其实就是以姐妹情谊(甚至同性爱情)为联结的女性的堡垒,它完全拒绝男性的参与,也拒斥一切镀上了雄性色彩的物(比如《人民日报》上的宏大叙事)。当作者安排"我"在梦中遇到从未谋面的殒楠的母亲,聆听她的教诲,并试图以一张旧照片和具象化的乳白色石珠凸显梦的实在性和可靠性时,陈染似乎意在以一种神谕的方式证明这一女性救赎之路的合法性,即将所有的女人召揽进神秘不可说的美丽新世界,共同对付被男性垄断的现实空间。

虽然孟晖曾明确表达了对"女权主义"的质疑③,但她的一些作品(如《有堂听雨》故事系列等)不但不乏对女性命运的关注,对女性私人经验的铺排,而且也同样表现出某种颠覆男权话语的写作欲念以及以拒绝男性实现救赎的路径。较之于描画现实,孟晖似乎更偏爱钩沉历史,且她的故事总是氤氲着古典诗意的氛围。与此同时,孟晖认为和自然界一样,"人含

① 卡尔·古斯塔夫·荣格:《人、艺术与文学中的精神》,美国权译,国际文化出版公司2011年版,第93页。
② 徐小斌:《出错的纸牌——关于我的中篇小说集〈迷幻花园〉》,《博览群书》1995年第9期。
③ 在《我的小说观》(《钟山》1994年第3期)中,孟晖质询道,"在迄今一切关于两性、性、爱情、家庭的伦理神话(谎言)中,女人究竟能占得几分利益",并认为在建立起崭新的"人"的神话(谎言)之前,"利用有关两性关系的既成话语来为女性的尊严东杀西伐"大概会落得滑稽的下场。她甚至开玩笑道,在听说女权主义文学批评兴起之后,便慌忙地改变了小说的构思路数,以免招致女权主义者的批评。

有复制与创造的二重性的一次次行为使得传统无限地自我循环生殖"①,进而她呈现了女人在不同历史阶段内无限循环的悲情命运。《蝶影》中的"她"原是个满腹才情的无忧少女,在嫁进迅速没落的大户人家后,不但要鬻诗鬻画以维持整个家族的生计,更被丈夫的羸弱、无能和现实的负累耗尽灵性,甚至生命。《春纱》中,面对"文革"期间无休止的、残酷的隔离审查,酷爱艺术,尤其喜欢画诸如"裸体画"等非革命题材作品的小陈,最终选择结束自己的生命。应该说,与徐小斌等其他女性作家相比,孟晖并不将女性悲剧命运的制造者明确地锁定为某些男性,她更愿意写出这一轮回悲剧背后的复杂性与丰富性。然而,颇有意思的是,孟晖为受难女性建造的神秘桃花源同样对男人紧闭门扉,男人不但无法涉足其中,而且还往往需要以远观的方式承受着桃花源内的美好、神秘与奇幻,继而表现出震撼、恐惧,甚至臣服的感受与姿态。例如,在《夏桃》中,少女在两个男人的尾随下,先变成渐渐消失的影子,后又变作夏日黄昏里闪耀的桃花,最后又化为未成熟的枣树,而男人只能惊讶感叹却始终无处寻觅少女的踪迹。到了《画屏》中,离魂状态下的男画师受一股神秘力量的引导远远地窥得了女性桃花源内的自由与美好,并受其启发画出绝世佳作。回魂之后,仿佛耗尽了元气的画师试图以欲望的弃绝获得心境的澄明与超脱,然而又轻易地被两辆仕女的油碧车引回至女性桃花源的外围,在深深的惊惑之中,画师流下莫名的热泪。相较而言,在《春纱》中,孟晖颠覆男权话语,拒绝男性,为现实世界所损害的女性的书写意图表现得更为突出而明确。如果说小陈的死是因为其对美的追求与呈现威胁了权力话语构建的现实秩序,那么"我"所窥见的那个神秘彼岸世界存在的意义恰恰在于,为无数个因此丧命的小陈提供了无拘无束地裸裎身体与欲求的自在空间。

表面上看,在不同的篇什中,孟晖数次将男人与女人分别搁置在"看"与"被看"的对立位置,女性神秘的美(包括肉体的美)仿佛还成了为男人带来视觉快感,满足其欲望需求的"景观"。然而,在这一过程中,发出"看"这一动作的男人实际上并不具备任何主体性,"被看"的女人的主体性也没有因此被消解。这一方面是说孟晖故事中的男性往往是被动地,被诱导着而不得不走到"看"的位置上的,另一方面指的是"被看"的女性不但感受不到来自男性的情感、欲望投射(即便是温柔的怜悯与理解的同情),也不被男性的"注视"(萨特语)所影响,反而还以带有震撼力的美反噬着男性的主体性。女性展现自己的身体并不像约翰·伯格所说的是"用来讨好男性的"②,而仅仅是出于实现自我欲求的主观目的,甚至还在无意之中"报复"了男性——即便只是精神上的。可以看到,孟晖笔下的女性往往具有非凡的艺术才能,这仿佛是她们"报复"男性的隐形武器,更是她们进入神秘桃花源获得救赎的凭据。《蝶影》中,那只从"她"的画中飞出变作具象,又化为"她"身上的蝶纹的蝴蝶明显就隐喻着艺术,当它彻底地融进"她"的身体与骨血,"她"终于不必再枯等着无能的丈夫,终于可以冲出残酷

① 孟晖:《我的小说观》,《钟山》1993年第3期。
② 约翰·伯格:《观看之道》,戴行钺译,广西师范大学出版社2007年版,第66页。

破败的现实世界,飞进"明和的阳光",获得救赎。

　　与孟晖等人相比,徐小斌、虹影等对男性的报复与拒绝似乎更显决绝。如果说前者还只是将男性圈禁在女性桃花源之外,那么在后者那里所搭建的神秘乌托邦中,"杀死男人"已经俯拾即是了。这在徐小斌的作品中表现得十分突出。在一场梦魇中,被男权话语挤压得近乎窒息的卜零终于拔出了"复仇之剑",凭借"一种通向绝境的智慧",她敲死了丈夫韦,毒死了老板,最后用一把水果刀扎向了石的心脏,也以此颠覆、击碎了上述男人所象征的男权话语,即金钱、权力与性欲。徐小斌并没有将卜零的报复处理为纯然的梦境,丈夫后脑勺儿上莫名其妙的疼痛,石突然的心口疼都表明这场复仇或已溢出幻象的边界。而卜零不为人知的可能身份——那个神秘山寨的族人,更暗示着复仇可能获得的实际功效。在故事结尾,当卜零向疑似故乡的神秘山寨出走,她也在某种程度上实现了对男权世界的背离。与之相比,《蜂后》(徐小斌)中的谋杀愈加鲜血淋漓。为了给被男人蹂躏、抛弃的养女丽冬报仇,那个妖一样的养蜂女人以不曾被发现过的蜂毒杀死了"我"的姐夫,然后又和整个蔷薇园一起霎时间消失得无影无踪,借此轻而易举地逃脱了男权话语和现实秩序的审判。在虹影那里,谋杀男人的欲念和行动同样屡见不鲜,甚或更为极端。《女子有行》中的"我"是一个在父亲、情人、同行等男权话语构筑的世界中遍体鳞伤的女人,为此她试图以文学白日梦的方式为自己,也为同样受难的女人构筑一个存在于未来时空中的女性乌托邦——康乃馨俱乐部。她赋予笔下的女人一种妖性的气质,并让她们跳脱出现实文化秩序的规约,以最原始直接、最能泄恨的方式向男人展开报复:她们无情地玩弄男人,切割男性的性器官,甚至将男人推入死亡之门。小说的神秘之处在于,在故事结尾,康乃馨俱乐部已漫溢出虚拟的书写而侵入现实世界,那些对男人的报复甚至部分地变作了具象化的现实。特别是当"我"命人对古恒(一个名字隐喻着男权文化历史永久性的男人)下手时,对男人的直接杀戮或已拉开序幕。

　　透过《女子有行》,我们可以在某种程度上感受到"我"、虹影,甚至包括徐小斌等在内的其他女作家曾经有过的自我分裂。一开始,"我"对暴力复仇手段是持反对意见的,"我"一再强调康乃馨俱乐部更应该站在启蒙主义的立场上,坚持渐进主义而非暴力革命。但是男权世界的残酷现实,男人的狡猾与邪魅最终将理想主义击落在地,"我"终于承认非暴力的缓慢与无力,而不得不认命地走向了暴力的一端。在想象古恒被切割的画面时,"我"只能自我劝解,告诉自己这是没有选择的选择。虹影们或许也分享了相似的挣扎与矛盾:一方面她们可能并不认同极端暴力的报复手段,另一方面她们又清醒地意识到这可能是受难女性从困境中突围的唯一路径。从这一角度来讲,神秘化的书写策略或许还可被视为一种折中的处理方式:将谋杀置放于神秘时空中,这既在一定程度上实现了颠覆男权世界的欲念,也隐晦地传达了作者的思想矛盾。此外,在上述女作家建构的神秘乌托邦里,女人往往被赋予巫术、妖术等神秘力量,她们不再像男人想象的那样如天使般可爱,反而还犹如女巫般让男人感到恐惧。李敬泽认为出于对女性的恐惧,男性作家热衷于在书写中将女性作为被爱的对象固定下来,以"取消女性的主体性"的方法让自己感到安心。① 据此说来,徐小斌们对巫女、妖女形象的塑造不但反抗了男性书写的霸权,也在某种程度上返还了女性的主体性,恢复了女性的另一部分的真实面貌。

三

然而,在借助"女性之神"赋予的神秘力量实现了对男性以及男权话语的革命后,她们要面对的还有"革命后一天"(丹尼尔·贝尔语)出现的问题,即没有了男性的世界果真可以成为女人永久居留的"应许之地"吗? 显然,上述女作家们不以为然,进而没有"慈悲"地让笔下的女巫们过上预想中的幸福生活。她们或继续着无边的流浪,比如卜零去了神秘的山寨,肖星星被流放到印度(《敦煌遗梦》),林多米被抽空的躯体骨瘦如柴地在北京的街头轻盈地游逛,寻找地狱的入口(《一个人的战争》)等;或沉浸在一种虚幻的快感和自欺的幸福里。应该说,《蓝毗尼城》(徐小斌)中那个地母般的神秘女人栖居的纯净乌托邦就在很大程度上指向虚无与自我欺骗,她的眼睛里掠过的一丝怆然和声嘶力竭的否认表明她了然自己的虚伪:她自称的干净始终赖以污秽的喂养,而她也不曾真正地将自己与其竭力反抗、厌恶的男权世界剥离开来。表面上看,她以性感之姿、神秘之态,以及过人的智慧轻而易举地征服了男权世界——蓝毗尼城,那些凶狠、残暴的男人甚至甘愿在她面前俯首称臣。然而,当"我"为救被男人凌辱的女人而犯了蓝毗尼城的规矩,神秘女人不但没有将审判之剑指向"臣服"于她的男人,反而还依照男人的要求惩罚了"我"。其原因在于虽然女人清楚地明白男权世界的堕落、污秽与野蛮,但蓝毗尼城是她得以于纯净而自由的乌托邦里存活下来的物质保证。她像希腊神话中的两头蛇一样穿梭在蓝毗尼城和乌托邦之间的流浪,与其说是一种智性的自由,不如说是不得不如此的妥协。在笔者看来,这样的处理折射出的或许是一种清醒的认识,出于愤怒,作家们彻底地驱赶、解构了男性,但是他们也明白极端的性别对抗不但是不可能的,而且也不能为受难女性带来真正理想的生活。《红蜻蜓》(虹影)中的"她"声称"讨厌任何男人",在"她"眼里,世界上的男人都粗俗不堪,都散发着令人恶心的汗酸臭。为此,"她"试图将自我囚禁在幽闭的空间里,就像那只被压在玻璃板下的红蜻蜓标本,借此屏蔽男性的任何侵扰。然而,大腿上的指爪印、带紫的青块,被剥落的衣服,地板上的土屑、污痕等都意味着彻底拒绝男性或许只能是一种自欺,一种虚妄。作为女人,"她"渴望性,需要性,但拒绝男性的姿态使"她"只能在梦游状态下,在一种精神病似的幻觉中获得欲望的满足。"她"想象性的抚慰来自一只神秘之手,而非某个具象的男人,继而在这一非现实性的暧昧时空里,"她"既拒绝了男性的出场,也缓解了性的焦虑。然而,当另一个女人突然闯入,现实显露出其鲜血淋漓的面目,自感受到侮辱的"她"不受控制地将菜刀砍向了使乌托邦化作泡影的女人,而非其"深恶痛绝"的男人。

---

① 李敬泽:《〈羽蛇〉笔记》,《当代作家评论》1999 年第 1 期。

更重要的是,《红蜻蜓》中,"她"的无意识选择,或曰下意识行动折射出的不只是极端性别对抗所造成的女性的再度异化,还有女性乌托邦所面临的另一种危机。作为一个理想的共同体,这个桃花源无疑在很大程度上建基于女性群体的内部情谊,换言之,女性之间的理解、同情、关心、姐妹情,甚至同性爱是这个共同体得以凝结和永固的黏合剂与保障。但除孟晖以外(需要指出的是,孟晖的此类书写极少借助女性的第一人称视角,反而还时常从男性第一人称视角出发,这在着力表现了女性桃花源给男性造成的精神恐惧的同时,也在某种程度上遮蔽了女性心理以及女性之间的真实情状),徐小斌、虹影们笔下的女巫之间显然是隔膜的,有嫌隙的,是不能完全沟通的,甚至是彼此对抗,互相伤害的。在《带鞍的鹿》中,尽管"我"为羊穗的遭际愤愤不平,也意欲向伤害她的男权世界展开报复,但是每当回想起自己失败的婚姻,"我"总是忍不住责难羊穗,并将自己多年的不幸归咎于羊穗的突然消失。《蓝毗尼城》中,面对被男人欺辱的女性胞友,神秘女人却选择无视、沉默,甚至妥协。《迷幻花园》中,在联手将金变作废人后,芬和怡不但没有彼此谅宥,拥抱着对方舔舐伤口,反而依然互相攻讦、嘲讽。《女子有行》中,每个"妖女"都各怀鬼胎,彼此妒忌,"我"甚至以占有同性的方式获得战胜世界的快感……如果说,这多少还是长久浸淫于男权世界的女巫们的后遗症,那么在《羽蛇》这部"绝对的女性历史"[1]中,徐小斌则披露了女性世界内部的宿命式分裂。《羽蛇》中的历史不再是菲勒斯中心主义作用的结果,相反,它更是在女权主义的操控下书写而成的,男性基本是以懦弱、矮化、脆弱的面目出现的。某种程度上来说,《羽蛇》更像是徐小斌尝试为女性乌托邦奠定历史地基的产物。然而,男权的彻底退场并没有带来预期的和谐与幸福,相反女性之间,尤其是女性亲人之间充满了对立与仇视,压制与反抗,背叛与争斗。由此,奠定历史地基的过程反而引出了解构女性乌托邦的力量。基于上述两个方面的原因,徐小斌、虹影们并没有让受难的女巫们在神秘乌托邦里安定下来,因为她们清楚地知道它真的就只是乌有之乡。

　　在《破开》的结尾,窃听了神谕的黛二刚刚下定决心和女友殒楠一起对付这个男权世界,就看到了失败的宿命:那串从天国穿越到现实的石珠猝不及防地滚落一地,而在此之前,黛二就被告知,它的光辉象征着女性联盟产生的力量。由此,永久受难,是女性神秘的,永远无解的宿命,因为早在人类诞生之初,上帝就"把天门向女人永远关上了"[2]。

---

　①　陈晓明:《绝对的女性历史——评徐小斌的〈羽蛇〉》,《南方文坛》1999 年第 3 期。
　②　徐小斌:《双鱼星座》,《大家》1995 年第 2 期。

论 1964—1978 年主流文学话语的现代性症结

武善增*

（南京晓庄学院 新闻传播学院，南京 211171）

内容提要：1964—1978 年主流文学话语的现代性症结，表现在如下三个方面："宏大叙事"的诉求，带来的是"活人献祭"与"道德嗜血"惨剧的发生；"新型主体"建构本来求得的是"人性新生"，结果却是全面的"人性陷落"；"合理性"之"价值理性"的膨胀，对文学精神构成了扭曲与窒息。这三个方面之间存在着紧密的联系，人性价值视域的缺席，是这几种现代性症结共同的精神特征。

关键词：1964—1978 年；主流文学；话语；现代性症结

- -

　　1964 年夏天在北京举行的全国京剧现代戏汇演，涌现出了诸如《红灯记》《芦荡火种》《智取威虎山》《奇袭白虎团》《红色娘子军》《杜鹃山》等一批作品，后来被评价为"文艺革命"获得成功的代表性成果。这些作品的叙事形态、抒情形态、精神取向、价值立场直接影响和主导了 1964 年夏天以后直至 1978 年文学创作的话语流向。但是，通过理性审视，我们发现，1964—1978 年主流文学话语作为一种现代性文化现象，存在着鲜明的现代性精神症结。

一、"宏大叙事"中的"活人献祭"与"道德嗜血"

　　利奥塔认为现代性包括三个方面：个人主体、民族国家、宏大叙事。所谓宏大叙事（grand narratives）或元叙事（metanarrative），利奥塔进行的界定是："元叙事或大叙事，确切地说是指具有合法化功能的叙事。"[①]这里的"大叙事"是"宏大叙事"的另一种译法。利奥塔认为，西方存在着两种最重要的宏大叙事，它们分别是法国的启蒙叙事和德国的思辨叙事。

　　* 武善增，文学博士，南京晓庄学院新闻传播学院教授。

　　基金项目：本文为国家社科基金一般项目"'文革'主流文学话语研究"（12BZW093）研究成果。

　　① 让-弗·利奥塔：《后现代性与公共游戏：利奥塔访谈、书信录》，谈瀛洲译，上海人民出版社 1997 年版，第 169 页。

他说:"我们可以很简单地指出,马克思主义在以上两种叙事合法化的模式中,左右摇摆。"所以,马克思主义是利奥塔意义上的一种宏大叙事。[1]

另外,利奥塔从1792年之后欧洲现代历史里,对叙事合法性的源头进行反思,认定这一"合法性的源头"是"民族"这一理念。"民族国家"的诉求是一种宏大叙事,所以,"民族国家"就成了现代性的重要表征。

就1949年后的中国而言,"民族国家"与"共产主义"分别作为"宏大叙事"之一种,二者难舍难分地纠缠在一起。相比较而言,"共产主义"的"宏大叙事"是一种显在的话语,"民族国家"的"宏大叙事"则更多的是隐含于"共产主义"的"宏大叙事"之中的。启蒙运动以来的现代性诉求,包括卢梭的道德理想主义,马克思的共产主义,在对宗教的天国幻梦进行"祛魅"的同时,仍摆脱不了宗教的千禧年妄念对自身的影响。在伯林看来,马克思的共产主义,"这个以人性新生的单纯信仰为基础的乌托邦之梦,是民粹主义,葛德文与巴枯宁、马克思与列宁诸人都共同怀抱的幻见","至于这乌托邦大梦之根,则深源于人类的宗教想象"[2]。在宗教活动中,人通过与神圣的抽象观念相联系,如与"上帝""天国"相联系,才获得一种生命的意义,这种生命意义的重要的体现,即"神圣感"。在共产主义的信仰诉求中,人也只有与神圣的抽象观念相联系,如与"共产主义""社会主义""无产阶级""历史必然性""历史规律""革命""解放""进步"等相联系,或与这些神圣的抽象观念的象征物相联系,生命的意义才能找到归宿,人的"神圣感"才会产生。

赫尔岑认为,当人的活动不仅与这些神圣的抽象观念相联系,而且为这些神圣的抽象观念而牺牲自己的自由的时候,就成了一种"活人献祭":"自由何以为贵?因为它本身就是目的,因为自由就是自由。将自由牺牲于他物,就是活人献祭。"[3]"个人之屈从社会——屈从人民——屈从人类——屈从观念,是活人献祭(human sacrifice)的延续。""社会真实单元所在的个人经常被作为牺牲而献祭于某个概括观念、某个集合名词、某块旗帜。牺牲之目的……何在……则未尝有谁闻问。"[4]

在1964—1978年主流文学话语中,"活人献祭"的方式有两种。一种是"无产阶级"努力成长为"无产阶级英雄人物"的主动献祭,另一种是被"无产阶级英雄人物"强迫进行的被动的献祭。不管是主动还是被动,献祭的对象都是神圣的抽象观念。我们先看小说中对主动的"活人献祭"的描写:

> 深夜,季奋回家,仰望窗外的北斗,谛听江畔大钟的钟声,思考着今天的事情,不禁浮想联翩。他翻开了那本红色塑料封面的簿子,挥笔写下了一首诗:

---

① 让-弗·利奥塔:《后现代状况——关于知识的报告》,岛子译,湖南美术出版社1996年版,第117页。
② 以赛亚·伯林:《俄国思想家》,彭淮栋译,译林出版社2001年版,第260页。
③ 以赛亚·伯林:《俄国思想家》,彭淮栋译,译林出版社2001年版,第237页。
④ 以赛亚·伯林:《俄国思想家》,彭淮栋译,译林出版社2001年版,第108页。

红卫兵,望北斗,

一盏红灯挂心头。

不怕路艰险,

不怕风雨骤,

党的基本路线指航向,

身带火焰去战斗!①

在这里,"北斗""红灯"都是神圣的抽象观念的象征物。"季奋"挥笔写下的诗歌"红卫兵,望北斗,/一盏红灯挂心头",说明"仰望""北斗"之后,神圣的抽象观念已经占据了他的内心世界,从而给他以巨大的精神力量,从此他可以"不怕路艰险,/不怕风雨骤","身带火焰去战斗",这是一种典型的主动的"活人献祭"的方式。

除了主动的"活人献祭"的方式,1964—1978年主流文学话语中更多的是被动的"活人献祭"方式。例如,在小说《创业》中,当周春杉被要求为"大干社会主义"而终生献身于大草原上的劳作时,他准备提交一个自己写好的请求调离的申请书:"退职申请书。自从到草原,白天黑夜干。艰苦没有头,奋斗无期限。想去当社员,户口交给咱。要是真不给,不给也吃饭。周春杉。"②显然,周春杉所经历的"自从到草原,白天黑夜干。艰苦没有头,奋斗无期限",其实就是被迫的为"大干社会主义"这一神圣的抽象观念进行"活人献祭"。

无论是主动的"活人献祭",还是被动的"活人献祭",都在"共产主义"与"民族国家"的宏大叙事中,被以圣洁化的色彩予以粉饰和歌颂,这成为1964—1978年主流文学话语现代性精神症结的重要标志之一。

1964—1978年主流文学话语的宏大叙事不仅制造了神圣的抽象事物让活人献祭于其上,而且它对历史的道德化修辞,对现实人物关系的道德裁夺,所呈现出的道德嗜血现象,也已经到了触目惊心的程度。"擒来王光美,/小将勇如神。/清华群情激愤,/今把妖婆镇。/纵将千刀万剐,/难解新仇旧恨,/亿万人齐愤。"这种现代性的道德嗜血现象,依然脱胎于前现代社会对罪与罚的道德判定。基督教所禀有的柏拉图主义使得欧洲灵魂极度紧张,像一把弓被绷紧了两千年,以便射杀一个最遥远的大目标——恶。马克思之现代性思想体系的政治实践,其道德未来主义的诉求,依然是摆脱不掉这种基督教所禀有的柏拉图主义影响的。马克思之现代性思想体系对历史的道义化诉求,其"正义"与"邪恶"的道德紧张就转化在了1964—1978年主流文学话语的神谕化修辞里。叙事主体代表着"历史必然性"的"善"和"正义",对历史进程中的人物进行着道德的宣判。在小说《闪闪的红星》审批与枪毙胡汉三的场景中,这种道德化的"罪与罚"的历史判定,表达的是"正义"战胜"邪恶"的道德裁夺:

---

① 《钟声》创作组,俞天白、王锦园执笔:《钟声》,上海人民出版社1976年版,第96—97页。

② 张天民:《创业》,中国青年出版社1977年版,第552页。

啊，妈妈，你也来听吧！今天，我在人民的天地里，在共产党和毛主席的阳光下，在你牺牲的树前，大声地控诉。你看见了吗？那大场上是翻飞的红旗，那此伏彼起的是胜利的歌声……

公审大会整整开了一上午，最后判处胡汉三死刑，就地执行枪决。

"砰！砰！"两声，胡汉三像一只死狗一样躺下了。……①

在"翻飞的红旗""胜利的歌声"中，"胡汉三像一只死狗一样躺下了"是一场"正义"战胜"邪恶"的盛大庆典。这种道德嗜血的叙述，表达的是叙述主体的道德快感和神圣感，这种叙述在1964—1978年主流文学话语中司空见惯。一旦将历史道德化，将国家和阶级道德化，生活实践中的道德灾变甚至道德嗜血就不可避免。而且，宏大叙事的乌托邦远景为嗜血的道德快感和神圣感，提供了强大的心理支撑。这就是为什么实施道德嗜血行为的人，却对自身的行为丝毫不感到残忍与悔愧的原因。对这样的"新解放者"，赫尔岑怀着深深的恐惧："昔日的宗教裁判者驱使成群天真纯洁的西班牙人、荷兰人、比利时人、法国人、意大利人烧死异教徒，事后，'带着一颗安详的良心，平平静静回家，鼻孔里还留着烤人肉的味道，觉得自己尽了义务'，然后就寝——睡一场天真纯洁的人圆满工作了一天的那种好觉。今天的新解放者很可能就像这些宗教裁判者。"

总之，无论是"活人献祭"还是"道德嗜血"，这些宏大叙事上演的人性惨剧，昭示出1964—1978年主流文学话语存在着严重的现代性的精神症结。

二、"新型主体"建构中的"人性陷落"

1964—1978年主流文学话语的核心规范是："要努力塑造工农兵的英雄人物，这是社会主义的根本任务。"②"工农兵的英雄人物"或"无产阶级人物"，其对立面是"资产阶级人物"，即西方概念中所称的"人"。卡林内斯库说："在马克思主义中，'人'常常被说成本质上是一个资产阶级概念，是资产阶级反对封建主义革命斗争的意识形态遗产。在这些斗争中，人被用作反对上帝概念的武器，整个的封建价值观念体系就建立在上帝概念的基础上。"③

康德以后，"主体"一直是"人"这个概念的基础，主体是客体世界的中心，而"人"则是历史的中心。"主体"构成了现代性最为核心的内容。福柯认为，在西方形而上学的传统中，思想始终把一个超然的中心地位留给一个超然的概念：逻各斯、上帝、理性、存在等。在福柯看来，"主体"不过是在这长长的系列上又添了一个而已。按照福柯的考察，"人"的概念和人文科学的出现是19世纪现代思想的产物，是现代性的一种思想幻觉。福柯说："我相信不存在

---

① 李心田：《闪闪的红星》，人民文学出版社1972年版，第169页。
② 《林彪同志委托江青同志召开的部队文艺工作座谈会纪要》，《人民日报》1967年5月29日。
③ 马泰·卡林内斯库：《现代性的五副面孔》，顾爱彬、李瑞华译，商务印书馆2002年版，第136页。

独立自主、无处不在的普遍形式的主体。我对那样一种主体持怀疑甚至敌对的态度。正相反，我认为主体是在被奴役和支配中建立起来的。"[①]

福柯认为马克思主义属于现代思想之列，它既没有意图去打乱 19 世纪的"知识排列"，更没有能力去改变它，"那怕只是悄悄的改变"[②]。在 1964—1978 年主流文学话语中，根据马克思主义理念构想出来的"高大完美的无产阶级英雄形象"，依然属于福柯所揭露的西方现代思想中虚妄的"主体"观念，不过我们这里可以称作"新型主体"，以区别于福柯所说的"人"即马克思所说的"资产阶级"这个"旧型主体"。

1964—1978 年主流文学话语中"新型主体"的建构有两种途径，第一个途径是"无产阶级"经过"脱胎换骨"的自我改造成为"无产阶级英雄"，第二个途径是对沾染了资产阶级思想的"人"进行改造救赎，让其"脱胎换骨"而成为"无产阶级英雄"。下面是"新型主体"经过"脱胎换骨"改造前后人性状况的巨大反差：

> 李歧停下来，转身一看，是吕敏。
>
> 看上去，她有四十多岁了，脸颊却依然红润而又有光彩，眼睛很亮，但却使人感到十分温和而亲切。眼角已经刻上皱纹了，这是她辛勤工作的标记。她的头发留得很短，拢在耳朵后面，如果仔细一看，也已经夹杂着根根白丝了。她左手拿着一本书，右手托着一个粉笔盒，浆洗得十分整洁的衣服上，落着一层薄薄的粉笔末儿，看样子，她是刚上完课，从教室里走出来的。[③]

这是吕敏成为"新型主体"前的形象。这是一位文质彬彬、富有爱心的典型的教师形象。经过"脱胎换骨"的改造终于成为"新型主体"的吕敏，形象也发生了很大的改观：

> 她，一身农村妇女的打扮，那种神态和气质也都像是从庄稼地里走出来的。她穿着一套打着补丁褪了色的蓝布制服，上面清晰地溅着几点黄泥点子，裤腿和袖口都高高地绾着，露出黑红的脚踝和胳膊。她的脸色不再那样白净，而变得黑里透红，眼眸里闪烁的不再是脉脉温情的笑意，而是激愤的火，炽热的光。[④]
>
> 声音是这样响，这样激愤，这样粗犷，使人很难想象，是从那个文质彬彬、温情脉脉的吕老师嘴里喊出来的，而像从一个农村妇女干部的胸口里崩出来的！[⑤]

①　福柯：《一种存在的美学》，《权力的眼睛》，严锋译，上海人民出版社 1997 年版，第 19 页。
②　福柯：《词与物》，莫伟民译，上海三联书店 2001 年版，第 341 页。
③　王润滋：《使命》，山东人民出版社 1976 年版，第 53—54 页。
④　王润滋：《使命》，山东人民出版社 1976 年版，第 589 页。
⑤　王润滋：《使命》，山东人民出版社 1976 年版，第 590 页。

脸色由"白净"变得"黑里透红","浆洗得十分整洁的衣服"变成了"打着补丁褪了色的蓝布制服,上面清晰的溅着几点黄泥点子","文质彬彬"的教师形象变成了"粗犷"的农村妇女干部形象,这些还都是人物表象的变化;眼眸里的"脉脉温情的笑意"变成了"激愤的火,炽热的光",这才是"脱胎换骨"后人物精神本质的变化。"脉脉温情的笑意"代表的是人性固有的悲悯和善良,而"激愤的火、炽热的光"代表的是阶级仇恨的冲动,预示着人性之恶的暴力倾向。

当新型主体建构起来之时,不仅人性固有的悲悯和善良被驱逐,而且亲情、爱情这些人性基本诉求,也被彻底挞伐和否定:

> 排山倒海的口号声刚停,励云云目光闪闪,脸色坚毅地站了起来。谁都知道,她就是励瑞甫的亲生女儿。她将在这个时刻,这个场合讲些什么呢? 全场立时变得沉静了,人们都屏声静气地听她讲话。
>
> 励云云的声音不太响,但却句句有分量:
>
> "……出身不能选择,但前途可以自己争取。我是社会主义新中国的青少年,绝不做资产阶级的孝子贤孙! 励瑞甫与社会主义为敌,与无产阶级为敌,反动本性顽固不化,我坚决要求公安机关严厉法办! ……"[1]

励云云作为批斗对象励瑞甫的亲女儿,经过挽救工作和思想改造,她的亲情被神圣的抽象思想观念所驱逐,当她愤怒地站起来揭发和批判自己的父亲的时候,她此时的身份事实上已经不是励瑞甫的亲女儿,而是"无产阶级英雄人物"的"新型主体"。"脸色坚毅"说明她立场的坚定,宣布父亲"反动本性顽固不化"是她对父亲"阶级本性"认识的深刻,坚决要求"严厉法办"是她与父亲划清阶级界限的决绝。神圣的抽象思想观念或曰"神性"不仅战胜了亲情中包含的人性,而且驱逐了人性取而代之。因此励云云的精神世界不再是温情脉脉的"人性世界",而是被神圣的抽象观念占据了的"神性世界"。

新型主体建构起来之时,不仅亲情被碾碎,爱情也会被放逐摈弃。在《金光大道》中,经过"脱胎换骨"改造的"新型主体"高大泉,为了互助组而在外几个月辛苦奔波,终于在一个月光如水的夜晚回到家中。当媳妇用"两只刚摆脱困倦的眼睛,深情地望着这个好不容易才盼回来的男人",高大泉的反应却是"咧嘴笑笑","这就算打了招呼"[2]。但当媳妇表明要把坐月子的鸡蛋卖掉用于互助组买大车的时候,这位丈夫却是如此的激动:"高大泉,这个刚强的汉子,听到这句话,胸膛里猛地翻起一个热浪头。他扔下小瓢子,两只大手使劲儿攥住媳妇的手;他两眼激动地看着媳妇因为他的举动而显出羞涩的脸孔,嘴唇颤抖着,好久好久,才说

---

① 《钟声》创作组,俞天白、王锦园执笔:《钟声》,上海人民出版社 1976 年版,第 532—533 页。
② 浩然:《金光大道》(第 1 部),华龄出版社 1995 年版,第 264 页。

出话来:'你说得对,做得对,我代表互助组的人感谢你……'"①高大泉的"激动"绝非男女爱情的喷涌,而是带领"互助组"干"社会主义"所带来的乌托邦冲动。这种乌托邦冲动与吕瑞芬的情感羞涩的错位,成为文本无法缝补的话语裂隙,这个话语裂隙昭示的是"人性世界"与"神性世界"的错位与冲突。

"神性世界"统治下的"新型主体",不仅其生命自身的人性诉求诸如爱情、亲情、友情、世俗的感性欲望等已经被彻底放逐,而且生命自我的驾驭也拱手交给了"神性世界"的主宰者。潘冬子的妈妈被通知入党后说:"党叫我做什么,我就做什么。"②党员高大泉为救"互助组"的大车身负重伤时说:"顶多就是一条腿,就算它折了,锯掉它,我照样能跟你们一块儿在社会主义大道上奔哪!""浑身这一百多斤交给党了。"③"神性世界"的暴虐宰制使"新型主体"在失去人性之自我的状态下,获得了一种道德形而上的精神霸权,他们"真理"在握,居高临下,甘愿成为"神性世界"主宰者的施暴工具,即赫尔岑所说的"上帝之鞭"。赫尔岑说:"人要有天真的信仰、无知的单纯、野蛮的狂热,以及一种纯粹未经沾染、幼稚的思想质地,才会甘心自认命运的盲目工具——上帝之鞭、上帝的刽子手。"④"新型主体"建构成功之日,也就是"上帝之鞭、上帝的刽子手"产生之时。这时候在"新型主体"的精神世界里,爱情、亲情、友情、感性的生命欲望等人性固有的世俗需求已被彻底放逐,"神性世界"已经完全取代了"人性世界"。

三、"价值理性"的膨胀对文学精神的扭曲与窒息

以合理性扩张为中心对现代社会进行分析和建构,是现代社会理论的主导范式,韦伯是这一路线的奠基人物。韦伯将合理性和非理性作为社会行动的两大类型。其中,合理性行动又分工具(目的)合理性和价值合理性两类。西方资本主义的发展是工具理性压倒价值理性的过程,它造成的"理性化的非理性存在"正是现代文明的症结之所在。面对这种"理性化的非理性存在"的文明疾患,卢梭以超人的道德敏感在同时代人的前面预先发出了人类异化的警告。卢梭以道德理想主义之价值理性,去解构工具理性的极端发展带来的现代文明疾患,结果是他送走了暴君工具理性,迎来的却是独裁者价值理性。卢梭的道德理想主义之价值理性深刻影响了他的人民民主思想的道德化取向,而他的这种有鲜明道德化取向的人民民主思想,又深刻影响了马克思的人民民主思想的形成。在1964—1978年主流文学话语中,马克思主义政治理论所秉有的建立于"历史必然性"之历史理性基础之上的价值理性,与建立"社会主义"之"民族国家"的满含阶级仇恨、道德优越感的价值理性,纠缠在一起,急剧膨胀,使文学固有的人学精神走向了扭曲和窒息。

---

① 浩然:《金光大道》(第1部),华龄出版社1995年版,第231页。
② 李心田:《闪闪的红星》,人民文学出版社1972年版,第23页。
③ 浩然:《金光大道》(第2部),华龄出版社1995年版,第291页。
④ 以赛亚·伯林:《俄国思想家》,彭淮栋译,译林出版社2001年版,第124页。

首先，1964—1978年主流文学话语中的价值理性，在压倒工具理性走向自我膨胀的时候，其"奇理斯玛"的"返魅"现象，造成了人物性格塑造的单一化和类型化，从而使人物形象严重丧失了现实生活的真实性。没有独特而丰富的性格呈现，以"人学"为基本精神的文学也就丧失了最基本的赖以存在的条件。在1964—1978年主流文学话语中，"无产阶级英雄人物"的形象塑造都有极大的相似之处："他年近五十，长条子脸，胡子很稀，岁月在他额前、眼角刻上了深深的皱纹，在他鬓角涂上了一层白霜、一对炯炯有神的眼睛，却放射出与年龄不相称的光芒。"①"县委书记赵泉，肩上背着挎包，手里提着一把开冻块用的钢镐，精神抖擞，风尘仆仆，黑红脸上镶着一双明亮大眼，不像五十开外的人，倒像南征北战的年轻战士。……"②显然，这些"无产阶级英雄人物"，都是"奇理斯玛"型人物。他们能力超人，警觉性强，"革命群众"依靠他如星捧月，"阶级敌人"见之则胆战心惊。这样的人物除了受"神性世界"的主宰，私人生活、私人感情、世俗的人性要求等全部缺失。这些"奇理斯玛"型人物从外貌特征，到性格特征，再到内心世界，其惊人的相似之处，都是1964—1978年主流文学话语中的价值理性走向膨胀扭曲和窒息了文学精神的结果。

第二，在1964—1978年主流文学话语中，"价值理性"膨胀所彰显的道德立场，泯灭了文学应有的人性立场的表达。红卫兵诗歌《放开我，妈妈》最后一句诗表达了诗的主题："为争取'文化大革命'的彻底胜利，/儿誓作千秋雄鬼不还家！"显然，"价值理性"膨胀所彰显的道德立场和道德视角，是对这种"誓作千秋雄鬼"的牺牲精神予以充分肯定的。但如果抛开这种道德立场和道德视角，在人性视角下，这句诗又分明表达的只是飞蛾扑火般主动的"活人献祭"而已。"放开我，妈妈！/别为孩子担惊受怕。"③那双被强行挣脱的迟迟不肯放开的妈妈的手，代表的是母亲割舍不下的亲情，代表的是母亲伟大善良的人性。违背母亲的意愿，母亲的这种亲情，被"誓作千秋雄鬼"的儿子强行剥夺，这种劫持亲情为神圣的抽象观念——"'文化大革命'的彻底胜利"献祭的方式，是1964—1978年主流文学话语中司空见惯的被动的"活人献祭"。在人性视角下，这种主动的"活人献祭"和被动的"活人献祭"，都是令人悲悯和痛心的。但在"价值理性"膨胀所彰显的道德立场和道德视角的观照下，这种主动的"活人献祭"和被动的"活人献祭"，却又都是高尚圣洁的。在这里，人性视角下的生命价值、亲情价值都被泯灭和遮蔽了。

可见，1964—1978年主流文学话语道德立场对人性立场的泯灭，是文学精神被扭曲和窒息的又一个重要表现。

第三，1964—1978年主流文学话语中"价值理性"膨胀所显现出来的阶级视角，阻断和摈弃了文学应有的世俗关怀与终极关怀的精神表达。

---

① 《钟声》创作组，俞天白、王锦园执笔，上海人民出版社1976年版，第72页。
② 单学鹏：《渤海渔歌》，人民文学出版社1975年版，第23页。
③ 武汉 吴强：《放开我，妈妈》，首都大专院校红代会《红卫兵文艺》编辑部编：《写在火红的战旗上——红卫兵诗选》，人民教育印刷厂1968年版，第96—98页。

1964—1978 年主流文学话语中"价值理性"膨胀所显现出来的阶级视角,其视野所及只能是历史主义的乌托邦图景:"无产阶级"通过"阶级斗争",战胜了"资产阶级",最终奔向了"共产主义"的"自由王国"。这里的历史主义,是波普尔意义上的一个概念。"波普尔把历史主义严格地限定为历史决定论。也就是说,历史主义一词指的是这样一种观点:历史的行程遵循着客观的必然规律,因而人们就可以据之以预言未来。"①1964—1978 年主流文学话语中的"价值理性",就表达出了这样一种历史理性:

> 昆仑路在喧哗着,像不知疲倦的奔腾的长河。马路当中的路灯,一盏又一盏,像雪白的银团,蜿蜒伸展,融成一道闪光的银蛇,把曲曲弯弯的道路勾划得清清楚楚。五洲饭店顶端,"毛主席万岁!"的霓虹灯标语,同北斗一起,放射着灿烂的红色光霭……
>
> 此刻,我们的季奋,这只学飞的雏鹰,那单纯而又热情的头脑,是否完全理解眼前这景象所展示的深刻含义呢?
>
> 还是请生活来回答吧。②

"像不知疲倦的奔腾的长河"一样的"曲曲弯弯"的"昆仑路",象征的是正在前进的历史,"霓虹灯标语"与"北斗",象征的则是"神性世界"的感召和导引。历史是曲折的,但又是按照历史规律前行的,历史的尽头就是"无产阶级"的"尘世天国"。虽然这种历史主义图景展现出了"世俗天堂"的乌托邦远景,却与文学意义上的终极关怀毫无瓜葛。文学的视角必须是人性的视角。文学通过人性视角,对个体生命在生存状态下人性完善与升华向度进行关注、探索与叩问。这样一种关注、探索与叩问,作为一种人性关怀,是文学精神的最重要构成。人性关怀分为世俗生命关怀和终极精神关怀两个层面。生命的物质感性欲望的满足是世俗生命关怀的重要内容,对物质层面人性欲望的精神超越则构成了终极精神关怀的重要内容。"艺术表现的人性不是抽象的,而是现实具体的,是通过现实生活映现出来的人性,是通过对现实生活的'反思'来表现人性的。"③读者通过文学描写中的人性关怀,而体验到了现实生存中自身人性的不完善状态,而在超验的审美中体验到了人性完善的迷醉和满足,文学的人性关怀的精神意义,也就得到了实现。

但是,1964—1978 年主流文学话语历史理性的阶级视角,却对个体生命生存状况及其人性表现是盲视和遮蔽的。例如,在上面例举的红卫兵诗歌《放开我,妈妈》中,"妈妈"如何含泪抓住"我"不让离开,"妈妈"如何哭诉养育"我"的艰难心酸,"妈妈"如何表达"我"对她生命的重要,这些人性话语,都不会在诗歌中出现。如果出现,这些人性话语就会对阶级视角

---

① 波普尔:《历史主义贫困论》,何林、赵平等译,中国社会科学出版社 1998 年版,第 143 页。
② 《钟声》创作组,俞天白、王锦园执笔:《钟声》,上海人民出版社 1976 年版,第 65 页。
③ 李启军、宁光庆:《艺术的终极关怀:人是否人性地活着?》,《桂林市教育学院学报》1997 年第 2 期。

下的"神性话语"构成挑战、威胁和解构。所以,整首诗是在摈弃、否定人性话语的前提下展开"神性话语"的抒情的。在历史理性的阶级视角之下,个体生命生存中的任何人性需求和诉求,都是"资产阶级"的"阶级性"的东西,都应该进行挞伐、否定、清除。在这样的阶级视角下所瞩望的"尘世天国"的彼岸世界,并不是建立在个体生命生存体验基础上的对人性自由和完满境界的向往,所以并不构成文学意义上的对人性的终极精神关怀。

与此相反,在这种"人间天堂"的引领和召唤下,主动的"活人献祭",被动的"活人献祭",强烈的"道德仇恨",残暴的"道德嗜血",这一幕幕人性惨剧,却在轮番上演。正如波普尔说:"唯美主义和激进主义必然引导我们放弃理性,而代之以对政治奇迹的孤注一掷的希望。这种非理性的态度源于迷恋建立一个美好世界的梦想,我把这种态度称为浪漫主义。它也许在过去或在未来之中寻找它的天堂般的城邦,它也许竭力鼓吹'回归自然'或'迈向一个充满爱和美的世界';但它总是诉诸我们的情感而不是理性。即使怀抱着建立人间天堂的最美好的愿望,但它只是成功地制造了人间地狱——人以其自身的力量为自己的同胞们准备的地狱。"①

结　语

由以上论析可以看出,1964—1978 年主流文学话语中三个方面的现代性症结,存在着紧密的内在联系。价值理性中的道德理想主义和历史主义取向,与宏大叙事中的道德理想主义和历史主义内涵是一致的。价值理性的膨胀,造就了"新型主体"建构的虚妄,同时也给宏大叙事的高扬,贯注进强大的精神动力。所以,宏大叙事中的"活人献祭"与"道德嗜血",以及"新型主体"建构中的"人性陷落",其实也是"价值理性"膨胀的结果;宏大叙事的张扬与"新型主体"的建构,也必然会对文学精神构成扭曲和窒息。这三个方面的内容不是孤立的存在,它们互为依托,彼此联系,共同构成了 1964—1978 年主流文学话语的现代性症结。其中,不难发现,人性价值视域的缺席,是 1964—1978 年主流文学话语中这三种现代性症结共同的特征。

---

① 波普尔:《开放社会及其敌人》(第 1 卷),中国社会科学出版社 1999 年版,陆衡等译,第 314—315 页。

论何建明纪实文学的叙事特征及其缺陷

王成军　　刘　畅*

（江苏师范大学 文学院，徐州 221116）

内容摘要：文体研究是中国纪实文学理论研究走向体系与纵深的必要突破口。时代性、纪实性、叙述性共同限定着纪实文学作为一种文学文体的本质属性。中西方叙事学理论的发展，为叙事文本的研究提供了足够丰富的理论模式。何建明作为一个观察时代的作家，其作品叙事特征鲜明，国家叙事是其纪实文学的主要叙事特征，运用"国家""共和国""中国"等大词作为其作品的题目用词，印证了何建明对国家叙事的有意为之，体现出他对国计民生的关注。然而，高产创作的同时，何建明作品的局限性也暴露出来，其中媚俗性、重复性、商业化等叙事缺陷应引起警醒与批判。

关键词：何建明；国家叙事；知识分子；局限性

- -

何建明是新时期重要的纪实文学作家。他从事纪实文学创作四十余年，出版了四十多部纪实文学作品，在当代纪实文学作家群体中，是具有一定创作活力和社会影响力的作家。作品获得"鲁迅文学奖""徐迟报告文学奖""中宣部五个一工程奖""全国优秀报告文学奖"等多个奖项，这是对他坚守纪实文学阵地的肯定，同时也说明他的作品具有一定的文学价值和社会影响力，但是，高强度的创作也使得作品不可避免地存在一系列的局限。

一、宏大的国家叙事类型

何建明的纪实文学作品关注社会现实，继承了现实主义的社会历史视域的再现精神，并将其作为作品叙事的策略。作品围绕叙事层面的构建，形成了叙事类型，体现出作家对社会现实叙事的把握，是对固有审美规范的一种突破。何建明作品的核心是讲述中华民族的故事，宏大叙事是其作品叙事类型的核心，实质上是国家叙事。何建明作为纪实文学的作者，是时代的记录者，他创作的作品始终与时代政治相联系，反映国家历史主潮。何建明用国家

＊ 作者简介：王成军，文学博士，江苏师范大学文学院教授；刘畅，江苏师范大学文学院硕士研究生。

叙事这一宏大的叙事类型,表现重大题材和具有时代性的历史题材。国家叙事作为何建明纪实文学作品主要的叙事类型,篇幅众多,涉及的叙事主题丰富。

所谓国家叙事,就是站在时代全局的高度,从现实社会和过往历史的存在中,选取有关国是大端、具有重大社会影响和价值的题材进行叙事。① 显然,国家叙事是对大题材所做的具有大气象、大主题的一种宏大叙事。何建明的纪实文学的文体与国家叙事之间有着本然的关联。国家叙事是一种拒绝私有化、具有鲜明的社会特质的写作方式。何建明作品的国家叙事标志是十分醒目的,从他的主要作品看,其选题和题旨无不关涉国是大端。社会问题的纪实、国家工程和重大事件的叙写、时代主题的演绎、城市写作以及历史纪实等写作主题,都具有某种重大性。运用"国家""共和国""中国"等大词作为其作品的题目用词,印证了何建明对国家叙事的有意为之,体现出他对国计民生的关注。

《国家日记》讲述了 1980 年代中期非法采矿的社会现实,凸显这一问题的严峻性。改革开放带来了社会的飞速发展,同时也产生了一系列严重的问题,国家矿产资源的非法开采就是其中的一个方面。这部关注社会问题的纪实文学锋芒直指物化时代私欲膨胀的现象,用充满焦虑、紧迫感的题目,详尽地揭露了矿山管理失控、矿难频繁发生的严峻现象。作为纪实文学作家的何建明,对社会问题的观察感受是敏锐的,以社会问题为国家叙事为主题的作品带有鲜明的批判性,旨在促使读者乃至社会大众关注、了解社会问题,从而产生顾全大局的意识,以期根治这类社会问题。《生命第一——5·12 大地震现场纪实》讲述了汶川大地震这一重大自然灾害事件,是以自然灾害事件为主题的国家叙事。文本描述了许多地震现场的惨烈画面,蕴含着浓浓的悲痛情绪。何建明关于汶川大地震的纪实文学作品的问世,让大众真正地感受到地震这种自然灾害对人和国家真实的创伤和破坏。何建明在大量的走访调查基础上完成这部作品,让社会大众完整、深入地了解到地震破坏力的恐怖,赞扬了为地震救援和后续建设付出鲜血和生命的可敬的人们。"惨叫""孤独""告别"标志着这部重大事件的国家叙事纪实作品的悲壮,何建明怀着悲痛的心情陈述地震种种结局,提醒世人铭记遇难者和英雄们,当然,也有着警告世人关注自然灾害和预防自然灾害的写作初衷。

在何建明的作品中,有以城市和区域发展为主题的国家叙事作品,如《我的天堂》《国色重庆》《旋风:中国明星城市发展史》等纪实文学作品,也有以历史纪实题材为主题的国家叙事作品,如《忠诚与背叛》《台州农民革命风暴》《奠基者》等纪实文学作品。何建明创作的这些以国家叙事为主的纪实作品,以弘扬时代主旋律为主旨的,但仍然带有严肃的批判意味。弘扬时代主题并不意味着是歌颂的,这是大众对于弘扬时代主题作品认知的一种误区。作为具有社会责任感的作家何建明,在作品中没有隐藏中国社会历史转变关键时期的诸多严峻的社会现状,也没有否定为社会历史铺设前进道路的一代人的努力付出,在指出现实问题引人思考的同时,也为社会大众树立了学习的典范。

---

① 丁晓原:《中国报告文学三十年观察》,作家出版社 2011 年版,第 157、158 页。

鲁迅文学作品创作的主要目的,旨在启蒙和改造国民性,其作品体现的现实功利性和宏大叙事的自觉性,是十分典型的。这种直接功利性的文学理念,有助于国家制度的变革、国民性格的改造、历史的进步,其效能是非常积极的。茅盾和路翎等作家继承了鲁迅这一文学理念,创作了许多典型的宏大叙事的文学作品。可以看到,何建明纪实文学作品的国家叙事也是沿袭了鲁迅等人的文学创作理念,国家叙事的叙事类型占据着作品的主导地位,这是显而易见的。何建明对社会热点、社会历史重大事件、典型人物的选择,显示了他对社会现实敏锐的把握,是值得肯定的。但是,纪实文学作品也要关注非典型事件、非典型人物的范畴,或者是可能演变为热点的社会现实。在这一现实把握上,其纪实文学作品《落泪是金》和《中国高考报告》引起了社会对教育事业的关注,成为社会持续关注的热点,产生了巨大的社会影响。

以宏大的国家叙事为主的叙事类型,是何建明纪实文学作品重要的叙事标志,是何建明纪实文学叙事类型鲜明的特色。何建明精雕细刻地描述人物,设置个性化的叙述语言,丰富了其纪实文学作品的叙事。国家叙事的熟练运用,实际上是作家对社会现实叙事的把握,也是对固有审美规范的一种突破。文学创作是对主体心灵的抒写,也必将随着时代文学艺术的更新而变化和发展。何建明纪实文学作品的叙事类型在对社会现实、国家发展、时代更迭的把握上是颇有建树的,但是,值得反思的是,叙事类型需要突破固有的叙事模式,在作品的创作中力求新的类型、新的技巧、新的内涵,才能成就新的超越,顺应文学艺术前进的方向。

二、知识分子叙事功能的构建

对于纪实文学的基本特征,不同时代的研究者都有着不同的表述。赵遐秋认为纪实文学的特征是"新闻性""文学性""边缘文体"[①];张春宁则认为纪实文学的"三原色"是"新闻性""文学性""论说性"[②];李炳银关注的是"真实性""现实性""文学性"[③]三个方面;王晖将纪实文学的文体规范归纳为"非虚构性、文化批判性与跨文体性等三个方面"[④];龚举善则将纪实文学的文体特征表述为"非虚构性、批判性和参与性"[⑤]。这些研究者的表述反映了不同时期纪实文学的特性,然而,不管哪种理论更符合时代的观点,纪实文学的社会性与创作的主体性是必然存在的。社会性是纪实文学的标志,而创作的主体性就是作者意志的体现。"社会性"与"主体性"是纪实文学文体的特征,这与"知识分子"的概念有着必然的联系。从这个意义上来讲,纪实文学体现的是一种知识分子的写作,一种知识分子的叙事,一种政治的意识形态叙事。

① 赵遐秋:《中国现代报告文学史》,中国人民大学出版社1987年版,第15页。
② 张春宁:《中国报告文学史稿》,群言出版社1993年版,第8页。
③ 李炳银:《中国报告文学的世纪景观》,长江文艺出版社2003年版,第60页。
④ 王晖:《百年报告文学文体流变与批评态势》,吉林人民出版社2003年版,第14页。
⑤ 龚举善:《转型期报告文学论纲》,人民文学出版社2008年版,第12页。

钱穆曾对"知识分子"这一概念这样叙说:"中国知识分子,并非自古迄今,一成不变。但有一共同特点,厥为其始终以人文精神为指导核心。因此一面不陷入宗教,一面也并不向自然科学深入。其知识对象集中在现实人生政治、社会、教育、文艺诸方面。"①萨义德对知识分子进行了这样的解释:"知识分子是具有能力'向(to)'公众以及'为(for)'公众来代表、展现、表明讯息、观点、态度、哲学或意见的个人。"②从上述这两个观点以及东西方学者对于"知识分子"的概括可以得知,知识分子除了要具备相应的专业知识素养,还要对社会具有责任感,能够超越个体的利益去追求自由、正义、真理,对于不符合社会价值标准的事物进行分析和批判。这也正是何建明纪实文学政治叙事功能的体现。

从事纪实文学创作的何建明是具备专业知识的作家,其作品对社会的书写表现了他自身所具有的社会责任感和精神品格。显性的叙述者用知识分子叙事来展示作者在叙事功能方面的追求,能更清晰地展现何建明纪实文学作品的叙事功能和文体的社会职能。《知识分子论》《知识分子都到哪里去了》《最后的知识分子》《知识分子》等理论著作,对知识分子的社会职能、存在的方式、精神品质等都做了揭示。概括而言,这些知识分子论有两个方面的内容:一是存在的公共性,换句话说,指知识分子是社会公众的代表,是面向社会的,他们身上具备强烈的社会责任感;另一方面是主体的独立性,指知识分子所具有的独立的人格、理性的反思以及对社会问题的批判。公众性和主体独立性,实际上分别对应了纪实文学文体叙事的社会性和社会批判的叙事功能。因此,何建明的作品暗合了知识分子叙事的基本特征,并表现在主体身份的公共性、题材选择的社会性、主体姿态的独立性、纪实文体的非虚构这些方面。

主体身份的公共性,表现在何建明的纪实文学作品中,就是对于社会大众或者群体诉求的叙事。《恐惧无爱》反映残疾人群体的需求;《落泪是金》《中国高考报告》等作品,是对于贫困学子这一群体的关注;《国家行动》表现了三峡移民群体的诉求;《天歌》则展示了航天人的风采。当然,还有许多作品,如《根本利益》《为了弱者的尊严》表现中国三农问题的迫切;《共和国告急》反映资源的破坏等社会现实。这些作品的叙事,都不是作者何建明个人身份的需求,而是社会公众和群体的诉求。何建明用翔实的采访调查,通过叙事文本,传达公众的声音。这种对现实的叙事创作,践行了何建明对于主体身份公共性的认同,扩大了作品的影响力和辐射范围。

题材选择的社会性,是纪实文学作品所必需的特性。三农题材、社会问题题材、社会重大事件题材、区域发展题材等,都是取材于社会现实,因此,何建明的作品叙事就必然带有题材选择的社会性特征。题材选择的社会性,强调作品应该具有社会效应,展现了知识分子叙事的一种现代意识,即作家面对现实生活的积极性和判断社会生活的现代观念。题材选择

---

① 许纪霖:《20世纪中国知识分子史论》,新星出版社2005年版,第76页。
② 爱德华·W.萨义德:《知识分子论》,单德兴译,三联书店2002年版,第16、17页。

的社会性,暗合了何建明纪实文学叙事的时效性和信息性以及对于社会影响的要素。《爆炸现场》《生命第一——5·12大地震现场纪实》《三牛风波》《那山,那水》等纪实文学作品,反映了叙事的时效性;《南京大屠杀全纪实》《国家行动》《天歌》《奠基者》等纪实文学作品,反映了叙事的信息性;《落泪是金》《中国高考报告》等作品,反映了何建明纪实文学叙事的社会性的预设。这些数量众多的作品,反映了何建明纪实文学作为一种知识分子叙事对于社会的积极的响应,表现了知识分子言说的"公共性"以及关切社会现实的政治叙事功能。

主体姿态的独立性,是知识分子叙事最能展现叙事功能的品性,也是政治叙事核心功能的表现。知识分子在社会思潮中扮演着重要的角色,"即使对那些与他们无直接利益关系的社会运动、事件,也总是不乏一些知识分子毫不掩饰地表露出他们的义愤填膺和不满"①。知识分子的身份,令何建明所展现的叙事姿态,既不是调解者,也不是建立共识者。作为一个具有独立意识的知识分子,他致力于批评意识的展现,而不妥协于简单的处理,或者迎合讨好权势者。作为具有社会责任感和历史使命感的作家,何建明全身心投入文体的叙事,亲身调查、采访、搜集事件信息,而不是拿来别人已有的对于事件、人物、问题的看法,并通过自身独立的思考与叙事上的安排将作品建构成文,最终通过报纸或者图书等媒体进入公众视野。在这一过程中,作品叙事主体带有完全的独立性和主体意识,这种独立性和意识,是建立在被社会和时代所承认的端正基础之上的,而非以自我为中心。当然,其成书的过程仍然带有知识分子的精神品质对社会现象、社会问题、时代的顽疾等的批判意识。

《共和国告急》展现真实的资源危机,批判资源的不合理开发和破坏的现象;《忠诚与背叛》再现了"红岩"的历史场景,赞扬了烈士的优良品质,尖锐地批判特务丧失人性;《根本利益》展示了农民被忽视的社会现实,有力地批判了无视民生的政府人员。这些作品,都是带着主体姿态的独立性去完成的,展现了富于主体性的批判意识,这是纪实文学发展的进程中一以贯之的。就政治的叙事功能而言,何建明作品展现了知识分子的独立姿态和批判意识,在面对事件、问题乃至权力时,都能正视社会现实,展现了书写真实的文化血脉。

纪实文学的非虚构,体现了政治的叙事功能对于真理的追求。这种真理不仅是纪实文学文体对于真实客观的坚守,还有对于法制道德的尊重。"真理"与"知识分子"有着天然的联系,知识分子把真理看作人生的终极追求,无论是科学上的真理还是社会性的真理。基希把真理视为"艺术最上乘的原料"②,印证了真理之于纪实文学的重要性,也就是非虚构对于纪实文学叙事的重要作用。从某种意义上讲,纪实文学的叙事是作家对追求真理的一种叙述。知识分子通过在现实世界中构建真理,去寻找科学的或者社会的普遍价值与意义,而纪实文学则通过非虚构的叙述,去揭示社会现实深层次的内涵,从而对人、人性、人生产生引领作用。

---

① 郑也夫:《知识分子研究》,中国青年出版社 2004 年版,第 71 页。
② 张德明编:《中外作家论报告文学》,云南人民出版社 1985 年版,第 276 页。

不管是社会批判与中立歌颂,还是日常生活叙事与国家叙事,纪实文学作品都应秉承非虚构的准则,用知识分子的精神品质去对待作品的叙事,在展示真实客观的世界的基础上,体现纪实文学在政治叙事功能上的法制和道德伦理追求。在何建明的纪实文学作品中,我们看到了《拉贝先生》中的人道主义精神,《天歌》对科技的重视,《忠诚与背叛》对党性的拷问,《共和国告急》对生态危机的警示。何建明的作品直面社会现实且又提升叙事价值的表现,也证实了知识分子作者对政治的叙事功能构建的努力。

　　通过文体与知识分子角色之间的关联性,我们看到了作为叙述者的何建明在创作中于叙事功能方面对主体的公共性、独立性以及文体非虚构的掌控,我们还可以看到,无论是作为客观的叙述者,还是主观干预的叙述者,何建明都保持了直面现实社会和不惧权威的准则,体现出其对于纪实文学文体的尊重。纪实文学自身具有强大而持续的叙事功能,单纯的叙事不是主要目的,表达对人和社会的关注才是其真正的功能和价值。

　　对何建明纪实文学叙事类型的分析,是从内部对文本叙事的研究。作为一种指向社会和关注社会价值的文体来说,知识分子身份叙事功能的构建体现了文体外部的价值与意义,体现了作品在后文本阶段的影响、效用等复杂的因素,揭示何建明纪实文学在文学层面、文体层面、社会层面的功能,对何建明纪实文学的叙事功能的探讨,可以弥补文本研究之外的缺失,较为全面地展现何建明纪实文学在叙事作品上的成就与努力。

三、作品的局限性

　　纪实文学的处境,在当代文学是被忽略和边缘化的,从作品出版的数量到相关研究的论文、专著、学者的数量,以及获奖情况就能发现,这种现象已经存在了较长的时间。不可否认,在纪实文学的萌芽和繁荣的阶段,其势头是不可阻挡。进入 21 世纪以来,受到小说和新媒体等发展的冲击,纪实文学的处境每况愈下。首先,这是纪实文学的本身特征所决定的,作为一种注重新闻性的文体,新闻媒体的繁荣必然会冲击纪实文学的地位。其次,读者的阅读视野随着时代变迁而发生了变化,使得纪实文学的关注度降低。还有,纪实文学创作质量参差不齐,有的作品过于意识形态化、有的作品不严谨、有的作品过于媚俗等原因,也严重影响了纪实文学在当下的发展。作为高产的纪实文学作家,何建明近年来所取得的成就是有目共睹的。高产一方面表现了何建明在纪实文学创作上的付出和努力,但是从另一方面来说,高产又导致其作品的质量难以得到保证,因此在其作品中出现了诸多的局限性。

　　第一,作品未能免俗。纪实文学作为一种严肃的文学,是杜绝媚俗的文学形式。但是在何建明的创作中,却出现了稍嫌媚俗的作品。比如《北京美女》这部作品,何建明展现女性的风采,再现了不同阶层、不同地域、不同文化背景的女性的成长、生活的故事,这种对于女性的书写和关注是值得肯定的。但除此之外,在这部作品中,作者还运用了较多的篇幅描写北京城里女性的风流韵事,作品中堆积了大量艳丽柔媚的文字叙述,营造了一种光怪陆离的幻象。这使得作品透露出了虚无浮华的价值立场,显得过于媚俗化,作品的思想境界也大打折扣。这种作品的创作,迎合了世俗猎奇的心理,却与纪实文学的严肃性和社会责任感背道而驰。

其次,作品的重复问题。在众多何建明作品中,我们发现有一些作品存在交叉重叠的问题。《男人魅力》与《一个中国男人的财富诗章》是基本重复的,《天道酬民》与《我们可以称他为伟人》《永远的红树林》《北京保卫战》重复,《旋风:中国明星城市发展史》与《你也能过好日子:中国百姓致富调查》的重复,以及《拉贝先生》在《南京大屠杀全纪实》中也有重复等现象。出现这种现象的原因,一是作品为再版或者是增订版,二是作品的从属关系,另外一个就是过分追求出版数量。纵观这些作品,何建明作品的重复主要是后者的问题,也就是追求作品数量的问题。对于作家来说,产量固然是衡量作家的标准之一,但更为重要的是作品的质量,质量的重要性是远大于数量的。重复出版和作品内容交叉重叠的现象,反映了何建明在创作上的浮躁,这是何建明需要去避免的,也是很多作家都需要注意的问题。

此外,作品的质量参差不齐,宣传应酬的意味较为浓厚。随着《共和国告急》《落泪是金》《奠基者》这三部作品获得了茅盾文学奖的肯定,何建明的创作生涯迎来了高峰,这三部作品对社会产生了深远的影响,也奠定了何建明作为纪实文学作家的重要地位。但是,随后的许多作品,诸如《国色重庆》《我的天堂》《江边中国》等,作品越来越多,但是影响力远不如从前。诚然,苦难或者矛盾的书写,更能引起人们对于现实的反思和共鸣,但是对和平的坚守或者对发展的肯定,对于社会现实也仍然具有重要的意义。作品影响力的下降,反映了何建明创作的浮躁,缺乏时间的积淀和酝酿,暴露出作品为了迎合地区宣传和邀约应酬的现实窘境,降低了纪实文学作品在文学性方面的标准,这对于作者的影响和作品的传播都是不利的。

当然,还存在作品不严谨的问题。比如在《精彩吴仁宝》中,关于华西村人均欠债的细节描写,是有悖于现实和情理的;吴仁宝的任期时间也是经不起推敲,前后矛盾的;还有华西村村名来历、党支部成立时间等问题。这些问题反映了作品有夸大其词的嫌疑,不仅伤害了作品的严谨性,也背离了作品的初衷,对作品和作者都产生了不好的影响。还有在《南京大屠杀全纪实》这部作品中,作者对于作品定位的表述问题,大量事例和文献堆砌的问题,以及数字的精准度和抄袭的问题等,同样反映了何建明在纪实文学作品中,对于纪实的偏离,体现了作品不严谨的局限。这些问题反映了何建明存在于作品中的局限性,比如过分贴近政治立场而对民间立场的把握不够,或者是作品的媚俗和不严谨的问题,以及作品中对于人物的粉饰和现实揭露不够深刻等问题。这些都是何建明需要去进一步探索和改进的地方。

历史的发展,是一种交替、曲折的形态,一种新兴的文体,需要通过时间的沉淀和作家的努力才能扎根于文学的土壤,才能在时代的淘洗下,屹立不倒。我们曾经争相传阅一本经典的战斗文学,我们也曾为一部纪实文学所暴露的社会现实而动容。我们希望,作为当代知名纪实文学作家的何建明先生能够以严谨的创作态度和崇高的社会责任感,去克服这些弊端,为广大读者创作关注现实、关注人性的优秀纪实文学作品。

"劳动问题"与"劳工文学"在《新青年》上的隐显

张全之 *

（上海交通大学 人文学院，上海 200240）

内容摘要：《新青年》由一份文化启蒙杂志最终转变为一份提倡劳工运动的政治性杂志并非偶然，其中有政治形势和思想运动的影响，也与陈独秀本人的志向有关。自始至终，《新青年》中有一条由隐到显的线索——对劳工问题和劳工文学的重视和提倡，不看到这一点，就无法理解中国思想运动在 1920 年代初期的急剧转型。就文学史而言，《新青年》有关劳工文学的一脉传统，为 20 年代文学题材向底层转移做了充分的铺垫和准备，并发挥了很强的引领作用。

关键词：《新青年》；劳工；劳工文学；启蒙

- -

一

《新青年》是一份由知识分子创办并以知识人（尤其是青年学生）为受众的杂志，所以它讨论的问题有很强的文人特征，远非一般民众所能理解。与之相比，陈独秀此前创办的《安徽俗话报》则是一份专门面向略通文墨的普通民众发行的通俗读物，采用口语写作，讨论的问题贴近百姓日常生活。陈独秀创办这两份刊物各有诉求，但又有着近乎相同的用心。创办《安徽俗话报》是为了适应当时潮流，唤醒普通民众，达到救国保种的目的。中国自鸦片战争以后，部分文人深切感受到民族的屈辱与危机，便开始了救国自强的艰难历程。但无论是洋务运动，还是维新变法，都是自上而下的救亡图强运动，与普通民众无关。后来崛起的"同盟会"虽然提出了激进的革命主张，但在相当长的一段时间内，都没有把发动普通民众作为革命成功的基础。戊戌变法失败以后，流亡日本的梁启超在血的教训面前方才意识到普通民众在社会变革中的重要性，随撰写《少年中国说》《呵旁观者文》《中国积弱溯源论》等文，分

* 作者简介：张全之，文学博士，上海交通大学人文学院教授。

基金项目：本文为国家社科基金重点项目"中国现代文学与工人运动关系研究"（14AZW016）的前期研究成果。

析封建专制统治带来的种种恶劣状况,提出教育国民的重要性。1902年发表长篇系列论文《新民说》,将"新民"看作当时中国的"第一急务",实际上就是一种文化启蒙工程。同年他创办《新小说》杂志,高举起"小说界革命"①大旗,借助小说推进其文化启蒙事业,中国现代启蒙主义文学运动便以此为嚆矢②。在梁启超的带动下,很多有识之士意识到唤醒民众的重要性,一时之间,借助报刊、文学、舆论唤醒民众、开启民智成为一种潮流,正是在此背景下,知识界提出"兴白话而废文言""研制拼音文字""改良戏曲"等口号,也采取了一些切实的行动,其中最重要的就是创办了多种白话(俗话)报纸。陈独秀的《安徽俗话报》就是在此背景下诞生的。他那时候的看法是很明确的:"要努力唤醒广大群众,起而救亡,救亡就必须推翻清室的腐败统治。同人等进行革命,要能谨慎而不懦怯,要有勇气而不急躁。"③所以对陈独秀来说,办刊物其实就是他革命行动的一部分。而在办刊物的同时,他也参加了上海的"军国民教育会暗杀团",在安徽发起成立"岳王会"。对他来说,笔和枪是他革命的两件武器,都同样重要。

辛亥革命以后,中华民国成立,陈独秀曾一度积极参与政府工作,对新建立的中华民国怀有美好期待。但事实并不如人愿。袁世凯当政以后,社会更加腐败溃烂,看不到丝毫希望,他在《爱国心与自觉心》中痛苦地表达了自己的心声:"今之中国,人心散乱,感情智识,两无可言。惟其无情,故视公共之安危,不关己身之喜戚,是谓之无爱国心。惟其无智,既不知彼,复不知此,是谓之无自觉心。国人无爱国心者,其国恒亡。国人无自觉心者,其国亦殆。二者俱无,国必不国。呜呼!国人其已陷此境界否耶?"④此文的愤激之言虽然在当时引起了很多人的误解,但其中表达的意思还是很清楚的,陈独秀呼唤着民众的"自觉心",不满于国家现状和民众的颟顸,他渴望能振臂一呼,唤起民众,重新开始新的革命。所以他后来跟汪孟邹说:"让我办十年杂志,全国思想都全改观。"⑤正是在这样一种心境下,他在群益书社的支持下创办了《青年》杂志(自第二卷起改为《新青年》)。从前面的分析不难看出,陈独秀办刊物,有着强烈的现实功利性和政治目的。虽然其在文章中特别声明"讥谈时政,非其旨也"⑥,但其实他要谈的是大政治——通过重造新青年,传播新思想,彻底改变中国社会现状。他早期办《安徽俗话报》时的良苦用心,参与编辑《甲寅》等杂志时的热切期待,都汇聚在了《新青年》上。所以《新青年》虽然锁定的读者群是有文化的青年,但广大民众的愚昧麻木(无"爱国心与自觉心")一直是他耿耿于怀的心事,这种心事在《新青年》经营的过程中,也会

---

① 梁启超:《论小说与群治之关系》,《新小说》1902年第1号。

② 用文学改良世道人心的文学启蒙主张很早就有,在梁启超之前的近代人物也多有提及,但引进西方的文体形式,借助西方的自由、民主以及个人观念进行启蒙,梁启超具有首倡之功。

③ 这是陈独秀托人转达给吴樾等人的指示。张啸岑:《吴樾烈士事迹》,中国人民政治协商会议安徽省委员会文史资料研究委员会编《安徽文史集革丛书辛亥风雷》,安徽人民出版社1987年版,第194页。

④ 《甲寅》1914年第1卷第4期。

⑤ 转引自唐宝林、林茂生《陈独秀年谱》,上海人民出版社1988年版,第65页。

⑥ 陈独秀语,见《青年杂志》(《新青年》)第1卷第1号"通信"栏。

得到体现,这主要表现在两个方面。第一,唤醒青年的目的,是希望通过觉醒的青年去唤醒民众。唤醒青年是他的短程目标,通过青年再去唤醒民众,才是他的最终目的。当时代发生变化,对唤醒青年失去足够的耐心之后,他仍然会直接奔向广大民众,号召他们起来革命。后来《新青年》的转向,与他的这一隐秘期待不无关系。第二,《新青年》在介绍西方文化、哲学、文学等新知的时候,始终关注着下层民众的生活,尤其劳工(工人)的生存状态。这种关注在《新青年》早期不太明显,但随着时代思潮的演变和陈独秀个人思想的变化,劳工问题越来越上浮,并最终成为《新青年》的核心问题,使这份启蒙思想刊物变成了中国共产党的机关杂志。所以劳工和劳工问题构成了该杂志的一条线索,它从隐到显的转变,见证了时代思想的变迁和这份杂志的悄然转型。从这个角度讲,《新青年》可分为四个阶段:第一为初创时期,从创刊号到2卷4号(1916年12月)是一段不温不火的时期。作为一份面向青年读者的启蒙杂志,它虽然发表一些颇有见地甚至激烈批判孔教的文章,但并没有引起太多关注。第二阶段是它的黄金时期,从1917年1月2卷5号发表胡适《文学改良刍议》开始,《新青年》高举文学革命大旗,制造了一个新的热点,而且持续升温。《新青年》原本就有的文化革命姿态借助文学革命的影响力引起广泛关注,引领了一个时代的思潮。后来研究者都认同胡适的说法,认为《新青年》开创了一个时代,就是针对这一阶段而言的。这个热度一直持续到1920年4月,7卷5号预告下一期将出版“劳动节纪念专号”止。第三阶段是转型期,自1920年5月《新青年》将7卷6号变成“劳动节纪念号”开始,到9卷6号,为转型期。这份高标文化启蒙的杂志,开始将关注的重心向劳工问题转移,马克思主义色彩越来越浓,宣传俄国革命的内容越来越多,为最终变为中国共产党的机关刊物做了充分准备。第四阶段是它的定型期,它最终作为一份政党刊物,经过两次复刊,发行了9期以后结束了它的使命。

二

如今我们回过头来观察这四个阶段,不难理出劳工问题和劳工文学的发展线索,它明显经历了一个从隐到显,并最终占据主导地位的过程。

在第一个阶段,陈独秀及《新青年》大部分作者,还是按照刊物的基本定位,为青年输送来自西方的哲学、文学、政治观念,比较分析中西文化之差距,呼吁青年们迅速觉醒,如陈独秀在《1916年》一文中富有激情地呼吁:“从前种种事至1916年死,以后种种事自1916年生。吾人首当一新其心血,以新人格,以新国家,以新社会,以新家庭,以新民族,必迫民族更新,吾人之愿始偿,吾人始有与皙族周旋之价值,吾人始有食息此大地一隅之资格。青年必怀此希望,始克称其为青年。”①对青年之希望其情殷殷,其心拳拳。正是在开始的时候专注于青年问题,所以劳工问题在第1卷上处于隐伏状态,但即使这样,有关劳工问题的内容也会偶尔显现。如创刊号上刊登了《卡内基传(艰苦力行之成功者)》,这是一个底层工人通过

---

① 《新青年》1916年9月第1卷第5号。

艰苦奋斗而成功的故事。传记对卡内基做工人时期艰苦生活的渲染,对青年很有励志作用,也展示了劳工阶层的良好品质。第1卷的6期杂志专致于青年的"修身治国之道",涉及劳工问题很少。从第2卷开始,有关劳工(或劳动)问题的文章明显开始增多。2卷2号刊登了吴稚晖的《青年与工具》,这是一篇专门谈青年应该学习制造和使用工具的文章。吴介绍说,在英国或德国,青年家里都有一个自修室(或工场),备有刨床、钻台、锯座之类的工具,青年人可以通过这些工具进行发明创造,并接受使用工具的训练,中国显然没有达到这样的教育水平。本文虽然没有涉及劳工问题,却提出了让中国青年接受工具使用训练,并亲自动手参加劳动的主张,这充分体现了近代以来劳动观念的转变。吴稚晖是中国最早的无政府主义者之一,他对劳动问题十分重视,且身体力行。他在巴黎跟同伴创办《新世纪》杂志时,都是自己动手进行排版印刷。抗战时期避居重庆时,曾经有人送他一部人力车,他却将车把锯掉,放在家里当座位。所以《青年与工具》一文充分显示了这位老牌无政府主义者对劳动问题的思考,并产生了很大影响。陈独秀在文后写下这样的按语:"吴先生稚晖,笃行好学,老而愈挚,诚国民之楷模,吾辈之师资。此文竟于发热剧烈时力疾为之,以践本志之约,其诲不倦重言诺如此。全文无一语非药石,我中国人头脑中得未曾有,望读者诸君珍重读之,勿轻轻放过一行一句一字也。"①从这段文字不难看出,这篇文章乃陈独秀约稿,吴稚晖在生病发烧之时写就,陈独秀不仅感动,而且如获至宝,因为本文关于青年接受工具教育的论断,与陈独秀不谋而合。同期刊物上,陈独秀撰写了《我之爱国主义》,他认为一个国家的灭亡不在于内有独夫外有强敌,而在于"国民之行为与性质,欲图根本之救亡,所需乎国民性质行为之改善"。针对英雄豪杰式的"一时的爱国主义",他提出了"持续的爱国主义"的概念,认为国民应该具备"勤""俭""廉""洁""诚""信"六字方针。在谈到"勤"的时候,他提出了"劳动神圣"的重要命题:"劳动神圣,晳族之恒言;养尊处优,吾华之风尚……自食其力乃社会有体面者所羞为,宁甘厚颜以仰权门之余沥,呜呼,人力废而产业衰,产业衰而国力堕,爱国君子比尚乎勤。"②到2卷3号,又刊登了吴稚晖的《再论工具》一文,开篇便写道:"余居英时,重感欧洲人职工思想之发达,前日为《青年与工具》一文首略罄积想。"接下来,他介绍了在《青年与工具》一文中提到的三样工具。因为他的《青年与工具》发表之后,陈独秀很感兴趣,希望进一步了解这三样工具,并希望在中国青年中推广。这说明陈独秀和吴稚晖一样,渴望中国青年动手参与到实际的劳动中,养成"职工"意识。

到第二个阶段,文学革命大旗猎猎,《新潮》杂志紧紧跟进,北京大学成为新思潮的核心和新文学的重镇,《新青年》一时成为学界热点。一大批优秀人物聚集在这个刊物周围,使《新青年》成为同人杂志,盛况空前,成就了一代名刊。在这个过程中,劳工问题依然是其中的重要主题之一,虽然没有像文学革命、文字改革、妇女解放、爱情自由等问题那样火爆,但

---

① 《新青年》第2卷2号,吴稚晖《青年与工具》一文后面的"独秀谨识"。
② 陈独秀:《我之爱国主义》,《新青年》第2卷第2号。

也一直存在着，并留下了一些可贵的文献，为后来《新青年》的转向埋下了伏笔。

　　事实上，无论是文学革命，还是妇女解放，都与劳动和劳工问题密不可分。所以在提出文学革命初期，胡适强调"须言之有物"，"不避俗字俗语"，主张"白话文学之为中国文学之正宗"，这些观点不只是推动了文学语言和内容的变革，其更为重要的意义在于，它使中国文学开始从庙堂、从文人案头向民间的位移。所以林纾无论如何也不能忍受使用"引车卖浆者流"的语言，就是为了维护数千年来中国正统文学的"雅正"传统。陈独秀在《文学革命论》更是抓住这一点进行发挥，并提出了振聋发聩的"三大主义"："推倒雕琢的阿谀的贵族文学，建设平易的抒情的国民文学；曰，推倒陈腐的铺张的古典文学，建设新鲜的立诚的写实文学；曰，推倒迂晦的艰涩的山林文学，建设明了的通俗的社会文学。"①从"贵族"到"国民"，从"古典"到"写实"，从"山林"到"社会"，清楚表明，陈独秀试图把文学从中国社会的贵族阶级手里夺回来，交给下层民众，这样一种价值姿态，就已经充分显示对底层民众（劳工）的重视。几乎同时，周作人发表《人的文学》《平民文学》其重要意义也在这里：文学要写"平民"的日常生活。在这一思路的影响下，"五四"新文学从诞生的时候开始就具有了反映下层民众生活的特质。1918年4卷1期开辟《诗》专栏，共推出白话诗8首，其中写下层劳动民众（劳工）的就有3首，分别是沈尹默的《人力车夫》、胡适的《人力车夫》、刘半农《相隔一层纸》。沈尹默和胡适的同题诗都写了北京人力车夫的生活。沈强调的是车夫的"苦"："人力车上人，/个个穿棉衣，/个个袖手坐，/还觉风吹来，/身上冷不过。/车夫单衣已破，/他却汗珠儿颗颗往下堕。"胡适则写了一位拉车的童工。这个孩子才16岁，已经拉了三年车了。胡适不忍心坐，但这个小车夫回答："我半日没有生意，/我又寒又饥。/你老的好心肠，/饱不了我的饿肚皮。……"/客人点头上车说："拉到内务部西！"对这些在北京高校工作的知识分子来说，离他们最近的劳工就是他们几乎每天都要接触的人力车夫了，所以"人力车夫"一时成为"劳工文学"的主角。刘半农的《相隔一层纸》写冬天屋子里的有钱人嫌炉火太热，窗子外面一个叫花子马上要冻死，屋里屋外，相隔只有一层纸，却是两个截然不同的世界。这样的诗，已体现出了后来在文学中日渐强势的阶级意识了。到4卷2号，刘半农发表诗歌《车毯——拟车夫语》，写人力车夫买了一床新毯子铺在人力车上，希望坐车的老爷多给几个铜子，而自己再冷也舍不得披一披。对下层劳工的同情溢于言表。

　　除人力车夫以外，《新青年》在这段辉煌时期对其他行业民众的苦难也多有关注，充分显示了"五四"新文学的人道主义倾向。4卷3号发表陶履恭的"社会调查"——《震泽之农民》，开篇痛斥中国古代的文献典籍只记载英雄恶霸的所谓"功业"，不关注普通民众的日常生活。与此相呼应，胡适在4卷4号谈到文学题材时也特别指出："官场妓院与龌龊社会三个区域，决不够采用。即如今日的贫民社会，如工厂之男女工人，人力车夫，内地农家，种处小负贩及小店铺，一切痛苦情形，都不曾在文学上占一位置。并且近日新旧文明相接触，一

---

① 陈独秀:《文学革命论》，《新青年》1917年2月第2卷第6号。

切家庭惨变，婚姻苦痛，女子之位置，教育之不适宜，……种种问题，都可供文学的材料。"①同期发表刘半农的《学徒苦》，以生动形象的语言描写了学徒在师傅家里干一切杂活还吃不饱、穿不暖、饱受辱骂和虐待的苦况。4卷5号发表刘半农《卖萝卜人》，5卷2号发表陈独秀的《南归杂话》再次重提青年做工的问题，都反映了这份刊物对劳工问题的思考。1918年欧战结束，中国作为战胜国颇有扬眉吐气之感，而中国劳工在欧战战场上的贡献也常被人们提起，这时，"劳工"问题成为一个时代的热点。1918年10月《新青年》5卷5号推出"关于欧战的演讲三篇"——《庶民的胜利》（李大钊）、《劳工神圣!》（蔡元培）、《欧战以后的政治》（陶履恭）。李大钊在演讲中强调"社会的结果是资本主义失败，劳工主义战胜"，蔡元培喊出"劳工神圣"的口号，尽管蔡元培强调他说的"劳工"包括了所有劳动者，但事实上，这个概念在流传过程中还是局限于"劳工"的原处含义——专指劳苦大众。在蔡元培的带动下，"劳工神圣"一时成为流行语，并对之后的文化和文学产生了深远影响，《新青年》杂志是这次"劳工神圣"思潮的重要推动者。1919年5月，6卷5号大量刊登介绍俄国革命与马克思主义的内容。如果说此前《新青年》对劳工问题的思考仅仅出于人道主义的同情，那么当马克思主义理论大举进入中国以后，对劳工和劳动问题的思考就具有了理论基础和强烈的政治色彩。6卷6号刊登了周作人的诗《东京炮兵工厂同盟罢工》，写东京炮兵工厂的工人因为米价上涨，要求增加工资，结果这些造枪的人被收监了。诗歌语言质朴，叙事清晰，反映了周作人对工人运动的关注与思考。这是该杂志第一次发表以工人罢工为题材的作品，具有标志性意义。除了关注民众的穷苦之外，对劳动问题的探讨也开始出现，陶履恭的《欧美劳动问题》就是一篇重要的文章。该文不仅介绍了马克思主义关于资产阶级和无产阶级斗争的学说，还介绍了欧美的工人运动和劳资斗争，是一篇系统介绍欧美劳动问题的文章。显然劳动或劳工问题，已经成为这份杂志上的热点问题之一。7卷5号，发表陈绵的剧本《人力车夫》，跟此前人力车夫题材的作品相比，阶级对立的味道已经很足。与此同时，在劳动思潮的影响下，以青年知识分子为主体的工读互助团也悄然兴起，《新青年》集中刊发了胡适、季陶、李大钊、王光祈等人的文章，反思工读互助团存在的问题，说到底，就是"工"和"读"的问题，也就是劳动和读书的问题。7卷5号出版于1920年4月，正逼近"五一"，所以该刊发布《本志特别预告》，"决定发行'劳动节纪念号'"，到这个时候，《新青年》已经完成了一次华丽转身，当初的文化启蒙主题让位于劳动主题，从而令杂志进入第三个阶段。

三

《新青年》一共出版过四个专号，分别是"易卜生号"（4卷6号）、"马克思号"（6卷5号）、"人口问题专号"（7卷4号）和"劳动节纪念号"（7卷6号），这四个专号从易卜生到马克思，从人口问题到劳动问题，真实呈现了《新青年》在主导思想方面的演变轨迹，而"劳动节纪念

---

① 胡适:《建设的文学革命论》,《新青年》1918年4月第4卷第4号。

号"是它最后一个专号,决定了它后期的基本立场。该号封面上印有"劳工神圣",翻开第一页就是蔡元培手书的"劳工神圣"四个大字。全刊共收录了 16 位人士的题词,其中著名人物除蔡元培外,还有孙中山先生和老牌无政府主义者吴敬恒,其余 13 人全部为一线工人,所题写内容全部是赞美劳工、崇尚劳动的,如先施公司大菜间工人张玉堂题写的是"惟亲身劳动者有平等互助精神",怡和纱厂工人刘光典的题词是"不劳动者之衣食住等均属盗窃赃物"。本期刊物在内容上全都是关于劳工和劳动问题的介绍、讨论以及对全国各地劳工状况的调查报告。曾经作为文化革命急先锋的《新青年》到这一期已经完全改变了过去几年的文化启蒙色彩,过去处于隐伏状态的劳工和劳动问题,终于占据了这份刊物的全部版面,使这一刊物实现了彻底转型。陈独秀发表《劳动者的觉悟》一文,认为:"世界劳动者的觉悟,计分二步:第一步觉悟是要求待遇。第二步觉悟是要求管理权。现在欧美各国劳动者的觉悟,已经是第二步;东方各国像日本和中国劳动者的觉悟,还不过第一步。"① 自本期以后,杂志上有关劳动的内容一直占据主导地位,社会主义色彩也越来越浓,"俄罗斯研究"成为整个第 8 卷的保留栏目,大量介绍苏联社会的种种状况。第 9 卷虽然取消了"俄罗斯研究"专栏,但对社会主义的讨论以及对劳工问题的重视,依然是这份杂志的主要倾向。就文学而言,也有一些反映劳工问题的作品发表。陈衡哲的小说《波儿》写了一个工人家庭拮据、艰难的生活;鲁迅的《风波》写了七斤这位"不捏锄把子"的农民在城市和乡村因为政治变动而遭遇的风波,虽然立意不在反映七斤的劳苦,但也能从中看出中国劳工与上层政治之间密切而又疏离的关系。说密切,是因为上层的政治变动直接影响着他们的命运;说疏离,是因为他们其实什么都不懂,连随波逐流的能力都没有,而是被时代思潮裹挟着,如水中落叶一般随势漂浮,没有任何自主性。

总的来看,《新青年》在这一阶段对文学的重视大不如上一时段,所以揭载作品的数量大为降低,优秀作品除鲁迅的几篇小说之外,乏善可陈。值得一提的是,8 卷 4 号发表议论性散文《劳工神圣颂》,不仅议论新颖,而且文字优美,富有抒情性。文章写道:

> 劳动者和神一样,彻夜走动的。人虽瞧不着他的姿体,可是工场中高壁的那一边,生产的神的儿子们,正在那里为我们终宵纺织。
> 他是普照世界的神,无论在什么地方,都可以看得见的。地之下有凿坑道的矿夫;天之上有空中劳动者;海底有潜水夫。毒气中有背负着酸素吸入器劳动的;烈火中有飞走的消防夫。这样看来,劳动者实有与神灵一样的热心。

这是关于劳工神圣的最为优美的文字,与李大钊的《青春》一样,是《新青年》杂志发表的优秀政论性散文佳作。这一时期发表的文学作品,也有很多与劳动有关。

---

① 陈独秀:《劳动者的觉悟》,《新青年》1920 年 5 月 7 卷 6 号。

1922 年《新青年》出版至 9 卷 6 号，实际上就终刊了。1923 年出版的同名杂志，已经是中国共产党中央委员会的机关刊物了，名为季刊，实际经常脱期。1923 年至 1924 年共出 4 期；1925 年改为月刊，重新出版，但事实上仍然不断脱期，实际成为不定期刊物；到 1926 年出至第 5 期，彻底停刊。将这一段的《新青年》杂志看作一份新的杂志可能更为妥当。

　　历来研究《新青年》的人，都看重它的启蒙功业和在中国文化转型中扮演的砥柱中流的角色，而忽视了这份杂志对劳动、劳工问题的思考及其对劳工文学的重视和提倡。事实上，自 1920 年代开始，劳工问题成为知识界关注的核心问题，《新青年》在其中发挥着重要作用。不看到这一点，就无法理解中国思想运动在 1920 年代初期的急剧转型。就文学史而言，《新青年》有关劳工文学的一脉传统，为 1920 年代文学题材向底层转移做了充分的铺垫和准备。

前期《新青年》的传播与接受

施　军　王晓青*

（1. 淮阴师范学院 文学院，淮安 223300　2. 淮阴师范学院 学报编辑部，淮安 223300）

内容摘要：前期《新青年》的出版与传播，催生了一场反封建专制的新文化运动，引发了中国文化现代性建设的风暴，形成了中国新文学诞生的摇篮。《新青年》成了中国文化建设中一块令人无法忘记的界碑，成了中国文人精神成长的重要标记。期刊成功的主要原因在于：近代社会的变革诉求为《新青年》的诞生提供了契机与发展的土壤，《新青年》可谓是生逢其时；《新青年》办刊理念与定位体现出思想先锋性、立场独立性、文化多元性的前卫性特点；《新青年》眼光向下，接地气，关心民生，对现实问题与国民人生投以热情，内容上很亲民，也帮助期刊赢得了读者；《新青年》还注意传播策略的运用，传播形式之新颖与灵活也是它成功的重要原因。其成长历史与成功经验，对 21 世纪以来的期刊传媒的发展有积极的借鉴意义。

关键词：《新青年》；传播；接受；启示

- -

　　《新青年》1915 年 9 月创刊，时名为《青年杂志》，1916 年 1 月第 2 卷 1 号改名为《新青年》，到现在已逾百岁。《新青年》于 1926 年 7 月终刊，共 10 年左右，影响大的时期在 1920 年 9 月之前，我们称之为《新青年》前期，实际上只有五年左右，出版了 7 卷 42 期（每卷 6 期）。1920 年上半年编辑部移师上海，从 9 月 8 卷 1 号起变成了上海共产主义小组机关刊物，中间有停刊，出到第 8 卷 54 期结束。这份刊物诞生在"风雨如磐暗故园"的沉寂无声的时代，诞生在就连像鲁迅这样一直在探究民族改革、社会发展的知识分子也无奈地发出"枯坐终日、极无聊赖"的哀叹声中。然而这份杂志创刊后却以星火燎原之势，迅速传播，由南而北，由教授到学生，由精英到民众，尤其是从 1918 年 1 月第 4 卷第 1 号改版使用白话文与新式标点后，得到广泛响应与认同，被称为青年界的良师益友，"青年得此，如清夜闻钟，如当头一棒"。印刷数从最初的 1 000 份扩大到每期 1.6 万份，前期《新青年》的传播结果在一定程度上使民智得到开启、国人精神得到洗礼、传统文化得到革新。可以说一份期刊催生了一场

　　* 作者简介：施军，文学博士，淮阴师范学院文学院教授；王晓青，淮阴师范学院学报编辑部副研究员。

反封建专制的新文化运动,一份期刊引发了中国文化现代性建设的风暴,一份期刊形成了中国新文学诞生的摇篮。《新青年》成了中国文化建设中一块令人无法忘记的界碑,成了中国文人精神成长的重要标记。为什么《新青年》会有这么大的影响效应?原因是多方面的,我们反思其成长历史与成功经验,无疑将会对 21 世纪以来的期刊传媒的发展带来积极的借鉴意义。

一

近代社会的变革诉求为《新青年》的诞生提供了契机与发展的土壤,《新青年》可谓生逢其时。《新青年》的创刊处在中国新旧文化转换变革的关键时期,文化革命的时机也相对成熟。中国近代经历了器物改革、政体改革的双重失败后,走向文化革命与思想建设似乎也是必然,陈独秀说:"救中国,建共和,首先得思想革命。"这一点上,当时已有名刊皆无法与《新青年》相比,陈长松的分析比较能切中真髓:

> 更为重要的是,《新青年》以"介绍西方学说","改革青年思想",进而"改造社会"为宗旨,其中以西方学理的输入为基础,而学理的输入既要求系统化,也要求百家争鸣,更要求提出自己的学理问题,这就需要不同学科背景学者的参与。这不仅有利于刊物内容的分工,也有利于深入、系统地输入学理;而对学理的追求,既有利于提出自己的问题并做出尝试解决的努力,也有利于增强文章的思辨性和战斗力。以这个视角考察《清议报》《新民丛报》《甲寅》等著名刊物,其对西方学理的输入在深度和广度上都不及《新青年》,《新青年》的成功确实是独一无二的。[①]

可以说,《新青年》的"学理输入"带有理性启蒙色彩,而通过"学理输入"改造"文化思想",进而"改造社会"的目标,则属于激进的"革命实践"。这本质上是矛盾的。但这"矛盾"的"品质"正造成了当时历史大势的"承担者"们的"双重身份",即"承担者"们一般都具有"学术"的"理性"与"革命"的"极端"的双重品质。

一般来说,"革命"与"改良"相联系,"启蒙"与"理性"相联系,而"革命"与"启蒙",则是一对相互矛盾的词语。不过,《新青年》却正是将这一互相矛盾的品质收束一身,而体现出特别的"张力"。这"张力"正是中国社会从古代向现代转型之时痛苦"蜕变"的"辩证属性",其"热烈"而"理性","激进"而"自明"。这使《新青年》透放出非常特别的光芒与魅力。

更明确地说,处在新旧对抗的近代社会末期,既需要西方学理的输入,也需要果敢的革命者姿态,来共同对抗顽固的传统封建文化与专制体制。中国近代以来的一系列变革到头来往往是无功而返,乃缺乏百姓的思想觉悟,温吞水式的说教已不起作用,此时,需要采取激

---

① 陈长松:《陈独秀前期报刊实践与传播思想研究(1897—1921)》,暨南大学 2012 年博士学位论文。

进的革命方式来对旧的加以否定,对新的加以推介。所以陈独秀、钱玄同、鲁迅等人采取语不惊人死不休的姿态,故意将问题推到极端,对其认定的主张必不容他人"匡正",从而实现惊醒公众的话语策略。这种思维方式虽似"极端",但并不缺少理性色彩,因为其在"警醒公众的同时,也保留这种回旋的余地"①。应该说,这种革命的思维方式,既源自陈独秀、鲁迅等人对国民性的认知,即"中国人的性情是总喜欢调和,折中的……没有更激烈的主张,他们总连平和的改革也不肯行"②;也源自陈独秀、鲁迅等人早期的革命经历,正如胡适后来所说:"这样武断的态度,真是一个老革命党的口气。我们一年多的文学讨论的结果,得着了这样一个坚强的革命家做宣传者,做推行者,不久就成为一个有力的大运动了。"③

可见,前期《新青年》学理输入的启蒙意识与激进的革命姿态的相互协调的"张力"品质,既是造就《新青年》之辉煌的重要元素,本质上也实为历史大势所成,具有相当的历史独特性,故《新青年》的辉煌为后世所不可复现。

二

《新青年》办刊理念与办刊定位的前卫性是其成功的又一原因。首先表现为期刊思想的先锋性。《新青年》的创办立足于传播新知,开启新锐。它的主张不是小打小敲,也不是缝缝补补,它是要革除旧制,倡导新知。在创刊号《青年杂志》的发刊词"敬告青年"的六点希望中就包含了民主、自由、科学、人道等重要思想。人权与科学是推动社会历史前进的两个轮子。《新青年》的言论领思想革命风气之先,发千古未闻之豪言壮语,这些所谓的奇谈怪论,令时人振聋发聩,耳目一新,彰显了观点坚锐、思想鲜明、独领文化革命风骚的先锋性。

二是期刊立场的独立性。前期的《新青年》从最初的个人办刊到北大时期的同人杂志,始终没有放弃自由与独立的品格追求。他们的立场是20世纪人文主义立场,民主、科学、人性、人道主义是《新青年》所坚守的精神底线,也是《新青年》杂志灵魂之所在。作为早期公共知识分子代表,《新青年》杂志同人是科学与真理的探求者,是民主与人道的传播者,是人类与社会改革的鼓动者,也是学术研究自觉传承者,而不是体制意识形态的摇唇鼓舌者。

三是期刊文化的多元性。多元性即包容性,有包容才有多元,"有容乃大"。其实我们发现到了北大之后,《新青年》编辑部同人并非思想主张一致,各有各的想法。比如从文化运动的态度来说,有激进,有保守,有缓和;从建设的方法与途径来说,有的主张革命,有的主张改良,有的主张全盘西化;从文化运动建设的内容来说,有的主张马克思主义,有的主张无政府主义或者是实用主义,等等,可以说百花齐放,百家争鸣,共生共存,建构了一个非常好的文化批评与建设的生态,而不是一定要你死我活、唯我独尊。事实上,1920年9月始,《新青

① 陈平原:《触摸历史与进入五四》,北京大学出版社2005年版,第101页。
② 鲁迅:《无声的中国》,《鲁迅全集》(第4卷),人民文学出版社1981年版,第13—14页。
③ 胡适:《逼上梁山》,《胡适文集》(第1卷),北京大学出版社1998年版,第163页。

年》转型成了政治组织的理论刊物，除了革命的语话外，其他的思想"物种"几乎在《新青年》上没有生存空间，《新青年》的影响力与文化品位也随之消失，淡出了人们的视线，前期《新青年》文化多元性、文化包容性的发展生存力也随之完全消解。

三

《新青年》思想上先锋，内容上却很亲民，也帮助期刊赢得了读者。《新青年》眼光向下，接地气，关心民生，对现实问题与国民人生投以热情，如对人力车夫、劳工问题、恋爱婚姻制度等的关注，很容易引起大众的共鸣，容易引起读者的积极呼应。

人力车最早由日本人发明，在19世纪传入中国，所以又称东洋车，在我国南方叫黄包车。最初的人力车制造简单粗糙，一般是木质结构，尤其车轮是木制的，外套铁圈，无减震系统，加之当时路况不好，道路不平，很容易发生颠簸翻倒现象，因此乘者并不多。到20世纪初，比较高级的铁皮车被引进到我国，因为其较为舒适与安全，受老百姓欢迎，人力车作为一个行业开始兴起并发达起来。当时城市的交通以轿子为主，轿子笨重，至少两人才能抬走，而人力车与轿子相比，优势明显，灵活又省力，广受市民欢迎。20世纪二三十年代的中国，许多大城市都有人力车，比如上海、广州等，人力车成为城市及近郊重要的交通工具。通常情况下，2到3人甚至4人轮班拉一辆人力车，那么车夫的数量大概是车辆数的3倍。以此推算，民国时期全国人力车夫数量在50万人左右。[①]

人力车夫劳动强度大，要有力气，还能跑得快，所以拉车的一般都是青壮年劳力者，他们靠出卖苦力养家糊口。一般来说一个车夫平均要养活2到3人，按此计算，当时全国靠拉车维持家计的人数当在150万左右。后来因战争、自然灾害等因素，这个数据可能还有不小的增加。由此可以看出，人力车夫是20世纪20年代前后城市社会下层的一个庞大劳动群体。

根据当时报刊上文章的描述，这一群体最能代表当时民众艰难的生存境地：

> 做人力车夫的，有城市下层贫民，有外来的农民，有破产的小商人，有失业的仆佣、摊贩、商店雇员，有退伍的士兵、警察，还有落魄的政客或前清的秀才举人、旗人公子哥，甚至出现过落魄的旗人妇女假扮男装于黄昏后出门拉车的现象。[②]

《新青年》杂志有意以这一群体来引起民众对期刊的注意，来推助酝酿"五四"的爆发，应该说是很有眼光的。

如《新青年》第7卷1号上，刊发一篇《长沙社会面面观》，其中有详细描述长沙民众如何

---

① 王印焕：《民国时期的人力车夫分析》，《近代史研究》2000年第3期；王金双：《"人力车夫情结"与五四新文化运动》，《齐鲁学刊》2012年第4期。

② 李景汉：《北京人力车夫现状的调查》，《社会学杂志》1925年第2卷第4期。

走上"人力车夫"之穷途的描述：

> 穷苦百姓到了山穷水尽的时候，没有事干，大半去做车夫。①

关注"人力车夫"群体本不是《新青年》所独有，原是当时进步杂志均有瞩目。"五四"时期，"劳工神圣""平民主义"等西方思想广为传播并被人们所接受，尤其一些具有启蒙意识与人道主义思想的激进知识分子，他们特别关注人力车夫群体，这些知识分子大多与车夫有过接触，了解车夫们的辛苦，所以对他们抱以同情，并向人力车夫做启蒙宣传和动员。如1919年7月3日出版的《时报》，对汉口人力车夫争购《学生日刊》的场景有以下的描述：

> 忽有苦力多人，争相购取。其中有不识字者，遂央人讲解，彼等俯首静听，有闻之泪下者，有长吁短叹者，又有听毕不忍去者。②

因《新青年》杂志的撰稿者均为当时影响力巨大的"新文学干将"，他们对人力车夫投去关注的目光，并以此为题材创作了一系列作品，如胡适、沈尹默的同名诗《人力车夫》，刘半农的《车毯》，小说如鲁迅的《一件小事》，郁达夫的《薄奠》等。《新青年》杂志将"人力车夫"的"文学形象"放大到引起人们的广泛关注，这已经超出了"人力车夫"阶层在当时社会运动中的真实意义。因此，这也是《新青年》杂志终于取得巨大成功的一个传播上的策略。

妇女、儿童、恋爱婚姻等问题，也是《新青年》借以引起大众瞩目的有效话题。在中国，妇女儿童处于弱势地位，而恋爱婚姻又是中国年轻人很受伤的敏感话题。《新青年》作家们对此投以同情的目光。据统计，《新青年》在"五四"运动前就发表了30余篇有关妇女问题的专论及译文，之后又大量发表了有关妇女问题的文章。而在"五四"期间，《新青年》则掀起了对"封建贞操观"做全面批判的舆论浪潮，周作人翻译的日本与谢野晶子所著的《贞操论》③揭开了这一批判的序幕，而后相继有罗家伦翻译的《娜拉》④、胡适的《贞操问题》⑤、鲁迅的《我之节烈观》⑥等。

四

《新青年》的影响渐大，除去以上原因外，《新青年》还注意传播策略的运用，传播形式之

---

① 《长沙社会面面观》（社会调查），《新青年》第7卷第1号。
② 《时报》1919年7月3日。
③ 与谢野晶子：《贞操论》，周作人译，《新青年》第4卷5号。
④ 易卜生：《娜拉》，罗家伦译，《新青年》第4卷6号。
⑤ 胡适：《贞操问题》，《新青年》第5卷1号。
⑥ 鲁迅：《我之节烈观》，《新青年》第5卷2号。

新颖与灵活也是它成功的重要原因。

自我造势、自我推介，适度夸大期刊的威望与影响。《新青年》创刊之时，各类期刊数量众多，但影响甚微，且多短命。如何在众多期刊中脱颖而出，站稳脚跟，需要办刊者的智慧，懂得营销策略。《新青年》创刊后，陈独秀审时度势，他意识到不采取超常规的办法，不采取适度夸张的口吻不能引起读者的注意。于是他采取了在日本协助章士钊编《甲寅》杂志时"故作危言，以耸国民"以及"正言若反"等手法，在《新青年》创刊号上，他虚张声势，刻意夸大作者队伍，杂志在创刊号上声称"本志执笔诸君，皆一时名彦"，以此来吸引读者的眼球。其实当年在《新青年》第 1 卷上撰文的 18 位作者，除了陈独秀本人稍有名气外，其他像高一涵、汪叔潜、高语罕等皆年纪轻轻，30 岁左右，当时没有名气，他们成名在"五四"后；有的如彭德尊、李亦民、汝非、谢鸿、方澎、李穆、孟明、萧汝霖则一直默默无闻。①

再如在刊物栏目设置上比较灵活，如设置了"通信""读者论坛""女子问题"等栏目，刊登读者来信，作为"以质析疑难、发舒意见之用"，增加现场感与真实感，容易引起读者的共鸣，有时为了造势甚至自编自导自演。如 1918 年 3 月间，署名"王敬轩"的作者在《新青年》第四卷 3 号上发表《文学革命之反响》的文章，《新青年》编者刘半农答复王敬轩的信也刊登在这一期上。王敬轩是钱玄同的化名，他为了引起争论，吸引大众的注意力，故意在《文学革命之反响——王敬轩致〈新青年〉诸子书》中，公开点了林纾、严复等老辈文人的名字，从而为刘半农的《复王敬轩书》提供了痛加驳斥的活靶子。资料显示，陈独秀、沈尹默等人也参与了这场"双簧戏"的导演策划工作。事实证明，这一招是有效的，《新青年》声誉鹊起，甚至超过了当时的老牌刊物《东方杂志》。②

这一系列策划，与今天的"新媒体"传播理念非常接近。以"双簧信"一例来说，林纾与严复均为当时文化界之泰山北斗级人物，林纾尽管思想保守，但作为"新文化"的"枪靶"似乎有些不妥。但挑战"旧文化"名人，实际上只是一种策略，新文学阵营是有效利用了林纾的"威名"，因此，对这一事件后世亦褒贬不一。不过，尽管对林纾、严复的"苛责"有过激之嫌，但不管怎样，这一策划的效果是相当成功的。《新青年》确实借此"热闹"起来，形成"众声喧哗"的场面。

总之，如何顺应时代大潮确立期刊的定位与方向、如何在办刊内容上走平民路线和适度运用传播策略，以及如何处理好学术研究的沉稳与思想争鸣的尖锐、对历史问题的沉思与对现实热点的呼应、主体价值的坚守与多元文化的容纳三个关系，前期《新青年》杂志的成功给了我们一些很好的启示。

---

① 参见马庆《〈新青年〉的传播策略与同仁分裂——以"东西论战"中的〈新青年〉的表现为例》，《新闻与传播评论》2011 年 12 月。

② 参见马庆《〈新青年〉的传播策略与同仁分裂——以"东西论战"中的〈新青年〉的表现为例》，《新闻与传播评论》2011 年 12 月。

论新文学的两种传播模式（1917—1937）

——以新文学读者群为中心

施　龙[*]

（扬州大学 文学院，扬州 225009）

内容摘要：新文学传播表现为其读者群由"内"而"外"的拓展。新文学初兴，读者主要是青年学生，"五卅"后知识青年读者逐日增多，他们成为新文学最忠实的读者；社会大众则因社会变动与新文化相关而对新文学兴趣日增，在新文学成为文化商品市场的一种选择之后，他们的阅读结构已悄然改变。新文学读者群从知识青年到社会大众的拓展，是新文学、新思想从文坛、知识界等相对封闭的场域之"内循环"模式逐渐发展到大众普遍认可，进而形成一种读者和创作双向对流的"外循环"模式的社会化过程。在这一过程中，新文学副刊发挥了极为重要的作用。需要强调的是，这两种传播模式虽然形成有先后，但在新文学进入常态发展阶段后，它们同时并存且相互影响，成为文学沟通内外的有效机制。

关键词：新文学读者群；传播模式；新文学副刊

新文学传播渐广、社会影响逐日增大，直接体现为其读者群的壮大，不过，考虑到相关统计材料的欠缺，文学的社会影响也只能是在一定限度内做定性分析。本文从读者角度出发，力图在可能的定量分析基础上对文学的社会效应做出较为准确的判断。可以这样说，考察新文学读者群的结构变迁，即梳理读者在新文学兴起过程中的不同阶段，在数量、教育程度、地域分布等方面的变化。描述读者与新文学之间互动关系的复杂性，可以深入揭示新文学传播、接受的诸多特征，有助于认知文学在各阶段的具体发展情形。

一、知识青年读者群与新文学的"内循环"模式

新文学诞生之初的读者圈是颇为狭小的，在"五四"运动的影响下，知识青年读者有所增

＊　作者简介：施龙，文学博士，扬州大学文学院副教授。
　基金项目：本文为国家社科基金后期资助项目"新文学读者研究"（15FZW054）的阶段性成果。

加,但仍基本限于在校青年学生。施存统曾致信"《新潮》诸位先生"表明这一情形:"就是'文学革命'一块招牌,也是有了贵志才紧得稳固的。因为《新青年》虽早已在那里鼓吹,注意的人还不多。"信中同时提及:"弊校(第一师范)近来倒有改革的气象。同学关于新文学新思想也极注意。大概看过《新青年》和《新潮》的人,没有一个不被感动;对于诸位,极其信仰。学白话文的人,也有三分之一。"①即使到了1922年,这种状况也没有大的改观,一位读者就曾如是描述:"现在读《小说月报》的是些什么人呢?是学界以外的人多呢?还是学界中人多呢?据我所知道的,还是学界的人多,以外的人占很少数,至多不过十分之一。——或者连十分之一,还不到。"②然而"五四"的时代精神奠定了读者注重思想性的群体性文学趣味则极为关键且影响深远。在校青年学生作为早期新文学读者的主体,他们不仅受这一阅读风气影响,更以群体之力强化了新文学阅读的这一风尚。这种半是主动、半是被动的选择、接受方式,可以套用郭沫若《女神·序诗》里的诗句做一个形象化的转述:

> 《女神》哟!
> 你去,去寻那与我的振动数相同的人;
> 你去,去寻那与我的燃烧点相等的人。
> 你去,去在我可爱的青年的兄弟姊妹的胸中,
> 把他们的心弦拨动,
> 把他们的智光点燃吧!

"心弦"的"振动数"与"智光"的"燃烧点"相同、相等的人声气相求,又强化了弥漫于知识青年中间的"思想的空气"③,进而形成一种"社会情绪"④,如此循环往复,以至于创作中出现了所谓"新文艺腔"。"新文艺腔"是早期新文学创作优劣点的一种放大,客观上反映出知识青年接受新文学并进而模仿的趋势。

"五四"时期,学界内部以青年学生为主体的读者群对于新文学较为一致的认知及相应的与新文学创作的互动,只是新文化运动的一种"内循环",这也就是说,新文学起初只在部分趋新的在校知识青年中有着较为稳定的影响。不过需要注意的是,"人数的多寡或许并不要紧,换一个角度看,读者的稳定、忠诚,其实是一个新的文学场域获得自足性的关键"⑤,知识青年读者由是成为新文学最具有决定意义的读者群。

---

① "通信",《新潮》1919年12月第2卷第2号。
② "通信"(李揄元致沈雁冰),《小说月报》1922年10月10日第13卷第10号。同期另一位署名"允明"的"普池青山"读者亦提及当地情形:"《小说月报》的势力在我们这一方几乎全等于零。"两位读者的住地,尚待考证。
③ 雁冰:《文学家的环境》,《小说月报》1922年11月10日第13卷第11号。
④ 瞿秋白:《〈灰色马〉与俄国社会运动》,《小说月报》1923年11月10日第14卷第11号。
⑤ 姜涛:《"新诗集"与中国新诗的发生》,北京大学出版社2005年版,第52页。

"五卅"事件使得新文学的知识青年读者由以在校学生为主[1]转变到以时代青年为主。当"五四"一代青年学子陆续从各级学校毕业进入社会,与沉沦在底层的各式知识青年相遇,他们因相同的境遇而产生思想共鸣,"寻觅同情之爱"[2]的呼声不绝于耳,而在其时"认清敌人"的同时还要"纠结同伴"[3]的舆论环境中,"他之身世,只有漂流;他之心境,只有苦寂"[4]的时代青年到"五卅"前后已经成为一支可以发出自己声音的社会力量,由是形成了对穷愁之作的偏重。与此相关的是,激越的国民革命思潮及其促成的社会科学书刊的广泛流布则强化了知识青年的这一阅读选择。[5]

　　知识青年读者对穷愁之作产生共鸣,当然并不能说明他们必然全部倾向稍后鼓吹甚力的革命文学、普罗文学,闻国新、周开林、张寿林等一批在《晨报副镌》活跃的文学青年并不如此,而当国民革命高潮过后,南京国民政府基本奠定社会秩序,文学进入平稳发展期,新文学读者也在此时发生了更为明显的分化。一方面,一般民众开始较多阅读新文学作品,绝对数量有明显增长;另一方面,知识青年虽仍然是文学阅读的主力,但其结构及阅读兴趣较"五卅"前后发生了重要变化。

　　1930年前后,知识青年读者结构产生如下分化:第一,知识青年读者中最为激进的成员被中共领导的革命团体吸纳,与相对单纯的文学传播、接受拉开相当的距离,这可以存而不论;较为激进的人员则加入"左联"等左翼文学团体及其外围组织,受"关门主义"倾向影响,他们的创作变为自己人内部的知识对流,虽对巩固团体有效,但较难吸引一般的知识青年读者。这是一个虽有人员出入,但相对封闭的小圈子。

　　第二,就非左翼的知识青年读者而言,在校学生与一般知识青年读者较为接近,共同表现出明显的多元化趋势,不过,两类人群之间又有一定差异。下面以蒋成堃1934年发表的《成人阅读兴趣与习惯之调查及研究》[6]为据予以辨析。《成人阅读兴趣与习惯之调查及研究》设计了两种问卷,调查表主要就报纸、杂志、书籍三项统计,下面援引相关结果分别予以陈述:1.报纸。大学生较多养成读报习惯,青睐趋新的报纸,而一般民众"天天看报"的百分比不及大学生,且多数集中于地方性报纸。就报纸中与文学最相关的版块——副刊而言,大学生并不表示特别关注,但往往将之留到最后且费时较多(仅次于国内、教育);民众则对副

---

　　① 比如沈从文1926年提及《语丝》的"销路约三千分左右,以京内学生界订者为多"。参见沈从文《北京之文艺刊物及作者》,《沈从文全集》第17卷,北岳文艺出版社2002年版,第17页。

　　② 许杰:《王成组君的〈飞〉》,《小说月报》1923年3月10日第14卷第3号。

　　③ 圣陶:《"认清敌人"》,《文学周报》1925年7月5日第180期。

　　④ 为法:《〈林中〉的序》,《洪水》半月刊1926年1月1日再版第1卷第7号。

　　⑤ 参见沈松泉《关于光华书局的回忆》,宋原放主编《中国出版史料·现代部分》(上),山东教育出版社2000年版,第347—348页。

　　⑥ 蒋成堃:《成人阅读兴趣与习惯之调查及研究》,《教育与民众》1934年6月第5卷第10期;转引自李文海主编《民国时期社会调查丛编二编·文教事业卷》(第4卷),福建教育出版社2014年版。以下相关论述非特别注明,均出此文,因引用较多,具体出处不一一注明。

刊较有兴趣,在国内、社会、国外之后居第四位。2. 杂志。大学生或一般民众日常所爱看的杂志,都首举《东方杂志》。就专门的文学期刊看,一般民众多看《文学》《现代》,而大学生则较为喜爱《论语》;此外值得注意的是,"即有好多种本是早已'归了道山'的东西(如《生活》《语丝》之类),但它们的音容色相还居然为人所记忆,而且被列举出之结果仍占据相当的位置"。3. 书籍。大学生或一般民众平常最喜欢的书籍都以小说为最多,新文学作品中占位最前者是《呐喊》,列第九,自第十二位《子夜》以下,《母亲》《春蚕》《彷徨》《华盖集》等间隔出现,不过读者均不甚多。以笔者观之,从上述若干统计结果可以得出如下结论:大学生兴趣较广,他们对文学的兴趣,较多出自中学教育的惯性及身心易受社会风气影响的年龄特性①,较少表现出阅读的自主性;而社会中的知识青年则不同,他们对社会较为关心,保持文学阅读习惯的人往往是根据自己的兴趣自由地选择读物,中外、雅俗、新旧以及激进保守之间并无明显界限,表现出相当的开放性。另外,一个颇有意味的现象是,不论是新旧文学,社会中读者的人数均超过在校学生。

概而言之,从"五四"时期以新锐的在校学生为主,到"五卅"时期以激进的时代青年为主,再到 1930 年代前后以多元的社会青年为主,知识青年读者群的壮大是一个不断拓殖其边界的过程,而新文学在这一相对封闭然而极其活跃的文学场内不断进行意义的自我增殖,为其向社会其余部分的散播提供了必要前提和可行基础。

二、社会大众读者群与新文学的"外循环"模式

新文学自发生以来不能说没有社会读者,但其数量之少不难想见。《小说月报》改版后,虽然部分知识青年读者对革新不断礼赞、充满信心,认为"看改革后的《月报》的人","并非看因其有十多年历史的《月报》",并且"敢武断说一句,改革名称之后,不但不阻碍发行;还可以帮助发行哩"②,预示了知识青年读者群对新文学奠定社会基础至关重要;但在另外一面,原先的忠实读者也明白表达了对革新的不满。沈雁冰在 1921 年致周作人的一封信中就提到"一位老先生(?)巴巴的从云南寄一封信来痛骂","印这些看不懂的小说,叫人看一页要费半天工夫,真是更不经济"③。在新文学个中人(提倡者和读者)眼中,这种差异是因为民众的

---

① 当时的一项调查表明:第一,中学生"差不多可以说把文艺读物视为课余唯一的伴侣",调查统计文艺读物 142 种,"每人平均竟有 4 本之多,可知文艺读物之普遍性";第二,"从数量比较起来,爱读新文学为最多,旧文学次之,文艺杂志又次之",调查者以为是"时代思潮所演成必然的趋势,尤其在文化荟萃之区的上海,文化贯输是很便利最容易受新潮的影响而转变的";第三,在众多文艺读物中,"中学生最爱读的是《爱的教育》《给青年的十二封信》《石炭王》《屠场》和《彷徨》《呐喊》六种",前两种针对青少年故而受到特别欢迎可以存而不论,调查者以为"《石炭王》《屠场》是普罗文学的名著,是现在革命青年最爱读的读物",而《呐喊》《彷徨》"已经到了'死了阿 Q 时代',在文坛上的全文已经丧失掉"。参见陈表《中学生读书问题之实际探讨》,《中华教育界》1930 年 11 月第 18 卷第 11 期,转引自李文海主编《民国时期社会调查丛编二编·文教事业卷》(第 4 卷),福建教育出版社 2014 年版,第 273 页。
② "批评创作的三封信"(谢立民来信),《小说月报》1922 年 6 月 10 日第 13 卷第 6 期。
③ 沈雁冰 1921 年 9 月 21 日致周作人,《茅盾全集》(第 36 卷),人民文学出版社 1997 年版,第 32 页。

阅读习惯需要缓缓改造，"若想叫文学去迁就民众，——换句话说，专以民众的鉴赏力为标准而降低文学的品格以就之，——却万万不可"①。这是新文学发生、发展期初期趋新的知识人对民众作为新文学读者的基本判断。他们还认为，不喜欢新文学的读者作为"老先生"之"老"，是"不全然是不懂'新式白话文'，实在是不懂'新思想'"②。不过，事实当然并非完全如此。一方面，大众读者群在"通俗知识分子"的引领下，阅读的私人性和自由选择化使得"阅读能力广泛地普及大众"③，另一方面，因为 20 世纪中国屡有变故，他们也开始主动接触可能会影响到他们实际生活的新事物，并由此逐渐介入新文学阅读。

社会大众早已通过报纸的文学副刊大量接触到新文学④，但反应并不积极，待到国民革命高潮时期，"有门市发行所的，买书的主顾确实增多了，就是向来对于新书不感兴味的工商界也要为明了三民主义或共产主义而读书了。就使过去不易销去的新书，这时候也连带的比较平时多销去几本了"，此时"社会科学书的需要超过文艺书"，但因为光华"偏重于文艺书籍"⑤，故新文学读者应有较为明显的增长。张静庐的回忆也说明了社会大众接受新文学的动机、目的。简而言之，如果说青年学生主要出于身心特点而容易接近新文学，时代青年因为境遇而不平则鸣并与新文学发生共鸣，那么大众接触新文学，则是因为其包含了足以影响到他们日常生活的某些成分，如此一来，新文学也就从前两种读者占主流的"为主张而制作"的时代进入"1928 年以来"的"行市"之中了⑥。

"著作人的精神的产品商品化"⑦当然不无弊端，新文学被资本操控、压榨也历来是作家们极力控诉的现象，但这也使得将文学作为职业成为可能。沈从文在 1935 年以"过来人"的身份提及："如从小说看，二十年来作者特别多，成就也特别好，它的原因是文学彻底商品化后，作者能在'专业'情形下努力的结果。"⑧这里的"专业"，应该指的是文学成为正常的职业，既不像"五四"时期那样搅动全社会，也不像"五卅"前后那样成为小圈子内部失路之人的哀鸣，而是作为社会事业的一种，与其他文化行业并行发展。从这一角度看，新文学自 1928 年后逐渐从非常态转为常态，成为社会文化生活的一个有机组成部分。

---

① "通信"（沈雁冰复张侃），《小说月报》1922 年 9 月 10 日第 13 卷第 9 期。

② "通信"（沈雁冰复梁绳祎），《小说月报》1922 年 1 月 10 日第 13 卷第 1 号。

③ 参见陈建华《共和与宪政与家国想象：周瘦鹃与〈申报·自由谈〉，1921—1926》，李金铨主编《文人论政：知识分子与报刊》，广西师范大学出版社 2008 年版，第 206、208 页。

④ 沈从文 1926 年的文章提到《晨报副刊》时说："平时不能另卖，每日附到晨报的正张发行，到月终，则另订成一个本子，价洋三角。每月据说除正张附发之万份上下外，还可销去成册的三千分左右。"参见沈从文《北京之文艺刊物及作者》，《沈从文全集》第 17 卷，北岳文艺出版社 2002 年版，第 5 页。

⑤ 张静庐：《在出版界二十年》，上海杂志公司 1938 年版，第 128、135 页。

⑥ 沈从文：《论中国创作小说》，原载 1931 年《文艺月刊》2 卷 4 号（4 月 15 日）、2 卷 5—6 号（6 月 30 日），引自《沈从文全集》第 16 卷，北岳文艺出版社 2002 年版，第 198 页。

⑦ 胡怀琛：《上海著作人公会缘起》，张静庐辑注《中国近现代出版史料·补编》，上海书店出版社 2011 年版，第 268 页。

⑧ 沈从文：《新诗的旧账》，《沈从文全集》第 17 卷，北岳文艺出版社 2002 年版，第 97 页。

一个耐人寻味的现象是,时人称 1933 年或 1934 年为"杂志年"。对其成因,或以为出于创作不振,或归咎于图书审查过严,或认为国内经济低迷累及图书市场因而想办杂志的人多,这些当然都其来有自。客观说来,当时"农村的破产,都市的凋敝,读者的购买力薄弱得很,化买一本新书的钱,可以换到许多本自己喜欢的杂志"[①],实际的算盘推动读者涌向杂志。问题还在于,当社会大动荡的时代,人们急求了解社会变动之真相、缘由,往往倾向于购阅专书,如前述国民革命时期,而实际的盘算来源于稳定的生活或者对生活的这一预期,杂志的大面积流行便是人们这一生活态度最明白的宣示。1930 年代中前期可以说是民国最稳定、发展最迅速的一个时期,人心思定,人性恒常,于是文学便和其他精神消费品一样由万花筒性质的杂志予以便捷呈现。

据 1934 年的一项调查,民众偏好"内容浅近而带有相当普遍性或一般性质的刊物",而 577 份答卷"最为特别的,则是有阅读杂志的'嗜好'或对于杂志阅读'感觉特殊兴味',能够以一种'欣赏'的态度去阅读杂志,以及将杂志之阅读视作'一种习惯'的,在民众方面都居绝对的少数",但大众相对从"增广常识""事业上需要""认识社会""帮助修养"等角度购阅杂志,却是在校大学生几乎无人选择的理由。[②] 从分析结果来看,同是成年人,大学生阅读杂志注重"欣赏",而大众则强调获取"常识",应该说,这是一个正常社会的常态。在 1930 年代,文坛中人不乏窥得其中隐秘者,如《现代》主编施蛰存。施蛰存对此前文学期刊的指摘颇有代表性:

> 对于以前的我国的文学杂志,我常常有一点不满意。我觉得它们不是态度太趋于极端,便是趣味太低级。前者的弊病是容易把杂志的对于读者的地位,从伴侣升到师傅。杂志的编者往往容易拘于自己的一种狭隘的文艺观,而无意之间把杂志的气氛表现得很庄严,于是他们的读者便只是他们的学生了;后者的弊病,足以使新文学本身日趋于崩溃的命运,只要一看现在礼拜六派势力之复活,就可以知道了。

在施蛰存看来,文学对读者大众教谕或顺从都不可取,真正值得去做的,是做他们的益友。因此,他将《现代》定位为一个"一切文艺嗜好者所共有的伴侣"[③],对其内容,则"除了好之外,还得以活泼,新鲜,为标准"——这里的"好"是文学标准,"活泼""新鲜"则更多的是从读者角度着眼,以此故,《现代》的市场业绩颇好,"销数竟达一万四五千份"[④]。

应该承认,现在很难有确切的调查报告及相应的统计数字可以对社会大众读者的构成

---

① 张静庐:《在出版界二十年》,上海杂志公司 1938 年版,第 157 页。
② 蒋成堃:《成人阅读兴趣与习惯之调查及研究》,《教育与民众》1934 年 6 月第 5 卷第 10 期,转引自李文海主编《民国时期社会调查丛编二编·文教事业卷》第 4 卷,福建教育出版社 2014 年版,第 342、343 页。
③ 施蛰存:《编辑座谈》,《现代》1932 年 5 月 1 日创刊号。
④ 张静庐:《在出版界二十年》,上海杂志公司 1938 年版,第 150 页。

及其历史变迁做出精准的描述,但通过上面的分析起码可以得出这样一个结论,那就是北洋政府统治时期的国内动荡之后,大众经过社会革命的洗礼,到南京国民政府时期,因社会生活日趋常态化,文学得以相对自由发展,大众的文学阅读选择多元化、趣味多元化,新文学也进入了一个作者与读者以市场化的文学期刊为主要沟通渠道,从而交流日益密切的良性发展阶段。然而,不久之后爆发的"抗战"截断了新文学沿着这一路径发展的可能,战时的文学规范也改变了读者的心态,文学阅读的风尚也因之大变。

需要强调的是,新文学在文学(知识)青年读者群中的"内循环"模式与其在社会读者中的"外循环"模式在形成时间上固然有先后,但当新文学发展日趋稳定后,这两种模式同时存在,也同时起作用,差别在于,"内循环"模式可能较多参与到新文学的意义生成过程之中,而"外循环"模式则主要担负传播功能,即造成新文学在社会中的扩散。

三、新文学副刊:从"内循环"到"外循环"的枢纽

新文学副刊诞生于"五四"运动之后。胡适在1922年所作之《五十年来中国之文学》中指出:"民国八年的学生运动与新文学运动虽是两件事,但学生运动的影响能使白话的传播遍于全国,这是一大关系;况且'五四'运动以后,国内明白的人渐渐觉悟'思想革新'的重要,所以他们对于新潮流,或采取欢迎的态度,或采取研究的态度,或采取容忍的态度,渐渐的把从前那种仇视的态度减小了,文学革命的运动因此得自由发展,这也是一大关系,因此,民国八年以后,白话文的传播真有'一日千里'之势。"①《时事新报》《民国日报》《晨报》的副刊均在此前后改版,日益偏重新思想与文艺创作及相关讨论实在不为无因。

新文学副刊之于新文学传播的第一重意义,在于它围绕时人关切的多种问题设置栏目而偏重新思想,于无形中扩张了新文学的影响。新文学发生以来,文学副刊大都栏目设置繁复多变,注意满足不同读者的多方面需求,然后出于因缘际会,才形成以新思想与新文学并重的局面,新文学乃以此推开社会之门。例如《时事新报·学灯》在宗白华主编时期,开始倡导"有思想有组织的经验学术和不背实际的哲学理论"了②,因为他"郭沫若用诗歌写出了他心灵的哲学"③,所以大量刊发郭沫若的诗歌创作,在新文学界造成重大影响——以至于后来有人讽刺说,"无论什么报章杂志,至少也得印上两首新诗,表示这是新文化"④。这从反面证明了副刊之于新文学传播的价值。

第二,新文学副刊是文学交流的最佳平台,作者与读者通过编辑的中介而实现了社会范

---

① 胡适:《五十年来中国之文学》,《胡适全集》(第2卷),安徽教育出版社2003年版,第339页。
② "学灯栏宣言",《时事新报·学灯》1920年1月1日。
③ 张黎敏:《〈时事新报·学灯〉:文化传播与文学生长》,华东师范大学2009年博士论文,第87页。
④ 张季鸾:《新诗坛上一颗炸弹》,《京报·文学周刊》1923年6月16日第2号。

围内的思想与情感的对流。这里以《京报副刊》的"二大征求"①为例予以说明。"青年爱读书十部"是孙伏园担任《京报副刊》主编一个月后，为吸引读者关注而采取的措施，而就统计结果看，参与者地域分布广泛，选目也囊括古今中外，将新文学创作置于这一背景中考察，可以充分说明其时社会对新文学的接纳程度。

"青年爱读书十部"共发出选票 20 余万，仅收回 308 张，且含两张废票。就刊出的 306 份应征书目看，根据孙伏园的相关统计，从年龄结构上说，18—24 岁共 195 票，占总数的三分之二弱（这还是舍弃了未详年龄的 45 票，否则比例应更高）；从地域分布上看，除未详地域的 52 票，江苏（包括上海）最多，37 票，直隶、山东应征者所列书目相近，分别为 28、25 张，四川、浙江应征者所列书目之间分歧较大，分别是 22、17 张，而安徽、河南又比较相近，分别是 15、13 张，其他如山西、陕西、湖北、广东、云南这五个超过 10 票的省份，个体之间差异又比较大；从所选书目来看，《红楼梦》（183 票）、《水浒》（100 票）、《西厢》（75 票）得票居于前三，《呐喊》居第四位（69 票），其他的新文学创作，《超人》（37 票）、《自己的园地》（29 票）、《沉沦》（21 票）、《女神》（15 票）、《茑萝集》（10 票），六部新文学创作共占获 10 票以上的书刊的十分之一弱。从这一统计可知，新文学传播呈逐渐扩张的态势。北京、江苏、浙江的读者较多涉及最新的新文学创作、期刊，在新文学作家中，鲁迅、冰心最为多见，周作人、郁达夫、郭沫若紧随其后；就新文学发表机构而言，《小说月报》最多，其次则是《晨报》《京报》的副刊和《创造》季刊、《创造周报》——相较而言，湖北、四川、贵州、云南的读者多所列举的则是《儒林外史》《老残游记》、林译小说、《新青年》等，从沿海到内地存在明显的滞差。其次，新文学创作在当时显然很难与传统典籍比肩。就是亲近新文学的青年人，往往也对具体创作不满，如第 98 条刊出的广东香山 21 岁读者许超远说"新诗与新文学书虽然我很爱，但是没有一本完全满意。我愿将来能在现在流行的新文学书中选一本选本"。类似的表述虽不多见，而可见当时知识青年对幼稚的新文学初期创作的态度。需要强调的是，他们虽不满意，但前提是承认新文学，而且盼望新文学能有优秀之作。这正是新文学能够渐次扩展影响的重要前提条件。

第三，新文学副刊推出合订本也是新文学扩大社会影响的一种重要渠道。合订本的优势在于既克服了文艺副刊随日报逐日（或定期）发行不易保存的缺陷，同时又满足了新文学爱好者渴望完整品读长篇和收藏重要创作及相关文献的心理；此外，合订本在二次传播以外，因类似书刊而便于邮购，对不方便订阅日报的读者来说颇为便利，所以在一定程度上突破了新文学传播的地域限制。②"四大副刊"均有合订本，其中《京报副刊》到 1925 年 10 月在北京有北新书局等 13 家代售处，外埠则除东部城市之外，更深入重庆、成都、昆明，代售处达 45 家之多。副刊合订本代销处的增多、销量的增加，都反映了新文学日益为社会大众广

---

① 参见王世家编《青年必读书——一九二五年〈京报副刊〉"二大征求"资料汇编》，河南大学出版社 2006 年版。本文相关数据未有特别说明，均取自该书。

② 《晨报副镌》1922 年 2 月 3 日的中缝广告有这样的说明："外埠代派，不折不扣，零售时准其酌加邮费。"寄售方式的出现是邮购的延伸，也反映出内地市场逐渐得以开拓。

泛接受,此外,它"改变了副刊日刊原有的报纸属性而变更为杂志、书籍属性"①,表明新文学社会传播的主渠道从读报到看书刊的转变,预示了 1930 年代大型文学期刊的出现和新文学读者群的成熟。

其实,对于新文学副刊在新文学传播方面的作用,过来人更有切身的体会。沈从文曾于 1940 年代中期追摩"五四"之后一段时期内副刊的繁荣状况及其文化意义:

> 在中国报业史上,副刊原有它的光荣时代,即从五四到北伐。北京的"晨副"和"京副",上海的"觉悟"和"学灯",当时用一个综合性方式和读者对面,实支配了全国知识分子兴味和信仰……刊物既在国内作广泛分布,因之书呆子所表现的社会理想和文学观,虽似乎并不曾摇动过当时用武力与武器统制的军阀社会,却教育了一代年青人,相信社会重造是可能的……更显而易见的作用,也许还是将文学运动,建设在一个社会广大基础上……它直接奠定了新文学运动的磐石永固,间接还助成了北伐成功。②(着重号为引者所加)

新文学副刊助成北伐成功或许有点夸大,但其在从"五四"到北伐这一时期内,缓缓奠定了新文学的社会基础,则是不争的事实。

整体看来,新文学读者在任何时期都以知识青年为主,从在校学生到知识青年再到社会青年,本身就说明新文学传播范围增广、影响日益增大,而社会大众读者数量虽则增长缓慢,但在社会形势的推动下逐渐发生兴趣,并在新文学市场日趋成熟后成为重要的文化消费群体。在两大读者群多有交融的发展过程中,新文学副刊作为文学与社会之间的桥梁,以其特有的优势助成新文学从新式知识人群落的"内循环"模式发展到其与社会化的"外循环"模式并行的局面。新文学两种传播模式的无间衔接和蜕变,表明新文学已然为全社会所接受,并从此成为一种文学"正统"。

---

① 陈捷:《民国文艺副刊合订本的出现及其文化意义——以〈京报副刊〉为例》,《杭州师范大学学报(社会科学版)》2010 年第 1 期。

② 沈从文:《编者言》,《沈从文全集》第 16 卷,北岳文艺出版社 2002 年版,第 447—448 页。

论中国现代文学场域形成期的占位斗争

徐仲佳[*]

（上海财经大学 人文学院，上海 200433）

内容摘要：文学革命也是一场文学场的占位斗争。王纲解纽的政治、文化环境是这场占位斗争发生的外部因素。拥有不同的文化、经济、象征资本的占位者围绕着文学场域的文学定义、集体信仰等展开了争夺。新文学阵营挟西方的现代文化资源在传统/现代、落后/进步的二元对立思维定式下贬抑、排击旧文学阵营，成功在文学场域建立新的文学定义和集体信仰。"人的文学"观在这一占位斗争中起到了鲜明的区隔效果。

关键词：文学革命；文学场域；占位斗争

- -

文学革命不仅仅是一场新文学诞生的运动，从文化社会学的角度看去，这还是一次以留学生为主要成员的新文学阵营挟西方文化资源驱逐以本土文化为主要资源的旧文学阵营的文学场占位斗争。这一占位斗争改变了文学场的结构，重建了文学场的集体信仰，同时也意味着以自主性为原则的中国现代文学场的形成。其实，"新"与"旧"这一后来者所添加的徽号本身就是文学定义权争夺的反映。在此，我们试图仅按照文学史历来叙事的惯例来指称这场文学场占位斗争的双方，不代表任何价值判断。

一、新旧文学阵营的文化资本对比

文学场的重要性在 1900 年代就已经被注意到。戊戌变法失败之后，变法鼓吹者提出"欲新一国之民，必先新小说"的主张。[②] 小说这一文类被提高到事关民族存亡的高度，显然是对于文学场作用的充分重视。但是，此时的文学场并没有获得独立的地位，也就不是现代

---

* 作者简介：徐仲佳，文学博士，上海财经大学人文学院教授，博士生导师。

基金项目：本文为海南省哲学社会科学规划课题"跨时段的历史空间及精神空间对话：四十年代小说与'人的文学'新变"[HNSK(YB)18-34]之阶段性成果。

② 梁启超：《论小说与群治之关系》，黄霖、韩同文选注《中国历代小说论著选（下）》，江西人民出版社 1990 年版，第 41 页。

意义上的以自主性原则存在的文学场。这种状况就如周作人在 1908 年所指出的：当时人们对文学的理解仍然没有脱尽中国文化传统中的"宗圣"与"载道"，"文学不能离治化而独存"。具体到小说这一地位正在上升的文体，周作人认为，时人仍不把小说当作真正的文学来看，或者即使将其视为文学，也"仍昧于文章之义，则惑于裨益社会，别长谬见"。基于此，周作人鼓吹："文章一科，后当别立孤宗，不为他物所统。"①鲁迅当年亦有同样看法："文章为美术之一，……与个人暨邦国之存，无所系属，实利离尽，究理弗存。"②周作人所说的"文章"当"别立孤宗"，鲁迅所说的"与个人暨邦国之存，无所系属"，都是对文学独立性的要求，这是现代意义上的文学场标志之一，也是中国现代文学场建构自觉的标志，即试图建立独立于政治场与经济场之外的文学场域。同时，鲁迅提出了"立人"文化建设方案，这是后来中国文学现代性的主要标志。③ 这些似乎显示出，中国现代文学场已经有了比较成熟的理论准备。但是，这种观念上的自觉还不能算是现代文学场出现的全部内涵，更重要的是观念的现实化。

现代文学场的产生需要满足的条件很多。除了文学场中的行动者的观念自觉，决定性的条件有二：首先，权力场的允许；其次，有足够资本的行动者的出现。文学革命为什么发生在 1917 年，而不是《青年杂志》创办的 1915 年？ 这其中重要的因素就是权力场对文学场的支配。作为权力场中被统治、被支配的一极，文学场时时受到权力场，尤其是政治场的规范。《青年杂志》创办的 1915 年，袁氏政权正在大搞特务统治，《青年杂志》虽托庇于上海租界（当时的群益书社所处之棋盘街位于租界），但仍声明不谈政治，借以避祸。到了 1917 年文学革命开始鼓吹的时候，袁氏政权已经灭亡，其不同支派的势力为争夺政治场的支配权而陷入四分五裂的状态。④ 政治场王纲解纽的状态为文学场的独立性配置提供了至关重要的结构性

① 独应（周作人）：《论文章之意义暨其使命因及中国近时论文之失》，《河南》第 4 期。
② 鲁迅：《摩罗诗力说》，《鲁迅全集》（第 1 卷），人民文学出版社 2005 年版，第 73 页。
③ 鲁迅：《文化偏至论》，《鲁迅全集》（第 1 卷），人民文学出版社 2005 年版，第 58 页。
④ 《青年杂志》1 卷 1 号（1915 年 9 月 15 日）"通信"栏中，王庸工针对当时筹安会在北京鼓吹讨论国体，有国体变更的危险："切望大志著论警告国人，勿为宵小所误。"记者（陈独秀）在回复中指出，王庸工的提议："雅非所愿。盖改造青年之思想，辅导青年之修养，为本志之天职。批评时政，非其旨也。"有学者认为，陈独秀这一不谈时政，只是他"在袁世凯酝酿称帝的险恶环境下虚晃一枪的障眼法，实际上，《青年杂志》仍然在曲折地批评时政"（张耀杰：《北大教授与〈新青年〉》，新星出版社 2014 年版，第 32 页）。在同一封信中，陈独秀提到，《青年杂志》的主要任务是思想启蒙："国人思想，倘未有根本之觉悟，直无非难执政之理由。年来政象所趋，无一非遵守中国法先王之教，以保存国粹而受非难。难乎，其为政府矣。欲以邻国之志警告国民耶？吾国民雅不愿与闻政治。日本之哀的美敦书，曾不足以警之，何有于本志之一文。"因此，比起直接批评时政来，在陈独秀看来，思想启蒙是更为根本的改变中国社会的手段。不过，即使有这些理由，我们仍然可以推论出，当时袁氏政府的特务统治所造成的政治高压还是传递到文化场域。例证之一就是在《新青年》3 卷 5 号（1917 年 7 月 1 日），陈独秀借"通信"栏宣称，青年应该积极参与政治，博学而致用："本志主旨，固不在批评时政，青年修养，亦不在讨论政治，然有关国命存亡之大政，安忍默不一言？"这一变化与 1917 年的中国是"中国历史上言论最为自由的黄金时代"密切相关。参张耀杰《北大教授与〈新青年〉》，新星出版社 2014 年版，第 37 页。

条件。① 另一方面,1917 年前后,北京大学的积极延揽以及《新青年》的北迁使新文学阵营聚集起了拥有足够资本的行动者。这也为现代文学场的形成提供了可能。因此,现代文学场域形成的两个条件在 1917 年都已经成熟。一场新旧文学阵营之间的文学场域占位斗争也拉开了帷幕。

文学场占位斗争的发生,要求行动者具备足够的资本。这些资本包括文化资本、象征资本、经济资本等。周作人 1908 年对当时"文论之失"的指摘,即一种试图通过对文学重新定义的文学场占位行动。只不过,后来成为现代文学场缔造者的多数成员还没有足够的资本在文学场中驰骋。而到了 1920 年代,以《新青年》和北京大学为基地,一大批携带新资本的占位者聚集在一起,足以列出堂堂之阵。

新旧文学阵营在文化资本、经济资本、象征资本等方面均有明显差异。这些资本差异可以通过下表中双方部分成员的受教育经历及在权力场中的占位、经济状况等反映出来。

表 1　新文学阵营

姓名	出生年月	功名	留学目的国及时间	外语程度	职业
蔡元培	1868	举人(1889)、进士(1892)	日本(1902 年暑期游历)、德国(1907 年赴德国、1908 年入莱比锡大学至 1911 年 11 月回国)、法国(1913 年 10 月至 1916 年 11 月)、欧洲各国及美国考察(1920 年 12 月至 1921 年 9 月)、欧洲诸国(1923 年 8 月至 1926 年 2 月,1924 年 11 月入德国汉堡大学)	日语、德语、法语熟练	翰林院庶吉士(1894—1898)、绍兴中西学堂监督(1898—1899)、嵊县剡山书院院长(1899—1900)、南洋公学特班总教习、中国教育会事务长、爱国学社总理、爱国女学总理、光复会会长、同盟会上海主盟员、中华民国(临时)政府教育总长(1912)、北京大学校长(1916 年 12 月起至 1926 年)、国民党中央监察委员会委员、中华民国大学院院长、国立中央研究院院长②
吴虞	1872		日本(1905—1907,法政大学)	日语	成都府中学堂教习、《西成报》总编辑、《公论日报》主笔(约 1911 年)、四川法政学校、四川外国语专门学校、四川国学专门学校教员(1917—1918)、北京大学、北京师范大学教授(1921)③

① 傅斯年在《陈独秀案》(1932)一文中提道:"袁氏之死,虽不曾将这三种社会(指蔡元培所说,袁世凯所代表的当时中国的'官僚''学究''方士'三种社会——引者注)带了去,而反应之下,却给反对这三种社会的分子一个阳春。新青年便应运而生于民国四年之秋。"(岳玉玺、李泉、马亮宽等编选:《傅斯年选集》,天津人民出版社 1996 年版,第 319 页)傅斯年显然也是将《新青年》的出现与袁氏之死联系起来,但在这里,他似乎将袁氏之死提前了一些。但这不影响我们的结论。

② 高平叔编著:《蔡元培年谱》,中华书局 1980 年版。

③ 赵清、郑城:《吴虞集前言》,四川人民出版社 1985 年版,第 1—19 页。

姓名	出生年月	功名	留学目的国及时间	外语程度	职业
陈独秀	1879	秀才(1896)	日本[1901—1903年东京专门学校(早稻田大学前身)、1907—1909年成城学校]	日语、法语、英语、梵文	安徽都督府秘书长、安徽高等学校教务长、北京大学文科学长①
鲁迅	1881	赴县考未中	日本(1902—1909年先后入宏文学院、仙台医学专门学校)	日语、德语熟练	绍兴府中学堂监学、教育部佥事、社会教育司第一科科长、北京女子高等师范学校讲师、厦门大学教授、中山大学文学系主任兼教务处主任、国民政府大学院特约撰述员②
周作人	1885	赴县考未中	日本(1906—1912,1908年入立教大学)	日语、古希腊语精通,英语熟练	杭州教育司省视学、北京大学教授③
钱玄同	1887		日本(1906—1910年早稻田大学)	日语	北京大学教授、北京师范大学教授
胡适	1891		美国(1910—1916年康奈尔大学、哥伦比亚大学)	英语精通	北京大学教授、代理教务长④
刘半农	1891		英国、法国(1920—1925年巴黎大学、法兰西学院)	英语、法语	开明剧社编剧兼演员(1912)、中华书局编译员(1913)、实业学校、中华铁路学校教员(1916)、北京大学预科国文教授(1917)、北京大学教授、中央研究院历史语言研究所研究员⑤
郭沫若	1892		日本(1914—1923年东京第一高等学校、冈山第六高等学校、九州帝国大学)	日语、英语、德语、拉丁语	泰东图书局编辑⑥
张资平	1893		日本(1912—1922年东京第一高等学校、九州熊本第五高等学校、东京帝国大学)	日语、英语、德语	蕉岭铅矿厂经理、武昌师范大学教授⑦

① 唐宝林、林茂生:《陈独秀年谱》,上海人民出版社1988年版。
② 《鲁迅著译年表》,《鲁迅全集》(第16卷),人民文学出版社1981年版。
③ 《知堂年谱大要》,张菊香、张铁荣编《周作人研究资料(上)》,天津人民出版社1986年版,第81—82页。
④ 胡颂平:《胡适先生年谱简编》,大陆杂志社1979年版。
⑤ 徐瑞岳:《刘半农年表》《刘半农年表续》,《徐州师范学院学报》1984年第1期、第2期
⑥ 龚继民、方仁念:《郭沫若年谱(1892—1978上)》,天津人民出版社1992年版。
⑦ 朱寿桐编:《张资平自传》,江苏文艺出版社1998年版。

姓名	出生年月	功名	留学目的国及时间	外语程度	职业
沈雁冰	1896	无	无	英语	北京大学预科（1914—1916），商务印书馆编辑①
傅斯年	1896	无	英国（爱丁堡大学）、德国（柏林大学）	英语、德语	北京大学学生（1909—1919）
郁达夫	1896		日本（1913—1922年东京第一高等学校、名古屋第八高等学校、东京帝国大学）	日语、英语、德语	泰东图书局编辑、安庆法政专科学校教员②
成仿吾	1897		日本（1910—1921年东京第一高等学校、冈山第六高等学校、东京帝国大学）	日语、英语、法语	楚怡工业学校教员、长沙高等工业学校教员、长沙兵工厂技正③
罗家伦	1897	无	美国（哥伦比亚大学）、英国（爱丁堡大学）、德国（柏林大学）	英语、德语	北京大学学生（1917—1920）
郑振铎	1898	无	无	英语、俄语	北京铁路管理学校、商务印书馆编辑④

表2　旧文学阵营

姓名	出生	功名	留学目的国及时间	外语程度	职业
林纾	1852	举人（1882）	无	无	京师大学堂编译局笔述、五城学堂总教习、京师大学堂经学教员（1906—1913）、高等实业学堂教习（1909）、《平报》编撰（1912）、正志学校教务长（1915）、《国际公报》名誉主笔（1922）、励志学校教席（1923）⑤
包天笑	1874	秀才（1894）	短期访日	日语，不熟练	主持金粟斋译书处、创办《苏州白话报》、吴中公学社、教员、《时报》编辑（1906—1919）、主编《小说时报》《小说大观》《小说画报》⑥
徐卓呆	1880		日本，体操	日语	中国体操学校校长

---

① 查国华：《茅盾年谱》，长江文艺出版社1985年版。
② 郭文友：《千秋饮恨——郁达夫年谱长编》，四川人民出版社1996年版。
③ 张傲卉、宋彬玉：《成仿吾年谱》，《东北师大学报》1985年第3期。
④ 福州市地方志编撰委员会：《郑振铎志》，海潮摄影艺术出版社2006年版。
⑤ 山东聊城师院现代文学教研室：《林纾年谱及著译（征求意见本）》（油印本）1981年版。
⑥ 沈庆会：《包天笑及其小说研究》，华东师范大学2006年博士论文。

姓名	出生	功名	留学目的国及时间	外语程度	职业
王西神	1884	举人(1902)	曾经短时间到过南洋	未知	商务印书馆编辑、佐南京戎幕、沪江大学教授①
徐枕亚	1889				小学教员、《民权报》编辑(1912)、中华书局编辑(1914)、《小说丛报》等编辑、清华书局编辑②
毕倚虹	1892	无		未知	陆军部郎中(捐班)、《小时报》编辑、律师③
周瘦鹃	1895	无	无	英语	中学教员、中华书局编译(1916—1918)、新申报特约撰稿人(1918)、《申报自由谈》特约撰述(1919)、《申报自由谈》主编(1920)④

上面表格表明,新文学阵营中的大多数成员有或长或短的留学经历,熟练掌握一门以上的外语,多在高校或政府部门任职。留学生这一身份在当时具有较高的文化资本。而高校,尤其是北京大学这样的高校,以其高于其他文化部门的准入更使得新文学阵营的成员具有超乎寻常的象征资本。同时,他们任职的高校或政府部门也为他们带来了丰厚而稳定的经济资本。陈明远考察过民国时期文化名人的经济状况。文学革命时期,鲁迅、周作人、胡适、蔡元培、李大钊、陈独秀等的月收入约在200—600元不等,远远高于当时四口小康之家月均消费10余元的水平。⑤

旧文学阵营的资本状况与新文学阵营有所不同。大多数成员没有留学经历。除周瘦鹃、徐卓呆、包天笑等之外,绝大多数成员不能熟练使用外语。他们多寄身于上海的书肆、报社等民间机构。他们的文化资本、象征资本显然无法与高踞于"全国师表,五常之所系属"(林纾语)的北京大学相比。在经济资本上,后者或可以与前者相埒。林纾当年在正志学校任教,月薪有500元。⑥ 毕倚虹出身官僚家庭,曾经通过捐纳进入陆军部,他本人曾经任过萧山沙田局局长,经济状况应当不差。虽然当时国内的文化市场并不很成熟,但他们寄身的上海是个例外。中华书局、商务印书馆这些机构能够给他们提供相当充裕的收入。当时,在报纸上写稿的报酬基本在千字2元到3元,著作版税在10%—15%;旧文学阵营的成员多是快手,常常同时为两种以上的报刊写稿,稿酬和编辑费可以保证他们获得较高的

① 赵苕狂:《王西神传》,芮和师、范伯群等编《鸳鸯蝴蝶派文学资料(上)》,福建人民出版社1984年版,第312页。
② 潘盛:《泪世界的形成——徐枕亚小说创作研究》,复旦大学2009年博士论文。
③ 范伯群:《通俗文坛上一颗早陨的星——毕倚虹评传》,《苏州大学学报》1990年第4期;钝根:《毕倚虹小史》,芮和师、范伯群等编《鸳鸯蝴蝶派文学资料(上)》,福建人民出版社1984年版,第326页。
④ 范伯群、周全:《周瘦鹃年谱》,《新文学史料》2011年第1期。
⑤ 陈明远:《何以为生——文化名人的经济背景》,新华出版社2007年版,第10页。
⑥ 陈明远:《何以为生——文化名人的经济背景》,新华出版社2007年版,第10页。

收入。例如,李涵秋写小说的收入每月就有"数百金"①。包天笑编《时报》、写小说等的收入也一度达到每月300元。不过,月入300元也"差不多是上海从事新闻报刊业的文人中的最高水平了"②。

由此可见,上述新旧两个文学阵营的成员都有足以自恃的经济资本。但是,二者与经济场的相对距离并不完全相等。这导致新旧文学场阵营对经济场的态度有了差异,并进而影响到他们在文学场占位斗争中的策略。新文学阵营成员或在国立大学任教、读书,或在政府部门任职,其经济资本与经济场的距离甚远。同时,新旧文学阵营的社会占位差异使得他们在文学场占位斗争中的位置感迥然有别。作为"全国师表,五常之所系属"的北京大学,使得新文学阵营的符号化、象征化资本远高于寄迹于报馆、书局的旧文学阵营。这些使得新文学阵营一方面可以在文学场高视阔步,另一方面,也使得他们能够比较超然地贬抑旧文学阵营直接从经济场获得的赖以立足的资本。因此,他们有比较从容的心态,将旧文学阵营以市场需求为导向的文学贬抑为"投机的事业"③,将旧文学阵营的成员贬抑为"文丐"④"文娼"⑤。在新文学阵营看来,旧文学阵营的成员是"寄生在以文艺为闲时的消遣品的社会里的。他们不过应了整个社会的要求,把'道听途闻'的闲话,'向空虚构'的叙事,勉勉强强的用单调干枯的笔,写了出来,换来几片面包,以养活他自己以至他的家人而已"⑥。旧文学自觉地向读者需求靠近的做法必然要被新文学阵营看作迎合市民阶层消遣、游戏的文学观而受到唾弃。

旧文学阵营成员大多寄迹在与商品市场密切相关的报馆、书局等机构。如林纾那样长期在学校任教、有丰厚薪酬的情况虽偶有,但并不常见。经济场一方面给他们提供了足以自恃的经济资本,获得相对意义上的,不依赖于权力场的"自由"之身。另一方面,经济场的商品经济法则深刻地改变了他们的习性,并借以塑造着他们的文学实践。因此,他们对于经济场的态度要远比新文学阵营的"超然"复杂得多。对于"文丐"的称号,他们自承不让,还表现出相当的自信:"照我看来,世上的人,除了能够从娘肚子里带干粮出来吃一世的人外,恐怕一个人要生活世上,就绝对的不能不借着他人之力去得衣食住罢。那就有了丐的性质了。"⑦寄尘的一段道情尤其如此:"自家文丐头衔好。旧曲翻新调。不爱嘉禾章。不羡博士帽。俺唱这道情儿归家去了。"⑧对于来自新文学阵营的攻击,他们从经济场的逻辑出发反

①　金君珏:《李涵秋先生趣史》,《游戏世界》1922年第7期。
②　王晶晶:《新旧之间——包天笑的文学创作与文学活动研究》,上海师范大学2012年博士论文,第27页。
③　圣陶:《文艺谈》,《晨报副刊》1921年5月25日。
④　西:《消闲?!》,《文学旬刊》1921年7月30日第9号。
⑤　C.S.《文娼》,芮和、范伯群等编《鸳鸯蝴蝶派文学资料》(下),福建人民出版社1984年版,第740页。
⑥　西:《悲观》,《文学旬刊》1922年第36号。
⑦　文丐:《文丐的话》,《晶报》1922年10月21日,转引自芮和师、范伯群等编《鸳鸯蝴蝶派文学资料》(上),福建人民出版社1984年版,第176—177页。
⑧　寄尘:《文丐之自豪》,原载1929年3月《红》第28期,转引自芮和师、范伯群等编《鸳鸯蝴蝶派文学资料》(上),福建人民出版社1984年版,第185页。

唇相讥,将新旧问题翻译为市场竞争:"商务印书馆出版之小说月报第十三卷第九号,开始攻击他书局所出版之礼拜六、半月、星期、快活、游戏世界等杂志,说他是该死的下流,说他作小说的人是穷极无聊。有人说,这是新旧之争。依我说,这话太高尚了罢。只不过是生活问题,换言之即饭碗问题而已。"①但是,这些声音无论是在当时,还是在后来的历史叙事中,都被淹没在文学场占位斗争的成功者——新文学阵营——的叙事声音里。另一方面,新文学阵营所建立的文学信仰毕竟顺应着历史大潮,旧文学阵营大多数成员也明白这一点。除了少数成员顽固地坚守着旧道德,多数旧文学阵营成员都在文学革命之后,或多或少地接受着新的文学信仰的渗透。

当然,对旧文学阵营商品化文学的贬抑不仅仅是新文学阵营占位斗争的需要,同时,也是他们对正在形成的现代文学场自主性原则的维护。新文学阵营在文学场建立起了一套"颠倒的经济逻辑",将文学场与经济场、新文学阵营与旧文学阵营区隔开来。文学场"颠倒的经济逻辑"是与经济场对利润的直接追求、资本的快速周转、大生产方式等相反对的生产逻辑。通过对经济场逻辑的否定,文学场的自主性原则被确立起来。对经济场逻辑的认同及依赖于报纸及期刊快速生产的模式,在旧文学阵营那里,是谋生的手段,而对于新文学阵营来说,则是出卖了文学独立性的"文娼""文丐"行为。因此,后者就有足够的理由来贬抑前者。这一幕在 20 世纪中国文学场中经常出现:主流文学/精英文学/纯文学与通俗文学的对立在不同的时空条件下以不同的理由呈现。

从新旧文学阵营的经济资本来看,他们虽然都拥有足以自存的经济资本,但因其与经济场域相对距离的差异,使他们在文学场域中的位置感有明显不同。这种位置感差异又会转变成文化资本、象征资本的差异,影响二者在文学场占位斗争中的策略。

二、"别求新声于异邦":新文学阵营的占位斗争策略

文学场占位斗争的第一幕常常是后来者对文学场中的既有文学进行贬抑、颠覆。这种贬抑一方面可以使既有文学贬值,另一方面也为后来者建立文学场新的集体信仰铺平了道路。文学革命中的新文学阵营首先采取的就是这一策略。胡适在《文学改良刍议》中所提倡的文学改良的"八事",无一不是针对着当时文学场域的既有占位者及其文学信仰。陈独秀的《文学革命论》更以磅礴的气势,将当时的文学场指斥为"悉承前代之弊",鼓吹"吾国文学豪杰之士"要做"中国之虞哥、左喇、桂特郝、卜特曼、狄铿士、王尔德","不顾迂儒之毁誉,明目张胆以与十八妖魔宣战"。旧文学场集体信仰的失效,在陈独秀们看来,是由于其不合于现代社会的自由、个性、民主等普世价值:"贵族文学,藻饰依他,失独立自尊之气象也;古典文学,铺张堆砌,失抒情写实之旨也;山林文学,深晦艰涩,自以为名山著述,于其群之大多数

---

① 星星:《商务印书馆的嫌疑》,《晶报》1922 年 9 月 21 日,转引自芮和师、范伯群等编《鸳鸯蝴蝶派文学资料》(上),福建人民出版社 1984 年版,第 175 页。

无所裨益也。"旧文学在失去了集体信仰之后，无论是内容还是形式都已无可取之处："其形体则陈陈相因，有肉无骨，有形无神，乃装饰品而非实用品；其内容则目光不越帝王权贵，神仙鬼怪，及其个人之穷通利达。所谓宇宙，所谓人生，所谓社会，举非其构思所及，此三种文学公同之缺点也。"① 钱玄同则径直将当时文学场中的既有文学称为"选学妖孽、桐城谬种"②。更进一步，陈独秀们将旧文学与当时暗弱的国民性直接联系起来："此种文学（旧文学——引者），盖与吾阿谀夸张虚伪迂阔之国民性，互为因果。今欲革新政治，势不得不革新盘踞于运用此政治者精神界之文学。"③ 这显然是将文学场的这场占位斗争上升到文化场、政治场层面。其实，文学革命的提倡者其意均不在文学本身，而是借文学革命来达到思想革命的目的。这一由文化场、政治场传导下来的文学革命，自然具有雷霆万钧的气势。这是那些"拥护新政制，保守旧道德"④的旧文学阵营所望尘莫及的。

与陈独秀登高而呼的气势昂扬不同，胡适更系统地贬抑旧文学、建设新文学。在《建设的文学革命论》中，他将其《文学改良刍议》所提出来的"八事"进一步阐述为改造工具（白话）、改良方法、文学创造的系统工程。在改造工具方面，胡适有意识地要为白话争文学的正宗地位。他一再强调："'死文言决不能产出活文学。'中国若想有活文学，必须用白话，必须用国语，必须作国语的文学。"在改良创作方法方面，胡适以现实主义的基本要求，从"集收材料的方法""结构的方法""描写的方法"三个方面将新文学与旧文学进行了区隔。关于结构的方法，在他看来："现在的'新小说'，全是不懂得文学方法的。既不知布局，又不知结构，又不知描写人物，只作成了许多又长又臭的文字；只配与报纸的第二张充篇幅，却不配在新文学上占一个位置。小说在中国近年，比较的说来，要算文学中最发达的一门了。小说尚且如此，别种文学，如诗歌戏曲，更不用说了。"关于收集材料的方法，他将旧文学阵营的小说家们在报刊上向读者征求小说材料看作"最下流的"："作小说竟须登告白征求材料，便是宣告文学家破产的铁证。"⑤ 他提倡文学材料的收集以作家的"理想"来"实地的观察"，取得"个人的经验"。同时，材料收集的范围也应该脱出旧文学常见的"官场、妓院与龌龊社会三个区域"，进而扩大到整个社会，尤其是下层社会和"今日新旧文明相接触，一切家庭惨变，婚姻苦痛，女子之位置，教育之不适宜，……种种问题，都可供文学的材料"⑥。由此，我们可以看到，胡适的这些看法正是基于现代文学场"颠倒的经济逻辑"，对旧文学阵营的象征资本进行贬抑。

在新文学阵营对既有文学的贬抑中，西方文化与文学成为他们建立新权威、区隔旧文学

---

① 陈独秀：《文学革命论》，《新青年》第2卷第6号。

② 《通信（钱玄同—陈独秀）》，《新青年》第2卷第6号。

③ 陈独秀：《文学革命论》，《新青年》第2卷第6号。

④ 范伯群：《包天笑、周瘦鹃、徐卓呆的文学翻译对小说创作之促进》，《江海学刊》1996年第6期。

⑤ 向读者征求小说材料这一现象可能如胡适所批评的是文学破产的表现，但也可能是通俗文学报刊在激烈竞争的市场中的一种营销手段，借此来吸引读者。

⑥ 胡适：《建设的文学革命论》，《新青年》第4卷第4号。

阵营最重要的资源,即鲁迅先生所谓的"别求新声于异邦"①。上述陈独秀对"中国之虞哥、左喇、桂特郝、卜特曼、狄铿士、王尔德"的热切呼唤是一个很好的例证。他在《本志罪案之答辩书》中,将《新青年》杂志所犯的"滔天大罪"的原因归结为从"西洋人"那里引进来的"德先生"与"赛先生":"我们现在认定,只有这两位先生可以救治中国政治上、道德上、学术上、思想上一切的黑暗。若因为拥护这两位先生,一切政府的压迫,社会的攻击笑骂,就是断头流血,都不推辞。"他们之所以要反对旧艺术、旧文学也是因为拥护"德先生"和"赛先生"的结果。② 胡适的文学改良更是直接取法西方文学:"怎样预备方才可得着一些高明的文学方法?我仔细想来,只有一条法子,就是赶紧多多的翻译西洋的文学名著做我们的模范。"他的理由是"西洋的文学方法,比我们的文学,实在完备得多,高明得多,不可不取例"③。1920年代,被后人视为"对外国文学横向吸收和改造中所形成的""现代的产物"④的"写实主义",就是因在新文学阵营的占位斗争中起到区隔作用而被奉为圭臬的。

西方文化与文学资源在新文学阵营的占位斗争中之所以会成为其最重要的资源,与他们所拥有的文化资本密切相关。如上所述,戊戌变法以来,西方文化一直被认为是中国现代性变革的重要资源。在这一时期,大量西方文学作品作为西方文化的承载者被翻译介绍进中国文坛。时人将这种翻译介绍看作纾解民族危机焦虑的不二法门:"自庚子拳匪变后,吾国创巨痛甚,此中胜败消息,原因固非一端,然智愚之不敌,即强弱所攸分,有断然也。……有志之士,眷怀时局,深考其故,以为非求输入文明之术断难变化固执之性,于是而翻西文译东籍尚矣。"⑤可以说,此时文学场的各个方面都深深地刻上了西方文化资源的烙印。小说在文学场中地位的提升、小说意义的重新赋予、小说叙事规范的重新定义都与西方文化资源——那个时候主要是翻译小说——有着密切的关系。据阿英考察,晚清翻译小说大盛于甲午战争之后。⑥ 陈大康统计了自1840—1911年间的小说,得2755种。1903—1911年间出版小说共计2377种,其中,通俗小说1422种,翻译小说997种,分别占各自类别的88.78%、89.90%、94.26%。⑦ 小说在晚清的这种兴盛正是文学场资源配置变化的结果。西方文学与文化被视为代表着新的文明、新的希望,在中国现代化进程中起到了区隔传统社会与现代社会的作用。

1920年代所谓的旧文学阵营在介绍、嫁接西方文化资源进入文学场的工作中的贡献也是有目共睹的。最突出的例证是林译小说和周瘦鹃所译的《欧美名家短篇小说丛刻》。以林

---

① 鲁迅:《摩罗诗力说》,《鲁迅全集》第1卷,人民文学出版社2005年版,第68页。

② 陈独秀:《本志罪案之答辩书》,《新青年》第6卷第1号。

③ 胡适:《建设的文学革命论》,《新青年》第4卷第4号。

④ 温儒敏:《新文学现实主义的流变》,北京大学出版社1988年版,第2页。

⑤ 周桂笙:《新庵谐译初编序》(1903),转引自陈大康《中国近代小说编年》,华东师范大学出版社2002年版,第98—99页。

⑥ 阿英:《晚清小说史》,东方出版社1996年版,第210页。

⑦ 陈大康:《中国近代小说编年前言》,华东师范大学出版社2002年版,第1—2页。

译小说为代表的翻译文学曾经哺育了包括胡适、张资平、郭沫若在内的新文学阵营的成员。他们也曾经借助西方文学资本在文学场中占位，甚至将自撰小说也挂羊头卖狗肉地戴上了翻译小说的帽子。周瘦鹃在《游戏杂志》第5期上曾"自暴其假"："系为小说，雅好杜撰。年来所作，有述西事而非译自西文者，正复不少。如《铁血女儿》《鸳鸯血》《铁窗双鸳记》《盲虚无党员》《孝子碧血记》《卖花女郎》之类是也。"据范伯群先生估计，当时"将自己的创作冠以译作拿出去发表；或者将译作戴上创作的桂冠"的"以假乱真"的情况当不在少数。①

但是，新旧文学阵营对西方文化资源的占有程度显然有着很大的不同，其文学场的配置策略也大相径庭。相对于大多数旧文学阵营成员对西方文学理解不深这一点来说，留学经历较多、外语的熟练、对于西方文学的熟悉则是新文学阵营成员所具备而旧文学阵营无法比拟的文化资本。因此，新文学阵营自然会在争夺文学场的支配权的斗争中，将西方文学经典奉为进入现代文学场必备的文化资本。这一明显被抬高了的门槛对于旧文学阵营来说显然具有重要的区隔作用。林纾不懂外文是人所共知的事实。他的翻译是与魏瀚、王寿昌、严璩、严君潜、曾宗巩、王庆骥、王庆通等人合作完成的。这些翻译者多为福建船政学堂的毕业生及其子弟，其价值取向往往较为传统。同时，这些同译者的文学修养也参差不齐，对西方文学典籍的选择多是根据个人的爱好。这在文学场的占位斗争中被新文学阵营贬抑为"大概都不得其法，所以收效甚少"，"全用白话韵文之戏曲，也都译为白话散文。用古文译书，必失原文的好处"。胡适贬斥林纾"把莎士比亚的戏曲，译成了记叙体的古文！这真是莎士比亚的大罪人"。胡适所提出的翻译文学的原则是："只译名家著作，不译第二流以下的著作。""其第二流以下，如哈葛得之流，一概不选。""哈葛得之流"指的就是林译小说的作者。② 周瘦鹃虽然译过《欧美名家短篇小说丛刻》并得到教育部的勘勉，但这些翻译的影响并没有大到足以改变他的风格的地步。旧文学阵营中的其他人的情况也不会比林纾和周瘦鹃更好。范伯群先生在谈到这一问题时，曾说，当年周瘦鹃、包天笑、徐卓呆等人的文学翻译是"将新的技巧植入传统的文学机体之中"，是"'借体寄生'，即借欧西之技巧之体，寄入民族传统文学之魂。正如包天笑所说：'拥护新政制，保守旧道德'"③。因此，在旧文学阵营中，西方文化资源的借取在更大程度上是"中学为体、西学为用"的改良主义的应激性反应。周瘦鹃们把西方文化作为"用"的实用主义态度，也阻碍了西方文化资源对他们的塑造。他们在本质上还是传统文人。

相反，新文学阵营成员拥有更多与西方文化相关的文化资本，他们一开始就摆出一副西方文学经典阐释者的姿态，对西方文学经典做出符合新文化运动的阐释。例如1918年《新青年》杂志所做的"易卜生号"，将易卜生阐释为一个专门进行社会问题剧写作的写实主义

---

① 范伯群、周全：《周瘦鹃年谱》，《新文学史料》2011年第1期。
② 胡适：《建设的文学革命论》，《新青年》第4卷第4号。
③ 范伯群：《包天笑、周瘦鹃、徐卓呆的文学翻译对小说创作之促进》，《江海学刊》1996年第6期。

者,将"易卜生主义"阐释为"纯粹的为我主义"①。除易卜生外,《新青年》当时还欲有意识系统地介绍萧伯纳、罗素、杜威、托尔斯泰等西方文化大家。新文学阵营的这种对西方文学、文化经典的大规模介绍,并将之看作进行新文化建设的范本的行为,是建立文学场新的集体信仰、划出文学场新的界限的占位斗争策略。对于新文学阵营的成员来说,"别求新声于异邦"是他们主动的文化选择。在摆脱了"中体西用"的文化矛盾之后,他们的习性在这种主动文化选择中很容易被新的文学场信仰所塑造。这种认同西方文学资源的习性的形成最终通过文学创作、批评等行为在文学场中造成了真实存在着的区隔之墙。一代新的文学实践者及其创作的出现开创了真正意义上的中国现代文学场。

三、"人的文学":现代文学场域的区隔边界

除了贬抑旧文学阵营的文学之外,新文学阵营还积极建构自己的集体信仰。这一新的集体信仰即"人的文学"。周作人在《人的文学》(1918)开宗明义:"我们现在应该提倡的新文学,简单的说一句,是'人的文学',应该排斥的,便是反对的非人的文学。""人的文学"是一种以"个人主义的人间本位主义"的"人道主义为本","对于人生诸问题,加以记录研究的文字"②。这一定义蕴含着新文化运动几乎所有重要的内涵:在文学的内容上,它主张以个性主义、理性精神、进化论为标准观察、表现世界;确立当下生活的合法性、认可有限的身体时间的自足性;颠覆禁锢个性的中国文化传统。在文学的形式上,它以白话文作为表现上述内容的"人话"(蔡元培语)和颠覆传统文学最坚硬外壳(文言)的工具。在文学的功能上,它以文学的"立人",达到文化的"立人",最终实现整个民族、社会的进化。这一定义作为中国文学现代性的主要内涵早已为学术界所公认。不过,我们还应该看到,这一新的集体信仰在现代文学形成期具有鲜明的边界区隔效应。借助它,新文学划出了自己的疆域,与旧文学分道扬镳。

旧文学阵营诸君处在传统/现代的转型期。他们虽然感受到了这一转型的必然性,但是与新文学阵营不同的是,他们在文化策略上接受的是"中体西用"的方案。他们的文学信仰以包天笑的"拥护新政制,保守旧道德"为代表,其文学功能观不脱中国古典文学的劝惩传统:"冀借淳于微讽,呼醒当世。"③这与新文学阵营所遵从的文化逻辑截然相反。"旧道德"被新文学阵营看作新政制的绊脚石,也是中国现代性转化的死敌。他们所提倡的"人的文学"将旧道德看作"违反人性不自然的习惯制度",是"应该排斥改正"的,极力加以排击。与此相应,新文学阵营也将文学场中的既有文学归为"非人的文学"。"人的文学"与"非人的文学"的差异体现在创作主体的态度和对"人"的生活的认识上:"一个严肃,一个游戏。一个希望人的生活,所以对于非人的生活,怀着悲哀或愤怒;一个安于非人的生活,所以对于非人的

① 胡适:《易卜生主义》,《新青年》第4卷第6号。
② 周作人:《人的文学》,《新青年》第5卷第6号。
③ 《游戏杂志》,芮和师等编《鸳鸯蝴蝶派文学资料》(上),福建人民出版社1984年版,第4页。

生活，感着满足，又多带些玩弄与挑拨的形迹。"黑幕小说、鸳鸯蝴蝶派的言情小说、《礼拜六》的消闲文学观都因此而被看作"非人的文学"。这种"人的文学"与"非人的文学"区隔被等同于新与旧的区隔，逐渐在新文学阵营形成一种自觉，并进而扩散到整个新知识阶层。新文学与旧文学的界限被鲜明地划开。陈蝶衣后来谈到这一段历史时，确认了这一区隔作用："中国的文学，在过去本来只有一种，自古至今，一脉相传，不曾有过分歧。可是自从'五四'时代胡适之先生提倡新文学运动以后，中国文学遂有了新和旧的分别，新文学继承了西洋各派的文艺思潮，旧文学则继承中国古代文学的传统。""新旧文学双方壁垒的森严，却是无可否认的事实。"陈蝶衣认为，新旧文学的壁垒并非白话与文言的区别，而是"思想上的不同"①。这种思想上的不同便是文学场集体信仰的差异。

　　"人的文学"与"非人的文学"壁垒森严，二者之间的对立变得不可调和。陈独秀拒绝给旧文学阵营以任何商量讨论的余地。他在回答胡适的来信时说："改良文学之声，已起于国中，赞成者与反对者各居其半。鄙意容纳异议，自由讨论，固为学术发达之原则，独至改良中国文学，当以白话为文学正宗之说，其是非甚明，必不容反对者有讨论之余地，必以吾辈所主张者为绝对之是，而不容他人之匡正也。"②周作人在《人的文学》中也表达了类似的观点。他一方面认为应该以历史主义的眼光重新评价传统文学："批评古人的著作，便认定他们的时代，给他一个正直的评价，相应的位置。"另一方面，他又认为在文学场域的占位斗争中应该毫不退让地坚守新的信仰："至于宣传我们的主张，也认定我们的时代，不能与相反的意见通融让步，唯有排斥的一条方法。"郑振铎也干脆拒绝新旧文学存在调和的可能："'迁就'就是堕落"，"至于调和呢，我们实是不屑为"。新文学阵营唯一的选择是对旧文学阵营极力攻击，同时大张旗鼓地宣扬新的文学信仰："他们（指旧文学阵营——引者注）心已死了，怎样可以救药呢。……所以我们所能做的只是一方面极力攻击，免得后来的纯洁的人也沾了污泥；一方面灌输文学知识，愿良心未尽死，热血未尽冷的人见了，知道文学的真义，能立刻弃旧污以就新途。"③旧文学阵营在这一问题上也毫不退让。林纾在致蔡元培的信中也将新文化阵营中推崇新道德的言论称为"人头畜鸣，辩不屑辩"④，在致育德中学"国故促进社"的信中，林纾对提倡新文化运动诸君大加鞭挞，称他们"倡率人类反于禽兽"，"名曰新道德，实则示之以忤逆淫荡。凡能力反道德者均谓之新"⑤。在《荆生》《妖梦》之类影射小说中，他更欲借权力场中的威权（徐树铮）置新文学阵营的成员于死地。

　　这种强烈的排他性虽是文学场域占位斗争的固有特性，但中国现代文学场域形成期占

　　①　陈蝶衣：《通俗文学运动》，《万象》1942年第2年第4期（十月号）。
　　②　《通信（胡适—陈独秀）》，《新青年》第3卷第3号。
　　③　西谛：《新旧文学果可调和么？》，原载《文学旬刊》第6号（1921年6月30日），转引自芮和师等编《鸳鸯蝴蝶派文学资料》（下），第732—733页。
　　④　林纾：《致蔡鹤卿书》，转自薛绥之、张俊才编《林纾研究资料》，福建人民出版社1983年版，第76页。
　　⑤　臧玉海、独秀通信：《林纾与育德中学》，《新青年》第7卷第3号（1920年2月1日）。

位斗争中的这一特性呈现出更鲜明的时代和民族特色。中国现代化转型的震荡深深地体现在这一占位斗争中:一方面显示出新来者另辟天地的豪迈,另一方面对于中国文化传统的过度贬抑也透露出他们巨大的现代转型焦虑。在传统/现代、中/西二元对立的思维定式下,唯恐被挤出"球籍"的焦虑心理、排他性的策略使得新文学阵营在确立新的文学意义和规范时,决绝地抛弃了旧有的文学规范和意义。这在某种程度上导致新文学因拒绝中国文学传统滋养而产生的偏枯。从后来者的眼光看去,同时代的作为保守派的学衡派诸君提出的中西交融的文化策略——"今欲造成中国之新文化,自当兼取中西文明之精华,而熔铸之,贯通之"①——或许更全面、更理性:它可以建构一个既有民族继承性,又符合时代需要的文学场。但是,学衡派的文化策略在某种程度上昧于历史大势,谈文学之变仅限于文学(文化)本身,无视中国社会所处的现代转型的现实。这是其大弊。在现代文学场域形成的历史现场,现代转型的巨大焦虑难以如学衡派诸君所言,平心静气地权衡校量中西文化而兼取其精华。因此,新文学阵营诸君的选择虽不无遗憾,却是正确的时代选择,如周作人所说,他们当时的文学选择:"……只能说时代,不能分中外。"②新文学阵营的选择最大的合理性恰恰在他们对中国传统/现代转型这一历史要求的热烈回应。新文学阵营的巨匠们虽然极力拒绝承认他们的成就与中国文学传统有任何联系,但是,这些身处历史转折点的巨匠,被其所浸染的中国文学传统在无意识层面深刻地塑造着习性及文学实践,却是不争的事实。从世界文学的眼光来看,这一时代的新文学作家及其文学实践仍然是最具有中国特色的。

周作人和鲁迅虽然都曾经强调过文学的相对独立性,希望文学能够"别立孤宗,不为他物所统","与个人暨邦国之存,无所系属,实利离尽,究理弗存"。但是,在现代文学场域形成期的占位斗争中,这种相对独立性事实上很难真正实现。与文学场在权力场中的被统治性地位相关,新文学阵营所确立的"人的文学"观也并非是"纯文学"的,而是与文化场"思想革命"的集体信仰密切相关。他们提倡"人的文学"的目的是在中国"从新要发见'人',去'辟人荒'"。而这一目标是当时思想革命的一部分,由此,文学场的这一集体信仰又与当时中国的现代化道路的选择密切相关。蔡元培认为,文学革命是思想革命的继续,也是承载思想革命的工具:"为怎么改革思想,一定要牵涉到文学上?这因为文学是传导思想的工具。"③在中国后发的现代性语境中,民族的自立富强一直是政治场的超级信仰。因此,文学革命的"人的文学"的集体信仰很容易在政治场获得足够的象征资本。它所构建的文学一个人一社会一民族一国家的幻象,对于当时的知识分子具有极大的抚慰作用。这种抚慰作用一直延续到 1990 年代初,在 1993 年的"人文精神大讨论"中还可以听到它的回响。

① 吴宓:《论新文化运动》,《学衡》1922 年 4 月第 4 期,第 14 页。
② 周作人:《人的文学》,《新青年》第 5 卷第 6 号。
③ 蔡元培:《中国新文学大系建设理论集总序》,赵家璧主编《中国新文学大系第一集》,上海良友图书印刷公司 1935 年版,第 9 页。

新与旧、文与学：大学文学教育中的
新文学运动与旧学术结构

王晴飞[*]

（安徽省社会科学院 文学研究所，合肥 230053）

内容摘要：现代文学史上文学与制度的关系涉及两个层面：一是新与旧，一是文（学）与学（术）。就新与旧一面而言，理论上胡适持进化论式文学演进观，"向不肖处寻正统"；教育实践方面，胡适与蔡元培、陈独秀等人，将白话小说戏曲等"卑体"作为大学研究对象，提高其文体地位，作为文体示范。不过这种"打补丁"式的努力，并不足以打破大学中学术结构的稳定性。就文与学一面而言，杨振声与朱自清的规划，要贯通新旧与中外，以此创造适应现时代的新文学。一般来说，新文学进入大学这种学术体制的两种障碍中，新学术进入旧体制相对比较容易，文学创作进入学术制度则比较困难，这是由大学自身的学术属性决定的。

关键词：新与旧；文学；学术；文学教育

- -

一、向不肖处寻正统：胡适的文学演进观

小说、戏曲是现代白话文学本土的直接源头，但在传统知识体系中处于边缘地位，其文体地位远低于文、诗、词，历来被视为小道，"街谈巷议"，不足采信。传统文人即便意在提高小说、戏曲地位，也是将其向经史之学靠拢，努力证明与之有相通之处。冯梦龙编写《警世通言》，便说其"足以佐经书史传之穷"①，是经史在"下等人"中的低配版，其实仍是以"卑体"自居。

王国维最早将戏曲作为严肃的学术研究对象，在他眼中，"元人之曲，为时既近，托体稍卑，故两朝史志与《四库》集部，均不著于录。后世硕儒，皆鄙弃不复道。而为此学者，大率不

---

* 作者简介：王晴飞，安徽省社会科学院文学所副研究员。

基金项目：本文为国家社科基金青年项目"中国现代文学与中国现代大学互动关系研究"（14CZW059）阶段性成果。

① 冯梦龙：《警世通言》，中华书局2014年版，第1页。

学之徒。即有一二学子,以余力及此,亦未有能观其会通,窥其奥窔者。遂使一代文献,郁堙沈晦者数百年,愚甚惑焉"。所以他对于自己所作的《宋元戏曲史》也颇为自负:"世之为此学者自余始,其所贡于此学者亦以此书为多,非吾辈才力过于古人,实以古人未尝为此学故也。"①余嘉锡则批评清代考证学大家钱大昕对于小说的偏见:"(钱)学术极博,于书无所不窥,然其恶小说,尝作正俗篇,以为小说专导人以恶,有觉世牖民之责者,宜焚而弃之,勿使流播",明确表示不同意见,以为:"夫街巷之间,人之所聚集,其谈说告语,所谓舆人之诵也。人生而好善,岂有群众相聚,言不及义,专导人以恶者乎?"②后来余嘉锡以乾嘉之法考证梁山泊及杨家将故事,也可见学风之转向。

对于小说词曲的注意,从近代已经开始,胡适在《中古文学概论》的序中有所回顾:

> 从前的人,把词看作"诗余",已瞧不上眼了;小曲和杂剧更不足道了。至于"小说",更受轻视了。近三十年中,不知不觉的起了一种反动。临桂王氏和湖州朱氏提倡翻刻宋元的词集,贵池刘氏和武进董氏翻刻了许多杂剧传奇,江阴缪氏、上虞罗氏翻印了好几种宋人的小说。市上词集和戏剧的价钱渐渐高起来了,近来更昂贵了。近人受了西洋文学的影响,对于小说渐渐能尊重赏识了。这种风气的转移,竟给文学史家增添了无数难得的史料。词集的易得,使我们对于宋代的词的价值格外明了。戏剧的翻印,使我们对于元明的文学添许多新的见解。古小说的发现与推崇,使我们对于近八百年的平民文学渐渐有点正确的了解。我们现在知道,东坡、山谷的诗远不如他们的词能代表时代;姚燧、虞集、欧阳玄的古文远不如关汉卿、马致远的杂剧能代表时代;归有光、唐顺之的古文远不如《金瓶梅》《西游记》能代表时代,方苞、姚鼐的古文远不如《红楼梦》《儒林外史》能代表时代。于是我们对于文学史的见解也就不得不起一种革命了。③

明确鼓吹小说、戏曲等俗文学,将其从边缘移到中心,抬至正统地位以为白话文学张目的,也正是横向移植西方文学观念的胡适。④他在 1917 年回国途中阅读薛谢儿的《再生时代》,注意到欧洲各国国语文学兴起即源自但丁等人以"俗语"(各国土语)为文学,摈弃统一的拉丁语,认为"足供吾人之参考"⑤。

胡适鼓吹白话文学,从创作的角度来说,是"用白话作文作诗":"(这)是最基本的。这一条中心理论,有两个方面:一面要推倒旧文学,一面要建立白话为一切文学的工具。"⑥在胡

---

① 王国维:《宋元戏曲史》,《王国维文集》第一卷,中国文史出版社 1997 年版,第 307 页。
② 余嘉锡:《杨家将故事考信录》,《余嘉锡文史论集》,岳麓书社 1997 年版,第 393 页。
③ 胡适:《中古文学概论·序》,《胡适文集》(第 3 卷),北京大学出版社 1998 年版,第 609—610 页。
④ 晚清梁启超等人提倡小说,主要目的是以小说为政治改革的手段,胡适则将小说等白话文学抬高到中国文学正宗的地位。
⑤ 曹伯言整理:《胡适日记全编》(第 2 卷),安徽教育出版社 2001 年版,第 600、605 页。
⑥ 胡适:《中国新文学运动小史》,《胡适文集》(第 1 卷),北京大学出版社 1998 年版,第 125 页。

适看来："盖白话之可为小说之利器,已经施耐庵曹雪芹诸人实地证明,不容更辩;今惟有韵文一类,尚待吾人之实地实验耳(略)。"①在理论建设上,胡适则借用进化论思想,结合中国传统"一代有一代之所胜"的文学史观,将中国文学史作成白话文学演进史,向历史上寻求白话文学的合法性,确立其正统地位。

"一代有一代之所胜"的观念源于清代的焦循,他曾拟从中国历代文学中选取各时代最具代表性的文体,"汉则专取其赋,魏晋六朝至隋则专录其五言诗,唐则专录其律诗,宋专录其词,元专录其曲,明专录其八股,一代还其一代之所胜"。在他看来,"舍其所胜,以就其所不胜"的创作,"皆寄人篱下者耳",只能算是前代文学的"余气游魂"②。王国维发挥此论:"四言敝而有《楚辞》,《楚辞》敝而有五言,五言敝而有七言,古诗敝而有律绝,律绝敝而有词。"③并解释其原因:某一文体一旦成为俗套,就会对内容形成束缚,难以创新,所以必需改革。④ 值得注意的是,王国维与焦循所列举的各文体之间是平行的关系,没有高下之分,品评优劣只在同一文体之中进行。

胡适则是将这一观念与进化论结合起来,在文体演化的过程画出一条渐近自然的进化路线,为白话文学正统论张目,于是文体依时间顺序便具有了直线进化的等级关系。胡适最早借用这一观念,见于1917年发表的《文学改良刍议》:"文学者,随时代而变迁者也。一时代有一时代之文学:周、秦有周、秦之文学,汉魏有汉魏之文学,唐宋元明有唐宋元明之文学。此非吾一人之私言,乃文明进化之公理也。"⑤在1921年7月3日的日记中说得更加明白:"唐朝的诗一变而为宋词,再变而为元明的曲,都是进步。即以诗论,宋朝的大家实在不让唐朝的大家。南宋的陆、杨、范一派的自然诗,唐朝确没有。(略)至于学问,唐人的经学远不如宋,更不用比清朝了。"其论证的方式也颇有意味,依据的却是科技与媒介的进步:"我们试想孔夫子的时代,没有纸,没有墨,只有竹简,用刀刻画字迹;然后想到帛书的时代,漆书的时代,纸墨的时代,石经的时代,后来到刻板的时代,最后始到活字的时代,与金属活字的时代:——这个进步就可惊叹了。"⑥这里可以明显看出胡适以科技发展代替社会整体进程的"科学主义"倾向。时代愈发展,科学愈发达,知识总量愈增加,这或许都符合实情,但据此认为文学艺术水准也一定直线上升,则既不免于对进化论的误读和滥用,也混淆了科学与文学

---

① 胡适致陈独秀,《胡适文集》(第1卷),北京大学出版社1998年版,第25页。

② 焦循:《易馀籥录》卷十五,转引自周勋初《文学"一代有一代之所胜"说的重要历史意义》,《周勋初文集》(第6卷),江苏古籍出版社2000年版,第223—224页。

③ 王国维:《人间词话(定稿)·五十四》,《王国维文集》(第1卷),中国文史出版社1997年版,第154页。王国维在《宋元戏曲考》的序中也曾说:"凡一代有一代之文学:楚之骚,汉之赋,六代之骈语,唐之诗,宋之词,元之曲,皆所谓一代之文学,而后世莫能继焉者也。独元人之曲。"见《王国维文集》(第1卷),第307页。

④ "盖文体通行既久,染指遂多,自成习套。豪杰之士,亦难于其中自出新意,故遁而作他体,以自解脱。一切文体所以始胜终衰者,皆由于此。故谓文学后不如前,余未敢信。但就一体论,则此说固无易也。"《人间词话(定稿)·五十四》,《王国维文集》(第1卷),中国文史出版社,1997年版,第154页。

⑤ 胡适:《文学改良刍议》,《胡适文集》(第2卷),北京大学出版社1998年版,第6页。

⑥ 曹伯言整理:《胡适日记全编》(第3卷),安徽教育出版社2001年版,第354—355页。

的界限。胡适之所以认为宋诗优于唐诗,与其对于文学、语言功能的理解有关。他在论证白话比文言更进步时预设的判定标准就是"应用"能力:"应用的能力增加,便是进步;应用的能力减少,便是退步。"①他显然更重视文学传达信息、启蒙民众的功能,相对忽略其美学功能,他对"白话"之"白"的理解即"说得出,听得懂","不加粉饰","明白晓畅"②(当然在胡适看来,明白晓畅就是美)。宋诗较之唐诗,"白话""自然"的成分更多,自然也更符合胡适的语言标准。

胡适热衷于进化论,固与当时知识界的舆论气候有关,但也是出于一种矫枉过正的策略性考虑,是要以绝对的"进化论"来挑战、打破中国传统文化、文学的"退化论"发展史观。传统知识人即便要革新,也往往是"托古改制","以复古为解放"。姚永朴《文学研究法》一书中即列举大量此类例证,如苏辙《欧阳公神道碑》:"自魏晋以来,历南北,文弊极矣,虽唐贞观、开元之盛,卒不能振。惟韩退之一变复古,阏其颓波。东注之海,遂复西汉之旧。其后五代相承,天下不知所以为文,及公文之出,乃复无愧于古。"韩愈、欧阳修文学之所以得到称颂,并非是实际上的创新,而恰是因为口号上的"复古"。方苞《赠方文辀序》云,"文章之传,代降而卑(略)。然则道德文术之所以衰者,其故可知矣。周时人无不达于文,见于传者,隶卒厮舆,亦能雍容辞令。(略)盖三代盛时,无人而不知学,虽农工商贾,其少也固常与于塾师里门之教矣。(略)汉之文,终武帝之世而衰,虽有能者,气象薾然,盖周人遗学老师宿儒之所传,至是而扫地尽矣。自是以降,古文之学,每数百年而一兴,唐宋所传诸家是也。(略)而其尤衰则在有明之世。盖唐宋之学者,虽逐于诗赋论策之末,然所取尚博,故一旦去为古文,而力犹可藉也;明之一世于五经、四子之书,其号则正矣,而人占一经,自少而壮,英华果锐之气,皆蔽于时文,而后用其余以涉于古,则其不能自树立也宜矣。"方苞将文章"代降而卑"的原因归结为"上之所以教,下之所以学",文章衰落之原因,正在于不博学古人之经典。③

桐城派文人既以这种"退化论"为宗旨,则对文学的语言、师法、取材等看法自然与持进化论的胡适等新文化人士不同。胡适重俗,桐城派重雅,胡适主张作文如说话,桐城派严格区分口语与书面语。如姚永朴《文学研究法》中的"雅俗"一目,极力主张:"雅俗之不相容,虽冰炭异性,薰莸异气,不足以喻。故不欲文章之工则已,如欲其工,就雅去俗,是为首务。"并引姚鼐之语:"大抵作诗、古文,皆急须先辨雅俗。俗气不除尽,则无由入门,况求妙绝之境乎?"在师法古人方面,也特别提出白居易不易学,学之则易流于轻俗,又以袁枚、蒋士铨、赵翼等性灵派为戒。胡适鼓吹唐宋僧人以至理学家讲学的"语录体",树为白话文的源头之一,桐城派则正要从文学中将"语录"剔除出去,姚鼐认为这是当时"僧徒不通于文,乃书其师语,

---

① 胡适:《国语文法概论》,《胡适文集》(第2卷),北京大学出版社1998年版,第340页。

② 参见胡适《白话文学史·自序》中对白话的"白"的三重理解,《胡适文集》(第8卷),北京大学出版社1998年版,第147页。

③ 以上所引见姚永朴《文学研究法》,凤凰出版社2009年版,第65—66页。

以俚俗谓之'语录'。宋世儒者弟子,盖过而效之。然以弟子记先师,惧失其真,犹有取尔也。明世自著书者,乃亦效其辞,此何取哉"? 胡适鼓吹小说,桐城派则以小说家笔调为作文之戒,谈其弊端,思想上,"情钟儿女,入于邪淫;事托鬼狐,邻于妄诞。(略)伤风败俗,为害甚大",笔法上纵然"新颖可喜,而终不免纤佻",不合雅正之旨。①

胡适鼓吹白话文学,在方法上,借用进化论以为支持;在资源上,则是将文学史上的"中心"与"边缘"互换,撇开"肖子"的文学,去寻"不肖子"的文学,即摒弃历来被视为正统的古文传统,去重新发现、建构一直被压抑和遮蔽的白话文学。

在胡适看来,白话文学史就是中国文学史,因为"白话文学史就是中国文学史的中心部分",是"最热闹,最富于创造性,最可以代表时代的文学史"。这材料"包括旧文学中那些明白清楚近于说话的作品",但更重要的还是从民间文学以及文人创作的小说词曲等。这也得力于新史料的发现,如"敦煌石室的唐五代写本的俗文学",流传在日本的唐人小说《游仙窟》,罗振玉在日本影印的《唐三藏取经诗话》,盐谷温发现的《全相平话》与吴昌龄的《西游记》,国内《京本通俗小说》的出现,以及元人曲子总集《太平乐府》《阳春白雪》的流通,北大歌谣研究会搜集的歌。在研究方面,鲁迅的《中国小说史略》等都提供了大量的白话文学的的材料,有助于勾勒出一幅清晰的白话文学史图景。②

胡适是以民间文学为文学和思想发展的动力及源泉的,他还总结出一个文学史上的"公式":

> 文学的新方式都是出于民间的。久而久之,文人学士受了民间文学的影响,采用这种新题材来做他们的文艺作品。文人的参加自有他的好处:浅薄的内容变丰富了,幼稚的艺术变高明了,平凡的意境变高超了。但文人把这种新体裁学到手后,劣等的文人便来模仿;模仿的结果,往往学到了形式上的技术,而丢掉了创作的精神,天才堕落为匠手,创作堕落为机械,生气剥丧完了,只剩下一点小技巧,一堆烂书袋,一套烂调子! 于是这种文学方式的命运便完结了,文学的生命又须另向民间去寻新方向发展了。③

如果这一公式成立的话,则文学史的演化和文学生机的保持,都有赖于民间文学提供滋养和刺激,也正可以证明胡适关于白话文学和文言文学分别为活文学与死文学的论断。胡适的《白话文学史》是系统性地为白话文学"寻根"、向传统寻求历史合法性的学术研究之作,

---

① 以上所引见姚永朴《文学研究法》,凤凰出版社2009年版,第178—179、184、21—22、25页。
② 胡适:《白话文学史》,《胡适文集》(第8卷),北京大学出版社1998年版,第150、146—147、144—145页。
③ 胡适:《词选·自序》,《胡适文集》(第4卷),北京大学出版社1998年版,第550页。

鲁迅称赞它"警辟之至,大快人心","这种历史的提示,胜于许多空理论"①。在方法上胡适以白话文学的标准剪裁中国传统文学,开创了一种新的文学研究范式,此后的新文学研究者多不能出其范围。郑振铎的文学史研究,便多是对于胡适的发挥和扩展。其作于1930年代的《中国文学史》,首先在文学观念上对传统进行批评:传统的文学观念,"将纯文学的范围缩小到只剩下'诗'与'散文'两大类,而于'诗'之中,还撇开了'曲'——他们称之为'词余',甚至撇开了'词'不谈,以为这是小道;有时,甚至还撇开了非'正统'的骈文等东西不谈"。郑振铎的文学观念源于西方的"literature",所以特别重视戏曲、小说等文学样式,而于传统的诗与散文,也极力扩张其范围,将词与散曲、政论文学、策士文学、新闻文学等包罗在内。② 在文学史材料上,他批评此前的文学史之作都不曾涉及"唐、五代的许多'变文',金、元的几部'诸宫调',宋、明的无数的短篇平话,明、清的许多重要的宝卷、弹词",认为这一疏忽如同"英国文学史而遗落了莎士比亚与狄更斯","意大利文学史而遗落了但丁与鲍卡契奥"③。所以,郑振铎的文学史特别注意发掘新材料,冲击旧文学范围,致力于建构新的文学史图景,书中材料"有三分之一以上是他书所未述及的"④。

在作完《中国文学史》后,郑振铎又专门作了一部《中国俗文学史》。"俗文学"相当于胡适所说的"白话文学",这与胡适作"白话文学史"用意相同。在郑振铎看来,"'俗文学'不仅成了中国文学史的主要的成分,且也成了中国文学史的中心"。他所秉承的也正是胡适"向那旁行斜出的'不肖'文学里去寻"的精神,"因为不肖古人,所以能代表当世"⑤。郑振铎关于"俗文学"与"正统文学"关系的论述,也正是胡适关于"民间文学"与"文人创作"的文学史公式的变体:

> 当民间发生了一种新的文体时,学士大夫们其初是完全忽视的,是鄙夷不屑一谈的。但渐渐地,有勇气的文人学士们采取这种新鲜的文体作为自己创作的型式了,渐渐的这种新的文体得了大多数的文人学士们的支持了。渐渐的这种新的文体升格而成为

---

① 鲁迅对胡适过分向历史上搜寻白话文例证的倾向也有所批评:"白话的生长,总当以《新青年》主张以后为大关键,因为态度很平正,若夫以前文豪之偶用白话入诗文者,看起来总觉得和运用'僻典'有同等之精神也。"[鲁迅:《致胡适》,《鲁迅全集》(第11卷),人民文学出版社2005年版,第431页]钱锺书后来在其《中国诗与中国画》一文中,将周作人的《新文学的源流》和胡适的《白话文学史》放在一起,大加讽刺:"我们自己学生时代就看到提倡'中国文学改良'的学者熟赏心机写了上溯古代的《中国白话文学史》,又看到白话散文家在讲《新文学源流》时,远追明代'公安''竟陵'两派。这种事后追认先驱(préfiguration rétroactive)的事例,仿佛野孩子认父母,暴发户造家谱,或封建皇朝的大官僚诰赠三代祖宗,在文学史上数见不鲜。"[钱锺书:《中国诗与中国画》,《七缀集(修订本)》,上海古籍出版社1996年版,第2页]只不过鲁迅在提倡白话文方面和胡适站在一边,认同他的工作,有褒有贬,钱锺书比较反感新文学作家,批评起来就尖刻得多了。
② 郑振铎:《绪论》,《插图本中国文学史》,世纪出版集团2005年版,第6页。
③ 郑振铎:《自序》,《插图本中国文学史》,世纪出版集团2005年版,第1页。
④ 郑振铎:《例言》,《插图本中国文学史》,世纪出版集团2005年版,第2页。
⑤ 郑振铎:《中国俗文学史》,世纪出版集团2005年版,第15、27页。

王家贵族的东西了。至此,它们渐渐的远离了民间,而成为正统文学的一体了。①

二、新文学"补丁"与旧学术结构

白话文学经过胡适等新文化人士的鼓吹,在文学界取得了舆论支配地位,政治上也得到当局的支持。1920 年,北洋政府教育部颁发部令,规定国民学校一二年的国文,从秋季起,一律改用国语。所以"学衡派"起而反对文学革命时,胡适以胜利者的姿态从容地说:"文学革命已经过了议论的时期,反对党已经破产了。从此以后,完全是新文学的创造时期。"②不过相较于舆论的转变,制度层面的落实总是相对滞后,尤其是学术制度有着自身内在的稳定性,新文学虽然在舆论上压倒了旧文学,在大学教育与研究中,却并不能一举取代传统文学的支配性地位。

1917 年蔡元培出掌北大后,引进陈独秀为文科学长,在国文门的课程规划上,试图兼顾学术研究与写作技能训练,分设文学史与文学两科,1918 年教授会制定教授案对这两科的分工:"文学史在使学者知各代文学之变迁及其派别。""文学则使学者研寻作文之妙用,有以窥见作者之用心,俾增进其文学之技术。"③这种分科设计,可以看出使文学教育、研究与新文学创造相通的用心:"文学史"科了解过去,是间接为新文学提供资源;"文学"科揣摩文学技法,则是直接为了新文学的创造。

在具体课程做出改变以前,国文门研究所已经在扩大学术研究的范围,将小说、戏曲等带有白话色彩的文学样式作为对象,由导师带领学生进行研究。1917 年公布的国文研究所研究科目中就包括小说(刘半农、周作人、胡适为导师)和曲(吴梅为导师)。④ 小说科研究会开会甚勤,刘半农和周作人指导最多,其报告涉及小说研究的方法、所包括的内容,要研究西洋小说以作为未来小说创作取材,以及通俗小说、俄国小说等问题。⑤ 跟随的学生袁振英、崔龙文、傅斯年和俞平伯等,各自认领题目进行研究。

民歌也被新文化人士视为白话文学的源头之一。1918 年开始,北大成立歌谣征集处,请社会各界帮助搜集近世歌谣,由沈尹默主任一切并编辑《选粹》,刘半农负责来稿初次审定,编辑《汇编》,钱玄同和沈兼士负责考订方言。同时将搜集到的民间歌谣在《北京大学日刊》上面选发,这一工作后来为常惠、钟敬文、顾颉刚等人所接续,十年间出版的歌谣至少在一万首以上,刘半农自己还模仿民歌写成《瓦釜集》。⑥

---

① 郑振铎:《中国俗文学史》,世纪出版集团 2005 年版,第 16 页。
② 胡适:《五十年来之中国文学》,《胡适文集》(第 3 卷),北京大学出版社 1998 年版,第 260、262—263 页。
③ 《国文学门文学教授案》,《北京大学日刊》1918 年 5 月 2 日。
④ 《北京大学日刊》1917 年 12 月 4 日。
⑤ 《北京大学日刊》1917 年 12 月 27 日、1918 年 1 月 17 日、1 月 20 日、2 月 3 日。
⑥ 胡适:《白话文学史·自序》,《胡适文集》(第 8 卷),北京大学出版社 1998 年版,第 145 页;《北京大学日刊》1918 年 2 月 1 日;马越:《北京大学中文系简史》,北京大学出版社 1998 年版,第 11、13 页。

小说、戏曲地位的提高，当然会落实在课程设置上。1918年，吴梅在中国文学系开设两门课程，一是近代文学史，一是词曲，北大为此遭到上海《时事新报》的嘲讽。① 1920年鲁迅在北京大学兼任讲师，担任"小说史"课程。1925年，北大中文系将二年级以上课程分为A、B、C三类，分别为语言文字类、文学类、整理国故之方法类。其中文学部分包括"诗（词，赋等亦属之）及戏剧，小说，散文（批评，论说，传记，小品及其他）诸类"。该年所设的课程包括戏曲、戏曲史、小说、小说史等。其中戏曲和戏曲史由接替吴梅的许之衡担任，小说和小说史分别由新文学作家俞平伯和鲁迅担任。② 鲁迅的授课讲义后来编为《中国小说史略》出版，这是中国第一部小说史，胡适称"这是一部开山的创作，搜集甚勤，取材甚精，断制也甚谨严"③。

　　1920年代的大学课堂一般并不直接教授新文学创作，以小说、戏曲成为研究对象，一是抬高了白话文学的地位，二来它们也作为一种文体示范，供新文学创作取法、学习。当时大学课堂的自由散漫，也给教师们提供了极大的言说空间。新文学作家们在讲授外国文学或古代文学时，也不免结合自身的创作经验，介绍写作方法。如鲁迅的"中国小说史"课程，就"并不限于中国的小说史，而且重点好像还是在反对封建思想和介绍写作的方法上的"，因为在鲁迅看来，中国的小说史，"即使讲得烂熟，大家都能够背诵"，也是没什么用处的。在小说史中，传授作法，培养青年作家，才是有效的。④ 不唯大学如此，在环境宽松的中学，教师的课程照样有很大的自由空间。据新文学作家赵景深回忆，"五四"时期他在南开中学读书时，"同学们很快的接受了新思潮。我们的国文教师是洪北平先生，他选胡适、陈独秀、蔡元培、梁启超诸家的白话文给我们读，课外又讲'新文学与旧文学'给我们听。我从他那里第一次知道了浪漫主义和自然主义，也从他那里第一次知道了托尔斯泰、莫泊桑之类"⑤。

　　大学自身的学术属性，使得它天然具有一定的保守性，在新文学作品尚未经典化之前，大学一般并不以其为研究、讲授对象，更不直接教授新文学创作，陈独秀关于揣摩作者用心、增进文学技术的"文学科"设想，并未能真正落实。新文学的创作和提倡，对于大学中的新文学作家来说，更多的是一种业余行为，而非职业行为。学者（大学教师）与作家双重身份的分裂，在胡适身上有着典型的体现。作为学者，他不断强调乾嘉考证之学与西方实证科学的联系；作为白话文运动的鼓吹者，他又对大学中重学术研究尤其是考据之学而轻创作、欣赏的风气深为不满，在自身掌握了教育资源以后，便努力加以改变。

　　胡适在中国公学校长任内，引入没有学历的新文学作家沈从文，便是一大创举。其后沈

　　① 《文本科第二学期课程表》，《北京大学日刊》1918年1月5号；朱偰：《五四前后的北京大学》，《文化史料》（丛刊）第五辑，文史资料出版社1983年版，第168页。
　　② 《北京大学日刊》1925年10月13日。
　　③ 胡适：《白话文学史·自序》，《胡适文集》（第8卷），北京大学出版社1998年版，第145页。
　　④ 许钦文：《〈鲁迅日记〉中的我》，《鲁迅先生二三事：前期弟子忆鲁迅》，河北教育出版社2000年版，第103页。
　　⑤ 赵景深：《海上集》，北新书局1946年版，第43页。本文引自上海书店1984年影印本。

从文先后继续在青岛大学、西南联大任教,皆和胡适的学生、在大学内有力量的新文学作家杨振声等人有关。1930 年代,胡适在北大文学院长兼中文系主任期间,对北大中文系"偏重考古"的"风气之偏"也有所修正。他刚从上海回到北大,即极力罗致作为新文学作家的梁实秋、杨振声等人,而与胡适关系密切的傅斯年对这两人的学术均有所不满,从这些细微处可以看出胡适与傅斯年对于大学文学教育理解的差异。①

在此风气影响下,新文学作品直接受到关注,成为大学学术研究对象,如由中文系学生组织的国文学会就曾将"新文学作品的估价"列入研究题目之中,研究院文史部的导师胡适、刘复也曾指导研究生从事如"近二十年之文学"等课题的研究。② 1931 年北大中文系在 B 类科目中除了"小说"(俞平伯)、"词"(俞平伯)、"戏曲及作曲法"(许之衡)和关于文学批评的"文学概论"(徐祖正)等课程外,尚有"文学演讲"和"新文艺试作"两门。前者"临时通知,不算单位",采取学术报告的形式,先后邀请到郑振铎、章太炎、俞平伯、叶公超、罗常培等学者,其中郑振铎、俞平伯、叶公超皆为新文学作家。③ 后者分为四科,指导教师均为新文学作家:"散文"一科为胡适、周作人、俞平伯,"诗歌"一科为徐志摩、孙大雨,"小说"一科为冯文炳,"戏曲"一科为余上沅。④ 后来"新文艺试作"一科有所调整,1934 年时只有冯文炳(废名)继续开设了两门和文学创作有关的课程,分别为:"作文·附散文选读""新文艺试作·散文、小说、诗"⑤。1935 年仍然开设"作文"课程,除冯文炳所开两门外,尚有顾随所开的"作文(二)(韵文实习)"。⑥

不过蔡元培、陈独秀、胡适等人的"修正",仍然只能是"打补丁"式的努力,并不足以打破大学中学术结构的稳定性。新增一些关于小说、戏曲及新文学研究之类的课程,在旧结构中仍然处于边缘地位,远不足以与传统文学研究分庭抗礼。朱自清在 1926 年的一篇文章中就表现出了对于学术界那种"国学外无学""古史料外无国学"的厚古薄今倾向表示了不满,认为应该把现代生活的材料加入国学,尖锐地批评了当时的"国学研究者":

---

① 作为"五四"运动的大将,傅斯年留学归来后,更注重学术研究,不措意于文学创作,对于一直致力于新文艺创作和推广的杨振声,并不看好,胡适 1930 年代回到北大,有意请杨振声加入,傅斯年即颇不以为然[曹伯言整理:《胡适日记全编》(第 6 卷),安徽教育出版社 2001 年版,第 48 页]。对胡适颇为倚重的梁实秋,傅斯年也很轻视,认为"学行皆无所底",乃"浮华得名之士"(《傅斯年致蒋梦麟》,《胡适来往书信选》下卷,中华书局 1979 年版,第 531 页)。

② 该"国文学会"1929 年还曾邀请鲁迅、林损、刘复、钱玄同等来会演讲。见马越《北京大学中文系简史》,北京大学出版社 1998 年版,第 24—25 页。

③ 《北京大学日刊》1931 年 9 月 14 日。

④ 《北京大学日刊》1931 年 9 月 24 日。

⑤ 转引自陈平原《读〈民国二十三年度〉〈北京大学一览〉有感》,《老北大的故事》,江苏文艺出版社 1998 年版,第 242—245 页。

⑥ 《民国二十四年读北京大学一览》,转引自王学珍等编《北京大学史料》第二卷第二册,北京大学出版社 2000 年版,第 1164 页。

大约是由于"傲慢",或婉转些说,是由于"学者的偏见",他们总以为只有自己所从事的国学是学问的极峰——不,应该说只有他们自己的国学可以称为正宗的学问!他们自己的国学是些什么呢?我,十足的外行,敢代他们回答:经史之学,只有经史之学!①

三、创造适应时代的新文学

朱自清对于"国学研究者"的不满主要集中在厚古薄今的崇古思想,"传统的和正宗的空气"对现代生活的压抑,是要为"新"(现代生活)争得与"旧"(古史料)同等的作为学术研究对象的地位,但也涉及另一问题,即"学者的偏见"②。朱自清所说的"学者",自然专指研究国学者,不过研究与创作,或者说是"学"与"文"之间,也有着相互冲突之处。"学者的偏见"是一种古老的傲慢,是"儒林"与"文苑"之分的悠远回响。

相较于北大在旧学术结构中的"打补丁",清华对于新文学的研究、创作和批评则有着更为自觉的追求。1925年朱自清因胡适、俞平伯的推荐进入清华国文部任教。1928年,罗家伦被国民政府任命为清华学校校长,杨振声、冯友兰随之进入清华,担任要职。朱自清由教员提升为教授,和担任文学院长兼任系主任的杨振声一起规划了清华中文系未来的发展。

此前清华中文系由一帮清代科举老先生主持,教员待遇低,"是最不时髦的一系,也是最受压迫的一系",杨振声初到清华时,朱自清就在"那受气的中文系中作小媳妇"。杨振声到任第二天,就到古月堂拜访朱自清,二人商定了中文系的计划:

> 除了中文系的教员全体一新外,我们还决定了一个中文系的新方向,那就是(一)新旧文学的接流,(二)中外文学的交流。中文系添设比较文学与新文学习作,清华在那时是第一个。中文系的学生必修几种外文系的基本课程,外文系的学生也必修几种中文系的基本课程。中外文学的交互修习,清华在那时也是第一个。这都是佩弦先生的倡导。其影响必会给将来一般的中文系创造一个新前途,这也就是新文学的唯一的前途。③

从这里可以看出杨振声、朱自清等新文学作家对于大学中文系的计划和构想,是一种"贯通主义",即贯通新旧和中西,其目的是创造适应现时代的新文学。同样由杨、朱二人商定的清华大学1929年中国文学系课程总说明中有这样的话:

---

① 朱自清:《现代生活的学术价值》,朱乔森编《朱自清全集》(第4卷),江苏教育出版社1990年版,第194、195页。

② 朱自清:《现代生活的学术价值》,朱乔森编《朱自清全集》(第4卷),江苏教育出版社1990年版,第198、195页。

③ 杨振声:《纪念朱自清先生》,转引自姜建《朱自清年谱》,安徽教育出版社1996年版,第80页。

（略）我们的课程的组织，一方面注重研究我们的旧文学，一方面更参考外国的现代文学。为什么注重研究旧文学呢？因为我们文学上所用的语言文字是中国的；我们文学里所表现的生活，社会，家庭，人物是中国的；我们文学所发扬的精神，气味，格调，思想也是中国的。换句话说，我们是中国人；我们必须研究中国文学。我们要创造的也是我们中国的新文学，不过是我们这个时代的中国新文学罢了。

为什么要参考外国现代文学呢？正因为我们要创造中国新文学，不是要因袭中国旧文学。中国文学有它光荣的历史，但是某一时代的光荣的历史，不是现代的，更不是我们的，只是历史的而已。

（略）

不但此也，外国现代文学经时间上的磨练，科学哲学的培养，图画，音乐，雕刻，建筑等艺术的切磋，在内容及表现上都已是时代的产儿了。我们最少也是时代的追随者——这是极没出息的话，应当是时代的创造者。对于人家表现艺术的——文学大部是表现艺术的——进步，结构技巧的情致，批评艺术的理论，起码也应当研究研究，与自己的东西比较一下。比较研究后，我们可以舍短取长，增益我们创造自己的文学的工具。这也与我们借助于他们的火车，轮船，飞机是一样的。借助于他们的机械来创造我们的新文学。

根据以上理由，所以我们中国文学系的课程，一方面注重于研究中国各体文学，一方面也注重于外国文学各体的研究。（略）[①]

从这份说明可以看出杨、朱所理解的"中国文学系"之"中国文学"指的是"中国新文学"，要点即在于"中国""新"和"文学"三个关键词：

研究中国旧文学，是因为它与"新文学"的共同点在于"中国"，用的是中国语言，写的是中国的人与事，要表现中国生活，发扬中国精神；

研究外国文学，是因为它"新"，更具时代精神，可以提供更现代的文学技巧，足资"中国新文学"借鉴，中、西关系即新、旧关系；

因为是文学系——而非现在通称的"中国语言文学系"——关注点在于"文学"，并不包括"语言文字学"，所以后来闻一多才会有合并中文系与外文系中的"文学"部分为"文学系"，而另外成立"语言学系"的动议。

融合新旧，即融合中西，而"研究"之于朱自清而言，并非最终目的，实是为"创造"所做的准备，正如杨振声所说，"其影响必会给将来一般的中文系创造一个新前途，这也就是新文学的唯一的前途"，中文系的前途即新文学的前途，两件事是一件事。

---

① 杨振声：《为追悼朱自清先生讲到中国文学系》，引自《最完整的人格——朱自清先生哀念集》，北京出版社1988年版，第178—179页。

1929年清华大学中国文学系的课程中，一、二年级英文必修，三年级开设"西洋文学概要"，并有"戏曲"和"小说"两门课程（俞平伯），四年级开设"西洋文学专集研究"；在选修科目中，则有"中国新文学研究"（朱自清）、"当代比较小说"（杨振声）、"歌谣"（朱自清）、"高级作文"等；在"希望本系学生选修之他系学科"中则建议了"现代西洋文学""美学""西洋通史""西洋哲学史"等课程①，的确贯彻了杨、朱融合新旧中西既定的目标。

"中国新文学研究""当代比较小说"两门课，均以新文学为讲授对象，尤其前者是第一次将新文学带入大学课堂，这对于确立新文学的合法性、实现其经典化起到了重要作用。朱自清所编的讲义《中国新文学研究纲要》也是最早对新文学进行系统研究的论著，王瑶曾这样评价："当时大学中文系的课程还有着浓厚的尊古之风，所谓许（慎）郑（玄）之学仍然是学生入门的先导，文字声韵训诂之类课程充斥其间，而'新文学'是没有地位的。朱先生开设此课后，受到同学的热烈欢迎，燕京、师大两校也由于同学的要求，请他兼课；（略）如果我们用历史的观点看问题，朱先生的《纲要》无论从那一方面说都是带有开创性的，它显示着前驱者开拓的足迹。"②

1929年夏，杨振声受邀到燕京大学讲授"现代文学"，上半年讲中国现代文学，下半年讲外国文学。国内部分"着重讲的是鲁迅的《呐喊》，茅盾的《蚀》，蒋光慈的《少年漂泊者》，郁达夫的《沉沦》和沈从文的《月下小景》"，"外国作家他讲托尔斯泰的《战争与和平》，陀思妥耶夫斯基的《罪与罚》，哈代的《还乡》和罗曼·罗兰的《约翰·克里斯多夫》"。当时在燕京大学国文专修班读书的萧乾曾旁听这门课程，称杨振声给了他一幅"当代的文艺地图"，激发他去涉猎更多的作品。后来萧乾又经杨振声的介绍，认识了沈从文、凌叔华等新文学作家，并由此进入《大公报》，和沈从文一起编辑"文艺副刊"③。在萧乾的文学道路上，杨振声既是启蒙老师，又一直是他的提携者。

融合新旧中西和注重新文学的办系理念，1930年代也随杨振声出任新筹建的国立青岛大学校长而被带到山东，青岛大学的文学教育可以说是清华大学的复制与延伸。杨振声聘请了两位学兼中西的新文学作家闻一多、梁实秋分别担任中文系和外文系主任（闻一多并任文学院长），并曾向胡适夸耀："我们中国文学系主任的英文很好，外国文学系主任的中文很好，两个系主任彼此的交情又很好，所以我们中外文学系是一系。"④在课程设置上，青岛大学也强调国文和外语两科，中文系学生必须修习外文系两门课程，外文系也必须修习中文系

① 齐家莹：《清华人文学科年谱》，清华大学出版社1999年版，第84—85页。
② 不过值得注意的是，朱自清的这门课程虽然很受同学欢迎，但从1933年后就不再开设，王瑶认为这是"受到了压力"的缘故，由此也可见，"许郑之学"的传统对趋新的学人仍具有一种潜在的制约力量。参见王瑶《先驱者的足迹——读朱自清先生遗稿〈中国新文学研究纲要〉》，《朱自清全集》（第8卷），江苏教育出版社1990年版，第127—128页。
③ 萧乾：《旅人行踪：萧乾散文随笔选集》，中央编译出版社2005年版，第136—138页。
④ 杨振声：《为追悼朱自清先生讲到中国文学系》，载《最完整的人格——朱自清先生哀念集》，北京出版社1988年版，第182页。

开设的中国文学史课程。这仍是杨振声沟通古今中外的思路。① 青岛大学中文系先后邀请了沈从文、老舍、台静农等新文学作家来校任教,所授课程多和新文学及文学创作有关,如"高级作文""中国小说史""小说作法""文艺批评""欧洲文学概论""文艺思潮""中国现代文学研究"等。② 闻一多还将自己的得意弟子、新诗人陈梦家带到青岛大学做助教。杨振声自己在校务之余,也开设课程,讲授的则是关于新文学创作的"小说作法"③。

1932 年,杨振声辞去校长职务,到北京在朱自清和沈从文的协助下编撰中小学教科书。抗战爆发后,受命到长沙参与组建临时大学,后相继担任长沙临时大学筹备委员会秘书主任、西南联大常务委员兼秘书长、西南联大叙永分校主任,并一度代理中文系主任。在西南联大中文系任教的新文学作家,除杨振声以外,还有朱自清、闻一多、李广田、沈从文、陈梦家等,外文系则有叶公超、卞之琳、冯至、陈铨、潘家洵等人。这些教师,虽然大多并不直接教授关于新文学的课程,但是他们对于在西南联大开设新文学课程、提高新文学的地位、形成新文学的氛围等方面显然会起到巨大作用。④

西南联大中文系开设了许多新文学相关课程,如练习语体文写作的"各体文习作""中国小说史""现代中国文学""现代中国文学讨论及习作""文学概论""世界文学名著选读及试译""创作实习",担任教师都是新文学作家如沈从文、李广田、杨振声等。⑤ 抗战胜利后,西南联大解散,各校复员,主持清华中文系的朱自清又邀请李广田到该校任教,讲授"文艺学""现代戏剧""现代散文""写作实习"等课程。⑥

"大一国文"和"大一英文"课,对大学里新文学创作氛围的形成也有重要影响。作为全校必修课,西南联大的"大一国文"和"大一英文"分别由中文系和外文系承担。"大一国文"委员会设在中文系,由杨振声主持。1938 年开始编选,几经讨论增删,1942 年编定。这本大一国文课本,倾向鲜明,汪曾祺称为"京派国文",包括文言文 15 篇,语体文 11 篇,古典诗词44 首,"文言选文和'五四'以后新文艺选文(有小说、散文、剧本)几乎分量上各占一半"⑦。语体文部分选了胡适、鲁迅、徐志摩、林徽因、丁西林等人的作品。篇目顺序和教师安排上,也更重视语体文作品:教材中语体文作品排在前面,由教授担任,古文部分则由助教或教员担任。这一安排,通过大学课程教育的方式,将现代文学置于跟古典文学同等甚至更为重要

---

① 青岛大学课程设置参见《山东大学校史》,山东大学出版社 1986 年版,第 55—56,63,69 页。

② 具体课程参见《山东大学校史》,山东大学出版社 1986 年版,第 66 页。

③ 《杨振声:被遗忘的教育家,被忽略的正派人》,《北京青年报》2009 年 7 月 17 日。

④ 西南联大时期中文系和外文系教师名单参看《国立西南联合大学校史》,北京大学出版社 1996 年版,第115—122,138—145 页。

⑤ 具体课程设置参见西南联大北京校友会编:《国立西南联合大学校史:1937 至 1946 年的北大、清华、南开》,北京大学出版社 1996 年版,第 111—115 页。

⑥ 齐家莹:《清华人文学科年谱》,清华大学出版社 1999 年版,第 255 页。

⑦ 周定一:《沈从文先生琐记》,《长河不尽流》,湖南文艺出版社 1989 年版,第 215 页。

的位置,有助于稳固现代文学的地位①,也容易引起学生对新文学的兴趣,汪曾祺就称《大一国文》课本是他"走上文学道路的一本启蒙的书"②。

1942年,教育部强行推广选文全为文言文的"部定教材"。部定《大一国文选目》相较于各校自行编纂的教材更具有保守性,这是由"部定"的性质决定的,所以尽管朱自清也作为专家参与选目(编选会主席是魏建功),但其主张收入的三篇语体文(鲁迅两篇,徐志摩一篇)均未入选。对此朱自清并不觉得意外,因为"编选会的选目要由教育部颁行;教育部处于政府的地位,得顾到各方面的意见。刚起头的新倾向,就希望它采取,似乎不易"③。部颁"选目"多选先秦文的倾向引起不少非议,实际上在各大学中采用率并不高,据徐中玉所述,他在部定教材颁发后五年间所教过的三所国立大学都未使用这一"选目",而且像山东大学和中山大学自编的选目中都"已选用相当数量的语体文","至少这一点已是比较进步了"④。

西南联大中文系在对部定教材抵制未果之后,另编一册《西南联合大学大一国文习作参考文选》(后改称《语体文示范》)作为补充教材,不仅原"大一国文课本"中所选的语体文作品全部收录,又增加了此前由于篇幅限制未便选入的许多文章,容量大大扩充,并向其他高校推广。⑤ 杨振声在为此书撰写的序言《新文学在大学里》特别强调了编选的三个原因:一是部本"可使学生瞻仰吾国旧日学术的风光与欣赏旧日文艺的古雅,但不能很适合地帮助学生习作";二是"大一国文的目的,不应单是帮助学生读古书,更重要的是养成他们中每一个人都有善用文字的能力",而只有使用语体文而非文言文才能使学生"确切地表达自己的思想感情";三是语言是活的,文字是死的,"近代的文明国家,没有不是语文一致的。以精致的语言洗练成文学的修辞,又以文学的修辞培养成语言的优美",我们要"以现代人的资格,用现代人的语言,写现代人的生活,在世界文学同共的立场上创造现代的文明"⑥。杨振声的序也是侧重新文学的创造。

从陈独秀、胡适等人在北大将新文学的前身戏曲、白话小说带进大学,使其有资格成为文学研究、教育的对象,间接提高了新文学的地位,到杨振声、朱自清等人在清华大学(包括后来的青岛大学、西南联大)规划的"贯通主义",使中西古今并列,新文学自身也进入学术制度之中,"新"逐渐取得与"旧"同等学术地位。这是新旧之争。各种"高级作文""小说作法"

---

① 当然,杨振声等人的设计并不能完全得到落实,譬如很多教授一学期只讲一篇,不一定是语体文,有的教授则根本不讲语体文。《国立西南联合大学校史:1937至1946年的北大、清华、南开》,北京大学出版社1996年版,第109页。

② 汪曾祺:《西南联大中文系》,《汪曾祺全集》卷四,北京师范大学出版社1998年版,第355—356页;《国立西南联合大学校史》,北京大学出版社1996年版,第108—111页;张源潜:《大一(1942—1943)生活杂忆》,《云南文史资料选辑》第34辑,云南人民出版社1988年版,第162页。

③ 朱自清:《论大学国文选目》,《朱自清全集》(第2卷),江苏教育出版社1990年版,第415页。

④ 徐中玉:《大学国文教学五论》,《国文月刊》第67期。

⑤ 具体篇目参见《国立西南联合大学校史》,北京大学出版社1996年版,第110—111页。

⑥ 杨振声:《新文学在大学里——大一国文习作参考文选序》,《国文月刊》第二八、九、三　合期。

"各体文习作"等新文学写作课的开设，则是直接将新文学创作作为大学中文系培养的重要目标，牵涉到的则是研究（学术）与文学（创作）之间的关系。相对来说，新学术进入旧制度易，文学创作进入学术制度则难，这是由大学自身的学术研究性质所决定的。

杨振声作为新文学作家并不算知名，但在教育系统中处于重要位置，又长于行政才干，对大学有重要影响力，经常主持、参与重要的教材编纂，对于新文学的流播和进入教育体制所起作用很大，其实际影响力超过胡适、朱自清等人。也正是在他和朱自清等大学中新文学作家的共同努力下，新文学才能由"虚"（风气）入"实"（制度），与传统文学分庭抗礼，在大学教育和学术制度中占据一席之地，再由"实"返"虚"，在大学里营造出传授和创作新文学的氛围。

前些年，趁着"民国热"的风力，有两则关于刘文典讥嘲沈从文的逸事颇为流行。一则是说他瞧不上沈从文评教授：在西南联大，陈寅恪才是真正的教授，他应该拿四百块钱，我该拿四十块钱，朱自清可拿四块钱。可我不会给沈从文四毛钱。沈从文都要当教授了，那我是什么？那我岂不成了太上教授吗？另一则是说刘文典跑警报的时候，沈从文不小心从旁经过，刘文典大怒：陈寅恪跑是为了保存国粹，我跑是为了保存《庄子》，学生跑是为了保存文化火种，可你什么用都没有，跟着跑什么跑啊！——刘文典性情狂狷，关于他的奇闻趣谈颇多，隐然成了一个"箭垛式"人物，不论了解他的学问与否，人们对关于他的传闻多能津津乐道，其间不免夸大捏造之处，并不可靠。对于这类逸事，我们自然只能当它是传说。不过传说本身虽"假"，从其流传之广和人们的"津津乐道"中，却也可以看出一般人的心理之"真"：陈寅恪做的才算是学术，沈从文教授的不是学术。陈寅恪研究古代文史，又精通多种语言，擅用语言工具考证，就前者而言，足够传统，就后者而言，足够"科学"。沈从文以作家身份进入大学，既无学历，所授课程又是现代文学，尤其是"习作"与"实习"，既不传统，也不"科学"。这也说明，在学术研究对象上，仍然存在"古"高于"今"的潜在心理；在学科之间也存在着等级关系，语言、历史等学科由于更近乎"科学"，比文学更"实"，更像学术，在文学研究内部，也是考据之学比义理、辞章更"学术"。这也可以见出学术制度自身的稳定性和保守性。

好莱坞电影影响下海派文学中的拷贝世界

（四川师范大学 文学院，成都 610068 ）

内容摘要：本文重在考察好莱坞电影在海派文学作品中的映射方式及呈现形态。电影的出现形成了一个"拷贝世界"，给中国民众的心理世界、生活方式及行为选择各方面都产生了重要的影响。这样的影响同样投射到海派文学中，具体表现在：好莱坞电影（1）改变了文学中女性的身体仪态；（2）改变了文学中男性审美，从而直接影响到男作家的女性形象塑造；（3）电影院空间作为有意味的形式在小说中呈现；（4）好莱坞电影改变了民众日常观念。

关键词：好莱坞电影；海派文学；影响

- -

20世纪二三十年代，电影已成为上海人主要的娱乐方式。据记载，上海的电影在1928年至1932年有了一个极度的膨胀发展期，因为"电影艺术的猛进"，致使电影"无敌地在上海市民的娱乐生活中占据了最高的位置"[1]。电影的出现形成了一个"拷贝世界"，给中国民众的心理世界、生活方式及行为选择各方面都产生了重要的影响。而二三十年代在上海播放的电影，"美国片几乎独占了当时和以后中国的全部银幕"[2]。美国片对中国人的巨大影响，乃至于有人认为，"不是'五四'运动，而是好莱坞的影片，使十多年来一大部分中国青年在想象上和过去中国传统隔断"[3]。本文重在考察好莱坞电影在海派文学作品中的映射方式及呈现形态。

一、好莱坞电影与女性身体仪态

电影发明以来，女性的身体就被置于重要地位，摄影机像"诊所的眼睛"（玛莉·安·窦

---

* 作者简介：刘永丽，文学博士，四川师范大学教授。

① 上海通社编：《上海研究资料续集》，上海书店1984年版，第538页。

② 程季华主编：《中国电影发展史》，中国电影出版社1980年版，第12页。

③ 严束：《电影与文化传统》，《文潮》1945年3月第7期。

恩 Mary Ann Doane 语）一般审视、构建着女性的身体。正如有论者所说的：“电影起到了……‘影像身体’的功能；它为凝视提供了一个淤陷在肯定或是否定阉割焦虑的矛盾之中的女性身体。……电影是关于性向和性差异的话语的另一种例示，是‘植入性倒错’（implantation of perversions）将权力扩展到身体、特别是女性身体的一种形式。”[①]在电影中，女性的身体从来不是单纯代表生物物种的存在形式，而是烙上了太多的政治文化隐喻。饶有意味的是，电影中对女性身体的建构从来不是单一的，如左翼电影建构的两种典型的女体：情色化的女体和政治化的女体，而女性的选择总是滤掉女性身体的多元化文化意味，倾向于模仿情色化的女性身体。

现代历史时期，好莱坞电影在建构中国女性身体景观方面扮演了重要角色，是中国现代新女性成长的重要范本。穆时英指出了好莱坞女性的魅力所在，她们“有一种共同的，愉快的东西，这就是在她们的身上被强调了的，特征化了的女性魅力。就是这魅力使她们成为全世界男子的憧憬，成为都市危险的存在”。“女星们的魅力都是属于性的”，“就是一种个性美和性感的化合物”[②]，就突出女性性征的美，那些被称作女性独特魅力的东西。刘呐鸥曾指出，人们到电影院去有种种原因，但“在电影院里最有魅力的却是在闪烁的银幕上出出没没的艳丽的女性的影像”[③]，以至于有人说，电影不过是“拿女人当作上海人口中的‘模特儿’来吸引观众罢了。自然观众们简单说一句，也只是看‘模特’——女人——而不是看电影”[④]。这种通过现代媒体，如摄影、幻灯、电影等科技和机械运作而产生的“技术化观视”，满足了人们的窥视欲。吴晓东说：“由于技术上的进步，现代男性对女性的‘技术化观视’与当年西门庆斜睨潘金莲的‘金莲’，贾宝玉注目薛宝钗的‘皓腕’的时代已经不可同日而语。现代男性不需与女性直接面对，即可从诸种影像媒介中获得名正言顺地观视女性的可能性和自由度。”[⑤]现实中人与人的肉眼看视，要顾及礼貌及脸面，不可能长久凝视，而大量的刊载女性照片的画报出现，照相馆橱窗用以招揽生意的美女照，月份牌上各种风情女郎，及银幕上表情丰富的女性——这一切，都可以长久凝视，细细揣摩，不仅男性可以毫无芥蒂地观看，就是女子也可以反复观摩。电影院由此成为学校，女人们模仿电影明星的装扮、神态、表情、说话方式，使身体仪态和传统女性全然不一样。好莱坞影片正是如此，重新塑造了中国女性的体态风韵。

好莱坞电影对中国女性最大的影响是裸露的身体政治学。对女性身体独特之处的坦然、认同，颠覆了传统中国人——尤其是中国女性对展露身体性征的羞耻感，如对女性身体

① 孙绍谊：《叙述的政治：左翼电影与好莱坞的上海想象》，《当代电影》2005年第6期。
② 穆时英：《电影的散步·魅力解剖学》，上海《晨报》1935年7月19日。
③ 葛莫美（刘呐鸥）：《影戏漫想：电影和女性美》，《无轨列车》1928年第4期，第207页。
④ 尘无：《电影与女人》，《时报》1932年7月12日。
⑤ 钱理群主编：《中国现代文学编年史——以文学广告为中心（1928—1937）》，北京大学出版社2013年版，第501页。

符号的显著表征——乳房的遮蔽与展露，即被认为是身体解放的一种明证。正如有人所说的：“身体政治的潜规则，服装（身体的遮蔽和敞开）不仅仅作为私人形式，更重要的是作为公共政治场域而存在的，它是一种政治技术工具，是政治意义相互斗争和争夺的场所，它生产政治权利关系，又被政治权利关系生产。”①传统女性生活在对身体戒备森严的封建社会，身体成了男性监控的重要对象。儒家伦理从“身体发肤，受之父母”的身体最基本的归属开始，建立了一套“亲亲、尊尊、长长、男女有别”的社会规范，在各层面上对女性的身体予以规训。而到了现代社会，“人体正在进入一种探究它、打碎它和重新编排它的权力机制。一种‘政治解剖学’，也是一种‘权力力学’正在诞生”②。对中国女性而言，好莱坞电影为这种“权力力学”的诞生起了巨大的推动作用。中国女性的露胸、露乳，乃至于露脚露腿，某种程度上展现的是西方文化与东方文化权力关系的博弈成败。1936 年 9 月，《时代漫画》刊登的《未来的上海风光的狂测》漫画中，所勾画的解放了的女性形象，即“已从裸腿露肩的装扮进化到全体公开”，只是在“重要部分”系了一丝细带。这亦是裸露与女权关系的实证。

这种坦然地裸露、展现女性身体特征的装扮方式，呈现了女性原本天然的线条美。鸥外鸥这样说到女性躯体美的这种变化：“过去的若干年前，我邦女儿的体态的美是不可寻问之在何处匿伏着的。腰与臀与胸次你不能得到向导员一一向导出其所在来，不知何处腰何处臀的呢。这样没有部落的美的。甚且我们会骇讶是没有乳房的女人之国家呢。”“近顷我们的乳房生长起来倍发起来，大赦释放出狱了。”“包裹今日的贴身的旗袍内的含弹性的肢干的吹气的橡胶兽形玩具样的，我邦的女儿的体态的美，一跃而前的跃出来世间上。”③典型的例证是《子夜》中浸润在传统文化规范中的吴老太爷来上海，看到上海女性身着旗袍突出其性征的装扮，“她们身上的轻绡掩不住全身肌肉的轮廓，高耸的乳峰，嫩红的乳头，腋下的细毛！无数的高耸的乳峰，颤动着，颤动着的乳峰”，这种凸显女性性特征的装扮最终导致了吴老太爷血管破裂而死，或者说，西方文化最终以强有力的方式碾压了传统观念形态。

时人批判当时的摩登女子说，她们看电影根本不关心内容：“每一部影片中，你们最堪记忆的是女主角换过十几套新妆，你们专为参考衣架子而来的。”④这展现了好莱坞女性的装扮对中国女人强大的吸引力。值得反思的是，为什么中国女人削尖了脑袋要去学好莱坞女星情色化的装扮，而摈弃其他的女性身体政治表现形式？个中原因，与情色化服装装饰所象征的文化密不可分。左翼电影中的政治身体装扮，是与朴素、劳动、底层文化相关联的因素，而情色化身体，往往是与奢华富贵的资本空间相联系的。服装永远不仅是遮寒盖身的工具，它有丰富的文化内涵，“服装作为物化的人与场合的主要坐标，成为文化范畴及其关系的复

---

① 葛红兵、宋耕：《身体政治》，三联书店 2005 年版，第 55 页。
② 米歇尔·福柯：《规训与惩罚》，刘北成、杨远婴译，生活·读书·新知三联书店 2003 年版，第 155—156 页。
③ 鸥外鸥：《中华儿女美之隔别审判》，《妇人画报》1936 年 4 月第 17 期。
④ 白雪：《给小姐们：(三)看电影》，《苏州画报》1935 第 7 期。

杂图式"①。好莱坞女性的装扮，与其所处的高档场合及高雅文化密切关联，中国女人对好莱坞女星服饰的追逐，即她们对服装所代表的文化身份的追逐。

好莱坞影片给予中国女性的不仅是凸显女性性征的装扮，在仪态、表情方面也是示范的标本——仪态，表情也是一种文化符号，那是另一层面的服装。诚如张竞生所言："人人都濡染于演员的表情，自然不知不觉地养成了风度与风韵的性格。精而言之，则眉眼表情，也有十几种，凡此都使观众得以仿效。即如我国说，自影戏传入以来，一般男女，必定增加多少分的表情，尤其是亲吻的进步。"②丁玲《韦护》中的丽嘉很喜欢看电影，"她常常把从电影上学来的许多可爱的动作拿来表演"。施济美《十二金钗》中写到居住在芜湖的李楠孙，原本是个木讷的乡下女孩，"无表情的脸，平板的声音，说话做事都有点木木然，甚至连笑都不大会笑的样子，像泥制的面具"。"跟一杯开水似的，淡而无味。"③其未婚夫吴光宇到了上海之后，看惯了上海的女人，嫌自己的未婚妻土气十足，对其日渐冷淡。李楠孙为了拢住丈夫，到了上海烫了头发，买了眉笔，胭脂和唇膏，拼命模仿《现代小姐须知》研究得透彻的时髦女子安妮。安妮是个混迹影剧院、舞场的时髦女子，天天研究报刊、电影上女子的化妆、衣饰及待人接物，其目的就是为钓一个金龟婿。李楠孙经过一段时间的拼命学习，不仅衣着装扮方面变成了一个时髦的"上海的女人"，名字改为洋味十足的"兰姗李"，而且表情符号也好莱坞化了："知道用怎样一个方法去处世，去对待她的未婚夫，以及每一个人，每一件事；她的无表情的脸上，差不多进步得连眉毛眼睛都会说话。"④由此，未婚夫对她的态度来了个一百八十度的大转弯。李楠孙穿上了好莱坞服装，戴上好莱坞表情符号，于是未婚夫带着她行则汽车、吃则高档酒店，展现了在民众的心目中，好莱坞的服装与做派是与汽车、高档酒店相符的。

不仅是性情、仪态受好莱坞影响，刘呐鸥把现代女子的性格发生的变化也归因于好莱坞影片。在《现代表情美造型》中，他说："以前女的心地对于万事都是退让的，决不主张。于是娇羞便被列为女性美之一。"而现在产生应时代需要产生的女人，"这个新型可以拿电影明星嘉宝、克劳馥或谈瑛做代表"。"她们的行动及感情的内在方式是大胆，直接，无拘束"，"就是法国人所谓 garsonne"，短发男装的 sport 女子便是这一群之代表。"她们是真正的 go-getter。要，就去拿。而男子们也喜欢终日被她们包围在身边而受 digging。"⑤在刘呐鸥的《风景》中，确实写了一个"要，就去拿"的时代女性形象，在面对男性的时候毫不忸怩作态，而是直接表露自己的欲望需求，是与传统完全不一样的女性形象。而更重要的是，在文学中，男人们喜欢的也是这种类型的女子，这与好莱坞对这种女子形象的构造密不可分。

① 保罗·康纳顿：《社会如何记忆》，纳日碧力戈译，上海人民出版社 2000 年版，第 32 页。
② 张竞生：《张竞生文集》（一），广州出版社 1998 年版，第 240 页。
③ 施济美：《十二金钗》，《凤仪园》，上海古籍出版社 1997 年版，第 119 页。
④ 施济美：《十二金钗》，《凤仪园》，上海古籍出版社 1997 年版，第 128 页。
⑤ 刘呐鸥：《现代表情美造型》，《妇人画报》1934 年 6 月 8 日第 18 期。

二、好莱坞电影与文学中的男性审美

穆时英小说《PIERROT》中,有一个场景,描述研究各种学说的知识分子在书房中的闲谈,而最能引起议论兴趣的是好莱坞女星嘉宝,尤其是嘉宝身上与性有关的内容:"谈到嘉宝的沙嗓子,谈到沙嗓子的生理的原因,谈论性欲的过分亢进,谈到嘉宝的眼珠子,谈到嘉宝的子宫病。"小说中提到书房中的摆设,其中有一个就是嘉宝的八寸全身像,可见嘉宝的被尊崇。刘呐鸥说到中国新型的摩登女人出现时,所举的代表例子之一就是嘉宝。"这个新型可以拿电影明星嘉宝、克劳馥或谈瑛做代表。她们的行动及感情的内动方式是大胆、直接、无羁束,但是在未发的当儿却自动地把它抑制着。克劳馥的张大眼睛,紧闭着嘴唇,向男子凝视的一个表情型恰好是说明着这般心理。内心是热情在奔流着,然而这奔流却找不到出路,被绞杀而停滞于眼睛和嘴唇间。"①可以说,以嘉宝为代表的好莱坞明星成了中国文人心目中的现代摩登女子,欲望对象的参照模本。

饶有意味的是,海派作家笔下的性感女子常常以嘉宝或其他好莱坞明星的面容出现。如穆时英在《骆驼·尼采主义与女人》中写到的"她""绘着嘉宝型的眉,有着天鹅绒那么温柔的黑眼珠子和红腻的嘴唇,穿了白绸的衬衫、嫩黄的裙"。而刘呐鸥审视着笔下鳗鱼一样的有着"神经质的嘴唇"和"焰火射人的眼睛"的女子,"这一对很容易受惊的明眸,这个理智的前额,和在它上面随风飘动的短发,这个瘦小而隆直的希腊式的鼻子,这一个圆形的嘴型和它上下若离若合的丰腻的嘴唇",感叹"这不是近代的产物是什么"②。"受惊的明眸瘦小而隆直的希腊式的鼻子","若离若合的丰腻的嘴唇",很明显结合了他在《现代表情美造型》一文中提到的好莱坞明星的特征。穆时英把好莱坞女明星的脸部特写抽象为:"5×3 型的脸,羽样的长睫毛下像半夜里在清澈的池塘里开放的睡莲似的,半闭的大眼眸子是永远织着看朦胧的五月季节梦的!而且永远望着辽远的地方在等待着什么似的。空虚的、为了欲而消瘦的腮颊。嘴唇微微地张开着,一张松弛的,饥渴的嘴"③,认为"有着这样脸的女子,是在灵魂里面燃烧着不可遏制的,白热的情欲的"④。他笔下的性感女子便也具有这样的特征。如《墨绿衫的小姐》中的"墨绿色的罂粟花"似的小姐,就有着"羽样的长睫毛","透明的眼皮闭着,遮住了半只天鹅绒似的黑眼珠子",嘴也是"微微地开着的";《PIERROT》中,令潘鹤龄心神俱醉的琉璃子,"她的眼是永远茫然地望着远方的";《五月》中的蔡珮珮,也是"有一对半闭的大眼睛,像半夜里在清澈的池塘里开放的睡莲似的,和一条直鼻子,那么纯洁的直鼻子"。显然,穆时英在构筑他笔下摩登人物形象时,是以他想象中的西洋女人形象为蓝本的。在《被当作消遣品的男子》中,穆时英更是把女主角的脸想象成几位当红

---

① 刘呐欧:《现代表情美造型》,《妇人画报》1934 年 5 月 16 日第 18 期。
② 刘呐鸥:《游戏》,《刘呐欧小说全编》,学林出版社 1997 年版,第 3 页。
③ 穆时英:《电影的散步 性感与神秘主义》,《晨报》1935 年 7 月 17 日。
④ 穆时英:《电影的散步 性感与神秘主义》,《晨报》1935 年 7 月 17 日。

好莱坞女影星脸部某一部分：

> 我觉得每一个 O 字都是她的唇印；墙上钉着的 Vimla Banky 的眼，像是她的眼，Nancy Carrol 的笑劲儿也像是她的，顶奇怪的是她的鼻子长到 Norme Shearer 的脸上去了。①

令男主人公不能自拔的女子，就是这样的西洋好莱坞明星的复制品，展现了好莱坞电影对男性审美观的影响。

《银蛇》中，男主人公逸人大谈他对自己喜欢的女人的"塑造"计划：

> 我一定可以使她变成一个理想的妖妇，把一切男子玩在股掌上的妖艳的女人……我要同她到巴黎去，教她看法国妇人的献媚是怎样，带她到东京去，看日本女人的凶浪是怎样的，使她在无形之中，完成了一个又骚又辣又艳又恶的可爱的女人……②

这是意味深长的一句话。足以表明中国男人欲望投射对象中的女人，只是世界各国女人的复制粘贴物。他们选择的只是好莱坞女性最符合男性欲望的那一面，展现的是他们对电影女性拷贝世界的梦幻投影。

三、电影院空间作为有意味的形式在小说中呈现

现代历史时期的上海，"电影院的生长，有非常可惊的速度。单就第一流的电影院说，即有光陆、大光明、南京、新光、兰心、国泰六家"，"到了一九三三年，百万金重建的大光明和八十万金造成的大上海，又复先后在上海租界的中心点矗立起来"③。其时有一本电影画报，"名叫电通画报的，尝将这许多电影院的摄影标于一张上海地图上，加一行大标题道：'每日百万人消纳之所'"④。由此可见电影给予上海人的巨大影响力。

影剧院空间的构建也彰显了一种权力关系。其时有人撰文《看电影的阶级》，写到看电影的等级分化现象："影戏公司一部新片出世，先在中央新中央开演，价钱卖得很贵，所以看的都是富商巨贾，中下之辈，便无此眼福，这一家开演之后，便轮到恩派亚卡德几家了，于是一般中等社会的人，去鉴赏鉴赏。后到南市二家小戏院开映。这个时候看的人都是一般中下的朋友。什么富商巨贾，绝对没有光顾的啦。"⑤当时的头等电影院，一般是占首次开映

---

① 穆时英：《被当作消遣品的男子》，《穆时英全集》（第一卷），第 242—243 页。
② 章克标：《银蛇》，《一个人的结婚》，花城出版社 1996 年版，第 29 页。
③ 上海通社编：《上海研究资料续集》，上海书店 1984 年版，第 538 页。
④ 上海通社编：《上海研究资料续集》，上海书店 1984 年版，第 532 页。
⑤ 雪物王：《看电影的阶级》，《情之素》1927 年 8 月 21 日。

权;二等电影院的影片,享第二次开映权,但亦有开映初次到沪之影片者;三等电影院除开映第三四次之西片外,有时亦开映首次的国产片。① 由此可见西洋片和国产片的阶段分层。

据记载,当时著名的高档电影院,如大光明、南京、大上海(位于公共租界)及国泰(位于法租界),都是上海著名的外片首轮影院。其时有文章提到影院的豪华装修:"立体式的外表,摩登装饰的内容,冬有水暖,夏有冷气,异形装设的电灯会发出柔和幽静的光芒,推动了人群,在每一次固定的时间吞吐于这个大厦里。霓虹灯的外国字,像 Grand, Theatre, Gathay, Roxy⋯⋯在黄昏时候,便开始它诱人的闪耀的跳动的彩光⋯⋯这就是被目前看为最高尚的新型的电影院。"②这里看影片的人"都显示出一种 Gentleman 的风度。皮鞋踏上铺在通道的地毯上已经够轻的了,但大家还提起了脚后跟,生怕有什么声响会扰乱人家的安静,而露出不够绅士的马脚"③。到这里看电影,意味着拥有了现代、摩登时尚身份的符号化资本,从而也是获得了最权威之世界性身份的明证。而正是电影院空间的这种权力布局,宣传并巩固了好莱坞的殖民统治。正如有论者所说的:"现代殖民主义之所以大获全胜,主要不是倚靠船坚炮利和科技卓越,而是殖民者有能力创造出与传统秩序截然两样的世俗等级制度。这些等级制度为很多人(尤其是那些于传统秩序中被剥削被排斥的人)敞开新天地。"④高档电影院的唯一标准即有钱,在现实社会里声名狼藉不被传统观念所尊重的人,只要有钱,就可以享有上流社会的待遇。在某种意义上讲,电影院构筑的空间满足了社会各阶层人的身份想象:人们不仅是在看电影,更重要的是享受自己是上层人的感觉。所以在文学中,看电影行为本身也成了一种身份印证。丁玲《梦珂》中,刚从乡下来到上海的梦珂,视看电影为获得城市姑娘身份的入场券:"到卡尔登时,影片已开映了。由一个小手电灯做引导,梦珂紧携着表哥一只手,随着那尺径大的一块光走去。"(《梦珂》)卡尔登是当时的高档电影院,这里写到的梦珂"紧携着表哥一只手",几乎是对进入上流社会阶层的一种仪式。而"随着那尺径大的一块光走去",展现的是对另外一个阶层生活虔诚的渴望。张爱玲《花凋》中,久病卧床的川嫦独自偷偷跑出家,做了她最想做的事情:"在西菜馆里吃了一顿饭,在电影院里坐了两个钟头。"看电影的行为和吃西菜一样,成为川嫦对高档生活、体面人身份的向往表征。丁玲《1930 年春上海(之二)》中的玛丽看电影要到"顶阔气的影戏馆","坐在上海仅有的高贵的娱乐场所",周围是些"爱装饰的外国太太"。"影片开映了,无论影片怎样,她都是满意的,她不是来找那动人的情节的,她理想的总比这些更好,她更不需要在这里去找美国人的思想和艺术,⋯⋯她完全为的是享乐。她花了一块钱来看电影,是有八毛花在那软椅垫上,放亮的铜栏杆上,天鹅绒的幔帐上,和那悦耳的音乐上。乡下人才是完全来看电影

---

① 春申君:《上海的电影院》,《上海周报》1933 年第 1 卷第 16 期。
② 丁我良:《漫谈电影》,《申报》1940 年 7 月 13 日。
③ 丁我良:《漫谈电影》,《申报》1940 年 7 月 13 日。
④ 南迪:《亲内的敌人(导论)》,许宝强、罗永生选编《解殖与民族主义》,中央编译出版社 2004 年版,第 60 页。

的。"①这里的看电影行为成了一种奢侈式的炫耀性消费。值得注意的是小说中强调的玛丽周围是些"爱装饰的外国太太",都展现了高档电影院中寻找的与外国人一样的高级身份感觉。看电影的行为成了自我肯定的符号和阶层认定的标识。穆时英《贫士日记》中的贫士之妻,在得知其丈夫有了职业后,首先想到的就是要去电影院看电影,以此作为自己脱离贫困生活的标志。施蛰存《阿秀》中写到男人带女人看戏更是为了自己的脸面:"他是为了我要装场面,带一个我好在戏院子里坐着像样一点。他死要装出是一个上等的体面人,你但要想他叫我去看戏的时候,对于我的衣服总特别留心,不许我随便一点,恐怕要削了他的脸面。"电影院这种看与被看的地方,成了展示自己成就、炫耀自己能耐的最佳场所。

电影院播放的好莱坞电影大多脱不了情爱,是高雅的罗曼蒂克的艺术形式,电影院空间也带上了桃色的浪漫意味,成为具某种特殊意味的男女交际的场所。施蛰存的《在巴黎大剧院》里,写到去电影院的目的并非在看电影而是为男女暧昧提供特殊场所,所以在电影院的男人,时时刻刻想入非非:"本来,在我们这种情形里,如果大家真的规规矩矩看电影,那还有什么意味!干脆的,到这里来总不过是利用一些黑暗罢了。有许多动作和说话的确是需要黑暗的。瞧,她又在将身子倾斜向我这边来了。这完全露出了破绽,如果说是为了座位太斜对了银幕的缘故,那是应当向右边侧转去的,她显然是故意的把身子靠向我的肩膀了。让我把身子也凑过去一些,看她退让不退让。……天,她一动不动,她可觉得我的动作?难道她很有心着吗?"电影院构造的黑暗空间,成就了无拘无束的男性欲望。其时有人说,在上海去电影院看电影的观众,"不是为着银幕上的女人,便是为着黑暗中的异性"②。影戏完毕,电影院的空间也利于男女自然而然的身体接触:"好端端的走,怎么会错踏了梯级的呢?也许这是她故意的。她故意要这样子,好靠在我的手臂上。现在我的手臂已经完全抱着她了,要不要放手呢?……不必,扶梯还没有走完,也许她还会得失足的。"当时杂志有多篇文章,探讨人们去电影院的原因,其中有一个重要的原因就是谈情说爱。如《读者呼声:看电影的几种人》:"还有一种人大约以学生居多。他们或她们将戏院假作谈情场所,在开映时,一面看银幕上表现,一面却实行他们暗地工作接吻,抚摸……而且还坐在直后面或者角落里,不易被他人所见的地方。他们最希望仆欧者出去,观众寥落,所忌的是有人在注意他们。妨碍他们的工作啊。"③1932年,《新时代》刊的今可随笔中,就写到"某女士到卡尔登去看电影,在那里,看见尽是一对一对的男女,只有她是独自一人,她觉到了孤独的悲哀,她没有看完电影就回去啦,她回到家里倒在床上哭"④。电影院由此成了与"情色"相关的场所。当时的报刊,有许多这方面的消息,诸如《看电影回来少妇求死》,写到少妇和男朋友外出看电影,被丈夫

---

① 丁玲:《1930年春上海(之二)》,《丁玲文萃》,文化艺术出版社2002年版,第193页。
② 许美损:《弗洛依特主义与电影》,《现代电影》1935年5月第1卷第3期。
③ 《电声》(上海)1940年第9卷第6期,第132页。
④ 《新时代》1932年第2卷第1期,第44页。

知道,发生口角,少妇服毒欲自杀①;《看电影遇艳缔姻,逛马路忽起交涉》,写到在电影院遇到了意中人,正当谈婚论嫁之时,发现女子是别人家的童养媳②。

电影院同时是一个公共领域,公众空间,这里布满各色人等,充满机会与机遇。正是由于电影院空间的这种暧昧氛围,以及高档影剧院空间蕴含的无形中的权力资本,电影院成了某种类型的女子捕捉猎物的最佳场地,由此成了行骗的场所。《电剧院中》,男主人公王鹿城恰看了电影《风流债》,意缠绵中,看到后排坐着曼妙少妇蔡笑梅,"梳着个新式的美国髻",那婀娜娇态,令他想入非非。女士以点烟搭话,并送他"白金龙"香烟。小说中写王鹿城是受了浪漫爱情电影的影响,艳心勃起,而少妇借翻译影片说明书的借口,邀请王鹿城坐到她身边。熄灯后,两人借着黑暗,"畅所欲为",情话喁喁。放映结束后,两人已是手牵手的情侣了。两周后,王先生失恋,愁闷。他的朋友们带他来看电影《上海一妇人》,看电影过程中,听到后排情侣的情话,当剧场的灯亮起来,发现那个女人是蔡小姐。③ 小说中的女人,梳"美国髻",穿透露身段的"挑纱的花裙",吸名烟,不仅以相貌吸引人,而且谈论自己说逢"殷格兰姆"导演的片子必看,展现出文化方面的好莱坞倾向。而王先生也戴"巴拿马"帽,展现的也是西化的形象。

小说中也透露出,王先生是因为看了情色片《风流债》的电影,才生出了缠绵的情绪,滋长艳遇的心。确实,其时输入上海的大部分好莱坞影片的内容"千篇一律的逃不出恋爱与情感作为故事的主题","极尽罗曼司、妖媚与美丽"之能事④。《良友》杂志也有文章写道,美国片把"一切麻醉的、享乐的表现方法,尽量地搬弄出来,铺张华丽,推陈出新,极声色之娱"⑤。当时的有识之士指出,这是一种殖民文化侵略:

> 我们且看电影中心的上海吧。Capital(光陆戏院)/Grand(大光明)/Cathay(国泰)/Calton(卡尔登),这是多么高大的洋馆,天天开映艺术的逸品?同时天一、联华、明星等可称有雄厚资本的制片所,无日无夜在赶制。这不是一个很好的现象吗?这还能说不是进步吗?但是很可使你悲哀的,在那些大洋楼所演的自然是洋人戏。香港艳曲,淫靡情调,每天能给你们制造出"My darling, I love you"的醉生梦死的许多青年男女来。同时所谓中国国产的影片公司,也会不加思索地依了"潮流",将"蝶呀我爱你,花呀我醉了"的肉麻的情节来星夜摄制……揭穿了说一句,便是帝国主义的文化政策。这不过想以电影的力量来代替以前布满全球的宣教士。⑥

---

① 《时报》1939 年 8 月 2 日。
② 《时报》1939 年 4 月 16 日。
③ 朱戬:《电剧院中》,《新上海》1925 年 12 月第 1 卷第 8 期,第 95—100 页。
④ 壮游:《女性控制好莱坞——她们主宰着电影题材的选择》,上海《晨报》1935 年 3 月 4 日。
⑤ 《电影的两面:麻醉的与暴露的》,《良友》画报 1934 年 3 月 15 日第 86 期。
⑥ 《电影艺术代发刊辞》,《电影艺术》1932 年 7 月 8 日第 1 期。

列斐伏尔认为，"空间里弥漫着社会关系；它不仅被社会关系支持，也生产社会关系和被社会关系所生产"①，作为各种社会关系联结的电影院空间不可避免地也"永远是政治性的和策略性的"②。有空间政治侵略，同时也就有空间的反侵略。在现代历史上，有关电影空间的意识形态斗争，一直没有停止过。电影院由此不仅是一个看电影的场所，而且是包含无穷意蕴的拼贴文化空间。鲁迅在《电影的教训》中，曾写到在上海令人羞辱的观戏经验。这种羞辱首先是因为电影院座位分配的不平等，电影院内的都市空间布局展示着种族歧视的规则："到我在上海看电影的时候"，"却早是成为下等华人的了，看楼上坐着白人和阔人，楼下排着中等和下等的华胄"。而银幕上永远放着好莱坞的片子，处处是"白色兵们打仗，白色老爷发财，白色小姐结婚，白色英雄探险"的影像。更令鲁迅愤懑的是，银幕里明暗交织的影像千百遍重复着白种优越的叙述："……但当白色英雄探险非洲时，却常有黑色的忠仆来给他开路，服役，拼命，替死，使主子安然的回家；待到他预备第二次探险时，忠仆不可再得，便又记起了死者，脸色一沉，银幕上就出现了一个他记忆上的黑色的面貌。黄脸的看客也大抵在微光中把脸色一沉：他们被感动了。"③白种人和黑种人的友谊是建立在黑种人像狗一样的忠诚上的，这样的叙事策略中隐藏着殖民者所期望的阶层、阶级部署，及他们所期望的白人、黑人各自的身份认同，在这种部署及认同中，殖民者永远是高高在上的。由此可以想见，电影院空间蕴含着的无限有意味的形式。

四、好莱坞电影与民众日常观念

有论者把大众传播媒介营造的环境为"拷贝世界"，认为这样的"拷贝世界"对人们的心理世界、生活方式及行为选择各方面都产生了重要的影响："由大众传播形成的拷贝世界信息环境，是现代社会中人们无法逃避的生活世界，它同感性世界并驾齐驱！成为决定人们生活情感，生活欲望，期待，认知和态度的两大环境世界。"④好莱坞电影不仅影响着人们的生活方式、表情、语言，也潜移默化着民众的观念。周瘦鹃的《燕归梁》中的主人公看到片名叫作《妇人之仇敌》的美国影片，"便受了一种极大的感触，夜半回去，嚼齿自语道：'从此之后，我也做妇人的仇敌了'"⑤。他还组织了一个和妇女为仇的会社，名字叫"仇女会"。汪仲贤的《歌场冶史》中，花美情作为小范和杨柳青的媒人，要小范做担保，说就是受外国电影的影响："上一次我们同去瞧电影，瞧见外国人配夫妻，要请一个律师来订一张婚约，还由男人存一笔钱在银行里。如果将来男人把她中途抛撇，就把这一笔钱当作老婆的养老费。杨柳青

① 亨利·列斐伏尔：《空间：社会产物与使用价值》，薛毅《西方都市文化研究读本》（第3卷），广西师范大学出版社2008年，第25页。
② 亨利·列斐伏尔：《空间政治学的反思》，包亚明《现代性与空间的生产》，上海教育出版社2003年版，第62页。
③ 鲁迅：《电影的教训》，《鲁迅全集·准风月谈》，人民文学出版社2005年版，第309页。
④ 沙莲香：《社会心理学》，中国人民大学出版社1987年版，第59页。
⑤ 周瘦鹃：《燕归梁》，《周瘦鹃代表作》，江苏文艺出版社1996年版，第234页。

回来就同我说，这个法子好极了。将来她要正式嫁丈夫，就要仿照这个办法。"①西方电影里婚姻制度中对女性的保护法则也被中国女人借鉴，展现了好莱坞电影对中国女性婚姻观念所产生的影响。

不仅看西洋电影是种摩登生活的诱惑，电影中的人物、故事情节往往也习染人心，影响着民众的心理体验及价值评判。《留情》中的敦凤看到报纸上《一代婚潮》的电影广告，"立刻想到她自己"——于是自己也成了传奇中有故事、有内容的主人公了，人生借电影而精彩起来。《创世纪》中有些孤芳自赏的败落贵族家的孙女潆珠穿上漂亮的雨衣外出，"风帽的阴影深深护着她的脸，她觉得她是西洋电影里的人，有着悲剧的眼睛，喜剧的嘴，幽幽地微笑着，不大说话"。以电影中的人物自居，而且是西洋人物，展现的是小说中人物期望自己不被视为无足轻重之辈而是成为光彩夺目的女主角的一种梦想，是对体面有身份之阶层人士的向往。电影作为日常娱乐方式也改变了民众的起居习惯。周瘦鹃的《春宵曲》，写男主人公去看夜场电影《春宵曲》，回家时近凌晨一点，而他的妻子的习惯是早睡的，每天十点钟就得安睡。由此结婚三年没红过脸的夫妻俩有了冲突，害得主人公一夜未眠，好好的一个春宵，被断送了。这是因为电影导致的生活作息时间的不同引起的矛盾。可见，电影作为日常生活中的事物在有形无形地影响着人们的生活方式。

好莱坞电影就是这样，"把现代西方这个概念，由一个地理及时空上的实体，一般化为一个心理层次上的分类"，让"西方变得无处不在，既在西方之内亦在西方之外，它存在于社会结构之中，亦徘徊在思维之内"②，培养了"洋为贵"的思维模式，民众以复制好莱坞景象为骄傲。从外在的衣着，到内在的思想，无不争相趋仿。《日出》中的张乔治，言谈举止都要模仿好莱坞明星，以外国话比中国话讲得更顺溜而自傲，师陀《结婚》中的田国秀更是这样的一个唯西方时尚之马首是瞻的人物。她活着的最大意义就是追逐西式时尚，整天活动在跳舞厅、电影院、咖啡馆和饭店中，出风头，寻找刺激，此外没有别的生活意义。师陀在《谈〈结婚〉的写作经过》中直接说她是一个高级垃圾，是1940年代上海小姐的代表。因为是代表，所以《结婚》中对这个人物的塑造有些符号化，她是作为殖民文化下产生的一大批消费动物的符号象征来写的，她是被肤浅的现代摩登包装成的上海文化的代表，丧失了本身天然的质素，而一味地追逐西方时尚，结果把自己搞得不伦不类："她忘记自然赋予她的姿色，一味拿颜料朝身上抹，像画坏的油画，横一笔，竖一笔，直把洁白可爱的底子遮起来。她粉擦得唯恐不白，胭脂搽的唯恐不艳，嘴唇涂的唯恐不红，指甲修得唯恐不像爪子，用奶油烫得头发唯恐不像洛丽泰扬，脚下是银色高跟皮鞋，身上穿着红红绿绿的横纹旗袍，打扮得活像四脚蛇或舞女……外表是个妖艳少妇，骨子里是呆板愚蠢。"③而海派的洋泾浜文化，不也是丧失了传统

---

① 汪仲贤：《歌场冶史》，春风文艺出版社1997年版，第271页。
② 南迪：《亲内的敌人（导论）》，许宝强、罗永生选编《解殖与民族主义》，中央编译出版社2004年版，第62页。
③ 师陀：《结婚》，《师陀全集》（第3卷），河南大学出版社2004年版，第144页。

价值规范中一些有益的东西,被殖民文化改造成的一种四不像的文化形态吗?吴福辉所谓"'洋泾浜'一词,指一切不东不西、既新又旧、非驴非马的人或事"[①]。而这种洋泾浜文化,是西方现代思想在传统的老中国土地上开出的异葩。田国秀就是这种洋泾浜文化的产物。作者指出,她的愚蠢是从好莱坞电影中来的:"她从电影接受了好莱坞的全部愚蠢思想:打扮,跳舞,吃和出风头,常常自以为是瑙玛希拉或费文丽。"她从好莱坞电影中学会了那些浮面浅层次的生活观——打扮,跳舞,吃和出风头,而没有任何精神灵魂层面的东西:"一看即知她灵魂里缺乏一种东西。也许她根本没有灵魂,灵魂随着泪流光了。"师陀对田宝秀的这种无灵魂的状况做了一个意味深长的比喻:"譬如长在沙漠上的树木,虽然有向上生长的意志,因为缺乏水分须经过人工培植,才会欣欣向荣。"叶维廉所谓"殖民地教育的目的,是要制造替殖民地政府服务的工具;这些人最好只是工具,……这些人的人生取向,最好是指向英国式的上流社会,但是缺乏文化内涵的社会。……它们的取向是在缺乏自身文化自觉与反省的情况下构成,往往取其表面的承袭,如讲究住半山区的洋房、开鸡尾酒会、穿着外国名牌……"[②]。田宝秀的成长经历即与叶维廉的理论不谋而合:殖民者宣扬的是与色情与享乐有关的东西,其目的是瓦解殖民地人的思想价值观念,成为他们进行殖民文化侵略的工具。在这样的殖民文化宣传中,色情与享乐被张扬、被突显是必然的结果。

①　吴福辉:《老中国土地上的新兴神话——海派小说都市主题研究》,《文学评论》1994年第1期。
②　叶维廉:《殖民主义:文化工业与消费欲望》,《叶维廉文集》(第5卷),安徽教育出版社2004年版,第184页。

论周作人美文中的风景描绘

王振滔 *

（南京大学 中国新文学研究中心,南京 210023）

内容摘要：本文以周作人美文中的风景描绘为主要的研究对象,在确立"美文"概念的这一基础上,首先分析了周作人美文中的风景描绘所属的范畴,从周作人美文中的风景描绘所呈现出的特征和风景画的传播路径两个层面,论证了周作人美文中的风景描绘源于 17 世纪荷兰的风景画,而不是中国传统意义上的山水画；接着探究了周作人美文中风景画的具体内涵,美文中的风景画从创作实践的层面丰富了周作人"自己表现"的文学思想,同时让我们看到了周作人在文学中的一个侧面：浪漫的周作人。并且,美文中的风景画事实上构成了一个文学叙事的新传统：本色、个性、自我等带有乡土浪漫倾向的文学叙事新传统。但随着城市化、工业化、科技化、市场化、消费主义等一系列浪潮的侵蚀与吞噬,文学中的风景画渐渐没落最后消失。

关键词：周作人；美文；风景画；内涵；叙事新传统

一、美文中的风景描绘：并非山水画

周作人于 1921 年 6 月 8 日在《晨报》上发表了《美文》,提出了他所谓的"美文"概念。他认为："外国文学里有一种所谓论文,其中大约可以分作两类。一批评的,是学术性的。二是记述的,又称作美文,这里边可以分出叙事与抒情,但也很多两者夹杂的。"[①]随后他又补充道："中国古文里的序、记与说等,也可以说是美文的一类。"[②]周作人对美文的概括比较模糊,这给后来的研究者带来诸多麻烦,以至于今时今日的学者们仍然在概念厘定方面下功

---

* 作者简介：王振滔,南京大学中国新文学研究中心博士研究生。

① 周作人：《周作人散文全集》（第 2 卷）,广西师范大学出版社 2009 年版,第 356 页。原载《晨报》1926 年 6 月 8 日。

② 周作人：《周作人散文全集》（第 2 卷）,广西师范大学出版社 2009 年版,第 356 页。原载《晨报》1926 年 6 月 8 日。

夫。大致而言,这些研究资料在问题意识方面有两点比较明显:首先,什么是美文? 第二,在周作人的散文中,美文的发生演变过程及结果是什么?[①] 无疑,这也是笔者在立论时候首先遇到的障碍。在众多的研究成果中,有的研究者将周作人的散文分为时政评论和美文两种类型;有的研究者认为周作人的散文类型包含三种:杂文、美文、书话。这些探索相对浅显,没有从本质上抓住周作人散文的特质。黄开发先生从文体学角度对周作人 1945 年以前的散文语体进行了划分,他认为主要有三种典型的形态:情志体、抄书体、笔记体。[②] 这对笔者在解决"什么是美文"这一问题上提供了有效帮助。黄开发先生认为:"情志体主要是指周作人在 1928 年以前小品文的语体。"它的主要特征是"娓娓而谈,自然随便,抒自我之情,载自己之道"。具体表现如《山中杂信》袒露了"五四"退潮以后的苦闷、彷徨,《苦雨》之苦中作乐,《故乡的野菜》似淡实浓的思乡之情……就是那些看起来琐碎的自己以外的题材,如北京的茶食、喝酒、饮茶、乌篷船、苍蝇都写出了情趣……从质地上来说,情志体更多地体现了英法随笔的影响,注重充满个性色彩的议论,同时融入了中国古代小品的抒情成分。叙事、说理、抒情结合在一起,浸透着作家的个性。[③] 相对而言,黄开发先生所谓"情志体"的概括与周作人的"美文"概念从本质上是很接近的,因此,某种程度上也可以说,周作人的美文即情志体散文,但笔者认为还不够全面,叙事、说理、抒情以外,应当包含写景。

在周作人的美文中,有不少地方涉及景物、风景描写,它们是组成美文的一部分,然而没有得到相应重视[④]。

面对周作人美文中的风景描绘材料,我们首先要明确的一个问题是,这些风景描绘,它属于哪一种范畴。雨、江、海、沙、山、路、村落、船、花、草木、菱荡、蝙蝠、蛙,等等,单从这些散落的描写对象看,它们会使读者比较容易地联想到中国古代的山水画。那么,周作人美文中的风景描绘,它是否就等同于中国传统文化中的山水画? 其实不然。我们知道,所谓山水

---

① 参考资料:解志熙《美文的兴起与偏执——从纯文学化到唯美化》,《文学评论》1997 年第 5 期;喻大翔《周作人言志散文体系论》,《文学评论》1999 年第 2 期。文贵良《知言:周作人的文学汉语实践与现代美文的发生》,《复旦学报(社会科学版)》2007 年第 6 期;郜元宝《从"美文"到"杂文"(上、下)》,《鲁迅研究月刊》2010 年第 01 期第 02 期;朱晓江《周作人美文写作的脉络及其文化意义》,《中国现代文学研究丛刊》2013 年第 3 期;裴春芳《美文·美术文概念的兴起》,《清华大学学报(哲学社会科学版)》2015 年第 4 期(第 30 卷);黄开发《周作人的精神肖像》,辽宁人民出版社 2015 年版,该书的第七章《周作人小品文的文体》原出现于 1999 年版《人在旅途——周作人的思想和文体》一书中,属于比较早的研究资料。以上是涉及周作人"美文"之"概念界定"方面的比较有代表性的研究成果。
② 黄开发:《周作人的精神肖像》,辽宁人民出版社 2015 年版,第 120 页。
③ 黄开发:《周作人的精神肖像》,辽宁人民出版社 2015 年版,第 120 页。作者在书中对"1928 年"有说明:这是从总体上的大致划分,并不是说 1928 年以后的散文就不表现情志了。
④ 这里包含两个层面的意思:第一,美文的概念界定中并不包含"写景",而"写景"实际存在;第二,研究资料中关于"概念界定"以外的研究成果,对周作人美文中呈现出来的"写景"这一特征并不十分重视。通过中国学术期刊网这一搜索引擎,输入主题词"美文"并含"周作人",截至 2017 年 12 月 31 日,一共可以得到 69 条文献。除对周作人美文的"概念界定"以及对周作人美文发生演变的知识考古研究之外,其他方面的论述主要包含以下主题:1. 周作人美文的文学史地位以及对后世文学产生的影响以及对今时今日之文学的启示意义;2. 文体特征:风格、笔调等;3. 思想特色、艺术手法等;4. 对经典名篇的分析解读,如《雨天的书》《故乡的野菜》等。

画,在中国传统文化的语境中,指的是以山川等自然景色作为主要对象的一种绘画。它倾向于一种"恒常稳定的自然状态"①,并且"又基于中国上千年的绘画理论和实践,'山水'的意味要更为深远。中国传统的阴阳学说、孔夫子'仁者乐山,智者乐水'的伦理观、老子'有无相生'的哲理,以及中国画提倡的'胸中丘壑'等理论,使'山水'的境界得以无限地延伸。所以'山水画'反映的不但是自然之景,更是精神性的东西,涵盖了中国文化的许多因素"②。换而言之,它是一种更为宏观的概念。并且从虚实的角度来看,它倾向于非现实的幻境,如山水画中的留白,它的目的在于营造一种意境,即以有限的画面表达无限的空间。在周作人本人的文论中也有一则材料值得注意。"我从小就听从杜浦来的一个章姓工人讲海边的事,沙地与'舍'(草屋),棉花与西瓜,角鸡与獾猪,等等,至今不能忘记,看那图时自然更有兴味,沿海小村,有几所人家,却不荒凉,沙碛上两人抬了一乘兜轿,有地方称'过山龙',颇有颊上添毫之妙。又第十八宜嘉尖,画一田庄,柴门临水,门口泊酒船,有田有人,有牛有树,此真是东南农村的一角也,其真实处几乎要有点像地图了,而仍有画图之美,在寻常山水册中岂容易找得到乎。"③ 在《三部乡土诗》中,我们至少可以得到两点信息:第一,他提到了"真实";第二,这些东南农村一角中的真实画面,在寻常山水画册中不容易找到。因此,在山水画的理论基础之上,结合周作人本人的说法,再来反观周作人美文中的风景描绘,显然,它们与"山水画"是不相符的。

二、美文中的风景描绘:是风景画的体现

那么,周作人美文中的风景描绘究竟属于什么范畴?我们不妨先从这些风景描绘所呈现出来的特征入手。

首先,周作人美文中的风景描绘具有鲜明的地域色彩。在《〈雨天的书〉序》中我们读到,冬天丝丝缕缕的细雨引起他的一种空想:"在这样的时候,常引起一种空想,觉得如在江村小屋里,靠着玻璃窗,烘着白炭火钵,喝清茶,同友人谈闲话,那是颇愉快的事"。④ 江村小屋,这是典型的水乡特色。《故乡的野菜》提到家乡的紫云英,"花紫红色,数十亩接连不断,一片锦绣,如铺着华美的地毯,非常好看,而且花朵状若蝴蝶(原文作胡蝶),又如鸡雏,尤为小孩所喜"。这是自然的花,由此又联想到浙东扫墓时节"上坟船里的娇娇"⑤,在自然风景中伴随着民俗风情,地域色彩更加明显。再如《苦雨》中所提到的乌篷船以及夜雨乘船的回忆,

① 李伟铭:《近代语境中的"山水"与"风景"》,《文艺研究》2006年第1期。
② 章华:《"风景"与"山水"》,《文艺研究》2009年第6期。
③ 周作人:《周作人散文全集》(第7卷),广西师范大学出版社2009年版,第4页。原载《大公报》文艺副刊1936年1月1日。
④ 周作人:《周作人散文全集》(第3卷),广西师范大学出版社2009年版,第242页。原载《晨报副镌》1923年11月10日。
⑤ 周作人:《周作人散文全集》(第3卷),广西师范大学出版社2009年版,第394、395页。原载《晨报副镌》1924年4月5日。

"但卧在乌篷船里,静听打篷的雨声,加上欸乃的橹声,以及'靠塘来,靠下去'的呼声,却是一种梦似的诗境。倘若更大胆一点,仰卧在脚划的小船内,冒雨夜行,更显出水乡住民的风趣,虽然较为危险,一不小心,拙劣地转一个身,便要使船底朝天。二十多年前往东浦吊先父的保姆之丧,归途遇暴风雨,一叶扁舟在白鹅似的波浪中间滚过大树港,危险极也愉快极了"①,周作人甚至对"船"情有独钟,尤其是家乡的乌篷船,一面在船本身,但更注重的是船行过程中令他心动的景色。"你坐在船上,应该是游山玩的态度,看看四周物色,随处可见的山,旁边的乌桕,河边的红蓼和白苹,渔舍,各式各样的桥,困倦的时候睡在舱中拿出随笔来看,或者冲一碗清茶喝喝。""倘若路上不平静,你往杭州去时可于下午开船,黄昏时候的景色最好看。""夜间睡在舱中,听水声橹声,来往船只的招呼声,以及乡间的犬吠鸡鸣,也都很有意思。"②《菱角》③一文中对"菱荡"的描述,《蝙蝠》④一文中对乡村夏夜与蝙蝠有关的童趣之记载,《三部乡土诗》⑤中所谓沙地与"舍"(草屋),棉花与西瓜,角鸡与獾猪等海边村落的风景风情,浙东地区风景的地域特色无不跃然纸上。

周作人美文中风景描绘的第二个特点是融入了作者的主观情绪。在《〈雨天的书〉序》中我们读到了蛛丝般的冬雨令周作人感到气闷,而在江村小屋临窗喝茶与友人闲话这样的想象令他颇为愉快。《故乡的野菜》寄托的是他的思乡之情,文字表述中看似平淡,而实际的情分却很浓厚,故乡的草木令他眷恋怀念。《苦雨》以及《乌篷船》中的乘船经历使作者感到愉快,同时也觉得危险。愉快主要来自风景之美与人情之美,两岸以及四周的山,旁边的树,河边的水草植物,渔舍,各式各样的桥,落在船篷上的雨声,摇船的橹声,船夫的呼声,都给他带来一种梦幻的体验;危险则来自狂暴的风雨和汹涌的波浪,翻船之后的落水确实相当惊险。《菱角》传达出采菱时候的惬意,一面能欣赏菱荡、散荡的自然之美,另一面还能将采得的菱角带回家中作菹食,可谓精神层面、物质层面均得到暂时的满足。《关于蝙蝠》则更多童趣,他对此流露出自己的喜欢。周作人美文中的风景描绘绝非单纯的写景,在他流露出来的主观情愫中,更多的是在传达这些风景背后所蕴含的审美趣味以及审美精神。

周作人美文中风景描绘的第三个特点是真实。前文我们已经提到,中国山水画强调"胸中有丘壑";它注重意境的营造,以有限的画面表达无限的空间,更倾向于非现实的幻境。而

---

① 周作人:《周作人散文全集》(第3卷),广西师范大学出版社2009年版,第569页。原载《语丝》1924年12月29日第7期。

② 周作人:《周作人散文全集》(第4卷),广西师范大学出版社2009年版,第796页。原载《语丝》1926年11月27日第107期。

③ 周作人:《周作人散文全集》(第4卷),广西师范大学出版社2009年版,第454页。原载《语丝》1926年8月9日第92期。

④ 周作人:《周作人散文全集》(第5卷),广西师范大学出版社2009年版,第725页。原载《骆驼草》1930年8月4日第13期。

⑤ 周作人:《周作人散文全集》(第7卷),广西师范大学出版社2009年版,第4页。原载《大公报》文艺副刊1936年1月1日。

周作人美文中的风景描绘却以真实的自然为基础。可以说,周作人的风景描绘中的大部分场景他都真实经历过,蛛丝的雨,故乡的野菜,水乡住民的乌篷船,采菱,夏夜追逐蝙蝠,读来仿佛身临其境。也正因为这种亲身经历,景真情真,所以才会令读者心动,这同时也是周作人的美文成为经典名篇、生命力持久不衰的关键原因。

综合上述的特点我们可以发现,周作人美文中的风景描绘其实构成了一幅幅风景画。风景画是源于 17 世纪荷兰的一个画种,它的一个重要特点就是"以描绘大自然各种景色(如山川、河流、峡谷、森林、天空、云彩等)的一种绘画体裁"①。它们所呈现的自然景象虽然忠实于自然,却是灵化了的、生气蓬勃的、反映了大自然所独有的美妙的画面。比如"风景画"中高高在上的云空其实意味着上帝的创造和给予。栩栩如生的画面并非只是记录真实景象,"而是当时人们想要看到的生活",是一种基于当时人们的生活态度和价值观而理想化了的东西。② 从上述的引文看,风景画至少包含了两个层次的特点:第一,所谓忠于自然,它是真实的;第二,它不仅仅满足于真实,在风景背后隐藏着更深层的内涵。萧石君在《西洋美术史纲要》一书中点出了风景画的又一个特点:"他们爱好自然,渐次理解自然界复杂的现象,比如水平线的意义,太空的青苍,云影的波荡,伴时间而生出来的光线变化,及空气远近法等,到了路易斯多尔,对于风景更能写出观者主观的情绪。"③风景画是主体情绪的表现载体,它具备表达人的情感情绪的功能。丁帆先生在《中国乡土小说史》中提出了关于乡土小说的外形内质的"三画四彩"理论,并着重强调了"风景画"在这一理论体系中的重要位置。他认为,风景与风景画是两个不同的概念。"风景,是乡土存在的自然形相,属于物化的自然美;风景画,是进入乡土小说叙事空间的风景,它在被撷取被描绘中融入了创作主体烙着地域文化印痕的主观情愫,从而构成乡土小说的文体形相,凸现为乡土小说所特有的审美特征。"④由此也可以看出,风景与风景画的主要区别在于"地域文化印痕"及"主观情愫"。回到周作人美文中风景描绘所呈现出来的特征,结合上述风景画研究的材料,我们可以断定,周作人美文中的风景描绘它就是风景画,而不是中国传统文化中的所谓"山水画"。

特征上的比对论证之外,我们还可以从传播学的角度加以佐证。我们知道,1895 年的甲午中日战争后,在接下来的一年(1896 年),清政府开始向日本派遣留学生,并由此掀起赴日留学的热潮。从历史理性的角度看,在中国近代化的过程中,某种程度上,日本起了积极的作用,尤其是在政治、文化方面。我们不妨以"哲学"进入中国为例对此加以说明。"哲学"这一概念植根于西方文化中,但并不是由西方直接传入中国,而是通过日本这一媒介传入中

---

① Jane Turner, *The Dictionary of Art*, Macmillan Publishers,1996, p.700. 转引自张国君《17 世纪荷兰风景画成为独立画种的原因探究》,南京艺术学院 2008 年硕士论文。
② 章华:《"风景"与"山水"》,《文艺研究》2009 年第 6 期。
③ 萧石君:《西洋美术史纲要》,上海中华书局 1928 年版,第 128 页,转引自章华《"风景"与"山水"》,《文艺研究》2009 年第 6 期。
④ 丁帆等:《中国乡土小说史》,北京大学出版社 2007 年版,第 21 页。

国，"During the nineteenth century, Japan opened its doors and turned to the West for inspiration and modernization. So did China with the coming of the twentieth century, sending students to Japan to learn of its success."①风景画传入中国存在某种程度的相似性，尤其是传播路径，如范景中所言，就像"美术"等许多现代外来词一样，"风景画"一词的源头应该是日本。② 当我们观察风景画对日本文化产生的影响时，尤其值得注意的便是日本绘画艺术中的浮世绘。从司马江汉时代的"风景"尝试开始，到 19 世纪末"风景画"这一概念的形成，走过了一百多年的历程。很清楚，此时"风景画"一词所指的范围是十分有限的：对自然景物的如实描绘，或者是日本"浮世绘"式表现某地风光景点的图画，亦包括中国的"姑苏版"和"外销画"中的类似作品。③ 既然浮世绘与风景画存在如此深刻的渊源，那么，周作人与浮世绘又有着什么样的关系呢？周作人于 1906 年夏秋之间抵达日本④，并于 1911 年大约 7 月底前回到绍兴家中⑤，在日本历时五年。日本文化对周作人产生的影响，或者说周作人对日本文化、日本问题的关注，如刘军在《日本文化视域中的周作人》一书中所言，在周作人长达 60 年的创作生涯当中，日本问题始终是他最重要的关注点之一，比较正式的研究文章有《日本管窥》系列。绍兴时代的周作人致力于日本儿童问题的研究，译介了关于日本玩具、儿童游戏的相关文章。还撰写了介绍日本俳句、舞蹈、浮世绘的文章，显示了他对日本问题广泛的兴趣。《新青年》时代的周作人曾积极致力于"新村运动"。解放后从事日本古典文学的翻译。⑥ 这是从大的范围概括了周作人与日本文化的关系，具体到周作人与浮世绘的关系，根据徐从辉的研究我们可以看到，周作人与浮世绘的渊源大致可以追溯到留日时期。当时，在大阪由《雅俗文库》发行了浮世绘杂志《此花》，《此花》先后出版 24 期，周作人均收藏并受到较大影响。周作人颇为喜欢菱川师宣、铃木春信、喜多川歌麿、歌川丰国、葛饰北斋等人的画作，并收藏了部分。新文化运动时期周作人发表了《日本之浮世绘》一文，对浮世绘进行了简介，包括浮世绘发展简史、制作与特色、研究等。到了 1930 年代和 1940 年代初期，浮世绘引起了周作人的极大的兴趣，周曾多次著文表示对浮世绘的兴致。《谈日本文化书》和《谈日本文化书之二》(1936)、《〈隅田川两岸一览〉》(1936)、《日本之再认识》(1942)、《关于日本画家》(1943)、《川柳》(1944)等文多次提及浮世绘，并赞誉有加。⑦

因此，从特征类比和传播路径两个层面的论证来看，可以肯定，周作人美文中的风景描

① Carine Defoort, Is There Such a Thing as Chinese Philosophy? Arguments of an Implicit Debate. *Philosophy East and West*, Vol. 51, No. 3, Eighth East - West Philosophers' Conference (Jul., 2001), pp. 393—413, University of Hawai'i Press.
② 范景中：《中国人眼中的"风景画"》，《新美术》2000 年第 3 期。
③ 章华：《"风景"与"山水"》，《文艺研究》2009 年第 6 期。
④ 止庵：《周作人传》，山东画报出版社 2009 年版，第 24 页。
⑤ 止庵：《周作人传》，山东画报出版社 2009 年版，第 46 页。
⑥ 刘军：《日本文化视域中的周作人》，上海文艺出版社 2010 年版，第 1—3 页。
⑦ 徐从辉：《"东洋人的悲哀"——周作人与浮世绘》，《文学评论》2012 年第 6 期。

绘即风景画。

三、美文中的风景画之内涵：个性、自我、本色

如何来看待周作人美文中的风景画，这是我们接下来要关心的问题。丁帆先生在论述中国乡土小说中的风景画时提到，随着小说文体的演进，小说中的自然景物叙写形式已逐渐复杂化，它已不仅仅被用来标识事件场景或烘托人物心境，同时还可以从一种移情对象转换为隐喻和象征的主要载体，从而承担起多种叙事功能。[①] 作者在此处阐释了风景画在乡土小说中的价值和意义，同时也启示我们，面对风景画，不能只注重其外在的表现，而要透过这些现象层抵达更深层的本质。这与结构主义之"深层结构"及符号学之"能指、所指、意指"体系类似。作者接着将风景画承担的多种叙事功能具体化：首先，它以特有的自然形相呈现出某一地域的"地方色彩"；其次，作为一种地域文化隐含的精神结构的象征载体或对应物；再次，是乡土小说"个体风格"与"流派风格"的重要标识之一。[②] 这为我们研究周作人美文中的风景画乃至更全面地理解周作人提供了某种方向。下面，我将逐一阐释其价值和意义。

首先是文学思想方面。周作人的文学思想极其复杂，但也可从中梳理出大致的脉络，即它的发生演变过程。早期文学思想的发生，形成一种既带有纯文学性质又包含民族主义倾向的文学观，随后民族主义文学观从其中独立出来，《新青年》时期又由民族主义文学观演变成"人的文学"观。[③] 在周作人"人的文学"思想后期出现了新的转向，文学功利性渐渐淡化，转而走向文学的审美性，追求个性的文学。这实际上更贴近文学的本质属性，由"人的文学"到自己表现的文学，这是周作人对文学本质的一个逐渐深化的过程。《美文》一篇的写作即主要标志之一，当然也包括《个性的文学》[④]，而最明显的标志则是1922年1月22日发表于《晨报副镌》上的《自己的园地》。这些文论的共性在于强调文学的审美性，主张自我表现，追求个性的文学。它们从理论层进行了一种新的文学体式的构建，而周作人的"美文"写作则是具体的创作实践。我们在前文中论述了周作人美文中风景描绘的主要特征，它们有着鲜明的地域色彩并融合了作者的主观情绪，可以说，从一个更为翔实具体的层面提供了例证——周作人"自我表现"文学思想的形成。这是周作人美文中的风景画之价值功能之一，同时也给我们以启示，即在文学研究尤其作家作品研究过程中对材料的综合运用，既涉及理

---

① 丁帆等：《中国乡土小说史》，北京大学出版社2007年版，第21页。
② 丁帆等：《中国乡土小说史》，北京大学出版社2007年版，第21页。
③ 见拙文《1908—1922：从民族主义文学到"人的文学"——周作人文学思想的发生与演变》，华中师范大学2015年硕士论文。
④ 周作人：《周作人散文全集》（第2卷），广西师范大学出版社2009年版，第289—290页。《个性的文学》，《新青年》1921年1月1日8卷5号。

论，又兼顾实践。①

由周作人美文中的风景画所呈现的特征——鲜明的地域色彩及融合了作者的主观情绪出发，我们又看到了另一种形象的周作人，即浪漫的周作人。从我们以往对周作人的认识来看，他呈现出来的大致形象中有两个核心特征，即科学和理性，所谓"知堂"之"知"。刘皓明在"From Little Savages to Hen Kai Pan: Zhou Zuoren's(1895—1868) Romanticist Impulse Around 1920"②一文中深入研究了周作人在 1920 年代前后的浪漫冲动。作者从三个主要的方面分析了周作人在这一时期的浪漫倾向：作为万物有灵论的寓言《小河》；周作人对童年的文化兴趣；周作人对"新村主义"中乌托邦的热衷。刘皓明的研究使周作人的形象进一步完善，除科学、理性的周作人之外，我们还看到了一个有着浪漫倾向的周作人。我基本认同作者的观点。而周作人美文中的风景画无疑也体现出周作人某种程度上的浪漫主义倾向。当我们深究风景画背后的内涵时可以发现，所谓鲜明的地域色彩以及主观情绪的融合，不正是"个性""主观""自我"的充分表现吗？风景画本身不就是对自然本身有着相当的精神投入吗？当我们检视中外一系列的浪漫主义文学研究著作时便不难发现，某些时段的周作人与浪漫主义之精神气质是多么契合。勃兰兑斯的《十九世纪文学主流》③虽然以法国大革命为基本线索研究了当时欧洲各国（主要是英法德）的浪漫主义文学运动，但对于英国浪漫主义特别命名为"英国的自然主义"，这里的"自然"即指自然风景，也即本文所提到的"风景画"。艾布拉姆斯《镜与灯：浪漫主义文论及批评传统》④中谈到"作为个性展示的文学"（第九章）、"忠实于自然的标准"（第十章），也同样强调了浪漫主义中的"个性""自我""自然"等特征。雷纳·韦勒克《近代文学批评史》中对广义的浪漫主义也有过阐释，他认为，广义的浪漫主义是一种"采纳和围绕表现和情感交流立论的诗歌观"⑤。在中国关于浪漫主义文学研究的著作中我们同样可以看到类似的表述，比如罗成琰提炼出了浪漫主义的三大特征：主观性、个人性、自然性。⑥ 汤奇云认为，浪漫主义的本体，从其深层内涵来说，是人的内心自然欲望在新理性所框定的区域内的自在舒张。情感的冲动，或者是想象的燃烧，只是欲望的外在表现。⑦ 朱寿桐《中国现代浪漫主义文学史论》第五章"浪漫主义的自然家园"也提到"中国现代作家对这种乡野的、田园的浪漫一直保持着自然的亲近感和深刻的艺术感应。周作人最

---

① 在这种思维方式下，我们还可以提出类似的话题：如鲁迅的《中国小说史略》与鲁迅小说创作的关系，沈从文的《中国古代服饰研究》与沈从文小说创作的关系等，废名的《谈新诗》与废名的诗歌创作、小说创作的关系等，即学术研究与文学创作之间的关系论。

② Haoming Liu, From Little Savages to Hen Kai Pan: Zhou Zuoren's(1895—1868) Romanticist Impulse Around 1920, *Asia Major*, Third Series, Vol. 15, No. 1(2002), pp. 109—160.

③ 勃兰兑斯：《十九世纪文学主流》第四分册《英国的自然主义》，张道真等译，人民文学出版社 1997 年版。

④ M. H. 艾布拉姆斯：《镜与灯：浪漫主义文论及批评传统》，郦稚牛等译，北京大学出版社 1989 年版。

⑤ 雷纳·韦勒克：《近代文学批评史》（第二卷），杨自伍译，上海译文出版社 2009 年版，第 4 页。

⑥ 罗成琰：《现代中国的浪漫文学思潮》，湖南教育出版社 1992 年版，第 3 页。

⑦ 汤奇云：《中国现代浪漫主义文学思潮史论》，广东高等教育出版社 2007 年版，第 12 页。

初的诗笔可以说就是从这样的野趣和田园味中着墨的,《小河》因此蕴含着浪漫"①。我们不必再去引用更多的材料,可以肯定,周作人并不完全是科学、理性、现实的周作人,他在某些时期的某些作品中展现出了浪漫姿态的一面,美文中的风景画是一个很好的说明。

　　周作人美文中的风景画不大受到关注,实际上它形成了一个新的传统。丁帆先生在《中国乡土小说史》中曾专章论述乡土浪漫派小说,涉及废名、沈从文、汪曾祺以及大部分的京派自由主义作家。② 周作人被认为是中国乡土小说理论方面的先驱③,这是从宏观的角度能得出的结论。如果细看即会发现,虽然周作人是这一方面(整个乡土小说理论)开风气之先的人物,但在精神内核方面,他更是中国乡土浪漫派小说乃至乡土浪漫文学在理论方面的开山鼻祖。我们通常会提到废名的"黄梅故乡(乃至五祖寺)"、沈从文的"湘西"、孙犁的"白洋淀"等,但我认为,形成这一结构的源头便是周作人的"浙东(江南)"④,这从我们前文的论述中不难看出。风景画的地域色彩,由风景画到人,我们可以察觉出关于人的"个性""自我"。立于世界之林来观察,即采取世界主义的视角,我们会看到一个民族、一个国家的特征、特性。在 20 世纪世界现代化进程的大潮中,周作人对于中国的现代性同样提出了自己的构想,即所谓"本色""自我"的美学建构。⑤ 可以说,这又从一个侧面展现了周作人美文中的风景画的象征隐喻内涵。当我们从知识考古学的角度来观察中国现代文学中的风景画这一新传统时将发现,从 20 世纪 20 年代的周作人开始,到废名,到沈从文,再到 20 世纪 80 年代的汪曾祺,这形成了一条文脉。⑥ 然而进入 20 世纪 90 年代以后,文学中的风景画正在渐渐消逝或已经消逝,城市化、工业化、科技化、市场化、消费主义等一系列浪潮对文学中风景画的生存形成了致命的冲击,文学中的风景画已不复存在。⑦

四、结论

　　当我们回到"周作人美文中的风景描绘"这一研究对象时,首先面临的困境就是美文的概念和风景描绘所属的范畴。在美文的概念中,通过比对并结合周作人本人的文论,我们认为黄开发先生"情志体小品文(散文)"的概括更接近所谓"美文"。通过对周作人美文中风景

---

① 朱寿桐等:《中国现代浪漫主义文学史论》,文化艺术出版社 2002 年版,第 288 页。
② 参考丁帆等《中国乡土小说史》,北京大学出版社 2007 年版,第 72—110 页。
③ 丁帆等:《中国乡土小说史》,北京大学出版社 2007 年版,第 10 页。
④ 鲁迅在《社戏》中所流露出来的带有浪漫色彩的童年的温馨、美好,对江南夏夜自然风景的诗情画意的描绘,也应当归属此列,但鲁迅的这类作品极少。
⑤ 苏文瑜:《周作人:中国现代性的另类选择》,康凌译,复旦大学出版社 2013 年版。参见该书第三章"地方与自我美学",第 148—219 页。
⑥ 1930 年代至 1970 年代,这是时序上的断层,国家至上、集体至上、组织至上成为这一时段的主潮。参考许纪霖《大我的消解:现代中国个人主义思潮的变迁》,许纪霖、宋宏主编《现代中国思想的核心观念》,上海人民出版社 2011 年版,第 209—236 页。
⑦ 参考傅元峰《风景之死——1990 年代中国文化语境中的文学与自然》,《扬子江评论》2006 年创刊号。

218

描绘所呈现出来的特征的考察，我们发现，这些风景描绘并不是中国传统意义上的山水画，而是源于 17 世纪荷兰的风景画。我们从周作人美文中风景描绘的特征和风景画传播路径两个层面对此进行了论证。接着我们探究了周作人美文中风景画的具体内涵，美文中的风景画从创作实践的层面丰富了周作人"自己表现"的文学思想，同时让我们看到了周作人在文学中的一个侧面：浪漫的周作人。并且，美文中的风景画事实上构成了一个文学叙事的新传统，本色、个性、自我等带有乡土浪漫倾向的文学叙事新传统。但随着城市化、工业化、科技化、市场化、消费主义等一系列浪潮的侵蚀与吞噬，文学中的风景画渐渐没落最后消失。

20世纪中国启蒙话语的空间意识及国民性诉求

陈力君*

（浙江大学 中文系，杭州 310058）

内容摘要：20世纪中国的启蒙话语实践模糊了西方启蒙思想的历史前提，造成了时空混同。地理环境决定论强化了启蒙言说中的空间因素。"五四"新文化运动和新时期的"新启蒙"分别以家族制度和黄色文明为传统的文化空间，对应着奴性和民族性格的批判。然而，启蒙话语实践中的突出空间意识弱化了启蒙话语的反思力度和理性色彩，执着于本土国民性表达的同时，也带来了启蒙的精神价值的模糊和弱化。

关键词：启蒙；时间；空间；奴性；民族性格

- -

启蒙思想深刻影响了20世纪中国历史文化发展，追求现代性的中国知识分子自觉承担了启蒙理念的阐释，并以此为准则达成拯世济民的目标，实现自我价值。启蒙思想衍生于西方文化语境，与西方社会尤其是欧洲的文明进程紧密相连。然而，近现代中国知识分子为寻找民族出路的强烈渴望所牵擎，引进启蒙思想的兴奋和焦虑等情感因素干扰了理性辨析，无视于"启蒙"话语与中国文化现实间的距离，甚至视之为跨越任何民族界限的全能工具。这些有意无意的"误读"既使启蒙精神内涵在中国化的过程中更加含混复杂，同时也折射了造成"误会"的中国民族心理机制和中国文化语境。文化的冲撞交融过程中，话语类型间的边界日渐模糊，内源性因素和外生性因素缠绕纠葛在一起，启蒙命题尤为复杂，试图厘清思想脉流的努力只表现为"困兽"般的徒劳抗争，难以冲破歧义遍布的陷阱。当然，造成启蒙话语努力言说又无法言说和无力表达的困境的原因是多方面的，其中时空混同交错模糊了启蒙思想的历史前提，忽略了不可或缺的转换环节。

一、时空转换中突出了空间因素

叙述离不开时空因素，确切的时空因素形成了历史现场感，使事件的描述真实可信，得

---

* 作者简介：陈力君，文学博士，浙江大学中文系副教授。

出的价值评判令人信服。近代中国知识界从西方舶来启蒙话语,却没有厘定时间、空间因素,反而将时间和空间两个不同因素不经任何中间媒介直接替代。

启蒙理念在单一的西方文化语境中,是一条时间演进的线索,是关于历史进步的思潮和运动,"就进步思想的最一般意义而言,启蒙的根本目标就是要使人们摆脱恐惧,树立自主"[1]。启蒙思想针对中世纪的宗教神学,提倡人权,指向人类历史的进步性。历史叙事是由时间线索来贯穿的,启蒙的历史进步意义同样建立在时间的连续上,即获得启蒙的人类世界要优越于启蒙前的世界,获得启蒙光照的人类要比蒙昧中的人类更加理智,也更具自主状态,更具力量。自文艺复兴运动以来,启蒙理性原则帮助人们从传统的观念中解放出来,在清理封建专制、宗教权威中起到了巨大的作用。资本主义民主制度的建立、现代科学的发展、人性的自主、个体的自由都与欧洲的启蒙运动直接相关。经由启蒙后的西方世界获得突飞猛进的发展。启蒙思想熔铸在西方现代历史进程中,呈现出一条发展直线,其时间脉络尤其清晰。由于欧洲社会作为一个整体展开启蒙运动,几乎可以视为同质空间,因此,启蒙叙事中无须突出空间感。

当近代中国遭遇西洋炮舰时,中国人似乎忽然意识到自身历史延续性将被强力中断,出现民族身份认同危机,"他者"地位上升,与异族文化的比照突出了空间感。林则徐"睁眼看世界"进行译介西方的实践活动,魏源提出"师夷长技以制夷"的改革主张,梁廷柟、洪仁玕、冯桂芬等近代知识分子都注意到西方世界与中国社会的殊异之处,倡导"西学",建议清政府学习西方科技,发展工商业,借鉴西方民主政治制度。西方模式已经被视为超民族性的现代社会范本,作为具有强大的威胁、需要正视的对手和学习的对象横亘在中国人面前。包蕴着复杂的情感,东西、内外在中国现代历史上具备了价值评判作用。

随着对西方世界由武器、制度和文化理念的层层深入,"五四"提出以"民主"和"科学"为旗号,从思想观念入手,改造国民心理结构的新文化启蒙运动。中国的启蒙运动借鉴西方的"人性"概念和人权思想,反对中国社会的蒙昧和专制。对于现代中国文化环境而言,启蒙思想来自异质文化空间。它在西方文明进程中,只表达为时间链条上的进步性。如果中国社会挪用启蒙思想,则需要将启蒙思想的时间进步性转换成空间优越性。然而,转换的必要前提却没有引起足够重视,东西方文化间的差异只在设定的目标下进行简单的比照。陈独秀在《敬告青年》中,开篇即以西方文明作为东方的参照,说明东方文化之弊陋,"窃以为少年老成,中国称人之语也;年长而勿衰(Keep young while growing old),英美人相勖之辞也:此亦东西民族涉想不同现象趋异之一斑欤"[2]。陈天华的《论中国宜改创民主政体》文章起始以西方经验为参照,"法人孟德斯鸠恫法政之不如英善也,为'万法精理'一书,演三权分立之

---

① 马克斯·霍克海默、西奥多·阿道尔诺:《启蒙辩证法》,渠敬东、曹卫东译,上海人民出版社 2003 年版,第 1 页。

② 陈独秀:《青年杂志》第 1 卷第 1 号。

理,而归宿于共和。美利坚采以立国,故近世言政治比较者,自非有国拘流梏之见存,则莫不曰:共和善,共和善。中国沉沦奴伏于异种者二百数十年,迩来民族主义日昌,苟革彼膳狨残恶旧政府之命,而求乎最美最宜之政体。亦宜莫共和若"①,强烈呼吁中国社会应该效仿西方民主政体。而严复在《〈群己权界论〉译凡例》的开头就辨析了西方人对自由的理解及中国人误解西方人的自由理念②……中国近现代的文化先驱们在沿用西方启蒙思想时,几乎都达成了共识:西方文明优越于东方文明,东方世界的蒙昧需要启蒙理性光照,萌生于西方文明的启蒙思想作为一种完备的催熟人性的哲学理念,同样适用于东方世界。"五四"先哲们忽视东西方文化的历史前提和文化渊源,将东西方空间不同视为文化差异的根源。由此,东西方各自历史文化发展的时间脉络都被隐去,剩下的只有地域造成的文化形态的差异,启蒙思想在功利主义和实用哲学的作用下,文化空间日渐实体化,甚至直接对应于地理位置,历史时间的纵向演进转换为地理空间的文化优劣。

萌生于西方文明的启蒙思想在中国的"理论的旅游",造成时空因素的替换是知识界创造使之"中国化"的结果。现代知识分子引入启蒙思想并与本土文化现实相对接,他们意识到中国丧失了中央大国的优越性,但内心不甘于优越性的丧失,不甘于弱国子民的臣服和被支配的地位。"五四"启蒙运动延续着"借思想文化解决问题"的文化传统,充满着继续大国文明的强烈渴望。而地理环境决定论强调了地域对文明的形塑作用,以此理论推演,中国无疑在地域空间上占据着绝对的优势。因此,中国文明的落后都是暂时的,在地理环境上占据优势的中华文明在任何时候都存在崛起和挺立于世界民族之林的希望。未启蒙就是东方传统文明,经过启蒙趋于理性的社会范式在西方,只要是地理空间的优势存在,通过文化启蒙进行民族心理的再塑造,中国终将会再次成为世界强国。正是这份潜在的心理期待,令现代中国认识到启蒙的历史进步性,却无视于启蒙言说的前提和限度,使启蒙话语极度扩展,超越了民族和文化的疆界。启蒙话语在 20 世纪中国,经历了由西方文化中的时间性转换为中国文化中的空间性,这种启蒙实践又隐含着指向未来的时间进步性的启蒙目标。在横向移植启蒙思想资源时,空间因素因此突出和强化。地理环境决定了中国救亡图存具有坚实的物质基础,而启蒙思想提供了 20 世纪中国变得强大的行动原则,启蒙叙事在中国化的过程中,始终有着明显的空间意识,以空间的优越性赢得时间的进步性。

二、启蒙话语实践不同时期的空间表达

20 世纪中国文化境遇中,启蒙价值作为社会公理和精神原则,提升世俗社会的表层现象为深层意义的哲理表达。与启蒙言说相对应的空间意识也具有对具体事物的整合和概括作用,超越具象的地理环境。纵观整个 20 世纪的思想史,影响深广的启蒙高潮分别为世纪

---

① 陈天华:《论中国宜改创民主政体》,《民报》1905 年第 1 期。
② 严复:《群己权界论》,商务印书馆 1903 年版。

初的"五四"新文化运动和 1970 年代末 1980 年代初的"新启蒙"。在这两次"启蒙运动"中，产生于西方文明的启蒙思想被视为统一的整体，启蒙思想本身的历史衍变及发展过程都被忽略。但在具体的话语实践中，各自对应于不同的文化空间。

文化空间以地域空间为基础，主要体现相对独立的文化特质，为生活于文化圈的人们所认同。"五四"新文化运动针对封建专制文化，家族成为新文化运动的文化空间。家族制度是中国传统社会的结构单位，通过血亲关系把社会成员有效集中在一起的集体组织，是儒学礼教理念落实于民间社会的具体体现，是系统有序的，能更好地体现统治意志又能缓解统治矛盾的文化空间。"五四"新文化运动中，家族制度成为传统伦理道德的集中体现和直接代表，"反传统"的首要目标。胡适的《美国的妇人》《贞操问题》、吴虞的《家族制度为专制主义之根据论》《吃人与礼教》、鲁迅的《狂人日记》《我之节烈观》和《我们现在怎样做父亲》等文章都批判了传统家庭伦理观念。新文化运动中影响的妇女问题、儿童问题、教育问题都代表新道德标尺下的"道德困惑"，应和了"五四"要求"个性解放"、呼吁"人权人道"的时代之音，指向家族秩序结构的批判。

毫无疑问，家族制度是富有中国文化特征的社会组织，也是中国文化的具体形态和个性化表达。家国同构的社会组织体系中，家族制度是传统文化理念渗透于社会历史空间架构的最好例证。当"五四"启蒙者把家族作为落实传统文化理念的具体空间时，家族也就成为文化的现实替代物遭致批判。然而，即使家族具有了传统国家机器的建制，它也不能等同于国家机器，因为，家族制度毕竟与人伦血缘密切相连，"五四"先驱可以剥离家族制度的意识形态色彩，但无法否认家庭血亲关系是人的天性，是人性不可或缺的部分。在具有中国特色的空间面前，中国人接受启蒙的心态复杂而尴尬，林毓生在考察"五四"一代知识分子的心态时，指出他们是"全盘性反传统思想同献身于理性和道德的传统价值之间，存在着一种真正的紧张的思想冲突"[①]。

虽然，"五四"知识分子接受启蒙思想时紧张又矛盾，但是期冀通过空间建构达成时间进步的启蒙初衷没有改变，随着科学观念的深入，1930 年代学界盛行各种关于地理与文化间关系理论。在大量介绍西方地理环境决定论的基础上，中国学者也开始从地理对文明形成、制度建构和社会心理等方面考察中国近代以来的历史文化困境。如王桐龄在分析了具体的亚洲地理环境的基础上，指出亚洲的交通不便导致了亚洲人缺乏交流精神。[②] 刘文翻则在《中国近世史之地理的解释》一文中直接提出中国地理环境太优越导致了外国的艳羡和侵略。[③] 单一的自然地理的分类和现象比附无法得到令人信服的结论，地理环境与文化制度间的联系却再次表达了中国知识界强烈的空间意识，不论是生存空间还是精神空间，都是体

---

① 林毓生:《中国意识的危机》,贵州人民出版社 1986 年版,第 232 页。
② 王桐龄:《中国文化之发源地》,《地学杂志》1914 年第 1 期。
③ 刘文翻:《中国近世史之地理的解释》,《图书展望》1936 年第 1 期。

现了中国人自觉归属的本位意识。

20世纪20年代阶级论的盛行,革命运动波澜壮阔地开展,融入革命集体成为时代大趋势,旧的家庭制度在革命浪潮的冲击下分崩离析,以血缘关系为基础的家庭观念淡化。1949年后的多次政治运动不断地冲击着家庭伦理观念,新时期后的中国社会现实结构中,家庭伦理制度不再是反叛传统的现实障碍,而特殊的国际环境隔断了中国与西方社会的沟通和交往,冷战格局造成战争心态和对抗意识。改革开放初期的民族自主和保护意识非常强烈,由此,地理空间成为启蒙言说的空间。针对民族主义的西方文化对照成为新时期启蒙的主要特征。80年代中期曾经轰动一时,影响深广的《河殇》再度赓续了时空置换的启蒙传统。

《河殇》成为新时期启蒙思潮的一大符号,《河殇》事件成为新时期启蒙运动的标志,《河殇》的理念、《河殇》的煽情、《河殇》的呼告被叙述成新时期启蒙运动的巅峰。后因为《河殇》作为直接卷入政治事件的思想文化标杆,成为相当长的时间内思想界和文化界所忌讳的话题,甚至被历史尘封。直至今天,不少人对《河殇》热播所引发的激烈争论依然记忆犹新,直至今天仍有谈虎色变的味道。究其实,《河殇》产生的轰动效应正来自它对自然环境和文明形态直接对应。《河殇》中,黄河造就了黄色文明,代表着保守的、狭隘的和落后的民族意识,西欧的海洋造就了蔚蓝色文明,代表着现代化的方向,与开放的、广博的和先进的世界意识相适应。此时,新时期对西方文明的接受方式比"五四"时期更为直截,更为理直气壮,根本无须任何的论证和辨析。如《河殇》在描述了各大文明的衰落后,指出,黄种人的文明之所以屹然能够延续似乎是一个例外,是特殊现象,随即马上提出"其实,真正特殊的并不是东方的古老现象,而是欧洲出现了突变现象"①,《河殇》的第二部分以"命运"为标题,提出正是选择了黄河文明,我们的足迹不能"超越土地和农业"②,从而导致了近代以来不断的种族危机和文明危机。

应该说,《河殇》的基本理论并没有超越"五四"启蒙运动。地理环境提供了体系化和完整的文明形态的物质基础,通过生存方式内化于民族文化心理,然而,任何一种文明形态的形成都是经历了漫长的历史发展,如果对已经成形的文明形态,仅以当下所能观察到的表层的自然地理现象做出简单的判断显然是不够审慎的。直接向海洋文明看齐的文化行动也是完全抹杀了东西方的历史发展脉络,更是直接把时间线索等同于空间设置的简单做法。对狭隘的民族主义的批判和传统黄色文明的清理成为《河殇》的核心主题,其批判立场和武断的解读方式却正是"五四"启蒙运动"矫枉过正"的翻版,也是过于执着于自我存在空间的狭隘的显现。真正尊崇地理环境对文化的决定是行不通的,试想,如果地理环境直接决定了文化和人性,那么黄色文明努力向蔚蓝色文明学习,首先要做到的是改变地理环境,这样做只能有两种方法可以达到,要么我们也变成蔚蓝色文明的地理环境,要么就离开这块土地都搬

① 崔文华:《〈河殇〉论》,文化艺术出版社1988年版,第11页。
② 崔文华:《〈河殇〉论》,文化艺术出版社1988年版,第24页。

到欧洲去。《河殇》把文化空间直接对应于地理空间,表面上是开放的意识,在逻辑上却是保守和自闭的。

中国现代以来的启蒙叙事一直存在着时间线索的纵向期待:传统中国向现代中国的转换,然而在空间意识上却直接转换为中国与西方横向比照,并且以空间造成的文化类型差异来确定人性不同成熟程度,而人性表达正是不同文明形态直接呈现,空间因素的差别也就被抬升到绝对支配的地位。在现代化的总体方向中,相对于西方社会的中国、相对于城市文明的乡村都成为愚昧和野蛮的滋生地,需要启蒙理性进行光照的黑暗地带,"棺材""铁屋子"也成为中国文化环境的典型意象。不管启蒙有多大困难,只要地理环境决定一切,文明形态就能被置换为地理空间,而中国在空间上占据着绝对优势,启蒙的前途始终光明。20世纪的中国启蒙命运始终与社会的拯救息息相关。

三、时间的节点与国民性内涵

20世纪中国启蒙诉求截取了西方文明进程中纵向时间段,落实于中国文化现实转换横向的空间铺设。空间元素在20世纪的中国启蒙言说中不仅体现为文化现实与启蒙前的文化环境,同时也显示了横向阻断历史节点,"五四"和新时期分别代表了不同的被横向阻断的历史节点。"五四"新文化以家族制度为批判对象,建构的是人性的主体性表达,传统历史被解读为一部奴隶生存史,新时期的"新启蒙"批判的是黄色文明,建构的是西方文明,对传统历史的解读转变为民族文化史,国民性被视为狭隘的民族主义。

"五四"时期的知识分子试图从家族制度中拯救被"吃人"的传统礼教所异化的"非人",拯救不再受礼教戕害的个体或者不再以传统礼教和习惯观念戕害别人的"人"(鲁迅《狂人日记》)。在鲁迅看来,中国社会已经很难存在理想人格了,因为没有濡染传统文化的中国人几乎不再存在。此时,"五四"先哲几乎都是从独立的意志,人的精神建构来表达启蒙诉求。摆脱所有的制度、思想的束缚,"重估一切价值"成为"五四"新文化的共同口号,此时孱弱的国民性直接表达为封建压制下不懂得反抗的奴性。

既然奴性是中国传统历史中急需改造的劣根性,那么"五四"新文化运动的启蒙就从改变奴性开始,加强抗争意识。鲁迅早在《文化偏至论》和《摩罗诗力说》等文章中就梳理了西方近代文明的渊源和发展,总结了西方文明形态,考察了欧洲各国倡导抗争的浪漫诗人,"尊个性而张精神","夫中国在昔,本尚物质而疾天才矣"(《文化偏至论》),很显然,效仿于西方文明,"乃始雄厉无前,屹然独见于天下"。追寻欧洲18世纪以来的诗人、文学家的生平、创作及思想,其目的在于"发为雄声,以其国人之新生,而大其国于天下",以此为参照,"求之华土,孰比之哉"(《摩罗诗力说》)。即使是屈原,也不能有如此强烈的反抗,他的传世之作《离骚》,"放言无惮,为前人所不敢言。然中亦多芳菲凄恻之因,而反抗挑战,则终其篇未能见,感动后世,为力非强"(《摩罗诗力说》)。由此,鲁迅特别重视国民性的改造,重视国民的内在精神的建设,在中国文化未能找到相应的决意抗争的楷模时,以西方文明造就的文化先驱为榜样,只有这样,才能产生"精神界之伟人",发出"真之心声"(《摩罗诗力说》)。"五四"新文化运动中,"五四"先驱们给中国人选择的西方文化先驱都是具有很强的反抗意识的斗士,无论拜伦还是尼采。

与鲁迅同期的"五四"先哲们提出了许多具体的形象的理想人格模式和理想人格目标,但面对中国国民性的现状,他们都有坚决的反叛精神,以西方文明形态为标准来审视中国文明形态,提倡个人主义,提倡个人精神的建构。"五四"文化论者试图打破家族制度的小空间,其最终目的是纳入世界的大空间。

新时期再度兴起的启蒙思潮与中国政治变动和体制改革关系密切,随着经济体制改革的深入和市场经济的推广,国门打开后的中国社会再次面临着西方社会的压力,地理空间因政治体制隔断而整体性地区别于外在世界,再加上全能统一社会的存在,地理环境因素造成的民族国家的疆界和框限得以强化。然而新时期的社会结构显然不同于"五四"时期,家国同构的社会组织方式已经被国家集体单位的结构模式所替代,限制规范社会个体的是国家制度和集体单位,而不是家庭观念。为了在更深层面上挖掘历史根源,1980年代中期的知识界和文化界掀起了文化热潮,地理环境与文化的关系已经推进到文化形态学的研究,其中不同的文明形态决定了民族的性格和社会心理系统的观点已经广为接受。在此基础上,地理与文化的关系直接与20世纪中国启蒙思潮改造国民性的主题联系在一起,立足于新时期的社会历史语境,社会主义的集体观念已经深入人心,革命的历史作用被充分认识的情况下,李泽厚提出20世纪前叶中国历史的发展经历了救亡压倒启蒙的路线变迁。很明显,李泽厚的观点中内含的启蒙空间形态显然有别于"五四"时期的文化空间,与革命缠结在一起是20世纪启蒙的特色,也说明20世纪下半叶启蒙思想该针对的是意识形态化了的社会历史空间。

以《河殇》为代表的新时期启蒙的论调沿袭了李泽厚的观点,为了更深地探究启蒙无法拓展的历史原因,它将中国历史和整个民族视为需要启蒙的空间。《河殇》从一开始,就把矛头直指中华民族的狭隘,无论是从中国人宁愿选择条件不成熟黄河漂流而遭致厄运,还是因输球发生的恶性骚乱事件,作者都把原因归结到民族性格上,这些都说明中华民族主义的极端狭隘,强调的是开放的眼光和世界意识。无疑,这在20世纪80年代的历史文化背景中,极具诱惑力。再加上当时的民众对于大众媒介的信任,《河殇》中提供的历史信息和批判立场无疑还人以历史真相的效果,产生了振聋发聩的社会效应。由此,当时许多人给《河殇》以高度评价。"《河殇》所给予观众的,不是任何一种现实的满足和廉价的许诺,而是一次货真价实的民族自救的启蒙和爱国主义的洗礼,它的震撼力和启示性,是惊人的。"[1]"《河殇》大度包容地汲取中国青年思想精英的思想语言,高屋建瓴地挥洒运用形象艺术和大众通讯媒

---

① 钟民:《感戴与悲悼——说〈河殇〉的文化态度》,《河殇论》,文化艺术出版社1988年版,第171页。

介,成功表达了一个大时代的主旋律。"①众多溢美之词主要侧重于《河殇》的情感力量和表达效果。

但是,《河殇》是一部还未展开的宣言,其中许多口号只是表明立场和态度,而未能真正理性而到位地解析国民性问题,更没有指出以文化进行启蒙的出路,《河殇》之后,留下了许多"硬伤"。它将民族性格的批判与地理环境相连接,前提本身就存在混乱。地理环境是一种客观存在,它是不带意识形态色彩的中性表达,如果不同的地理环境长期影响形成不同的民族性格,那么民族性格也应该丰富多彩,各有特色,而不应该具有优劣等级。然而,《河殇》对民族性格的批判明显带有强烈的意识形态色彩,它的前提不可能推导出评判民族性格的结论,只能说明,最后的结论是外在的、强加的。而在同时依此逻辑展开的文化寻根运动,其结果证明是一次相悖的文化实践。在面对外界的西方世界时,中国社会和文化是作为整体出现的。在自身的文化版图里,不断地寻找中华民族的文化个性,这样的文化寻根是内外分离、目的与结果背离的一次文化运动。如韩少功所说的,原来他希望找到的是优根,但是最终的结果事与愿违。

由此,《河殇》在20世纪启蒙运动中的地位尴尬,立足于民族身份立场,它选择中性的中国民族性进行评判,通过全盘否定民族性格来纳入世界空间,势必容易造成全盘西化的趋势。新时期现实社会空间确定了体制直接造成人性的异化,《河殇》却在文化层面上探讨启蒙问题,是一次错位的表达。

如果说"五四"新文化运动对奴性的批判是能够与抽象的普泛的人性概念相对接,能够与产生于西方语境中的启蒙话语对接,那么新时期对民族性的否定就难以对接世界意识,彻底否定了民族性,如何进行启蒙呢?全部搬用西方文明范式,把中国民族性去除,全都置换成西方人性,那么还要启蒙干什么呢?新时期的启蒙话语实践更窄化了和表面地理解了"五四"启蒙的国民性表达。《河殇》将抽象和整体的西方文明作为中华民族性的参照物,整体反叛中国历史传统,导致对西方从社会制度到思想的全面接受,那新时期的启蒙运动最终还是中国的启蒙吗?因此,本来希望从文化思想避开具体政治制度的启蒙,最终卷入政治事件也在所难免了。事实上,启蒙理论不能解决人类的一切社会问题和精神困惑,中国"五四"以来已经误读了启蒙元思想,再加上新时期的启蒙言说窄化和表面化的理解再次造成了中国启蒙问题的误解,这就使得启蒙在新时期煮成了加倍的夹生饭。

启蒙引入中土时,被视为一种绝对的价值理念,具有永恒的意义,在具体的历史场景中,时间条件被省略了,空间意识被强化,地理环境决定论窄化了启蒙话语在中国的言说。现代民族概念形成后,民族的内涵既包括超越自然的历史文化因素,又无法完全剔除地理环境的内在规约,地域差别也造成了民族文化分野,地理环境决定论中涉及的国民性探讨只能在纵向的历史和横向的地域间摇摆,这也决定了20世纪中国启蒙话语在中西、古今间抉择的困

---

① 赫然:《感戴与悲悼——说〈河殇〉的文化态度》,《河殇论》,文化艺术出版社1988年版,第173页。

难。由此,启蒙话语探讨的国民性问题不仅是纵向时间和横向距离上的对比延伸,而是在时间和空间共同造就的立体场域中的左冲右突,四处树敌,从而模糊了启蒙自身的定位,启蒙话语始终难以确立自身的话语表达的核心区域。全球化的文化语境中,空间对民族文化的离散在加剧,再加上自"二战"后的启蒙思想经历了普遍置疑,后现代话语对启蒙理念的冲撞不断加剧,新时期启蒙话语在未能获得坚实的话语阵地之前,就被各种解构性话语冲得支离破碎了。"破多立少"是20世纪以来的中国启蒙话语的言说事实,无论是揭示国民性中的"奴性"("五四")还是揭示民族性中的狭隘(新时期),经历了一个世纪的话语实践,并没有给中国人树立界限分明的理想人性状貌,也造成了启蒙精神和意旨的模糊。对启蒙的厘定辨析,追求普遍意义上的人性自由和解放,被过于具体和近距离的空间内的目标诉求所模糊和迷离。中国的精神启蒙运动在不断的阻遏中只能艰难地表达。

"人性"作为批评话语的可能与限度

——以晚清至"五四"文学批评为例的考察

邓瑗 *

（江苏省社会科学院 文学研究所，南京 210004）

内容摘要：目前学界对"人性"作为批评话语的考察不同程度上存在着价值预设，从而遮蔽了"人性"的丰富内涵及多元指向。梳理"人性"进入中国文学批评的历程和动因，从话语角度追索其流变，或可为当下人性话语的价值重估提供思路。晚清至"五四"，人性话语发生了现代转型。从"性"到"人性"的变迁揭示了人性话语的含混与歧义性；与国民性话语的密切关联，意味着某种程度上民族国家的想象是人性话语的原初动力；以人性为核心的文学批评形成了"压抑—释放"的论述模式，并开始对其他话语的解释效力进行排斥或质疑；而人性话语的经验性来源某种意义上取消了对世界的本质认识，在文学论争中可能会流于实用主义。总之，人性话语伴随了新文学的每一次成长，对人性的追问从来不指向人性本身，而是充当了文学观念展开的方式，这在文学观念剧烈变革的时期尤为突出。

关键词：人性；话语；晚清；"五四"；革命文学

一、作为批评话语的"人性"及现有研究的困境

关于人性的言说贯穿于 20 世纪中国文学发展史，是文学批评的一个核心概念。即便不同流派、在文学观念上持不同看法的作者，也时常采用同样的方式——言说人性——来表达各自的主张。时至今日，"人性"依旧出现在不少批评家笔下，一方面，一些学者仍然认为人性的表达是文学的永恒主题；一方面，在这些批评文本中，作者并不总会追问人性的具体内涵、历史渊源，或可能具有的不同指向。"人性"似乎成了一个不言自明的概念，大量论者含

* 作者简介：邓瑗，文学博士，江苏省社会科学院文学研究所助理研究员。
基金项目：本文系教育部人文社会科学重点研究基地重大项目"社会启蒙与文学思潮的双向互动"（16JJD750019）中期成果。

混地使用"人性的拷问""人性的悲歌"甚至"人性意识"之类的表达,却甚少认真审视其笔下的"人性"究竟指向何处,以至于有学者发出这样的感慨:"'人性'成了文学批评家手中的利器,无往不克、包治百病!"①

在批评理论日新月异的当下,"人性"作为批评话语是否还具有有效性?如何看待它在文学批评中的意义和价值?在理解这个问题时,发生于20世纪70年代的福柯与乔姆斯基之争或许能提供些许参考。乔姆斯基认为人性是客观存在的,孩童在语言习得过程中表现出的天赋知识或本能知识,即"人性的一种基本品质"②;福柯却对"人性"的合法性表示怀疑,他指出这不是一个科学概念,"在人类认知的历史中,人性的主要作用是作为认识论的标志,用以界定跟神学、生物学或历史学相关或对立的某种话语"③。在福柯看来,"人性"更多充当了一种言说方式,人们通过讨论人性的内质、将所鼓吹的主张追索至人性的本源维度,为新主张、新观点的提出确立根基和合法性。在文化的意义上,"人性"并非本质主义的概念。福柯的很多研究都沿着知识考古学的方向行进,追溯话语生成的轨迹及其背后的权力关系。笔者认为,在文艺学的理论层面上论断作为批评话语的"人性"之优劣或在各种人性理论间寻求对错前,或许应先对文学批评中的"人性"话语做一番知识考古,梳理"人性"进入文学批评的历程及动因,探讨其背后的文化逻辑,如此,问题才可能得到比较有效的厘清。

目前学界已形成了一定的相关成果可作为借鉴和参考。对20世纪文学史上人性话语的直接探讨主要有裴毅然《二十世纪中国文学人性史论》(2009),该书对"人性"做了如下界定:"以自然性为不可动摇之基础,以合乎历史发展的社会性对自然性'度'的制控,并以历史变更性为当然内容。"④他对20世纪中国文学的论析就在这自然性、社会性的矛盾统一中进行。预先设定的人性定义某种程度上限制了论述,使原本充满歧义、甚至针锋相对的批评统一至一个两极构架,从而遮蔽了"人性"原有的丰富指向。此外,较集中讨论文学批评中人性话语的,主要是一些单篇论文,如宋剑华、徐肖楠、施军、杨剑龙、旷新年等⑤都曾梳理过人性话语在20世纪中国文学中的流变,并对个别作家、现象进行了重点分析。但限于篇幅,就人性问题的重要性与广泛度而言,这些论述总体上仍较为粗疏,并较少从史料的梳理层面提升至反思文学批评中人性话语有效性的理论高度。

除直接研究外,一些论著通过考察20世纪人道主义或人学思潮间接触及了这一话题。

① 赵强:《僵固的话语:当下文学批评中的"人性"论》,《文艺理论与批评》2014年第6期。
② 诺阿姆·乔姆斯基、米歇尔·福柯著,方斯·厄尔德斯编:《乔姆斯基、福柯论辩录》,刘玉红译,漓江出版社2012年版,第15页。
③ 诺阿姆·乔姆斯基、米歇尔·福柯著,方斯·厄尔德斯编:《乔姆斯基、福柯论辩录》,刘玉红译,漓江出版社2012年版,第17页。
④ 裴毅然:《二十世纪中国文学人性史论》,上海书店2009年版,第24页。
⑤ 参见宋剑华《阶级性与人性:中国文学一对奇妙的矛盾组合》,徐肖楠、施军《二十世纪中国文学中的人性变迁》,杨剑龙《"人性"观与中国20世纪的文学论争》,旷新年《"人"归何处?——"人的文学"话语的历史考察》。

人道主义为人性话语研究确立了一个明确方向,这使得相关论著①不同程度上呈现出如下特点。首先,作为一种思潮,人道主义有着较清晰的内涵,在价值指向上高扬人的使命、地位,肯定个性的发展,在其体系内,人性是一个积极意味的范畴。因此人道主义视野下的人性话语研究总是指向对人性、人的尊严的肯定性评价,它关于 20 世纪中国文学的论述已然形成了一种"中断—复苏"的模式。论者一般认为,人道主义形成于"五四",发展、深化于 20世纪三四十年代,在此过程中不断受到"民族主义、现代主义的严峻挑战和极'左'路线的排斥","终于在 20 世纪 60 年代中断,直至进入改革开放的新时期才得以恢复其合法性地位"②。这是在人道主义构架内探讨人性话语的必然取向,但实际上,作为一个中性的概念,人性话语并不必然导向对人性本身的肯定——如在左翼文学批评中"人性"往往是以负面意义出现的。可见,人道主义视野下的人性话语研究在具体展开前,已在某种程度上预设了它的走向。

其次,"人道主义"一词源自拉丁文 humanistas,最早见于古罗马思想家西塞罗的著作,指一种促使人的才能得到最大限度发展的、具有人道精神的教育制度,作为一种思潮,它最早形成于意大利,经历了文艺复兴、启蒙运动等多个发展阶段。③ 根本上说,人道主义是一种外来思潮,因此,在进入对中国文学的论述前,研究者总是要梳理人道主义在西方的发展脉络,追溯其通过翻译或海外交流进入中国的历程。这在郝明工《人道主义与二十世纪的中国文论》中表现得尤为明显。作者一开始就将人道主义理解为一种发源于欧洲、在文化现代性推动下向全球蔓延、最终波及中国的思潮,所谓"人道主义",实则"欧洲人道主义",它与20 世纪中国文论的关系主要是"人道主义对中国文学现代发展的影响"④,中国文论是作为世界人道主义的一个支脉加以考察的。这样的研究方式可能会带来一个问题,即研究者更关注中国文学批评中与世界人道主义思潮相吻合的特征,而某种程度上忽视了本土传统发挥的作用。有的论者甚至会得到这样的结论:"中国现代人道主义文学思潮的产生,并不是从固有的文化中发展出来的,也不是起源于对创作实践的解读,而是直接从西方移植人道主义并将其贯彻在文学批评中而形成的。"⑤但事实上,自先秦始,中国哲人已进行了众多关于人性的思考,它们对文学批评中的人性话语并非毫无影响,尤其在晚清,各种理论新旧杂陈,我们很难对其进行泾渭分明的区分,世界性的文化思潮与传统的人性论相互交织,产生的是

---

① 主要论著有邵伯周《人道主义与中国现代文学》(1993)、陈少峰《生命的尊严——中国近代人道主义思潮研究》(1994)、郝明工《人道主义与二十世纪的中国文论》(2005)、刘卫国《中国现代人道主义文学思潮研究》(2007)、张先飞《"人"的发现:"五四"文学现代人道主义思潮源流》(2009)、王达敏《中国当代人道主义文学思潮史》(2013),等等。

② 刘卫国:《中国现代人道主义文学思潮研究》,岳麓书社 2007 年版,第 27 页。

③ 参见《中国大百科全书》总编委会编《中国大百科全书(第二版)》(第 18 册),中国大百科全书出版社 2009年版,第 354 页。

④ 郝明工:《人道主义与二十世纪的中国文论》,中国社会科学出版社 2005 年版,第 52 页。

⑤ 刘卫国:《中国现代人道主义文学思潮研究》,岳麓书社 2007 年版,第 128 页。

一个不伦不类的杂交品种。从这个角度看,人道主义视野下的人性话语研究显然是有一定局限性的。

至于"人学",这是近年来较为热门的一个话题。"当前阶段学术界基本上倾向于认为人学是研究完整的人及其本质、存在和历史发展规律的学问。"[①]人学理论体系一般有"两块论""三块论""四块论"[②]等几种组合方式,但无论如何,人性总是人学的核心探讨对象。由此,人学也构成了探察人性话语的一个视角。此方面研究[③]又呈现另外一番特点:首先,人学是一门综合性的社会科学,旨在对人进行全面的研究,因此,人学涉及的学科面十分广泛。但视野的广阔也可能导致一些问题,至少从文学批评的角度看,人学视野的研究显得较为驳杂,并没有将目光集中于文学领域。其次,作为一门新兴学科,人学的学科合法性仍处在被质疑的阶段,尚未建立起为大多数学者所认可的科学体系,一些论者甚至对是否有必要建立一门单独的人学表示怀疑,人学的具体研究也确实存在边界模糊、研究对象过于宽泛的弊病。有的论著并没有表现出区别于一般思想史研究的明显特点,本应作为考察核心的人性有时被模糊处理了。

本文强调从"话语"角度进入"人性"问题正是基于对如上研究困境的考察与省思,以"话语"为关键词,是为了避免各种"主义"在人性问题上带来的倾向性。"主义"的研究,往往要将纷繁复杂的论说纳入一个统一的构架,总结出若干条能统摄这些论说的基本要点,以之为一种思潮或观念的核心。即便在布洛克《西方人文主义传统》中,他意识到了"主义"研究可能存在的先入为主的问题,提出"我姑且不把人文主义当作一种思想流派或哲学学说,而是将其视为一种宽泛的倾向、一个思想与信念的维度,以及一场持续性的论辩";但他仍总结了人文主义最稳定的几个特征,如"一切从人的经验开始","每个人都有其独特的价值所在","对思想始终十分重视"[④],等等。这些要点是有价值指向的,一定程度上已将一些言说排除在讨论范围外。曼弗雷德·弗兰克《论福柯的话语概念》则指出:"'Discourse'(话语)源自拉丁语的 discursus,而 discursus 反过来又源自动词 discurrere,意思是'夸夸其谈'。一个话语是一种言说,或具有(不确定的)一定长度的一次谈话,其展开或自发的展开并不受到过分

---

① 袁洪亮:《中国近代人学思想史》,人民出版社 2006 年版,第 5 页。

② "两块论"包括"关于人的总体阐释","关于人的根本性问题的论证,如对人的本质、本性、价值、地位和人的自由全面发展等问题的分析和研究"。"三块论"包括"人的本质论,回答'人应当是什么'的问题","人的存在论,主要回答'人现实上是怎样'的问题","人的发展论,主要回答'人怎样成为人'的问题"。"四块论"指"关于人的基本理论研究,如人性、人的本质、人的存在、人的发展、人的需要、人的需要、人的自由、人的价值等","关于人学思想史的研究","关于人学的学科建设研究","关于人的现实问题的研究"。见袁洪亮《中国近代人学思想史》,人民出版社 2006 年版,第 5 页。

③ 相关论著主要有孙鼎国、李中华主编《人学大辞典》(1995),祁志祥《中国人学史》(2002)、《中国现当代人学史》(2006)、《人学视阈的文艺美学探究》(2010),袁洪亮《中国近代人学思想史》(2006),尚明《中国近代人学与文化哲学史》(2007),等等。

④ 阿伦·布洛克:《西方人文主义传统》,董乐山译,群言出版社 2012 年版,第 2,164—166 页。

严格的意图的阻碍。"①这意味着"人性话语"涵括一切涉及人性的言说,不具有强烈的意图或严格的体系性;更重要的是,"人性话语"没有价值指向,不对人性做肯定或否定的评价。因此,在人性话语的视野下,不存在"中断—复苏"的论述模式,即便是对"人性"持批判态度的左翼文学,实际上也形成了一套关于人性的言说,应纳入人性话语的研究范畴。

二、话语的流变:以晚清至"五四"人性话语的转型为例

从话语的角度看,"人性"经历了怎样的演变?本文在此以晚清至"五四"的文学批评为例,简要梳理了人性话语的流变。晚清至"五四"是中国文学发生现代转型的时期,同时也是人性话语实现创造性转化的时期,可谓当下文学批评中人性话语的"前史"。某种程度上,它含纳了自古代到现代言说"人性"的几种基本范式,至今我们仍生活在"后五四"的状态中,1920年代前后建立的话语模式也不同程度地发挥着作用。因此,对晚清至"五四"人性话语的考察,或许有一种典范意义,从中可以引申出"人性"作为批评话语的总体特征和问题,为重审其当代价值提供思路。

根本而言,人性是一个立足于本土传统的中国问题。自先秦始,先哲已提出了诸多关于人性的思考,从孔子"性相近也,习相远也"到孟子、荀子性善恶的论说,从董仲舒"性者质也"、性情分立到韩愈"性之品有三",再到朱熹"性即理"、性体情用,人性话语经历了波澜壮阔的演变过程,可谓中国思想史上讨论得最多的问题之一。但总体而言,古代人性话语基本局限于哲学、伦理学领域,并形成了一个基本构架:更倾向于肯定人性的善质,从人的情感、行为中发现可作为扩展基础的道德属性。这些道德本性多指仁义礼智,这在"性"与"情"的对比中体现得尤为鲜明。据《美学大辞典》,"性"指"人的先天的固定不变的原初本性","情"指"人的后天的变动不居的心绪欲求"②。后者作为前者的形而下体现,往往因可能受到实际情况的干扰,而有流于泛滥、堕落的危险,在传统论说中处于较尴尬的位置。即便论者适度肯定了"情"的积极效用,其所谓的"情"也是在与"性"相应和的意义上呈现的,多指恻隐、羞恶、辞让、是非——孟子提出的"四端",人性中的道德情感。因此,蒙培元指出儒学以"理性化的情感或情感化的理性"为基础时,也承认,"儒家普遍地着眼于道德情感或情感的道德性,而不重视或有意忽视人的个人情感,特别是私情"③。这是中国古代人性话语的总体取向。

晚清至"五四",人性话语发生了现代转型,这首先体现为,晚清时期性情论受到冲击,在进化论、功利主义等西方学说的震撼下,人性话语发生了重塑。康有为、谭嗣同等较早对性

---

① 曼弗雷德·弗兰克:《论福柯的话语概念》,汪民安等编《福柯的面孔》,文化艺术出版社2001年版,第84页。
② 朱立元主编:《美学大辞典》,上海辞书出版社2010年版,第172页。
③ 蒙培元:《情感与理性》,中国社会科学出版社2002年版,第2、163页。

情论进行了反思,康有为提出:"人之生也,爱恶仁义是也,无所谓性情也,无所谓性情之别也。"①他不赞同传统哲学对"性""情"的判分,认为两者都是由爱恶衍生而来的属性,人性只有爱恶之分,并无善恶之别,所谓善恶不过是基于爱恶的价值判断,归根结底,人只会按照对外在事物的主观认识进行反应。这样的论断不再执着于性善恶的评判,不再预设隐藏于内心的先验"善端",而是呈现出自然人性论的倾向。此外,康有为的另一创举在于,他将今文经学的三世说引入人性话语,为进化论在中国的接受提供了本土土壤。所谓"三世说",指将历史发展分为三个阶段:据乱世、升平世、太平世。在人性问题上,"三世"为各派观点提供了一个统一的构架:"盖言性恶者,乱世之治,不得不因人欲而治之。故其法检制压伏为多,荀子之说是也。言性善者,平世之法,令人人皆有平等自立,故其法进化向上为多,孟子之说是也。"②这意味着各种不同主张只是立足于对"乱世"或"平世"的不同解读而得到的结论,根本上并不矛盾,反而因从"乱世"到"平世"的发展顺序,总体上形成了一条日趋向上的进化脉络。

进化是晚清人性话语的关键词,如果说康有为进化史观更多保留了三世说的面目,遗存着较浓重的传统色彩。那么19世纪末,严复翻译《天演论》给学界造成极大震动后,一种从进化论出发为人性正名的论说便正式兴起了。进化论推动了晚清思想家由政治改革到思想启蒙的转变,在此过程中,人的因素被放大,从人学回归群学也成了解决中国救亡危机的一个途径。严复由此提出"民智、民力、民德"的全面提升,他开始意识到民的力量,并借助思想启蒙为未来的中国打造"新民"。在国民性话语的体系中也安放了人性话语的位置,例如,梁启超《新民说》在列举"新民"应有的素质时,常常从人的角度进行反向论述,将不具备这些品质的国民排除在人的行列外。如:"人之所以贵于他物者,以其能群耳。""可爱者而不知爱,可哀者而不知哀,可怒者而不知怒,可危者而不知危,此所谓无人性也。""而人之所以贵于万物者,则以其不徒有'形而下'之生存,而更有'形而上'之生存,形而上之生存,其条件不一端,而权利其最要也。"③梁启超并未对何谓人性进行集中的思考,很多时候,人性都是作为国民性的一个参照出现的。因此,随着"新民"素质的不断变动,其笔下的人性也在变化:它时而意指善于群的能力,时而等同于对将来的构想,时而又转向了权利的保障,甚至竞争、冒险、自尊等也都涵括在人性的范畴中。分散与驳杂是此时人性话语的重要特点。

从狭义的"文学"④层面看,晚清人性话语又显露了不同的面目。最早在文学论说中从进化论角度探讨人性的文章,是发表于《国闻报》创刊号的《本馆附印说部缘起》。它提出任

---

① 康有为:《康子内外篇》,《康有为全集》(第1集),中国人民大学出版社2007年版,第101页。
② 康有为:《孟子微》,《康有为全集》(第5集),中国人民大学出版社2007年版,第414页。
③ 梁启超:《新民说》,《梁启超全集》(第3卷),北京出版社1999年版,第663、669、671页。
④ 晚清至"五四"是现代"文学"观念的形成期,作者并不总在审美性的语言艺术的意义上使用"文学",因此本文同时讨论了宽泛文化层面的"人性"和狭义"文学"层面的"人性",但随着现代"文学"观念的逐渐形成,此种开放度会降低。

何时代、任何地域的人都有"公性情"（人性），此"公性情"具体指"英雄"和"男女"。"英雄"是天演进程中带领民众与自然抗争、促进人类进化的"一群之长"，"男女"是异性间相互吸引、结合的神秘力量，世间万物无不由"英雄""男女"构成，两者代表了两种基本属性："相拒之理，其英雄之根耶！相吸之理，其男女之根耶！""非有英雄之性，不能争存；非有男女之性，不能传种也。"①显然，这篇文章充斥着进化论的思维模式，它在引述例证时大量采用了西方故事、传说、历史人物作为佐证，视野开阔，远非传统论说所能及。在此，"英雄"的提出，有感于近代中国在西方面前的凌弱形象，是为救国保种而构想出来的争强好斗的人类属性；"男女"的推重，则相对"英雄"而言，将竞争、对抗等要素软化，是使人们能够和谐相处的调节性属性，它同时应和了进化论对人的生物学想象，为爱情、性欲等现代话题的展开提供了依据。

《本馆附印说部缘起》某种意义上启发了梁启超"小说界革命"的构想，在《新小说》的一则"小说丛话"中他附和了"公性情"的主张，并将其进一步演化为"英雄""男女""鬼神"三个维度②；并且，梁启超借助日本政治小说提供的启示，在心理学层面上为人性与小说建构了关联，这便是他在《论小说与群治之关系》中提出的"凡人之性"的观点。"凡人之性，常非能以现境界而自满足者也。""人之恒情，于其所怀抱之想象、所经阅之境界，往往有行之不知、习矣不察者。"③一方面人性不满足于现状，总倾向于在对未来、未知的探索中寻求愉悦，小说正充当了构想将来的有效手段，只需花上少数的钱，人就可以在文字中遨游至不可知的境界；另一方面人又有对周边环境进行认知的诉求，他可能产生了一些具体感受，却无法将其恰切地表达出来，而一旦有人能道出其所思所想，这样的文本也会受到青睐。总之，小说满足了人性中对"现境界"和"他境界"进行探索的渴求，晚清时期小说的地位之所以会迅速提高，部分原因即在于此。梁启超等意识到了小说作为宣传、启蒙工具的可能性，他们正是想借小说对读者造成的影响，将其认可的政治思想、文化观念灌输到读者群中去。

人性话语的转型，其次体现为，"五四"时期周作人将"人性"正式引入文学批评，此举受到新文学界的普遍认可与肯定，"人性"成了衡量文学标准、批评文学创作的新范式。周作人对"人性"的定义主要涵括两个维度，首先，"从动物进化"应和了达尔文进化论的理论视域，申说着一种"灵肉一致"的人性话语；其次，"个人主义的人间本位主义"对晚清以来即困扰着中国思想界的个与群问题进行了探讨，以自我为中心延伸出对他人的关怀和爱。这样的"人性"体现在文学上便是"人的文学"，其要义不在于题材的选择，而在于创作过程中写作者所持有的态度：是"希望人的生活，所以对于非人的生活，怀着悲哀或愤怒"，还是"安于非人的生活，所以对于非人的生活，感着满足，又多带着玩弄与挑拨的形迹"④。

① 几道、别士：《本馆附印说部缘起》，陈平原、夏晓虹编《二十世纪中国小说理论资料·第一卷（1897—1916）》，北京大学出版社1989年版，第9页。

② 饮冰：《小说丛话》，《新小说》1903年第7号。

③ 《论小说与群治之关系》，《新小说》1902年第1号。

④ 周作人：《人的文学》，《新青年》1918年第5卷第6期。

经周作人阐释,"人性"从宽泛的文化层面正式进入了文学领域,成了衡量文学作品的一把利器。当作家们将目光移至过往的中国文学,试图找到新文学与传统文学之间的分界与区隔时,是否符合"人性"成了为新文学合法性辩护的主要依据。事实上,在周作人《人的文学》发表以前,胡适、钱玄同已在《新青年》"通信"专栏中多次讨论过对古典文学的评价问题,但由于缺乏适当的言说方式和话语资源,他们的探讨更多地停留于是否使用白话、结构是否合理等语言形式层面,一旦进入思想内容方面的分析,则大多含糊其词。这个问题在"五四"作家把握了"人性"作为评判标准后得到了一定的化解,是否合乎人性、是否涵括在"人的文学"的意义范畴内迅速成了作家、批评家采用的一把标尺。傅斯年《怎样做白话文》说:"我们不满意于旧文学,只为他是不合人性,不近人情的伪文学,缺少'人化'的文学,我们用理想上的新文学代替他,全凭这'容受人化'一条简单道理。"①康白情《新诗底我见》认为:"旧诗大体遵格律,拘音韵,讲雕琢,尚典雅。新诗反之,自由成章而没有一定的格律,切自然的音节而不必拘音韵,贵质朴而不讲雕琢,以白话入行而不尚典雅。新诗破除一切桎梏人性底陈套,只求其无悖诗底精神罢了。"②罗家伦《近代中国文学思想的变迁》直言:"最没有人性,缚束人生最利害的,就是旧文学了!"③

从这些论述来看,文学批评中的人性话语至少在两个方面发挥作用。首先,在语言形式层面上,合乎人性意味着打破格律对诗的束缚,使用明白清楚的白话抒发真实、切近的想法。"五四"时期对格律存在着这样一种认识:它的过多要求束缚了诗人的情绪,使原本真实、动人的思绪被迫挤压在一个程式化的套式中,诗人甚至不得不为切合音韵或符合句式而生造感情。在这个意义上,格律阻碍了诗情的自然抒发,是一种"人性"的镣铐和锁链。文言文同样存在相似的问题,这种几千年前创造的文字并没有随着口语的变动而更新,早已无法适应如今复杂的现实,如不使用白话,那么写作也难以成为有效传达思绪的方式。基于这样的理由,"五四"人性话语在推进白话文运动和改革新诗的道路上提供了助力,侧面回应了新文学初期即作为重要命题出现的文白之争。其次,在思想内容的层面上,合乎人性又意味着文学具有移情作用和深入人心的感染力。傅斯年说,以新文学代替旧文学"全凭这'容受人化'一条简单道理"。那么何谓"容受人化"呢?他解释道:"能引人感情,启人理性,使人发生感想的,是好文学,不然便不算文学;能引人在心上起许多境界的,是好文学,不然便不算文学;能化别人,使人忘了自己的,是好文学,不然便不算文学。所以文学的职业,只是普遍的'移人情',文学的根本,只是'人化'。"④也就是说,真正的文学必须能够将读者引入作品的境界,使其受到感染,乃至读者心中也能生出许多思绪和情感。这样的文学要求情绪的自然抒发,深刻感人,实际上与第一层面对格律、文言的拒斥存在着相通之处,人性话语在这两方面的

① 傅斯年:《怎样做白话文》,《新潮》1919年第1卷第2期。
② 康白情:《新诗底我见》,《少年中国》1920年第1卷第9期。
③ 罗家伦:《近代中国文学思想的变迁》,《新潮》1920年第2卷第5期。
④ 傅斯年:《怎样做白话文》,《新潮》1919年第1卷第2期。

作用是二面而一体的。也正因如此,傅斯年的文章在以"人性"探讨了新旧文学的区隔后,自然地引向了"怎样做白话文"的问题,在他看来,使用白话不仅仅是个语言问题,也关涉着文学的内面精神。

最后,人性话语在1920年代后期再次发生了转型,革命文学论争中,"人性"经历了逐渐污名化的过程,其内涵被掏空,最终沦为缺乏解释效力的概念。1926年成仿吾在《创造月刊》上发表了《革命文学与他的永远性》,这是较早提出"革命文学"的一篇文章。在此,成仿吾将革命文学与"人性"联系起来,指出:"文学以人性为他的内容,但他同时也帮助了人性的分化。""对于人性的积极的一类,有意识地加以积极的主张,而对于消极的一类,有意识地加以彻底的屏绝,在这里有一种特别的文学发生的可能。这便是所谓革命文学。"①此论与陈独秀发表于1920年左右的《我们应该怎样》《自杀论》等文章在思路上非常相似,同样是将人性分为积极和消极的成分,并以文学推动人性积极方面的增长,陈独秀尚未提出"革命文学"的主张,1926年的成仿吾却将其归置在"革命文学"的名号下。这意味着此时的"革命文学"与"五四"文学之间还保留着继承关系,内涵较为含混,难以确指。在这篇文章中,成仿吾为列了如下公式:"(真挚的人性)+(审美的形式)=(永远的文学)","(真挚的人性)+(审美的形式)+(热情)=(永远的革命文学)"②。在他看来,人性是文学的永恒主题,而革命文学区别于一般文学创作,仅在于"热情",即"吹起对于革命的信仰与热情"的情绪。在此,"人性"融入了革命文学的论述语境,成为文学之为文学、之为革命文学的依据。这样的论述并非成仿吾偶一为之,他1926年左右发表的好些文章都表达过类似的观点。

然而,随着作家逐渐明确了"革命"的具体内涵,在无产阶级革命的层面上确认了文学的表现对象,"人性"在文学批评中的地位就动摇了。如沈起予《诺托的左页》指出:"从事思想运动的人,常高唱起'人性'的解放来。他们常觉得束缚人性的思想都不是好东西。"③他谈到了对《悲惨世界》的评价问题,我们知道,《悲惨世界》以一个警察与罪犯之间的追捕故事探讨了法律与人性的矛盾,而它的作者雨果在另一部作品《九三年》中有一段名言:"在绝对正确的革命之上,还有一个绝对正确的人道主义。"但显然,沈起予不看好雨果解释故事的方式,在他看来,矛盾的关键不在人性和压抑人性的法律之间,仅依靠个人的觉悟无法实现问题的真正解决,他提出了支配阶级与被支配阶级的利益冲突,并以此解释法律产生的缘由,戳破了雨果设置在警察与逃犯之间温情脉脉的关系。这意味着阶级意识的介入分裂了原本共属于"人性"范畴的两个阶层,至此,"人性"逐渐沦为一个丧失了解释效力的概念,遭到革命文学的否弃。

人性话语在革命文学中的消极化并非个例。梳理革命文学的理论建构过程便会发现,

---

① 成仿吾:《革命文学与他的永远性》,《创造月刊》1926年第1卷第4期。
② 成仿吾:《革命文学与他的永远性》,《创造月刊》1926年第1卷第4期。
③ 沈起予:《诺托的左页》,《创造月刊》1928年第1卷第11期。

从 1928 年开始,虽然仍有作者不时在积极的意义上使用"人性",但总体而言,作家却更倾向于不谈人性,或斥责人性,在"人性"的表达前加上"抽象""空想"等否定意味的定语。这是与革命文学自身的文化逻辑密切相关的。革命文学根本上是一种"外倾型"①的批评理论,运作于唯物论的思维方式下,强调经济基础对文化、思想的决定作用,它不可能满足于对抽象、笼统的人的论说,而必然要对人进行经济地位、物质条件等阶级方面的定性,所以,在其理论体系中找不到可以与"人性"相对应的实体,所有的人都必须归置在无产阶级、资产阶级或小资产阶级的分类当中。在这样的理论中,我们能够谈论无产阶级性或资产阶级性,但"人性"在哪里呢?这是一个无法纳入革命文学体系的概念,自然也会遭到漠视和批判。其实对"人性"的消极化处理早已隐伏于革命文学的前期论说。在《革命文学与他的永远性》中,成仿吾虽极力鼓吹"文学的内容必然地是人性(human nature)",但这篇文章也谈到了人性进化的现象,在他看来,人性处在不断进化、时刻变迁的进程中,"革命文学"正是那些能借助文学的感化力推动人性进化的作品。由此,他提出了人性的"主体"问题:"进化的现象常暗示一个进化的主体,这主体是有永远性的。我们称人性的这种主体为真挚的人性,或永远的人性。"②也就是说,他区分了作为进化主体的"人性"和人性在具体历史阶段中的不同样态,而具有永远性的其实是作为进化主体的"人性"。这样的处理实际上掏空了"人性"的具体内涵,一面尊之为"永远的文学"不可缺少的要素,一面又将其抽象化为一个无法落实在现实情境中的概念。这样的理论推演已将"人性"推至幕后,引向了对阶级性的关注。

三、启示与反思:"人性"作为批评话语的可能与限度

如上对史料的梳理,至少可为反思"人性"作为批评话语的效用提供以下几方面启示。首先,对何谓人性的理解始终处在变迁当中,这其中最显著的变化是从传统"性"的言说转换为 20 世纪"人性"的讨论。"性"与"人性"只有一字之差,当代学者也经常将"性"简略地解读为人性,但放置在历史语境中考察,能指与所指的关系并非如此明晰,每个词背后都有其背负的历史。就"性"而言,它可以是董仲舒说的"性者,质也",可以是《说文解字》说的"人之阳气性善者也",也可以是朱熹提出的"性即理也",要义在于,它既指人的一切属性,更多时候,又指"人之异于禽兽者",即传统哲学倡导的仁义礼智等道德属性。"人性"基本是启蒙时代的产物,它在英文中有两个可对应的词:human nature 和 humanity,前者源自古希腊哲学中对人的本质主义解释,指人区别于其他动物的性质;后者具有更浓厚的文化意味,"涉及一组其本身就有价值的、道德的和美学的特点"的概念,如康德的绝对命令要求将人作为目的而非手段来对待,他提出的作为人类尊严的人性可称为 humanity。③

① 玛利安·高利克:《中国现代文学批评发生史(1917—1930)》,陈圣生等译,社会科学文献出版社 1997 年版,第 95 页。

② 成仿吾:《革命文学与他的永远性》,《创造月刊》1926 年第 1 卷第 4 期。

③ 尼古拉斯·布宁、余纪元编著《西方哲学英汉对照辞典》,人民出版社 2001 年版,第 448—450 页。

"五四"对晚清人性话语的改造,正体现为用"人性"取代了"性",这不仅是术语的转换,更是思维方式的转型。例如,在清末,康有为曾与朱一新就人性问题发生过一段论争,两人的观点并不一致,但有趣的是,他们采用了同样的言说方式,即通过援引古代经学原典为自己的主张提供依据,只是对经典的不同解读导致了两人结论的相异。经学构成了论争双方共同的思想底色,这或许正是康有为的人性话语后期走向保守的一个原因,如卡西尔所言,"词的用途,不仅是作为机械式的信号或暗号,而是一种全新的思想工具"①,话语的陈旧最终限定了观点可能达到的最大尺度。而到了1927年,梁启超写《儒家哲学》,讨论"性善恶的问题"时,他的视野开阔多了。在梳理了先秦以来儒家关于人性的诸多讨论后,他总结道:"中国几千年来,关于性的讨论,其前后变迁大致如此。以前没有拿生性学心理学做根据,不免有悬空肤泛的毛病。东原以后,多少受了心理学的影响,主张又自不同。往后再研究这个问题必定更要精密得多,变迁一定是很大的,这就在后人的努力了。"②在梁启超看来,古代人性话语不免有空疏的毛病,而之所以会造成这样的结果,原因是没有以生理学、心理学为研究依据。这意味着生理学、心理学等科学已被默认为探讨人性无法规避的话语资源,何谓人性的解释至此发生了根本性的转变。"性"与"人性"的差异及两者在晚清至"五四"的含混、交替,至少启示我们应警惕一种遮蔽的倾向,对作为研究对象的人性话语和作为研究者自身观点的人性话语,都应进行反思。

　　其次,人性并非单纯的文学问题,而更多地呈现于宽泛的文化层面,与国民性话语关系密切,后者乃至成为前者的逻辑起点。如前文所述,"人性"的意义指向十分丰富,晚清时人性话语在文化论说和文学批评两个维度上的主张甚至不乏矛盾之处。③作家以人性为阅读小说的心理基础,由此寻到了一种启发民智的途径,但当他们以合群进化等在文化层面符合人性的质素为新小说注入思想内涵时,却发现读者反而失去了阅读兴趣,对新小说兴味寥寥。可见,其人性话语的诸要素未能整合为一个圆熟的体系,甚至彼此间还存在矛盾、背反的问题。之所以会出现这样的现象,是与人性话语的言说起点有关的。

　　以梁启超为例,他本质上并不太关注何谓人性,人性话语更多地提供了一个参照系,为反思国民性提供依据。梁启超的国民性话语有积极、消极两个取向,他不仅进行国民性批判,也肯定国民性。如其《论中国人种之将来》(1899)断言"他日于二十世纪,我中国人必为世界上最有势力之人种",因为中国人"富于自治之力","有冒险独立之性质","长于学问,思想易发达",且"民人众多,物产沃衍,善经商而工价廉"④。对国民性进行了充分肯定,有趣的是,这些自治、独立、冒险的论说后来又屡次出现在《新民说》等反思国民性的文章中,成为梁启超认为"新民"所应具备而目前中国人尚未拥有的品质。1911年,梁启超写下了《中国前途之

　　① 恩斯特·卡西尔:《人论》,甘阳译,上海译文出版社1985年版,第45页。
　　② 梁启超:《儒家哲学》,《梁启超全集》(第17卷),北京出版社1999年版,第4998页。
　　③ 详见拙文《论晚清文学批评的人性话语》,《中国现代文学论丛》2017年第1期。
　　④ 梁启超:《论中国人种之将来》,《梁启超全集》(第2卷),北京出版社1999年版,第259—261页。

希望与国民责任》,正文部分是沧江和明水先生的夜谈,其中沧江代表了梁启超本人的观点。他认为,国民性有优良部分,这表现在:"四民平等之理想""自营自助之精神""以自力同化他族""自保守其文明之力",等等。① 明水先生提出的国人缺点,如无尚武精神、无爱国心等,其实都是梁启超在他本人的论说中曾提出的要点,但在此,他对其一一进行了驳斥。②

国民性话语的这种变动与人性话语有何关联呢? 第一,人性话语为国民性话语的不同取向提供了一个兼容的平台,使梁启超等的国民性论说能在一定程度上融合起来,不至于背反得太离谱。梁启超《中国积弱溯源论》指出:"天生人而使之有求智之性也,有独立之性也,有合群之性也,是民贼所最不利者也,故必先使人失其本性,而后能就我范围。"③《新民说》指出,中国人屡经战败是导致私德败坏的原因:"此累变累下种种遗传之恶性,既已弥漫于社会,而今日者又适承洪杨十余年惊天动地大内乱之后,而自欧势东渐以来,彼征服者又自有其征服者,且匪一而五六焉,日瞵盺于我前,国民之失其人性,殆有由矣。"④梁启超建构了一个古今异化的论述模式,在他看来,人性本有求智、合群等质素,中国人作为人类一种,自然也不乏这样的品质;但几千年发展过程中,君主专制的压迫、屡遭征服的命运压制了国人的人性,使其到如今几乎消失殆尽,这才形成了国民劣根性的局面。所以,国民性话语的两个取向是可以统一起来的。当梁启超倾向于增强国人的自信心时,他便主要关注国民曾拥有的辉煌历史,并借助人性话语在古今之间的异化,为再造辉煌寻求可能;当他倾向于鞭策国人改变现状时,他则将目光投向现实中国的危急处境,人性话语潜隐在国民性话语中,成为一个淡漠的背景。

第二,随着国民性话语的变动,人性话语的论说方向也在变化。梁启超时而说:"夫人类有普通性,故无事不可以相学而相肖。"⑤时而又说:"国于天地,必有与立。国之所以与立者何? 吾无以名之,名之曰国性。国之有性,如人之有性然。人性不同,乃各如其面,虽极相近而终不能以相易也。失其本性,斯失其所以为人矣。惟国亦然,缘性之殊,乃各自为国以立

① 梁启超:《中国前途之希望与国民责任》,《梁启超全集》(第8卷),北京出版社1999年版,第2385—2387页。
② 梁启超在积极意味上论说国民性的文章,还有《中国道德之大原》(1912)、《国性篇》(1912)、《罪言》(1912)等。为何会出现两种相反的取向呢? 笔者注意到,梁启超在肯定的意味上谈论国民性主要集中在两个时期,一是1899年前后,二是1912年前后。1899年,中国曾陷入瓜分危机,甲午战争让西列强探清了中国的实际实力,于是外交手段更加强硬,纷纷要求在国内划分势力范围。正是此时,梁启超写了《瓜分危言》,对这个问题进行过探讨。1912年,中华民国成立,结束了中国几千年的封建制度,历史进入了一个新阶段,但很多人陷入一种鲁迅所谓的"大恐惧"。梁启超正是如此,进入民国后他变得较为保守,倾向于肯定国人的素质,保存国粹。可以说,梁启超在积极意义上说国民性,多发生于国家危亡的时刻,是他在面对恶劣的现实时为鼓励国人而故意说出的"反话"。梁启超的文章确实存在这种说反话的倾向。例如,中国常被称作"老大帝国",他于是写了《少年中国说》。他对民初以来的政治乱象深感失望,却很少在文章中公开表露出来,直到1916年写《异哉所谓国体问题者》才直言:"吾数年来怀抱一种不能明言之隐痛深恸,常觉自辛亥壬子之交,铸此一大错。而中国前途之希望,所余已复无几。""特以举国人方皆心灰意尽,吾何必增益此楚囚之态。故反每作壮语,以相煦沫。然吾力已几于不能自振矣。"这是真正的"伤心之言",我们能看到,不到万不得已时梁启超不会说灰心丧气的话,1899年前后、1912年前后之所以出现国民性话语的反向论述,其实还是出于他"每作壮语,以相煦沫"的良苦用心。
③ 梁启超:《中国积弱溯源论》,《梁启超全集》(第2卷),北京出版社1999年版,第420页。
④ 梁启超:《新民说·论私德》,《梁启超全集》(第3卷),北京出版社1999年版,第717页。
⑤ 梁启超:《中国前途之希望与国民责任》,《梁启超全集》(第8卷),北京出版社1999年版,第2394页。

于天地。"①在其笔下,人性话语经常与国民性话语并置,而人性的同与不同,最终取决于国民性话语的论说要求。早期,梁启超倾向于提倡变法,其论述重心往往放置在人性之同上,正是相似的人性为改革提供了可能。1912年梁启超感到了民初的"大恐惧",开始强化国人的独有素质,将语言、文字等视为一国之"国性"的体现,并认为只有保持独特的国性,才能在生存竞争中留存下来。此时,人性话语偏向于人性不同的一端,人性的差异为国民性的差异提供了一个类比,也充当了保存国粹的理论依据。由此可见,人性话语和国民性话语形成了一个调节机制,人性话语随着国民性话语的变动而发生相应的变化,其原初的言说动力其实来自国民性话语对民族国家的想象,这是谈论人性话语时不可忽视的起点。

再次,"人性"作为批评话语,形成了一种"压抑—释放"的论说模式:现有习惯、制度压抑了人性,作家们点破制度的人造物性质,发出张扬人性、释放本能的呼告。由此,"顺人性之自然"成了作家标榜的核心价值,"戕贼人性"则成了过时的道德、律法等遭受批判的主要原因。顾颉刚为叶圣陶小说集《火灾》作序时说:"我们生存在这种冷酷的社会里,受着一切的逼迫,不得不把人的本性一天一天的消失了。""读了圣陶的小说,只使得我们对于非人的行为起了极端的憎恶,而对于人的本性起了亲切的回省和眷恋,希望把已失去的宝物重新寻了回来。"②这成了"五四"文学批评的惯常思路,并开始具有垄断性质,对其他话语的解释能力表示怀疑或排斥。如成仿吾曾发表过一篇对许地山《命命鸟》的批评,他不赞赏这篇小说,理由是:"这篇作品,不仅技巧是旧的,即观察也是旧的;他的人物不仅于我们是异乡的,而且都是还没有发见人性的旧的人物。"③许地山的小说写得有些隐晦,敏明和加陵之间的爱情及殉情的决心是通过对话、幻境来呈现的,并且许地山的作品带有浓厚的宗教氛围,对"情"热烈而神秘的表现,有些近乎民初写情小说的写法。这也是引起成仿吾不满的一个原因,他对《命命鸟》的情节做了一番改造——"两人由欢情狂焰,拥抱着同投湖水,高歌着死的胜利",只有这样,才"可以使敏明更近于人性 more human","可以把全篇由无意义的宗教小说救起,变为近代的情绪"④。成仿吾的改造,在某种意义上是更具有"五四"典型性的,"由欢情狂焰,拥抱着同投湖水"彰显了为反抗不良制度造成的压抑而做出的牺牲与努力,这才是成仿吾心中表现"人性"的结局。可见,"人性"在文学批评中有了相对确定的含义,晚清时人性话语的零散、驳杂,此时逐渐收拢于"五四"文学批评的体系当中,何谓"人性"、如何写作才符合"人性"开始形成了共识,并对异己话语表现出排斥倾向。

第四,以"人性"为出发点的批评多是一种基于经验的论述。傅斯年《对于中国今日谈哲学者之感念》说:"我们是人,我们有人性;用人性去观察世界,所见的所得的自然免不了一层

---

① 梁启超:《国性篇》,《梁启超全集》(第9卷),北京出版社1999年版,第2554页。
② 顾颉刚:《〈火灾〉序》,《文学》1923年第93期。
③ 成仿吾:《〈命命鸟〉批评》,《创造》1923年第2卷第1期。
④ 成仿吾:《〈命命鸟〉批评》,《创造》1923年第2卷第1期。

人性的采色,犹之乎戴上蓝眼镜看东西,没有一件不是蓝的。"①何思源《思想的真意》指出:"思想是适应人生的。""思想的适应在求人生目的实现。""真理二字,对于人类由生物学的观念;除非他能表现于人生,这两字简直的就不通,简直的就没讲了。"②一方面,它要求从人的具体见闻出发,以经验的方法消解先验的理论形式造成的束缚。这应和了卡西尔《启蒙哲学》对 18 世纪启蒙思想的总结——"在启蒙思想千差万别的活动中,有一个作为所有这些活动的出发点和归宿的清晰可辨的中心:启蒙思想抛弃了 17 世纪形而上学的抽象演绎的方法,而代之以分析还原和理智重建的方法"③,也与"五四"的科学精神、"评判的态度"之间存在一致关系,实际上是新文化运动之总体取向的具体体现。另一方面,如何思源《思想的真意》那样宣称思想要"适应人生",又可能会导致一个问题,即取消了对世界的本质主义认识,将"真理"落实在处理不同问题的具体方法上,这又使"五四"人性话语难以形成综合、完备的体系,甚至流于实用主义。

例如,在与学衡派的论争中,新文学作家就存在类似问题。《文学旬刊》曾围绕《国立东南大学南京高师日刊》"诗学研究号"展开讨论,新文学作家不断重申"诗的作用是批评人生表现人生",由于人生不断变动,旧文学已无法表现现代人的思想感情,现代人作旧诗是"骸骨之迷恋"④。人生与人性关联密切⑤,以人生为文学表现的要求,某种意义上正是在人性话语的脉络中探问文学的性质。而"人性"如此复杂,以其为评判文学的标准某种程度上意味着取消了一个绝对标准,只在适应现有状况、抒发当下情绪的层面上规定文学的表现范围。这为文学的实用倾向打开了一个豁口,沿着这样的思路继续演进,便自然地会得到以文学反映当下现实的要求,这也是为何新文学在政治局势更为恶劣后会走向浅薄的题材决定论。如果"人性"必然随着时代的不同而发生转换,那么"文学表现人性"的命题也只能在时局变化后紧跟而上,将目光投向与现实人生关系更密切的当下。由此,新文学的发展道路日渐逼仄,其原因是与新文学在建构理论之初过于倚重人性话语的进化论视角和实用倾向不无关联的。在此对照下,学衡派文人对自身文化选择的辩护一开始就表现出不同的立场,他们的立足点在于"优良的文学,是有普遍性的,永久不变的"⑥,"人之个性不同,好尚斯异。犹之酸咸苦辣,诸味不能强人以同嗜。各得其得,各适其适。'新'与'旧'亦何必不可并存"⑦。也就是说,他们从审美选择的角度看待文学,寻找的是永恒的美的质素,并且将文学观念的选择、文学表现的评判化为了一个多元的个人品位问题。这不局限于进化论的思路,实际上

① 傅斯年:《对于中国今日谈哲学者之感念》,《新潮》1919 年第 1 卷第 5 期。
② 何思源:《思想的真意》,《新潮》1919 年第 1 卷第 4 期。
③ 顾伟铭:《启蒙哲学·译者前言》,卡西尔《启蒙哲学》,山东人民出版社 2007 年版,第 3 页。
④ 斯提:《骸骨之迷恋》,《文学旬刊》1921 年第 19 期。
⑤ 如傅斯年《人生问题发端》认为:"解释人生真义,必须拿人性解去,必须把人性研究透彻,然后用来解释。"见傅斯年《人生问题发端》,《新潮》1919 年第 1 卷第 1 期。
⑥ 薛鸿猷:《一条疯狗!》,《文学旬刊》1921 年第 21 期。
⑦ 见《文学旬刊》1921 年第 22 期"通信"栏欧阳蓍来信。

一开始就站在了和新文学不同的立场上,或可为重审"人性"的价值尺度提供一条新线索。

最后,从晚清至"五四"人性话语的发展脉络来看,"人性"几乎伴随了新文学的每一次成长,在后者的兴起、发展、转型过程中留下了深重的足迹。为进一步考察人性话语在现代时期的分布情况,笔者利用《民国文献大全》数据库做了一个简单的统计。以下表1、图1分别为1917年至1929年《民国文献大全》收录报刊中"人性"一词的逐年次数表和变化趋势图①:

表 1 《民国文献大全》收录"人性"次数表(1917—1929)

年份	期刊	报纸	总次数
1917	32	0	32
1918	31	3	34
1919	80	0	80
1920	136	55	191
1921	75	49	124
1922	94	0	94
1923	121	23	144
1924	104	3	107
1925	84	0	84
1926	35	1	36
1927	24	73	97
1928	28	81	109
1929	51	53	104

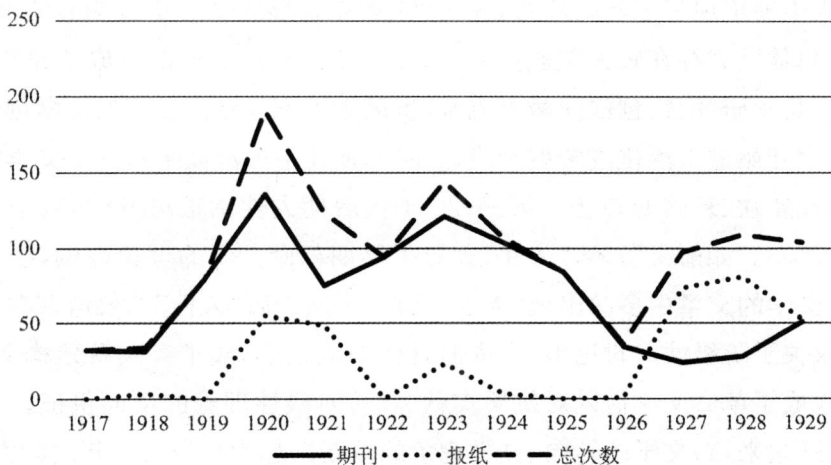

图 1 《民国文献大全》收录"人性"次数逐年变化趋势图(1917—1929)

① 由于数据库在不断更新,不同时间检索得到的结果会有差异。笔者于2016年8月和2017年11月用同一个数据库做了同样的统计。第二次统计中得到的每一结果(包括总量和每年的量)均大于或等于第一次统计,但每次统计内部数据的逐年变化趋势线是相似的。这意味着,数据库收录的资料在增加,但逐年变化趋势有相当的稳定性。正文展示的数据采集于2017年11月。

《民国文献大全》是目前民国文献方面收录较丰富的数据中心,支持全文检索,可搜索到题名、关键词等方面未提及人性但正文直接出现"人性"一词的篇目。可以说,在该数据库内部,这样的检索是较为完整的。从以上图表可知,人性话语在"五四"及1920年代有一个较明显的变化过程。新文学发生后,"人性"使用频率逐渐提升,在1920年的报刊中出现了191次"人性",达到了第一个高峰,这样的势头在20年代初期得到了基本保持,除个别年份外,"人性"的使用频率大体都维持在100—150次的水平上。20年代中期,"人性"使用频率出现了较大幅度的回落,尤其是在1926年。但这样的趋势并未持续多久,在1927年、1928年,"人性"一词重又呈现上升趋向,一度回归了100次左右的水平。

数据显示的结果,与前文对话语演变的勾勒是比较一致的。第一,新文学初期是人性话语的逐渐上升阶段,它由一个较小的基数逐步上涨,在20年代前期达到了高峰。之所以出现这样的变化,大概是因为人性话语发展至"五四"才正式进入文学领域,成为文学批评的基本范式。周作人《人的文学》引起了广泛讨论,《小说月报》《文学旬刊》《诗》等刊物上都出现了不少文章进行回应。并且与鸳鸯蝴蝶派、学衡派等的论争也有助于人性话语的发展,如前所述,在新文学确立合法性并对其他流派进行批评的过程中,"人性"同样发挥了至关重要的作用。同时,必须指出的是,"五四"白话文运动以前,文学作者多使用文言或半文半白的表达,即便论说涉及人性话语,在很多情况下也不会直接出现"人性"一词;因此,只有当白话文得到推广、为众多作者接受后,原本属于人性话语的多种表达,如"公性情""性"等,才能整合于"人性"之中,使"人性"能指在文章中获得广泛应用。第二,基于数据库的统计表明,人性话语在20年代中期出现了下降的趋势,在1926年前后形成了一个较明显的波谷。这同样是与新文学的总体发展存在较大关联的,20年代中期,新文学基本完成了建构自身合法性的过程,形成了文学研究会、创造社两大流派,也诞生了不少专门发表新文学创作、批评的期刊、杂志,新文学开始进入深化或转型阶段,此时的批评不再汲汲于对其他文学流派的攻击,人性话语也呈现疲软、衰落的趋势。第三,20年代后期人性话语再度崛起,于1928年左右形成了一个小高潮。如前文所述,"人性"参与了早期革命文学的理论建构,在成仿吾、钱杏邨等介绍革命文学的文章中多次出现"人性"一词,虽然之后"人性"的价值取向发生了变化,但在20年代末关于阶级性的讨论中,它依旧是论说的核心,成了梁实秋建构文学理论体系的关键术语,也成了革命文学借以对抗梁实秋、宣传阶级性理论的反面例证。无论如何,人性话语再度活跃起来,新文学的转向、文学论争的重新兴起为其带来了新的活力。

对晚清至"五四"人性话语的梳理,勾勒了人性话语进入中国文学批评的历程,展现了作为能指的"人性"具有的丰富内涵与多元张力。事实上,何谓人性从来不是一个答案固定的问题,对这个问题的思索也并不只是一种形而上的哲思。梁启超说过,中国学问"与其说是知识的学问,毋宁说是行为的学问","他们是要讨论出一个究竟,以为个人自己修养人格或施行人格教育的应用,目的并不是离开了人生,翻腾这些理论当玩意儿"①。对人性的思考总是关涉着人性以外的问题,晚清以来的人性话语,与其说是要为人性究竟何为提供终极的回答,不如说,作家们只是通过对人性的言说为他们的文学批评寻找理论依据,人性话语与文学批评的关系是相互的,如何看待文学有时也意味着如何看待人性,而人性究竟如何则为建构怎样的文学批评提供了基础。人性话语的这种作用在文学观念发生变革的时期尤为突出,文学观念的更新往往要借助人性的重新定位来实现,而恰是在这样的节点上,关于人性的讨论变得比较活跃。

至此,我们或许可以回到本文开头时福柯提供的启示:"人性的主要作用是作为认识论的标志,用以界定跟神学、生物学或历史学相关或对立的某种话语。"以"人性"为批评话语,指向的不是人性本身,而是以其为基础的文学观念,人性究竟如何或许并不重要,关于人性究竟如何的讨论却是重要的,如乔纳森·卡勒在回答"文学是什么"这个问题时所说的:"批评家和理论家们希望通过说明文学是什么来提倡他们认为最重要的批评方法,并且摒弃那些忽略了文学最根本、最突出的方面的批评方法。"②"何谓人性"也是如此,追问人性的价值,目的在于追问文学的价值,对人性的想象,决定了我们是谁、我们应该怎样,也决定了在未来的发展中文学的可能形态。

---

① 梁启超:《儒家哲学》,《梁启超全集》(第 17 卷),北京出版社 1999 年版,第 4954—4955 页。
② 乔纳森·卡勒:《文学理论入门》,李平译,译林出版社 2008 年版,第 44 页。

学术经典是怎样炼成的？

——以樊骏《认识老舍》为例

李宗刚 刘武洋*

（山东师范大学 文学院，济南 250014）

内容摘要：樊骏是中国现代文学研究领域的著名学者。论文《认识老舍》是樊骏的经典之作，体现了精益求精的学术研究态度。《认识老舍》自成文后提交研讨会交流至期刊正式发表再到收入论文集，其间历经十五年，数易其稿，改动多达上百处。对不同版本《认识老舍》的增删之处和改动之处进行爬梳与分析，不仅对了解其论文本身具有认识价值，而且对感受学术经典的形成过程，对匡正当下学术界急功近利和粗制滥造等浮躁学风具有特别重要的作用。

关键词：樊骏；《认识老舍》；版本修改

- -

樊骏是中国现代文学研究领域的著名学者，他作为"一个真实的神话"①，得到了许多学人的推崇。尤其是他的学术论文《认识老舍》，更是被视为学术经典之作。其经典之处不仅在于理论上所达到的高度，而且更体现出精益求精的学术态度。该文自成文后提交研讨会交流至期刊正式发表再到收入论文集，其间历经十五年，数易其稿，改动多达百余处。那么，樊骏的这篇经典之作到底在哪些方面进行了修改？具体增加了哪些内容，删减了哪些内容？又在哪些方面对原来的文字进行了订正？对此进行梳理和分析，不仅对了解其论文本身具有认识价值，而且对感受学术经典的形成过程，对匡正当下学术界急功近利和粗制滥造等浮躁学风具有特别重要的作用。

一

在中国现当代文学研究领域中，不乏著作等身的学者。樊骏作为该领域一位颇具影响

＊ 李宗刚，山东师范大学文学院教授，博士生导师，《山东师范大学学报（人文社会科学版）》主编；刘武洋，山东师范大学文学院硕士研究生。

① 魏建：《樊骏：一个真实的神话》，《齐鲁晚报》2011 年 1 月 30 日。

的学者,曾身居中国社科院文学研究所现代文学研究室副主任和中国现代文学研究会会长的位置,再加上曾主持过《中国现代文学研究丛刊》的编辑工作,按说,凭其重要地位和便利条件,刊发大量文章和出版诸多著作应该不成问题。然而,现实却是,樊骏且不说著作等身,其研究产量和一般学者相比,也没有任何优势可言。

樊骏所公开出版过的著作仅有《论中国现代文学研究》(上海文艺出版社1992年)和《中国现代文学论集》(人民文学出版社2006年)。这两本著作前后相距14年,且都不是鸿篇巨制。就后者而言,普通开本的著作仅843页,字数为65万字。

宫立在文章《樊骏之"苛"》中曾举了这样一个例子:《这是一项宏大的系统工程——关于中国现代文学史料工作的总体考察》一文,樊骏写了8万字,但为此查阅了多达一两百万字的文献资料,前后用了长达6年半的时间。这篇文章在收入论文集《论中国现代文学研究》时,他又增添了若干例子。① 由此可见,樊骏著作较少的原因,实则在于他每完成一次研究,都要花费巨大的心血与时间。《认识老舍》一文的诞生,就最能说明这一点。樊骏并未说过他写作《认识老舍》下了多少功夫,付出了多少心血;因为他的去世,如今也很难考证他写就这篇论文时所查阅资料之广泛。李小娜曾在文章《悟析樊骏在〈认识老舍〉中彰显的学术情怀》中,曾将《认识老舍》所花费的巨大心血,采用数据的方式进行直观呈现:"樊骏先生精心归整了131个注释,除了34部著作,31篇期刊,其他均是平日收集或思考推导出的合理的历史片段,书信札记亦是研究的重要内容。毫无疑问,皆知书信的收集意义重大,难度也大,考究可信度与搜集整理的应用更要求严谨与厚实,在这个意义上,不难看出樊骏在老舍及其作品的史料的搜集上下足苦功,层层推进,步步相映,才能有理有据让我们重新'认识'了老舍。"②樊骏的学术研究的可贵之处正在于,在别的学者追求数量的时候,他追求质量。为此,他不惜花费大量的时间,不断地完善和提升自己的研究论文,从而使其成为学术经典。这是一个方面。另一个方面,为了使文章更加完善,在文章写就后,樊骏会再进行数次的修改,这是笔者在本文中将要探讨的一个问题。

1986年3月15日至19日,全国第三次老舍学术研讨会在北京语言学院召开,中外诸多老舍研究专家到场。樊骏作为老舍研究的"大腕级"人物,自然也位列与会者名单之中,并在会上做了题为《老舍逝世二十年祭》的专题发言。这篇发言,即《认识老舍》的前身。发言引发了强烈的反响,但会后,樊骏并没有急于将发言稿刊登出来,而是直到十年后的1996年,才以《认识老舍》为题,分上、下篇,刊发于当年《文学评论》的第5期和第6期。中国的俗语"十年磨一剑",用在樊骏身上真是再适合不过了。但是,就是这样的一篇佳作,在五年后收入《中国现代文学论集》时,作者又进行了多达百余处的改动。魏建称樊骏是"一个真实的神话",一稿改十五年即樊骏的众多神话之一。对此,魏建深情地回忆当年的情景:"1986年

① 宫立:《樊骏之"苛"》,《中国社会科学报》2012年8月27日。
② 李小娜:《悟析樊骏在〈认识老舍〉中彰显的学术情怀》,《济宁学院学报》2014年第5期。

春,在全国老舍研讨会上,樊骏先生宣读他手写的论文《认识老舍》,台下鸦雀无声。我(指魏建)和许多与会者都惋惜记不下来,问他(指樊骏)何时能看到文字稿。他好像很不安地说:'写得不好,还得改。'等了一年,两年……整整等了十年!这篇论文才正式发表。我们都在赞美这十年磨一剑的杰作。可樊骏还是不满意,直到 2001 年又做了一次大的修改。"①

许多学者都注意到了《认识老舍》所体现出来的樊骏的学术研究精神。慈明亮称赞《认识老舍》"是樊骏先生给予世人的重要礼物"②。《认识老舍》正是一种人如其文的体现,"我们不妨说,越了解他的为人,越能理解他的作品;越了解他的作品,越能感受他的为人,这也许是樊骏先生经常提及的'知人衡文'吧"③。吴小美认为,《认识老舍》一文是"只有像樊骏这样严谨的学者,才能以十年磨一剑的功夫和厚实的学力去反复锤炼之"的,并且"不仅在老舍研究界,同时在整个文学研究界产生了重大影响"④。宫立认为《认识老舍》一文直到2002 年 10 月 21 日获得首届王瑶学术奖优秀论文一等奖才算是"尘埃落定",十几年的积淀,"一方面可以看出樊骏治学严谨的学术风格,更主要的是让我们感受到樊骏对老舍研究的'情有独钟'"⑤。刘增杰谈到樊骏在《认识老舍》发表之后的教学工作中,并不想重复自己,因而在讲课时又反复修改自己教学所依托的研究成果。"在讲授老舍之死时,我发现,他的讲稿几乎每页都经过修改,满纸勾勾划划,添添补补,留下了多次思考的痕迹。"⑥就是因为不断的思考,才会产生出新的东西,因而樊骏的文章总会有许多次修改。这些学者对樊骏进行论文修改的关注,正是我们进行梳理的内在根据。

《认识老舍》前后共历经三个版本、两次修改:初稿是樊骏 1986 年 3 月在全国第三次老舍学术研讨会上所作的名为《老舍逝世二十年祭》的专题发言;第一次修改,是 1996 年 7 月至 9 月将发言稿整理为发表稿,然后刊发于同年《文学评论》的第 5 期和第 6 期,此即第一版;第二次修改,是 2001 年将此文收录进《走近老舍》(京华出版社 2002 年版)时,在第一版的基础上再次进行修改,此即第二版;第三版是 2006 年将第二版收录进《中国现代文学论集》(人民文学出版社 2006 年版),这次未再进行改动。从产出到最终定型,《认识老舍》共用去 20 年的时间。从 1986 年到 1996 年,《认识老舍》已经经过了十年的孕育,并且刊登在《文学评论》上,说明樊骏的这篇文章已达到相当高的水准,在业内获得了认可乃至推崇。"1998年 2 月 9 日,由中国作家协会主办的第一届鲁迅文学奖 1995—1996 年各单项优秀作品奖评选中,《走近老舍》在全国优秀理论评论奖获奖作品中排名第一。"⑦因此,2002 年收录进《走近老舍》(京华出版社 2002 年版)时,想必已无须再耗费时间修改了吧。但其实不然,樊骏又

---

① 魏建:《樊骏:一个真实的神话》,《齐鲁晚报》2011 年 1 月 30 日。
② 慈明亮:《寻找别一位樊骏先生——读〈中国现代文学论集〉》,《中国现代文学研究丛刊》2013 年第 1 期。
③ 慈明亮:《寻找别一位樊骏先生——读〈中国现代文学论集〉》,《中国现代文学研究丛刊》2013 年第 1 期。
④ 吴小美:《新时期老舍研究的领军人樊骏》,《中国现代文学研究丛刊》2011 年第 4 期。
⑤ 宫立:《"我把'正业'看得很神圣"——论樊骏的中国现代文学研究》,汕头大学 2010 年硕士论文。
⑥ 刘增杰:《一尊镌刻于心头的精神雕像——怀念樊骏》,《汉语言文学研究》2011 年第 4 期。
⑦ 宫立:《樊骏之"苛"》,《中国社会科学报》2012 年 8 月 27 日。

进行了大量修改。

二

相较于 1996 年的《认识老舍》，2002 年的《认识老舍》进行了 300 余处的修改，这一数量是极为惊人的。占多数的修改，是对字词句进行的小范围纠正，有 190 处。有的是内容的增加，总共增加内容 106 处，总字数近 8 千字，主要增加内容有 27 处，这些内容以史料为主，有 5 千多字；有的是内容的删减，有 17 处。小范围的、遣词造句方面的修改，整体而言，可以说对文章的内容影响不大。然而就相应的语句甚至语段表述，大量史料内容的增加，樊骏的改动都是必要的，富有意义的。

其一，使论文的主旨更加明晰。

《认识老舍》的第一节，从宏观上对老舍进行了概括：他是中国现当代文学史上一位不可多得的大家，享有崇高的地位，做出了巨大的贡献；但是，在很长的时期内，老舍不仅没有得到客观的评价，还不时受到贬低和指责。这一章节的主旨，就是论述对老舍的赞美与非议并存。2002 年版为了使老舍遭受贬低和指责这一主旨更加清晰，增加了诸多的内容。老舍本身是一名作家，因而对他的各种批评或指责，都是以他的文学作品为出发点的。幽默是老舍的艺术取向，也是他从出道之初就选择的创作方向。但在思想日渐激进的时代特征之下，幽默文学不仅难以进入主流，还遭到了诸多轻视，加上老舍初期的作品本身追求幽默而缺乏深度，鲁迅、茅盾等大家更是或显或隐地对老舍有所批评。回到文章，紧接鲁迅与茅盾对老舍的评价，樊骏增加了吴组缃的一段个人性回顾。吴组缃与老舍虽然后来成为至交，但他坦承在认识到老舍的为人之前，对幽默风也是不以为然的。这段材料的增添是对史实的丰富，吴的评价可以作为当时对幽默风的态度的代表。作为好友，吴也没有掩饰他的轻视，可见幽默风以及老舍在彼时的文坛地位。这一内容的增加丰富了老舍在文学创作方面所遭受的批评与指责。1949 年后，批评与非议就开始从文学领域扩展到政治领域。"这对刚刚回到祖国、热情地开始新的文学生涯的老舍，无异是当头一棒。同年 8 月 10 日发表在《人民日报》上的《〈老舍选集〉自序》，全面回顾自己此前的创作，并做了'自我检讨'，还特别因为《猫城记》'讽刺了前进的人物'，表示'很后悔我曾写过那样的讽刺，并决定不再重印那本书'。同时出版的《老舍选集》，对所收入的《骆驼祥子》有关'革命者'阮明的描写，也做了实质性的删改。"①引号中是 2002 年版新增加的内容，是老舍在受到了政治压力之后，检讨自己在《猫城记》和《骆驼祥子》中对"先进人物"和"革命者"有不当的描写："1958 年的首次演出正在热潮中，文化部一位副部长亲临剧院，责问道：'《茶馆》第一幕为什么搞得那么红火热闹，第二幕逮学生为什么不让群众多一些并显示出反抗的力量？'警告说：'一个剧院的风格首先是政治风格，其次才是艺术风格，离开政治风格讲艺术风格就要犯错误。'《茶馆》第二天就被迫停演。

---

① 樊骏：《认识老舍》，《中国现代文学论集 下》，人民文学出版社 2006 年版，第 680 页。

1963年第二次上演,'宣传稿写了发不出去,报上不发消息',剧院'只好就收了,自个儿撤了《茶馆》'。①这一处不是2002年版新增的内容,是对1996版该处论述的丰富,史实的增加让读者知晓了《茶馆》的被迫停演,根本原因依然在于政治上的干涉。"授予'人民艺术家'称号一事,更引起众多的非议与抵制。《龙须沟》上演后,'周恩来希望周扬出面表扬,……周扬想给老舍颁发'人民艺术家'称号,解放区来的一些作家、理论家不服气,认为老舍刚从美国回来,没有参加革命斗争,这样表彰他有些不合适。彭真得知周扬为难,就出来表态:那就由北京市颁发吧,因为《龙须沟》是写北京的。'即使如此,'文学界某些方面的反映是冷漠的',有人'愤愤不平','有人甚至采取了不承认的态度',可见阻力是何等之大。"②2002年版此处增添了授予老舍"人民艺术家"称号的相关史实,依然表现了老舍在政治上所遭受的挫折。上述内容都是史料的增添,丰富了文章在老舍遭受的批评与非议这一方面的论述。

政治上的这些打击,对老舍造成了哪些影响呢?樊骏对这方面的史料也进行了增添。第一处增添:"据当事者解释,出版社的计划中列入先生的名字,经过长时间多次的要求,他就是不肯允诺:'我那些旧东西,连我自己都不想看,还叫别人看什么呢,出了一部《骆驼祥子》就算了吧,我还是今后多写一些新的。'"③20世纪五六十年代之交出版"六大家"的文集时,唯独缺少老舍的,据当事者回忆,出版计划中是有老舍名字的,之所以没有出版是因为他本人的拒绝;旧作品无法出版,新作品也颇受打击。第二处增添:"至于'多写一些新的(作品)'的良好愿望,同样受到这样那样的挫折:如果说《龙须沟》的成功,使他对歌颂新社会、为配合政治任务而写作颇为自信,随后的为《无名高地有了名》《春华秋实》《青年突击队》等的失败,不能不挫伤这种积极性。如果说《茶馆》的更大成功,激起他创作自己熟悉的旧中国题材的浓厚兴趣,该剧两次演出的不了了之和《正红旗下》的被迫搁笔,却又使他不敢在历史题材领域里多做逗留,从而陷入另一个进退两难的困境。"④无论是为了配合政治任务而写作的作品,还是历史题材的作品,大多失败。可以说,政治压力给老舍的创作带来了巨大的打击,无论是为了达到出版要求(实则是政治要求)被迫修改自己的旧作品,还是刻意写作迎合主流意识形态的新作品,对作家的独立人格和创作积极性都是一种打击。第三处增添:"1966年4月'文革'风暴袭来前夕,作家本人也即将辞世而去,老舍对多年挚友谢和赓、王莹夫妇谈到'我自己,在过去十几年中,也吃了不少亏,耽误了不少创作的时间'。他本来'计划(自美国)回国后便开始写以北京旧社会为背景的三部历史小说,……可惜,这三部已有腹稿的书,恐怕永远不能动笔了,……这三部反映北京旧社会变迁、善恶、悲欢的小说,以后也永远无人能动笔了……''老舍先生谈到这里,情绪激烈,热泪不禁夺眶而出。'这里所谈的,不只是一时一地、个别作品的失策,而是关系后半生艺术实践的迷误,也不限于个人创作的

①　樊骏:《认识老舍》,《中国现代文学论集 下》,人民文学出版社2006年版,第681页。
②　樊骏:《认识老舍》,《中国现代文学论集 下》,人民文学出版社2006年版,第682页。
③　樊骏:《认识老舍》,《中国现代文学论集 下》,人民文学出版社2006年版,第683页。
④　樊骏:《认识老舍》,《中国现代文学论集 下》,人民文学出版社2006年版,第683—684页。

得失,同时想到了给整个文学事业带来的损失,或许还可以把这看作是他有意留给后人的遗言。唯其如此,他那声泪俱下的倾诉,也就格外发聋振聩,令人深思了。"①此处揭示了政治打击给老舍带来的最终影响,就是造成了他自沉于太平湖的人生悲剧。综上的内容增加,均为史料,对于论述老舍所遭受的贬低与指责,以及这些挫折给老舍所带来的影响,有重要的帮助,同时也使得本节的主旨更为明晰。

在第四节,1996 年版的《认识老舍》直入主题,探讨老舍与北京的关系,并对这一选题做出了解释:"对于这一课题前后不同的理解,很能说明人们对于他创作中丰厚的文化底蕴的认识是如何由浅入深的。"②在接下来的论述中,通过阐释老舍笔下的北平,逐渐引申出了"京味",最后得出结论:"的确没有比'京味'更能确切地说明老舍创作所特有的文化意蕴了。"③接着另起一段,阐释"京味"的另一个方面,即"'京味'之于老舍,还包含了满族素质与旗人文化的内容"④。论述过后再次得出结论:"抓住'京味'这一特点,注意其中满族的、旗人的精神素质,就会充分认识老舍创作丰富深厚的文化意蕴。"⑤结合第四节全文,"对老舍与北京的关系这一课题前后不同的理解",简而言之,就是从研究老舍作品中描写的自己所熟知的、属于自己的那一部分北平,到体味其作品中酝酿的"京味",这表现了对老舍创作中的文化底蕴由浅入深的认识。我们不难发现,事实上第四节所要论述的内容,是对老舍作品的文化底蕴的认识,老舍与北京的关系是文化底蕴的体现,并且尤其体现了对文化底蕴由浅入深的认识上的发展。然而开头部分一上来就谈老舍与北京的关系,虽然紧跟着做出了解释,却依然有可能混淆读者的理解,使读者将此章节的主旨归纳为对老舍与北京的关系的论述。所以,1996 年版《认识老舍》第四章节对主旨的表达是不够明确的。此外还有一处,上文提到过,樊骏将"满族素质与旗人文化的内容"归于"京味",而"京味"是由老舍与北京的关系引申出来的,因此将其归于"京味",归于老舍与北京的关系,是不太合适的。

樊骏自然不会认识不到这些问题,到了 2002 年版的《认识老舍》,对这一章节的结构和内容进行了修改。首先,在文化底蕴之上,又提出了文化内涵,以此作为本节的主旨。并且在章节首段就提出,先将主旨明确下来,再进行阐释。文化内涵的提出也不是突兀的,而是进行了一大段的铺垫。从老舍对文化的定义,到结合他的创作实际——"其作品强烈地凸现出《清明上河图》式的艺术情趣和生活气息"⑥,再到引述别的论者的观点:"如果说'茅盾小说最大的主人公是政治,巴金小说最大的主人公是激情',那么'老舍小说最大的主人公是习

① 樊骏:《认识老舍》,《中国现代文学论集 下》,人民文学出版社 2006 年版,第 684 页。
② 樊骏:《认识老舍》(上),《文学评论》1996 年第 5 期。
③ 樊骏:《认识老舍》(上),《文学评论》1996 年第 5 期。
④ 樊骏:《认识老舍》(上),《文学评论》1996 年第 5 期。
⑤ 樊骏:《认识老舍》(上),《文学评论》1996 年第 5 期。
⑥ 樊骏:《认识老舍》(上),《文学评论》1996 年第 5 期。

俗'。"最终引出文化内涵一词,也即交代了本部分的主旨。接着才如1996年版一样,开始探讨老舍与北京的关系。2002年版依然将"满族素质与旗人文化的内容"包含于"京味"之中,但是在得出结论处进行了补充:"这些原本存在于作品文本之中,却长期被人(包括读者、评论家、文学史家)视而不见、完全忽略了的满族、旗人的文化意蕴,是老舍创作的又一个重要而且丰富的文化内涵。"虽然"满族素质与旗人文化的内容"依旧包含于"京味"之中,但同时被提升为老舍作品的文化内涵之一。第四章节的主旨是论述老舍作品的文化内涵,而文化内涵包括两个方面:老舍与北京的关系以及满族、旗人的文化意蕴。通过这些修改,使主旨更加明确,第四章节全都是围绕着老舍作品的文化内涵来探讨的。这里还应该提及的是,相较于1996年版的《认识老舍》,2002年版在论述"满族素质与旗人文化的内容"时,在内容上进行了大量的补充,这些内容有一个共同的特点,即都是对这个问题的研究现状的介绍。

其二,使论文的内在结构更加统一。

2002年版《认识老舍》第一节,在论述1944年4月文艺界为纪念老舍创作二十周年而开展祝贺活动时,樊骏首先增加了有关这一活动的史实细节:这一活动,文学艺术以及文化政治各界的左、中、右代表人物都参加了,但显然主要是由中国共产党方面发起组织的。《新华日报》为此开辟专栏,并发表评论《作家的生命——贺老舍先生创作生活二十周年》。正是通过抗日战争、解放战争期间与中共的交往共事,增进了相互理解,老舍的思想趋向激进。有人以"我亲眼看见他的桌上由《大公报》换上了《新华日报》"为例,说明"他的政治进步"的轨迹。① 由此处增加的内容可知,首先,这次活动主要是由中国共产党方面发起组织的。经过了抗战时期的密切合作之后,中共与老舍的关系日益亲近。老舍的领导能力与辛勤付出得到了中共的肯定,因此为其筹办这次祝贺活动,表现了中国共产党对他的重视。其次,《新华日报》为此开辟专栏、发表评论,同时刊登了文艺界诸多重量级人士的祝贺文章,以及对各地庆贺活动的专讯报道。为一位作家而发起庆贺活动,在全国范围内引发了如此强烈的反响,足见老舍当时在国内超出了文艺界的巨大影响力。最后,老舍桌上的报纸由《大公报》换上了《新华日报》,更是隐含地表明了老舍的政治转向。《大公报》是对国民党持支持态度的报刊,而《新华日报》是共产党的大型机关报,由《大公报》到《新华日报》,实则是老舍的信仰由国民党转向到共产党。综上,经过了抗战期间全国文协的合作之后,中国共产党与老舍之间"擦出了火花",借助于创作二十周年这样一个契机,中国共产党向老舍传达了积极接纳的信号;在中共的盛情之下,老舍自然而然地转变了"方向"。而老舍是怎样以实际行动反馈中国共产党的信任的呢? 就是在1949年后,他迅速由美国归国,支持中国共产党的领导。樊骏在这里又增加了一处史实。归国后,老舍相继写出了《龙须沟》《茶馆》等作品,"歌颂新生

---

① 樊骏:《认识老舍》,《中国现代文学论集 下》,人民文学出版社2006年版,第676—677页。

的北京与社会主义的祖国"①。对此,中共再度热情地支持,盛赞《龙须沟》,并于作品之外,由周扬撰文,呼吁所有文艺工作者向老舍学习。至此,经过几处内容的增加后,这一部分的论述在内在的连贯性上更有逻辑,更加统一。中国共产党与老舍相互欣赏,通过互动,相互间的感情日益加深,关系也愈发密切。由此说明,二者的关系有一个循序渐进的上升过程,而非老舍突然地就成为中共的支持者。结构上承接了上文中共与老舍因抗战时的全国文协而走在一起,此时老舍在政治上的得势,也为下文的失势并最终导致他"自沉太平湖"的生命悲剧而埋下伏笔。这一章节论述的是对老舍的赞美与非议并存,这几处内容的增加,丰富了对老舍得到赞美的阐释,突出了主旨。

第二节的主旨,是探讨老舍与"五四"的关系。伊始,在总论老舍"在很多方面是'五四'文学革命的产儿,并一直忠诚地继承发扬它的优良传统"(老舍对"五四"精神的继承)时,1996年版《认识老舍》列举的优良传统包括反帝反封建精神、"感时忧国"的情思和"为人生"的平民文学的宗旨。2002年版增加了民主科学的理性精神,个性解放、人道主义的社会思潮以及直面生活的现实主义创作原则。这方面的增添,一是丰富了"五四"新文学的内涵,展示了更多"五四"创造的、后世取之不竭的精神遗产;二是丰富了老舍的创作内涵,表现了老舍的创作受"五四"的影响是多方面的,突出了他受"五四"文学影响之大,印证了他和"五四"文学革命的密切关系,使得"在很多方面是'五四'文学革命的产儿,并一直忠诚地继承发扬它的优良传统"的阐释更为完善;三是承上启下,呼应上文提到的老舍自己反复强调的——没有"五四"他不可能成为作家,启发下文"这里要着重分析的,是他始终坚持了'五四'的思想启蒙传统"——民主科学、个性解放、人道主义等。

"五四"运动吸收了大量西方的先进思想,上述是老舍继承的"五四"精神财富,那么老舍又直接继承了西方的哪些思想呢?老舍一度信奉过基督教,基督教的教义对他产生了一定的影响。在谈到开始文学创作前的心愿时,老舍以"负起两架十字架"做概括。若不解释老舍曾信奉过基督教,十字架的比喻便会让读者感觉突兀。所以十字架是基督教的代表意象,信奉过基督教的老舍,以"负起十字架"表述自己为思想启蒙而献身的决心就变得顺理成章了。

"五四"文学革命最具代表性的作家,毫无疑问是鲁迅。老舍作为接受了"五四"洗礼的作家,又与文学革命的旗帜性人物有哪些联系呢?樊骏认为:"老舍的情况与鲁迅颇有一些相似之处。"②因此2002年版在论述鲁迅时,丰富了对其作品的评价。这里插入一点,论述鲁迅前,在阐释包括文学革命在内的"五四"新文化运动与新民主主义革命的关系时,樊骏在2002版的论文中将前者定义为后者的"前导"。而"前导"一说是有来历的。包括文学革命在内的"五四"新文化运动,是一场思想启蒙运动,隶属于精神领域,从而做了政治变革——新民主

---

① 樊骏:《认识老舍》,《中国现代文学论集 下》,人民文学出版社2006年版,第677页。
② 樊骏:《认识老舍》,《中国现代文学论集 下》,人民文学出版社2006年版,第689页。

主义革命的"前导"。樊骏在此处添加了恩格斯的理论,实现了"理论先行"。不但使自己的观点有理论做支撑,也使后面的相关论述拥有了纲领。丰富对鲁迅及其作品的评价,实则是使得"老舍的情况与鲁迅颇有一些相似之处"的阐释更加充分。总而言之,第二章节论述老舍与"五四"的关系,先论述了老舍对"五四"的继承,再论述老舍与"五四"的旗帜人物——鲁迅的关系。通过修改,使得2002年版本章的内在连贯更加统一。

其三,使论文的阐释更加自洽。

2002年版《认识老舍》全文的第一处修改,是在开头第二句:把"在若干重要的方面为现代文学的发展成长作出了突出的建树"修改为"在若干重要的方面为现当代文学的发展成长做出了突出的建树",修改了一个"做"字,增加了一个"当"字。"现代"和"现当代",虽一字之差,但相隔万里。从概念上来看,虽然"现代文学"包含于"现当代文学"之中,但是这仍是两个不同的概念,有着范畴上的差异。同时,现代文学和当代文学又并非相互隔绝的个体,而是水乳交融,有着难以分割的密切联系。从文学史的分期上来看,老舍的创作是处于现代与当代的。《龙须沟》创作于1950年,《茶馆》出版于1958年,《正红旗下》动笔于1961年,等等,上述作品按分期都归于当代文学之列。因而,说老舍"为现当代文学的发展成长做出了突出的建树"是更为恰当的。从文章的主旨上来看,老舍作为一名大师级的作家,其影响延续至今,并非只对现代文学产生影响,当代的作家在老舍的创作中依旧孜孜不倦地汲取着营养,对"发展成长"做出的"突出建树"是贯通现代与当代的,若只说其对现代文学有贡献,是有失偏颇的。若结合下文,更容易体会此处修改的重要意义。下文有这样一句:有的对当前的文学创作仍然产生着深远的影响。无论是1996年还是2002年,"当前的文学创作"均属当代文学之列,若上文仍是"在若干重要的方面为现代文学的发展成长作出了突出的建树",则与主旨产生了背离。此处的修改,不但使措辞更加准确,也使得上下文能够更好的呼应。

在论述老舍在20世纪30年代中期确立了在中国文坛的重要位置时,1996年版的论据只有标志作家形成自己艺术风格的《离婚》《骆驼祥子》等作品,以及李长之、赵少侯、常风等人撰写评论称赞老舍的幽默艺术及其审美价值,这样的论据略显单薄。仅靠几部作品的问世和几位评论家的评论,就证明老舍在30年代中期这个名家辈出的时代确立了自己的重要位置,缺乏说服力。而2002年版添加了更多的论据:"老舍曾是文学研究会的正式会员,后来又是《论语》《宇宙风》等刊物的主要撰稿人,在读者的心目中和文学史家的笔下,一般都没有将他归入某一特定的文学团体流派。在派别林立且又壁垒森严、争论不休的三十年代文坛,他与左、中、右各方,包括京派、海派、鸳鸯蝴蝶派等,大多有所交往,作品也分散发表在不同倾向的刊物上。他又一贯看重文学的通俗性、娱乐性,作品也就超越青年知识分子的圈子,在市民群众中也获得众多的读者。"①文学研究会是颇具影响力的文学社团,能够成为文

---

① 樊骏:《认识老舍》,《中国现代文学论集 下》,人民文学出版社2006年版,第675页。

学研究会的正式成员,老舍的写作能力是得到了认可的;《论语》和《宇宙风》均由林语堂创办,红极一时,是幽默文学的一块重要阵地,能成为这两个刊物的重要撰稿人,说明老舍的幽默艺术不但得到了林语堂的认可,还有较好的读者市场;老舍"与左、中、右各方,包括京派、海派、鸳鸯蝴蝶派等,大多有所交往,作品也分散发表在不同倾向的刊物上",一是体现了老舍个人的人格魅力,各方各派都愿意与其交往,二是体现了老舍的作品水平高、题材丰富,各方各派能够超越意识形态,共同从文学的角度认可和肯定他的作品。这些史实的增加,更多从侧面凸显了老舍在 30 年代的文坛所取得的成就,丰富了论据,从而使"老舍在三十年代中期确立了在中国文坛的重要位置"的论证更加完善。

老舍在抗战爆发后不久被推举为"全国文协"的实际负责人总务部主任。老舍首先凭借其文学创作,在文坛和市民群众中都具备了较大的影响力,加上老舍不从属于特定的派别,并且和各派都保持着良好的关系,这样的身份适合于统筹工作。因而在抗战爆发后,官方推举老舍担任全国文协的负责人。促成此事的有周恩来、冯玉祥等人。此处可以视周恩来代表共产党,冯玉祥代表国民党,老舍得到了两党共同的认可。单有官方的意愿,老舍本人若对此事不积极,也是"剃头挑子一头热"。因而,樊骏又增加了一段内容:"老舍从即将沦陷的济南,只身奔赴当时的政治、文化中心武汉。'老舍先生到武汉,提只提箱赴国难;妻小儿女全不顾,蹈汤赴火为抗战!''老舍先生不顾家,提个小箱子撑中华,满腔热血有如此,全民团结笔生花。'"①从这段内容我们可以看出,抗战爆发后,老舍表现出了积极投身抗战的态度,同时他的行为在国内产生了良好的影响。对于老舍当选全国文协负责人一事,文艺界又是怎样评价的呢?樊骏在文章中增加了茅盾的评价:"'如果没有老舍先生的任劳任怨,这一件大事——抗战的文艺界的大团结,恐怕不能那样顺利迅速地完成,而且恐怕也不能艰难困苦地支撑到今天了。这不是我个人的私言,也是文艺界同人的公论。'茅盾的这段话,可以视作历史的定评。"②茅盾充分肯定了老舍的工作,并且表明他的赞扬代表了文艺界同人的公论。在这里加上茅盾的评价,一是以他的评价为代表,从侧面凸显老舍的功绩以及国人对他的肯定;二是作为文艺界的重要人物,茅盾的评价颇具分量。从整体结构上来看,这一部分的逻辑可以总结为老舍在 30 年代的文坛确立了自己的位置后,官方视其为统筹全国文协的合适人选,同时老舍本人对此也表现出了极大的热情,双方一拍即合,在任职后,老舍的工作也得到了文艺界同人的认可。2002 年版的《认识老舍》,在樊骏对内容进行了大量增添后,结构更加严整,阐释也更加完善。

总之,樊骏的《认识老舍》一文的确在前后 20 年的时间里进行过较大的修改,这一修改正是樊骏认识老舍深入的过程,也是樊骏自我不断提升的过程。从资料来看,有关老舍的研究资料的增加,对樊骏进一步完善自我的思想起到了积极的作用,这是樊骏为什么会增加了

---

① 樊骏:《认识老舍》,《中国现代文学论集 下》,人民文学出版社 2006 年版,第 675 页。

② 樊骏:《认识老舍》,《中国现代文学论集 下》,人民文学出版社 2006 年版,第 676 页。

100处之多的根据所在;从删减的部分来看,樊骏对老舍的认识也是一个自我不断调整的过程,表现为对既有认识的更正,具体到《认识老舍》这一文本则表现为删除了其中不甚科学的部分;从文字的润饰来看,樊骏对文字有着精益求精的要求,为了能够更好地表情达意,樊骏坚持反复斟酌,努力追寻以最恰切的文字传达出最佳的精神。无疑,这对当下浮躁的学术界具有十分重要的镜鉴作用。当然,我们还需要特别指出的一点是,对樊骏的《认识老舍》一文,不宜做过分的解读。从某种意义上说,一个学者把过去的文字收纳成集后,往往都会对原来的文字进行必要的润饰,只不过一般人没有像樊骏那样,能够做出如此之多的修改罢了——这恰是樊骏超越了一般学者而具有更为久远的学术史价值和意义之所在。

百年中国社会与文学的互动学术研讨会发言摘要

张 宇 王桃桃*

（南京大学 中国新文学研究中心，南京 210023）

一

2018 年 5 月 5 日至 6 日，百年中国社会与文学的互动学术研讨会在南京大学仙林校区召开。本次会议由教育部人文社会科学重点研究基地南京大学中国新文学研究中心主办，《中国现代文学论丛》编辑部承办。来自全国各地的 100 余位专家学者参与了本次研讨。

百年来，中国社会发展与文学发展之间始终存在着丰富复杂的互动关系。社会对于文学的影响始终是研究界关注的重点；而文学对于社会的反渗却并未得到充分的重视。因此，有必要克服以往局囿于学科壁垒与静态化的思维定式，从"互动"关系的角度，在该领域实现整体性的突破创新。本次百年中国社会与文学的互动研讨会，正是锐意于"关系思维"与"动态研究"的革新，通过揭示既合乎理论逻辑又合乎历史实际的多元互动面相，试图推动新的学术理论体系建设。

5 月 5 日上午的会议开幕式由南京大学中国新文学研究中心副主任张光芒教授主持，南京大学中国新文学研究中心常务副主任王彬彬教授、复旦大学郜元宝教授、北京师范大学刘勇教授分别致辞。

王彬彬：首先欢迎各位的到来。我们这次会议可谓大咖云集，一定会有丰硕的成果，会议的规格是可以保证的。我们尽力将会议办得生动活泼，不尽人意之处也请大家谅解。今天不巧下雨，但江南的雨也是别有味道。希望各位专家在研讨中畅所欲言，进行深入的探讨与充分的交流，祝大家过得愉快。

张光芒：感谢王教授热情洋溢的讲话以及诚恳真诚的祝福。下面请与会专家代表、长江学者、复旦大学郜元宝教授致辞，大家欢迎！

郜元宝：对于发言我真的是毫无准备。首先我要对南大和南大中国新文学研究中心表示由衷的敬意和感谢。这次会议主题有左有右，有乡村有大地，还有语言，这些议题保证了

---

* 作者简介：张宇，南京大学中国新文学研究中心博士研究生；王桃桃，南京大学中国新文学研究中心硕士研究生。

研讨的质量。我再讲一点感想。现当代文学近两年发展得很快，但也存在问题。我们学科内部有不少文章写不通。我总觉得很多文章过于张扬了一点，尤其是在方法论、学术派别、学术话语上。归结为一点，就是钱谷融先生讲的，"文章不可无我"和"搏虎之力"。这里的"我"是指我的见解，我的性情，我的表述。文章风气和学术脉络是有关系的，我们要注意文章的气象。现当代文学批评曾给研究注入了许多好东西，前辈们树立的榜样，都是值得我们学习的，我们应该结合两者，推进百年文学研究。谨以此与大家共勉！

张光芒：元宝教授代表的致辞，都是干货。感谢元宝教授宝贵而意味深长的发言。下面有请长江学者、北京师范大学刘勇教授致辞，大家欢迎！

刘　勇：尊敬的南京大学中国新文学研究中心、各位朋友，尊敬的各位同行、各位老师、同学，大家上午好！感谢会议给我一个致辞的机会。我准备了三句话。第一句话，这次会议题目宏大、视野宏阔，而且很接地气，是高端学术与社会现实的高度结合，此次会议恰逢纪念"五四"与新文学百年之际，充分体现了南大学术眼光与学术担当。第二句话，我代表中国现代文学研究会对这次会议表示由衷的祝贺和崇高的敬意。这次会议的学术内涵和学术定位是具有全局性的，是高水平的，令学会荣耀的重要的学术成果。第三句话，感谢会议给我重回家乡的机会。我是南京人。我在南京生活了20年，北京生活了40年。离家多年，我始终对家乡怀有深厚的感情，尤其是家乡的小笼包，说白了，喜欢小笼包是怀念家乡的味道。家乡的情谊，是一个人永远难以忘怀的。谢谢大家！

张光芒：感谢刘勇教授真诚、热情、令人感动的致辞。本次与会专家学者计有100余人，收到会议论文四十余篇，相信本次会议一定会取得深刻多元、丰富扎实的学术成果。大会开幕式到此结束，预祝大家参会期间健康愉快。谢谢大家！

二

研讨会议程分为主题报告与小组讨论两个部分，与会专家就左翼文学与红色中国、中国宗法社会的解体与乡土文学、社会启蒙与文学思潮的互动、社会发展与文学语言的演变等四大议题展开了深入研讨，各抒己见，妙论迭出。

主题报告第一场由华中科技大学何锡章教授主持，王尧、刘勇、李遇春、李永东、杨联芬、张全之就80年代文学、左翼文学、红色经典、劳工文学等话题分别做了报告。

何锡章：各位专家、各位老师、同学，大家好！很荣幸参加第一场主题报告。本次有六位专家进行报告。请发言人严格按照十分钟时间进行汇报。第一位发言的是王尧教授，大家欢迎。

王　尧：我们今天为什么要重论80年代呢？首先是因为政治、经济等现实状况的变化使我们对80年代的阐释发生了新变。80年代文学参与了社会的变革，并形成了纯文学思潮，在与社会的互动中获得了主体性。向内向外依然是80年代纯文学的轨迹，是中国传统和西方的影响交融的结果。当然，80年代也有很多问题。它没有形成思想再生产的机制，所以造成了 90 年代的很多困惑。可以说,80 年代是未完成的。80 年代仍是我们认识当下的一个重要的参照系,却也遮蔽了许多新的景观。宣扬传统文化很重要,但也要注重跨文化的交流与对话,这是 80 年代给我们的启示。我们今天的研究将 80 年代历史化,回到历史问题,注重史料的搜集阐释,但也要有价值判断。

　　刘　勇:我讲的题目是文学左翼与左翼文学。首先,左的概念具有多义性与复杂性。左与右相对又相离,忽左忽右,半左半右,左中有右,是 20 世纪常见的现象。历史上中国的左与右富于政治内涵,渗透到文学中,则左右更加模糊。左翼文学的发生发展始终伴随着此起彼伏的论争。其中最核心的是政治性与文学性的关系。我以为,没有文学是不含政治的,不谈政治也是一种政治。政治性是任何一部作品都具有的品质,是根本属性。例如《暴风骤雨》与《太阳照在桑干河上》都描写土改,前者突出了人的真实与复杂,后者则更多的是政治理念的宣扬。《诗经》的诞生与政治外交密切相关。因此我认为政治性是作品的重要品质,是无法摆脱与避免的。而左翼文学的批判性正是启蒙精神的重要体现,而文学的政治性与审美性也可以共存共生,左翼文学在政治性、实验性、大众化等方面对于当今"底层文学"的写作都有可资借镜之处。

　　李遇春:我当年的博士论文考察的是 20 世纪 40—70 年代的红色文学,思考建制问题。毛泽东有一篇重要的文章《组织起来》,讲述如何把延安地区的分散农民、小农经济组织起来,引发了我的思考。我具体分析了文本内部的"组织化"问题以及文本外部的"组织化",前者包括题材、风格、人物等各种话语等级的形成,后者则包含各种机关报、文学出版、文学机构等制度化的建立。红色文学以延安文学为雏形,"十七年"文学为正典,"文革"文学则是异化形态,这其中也包含着组织化的内部演变,包括萌芽、发展、消解的形态。这个消解从 40 年代就开始了。如胡风、探求者等都提出了一些质疑。

　　李永东:我的论文谈论老舍的重庆想象。通过身份迁移、季节转换、新旧冲突三个面向来剖析老舍的重庆想象与战时国家之城的形象建构。老舍一直喜欢北平的宁静安详,但在抗战时期他重新调整自己的趣味,更重视重庆风味。在《谁先到了重庆》中,情感的北平与精神的重庆的双重取舍交织在本文之中。象征现代民族国家精神的"国都"重庆取代了象征传统文化及其没落的沦陷北平。战前身份的生产主要受到社会制约,而战时民族国家制约着身份生产,重庆强调缩小差异,强化整体认同。同时,重庆是雾都,抗战时期又一直遭到轰炸。雾季与轰炸季的自然气候和政治气候影响了人们的生活创作与命运。

　　杨联芬:王林的《腹地》是第一部正面写中共抗战的长篇小说。我通过对比《腹地》1949年版和1984年版的出版和接受情况,探讨了"红色经典"不能炼成的深层机制原因。《腹地》以大扫荡为背景,真实反映了冀中解放区的民主宪政的纲领与实践,但因为不符合延安讲话精神而受到批评并不断修改。1949 年出版后,再次受到批评,经历三十年的修改,由最初的"革命+恋爱"的模式增删改写成纯粹的革命小说,最终符合了"延安讲话"精神,却又失去了读者。《腹地》作为革命文学的失败文本,对于研究红色经典意义很大。

张全之：《新青年》由不谈时政的文化杂志变成机关政党刊物，这种转变有着必然的线索，这个线索就是劳工问题。由此我把《新青年》杂志的发展分为四个阶段，分别是劳工文学的潜伏状态、劳工文学的黄金时期、劳工文学主流时期、政党机关刊物。我的结论是，研究界历来看重《新青年》的启蒙作用、文化转型，却忽视了其对于劳动、劳工文学的重视提倡。事实上劳工问题是1920年代知识界关注的核心，《新青年》也发挥了重要的作用，为20年代文学向启蒙转移做了充分的铺垫与准备。

沈卫威教授、高玉教授对上述报告进行了评议。

沈卫威：王尧作为80年代文学的在场者与介入者，有体悟，富有人文情怀，又做出了客观反思与定位。刘勇教授对于左右的复杂性和现场感进行了反思，对于文学政治性给予肯定性理解，对于左翼文学的面向和概念，由历史的多元化和复杂性的必要给予政治学的定位和文学人性的普世考量。李遇春教授的报告，将文学话语的权力组织化问题进行客观、历史化的反思，由此确定文学话语的言说思路，并从等级提纯、体质的异化与消解问题等多个角度理解红色文学。

高　玉：李永东的报告理论性很强，材料丰富，以老舍的重庆想象来说明战时城市形象建构。提出重庆的两副面孔（"轰炸季"与"雾季"）很有意思，从独特的角度发现了战时城市国家建构的重大问题，很有创造性。杨联芬以十分新鲜的材料阐释了一部"红色经典"失败的深层机制，对于研究其他"红色经典"有借鉴意义。劳工文学对启蒙运动、社会作用影响很大，张全之把劳工文学引入"五四"启蒙文学，对于"五四"精英文学形成了补充。这也说明经典是可以反复阅读的。

主题报告第二场由上海师范大学教授杨剑龙主持，叶祝弟、张光芒、毕光明、黄健、贺仲明等就文学与社会的关系、新启蒙话语、乡土文学等主题做了报告。

叶祝弟：作为一个学界晚辈，在这里发言我诚惶诚恐。我试图以波澜和河床的关系比喻文学与社会之间的互动与互搏。"五四"时期是文学与社会良性互动的典范。波澜和河床之间也有张力与扭曲的关系。在当下启蒙式微的时代，文学如何重新介入社会？我们呼唤既有良知又有深厚哲理思想的批评家。后真相社会中，社会真实变得面目可疑，而人们也将立场情感利益置于真理之前。启蒙去魅成了浮空的能指，真相走向虚无。那么现实主义与人道主义还有力量吗？文学研究的专业化、内卷化、科层化的所带来的开放性、公共性、超越性的丧失，文学批评怎样更有效度？这些是我的困惑与思考，也希望就教于各位方家。

张光芒：我的题目是文学思潮对于社会启蒙的互动与纠偏。过去我们一直强调"社会—思想—文学"单向影响的研究模式，实际上忽视了文学的独立性与自足性。我对这一话题的分析框架是考量社会启蒙与个人启蒙的联系与区别。康德的启蒙主要是指个体启蒙，然而公共理性的运用却很难；福柯认为启蒙更多是政治问题，哈贝马斯则将启蒙看作综合性的现代性工程。由此社会启蒙十分重要，它为个人启蒙的完成提供保证。从《人生》《平凡的世界》到《涂自强的个人悲伤》，百年中国文学史表现了从个体启蒙到社会启蒙的转变：前两者是在时间和空间范畴上做出启蒙现代性承诺;而到了涂自强时代,启蒙现代性的承诺失效,他的悲伤也是时代的悲伤。文学思潮对于社会启蒙的互动纠偏,能够惊醒真正的启蒙,社会启蒙对个体启蒙呵护、承诺的实现,是文学的重要的功能与要求。

毕光明:我的论文关注三个方面:1980年代启蒙文学思潮与新启蒙运动的关系;人道主义作为中心话语;两次启蒙的文学的差别。启蒙文学思潮先于新启蒙运动的发生,启蒙文学为启蒙运动准备了精神土壤。启蒙思潮包括理论思潮和创作思潮,前者主要有人学、主体性、异化等理论,后者则包括了历史创伤、人性描写、存在探析等。启蒙运动是抽象、简单、明晰的,而启蒙文学叙事则是感性的、具体的、暧昧的、复杂的。在启蒙叙事中,革命运动与意识形态的关系,是其深层主题,"五四"启蒙文学与80年代新启蒙文学两者的不同主要是革命意识形态的不同。

黄　健:我认为,现代乡土文学与民国乡村建设有必然的逻辑关联。我论述了民国乡村建设与乡村文学书写的三种范型,包括以乡土小说为代表的批判型,京派作家为代表的追忆型,以左翼文学为代表的革命型。转型过程中没有对新文明做好准备,在新的文明冲击之下不适,由此出现了以鲁迅为代表的批判型的乡土小说书写。而因现代人对逝去乡土文明的缅怀,乡村也寄予着城市人回归自然的理想,由此京派作家构建了一种理想乡土的范本。以革命意识形态为主导的左翼文学,为新政权的合法性提供了强有力的支持。

贺仲明:我的论文谈及了宗法制乡村解体后乡土文学的几种可能。现代以来,宗法制在制度层面基本消亡,然而在精神文化层面仍然有影响力。但21世纪以来,宗法制文化已趋于消亡,乡村伦理的崩溃、乡村民俗的彻底改变带来了农民精神面貌、生活方式的变化。作家与乡土文化的关系也发生了变化。具体表现为启蒙主题的蜕变,对传统批判力度变弱,很多70后作家更多表现出依恋、温和的书写,批判精神变弱;审美风格日常化、琐屑化和温和化,史诗性写作少;作品内涵的转变,对于生态、人情和人性的侧重,值得肯定,都体现了当下乡土文学的新质。

王达敏教授、周海波教授、王洪岳教授对上述报告进行了点评。

王达敏:毕光明主要讲1980年代的苦难叙事与新启蒙的关系。毕老师善于在已有较多研究的领域反复思考、推论,其思考和研究的方式给研究者以启发。贺仲明谈的是我感兴趣的话题,他关注宗法制的消解与乡土文学的新变,恰与丁帆教授提出的乡土小说世纪转型的六种形态构成呼应与互补。

周海波:张光芒教授重视文学思潮对于社会的促进与纠偏,对于启蒙话题做出了极有价值的哲理性思考。文学创作对于社会的重要促动,于我来说也是一种新的启蒙。在私人领域与公共领域的关系、个人启蒙与社会启蒙关系上与西方先哲形成了对话。

王洪岳:叶祝弟是一位敏锐的编辑,一位有理想主义情结的研究者,他的报告从三个方面展开,关注文学的独立价值与批评家和作家的主体性,对社会、文学张力和扭曲关系的捕捉十分敏锐,并且指出文学建制的科层化使学术研究丧失了很多创新的冲动。黄健提出了当代话语表述艰难的微妙的看法。他提出了"民国乡土"的概念，并划分了三种类型，分别是批判型、反思型与革命型，都是民国文学的有机组成部分，在一定程度上深度呼应了丁帆教授的"民国文学"概念。

主题报告第三场(5月6日)由南京大学沈卫威教授主持，杨剑龙、王达敏、贾振勇、高玉、周海波、蒋登科等围绕图文互涉、语言文字、宗教信仰等多方面进行了发言。

杨剑龙：我的报告从语图互涉角度讨论刘建庵的木刻连环画与鲁迅的《阿Q正传》的关系。刘建庵按照小说情节线索选择关键性的场景与人物来构图，减除枝蔓，完整生动刻画人物性格，再现小说情景，悉心为不同人物选择造像。他大多采用近景中景构图，在人物的冲突中表现人物性格；平视视角与透视法的结合，使得场景饱满；主要使用阳刻手法，突出的线条中呈现人物性格。这些手法都使得画面具有丰富的表现力，促进了鲁迅作品的传播，并且对于后世丁聪等人对于鲁迅作品的描绘都有重要的启发意义。

王达敏：刘庆长篇小说《唇典》受到了一致认可。《唇典》以萨满文化为视点打量20世纪人在"失灵年代"失魂的命运，以独特的通道为中国文学建构灵魂。另外，我不太同意学界关于中国人缺少忏悔意识的看法。如果回到起点，中国原始巫术认为万物有灵，有忏悔意识。李泽厚《由巫到礼 释礼归仁》一书解答了忏悔如何在中国消失的问题。

贾振勇：在启蒙精神失落的时代，重读《狂人日记》，别有启发。当下《狂人日记》已经凝固化。我们曲解了其在现代精神史、心灵史上的位置。《狂人日记》不只是文学作品。中国现代文学大幕的开启是以疯狂、病态开启的，如《狂人日记》《沉沦》，恰如福柯所说，疯狂是通向真人之路。鲁迅的很多作品都能在《狂人日记》找到影子。文学经典应该走出庙堂，与人们的内心和现实世界形成灵魂的奇遇，这是我们需要探索的地方。

高　玉：历史上汉字简化的理由是因为汉字繁难、文盲多、教育落后。然而简化字并不能解决繁难问题，文盲多、教育落后也主要是经济问题。它只是一种"过渡"方案，没有根基。我以为，简化字存在着三种根本缺陷：同音字替代造成汉字的音义混乱；简化破坏了汉字的构成规则造成汉字构成复杂，汉字简化的原则和方法不成立。

周海波：各位好！我的论文是重审"白话不能入诗"的论争。还原了一桩文学史公案的场景，反思了现代文体学在理论与实践层面上所面临的问题。我关注三个方面：历史如何回到现场，胡适等人提倡白话文运动策略与方法，白话入诗论争表达的是不同的文化立场。以胡适为代表的新文化运动者出于启蒙立场提倡白话文，而梅光迪等人则是从文体出发反对白话入诗，论争双方焦点的错位实则反映了知识分子的不同文化选择。

蒋登科：我的论文回顾了《诗刊》自1957年创刊的历史，1976年复刊以后，作品仍然延续旧有的风格。我认为1979年的《诗刊》是诗歌多元时代肇始的重要节点。《诗刊》在角落里逐步插入北岛、舒婷的作品，归来者的作品、青年诗人的作品。具体来说，我探讨了《诗刊》在白洋淀诗群由地下走向公开过程中所起的作用。可以说，《诗刊》为新时期诗歌的发展，做出了重要贡献。

评议人杨洪承教授、傅元峰教授对上述报告进行了点评与阐发。

杨洪承：杨剑龙教授着力于《阿 Q 正传》的文本形式与连环画形式的关系，新研究对象的提出，为我们谈论启蒙提供了新的路径。高玉经由文字进入语言，切入现当代文学最主要的语言领域。周海波教授重审"五四"时期关于"白话不能入诗"的论争，还原了文学史上一桩公案的历史场景，反思了现代文体学在理论与实践层面上所面临的问题。王达敏教授和贾振勇教授所做的作家作品研究，明晰且有深度。

傅元峰：杨剑龙关涉艺术语言对于文学史研究的意义，展示了当文学语言受损时，艺术语言的救赎功能。贾振勇提出"疯狂文学"的概念，展示了现代文学由精英代言到疯狂者发言的变化过程。高玉和周海波从语言文字角度出发，提示了当前文学研究现状与困境。蒋登科的报告关注了《诗刊》对《今天》诗人群体进行的短暂放大，但就北岛而言，其最初的异质话语最终变成公共话语，造成个人话语的缺失，所以这种多元性也有其虚假和伪饰的部分。

三

5 日下午的四场分组讨论内容宏阔多元，共融共生，彼此之间有多样的交集，形成一个充分对话的学术场。与会代表围绕会议主题开展深入讨论，各抒己见。尽管具体的研究对象、方法论有所不同，但与会者在研讨会这一场域中均展现出鲜明的问题意识、多元的研究视野、包容的学术心态与开阔的学术格局。

第一场讨论由施军教授主持，马俊山、葛飞、王侃、王鹏程、王成军、李跃力、武善增、王晴飞、康馨就文学传播与接受、叙事伦理、新旧学术关系等方面做了精彩的报告。

马俊山：中国的边疆和边界问题由来已久。之所以关注到这一问题，一是十年前接触到科学家考察边疆所作的游记，但这些游记没有受到充分关注和研究；二是 1949 年前很多大学都有边政系，而现在没有了。《缅边日记》体现了中国走向现代化过程中，华夷如何走向一体的问题：一是夷地独特性的发现；二是一致性的发现。抛砖引玉，希望引起人们对这个问题的关注。

葛　飞：我把《子夜》当作畅销书来研究，考察 30 年代都市读者的阅读趣味。不少人将《子夜》当作"黑幕小说"来阅读，也有人指责作者在情色描写方面有迎合读者低级趣味之嫌。左翼的大众化的理想读者是工人和农民，实际上却扩散到城市的小资产阶级，包括学生和职员。而《子夜》的通俗化展示出的最大优点是语言。

王　侃：林纾对《撒克逊劫后英雄略》的翻译诞生于晚清民族主义巨大的浪潮中。林译小说"民族和解"的价值指向对鲁迅产生了很大影响。他对原著进行了结构性改写，制造了"双核心"人物，强调君主的重要，其实是为强调君主立宪做铺垫。

王鹏程：在延安文艺座谈会之后，劳动成为作品中爱情萌生、实现的前提和基础，同时也是择偶的决定性标准，但文本和现实存在差距。劳动主导的爱情观实际是意识形态话语的改头换面。

王成军：文学和社会永远脱离不了关系，最好的例子就是《毛泽东自传》。我认为毛泽东写自传时有四个我：一是"反抗的我"，二是"求索的我"，三是"分裂的我"，四是"复数的我"。文学还在想象和建构这个社会，达到政治和美学的平衡。

李跃力：既往研究对革命文学的外来影响和内在流变都有了比较清晰的认识，但对革命文学在历史场域中的复杂性缺乏足够的认知。查阅大量资料后，我发现1928年革命文学风起云涌的时候，也是无政府主义文学非常热闹的时候。我们需要重新认识革命文学与无政府主义文学之间的关系。

武善增："文革"作为一种文学话语，应从1964年所谓样板戏的出现开始说起。"文革"的幽灵开始游荡，重申"文革"时期的现代性症结，对幽灵的回归持谨慎的态度。马克思主义是利奥塔意义上的一种宏大叙事，带来的是"活人献祭"与"道德嗜血"的惨剧。"新型主体"建构本来求得的是"人性新生"，结果却是全面的"人性陷落"。"合理性"之"价值理性"的膨胀压倒了文学精神。

王晴飞：胡适代表了文学进化论史观，但他们只是在旧的学术结构上打了个新的补丁。相较而言，清华大学对于新文学的研究、创作和批评则有着更为自觉的追求。新文学进入大学主要有两个方面的障碍，要与旧文学取得同等的学术地位，要把新文学创作作为目标。

康　馨：解放区文学不等于延安文学。1937—1949年，文学内部也有很多名称需要界定之处。经初步考证，《讲话》进入晋绥边区的时间，最早为1942年5月底。晋绥边区的文艺具有鲜明的"前线性"，一是紧张的抗战局势使其保有"战斗精神"，二是贫瘠的文化土壤使其具有自为的"大众指向"。

随后李兴阳、王文胜、徐仲佳等老师分别进行了点评。

李兴阳：马老师研究的是《缅边日记》里讲的交通建设在国家统一和民族文化认同中起到的作用，大背景是中国从晚清向现代民族国家转型过程中，战争的推动作用。葛飞研究的是接受问题，关注读者身份影响阅读趣味，涉及现代文学自身的创造和读者的养成问题。王侃把林纾放在晚清民族主义思潮的大背景中加以讨论，视野宏阔，史料扎实，解读深入，研究成果都有重要的理论意义和实践价值。

王文胜：王鹏程从细致的解读中关注农业合作化进程中的爱情。引发我的思考：中国从近代以来没有像样的、经典的、让人从中获益良多的爱情叙事。合作化小说中文化势力、性心理的描写缝隙，或许值得进一步阐发。王成军提出红色自传中"复数的我"有启发性。李跃力把无政府主义的观点和论争加入革命文学通常以为的版图，建构起这种关系，可以让人对革命文学论争现场有一个更加清晰的了解。

徐仲佳：善增教授将"文革"主流话语放入现代性领域考察非常重要。我们作为现代性话语语境中的研究者也应该自我反思，当我们拿着进化论看待文学、社会时，也面临着一个巨大的陷阱。从这个意义上来讲，善增兄的讨论是很有警醒力的。晴飞兄讲的是新文学如何经由教育制度和学术制度而制度化。不仅民国时期，1949年以后政权的力量如何制度化和学术化,更值得我们关注。康馨的选题很有趣,结构很系统,结论值得商榷,文化的"贫瘠"造成了《讲话》较为成功,这个我不认同。真正的成功不是把讲话的内容落实下来,而是涌现出优秀的作家作品。只能说它是实践《讲话》较为成功的地区。

第二场讨论由《当代作家评论》主编韩春燕主持。沈卫威、徐仲佳、施军、施龙、李兴阳、王洪岳、王文胜、刘志权、庞秀慧就期刊传播、文学机制以及乡土小说等几个方面进行了精彩的探讨。

沈卫威:我这两年在做民国学术现场方面的研究,不仅是研究"蛋"的问题,还有谁下这个"蛋"的问题,更关键的是谁在养这个"鸡"的问题。关于学术评审,民国真正意义上的民间奖励从《大公报》开始;1940年教育部学术审议委员会形成,开始有了国家行为的学术评奖。民国的学术评价体制,严格区分党政领导。在获奖成果中,没有研究三民主义、孙中山或蒋介石思想及国民党党义的政治读物。学术与政治的纠葛,1928年后,国民党在大学设教党义的课,划拨专项经费。最后,国民党时代已经严格规定了硕士、博士课程,有了相应的学位制度。

徐仲佳:从文化社会学的角度重看文学革命,它还是一次以留学生为主要成员的新文学阵营挟西方文化资源驱逐以本土文化为主要资源的旧文学阵营的文学场占位斗争。文学革命的成就之一就是现代意义上的文学场域的形成,其特点是强调文学的独立性。而确立了"人的文学"观念,也是其重要的斗争策略。这场占位斗争具有强烈的排他性。

施 军:我想探讨《新青年》为什么会在短期内取得这么大的成功。我从四个维度来分析:近代社会的变革诉求为《新青年》提供了诞生的契机与发展的土壤;办刊理念与定位体现出思想先锋性、立场独立性、文化多元性的前卫性特点;眼光向下,接地气,关心民生,对现实问题与国民人生投以热情,内容上很亲民,帮助期刊赢得了读者;注意传播策略的运用,传播形式之新颖与灵活也是它成功的重要原因。

施 龙:关于文学的传播问题,我换一个思路,从对象和方法出发。对象上,真正回到文学现场;方法上,在不同看法的对流之间形成了所谓的"舆论的气候"。第一部分讲知识青年读者群与新文学的"内循环"模式,第二部分讲社会大众读者群与新文学的"外循环"模式。在两大读者群互有交融的过程中,新文学副刊作为文学与社会之间的桥梁,使得新文学从以知识青年为主体的"内循环"模式,发展到逐渐社会化的"外循环"模式。这两种模式之间的衔接和蜕变,表明了新文学逐渐为社会所接受,成为文学的"正统"。

李兴阳:我汇报的题目是《中国乡土小说理论的百年流变与学术建构》。可以将百年乡土小说分为四个阶段:1910—1934年是乡土小说理论的引介与初创阶段;1935—1949年是形成与分化阶段,以茅盾和鲁迅为《中国新文学大系》写的导言为标志;1949年以后是变异和沉寂阶段,而台湾在1970年代爆发了一场大规模的讨论;1981—2010年是复兴阶段,以1981年刘绍棠发表《建立北京的乡土文学》为标志。两条主线:一是"乡土中国"观念,二是"农民文学"观念。涉及四重关系:中、外文学与文化的关系,大陆和台湾的关系,政治与文学

的关系,文化与文学的关系。

王洪岳:莫言的小说中有一种"幽默感",自我反思、自我讽刺。元现代吸收了现代主义的担当,对人的精神世界、人类尊严、非理性的探索;也吸收了后现代反讽政治,对元现代也是有启发的。民间传统、各种宗教等,从莫言庞杂的艺术世界提炼出有力的理论话语,是我思考的主要问题。

王文胜:中国当代文学作品很少关注当代中国人被遮蔽的宗教生活,所以石一枫的《心灵外史》非常难得。小说写到气功组织和传销组织,让我们看到一个带有宗教特点的组织是如何运用仪式、宣传、见证分享来达成改造人的目的。中国共产党曾有效利用和改造了基督教的伦理关系来建设新型的社会关系。但这种利用是把双刃剑,有可能导致灾难性的结果。石一枫在小说中做了提醒,如果不对1966—1976年宗教般的狂热进行彻底的反思,中国的民众会不断重复进入"类宗教"的迷狂陷阱中。

刘志权:在思考农村宗法制问题时,我想,宗法制可能就是一种知识分子描述出来的神话。我以贾平凹为例来谈。《秦腔》表现出一种强烈的困惑,原因在于我们对于这样一种宗法神话的疏离。我们普遍认为农村存在一种困境,或许是因为我们对农村还不够了解。同时,贾平凹的乡土小说写作不同于黄健教授所提出的乡土小说的三种类型(批判型、怀旧型、革命型),他是面向日常生活、试图去魅的,将乡土文化当作传统文化的表征。

庞秀慧:我的题目是《论近几年来"返乡书写"的价值困境》,但写作的时候发现,"返乡书写"最大的困境不是"价值",是"情感"。我觉得关键不是对现实的真实记录,而在于内在的情感。写作者在"看"农民,尤其关注家庭内部生活。写作者们对农民的看法往往与农民自身的观点形成了截然相反的对比,展现出乡土社会的撕裂性。"返乡书写"有很大的开放性,其价值源于情感的动人,之所以陷入困境,就是因为背后没有价值理念的支撑。

马俊山、王侃、王鹏程对上述发言做了深度评议。

马俊山:施军总结了《新青年》的办刊经验和特色,有准确的历史把握。接下来就不得不说徐仲佳的文学场域的占位斗争,我们现在看那些主张文学革命的人,过激色彩是导致后来陈独秀独断论的源头。沈老师讨论现代学术评审制度的建立,而据我所知,曾经建立了评审制度,但并没有进行过严格的学术评审。沈老师的研究有重要意义,过去的研究不关注制度和文学的关系,现在渐渐重视。这也给了我们一个警示,学术制度是怎样塑造文学的独特风貌的。这就把我们关于文学的政治性、文化性、社会性落实到具体细节,甚至落实到个案上来,是现代文学研究的一个重大推进。

王 侃:施龙的论文是一个历时的考察,改成"论新文学的两种模式的嬗变"或许更好些。同时,我觉得这个结论不是很稳妥,副刊的作用可能只是其中一个很小的部分。兴阳兄文章思想密度大,没有展开讲,只能期待大作。关于王洪岳的文章,我没明白"元现代"理论跟莫言作品的关系是什么,"元现代"是给已经很混乱的话语场继续"添乱",因为现有的很多理论都可以解决这个问题。

王鹏程:文胜老师指出了宗教感的匮乏,这一点很重要。石一枫小说在后半部总是陷入城乡叙事的套式,但他还是很有潜力的。作为陕西人,我对贾平凹的阅读经验并不理想。经验是错位的,使用的是过去的经验,还有大量细节的重复,他的作品跟启蒙没有任何关系,跟宗法也没有多大关系。庞老师其实关注的非虚构写作,厕所也是一个有意思的话题。非虚构写作流行的原因大概是现实的荒诞超过了当代作家的想象和虚构能力。跟"五四"时期的问题小说相似,只提问题,不开药方,也开不出来药方。

第三场讨论由上海交通大学教授符杰祥主持,杨华丽、邓瑗、徐先智、张勇、王爱松、王冬梅、陈力君、杨有楠等做了精彩发言。

杨华丽:"打倒孔家店""把中国书全部扔到茅厕"以及鲁迅说"不要读中国书",这三个例子常被用来证明"五四"新文化运动断裂了中国文化传统。但"打倒孔家店"不是"五四"时期提出来的一个口号。我的论文试图理清三个问题:《发起"孔子学说研究会"宣言》的发表时间及内容,孔子学说研究会的存在时段与成效,孔子学说研究会的人员构成、研究旨趣与爱智学会、《国学月报》社及述学社的关联。

邓　瑗:目前学界对"人性"作为批评话语的考察不同程度上存在着价值预设,从而遮蔽了"人性"的丰富内涵及多元指向。人性话语并不必然导向对人性的肯定。人性话语与国民性话语关系密切,随着国民性话语的变动,人性话语的论说方向也在变化。"人性"作为批评话语,形成了一种"压抑—释放"的论说模式。对人性的思考总是关涉着人性以外的问题,与其说是要为人性究竟何为提供终极的回答,不如说,作家们只是通过对人性的言说为他们的文学批评寻找理论依据,特别是在文学观念发生变革的时期尤为突出。

徐先智:我主要梳理中国现代文学中理性批判的脉络,并非以理性为武器对非理性进行反思,而是对理性本身进行反思和批判。现代理性膨胀后成为非理性的存在。

张　勇:凌叔华的小说没有体现对旧家族的反抗,没有表现出对传统伦理道德的绝望或抗争情绪。家族文化有三个层面上的展现,即人伦关系上对旧家族伦理的自觉遵从,道德情感上对旧家族的依赖,以及价值理念上对旧家族的认同。所以凌叔华不像是"五四"以来受到新文化启蒙的知识分子,有必要重新衡量称其为新文学女性作家是否合适。

王爱松:这是一篇命题作文,我从性与政治相互纠缠的角度分析张贤亮的小说。在一个性早已泛滥的时代里,作家却误将对性说"是"当成了对权力和政治说"不"。

王冬梅:我的讨论对象是1968—1979年间干校诗文中的劳动书写,讨论角度是对劳动的叙事表达。把体力劳动视为革命思想试金石并与思想改造紧密结合起来,是社会主义政治实践抛给当代知识分子的新考验。群众文艺"火热战斗"的集体式速写,呈现出知识分子的三个基本姿态:沉溺于田园诗意、思想提纯、苦难反刍。"文化大革命"文学不能涵盖整个70年代文学。

陈力君:70后温州籍作家东君的小说世界构设了东瓯古越、返乡路上和变异精神界等空间形象,营构了间杂在城乡之间的特有一种"过渡"空间,代表了温州当代作家的创作。

杨有楠：20世纪末致力于书写女性经验的中国女作家都采用了神秘化的叙事策略,我从文本呈现出来的女性在现实中的命运、女性救赎路径以及救赎是否有效三个方面具体阐述了女性乌托邦的建构与坍圮。

评议人刘永丽、童剑及陈进武对以上发言进行了评议。

刘永丽：杨华丽的研究具有鲜明的问题意识,我很赞同这种以翔实的史料为出发点的研究方法。邓瑗不仅指出了"人性"研究的困境,还提出"人性"作为批评话语的可能,也很有启发性。

童　剑：张勇通过对凌叔华小说的研究表达了自己对时代的思考,研究者独特的审美和全新的解读让人耳目一新。王爱松将张贤亮小说中的性与政治置于一种极端情景下进行独特表现。王冬梅则挖掘出劳动在知识分子个体记忆中产生出的温情。

陈进武：陈力君从空间视角揭示了东君小说的审美世界,提供了认识70后作家审美特质的窗口。徐先智和杨有楠的研究相互呼应,前者探讨理性"祛魅"问题,后者探讨神秘化的"复魅"问题,二人分析细致,细读功底深厚,辩证性强。

第四场讨论由南京师范大学杨洪承教授主持,刘俊、符杰祥、李章斌、刘永丽、陈进武、刘阳扬、姬志海、李倩冉等做了发言。

刘　俊：吕赫若的身世很有传奇性,日据时期开始从事文学创作,他的小说反映了日据时期台湾知识分子的心路历程。日语写作并不表示对日本殖民统治的臣服,而是抗争。吕赫若作品涉及"传统—现代""乡土—都市""中国(台湾)—日本"三对关系。光复前,吕赫若的作品充满认同和背离的矛盾与纠结。光复以后迅速开始中文写作,这时的作品是舒畅的。他对大陆来人的批判是对"白色中国"的批判,对"红色中国"的追求。

符杰祥：我探讨的是"野草"的根在哪里,这"根"从何而来的问题。从命名的角度,我们可以理解鲁迅在"题辞"中对成仿吾"野草说"的一种回击。而这种回击,也包含了对创造社"诗的王宫"之类美学观的反批评。如果我们仔细回溯,就可以发现,其实鲁迅很早之前就开始在文章中使用"野草"意象。这些意象不是渊源最近的,如《自言自语》系列,却是渊源最深的,如《摩罗诗力说》诸篇。

李章斌：我想通过重审卞之琳诗歌与诗论中的节奏问题,从而对整个新诗研究范式做出思考。学界一直以来把节奏、韵律、格律混为一谈。卞之琳触及广义的节奏,规律性的韵律和更狭义的格律,我倾向于用三个同心圆来描述三者的关系。

刘永丽：我着重考察了好莱坞电影在海派文学作品中的映射方式及呈现形态,包括文学作品对女性身体仪态的描写、文学中的男性审美、电影院空间作为有意味的形式在小说中的呈现以及民众日常观念等。

陈进武：我从文学与社会互动的角度,考察了新时期以来的小说中"审丑"现象的演进轨迹及其特征。小说审丑在文化层面、人性层面、价值层面上分别由"审丑"转变为"泛审美""嗜丑"与"嗜恶"。

刘阳扬：我主要探讨韩松科幻小说中的技术异化及其体现的民族寓言和启蒙意味。他的小说延续了鲁迅以来的社会批判小说的创作模式，以启蒙主义立场对经济建设的膨胀与人文关怀的缺失之间的巨大落差表示担忧。

姬志海：我以先锋小说语言为样本，探讨社会发展与文学语言演变之间的关系。使用什么样的语言形式，是由这种形式所要表达的内容的性质和特点决定的。而语言形式所表达的内容又是随着社会发展而发展的。

李倩冉：近年来，很多诗评者把"纯诗"和"及物性"作为一组对立的概念来使用，遮蔽了两个概念更丰富的内涵。我的论文以朱朱为例，结合法国"纯诗"理论，试图揭示"纯诗"和"及物性"概念间对立的虚伪性和融合的可能。

评议人王爱松、陈力君、杨华丽进行了点评。

王爱松：整体来看，本场的报告人重视语言本位，不管是刘俊对吕赫若创作语言的转换研究，还是符杰祥对"野草"意象及命名的研究，不管是李章斌对语言节奏的研究，还是刘永丽对文学中电影语言运用的研究，都以语言为关注基点，并由此拓展开去，透过语言形式阐发出独到的哲学思考。

陈力君：我对符杰祥的《野草》命名问题有个疑问，即"野草"之名是否受到日本文化的影响；刘俊的研究提出新设想，我认为如果以创作语言的转换为基点切入台湾文学研究，或许会有新的发现；刘扬阳就新型小说的研究是应该指向文学传统还是指向未来的资源这一问题进行了思考。

杨华丽：各位的发言体现了细读功夫、思辨性、史论结合的共性，而在选题、理论、结构方面则呈现出多元化的特点。

四

研讨会闭幕式由刘俊教授主持。黄健教授从学术角度对研讨会的整体学术收获进行了高屋建瓴的总结。

黄　健：首先，本次会议议题设置鲜明宏大，有利于我们对百年文学和社会互动关系的思考，为之后的新文学研究指明了方向，奠定了扎实的学术基础。新文学诞生始就强调了与社会的互动，充当了一种转型的先锋，从社会的变革到文化、文学的变革恰恰是新文学研究需要密切关注的。因此在"百年中国社会与文学的互动"这一主题下设置的讨论非常必要。本次会议围绕主题进行了多维的探讨，虽然大会主题发言、小组讨论所涉及的具体对象有所不同，但基本都是围绕主题展开，显示出了现当代学术研究的思考、认知、价值立场与判断。其次，本次会议讨论视野开阔、多维，观点鲜明，更重要的是在会议过程当中，很多学术见解有交集、有对应，深入而广阔，系统而全面。在讨论中虽然不能达成一致的共识，但正是不同的观念、多元的视角才能保持研究生态的平衡性以及生态的多样性，而"多样性"恰恰是文学研究生态的一种重要的指标，这会使得我们的讨论更为深入。另外，本次会议理念开放而包容,空间的拓展比较大。研讨在主题的设置下虽然会显示出单一性,但是讨论空间广阔,能够以"百年文学与社会互动"这个点带动新文学研究的"面",甚至能够做到面面俱到,这种点、面的结合能够为下一步的学术研究指引方向。由于学术理念的开放,也使得我们对无论是现代还是当代文学所出现的各种各样问题的思考,某种意义上体现出了一种无穷尽的认知空间领域,在领域中我们能够获得更多的学术理念的创新或者创新的启示。

闭幕式最后,王彬彬教授作为主办方代表对本次会议的概况进行了总结,并对与会代表的大力支持以及会务人员的辛苦付出表达了诚挚的感谢。

两天的会议讨论成果丰硕,众多专家学者在回顾百年中国社会与文学发展之间丰富复杂的互动关系的同时,提出了众多新颖议题,也留下了诸多思考的空间,彼此的深度对话既推动了新的学术理论体系建设,又呈现出众声喧哗、多元共融的学术盛景。会议以关系思维与动态思维的为研究路径,对社会与文学的互动进行动态把握与观照,有利于开创一种新的研究范式。

(摄影:刘　　畅　徐晶莹)
(注:发言摘录系根据录音整理)

《中国现代文学论丛》出版十三周年
座谈会发言摘要

张 宇 王 振[*]

（南京大学 中国新文学研究中心,南京 210023）

2018 年 5 月 6 日上午,《中国现代文学论丛》出版十三周年座谈会于南京大学国际会议中心举行。来自全国各地的 80 余位专家学者参与了此次研讨。座谈的话题主要围绕三个方面展开:学术期刊与中国现当代文学发展的互动关系;学术期刊发展与当代学术生态的关系;新时代新形势下《中国现代文学论丛》应该如何进行期刊改革以促进发展。与会者就这几项议题展开了充分而深入的讨论。

张光芒教授首先代表刊物向与会代表致以热忱的欢迎与感谢,并介绍了刊物的创立及运作情况。丁帆教授、胡星亮教授、刘俊教授、南京大学出版社金鑫荣社长回顾了刊物创办十三年来的"光荣的荆棘路"。

张光芒:感谢大家长期以来怀抱着纯真的学术情怀、严谨的专业精神和深厚的学术友谊对《中国现代文学论丛》的大力支持。《中国现代文学论丛》创刊于 2006 年,是半年刊。2013 年与中国知网 CNKI 建立了正式合作关系,2017 年被 CSSCI 集刊正式收录。至今已出版 13 卷 25 期,发表学术论文 400 余篇。作为海内外现当代文学研究的专门性的学术刊物,本刊不忘初心,始终坚持"沉潜扎实,勇于创新,思想独立,学术原创"的宗旨。十三年来,刊物既取得了成绩,也存在进步的空间,既有艰辛的汗水,也有收获的喜悦。逆水行舟不进则退,要达到更高的要求,要实现更高远的学术目标,离不开大家的支持。

丁 帆:南京大学中国社会科学研究评价中心委托各高校文科的各个学科建立了可靠的评委班子和评价体系,评价机制公开透明,保证了评价的客观、公正、可信。刊物和图书的评价依托于大数据,被引率和他引率会影响书刊的评级,要重视。作为学者,投稿受到了双重的压力,名刊版面有限不好发,但是大家又面临着"挣工分"的压力。办刊者与投稿者都是一种双向选择,而彼此的选择决定了刊物的走向。《中国现代文学论丛》将采取多种措施,吸

---

　* 作者简介:张宇,南京大学中国新文学研究中心博士研究生;王振,南京大学中国新文学研究中心博士研究生。

引更多优秀研究者投稿,包括在保证刊物质量的基础上,稿酬可以适度提高,不低于一般刊物。

张光芒:南京大学中国新文学研究中心对该刊提供了大量支持,一方面充分信任、尊重、鼓励刊物的学术自主权,另一方面也为刊物提供了有力的经济支撑。

胡星亮:《中国现代文学论丛》的创办既是政策要求,也是形势使然。本刊物的创办走过了艰难的路程,尤其是面对当下讲究刊物级别的形势,作为一份民间的期刊面临着重重困难,非常感谢各位的支持使刊物得以坚持下来。刊物的优势可以体现在每期都可以有1—2篇数万字的长篇大论,这在以往尝试过,反响还不错。

刘　俊:《中国现代文学论丛》取得今天的成就,离不开历任中心领导的大力支持、编委会的艰辛劳动以及学界的合力襄助。刊物必须要办出自身特色。本刊的特色概括起来表现在:兼顾现代与当代,大陆、台港与海外,精英与通俗文学的研究,既注重地方性,又有世界性眼光。因此,刊物会在此基础上,继续立足于南京大学中国新文学研究中心,依托学科和学界朋友的支持,放眼世界。希望兄弟刊物以及各位专家学者提出宝贵的意见,让刊物争取走得更远、办得更好。

金鑫荣:刊物走过十三年实属不易,感谢刊物对出版社的信任,出版社有信心把她办成名刊。南京大学中国社会科学研究评价中心所研发的"中文社会科学引文索引"(CSSCI)认可度比较高,但也是在质疑与批评中成长。去年南京大学成立了中国人文社会科学综合评价研究院,在建设"中文社会科学引文索引(CSSCI)"成功经验的基础上,在中国图书评论学会的支持下,启动建设了"中文学术图书引文索引"(CBKCI)工程,试图进行C书的评价,这成了学术界、出版界有影响力的事件。另外出版社还参与了南京大学与光明日报社合作的"中国智库索引"的建设。可以说出版社已介入了学术的评价体系,并且参与到了与国外建立长期协作关系的合作中,希望把学术的评估体系延伸到海外汉学研究领域。这套评价体系是推动学科建设、引导学术规范、促进中国哲学社会科学优秀成果走向世界的新尝试,体现出创建中国特色的文科SCI评价体系的抱负。《中国现代文学论丛》目前已进入知网,假以时日影响会越来越大,希望能早日成为学术界名刊。

《当代作家评论》主编韩春燕、《探索与争鸣》主编叶祝弟、《文艺争鸣》主编王双龙、《江苏社会科学》主编李静等从办刊经验出发,剖析了学术生态与期刊出版的危机与应对策略,给出了许多诚恳的建议。

韩春燕:首先热烈祝贺《中国现代文学论丛》走过了十三年的历程,在现有的学术资源、管理团队和物质基础下,该刊一定会越办越好。作为南大毕业生,对南京大学中国新文学中心目前所取得的成就表示高兴,希望以后能够与中心建立合作以共享资源,也希望学界和出版界共同努力,相互扶持,共同促进学术期刊与学术生态的良性发展。

叶祝弟:向《中国现代文学论丛》创刊十三周年表示祝贺。目前综合刊在逐渐地边缘化,专业刊的发展是大势所趋。而中国现当代文学领域的专业刊比较少,由此期刊扎根于现当代文学,规范现当代文学研究,尤其是前沿问题研究显得尤其重要。《中国现代文学论丛》的特色确实比较鲜明,但还是局限于类域与对象方面,刊物可以打造一些标志性的概念,根据南京大学的特色以展开重要话题的重新、长期讨论尤为重要,如启蒙问题的讨论,以此凸显自身特色。另外也要团结各路人马,尤其要注重青年学者,还要充分运用新媒体。

李　静:首先热烈地祝贺《中国现代文学丛刊》十三周年以及进入了 C 集刊,向整个编辑部表示崇高敬意。虽然当了多年编辑,在当下学术期刊生态中也遇到了很多新命题,有一种危机感。网络时代的冲击下,纸媒的生存环境并不理想,尤其综合性期刊比专业性期刊遭遇的发展危机更大,办刊越来越难。当下的多种评价体制和机制使办刊者很困扰,很多排行榜的评价标准并不统一,这对刊物的发展提出了新的要求,带来了压力。目前的评价机制确实有问题,最好的、最理想的评刊的方法是同行评估。

何锡章、杨剑龙、王达敏、杨洪承、毕光明等教授及来自《世界华文文学论坛》《当代文坛》《钟山》等刊物代表李良、童剑、员淑红则分别从期刊与现当代文学发展的互动关系、期刊栏目设置等方面开展了精彩对话。

杨剑龙:《中国现代文学论丛》对中国现当代文学研究、学科的发展做出了贡献。刊物栏目的设置比较有意思,有固定的,有变化的,每位编辑都凸显出了自己的专长与特色。刊物选题多样生动,作者层次广泛,大咖云集,新锐辈出,尤其体现出了对年轻学者的培养和扶植。刊物对学术生态的发展也做出了重要贡献,净化了学术环境。刊物论文的规范性、选题的严谨性以及对学术研究方法新的拓展,推动了整个学术研究。其中"国家社科基金重大项目"栏目的设置很有创意。另外,刊物还可以加强学术争鸣的氛围,继续扶持青年学者,除了设立"博士论坛",也不妨设置"青年奖",以此奖掖后进,培育新人。

王达敏:南大办的几种期刊都各有特色,其中《中国现代文学论丛》具有很强的学术性,显示出了扎实、稳重、厚实的特点。自己有几篇文章收录其中,其中有一篇是头篇推送,向刊物对自己文章的推崇表示感谢,以后有好的稿子还会继续支持。

杨洪承:办刊者与投稿者都各有苦衷,尤其是在当下的体制下,刊物与专业的关系,刊物与当下生态的关系是非常严峻的。1980 年代刊物与作者的良性互动关系在今天显得弥足珍贵。《中国现代文学论丛》显示出了自己的专业性特点,并站在了研究的前沿。在当今的学术生态下,本刊物还应该继续专业刊物的发展之路,深挖专业性、多元性、自主性,既拓展研究领域,又要突出特色。刊物要抓学科前沿话题,比如"国家社科基金重大项目"栏目设置就很好。但是作为一种专业刊物,还是要寻找办刊的突破点。我认为在栏目安排上,一是要增加史料,这是专业性最强的,作为专业刊物应该适当有史料篇幅,建立平稳的史料专题与学科的结合点。另外,世界华文文学研究栏目也打开了刊物的视野,建议应该把译介和海外汉学研究纳入刊物栏目的设置中。

毕光明：办好刊物需要多方面的条件，包括编辑团队、学术眼光、问题意识、学术人脉和经济支持等，几方面缺一不可。中国现当代文学学术生产力相当大，但是专业性期刊太少。如果刊物要办得更好，还需要在栏目设置上下功夫，要能够反映出中国现当代文学研究的整体面貌和最新的学术趋势。要做一些相对应的学科栏目，做一些专题研究，要打造具有特色的启蒙研究栏目、乡土文学研究栏目、世界华文文学研究栏目、史料研究栏目等。另外要在作者队伍建设方面努力，可以提前建立作者档案，及时了解研究者的最新学术动态，要"点"菜下锅，而非"等"菜下锅。重要的是包容不同的观点，形成良好的学术争鸣氛围。

李　良：首先对《中国现代文学论丛》创刊十三周年表示祝贺。就个人办刊经验来说，《世界华文文学论坛》目前开辟了几个特色栏目，包括中华文脉与海外汉学、域外体验与中国文学、中国文学的域外传播、名家特稿等。我们的学术期刊作为公共平台，愿意为学术共同体做出努力，希望在平稳推进中实现跨越式发展。在当前期刊严峻的生存环境下，也希望大家对目前还不是很有影响力的刊物给以更多地关爱与提携。

童　剑：祝贺《中国现代文学论丛》创刊十三周年。《当代文坛》受到了南大各位老师以及在座一些老作者的多年支持。2018 年《当代文坛》推出了名家视阈、学者笔记、高端访谈等新的栏目，希望更多师生之间展开学术对话。同时期刊也关注青年学者，希望青年学者能够"抱团取暖"，就某一问题进行深挖，形成学术合力，从而扩大学术影响力。目前刊物得到了更多的财力支持，这对我们来说是好消息，希望日后得到更多学者的支持。

员淑红：作为一名晚辈，我这次学到了很多宝贵的编辑经验。身为编辑，我能够充分理解办刊过程中的艰难。《中国现代文学论丛》是一个重要的新文学研究的前沿阵地，刊物论文作者视野宏大，眼光高远。也希望在座的各位支持《钟山》，优质的学术刊物对于文学研究发展具有重要的推动作用。

在最后的自由发言环节中，南京大学出版社施敏副编审、西南大学蒋登科教授等分别从合作与宣传的角度为《中国现代文学论丛》的发展提出了建议。

施　敏：非常荣幸参加本次座谈会，《中国现代文学论丛》编辑部老师把编辑好的稿子交到出版社后，我们坚持按时保质呈现刊物，把样刊及时送予作者。在编辑过程中，我们会在尊重作者的前提下，在保证稿子本色的基础上，让文稿顺利出版。《中国现代文学论丛》走过了十三年也是各方精诚合作的结果，希望她越办越好。

蒋登科：本次会议很开心遇到了学术界、期刊界、出版界的朋友。《中国现代文学论丛》能够进入 C 集刊实属不易。我所提出的一点建议就是要加大宣传力度，不是为了挣钱，而是为了学科影响。我了解到好多学校并没有购买集刊包，希望中心网站能够提供每一期的PDF 版，读者可以免费下载，希望刊物能够加大宣传力度。

座谈会最后,王彬彬教授进行了简短的总结,并表示希望能够得到各位与会代表的长期支持,让刊物办得更好。张光芒教授也对与会代表所提出的高屋建瓴的指导意见表示了感谢,并指出与会代表的厚爱与支持是《中国现代文学论丛》不断前行的动力。

　　本次座谈会创获颇丰,众多专家学者结合自身的办刊经验和学术研究心得,深入研讨了学术期刊与中国现当代文学学科发展的互动关系,探究了学术期刊的发展现状及其与当下学术生态的关系,对新时代新形势下刊物的长远发展建言献策。座谈会以《中国现代文学论丛》为中心,在充分的对话交流和思想碰撞的基础上,为当下学术期刊、学科发展与学术生态的讨论提供了一次绝佳的契机。

（摄影:袁文卓　余　凡）

（注:发言摘录系根据录音整理）

图书在版编目(CIP)数据

中国现代文学论丛. 第十四卷. 1 / 胡星亮主编. —
南京：南京大学出版社，2019.6
　ISBN 978 - 7 - 305 - 21683 - 1

　Ⅰ. ①中…　Ⅱ. ①胡…　Ⅲ. ①中国文学－现代文学－
文学研究 ②中国文学－当代文学－文学研究　Ⅳ.
①I206.6

中国版本图书馆 CIP 数据核字(2019)第 039495 号

出版发行　南京大学出版社
社　　址　南京市汉口路 22 号　　邮　编　210093
出 版 人　金鑫荣
书　　名　中国现代文学论丛(第十四卷·1)
主　　编　胡星亮
责任编辑　卢文婷
照　　排　南京理工大学资产经营有限公司
印　　刷　南京人文印务有限公司
开　　本　880×1230　1/16　印张 17.5　彩插印张 1　字数 380 千
版　　次　2019 年 6 月第 1 版　2019 年 6 月第 1 次印刷
ISBN 978 - 7 - 305 - 21683 - 1
定　　价　42.00 元

网　　址：http://www.njupco.com
官方微博：http://weibo.com/njupco
微信服务号：njuyuexue
销售咨询热线：(025)83594756